Alfred Kühnl

DIE PLAGIATOREN

~ In den Klauen der Kunstmafia ~

17. März 2013
Für Eva-Maria
von Monika, Adolf u. d. Kindern
mit lieben Geburtstags-
wünschen und viel Spaß
beim Lesen.
Herzlich
A. Kühnl

Aus dieser Trilogie

ist erschienen **„Die Kopisten“** Band 1

~ Der Kunstraub ~

das vorliegende Buch

„Die Plagiatoren“ Band 2

~ In den Klauen der Kunstmafia ~

Lesen Sie auch

„Die Ästheten“ Band 3

~ Blutige Schönheit der Kunst ~

Jeder dieser Romane ist in sich abgeschlossen.

2

Die Kunstmafia schlägt wieder zu:

Die weltgewandte und angesehene Susi Kaiser betreibt mit ihrem Partner Anton zwei große Kunstgalerien und mehrere Ateliers in Wiesbaden, die sich auf die Reproduktion von außergewöhnlichen Werken aller Art spezialisiert haben. Zu ihren Kunden gehören renommierte Museen und Kunstsammler aus allen Teilen der Welt.

Die Galeristin hält unter anderem enge Verbindung zu den Vatikanischen Museen in Rom. Doch der Kunstmarkt ist hart umkämpft. Sie gerät in den Focus der russischen Kunst-Mafia. Brandanschläge, Kidnapping und Morddrohungen bilden nur den Beginn einer Serie der Brutalität. Susi Kaiser bittet die Eremitage in St. Petersburg und die russische Staatsmacht um Hilfe.

Ein spannender Streifzug durch den Kunstmarkt, umrahmt von leidenschaftlichen und schicksalhaften Begegnungen, Verbrechen, Kunstdiebstählen, Fälschungen. Von der ersten bis zur letzten Seite fesselt der Autor seine Leser und ermöglicht Einblicke in die sonst verborgene Welt des Kunstmarktes mit all seinen unglaublichen Facetten. Atemlose Spannung ist garantiert. „Die Plagiatoren" ist der zweite Band einer Trilogie um die Inhaberin einer renommierten Galerie in Wiesbaden.

Alfred Kühnl

Die Plagiatoren

~ In den Klauen der Kunstmafia ~

Roman

Verlag DeBehr

Anmerkungen des Autors

Dieser Roman spielt hauptsächlich in Wiesbaden, Wuppertal, Rom und St. Petersburg. Ich nehme mir die Freiheit, Gebäude zu erfinden, soweit die Handlungsverläufe es erfordern.

Die Handlung dieses Romans, sowie die darin vorkommenden Personen und Unternehmen sind frei erfunden. Eventuelle Ähnlichkeiten mit realen Begebenheiten und tatsächlich lebenden oder bereits verstorbenen Personen wären rein zufällig.

Die in diesem Roman geschilderten Unternehmen und Handlungsabläufe sind reine Fiktion, Erfindungen des Autors.

Erfahren Sie mehr zur Trilogie und über den Autor:
www.kuehnl-alfred.de

Umschlagabbildung: Grafik: Copyright by Fotolia ©Dmitry Gool. Das im Rahmen publizierte Gemälde ist eine Verkleinerung des Bildes „Das Urteil des Paris“, erste Version (1605) von Joachim Wtewael (1566-1638), ausgestellt in Ungarn im Szépmûvészeti Museum.

Publiziert durch den Verlag DeBehr, D-01454 Radeberg.

Druck und Bindung: Druckerei C.H. Beck, Nördlingen.
Printed in Germany

ISBN: 978-3-939241-44-7

PLAGIAT

Das Plagiat (lateinisch plagium), ist die urheberrechtliche Ausschlachtung eines literarischen, musikalischen oder bildnerischen Kunstwerkes unter dem Anschein eigener Urheberschaft.

PLAGIATOR

Ein Plagiator ist jemand, der ein Plagiat begeht, also ein Dieb geistigen Eigentums.

DIE PLAGIATOREN HEUTE

Wer hat sich schon mal eine CD mit seiner Lieblingsmusik heruntergeladen?

Wer brauchte eben eine besondere Schrift für seine Drucksachen und hat sich bei der großen Auswahl im Computer bedient?

Wer suchte für eine Drucksache einen Text und hat Teile aus einem Buch abgeschrieben?

Wer musste für einen Verein eine Festschrift machen und benötigte dringend Bildmaterial, das er irgendwo kopierte?

Es kommt so der leise Verdacht, unter uns gibt es viele Plagiatoren.

Nicht die kleinen Sünden prangert dieses Buch an, es beschreibt, wie auf einfache Art ein großes Unternehmen in eine Schieflage gebracht werden soll. Im vorliegenden Fall mit einem guten Ende.

Aber täglich lesen wir, dass selbst weltbekannte Firmen durch solche Machenschaften untergehen.

Susi
+
der Vatikan

In Nordrhein-Westfalen, im Nordosten des Bergischen Landes, liegt die Stadt Wuppertal. Eine Stadt mit 400.000 Einwohnern, die erst 1929 aus dem Zusammenschluss von Elberfeld, Barmen und vier weiteren Städten entstanden ist. Sie verdankt ihren Zusammenschluss ihrem Fluss, der wie ein Magnet die Industrie anzog, die sich an seinem Ufer ansiedelte. So befinden sich entlang der Wupper die Fabrikhöfe und Schornsteine, ungefärbte, schadhafte Fassaden, vereinzelt auch geschmückte, fünfstöckige Häuser, nüchterne Bürobauten und moderne Promenaden.

In den Kriegsjahren 1943 bis 1945 wurde Wuppertal zu vierzig Prozent zerstört. Der Wiederaufbau ging rasch vonstatten, trotzdem sind auch heute noch an manchen Gebäuden Bombenschäden festzustellen.

Unweit der Wupper, im Ortsteil Barmen steht ein solches Gebäude. Eingezwängt zwischen zwei leeren Industriegebäuden liegt ein notdürftig aufgebautes, langgestrecktes, einstöckiges Wohnhaus, ein großer Industriehof mit mehreren Garagen und einer Fertigungshalle. Über dem breiten Einfahrtstor ein großes Schild:

Erste Elberfelder Bilderrahmenfabrik
Seit 1884
Inh.: Horst Gerkan

Das Wohngebäude war schlecht verputzt. Werkshalle und Garagen hatten brüchige Ziegelfassaden. Der Fabrikhof sah aufgeräumt aus. Seitlich des Eingangs sah man mehrere Glasvitrinen, in denen Bilderrahmen und Leistenmuster ausgestellt waren.

Es war einer der nasskalten Wintertage Anfang Januar. Das Werksgelände war beleuchtet, auch in der Halle brannte Licht. Obwohl es schon 17 Uhr war, wurde anscheinend noch gearbeitet. Auch im Erdgeschoss des Wohngebäudes brannte noch Licht.

Ein Auto fuhr auf das Werksgelände, hielt auf dem Parkplatz und ein Mann Anfang dreißig entstieg dem Wagen, nahm seinen Aktenkoffer und betrat den Eingang.

Eine junge Dame empfing den Herrn und fragte nach seinen Wünschen.

„Ich habe einen Termin mit Herrn Gerkan, könnten Sie mich anmelden?"

Die junge Dame: „Darf ich Sie um Ihren Namen bitten?"

„Selbstverständlich", beeilte sich der junge Mann zu sagen: „Mein Name ist Wolfgang Zeller."

Die junge Dame bat ihn, Platz zu nehmen und verschwand. Die Tür öffnete sich wieder und die Dame bat Herrn Zeller in den nächsten Raum. Ein etwa gleichaltriger Mann kam auf Herrn Zeller zu, umarmte ihn und sagte: „Heinz, sei mir willkommen, was soll der Scheiß mit Zeller? Komm, setz dich, was darf ich dir anbieten?"

Der mit Heinz angesprochene erwiderte: „Eigentlich gar nichts. Ich muss unbedingt mit dir unter vier Augen reden. Du wohnst doch hier drüber, ich glaube, da haben wir mehr Ruhe. Musst du nicht deine Angestellten verabschieden?"

Horst Gerkan wurde ernst: „Wir können nach oben in die Wohnung gehen. Meine Mitarbeiter sind selbstständig, die arbeiten heute noch bis spät. Wir machen Inventur und das dauert. Aber da muss ich nicht dabei sein. Ich sage nur eben Bescheid, dass ich nicht gestört werden will. Warte einen Moment."

Horst Gerkan kehrte nach wenigen Minuten zurück: „Brauche ich irgendwelche Unterlagen aus dem Büro?" Und als das nicht der Fall war, gingen die beiden nach oben in die Wohnung von Horst Gerkan.

Als sie sich gesetzt hatten, fragte Horst Gerkan: „Heinz, was trinken wir?“ Und sie entschieden sich für Bier.

„Was liegt an?“, fragte Horst Gerkan: „Ich hab schon gehört, du steckst in Schwierigkeiten. Ich hab versucht, dich über Anja und deinen Vater zu erreichen. Leider ohne Erfolg. Auch Wolfgang habe ich versucht zu erreichen, ebenfalls erfolglos. Also erzähle, und wenn's geht, der Reihe nach.“

Heinz nahm einen Schluck aus seinem Glas und begann zu erzählen:

„Den Heinz Engler, alias Heinz van Engelen und den Wolfgang Zeller gibt's nicht mehr. Schau mich nicht so an, ich werde es dir erklären: Wir drei waren ein fantastisches Team. Ich, Heinz Engler, du, Horst Gerkan und unser Dritter im Bund, Wolfgang Zeller. Alles lief wie am Schnürchen. Ich habe die Recherchen bei den Museen gemacht, Wolfgang hat die Bilder besorgt und du hast die Rückgaben bei den Versicherungen arrangiert und die Prämie kassiert. Wir haben wirklich gut verdient. Dann kam deine Nachricht, du seist verbrannt, das heißt, die Versicherungen hatten sich auf dich eingeschossen und du hattest eine schwere Zeit.“

Hier hakte Horst Gerkan ein: „Es war so schlimm, dass ich eine Verhaftung fürchten musste. Nur Dank meines cleveren Anwaltes konnten wir die Sache so hinbiegen, dass die Versicherungen und auch die Staatsanwaltschaft mir nichts anhaben konnten.“

„Ich weiß, es war eine heikle Situation“, sagte Heinz, „uns ist das damals sehr an die Nieren gegangen, aber lass dir weiter erzählen:

Wolfgang und ich haben vereinbarungsgemäß jeglichen Kontakt mit dir vermieden und bis zum heutigen Tag haben wir uns daran gehalten. Wolfgang kam auf die Idee, die National Gallery in London zu beehren. Über einen Mittelsmann hatte er in Erfahrung gebracht, dass ein **Tizian, »Bildnis eines Mannes«**, restauriert werden sollte. Aus diesem Grund waren dieses Gemälde und einige andere für diese

Arbeiten abgenommen worden und lagerten dort im Keller bis zum Abtransport. Eine uns bekannte Gruppe wusste das und war bereit, diesen **Tizian** zu stehlen. Das gegen ein Honorar von £stg. 100.000. Wir hatten verabredet, die Bilder in England, in Southend on Sea, gegen Mitternacht zu übernehmen. Treffpunkt war vereinbart. Wolfgang und ich warteten dort mit einem Boot. Frag mich nicht, wie die das angestellt haben, aber sie brachten einen kleinen LKW voller Bilder nach Southend on Sea. Wir hatten nur mit drei oder vier Bildern gerechnet und so hatten wir nur ein kleines Motorboot zur Verfügung. Es gab für uns keine Chance, wir mussten alle Bilder übernehmen. Das Boot war völlig überladen. Außerdem mussten wir schnellstens weg. Wir fuhren trotz schwerer See ab. Du kennst den Kanal, es war die Hölle. Das Boot überladen, es war Nacht und wir beide verstanden nur wenig von der christlichen Seefahrt. Wir waren schon vier Stunden unterwegs, als eine schwere Welle das Boot breitseitig traf und Wolfgang über Bord ging. Das war das Letzte, was ich von ihm gesehen habe. Allein musste ich meinen Weg zur belgischen Küste suchen.

In Oostende war ich mit meinem Vater verabredet und schaffte es auch bis dahin. Ich hatte mehr Glück als Verstand. Mein Vater hatte das Ausladen der Bilder in einem Bootsschuppen in Oostende sehr gut organisiert. Es klappte problemlos. Er hatte auf dem Flughafen in Oostende einen Schuppen gemietet, dorthin brachten wir die Bilder und fuhren zurück nach Brüssel.

Du kannst dir vorstellen, in welcher Lage ich mich befand. Wolfgang war ertrunken, das stand für mich fest. Er hatte keine Schwimmweste an, es war schwere See und Nacht. Ich konnte das Unglück nicht melden, denn dann wäre man zwangsläufig irgendwann auf den Bildertransport gekommen. So beschlossen mein Vater und ich, erst mal Stillschweigen zu bewahren und abzuwarten. Wolfgang konnten wir ohnehin nicht mehr retten.

Nach einer ziemlich schlaflosen Nacht begaben wir uns wieder nach Oostende, um die Bilder zu sichten. Es war immerhin ein riesiges Vermögen, das dort in diesem verlassenen Schuppen lagerte. Wolfgang und ich hatten bei der Übernahme der Bilder £stg. 100.000 an die Diebe gezahlt. Wir hatten noch nicht mal Zeit, die Bilder zu sichten. Wir wussten auch nicht, ob das Seewasser den Gemälden geschadet hatte und ob wir sie möglicherweise präparieren mussten."

Es klopfte, und auf das „Herein" kam die junge Dame und berichtete Horst Gerkan, dass die Männer jetzt mit der Inventur fertig seien und fragten, ob sie gehen könnten.

Horst sagte: „Das ging aber diesmal schnell. Gratuliere euch. Wenn ihr alle Lust habt, lade ich euch zum Abendessen ein. Ich glaube, die Gaststätte gegenüber hat heute offen. Wenn ihr nach drüben geht, reserviert noch zwei Plätze für uns am Tisch, wir kommen dann nach."

Die junge Dame versprach zu fragen und nach kurzer Zeit kam sie wieder, mit der Nachricht, sie würden sich freuen und gingen rüber in die Gaststätte.

Horst bedankte sich und nachdem die Dame gegangen war, fragte er seinen Gast: „Heinz, jetzt kommt die Gretchenfrage, wie soll ich dich vorstellen, als Heinz Engler, als Heinz van Engelen oder wie du dich bei der Anmeldung genannt hast, als Wolfgang Zeller?"

Heinz schmunzelte: ‚Gar nicht so schlecht wie du kombinierst, ich erzähl dir alles Weitere nachher. Stelle mich als Wolfgang Zeller vor, als deinen früheren Studienkollegen. Dann können wir nichts falsch machen. Komm, lass uns gehen, dann müssen deine Leute nicht zu lange warten."

So geschah es, Heinz wurde den Mitarbeitern von Horst Gerkan als Wolfgang Zeller vorgestellt. Sie erzählten, dass man in Düsseldorf studiert habe und während des gesamten Studiums zu dritt in einer Wohngemeinschaft wohnte. Herr Gerkan sprach von einer guten Freundschaft der drei, wobei sie im Moment den Aufenthaltsort des Heinz Engler nicht kennen würden. Man trennte sich nach dem Abendessen und Horst Gerkan und sein Besucher Wolfgang Zeller, alias Heinz Engler, gingen zurück in Horsts Wohnung.

Horst fragte nur kurz: „Du bleibst doch über Nacht bei mir? Oder hast du vor, in ein Hotel zu gehen?“

Wolfgang sagte nur kurz: „Logisch bleibe ich hier. Du hast sicher ein Bett und dann können wir auch noch was trinken. Ich muss ohnehin viel erzählen.“

Wolfgang holte seinen Koffer aus dem Auto, Horst hatte derweil eine Flasche Wein geöffnet, und schon kurze Zeit später saßen sie wieder beim Gespräch.

Heinz, alias Wolfgang begann: „Ich war stehen geblieben, als ich mit meinem Vater zurück nach Brüssel gefahren bin, dort eine Nacht geschlafen hatte und wir dann zurück nach Oostende fuhren, um uns die Gemälde anzusehen, die wir in Southend on Sea übernommen hatten. Eigentlich hatten wir es ursprünglich nur auf den **Tizian, »Bildnis eines Mannes«** abgesehen. Der war auch bei den Bildern, aber dann fielen wir von einer Überraschung in die andere. Wir entdeckten einen **Jan Gossaert, »Mann mit Rosenkranz«**, einen **Albrecht Altdorfer, »Geburt Christi«**, einen **Diego Velázques, »Venus mit dem Spiegel«** oder auch **»Rokeby Venus«** genannt, einen **Rembrandt, »Das Fest des Belsazar«**, einen **Jacob van Ruisdae, »Die Küste bei Egmond-aan-Zee«**, und viele nicht ganz so bekannte Gemälde.

Du kannst dir vorstellen, uns beiden fiel das Herz in die Hose. Mein Vater sagte nur: ‚Oh Gott, wie kommen wir da heraus – das ist ein Wert von vielen Millionen £stg.’ Ich konnte mir vorstellen, was jetzt in London los war. Der von meinem Vater gemietete Hangar war zwar nicht allzu groß, aber er war etwas baufällig. Ich nahm mich der Gemälde an, verpackte sie entsprechend und holte mir Holz zum Unterlegen. Mein Vater besorgte einen Schlosser, der die Eingangstür sicherte. Dann kauften wir uns englische Zeitungen. Es war nichts über den Verlust der Bilder zu lesen. Vier Wochen bangen Wartens! Keine Zeitung, kein Sender erwähnte irgendetwas vom Verlust der Bilder. Wir verstanden die Welt nicht mehr."

Horst Gerkan fragte „Habt ihr wirklich gründlich recherchiert?"

Wolfgang: „So sehr wir auch die britischen, die flämischen und französischen Zeitungen durchforsteten, weder etwas von dem Diebstahl der Bilder, noch etwas von einer angeschwemmten Wasserleiche war zu lesen. Es war so, als hätte es den Diebstahl nie gegeben und als wäre Wolfgang Zeller nie ertrunken.

Endlich, nach fünf Wochen, erhielt mein Vater in seiner Kunsthandlung ein Schreiben, in dem vor Ankauf dieser Bilder gewarnt wurde. Das Spiel kennst du ja. Ich fuhr nach Oostende, machte von allen Bildern eine Aufnahme, in welcher oben rechts eine Tageszeitung mit Datum zu sehen war und übergab das einem Anwalt, der in altbewährter Weise Kontakt mit London aufnahm. Im Verhältnis zum Wert der Bilder erhielten wir zwar nur ein Trinkgeld, aber immerhin £stg. 750.000. Es war wie immer eine kostenaufwendige und spannende Übergabe der Bilder in Oostende.

Nach acht Wochen war zwar das Geschäft mit London abgewickelt, aber von Wolfgang immer noch keine Spur. Ich habe dann die gemeinsame Wohnung in Paris aufgelöst. Sowohl Wolfgang als auch mich habe ich in Paris abgemeldet und Wolfgang in Brüssel bei meinem Vater angemeldet. Das alles lief problemlos. Ich wartete immer noch darauf, dass irgendwann ein Hinweis über eine unbekannte Wasserleiche im Bereich des Kanals auftauchen würde, aber nichts dergleichen geschah. Wie du ja selber weißt, hatte Wolfgang so gut wie keine Verwandten. In seinen Unterlagen habe ich nur die Adresse einer ziemlich betagten Tante finden können. Ich habe mit ihr telefoniert, aber ich glaube, sie hat nicht sehr viel mit ihrem Neffen anfangen können. Ich hab ihr dann nur mitgeteilt, dass es ihrem Neffen gut ginge. Das war's aber auch schon."

Horst fragte dazwischen: „Was machen wir jetzt mit seinen Firmenanteilen bei meiner Bilderrahmenfabrik? Hast du einen Vorschlag?"

Heinz alias Wolfgang: „Die Bilderrahmenfabrik steht im Handelsregister als normale Personengesellschaft. Alleiniger Inhaber bist du. Unsere Teilhaberschaft besteht aus einem privaten Vertrag. Dieser ist nicht im Handelsregister eingetragen. Demzufolge ist das einfach. Ich habe meine Kopie und die von Wolfgang. Du hast deine Kopie. Uns gehört jedem ein Drittel der Firma. Ich glaube, wir machen das einfach. Wolfgang hat ohnehin keine Erben. So nimmst du die eine Hälfte seines Anteils und ich die andere Hälfte. Damit gehört die Bilderrahmenfabrik nur noch uns beiden."

Horst fragte weiter: „Würdest du mir deinen Anteil eventuell verkaufen? Wir haben gerade heute Inventur gemacht und in zirka drei Wochen habe ich dann die vorläufige Bilanz. Ich würde dich dann entsprechend auszahlen."

Wolfgang: „Darüber können wir reden. Aber zuerst muss ich dir meine Geschichte weitererzählen. Ich bin saumüde und muss schlafen. Was hältst du davon, wenn wir heute Schluss machen und morgen weitererreden?" Horst war damit einverstanden. Sie nahmen noch einen Drink und sagten sich ‚Gute Nacht'.

***

Sowohl Horst als auch Wolfgang waren früh auf den Beinen. Sie machten sich ein Junggesellenfrühstück und waren schnell wieder im Gespräch:

Heinz, alias Wolfgang, begann: „Es war Herbst geworden und ich fuhr zu meiner Freundin Anja Henzo nach Düsseldorf. Ich recherchierte bei einigen Museen und las von einer Vernissage der Galerie Kaiser in Wiesbaden. Der Name war mir nur zu gut bekannt. Von Kindesbeinen an erzählte mir mein Vater von einem Max Kaiser, der ihn fast ruiniert hätte und eines Tages würde die Gelegenheit kommen und er würde die Firma in den Ruin treiben. Hass pur! Ich hab das nie sonderlich ernst genommen. So besuchte ich die Vernissage auf der Kö in Düsseldorf in einem Hotel. Ich war sehr überrascht von dem was ich dort sah. Kopien alter Meister, ausgesuchte Stücke, zwei sehr kompetente Verkäufer und eine junge Dame, die sich als Hilde Reiz vorstellte und bei der Galerie Kaiser Sekretärin war. Ich freundete mich mit ihr an, ging mit ihr zum Abendessen und im Verlauf des Gesprächs lud sie mich zu einem Besuch nach Wiesbaden ein. Sie würde mir die beiden Galerien zeigen. Wir verabredeten uns für das kommende Wochenende. Sie zeigte mir die beiden Galerien und dabei lernte ich auch ihren Geschäftsführer, Anton Jonas kennen. Ich hatte ihn schon in Düsseldorf gesehen und es kam zu einem längeren Gespräch. Er bot mir eine Stellung an und nach vierzehn Tagen war ich dort als Verkäufer und Berater eingestellt."

Hier unterbrach Horst: „Ich kenne die beiden Galerien auch und vor allen Dingen die Werkstätten, aber das erzähle ich dir im Anschluss."

Wolfgang fuhr fort: „Wenn du die beiden Galerien kennst, brauche ich sie dir nicht zu schildern. Ich mache es kurz. Als ich anfangen wollte, waren in Wiesbaden alle Hotelbetten durch einen Kongress belegt. So bot mir die Sekretärin Hilde Reiz an, in ihrer Wohnung zu übernachten. Daraus entwickelte sich dann ein Verhältnis.

Als ich meinem Vater erzählte, dass ich ein Angebot zur Mitarbeit bei der Galerie Kaiser hätte, konnte der sich nicht einkriegen. ‚Das ist unsere Chance – jetzt kommt die Retourkutsche' – sagte er immer wieder und wir entwickelten den Plan zur Übernahme der Firma Kaiser in Wiesbaden."

Hier unterbrach Horst wieder: „Ich bin schon gespannt, wie ihr das anstellen wolltet. Ich hab mir dort nicht nur die Galerien angesehen, sondern auch die Produktionsstätten und muss sagen, das sieht alles recht proper aus und an Geldmitteln scheint es auch nicht zu fehlen. Allein die Technik hat mich erstaunt. Ich habe dort fünf Kunstwissenschaftler kennengelernt und soweit ich weiß, haben die dort noch zwei weitere Herren, also ganz hoch angesiedelt."

Wolfgang schmunzelte: „Hör' dir meine Geschichte an. Ich habe dort über ein halbes Jahr gearbeitet und kenne dieses Unternehmen ziemlich gut. Am einfachsten ist es, ich erzähle dir die Geschichte der Firma Kaiser.

Unmittelbar nach dem Krieg kam ein Flüchtling aus der Tschechei nach Wiesbaden, ein gewisser Otto Unger. Er besaß nichts als das, was er am Leibe trug. Er war Porzellanmaler und malte auf Pappkarton kleine Bildchen – so im Postkartenformat – mit Ölfarbe. Die verkaufte er für eine Schachtel Zigaretten an die Amis. Damals gab es die sogenannte Zigarettenwährung. Eine Zigarette für fünf bis zehn Reichsmark. Also für die damaligen Zeiten ein Vermögen für so ein Bildchen. Die Farben bekam er von einer Handlung für Kunstmalerbedarf, die einem alten Ehepaar gehörte. Denen schwatzte er ihre Häuser ab und übernahm auch das Geschäft. Das sind die Häuser, in denen sich heute die Galerien Kaiser befinden.

1968 ließ er dann seinen Neffen, Max Kaiser, aus der Tschechei kommen. Damals ein junger Schnösel, der gerade mal die Kunstakademie in Karlsbad in der Tschechei besucht hatte. Der machte sich wichtig und führte das Kopieren der sogenannten Meisterwerke ein. Ob er sie je als Meisterwerke verkauft hat oder nur als Kopien, das weiß ich nicht.

1976 hat mein Vater von ihm mehrere solcher kopierten Bilder gekauft. Mein Vater behauptet als Original, Max Kaiser behauptete als Kopie. Mein Vater hat diese dann als Originale weiterverkauft. Max Kaiser hat ihn angezeigt und mein Vater musste damals Deutschland verlassen, hat nicht nur sehr viel Geld verloren, sondern auch noch seine gesamte deutsche Kundschaft. Mein Vater hasst daher das Unternehmen Kaiser. Wenn der Name Kaiser fällt, dann kann man mit ihm nicht mehr reden. Leider habe ich mich damals von seinem Hass anstecken lassen. Unser Plan war eigentlich recht einfach.

Wir wollten die Galerie Kaiser GmbH in eine finanzielle Schieflage bringen. Nach unseren Recherchen hatte die GmbH ein zu geringes Kapital, um den Verlust einer gesamten Galerie durch Diebstahl zu überstehen. Soweit wir recherchiert hatten, war die Galerie Kaiser nur gegen Einbruch, nicht aber gegen Diebstahl versichert."

Horst Gerkan fragte: „Und das habt ihr euch so einfach vorgestellt?"

Wolfgang: „Mein Vater hatte herausgefunden, dass die Häuser, in denen sich die Galerien Kaiser befinden, dem Verein gehören, aber mit immensen Hypotheken belastet sind. Diese wollten wir von den Banken abkaufen und hätten uns damit indirekt in den Besitz der Ausstellungs- und Produktionsräume der Galerie Kaiser gebracht. Den Rest kannst du dir denken, das wäre ein Kinderspiel geworden.

Wir, das heißt mein Vater und ich, waren der Meinung, dass die beiden Geschäftsführer der GmbH, nämlich Herr Anton Jonas und Frau Kaiser nicht das entsprechende Wissen und die Erfahrung mitbringen würden, um das zu stoppen. Unser Plan hatte ein paar grundsätzliche Fehler. Auch während meiner Tätigkeit bei der Firma Kaiser konnte ich diese nicht erkennen. Ich hatte zwar Zugriff zu den Zahlen der Kontokorrentbuchhaltung der GmbH, aber nicht zu den Bilanzen und schon gar nicht zu den Zahlen des Vereins.

Der erste Fehler war: Wir wussten nicht, dass die Hypotheken auf die Häuser im Endeffekt nicht den Banken gehörten, sondern den Geschäftsführern Susi Kaiser und Anton Jonas. Der zweite Fehler war: Wir wussten nicht, dass die

GmbH lediglich nur steuertechnisch geführt wurde, das Kapital bei dem Verein lag und da haben wir die Kapitalkraft des Vereins unterschätzt.

Der dritte Fehler war: Mir wurde gesagt, der Verein und die GmbH seien gegen Einbruch versichert, nicht aber gegen Diebstahl. Die Policen konnte ich nicht einsehen, denn die lagen bei dem Steuerberater. Tatsächlich waren sie - wenn auch zu einem geringeren Wert - versichert, nämlich bei Diebstahl mit fünfundzwanzig Prozent vom Verkaufspreis und bei Einbruch mit fünfzig Prozent vom Verkaufspreis."

Horst Gerken wurde ernst: „Habt ihr wirklich geglaubt, das würde euch gelingen?"

„Warte ab, mein Vater und ich hatten das alles für den Herbst letzten Jahres geplant. Aber plötzlich tauchte wie aus dem Nichts ein Zwillingsbruder von Max Kaiser auf. Er nannte sich Moritz Granika. Er war Diplomkaufmann und hatte eine Firma in Solingen. Wir mussten daher schnell handeln, bevor eventuell durch eine Änderung in der Geschäftsleitung eine Verschlechterung unserer Positionen eintreten würde.

Ich mache es jetzt sehr kurz: Zweimal hintereinander habe ich dort die ganze Galerie in der Taunusstraße in Wiesbaden ausgeräumt und dazu noch Gemälde, die für ein Museum in den USA bestimmt waren. Insgesamt Gemälde und Skulpturen im Wert von über 2,5 Millionen Euro. Alles leicht verkäufliche Stücke. Das Zeug brachten wir in unsere Halle in Grevenmacher bei Luxemburg.

Kurz nach dem ersten Diebstahl wurde bekannt, dass die Galerie Kaiser doch gegen Diebstahl versichert war und schon kam mir der Gedanke eines Rückkaufs der Gemälde über die Versicherung. Mein Vater hat mir das ausgeredet.

Logischerweise wurde ich enttarnt. Aber ich hatte noch meine Staatsbürgerschaft in Belgien. So konnte ich dorthin. Dann hab ich bedauerlicherweise noch einen Fehler gemacht. Als ich meine paar Sachen bei der Sekretärin Hilde

Reiz holen wollte, glaubte ich damals, ich könnte Hilde eventuell mitnehmen. So hab ich all ihre Sachen auf einen LKW geladen und einfach in Düsseldorf untergestellt. Was ich nicht wusste, sie war auch Erbin bei Max Kaiser gewesen. War dumm von mir. Hatte schlecht recherchiert.

Ich hatte vor, die gestohlenen Bilder mindestens ein Jahr liegen zu lassen und damit nicht an die Öffentlichkeit zu gehen. In solchen Fällen muss man die Gesamtentwicklung einfach abwarten. Du weißt, wie wichtig so was ist."

„Und?" fragte Horst Gerkan, „habt ihr das wenigstens gemacht?"

„Nein, leider nicht. Wieder habe ich mich von meinem Vater bequatschen lassen. Er wollte nur mal sehen, wie sich die Kopien aus Kaisers Produktion verkaufen lassen. Ein schwerer Fehler, wie sich herausstellen sollte.

Mein Vater plante ganz sorgfältig zwei Vernissagen. Eine in Brüssel im Hilton, für ausgesuchtes Publikum und eine in Straßburg für Mitglieder des Europa-Parlaments. Keine öffentliche Werbung.

Was ich wiederum nicht wusste, der Vertreter der Galerie Kaiser für die USA war früher Mitarbeiter beim CIC, dem militärischen Abschirmdienst der US Army. Da hatte ich ganz schlechte Karten. Wie die das alles rausgekriegt haben, das weiß ich nicht. Innerhalb kürzester Zeit hatten sie unsere Spur. In Straßburg haben sie uns auffliegen lassen. Ich konnte dem Ganzen nur durch Zufall entgehen. Im Klo hörte ich, wie zwei Männer sich am Pissoir unterhielten und der eine fragte den anderen: ‚Sag mal, wann soll denn Zugriff sein?' und der meinte: ‚Soweit ich weiß, um 15 Uhr'. Da war für mich alles klar und ich konnte mich vornehm verabschieden. Sie haben alle Bilder wiederbekommen, meine Halle in Grevenmacher geräumt, damit natürlich auch alle Gemälde, die wir in Amsterdam und in Frankreich gestohlen hatten! Sie nahmen meine gesamte Mannschaft fest, auch meinen Vater. Mein Vater kam wieder frei und zwei meiner Mitarbeiter müssen sie in den nächsten Tagen freilassen. Aber zwei meiner Leute hat es endgültig erwischt. Ich stelle die Anwälte, mal sehen, was ich da tun kann.

Mir selbst ging es dreckig. Wie dieser CIC-Agent das herausgekriegt hat, ist mir ein Rätsel. Sein Name ist Mike Curtis, er tauchte plötzlich bei meiner Freundin, der Anja Henzo auf, durchsuchte die Wohnung, fand leider einen Teil meiner Bankbelege und ich hatte keine andere Wahl, ich musste auf das mir vorgeschlagenes Geschäft eingehen. Rückgabe der Möbel und Gegenstände an meine Freundin Hilde Reiz in Wiesbaden, außerdem Kostenerstattung für sie von rund 28.000 Euro. Den Rest der Summe, rund eine halbe Million Euro wollte er mit mir teilen. Ich musste ihm eine Schenkungsurkunde unterschreiben und erhielt so wenigstens noch die Hälfte von meinem Geld. Ich könnte den Kerl umbringen. Aber ich hatte keine Wahl. Jetzt kann ich meinen Vater verstehen, wie Hass sein kann."

Wieder unterbrach Horst Gerkan: „Einen Teil dieser Geschichte kenne ich. Ein Mitarbeiter der Galerie Kaiser hat sie mir erzählt. Hochinteressant! Aber so langsam bekomme ich Hunger. Was hältst du davon, wenn wir jetzt was essen gehen. Ich sage nur noch kurz meinen Damen Bescheid."

Sie gingen wieder in die recht einfache Gaststätte gegenüber, nahmen eine kurze Mahlzeit ein und gingen wieder zurück in Horsts Wohnung.

„Was hast du danach gemacht?" fragte Horst.

„Du weißt wie das ist, wenn man verschwinden muss", sagte Wolfgang. „Ich habe doch noch die Beteiligung an der Galerie in Bordighera. Dahin habe ich mich abgeseilt. War gar nicht so schlecht. Jetzt muss ich mich um meine beiden ehemaligen Mitarbeiter kümmern, die in den nächsten Tagen aus der Haft entlassen werden. Dies ist auch ein Grund, warum ich hier bin. Bevor ich damit beginne, erzähl doch mal, wie kommst du ausgerechnet an die Galerie Kaiser und was hast du mit denen zu tun?"

„Na, das ist einfach.‘ Horst schmunzelte: „Seit Jahren liefern wir an die Galerie Kaiser einige Modelle unserer alten Stuck-Bilderrahmen. Ein konstantes Geschäft. Da ich auch was in Richtung Werbung unternehmen muss, habe ich meine Kunden besucht. So auch die Galerie Kaiser in Wiesbaden. Du kennst das Unternehmen sicherlich besser als ich, aber ich muss dir sagen, für mich war das sehr interessant. Besonders die fototechnische Abteilung hat mich sehr beeindruckt. Die sind in der Lage, sogenannte Öldrucke herzustellen. Die wiederum brauche ich für meine Kundschaft. Ich habe unten welche, die kannst du dir ansehen. Sie sind von manchem Original nicht zu unterscheiden. So wie die das betreiben, ist es schon seriös. Außerdem sind sie preiswert und liefern zuverlässig. Ich habe noch im Dezember einen Auftrag von über 80.000 Euro platziert.

Als ich dort war, lernte ich auch die Geschäftsführer, Susi Kaiser und ihren Verlobten Moritz Granika kennen, dann Anton Jonas mit seiner Verlobten, Tochter von Moritz Granika, Erika Granika Man machte mich mit den Führungskräften bekannt, Franz Westermann, Hugo Wettengel, Prem Leekpai und Alena Konovalova. Nach meiner Auffassung alles sehr gute Fachleute.

Bei einem Abendessen kam das Gespräch auf mich, man bewunderte meine Kenntnisse und als ich sagte, ich hätte in Düsseldorf studiert, kam zwangsläufig die Frage, ob ich dich eventuell kennen würde. Ich bejahte die Frage und sagte, ich hätte unendliche Zeiten nichts von dir gehört, was eigentlich auch stimmte. Dann erzählte man mir die Geschichte mit den Diebstählen und auch, dass du immer noch flüchtig bist. So, jetzt verrate mir, was ich für dich tun kann, wie ich dir helfen kann und wie wir eventuell das Problem mit unserer Firma lösen. Wir haben schon immer offen gesprochen und ich bin überzeugt, wir finden auch diesmal einen für beide Seiten befriedigenden Ausweg.“ „Du hast recht“, sagte Wolfgang. „Was sollen die alten Sachen, trotzdem nur kurz, mich interessiert, was haben die von der Galerie Kaiser noch über mich erzählt?“

Horst musste lachen: „Schade, dass du es nicht hören konntest. Die haben dich sehr gut geschildert. Du wärst ein außergewöhnlich guter Fachmann, ein hervorragender Verkäufer mit der richtigen Nase fürs Geschäft. Insofern würde man es bedauern, dass du kein Mitarbeiter mehr wärst. Aber sie sagten auch, du seist kontaktarm und vor allen Dingen verübelt man dir, wie du die Sekretärin von Frau Kaiser behandelt hast. Wie man mir sagte, hat sie nach deinem plötzlichen Verschwinden einen Selbstmordversuch unternommen, der in letzter Minute verhindert werden konnte. Wenn dich einer von diesen Leuten erwischt, dann hast du nichts zu lachen. Nur zu deiner Information, ich schließe mich der Meinung dieser Leute an. Du bist ein außergewöhnlich guter Kunstwissenschaftler. Du bist sicherlich auch ein brillanter Verkäufer. Andererseits, mit dir privat Kontakt zu bekommen, ist für Leute, die dich nicht kennen, sicherlich schwierig. Ich kann noch verstehen, dass du zweimal die Galerie ausgeräumt hast, aber das mit der Sekretärin kann auch ich nicht verstehen. Da musst du einen Black-out gehabt haben.“

Wolfgang, nickte: „Du hast recht. Ich kann's dir auch nicht richtig erklären. Aber ich hab mir damals eingebildet, ich könnte Hilde irgendwie an mich binden. Es war falsch. Hilde bekam über diesen Mann vom CIC ihr Geld wieder zurück und eine Entschädigung. Insgesamt 28.000 Euro. Wie ich erfahren habe, hat sie sich danach mit dem Sohn von Moritz Granika verlobt und hat im Oktober geheiratet. Soweit ich weiß, ist sie jetzt schwanger und lebt in Solingen.“

Horst fragte: „Woher weißt du das schon wieder?“

Wolfgang: „Das war einfach. Ich habe mir eingebildet, ich könnte noch mal Kontakt mit ihr aufnehmen, und da habe ich das herausgefunden.“ Horst bohrte weiter: „Und deine langjährige Freundin Anja Henzo?“

Wolfgang: „Wenn ich überleben will, muss ich diese Liaison beenden. Das wird nicht ganz einfach sein, aber meinen Namenswechsel in Wolfgang Zeller darf sie nicht erfahren. Wie du weißt, werde ich nicht nur von der deutschen Polizei gesucht, sondern auch über Interpol. Heinz Engler oder Heinz van Engelen muss verschwunden bleiben. Die Polizei wird immer wieder bei Anja Henzo nachfragen. Dieses Risiko ist mir zu groß. Den Wolfgang Zeller konnte sie ohnehin nicht leiden, so ist die Gefahr nicht groß, dass sie mich eines Tages besucht."

Horst wurde ernst: „Wenn ich richtig mitgehört habe und zwischen den Zeilen deine Meinung erahne, so hast du Folgendes vor: Du willst deine alte Identität löschen. Heinz Engler oder Heinz van Engelen soll verschwinden. Du willst die Identität unseres Freundes Wolfgang Zeller annehmen. Vermutlich hast du von Wolfgang alle Unterlagen, du siehst ihm auch noch etwas ähnlich, ihr habt so ziemlich die gleiche Größe, du musst dir nur noch die Haare färben lassen. Könnte gelingen! Sowohl Heinz Engler als auch Heinz van Engelen verschwindet im Nirgendwo. Nach ein paar Jahren ist dann Gras über das Ganze gewachsen. Ist das richtig?"

Wolfgang bestätigte: „Du hast es erfasst. Ab sofort gibt es Heinz Engler oder Heinz van Engelen nicht mehr. Ich habe Wolfgangs gesamte Unterlagen und auf Grund unserer Ähnlichkeit ist das machbar. Ich werde mir zur Vorsicht noch einen Bart wachsen lassen Den Reisepass habe ich bereits vor Monaten erneuern lassen. Das war problemlos. Jetzt kommen noch Personalausweis und Führerschein. Auch das dürfte keine Probleme geben."

Horst noch mal: „Also, wo und wie kann ich dir helfen?"

Wolfgang: „Ich muss ein neues Domizil haben. Einen Wohnsitz, von dem ich meine Geschäfte betreiben kann. Ich habe vor, etwas Ähnliches wie die Galerie Kaiser zu machen. Mehr auf den deutschen Markt und die osteuropäischen Länder bezogen.

Ich habe zwei sehr gute Mitarbeiter, fit im Verkauf, und wirkliche Kunsthistoriker. Beide haben in Gent studiert. Der eine heißt Bart van de Velde und der andere Paul Vermeylen. Das sind die beiden Herren, die die Polizei in Frankreich demnächst mangels Beweisen frei lassen muss. Es kann nur noch Tage dauern. Außerdem habe ich einen Künstler aus Polen und zwei aus der ehemaligen UdSSR aktivieren können. Drei Spitzenkräfte. Für die muss ich Unterkunft, Arbeitsgenehmigung und einen Wirkungskreis schaffen. Die finanziellen Mittel sind vorhanden. Ich habe gedacht, du könntest mir helfen. Auf dem Weg hierher sah ich das Schild deines Nachbargrundstückes. Anscheinend eine alte Fabrik, Druckerei oder Weberei, das wäre eventuell etwas. Eines ist wichtig, es muss relativ schnell gehen."

Horst bestellte bei seiner Mitarbeiterin eine Kanne Kaffee und sagte dann: „Wenn ich dich richtig verstanden habe, so willst du seriös werden. Dazu beglückwünsche ich dich. Bist du sicher, dass du das durchhältst? Es ist ein Weg der kleinen Schritte, nicht immer einfach. Du warst bisher in einem Milieu, das sich hauptsächlich von Kunstdiebstahl ernährt hat. Ich will dir keine Vorhaltungen machen, ich selbst war lange genug involviert. Ich weiß, wie schwierig der Weg aus diesem Dunstkreis von Kunst und Verbrechen ist. Stell dir das nicht zu einfach vor. Ich bin nicht begeistert von der Idee, dass du dich ausgerechnet neben meinem – oder im Moment noch unserem – Unternehmen niederlassen willst. Aber wie gesagt, ich will dir helfen."

Es klopfte und die junge Dame brachte den Kaffee und etwas Gebäck. Nachdem sie gegangen war, fuhr Horst fort:

„Das Nachbargebäude ist für einen Appel und ein Ei zu bekommen. Du kannst es kaufen oder du kannst es mieten. Diese Gegend ist keine Laufgegend. Hier eine Galerie einzurichten, erscheint mir nicht zweckmäßig. Aber es ist dein Geschäft. Das Gebäude besteht aus mehreren Teilen. Wir können uns das ansehen. Es ist riesig. Für deine Belange viel zu groß. Aber vielleicht kann man auch nur einen Teil mieten oder kaufen. Das Anwesen mit Gelände gehört zur Straße um die Ecke. Soweit ich weiß, sind im Souterrain eine Hausmeisterwohnung und eine kleine Wohnung für Mitarbeiter. Ich weiß nicht genau, im zweiten oder dritten Stock sind noch Möglichkeiten für weitere Wohnungen. Das muss man sich ansehen. Alles ist ziemlich verrottet. Wenn die hören, du willst eine Galerie dort betreiben, kannst du das wahrscheinlich zu einem Spottpreis erwerben. Wenn du willst, kann ich versuchen, für morgen Früh einen Termin mit dem Makler oder dem Anwalt zu machen. Ich weiß nicht genau, wer das betreut."

„Klingt nicht schlecht," meinte Wolfgang. „Versuch's doch mal, vielleicht kannst du noch jemanden erreichen."

Horst versuchte und hatte Glück, er erreichte die Anwaltskanzlei noch, brachte sein Anliegen vor. Der Anwalt versprach, sich mit dem Makler in Verbindung zu setzen und wollte zurückrufen.

Der Rückruf erfolgte umgehend. Man verabredete sich für den nächsten Morgen um 9 Uhr zur Besichtigung.

„Das wäre erledigt", sagte Horst, „jetzt müssen wir nur noch klären, wie wir das mit meiner oder unserer Bilderrahmenfabrik machen. Wir haben damals die Fabrik, das heißt die Gebäude, das Gelände und die Firma nebst Lagerbestand für 680.000 DM gekauft. Jeder von uns hat damals 300.000 gegeben, die aus dem Rückkauf der Bilder aus Kopenhagen stammten, also insgesamt 900.000 DM. Nachdem wir beide nun die Anteile von Wolfgang Zeller übernommen haben, teilt sich der Betrag in zwei Teile, nämlich in je 450.000 DM oder zirka 220.000 Euro. Wir haben die ersten Jahre keine Gewinne gemacht, sondern nur Verluste, das hat sich erst in den letzten Jahren geändert. Das entnehmen wir den Zahlen der Bilanz. Wir reden also hier von einem Betrag zwischen 250.000 und 300.000 Euro. Ich bin im Moment nicht in der Lage, dir diesen Betrag auf einmal zu zahlen. Aber ich könnte bei der Bank eine Hypothek über einen solchen Betrag aufnehmen. Das wird zwar etwas dauern, aber du könntest dann kurzfristig über das Geld verfügen. Wäre das in deinem Sinne?“

Wolfgang überlegte: „Eigentlich bin ich in keiner finanziellen Klemme. Ich bin liquide, trotz des Verlustes meiner Gelder an die Galerie Kaiser. Aber du hast Recht, klare Verhältnisse unter Freunden können nur von Vorteil sein. Außerdem weiß ich nicht, was ich für die eventuell neuen Räume an flüssigen Mitteln brauche. Du kannst ja vorsichtshalber schon mal mit deiner Bank sprechen. Wir müssen ohnehin auf die Bilanzen von deinem Steuerberater warten, um die genaue Summe feststellen zu können. Für mich wäre eine solche Lösung auch nicht schlecht. Also grundsätzlich bin ich mit deinem Vorschlag einverstanden.“

Horst stand auf und sagte: „Jetzt haben wir einen ganzen Tag lang geredet und geredet. Was hältst du davon, wenn wir heute Abend mal in ein vernünftiges Lokal gehen? Ich kenne in Wuppertal eine ganze Menge, ich lade dich ein.“

***

Horst und Wolfgang hatten gerade gefrühstückt, als Horsts Sekretärin zwei Herren meldete. Es kamen der Anwalt, mit dem Horst gestern gesprochen hatte und ein Makler. Nachdem sie sich gesetzt hatten, fragte der Anwalt: „Wer ist eigentlich unser Verhandlungspartner?“

Horst entschuldigte sich: „Bedaure, Sie können es nicht wissen, Wolfgang Zeller ist mein Studienkollege und sucht ein etwas größeres Gebäude, in dem er beabsichtigt, eine Art Galerie einzurichten. Er befasst sich mit Bildern und Kunstgegenständen der letzten Jahrhunderte, die er als Kopien verkaufen möchte. Dass das hier keine Lage für eine Galerie ist, habe ich ihm mehrfach gesagt, aber er will sich die Räume ansehen, da er ohnehin vorhat, seine Gemälde auf Wanderausstellungen zu zeigen. Er braucht dazu noch Werkstätten für die Reproduktion, auch für Rahmungen. Soweit ich meinen Studienkollegen verstanden habe, werden seine künstlerischen Mitarbeiter aus dem osteuropäischen Raum kommen, daher benötigt er auch kleine Appartements und er selbst möchte sich auch eine Wohnung dort einrichten. Es ist eventuell an Mietung oder an Kauf gedacht. Ich glaube, man sollte sich erst mal ansehen, ob die Gebäude überhaupt in Frage kommen."

Den ganzen Vormittag besichtigten sie diese ehemalige Fabrik, die aus zwei Teilen bestand. Sehr schnell kristallisierte sich heraus, dass für Wolfgang nur ein Teil in Frage kam. Es war der Kleinere, der hinter der Rahmenfabrik lag und daher in einer ganz anderen Straße.

Es war ein dreistöckiges Gebäude mit einer großen Einfahrt und einem Wirtschaftshof. Das Souterrain hatte eine Hausmeisterwohnung. Es gab einen unterkellerten dreistöckigen Seitenbau mit einer Rampe. Anscheinend der Versand, im großen Hof waren links hinten vier Garagen. Das Haupthaus hatte eine gewerbliche Fläche von insgesamt 2.400 m² und der Seitenbau mit Rampe eine gewerbliche Nutzfläche von zirka 1.500 m². Das Ganze in einem sehr desolaten Zustand.

Wolfgang besichtigte es ohne irgendeinen Kommentar. Dann gingen sie zurück in Horsts Büro.

Nachdem die junge Dame Kaffee serviert hatte, begann Wolfgang: „Meine Herren, ich habe mir dieses verrottete Gebäude angesehen. Es wundert mich nicht, dass es bis heute leer steht. Jeder weitere Tag des Leerstands bringt einen geringeren Verkaufserlös. Ich möchte von Ihnen nur zwei Dinge wissen:

Erstens: Was stellen Sie sich als Mietpreis vor und im Falle einer Anmietung, wer zahlt für die zu erneuernden

Installationen wie Heizung, Wasser, Strom, die alle verrottet sind? Zweitens: Im Falle eines Kaufes, wie hoch soll der Kaufpreis sein?“ Der Anwalt begann: „Bei dem Mietpreis bin ich ermächtigt, Ihnen ein einmaliges Angebot zu machen. Miete pro Monat 2.500 Euro kalt. Allerdings müssten alle Renovierungskosten einschließlich der Installationen von Ihnen übernommen werden.

Im Falle eines Kaufes ist es etwas schwieriger, einen genauen Preis zu bestimmen. Auf den beiden Anwesen ruht eine Bankhypothek in Höhe von zirka 1.000.000 Euro, zuzüglich Zinsen. Nimmt man mal an, dass die beiden Objekte nicht gleich groß sind und sich die Gebäude, für die Sie sich interessieren, nur ein Drittel des gesamten Anwesens sind, so wäre die Hypothekenbelastung zirka 330.000 Euro zuzüglich Zinsen. Das wäre nur die Hypothek. Dazu käme dann ein eventueller Aufpreis für die Eigentümer. Ich glaube, man könnte bei einer halben Million Euro verhandeln.“

Wolfgang hatte ruhig zugehört und sagte dann zum Anwalt gewandt: „Eine Anmietung der Gebäude beim derzeitigen Zustand ist unzumutbar. Selbst wenn die Miete nur 10 Euro pro Monat betragen würde, käme das nicht in Frage. Ich muss Ihnen nicht sagen, dass die Renovierungskosten immens sind. Dies kann man nur investieren, wenn man Eigentümer des Gebäudes ist. Bleibt nur der Kauf. Hier muss geklärt werden:

Erstens: Ist dieser Gebäudeteil als getrennter und eigenständiger Teil im Grundbuch eingetragen und falls nicht, kann dieser Teil problemlos von den anderen Gebäudeteilen übernommen werden und so auch im Grundbuch eingetragen werden?

Zweitens: Da die Gebäude wahrscheinlich um 1890 herum gebaut wurden, die Bombennächte des letzten Krieges überstanden haben, stehen sie möglicherweise unter Denkmalschutz. Man kann es also nicht abreißen und neu bauen. Auch diese Frage ist zu klären.“

Der Anwalt erfreut: „Die beiden Fragen kann ich beantworten. Der für Sie in Frage kommende Gebäudeteil ist separat im Grundbuch eingetragen und besitzt Brandmauern zu den übrigen Grundstücken. Das wäre also kein Problem. Grundbuchauszug liegt bei mir vor und Sie können ihn bei mir einsehen.

Es ist außerdem richtig, dass diese Gebäude unter Denkmalschutz stehen, wie Ihnen sicher bekannt ist, dürfen Sie daher die Fassade nicht verändern. Ein Manko, gebe ich zu. Wäre das nicht der Fall, hätten wir diese Gebäude schon längst abgerissen und nur die Bauplätze verkauft."

Wolfgang überlegte einen Moment und sagte dann zum Anwalt: „Ich mache Ihnen jetzt ein Angebot und Sie können zusagen oder ablehnen. Ich bin bereit, für die mir gezeigten Gebäude und die Hoffläche eine Summe von 300.000 Euro zu zahlen, und nicht einen Penny mehr. In diesem Betrag müssen die Maklergebühren und auch die Gebühren für Ihre Bemühungen enthalten sein. Ich werde mit Ihnen in Ihr Büro gehen und Sie geben mir eine Kopie des Grundbuchauszuges und, wenn möglich, eine Kopie der Baupläne – falls Sie diese besitzen. Sie haben 14 Tage Zeit, dies mit der Bank zu besprechen. Sollten Sie mit meinen Bedingungen einverstanden sein, so kann die Abwicklung noch in diesem Monat erfolgen. Ein weiteres Verhandeln ist sinnlos, denn ich bin nicht bereit, auch nur einen Cent mehr zu bezahlen. Sie und auch die Bank und Eigentümer wissen, dass die Sanierung dieser Gebäude ein Vermögen verschlingt. Nach meiner Auffassung sind Ihre Mandanten gut beraten, mein Angebot anzunehmen."

Sie sprachen noch etwas über das Projekt. Dann verabschiedeten sich der Anwalt und der Makler, und Wolfgang fuhr mit, um die Baupläne und den Grundbuchauszug in Kopie zu holen. Nach einer Stunde war Wolfgang wieder in der Rahmenfabrik. Horst Gerkan begrüßte ihn: „Na, hast du alles bekommen?"

Wolfgang lachte: „Sogar den Schlüssel für das Wochenende. Außerdem noch die alten Baupläne und den Grundbuchauszug. Die müssen wir kopieren, denn am Montag will der Anwalt diese Papiere zurückhaben, auch den Schlüssel."

Horst: „Du glaubst doch nicht, dass die auf deine Bedingungen eingehen?"

Wolfgang: „Da bin ich ganz anderer Meinung. Im Grundbuch für das Grundstück, an dem ich interessiert bin, sind nur 200.000 Euro als Hypothek eingetragen. Allerdings plus Zinsen. So bleibt sogar für die Erbengemeinschaft noch eine Kleinigkeit übrig. Ich müsste mich schon sehr irren, wenn die das nicht machen würden. Die Makler- und Anwaltsgebühren können die vergessen. Wenn ich bei dir noch wohnen darf, so würde ich mir am Wochenende die Räume und Möglichkeiten noch mal genau ansehen."

Horst: „Na klar darfst du hier wohnen. Aber es ist saukalt. Du kannst auch von mir Arbeitskleidung und feste Sachen haben. Nur für Schuhe musst du sorgen, meine passen dir nicht."

Wolfgang: „Prima, willst du mitkommen? Ich will mir nur ein paar Skizzen machen. Mein Mann in Polen hat auch Bauarbeiter zur Verfügung, die können sich gegebenenfalls dort was verdienen, wenn der Deal klappt. Am Montag muss ich in Paris sein. Habe dort einen Termin bei meinen Anwälten. Außerdem hoffe ich, dass ich erfahre, wann meine Mitarbeiter aus dem Gefängnis entlassen werden. Also spätestens am Montagmorgen muss ich hier weg." Sie sprachen noch einen Moment, gingen dann zum Mittagessen und es begann für die beiden ein arbeitsreiches Wochenende.

Wiesbaden

Es war Freitagnachmittag. Susi Kaiser saß an ihrem Schreibtisch und überlegte. Wie immer war die Woche unmittelbar nach Neujahr ziemlich arbeitsreich gewesen. Die kleinen Unregelmäßigkeiten der Inventuren mussten geregelt werden, die Vorbereitungen für die Bilanzen wurden besprochen und das Konzept für das neue Jahr sollte erarbeitet werden.

Susi dachte über das vergangene Weihnachts- und Neujahrsfest nach. Es war wunderschön gewesen. Ein Fest für eine große Familie und Susi träumte mit offenen Augen:

Nochmals sah sie dieses traumhafte Weihnachtsfest. All ihre Lieben waren gekommen, um das Fest gemeinsam zu feiern. Die Festtage waren nur so verflogen und dann Silvester. Nie hätte sie gedacht, dass ein Jahreswechsel so herrlich sein konnte. Moritz hatte ihre Wohnung im 5. Stock ihres Hauses in der Taunusstraße festlich geschmückt. Anton und Erich hatten dabei geholfen und es war den dreien gelungen, aus Susis Wohnung einen kleinen Festsaal zu machen. Hilde und Erika hatten ein Silvesterbuffet aufgebaut, das einem Spitzenrestaurant würdig gewesen wäre. Mike und Prem hatten sich einen Silvesterpunsch einfallen lassen. Er schmeckte fantastisch und hatte wenig Alkohol. Für die Kinder gab es ihn ganz ohne Alkohol. Petra und Vera hatten den Neujahrsbrunch übernommen und Alena, Franz und Hugo konnten das Feuerwerk nicht lassen.

So begann Silvester mit dem üblichen Aperitif um 18 Uhr. Alle waren festlich gekleidet.

Susi mit ihrem Moritz, Anton mit seiner Erika, Hilde, die ihren Erich ganz fest an der Hand hielt, Petra und Prem mit ihren vier Kindern, Mike und Vera, Alena und Franz, und nicht zu vergessen, Hugo Wettengel. Als sie so beisammen standen, meinte Hilde: „Hugo, du bist unser einziger Single, heute ist Silvester, lasst uns das Orakel fragen, ob du im kommenden Jahr auch Single bleiben wirst."

Alles lachte. Sie nahmen neun Tassen, Hilde hatte schon neun Zettelchen beschriftet, welche sie unter die Tassen legten. Darauf waren die für das Orakel notwendigen Worte:

1. Zettel: Kind/Geburt, 2. Zettel: Verlobung/Heirat, 3. Zettel: Geld/Erfolg, 4. Zettel: Krankheit/Tod, 5. Zettel: Armut/Not, 6. Zettel: Verlieben/Liebe, 7. Zettel: Große Reise, 8. Zettel: Glück/Lebensfreude, 9. Zettel: Gesundheit/Zufriedenheit.

Hilde legte unter jede Tasse einen Zettel, dann mischte man die Tassen und Dr. Hugo Wettengel, der einzige Junggeselle in der Runde, durfte dreimal ziehen. Er zog: Verlieben/Liebe, Große Reise und Glück/Lebensfreude. Jetzt waren alle anderen am Zug. Unter viel Lachen und Kommentaren war es eine lustige Angelegenheit.

Das Abendessen zog sich dahin, es war alles sehr locker und gegen 22 Uhr kam wiederum Hilde mit dem Orakel des Bleigießens. Die Runde wurde immer lustiger und die Kommentare zu den gegossenen Figuren immer heiterer und amüsanter. Sie hatten viel Spaß.

Prem, Franz und Hugo hatten nichts Alkoholisches getrunken. Sie sagten eine halbe Stunde vor dem Jahreswechsel: „Zieht euch alle etwas Warmes an, wir haben ein Feuerwerk vorbereitet, das wir am Neroberg abbrennen wollen. Dann sehen wir auch das Feuerwerk von Wiesbaden."

Mit drei Wagen fuhr man auf den Neroberg. Prem, Franz und Hugo bereiteten das Feuerwerk vor. Anton und Moritz hatten Gläser und Sekt mitgebracht und so stieß man Punkt Mitternacht auf das neue Jahr an. Dann zündeten sie ihr kleines Feuerwerk zur Begeisterung der Kinder. Gleichzeitig konnte man über Wiesbaden das wunderschöne Feuerwerk der Stadt sehen.

Susi träumte mit offenen Augen in ihrem Büro weiter, bis sie ein Klopfen an der Tür aufschrecken ließ.

Anton war in der Tür: „Sag mal, was ist denn los, willst du nicht mehr kommen? Du hast Gäste in deiner Wohnung, die auf dich warten. Deine eventuelle, neue Mitarbeiterin, Ilse Bach, ist auch wunschgemäß um Sechs erschienen, nur du bist nicht da."

Susi musste lachen: „Anton, tut mir leid, ich musste einfach ein bisschen träumen. Darüber habe ich Zeit und Raum vergessen. Entschuldige! Aber ich komme sofort mit.“

Susi stand auf und ging mit Anton die zwei Etagen hoch in ihre Wohnung. Es waren nahezu alle gekommen, die sie eingeladen hatte. Susi entschuldigte sich und fragte nur: „Anton, du sagtest, Frau Bach ist auch hier, ich kann sie nicht sehen?“

Anton lachte: „Frau Bach hat ihren kleinen Jungen, den vierjährigen Ben mitgebracht. Hilde ist mit den beiden nach unten zu Petras und Prems Kindern gegangen.“

So ging Susi eine Etage nach unten zu den Leekpais. Dort traf sie auch Frau Bach, stellte sich vor und fragte: „Wo ist Ihr Kleiner?“

Frau Bach konnte nicht antworten, denn Petra deutete unter den Weihnachtsbaum. Dort saß Petras Jüngste, Anna, mit ihren vier Jahren, und ein kleiner Junge, der anscheinend im gleichen Alter war. Sie hielten sich bei den Händen, schauten sich an und sprachen kein Wort.

Petra sagte: „So sitzen die zwei schon gute 15 Minuten, sagen kein Wort und halten sich an den Händen. Sie schauen sich nur an und mir kommen da so ein paar Gedanken an meine Kindheit.“ Petra lachte und fuhr fort: “Susi, geh schon mal nach oben zu deinen Gästen, ich glaube, dass ich Frau Bach die Geschichte von mir und Prem erzählen muss.“

Jetzt lachte Susi auch und verabschiedete sich schnell.

Petra bat Frau Bach, sich zu setzen, dann begann sie: „Mit drei Jahren brachte mich meine Mutter in einen Kindergarten. Gleichzeitig wurde Prem von seiner Mutter in den gleichen Kindergarten gebracht. Wir fassten uns an den Händen, so wie das Ihr Ben mit meiner Anna getan hat und waren von Stund an unzertrennlich. Wollte man uns trennen, gab es eine Schreierei. Das Ganze endete in einer wunderschönen und glücklichen Ehe. Bei Gelegenheit erzähle ich Ihnen die sicher nicht immer ganz lustigen Details. Aber jetzt würde ich vorschlagen, wir warten erst mal ab. Sie können getrost nach oben gehen, lassen Sie Ihren Ben einfach hier. Er wird mit uns essen und wenn es bei Ihnen länger dauert, so kann er auch bei uns schlafen. Sie können ab und zu mal hereinschauen. So wie ich sehe, haben die beiden die Bauklötzchen entdeckt. So war das damals bei meinem Mann und mir auch. Weder mein Mann noch ich können uns daran erinnern, aber unsere Eltern haben uns das mindestens hundertmal erzählt. Mal sehen, wie es weitergeht. Wir werden gut auf Ihren Ben aufpassen."

Es war Frau Bach anzusehen, dass es ihr nicht ganz recht war, sie wusste aber für den Moment keine andere Lösung, und so ging sie nach oben.

18 Uhr war für Susi und alle Angehörigen der Familie eine ziemlich heilige Zeit. Wann immer man konnte, traf man sich zu dieser Zeit in ihrer Wohnung, die eigentlich mehr ein Atelier war, um zusammen zu sein und den Tag ausklingen zu lassen.

Als Frau Bach nach oben kam, nahm Susi sie in Beschlag: „Liebe Frau Bach, entschuldigen Sie meine Verspätung. Ich wusste nicht, dass Sie Ihren Kleinen mitbringen, sonst hätte ich etwas arrangiert."

Hier unterbrach Frau Bach: „Ich muss mich entschuldigen. Ich hatte für dieses Wochenende einen Babysitter engagiert, der hatte in letzter Minute abgesagt. So sah ich keine andere Möglichkeit, als ihn mitzunehmen. Die Leute im ‚Hotel Bären' waren sehr nett und haben mir ein Kinderbettchen ins Zimmer gestellt. Ben ist sehr pflegeleicht. Vielleicht kann er morgen während unserer Unterredung auch bei der Familie Leekpai bleiben, dann stört er nicht."

Susi lachte: „Da machen Sie sich keine Gedanken, Hilde Granika haben Sie schon kurz kennengelernt, die wird sich jetzt um Sie kümmern.

Hilde war nicht nur meine frühere Sekretärin, sie ist auch meine beste Freundin. Wie Sie sicher schon gesehen haben, erwartet sie demnächst Nachwuchs und ich weiß, sie kann gut mit Kindern umgehen."

Susi winkte Hilde, und Susi sagte: „So, jetzt will ich die Vorstellung offiziell machen. Liebe Frau Bach, das ist Hilde Granika, früher Frau Reiz, die viele Jahre mein Büro geleitet hat. Sie kann Ihnen am Besten sagen, was hier alles anliegt und auf was zu achten ist. Da wir erst morgen Nachmittag das offizielle Vorstellungs- und Einstellungsgespräch haben werden, ist es vielleicht gut, wenn Sie sich beide morgen Vormittag zusammensetzen, Hilde kann Ihnen dann schon mal einen Einblick in unseren Betrieb verschaffen."

Susi fragte Erika: „Hast du einen Moment Zeit?" und als Erika näher kam, stellte Susi Erika vor: „Ich habe Euch schon kurz bekannt gemacht, so jetzt noch mal: Frau Bach, das ist meine zukünftige Stieftochter Erika Granika, die Verlobte meines Geschäftspartners, Anton Jonas und die derzeitige Leiterin meines Büros. Sie will mich aus zwei Gründen verlassen. Erstens will sie in das Büro meines Geschäftspartners etwas Ordnung bringen und natürlich auch ihm näher sein, aber vor allen Dingen will sie künstlerisch tätig werden. Viele Jahre hat sie sich mit Glasmalerei als Hobby befasst und nachdem wir im November letzten Jahres mehrere Anfragen hatten, hat sie sich entschlossen, auf diesem Gebiet tätig zu werden. Wir haben in unserer anderen Galerie – die werden Sie noch sehen – die entsprechenden Brennöfen und Möglichkeiten.

Ihr habt euch ja schon kurz bekannt gemacht. Vielleicht hast du, liebe Erika, eventuell übermorgen Vormittag kurz Zeit, um Frau Bach von deinem Job zu erzählen. Übergabe kann ohnehin erst gemacht werden, wenn der Mitgliederbeirat des Vereins der Einstellung von Ilse Bach zustimmt und diese unser Angebot annimmt." Susi nahm sich der Frau Bach an, stellte sie noch mal allen Anwesenden vor, bis Frau Bach meinte, sie müsse nach ihrem Sohn sehen. Hilde begleitete sie nach unten.

Frau Bach war erstaunt, als sie die kleine Anna und ihren Sohn Ben einträchtig beisammen sitzen sah. Die beiden Kinder hatten schon gegessen und Petra sagte: „Frau Bach, machen Sie sich im Moment keine Sorgen. So wie ich das hier kenne, werden Sie jetzt zum Abendessen gehen. Es ist für Sie wichtig, dabei zu sein. Es sind alle Mitglieder des Einstellungsgremiums anwesend. Ein Kennenlernen bei einem Abendessen kann nur nützlich sein. So wie Sie die beiden Kinder jetzt sehen, kann man sie nicht auseinanderreißen. Prem oder ich erzählen ihnen noch eine Geschichte und dann werden sie schlafen. Wenn Sie vom Essen zurückkommen, schauen Sie noch mal herein. Sie nehmen ihn dann mit oder lassen ihn hier bis morgen früh. Sie können ganz beruhigt mit zum Abendessen gehen."

Frau Bach bedankte sich vielmals und ging mit Hilde nach oben in Susis Atelierwohnung.

Susi lud alle Anwesenden zum Abendessen bei Giovanni ein. Es war ein nahe gelegenes italienisches Restaurant, in das sie meistens gingen.

Frau Bach musste nach dem Abendessen noch mal zu Familie Leekpai, um nach ihrem Sohn Ben zu sehen. Der Junggeselle Dr. Hugo Wettengel hatte sie begleitet und als sie die friedlich schlafenden Kinder sahen, wurde beschlossen, dass Ben bleiben durfte und Hugo Wettengel brachte Frau Bach in ihr Hotel.

***

Samstagmorgen. Es würde ein arbeitsreiches Wochenende werden. Sie hatten um Zehn das gesamte Gremium des Vereins einbestellt und mussten ein riesiges Programm durcharbeiten. Susi saß mit Moritz, Hilde und Erich beim Frühstückstisch in ihrer Wohnung im 5. Stock der Taunusstraße. Sie hatten die Unordnung des gestrigen Abends noch nicht aufgeräumt. Hilde wollte das nach dem Frühstück machen.

Susi meinte: „Ich wollte, dieses Wochenende wäre vorbei. Sicherlich ist es schön alle hier zu haben, aber es ist auch stressig. Was meint ihr denn zu Frau Bach, passt sie zu uns?“

Dazu meinte Moritz: „Es ist eine wichtige Position, die du da besetzt. Ich hab noch nicht mal eine Ahnung, wie du zu ihr gekommen bist. Und warum verlässt sie ihre Stellung in München? Dazu noch mit einem vierjährigen Kind!“

„Sie hat sich telefonisch bei uns im Oktober letzten Jahres beworben, als du die Urlaubsvertretung von Hilde und Erich in Solingen machtest. Ich habe sie gleich zu einem Vorstellungsgespräch gebeten und sie kam auch sofort. Sie hat mir ihre Unterlagen dagelassen und dann hörte ich nichts mehr von ihr. Mitten im Weihnachtstrubel rief sie bei mir an und fragte, ob die Stellung noch frei wäre, sie könnte sie gegebenenfalls sofort antreten. Sie sei freigestellt.

Sie war nach dem Studium bei der Münchener Messegesellschaft angestellt. Wechselte vor fünf Jahren zu einer Beraterfirma, die für die Münchener Messegesellschaft arbeitet. Unter anderem betreute sie die Münchener Kunst-Messe. Sie verliebte sich in ihren Chef und hatte mit ihm das Kind namens Ben. Der Chef war verheiratet und wollte sich scheiden lassen. Aus finanziellen Gründen scheint das nicht machbar. In München will sie nicht mehr tätig sein, da sie dort immer wieder dem Vater des Kindes begegnen würde.“

„Na ja,“ knurrte Moritz, „das ist wenigstens eine Erklärung, aber wie sieht die fachliche Seite aus?“

„Die Unterlagen habe ich unten,“ sagte Susi, „soweit ich mich erinnern kann, Abitur, Studium der Betriebswirtschaft. Danach Messegesellschaft München - Ausstellungswesen, dann diese Beraterfirma für Messen und Ausstellungen. Die Unterlagen waren einwandfrei. Ob wir mit ihr zurechtkommen, das kann man erst nach einiger Zeit sagen.“

Jetzt mischte sich Hilde in das Gespräch: „Also ich hab mich nicht lange mit ihr unterhalten, aber ihr Alter, sprich ihr Chef, hat sie sitzen lassen. Sie will weg von München. Das kann ich verstehen. Sie braucht einen Neuanfang. Mit einem vierjährigen Kind nicht einfach. Bewundere ihren Mut. Ich soll doch heute und morgen Vormittag mit ihr sprechen und den Betrieb erklären, das mache ich und bin mir sicher, ich kann euch dann sagen, ob sie zu uns passt oder nicht. Außerdem gibt es bei uns eine Probezeit. Bevor ihr heute Nachmittag mit dem Gremium über die Einstellung entscheidet, werde ich euch meine ersten Eindrücke schildern. Außerdem finde ich, sie hat sich gestern Abend doch recht gut geschlagen.

Sie ist schon wieder unten bei Petra und Prem, um sich um ihr Söhnchen zu kümmern. Also ich flüstere euch so gegen 14 Uhr, was ich denke."

Erich meinte nur: „Es wird für Frau Bach mehr als schwierig. Sie kennt hier niemanden, muss ihr Kind in eine Krippe geben, muss sich eine Wohnung suchen, eigentlich alles Dinge, die für ein Scheitern ihres Unterfangens sprechen. Es sind zu viel negative Dinge, die gegen eine Einstellung sprechen."

„Typisch Mann", Hilde drohte Erich mit dem Finger. „Was will denn jemand machen, der seinen Partner gern hat, ein Kind bekommt und der lässt einen dann sitzen? Für mich sind das eher positive Punkte, die für eine Einstellung sprechen. Wenn wir ihr jetzt helfen, wird sie sich doppelt anstrengen und sich schnell integrieren. Also seid sicher, ich werde ihr auf den Zahn fühlen."

Nach kurzer Zeit meinte Susi: „Ich muss euch jetzt allein lassen, denn ich habe noch einiges vorzubereiten."

Auch Moritz ging in sein kleines Büro, um seine Unterlagen fertig zu machen. So beeilten sich Hilde und Erich, um das Chaos vom Vorabend zu beseitigen.

Das ging schneller als erwartet.

Während Erich Granika zu seinem Vater Moritz ging, eilte Hilde nach unten zu Leekpais, um Frau Bach zu treffen. Sie hatte richtig vermutet. Frau Bach war schon längere Zeit bei Prem und Petra und sie beobachteten ihre Kinder. Beide hatten am Morgen lange geschlafen, dann gefrühstückt und jetzt spielten sie andächtig mit einem Steinbaukasten unter dem Christbaum.

Nachdem Hilde alle begrüßt hatte, lachte sie mit einem Blick auf die beiden kleinen Kinder: „Ist das eine Zweitausgabe Prem – Petra?"

Jetzt mussten auch Petra und Ilse Bach lachen und Frau Bach sagte: „Frau Leekpai hat mir die wunderbare Geschichte von sich und ihrem Mann erzählt. Es ist schon erstaunlich, einen so ruhigen und zufriedenen Ben kenne ich eigentlich nicht. Ich nehme das Angebot von Frau Leekpai gerne an, dass sie sich während meiner Vorstellungsgespräche um Ben kümmern will. Ich hoffe, ich kann es in irgendeiner Form wiedergutmachen. Nochmals ganz lieben Dank."

Und Petra: „Schauen Sie sich nur Ihren Ben und meine Anna an, zwei ganz liebe und verträumte Kinder. Sie müssen nicht glauben, dass meine Anna immer so ist, aber zusammen mit Ben ist sie ein anderes Wesen. Schauen Sie nur ab und zu mal herein, ansonsten lassen wir die beiden spielen."

Hilde, unkompliziert wie immer, nahm Ilse Bach mit in Susis Wohnung, die jetzt leer war und sagte: „Mal sehen, ob die uns noch einen Kaffee übriggelassen haben." Sie setzte sich mit Frau Bach in die Küche und nachdem jeder seinen Kaffee hatte, sagte sie: „Liebe Frau Bach, ich bin hier in diesem Haus geboren, besser gesagt, im 3. Stock des

Hinterhauses. Seit meiner Kindheit kenne ich praktisch nur die Galerie Kaiser. Dies ist meine Heimat und meine Familie und wird es auch immer bleiben. Ich werde versuchen, Ihnen in Kurzform die Geschichte der Galerie Kaiser zu erzählen, damit Sie sich wenigstens ein kleines Bild dieser Unternehmen machen können. Wir beide dürften in etwa gleichaltrig sein, es ist einfacher, manche Dinge zu besprechen, wenn man sich duzt. Wären Sie einverstanden, wenn wir uns duzen? Ich bin Hilde!"

Frau Bach war erstaunt, dann lächelte sie und sagte: „Ich bin Ilse." Nahm Hildes Hand und sagte weiter: „Danke, du machst es mir sehr einfach. Ich bin nicht mehr an diese unkomplizierte Form der Unterhaltung gewöhnt. Bei uns war das ‚Du' verpönt. Ich habe auch gestern schon gemerkt, dass man hier sehr menschlich miteinander umgeht. Obwohl ich eine ganz fremde Person bin, hat man mich einfach aufgenommen. Auch wie Frau Leekpai sich um meinen Ben bemüht, war für mich etwas ganz Neues. Ich habe bisher nur Negatives über die Galerie Kaiser gehört, aber alles, was ich bis jetzt mitbekommen habe, ist mehr als positiv. Ich bin schon gespannt, was du mir erzählen wirst."

Hilde lachte: „Liebe Ilse, vergiss das Negative, ich will versuchen, dir in den nächsten zwei Stunden einen Überblick über unsere Unternehmungen zu geben. Der Begründer ist ein gewisser Otto Unger. Für mich mehr als mein Opa. Er war ein Flüchtling aus Tschechien und hat unmittelbar nach dem Krieg mit dem Kopieren kleiner Bildchen begonnen, die er an die damalige Besatzungsarmee der Amerikaner verkaufte. Dies tat er mit Hilfe eines Geschäftes für Künstlerbedarf, einer Familie Pfeiffer. Diese Familie Pfeiffer vererbte Otto Unger ihr Vermögen mit der Maßgabe, die Altersversorgung des Ehepaares Pfeiffer und der stark behinderten Tochter zu übernehmen.

So kam Otto in den Besitz der Immobilien, die die Galerie Kaiser heute besitzt.

Otto Unger holte 1968 seinen Neffen, Max Kaiser, aus Tschechien nach Wiesbaden. Die beiden legten den Grundstock für das heutige Geschäft. Nach einigen Jahren gründeten sie einen Verein mit dem Namen **Galerie Kaiser Wiesbaden e.V.** und eine Handelsgesellschaft mit dem Namen **Galerie Kaiser GmbH** mit Sitz in Wiesbaden. So ist auch heute noch die Rechtsform der beiden Unternehmen.

Im Verein sind die Künstler beschäftigt, die sich mit dem Herstellen unserer Produkte befassen, dies als Mitglieder des Vereins, aber als freie Mitarbeiter.

Die GmbH ist die Handelsgesellschaft, die sich mit dem Vertrieb der vom Verein hergestellten Produkte befasst und die den Handel mit Produkten betreibt.

Der Verein hat auch noch eine ideelle und gemeinnützige Variante. Sie fördert die Ausbildung von Künstlern, hilft Künstlern, die in Not geraten sind und hilft vor allen Dingen den Vereinsmitgliedern, falls diese in Not geraten sollten.

Die dir bekannten Leiter des Vereins beziehungsweise der GmbH haben ihre Ausbildung der großzügigen Unterstützung des Vereins zu verdanken. Die meisten unserer Mitarbeiter haben die Hilfe des Vereins ebenfalls in Anspruch genommen. Du wirst verstehen, dass fast alle Mitarbeiter für ihr Unternehmen durchs Feuer gehen würden. Dies ist der Grund, warum wir alle eine große Familie sind. Vielleicht verstehst du auch jetzt, wieso eine Anstellung oder eine Mitarbeit an unserem Unternehmen nur durch ein Gremium des Vereins erfolgen kann.

Ich weiß, das ist alles etwas viel, aber konntest du mir bisher folgen oder hast du noch Fragen?“

Ilse Bach war erstaunt:

„Von einem Verein wusste ich bisher noch nichts. Es hieß bei uns immer, der Gründer der Galerie Kaiser wäre über unlautere Methoden an sein Vermögen gekommen. Aber erzähl weiter, es ist schon interessant, einmal die andere Seite zu hören.“

Hilde fuhr fort: „Ich kann mir gut vorstellen, was die liebe Konkurrenz so an Gerüchten über uns in Umlauf bringt. Glaub mir, sowohl Otto Unger als auch Max`Kaiser waren zwei sehr honorige Menschen. Ende der siebziger Jahre kam Anton Jonas zu uns und Otto sorgte für seine Ausbildung, und für Max war er so etwas wie ein Sohn. Nach dem Abitur studierte Anton Jonas in Wien und nach Beendigung des Studiums trat er bei uns ein. Anton erbte nahezu die Hälfte des Vermögens von Otto Unger und Max Kaiser. Heute ist Anton stimmberechtigtes Mitglied beim Verein und einer der Geschäftsführer der GmbH.

1991 kam Susi Kaiser zu uns. Max und Otto sorgten dafür, dass Susi die Kunstschule besuchen konnte. Es war lustig, die ganze Firma wusste, dass Susi in Max verliebt war und Max in Susi. Nur die beiden trauten sich nicht, sich ihre gegenseitige Zuneigung zu gestehen. So liefen sie fünf Jahre lang wie zwei Liebeskranke nebeneinander her. Ich weiß, dass Otto Unger da ein bisschen nachgeholfen hat und nach fünf Jahren fanden sie endlich zusammen. Es wurde eine Bilderbuchliebe. 1996 verlobten sie sich, dann starb leider Otto Unger 1998, im Jahre 2001 heirateten Susi und Max. Max bekam Krebs und starb 2002. Max hatte seine Vermögensverhältnisse geregelt und so erbten Susi Kaiser und Anton Jonas je eine Hälfte des Vermögens.

Ich darf mich selbst nicht vergessen, denn Otto und Max hatten dafür gesorgt, dass auch ich zirka eine Viertel Million Euro erbte.

Der größte Teil des Vermögens befand sich aber bereits zu Lebzeiten von Otto Unger und Max Kaiser im Besitz des Vereins und da ist es heute noch. Und wie schon gesagt, nahezu alle Mitarbeiter sind Mitglieder und damit Besitzer des Vermögens. Hast du jetzt noch irgendwelche Fragen?"

Frau Ilse Bach hatte aufmerksam zugehört: „Eigentlich ist soweit alles klar und die Frage ist eigentlich nur reine Neugier. Wie hoch ist das Vermögen des Vereins?"

Hilde schmunzelte: „Eine Zahl kann und darf ich dir nicht sagen, aber das Vermögen des Vereins ist außergewöhnlich hoch. Dazu kommt, dass auch Susi Kaiser und Anton Jonas sehr vermögend sind. Sollte deine Einstellung klappen, wirst du die Zahlen ohnehin erfahren. Ich erzähle dir jetzt einfach weiter:

Im Besitz und Eigentum des Vereins befinden sich drei Immobilien. Wir fangen bei dem Haus an, in welchem wir uns befinden. Wie du weißt, liegt es in der Taunusstraße und hat noch ein Hinterhaus.

Ich fange mit dem **Vorderhaus** an: Keller: Reiner Lagerraum. Erdgeschoss: Galerie für Fachpublikum. 1. Obergeschoss: Galerie für Fachpublikum. 2. Obergeschoss: Wissenschaftliche Abteilung, Werbeabteilung. 3. Obergeschoss: Geschäftsleitung, Sekretariat und Buchhaltung. 4. Obergeschoss: Ehemalige Wohnung von Max und Susi, zurzeit genutzt durch Familie Leekpai. 5. Obergeschoss: Mansarde, Atelier und gleichzeitig Wohnung von Susi Kaiser und Moritz Granika.

Ich mache mit dem **Hinterhaus** weiter: Souterrain: Schreinerei, Rahmenfertigung, Erdgeschoss: Versand. 1. Obergeschoss: Grafische Abteilung, Fotosatz, Druckerei, Fotoabteilung, Scanner. 2. Obergeschoss: Lagerräume. 3. Obergeschoss: Lagerräume und Teppichknüpferei. 4. Obergeschoss: Fertigung Skulpturen, Elemente, Bildhauerei, Gläser, Schmuck. 5 Obergeschoss: Atelier, Fertigung von Gemälden.

Wie du sicherlich weißt, haben wir noch eine Galerie für das Publikum. Wir nennen sie **Galerie Anton**. Es ist ein viergeschossiges Haus. Hier waren auch die Anfänge der Galerie Kaiser. Ich erzähle dir wieder stichwortartig, was du dort findest: Keller: Porzellanherstellung, Brennöfen, Gießerei. Erdgeschoss: Galerie 1. Obergeschoss: Galerie.

2. Obergeschoss: Werkstatt für Fayencen, Silber, Zinn.
3. Obergeschoss: Wohnung Anton Jonas.
4. Obergeschoss: Atelier, Fertigung von Gemälden.

Unsere Farbenherstellung, die sogenannten »Kaisers Künstlerfarben« werden zwar auch in Wiesbaden hergestellt, aber in einem anderen Gebäude.

Unser USA-Geschäft liegt in den Händen von Mike Curtis. Du hast ihn gestern kennengelernt. Er vertreibt unsere Produkte über ein Unternehmen mit dem Namen

Kaiser's Association of Art in Boston/USA.

Auch dies ist eine hundertprozentige Tochter. Mike ist für mich so etwas wie mein Vater. Es scheint im ersten Moment nicht so, aber er ist ein ganz lieber Mensch. Dann haben wir noch eine fünfzigprozentige Beteiligung an der

Galleria Kaiser Roma S.A.

mit Sitz in Rom und diese wiederum hält eine Beteiligung an einer Intarsienfabrik in Neapel. Die beiden Geschäftsführer sind Herr Zontini und Herr Carlo Steiner. Der Aufsichtsrat ist unser Steuerberater Jens Gerner.

Raucht dir schon der Kopf und hast du noch Fragen?"

Frau Ilse Bach lachte: „Du siehst, ich habe schon etwas mitgeschrieben. Einige Fragen habe ich:

Erstens: Wer sind die Geschäftsführer des Vereins, gibt es einen Aufsichtsrat oder so was Ähnliches?

Zweitens: Wer sind die Geschäftsführer der GmbH, bei der ich mich beworben habe und gibt es so was Ähnliches wie einen Aufsichtsrat?

Drittens: Wer führt die Geschäfte in den USA? Dieser Mike Curtis allein oder sind das mehrere Personen?"

„Du hast Recht mit deinen Fragen", sagte Hilde:

„Die Galerie Kaiser Wiesbaden e.V. ist ein Verein. Nahezu alle Mitarbeiter des Vereins und der GmbH und auch der anderen Unternehmen sind Mitglieder bei diesem Verein. Für die Tagesgeschäfte hat der Verein zwei Vorstände:

„Dies ist Susanne Kaiser, oder, wie wir sie nennen, unsere Susi, und das ist Anton Jonas, oder, wie wir sagen, unser Anton. Alle normalen Mitglieder sind nicht stimmberechtigt. Aber der Verein hat so etwas wie einen Aufsichtsrat. Wir nennen dies das Gremium der stimmberechtigten Mitglieder. Es entscheidet über die Aufnahme von neuen Mitgliedern und über alle Aktivitäten, die eine bestimmte Summe übersteigen.

Die **Galerie Kaiser GmbH** ist eine Gesellschaft und hat zwei Geschäftsführer, nämlich wiederum Anton und Susi, wie bei dem Verein. Die Geschäfte überwacht als Aufsichtsrat das gleiche Gremium wie bei dem Verein. Und jetzt kommt eine Eigentümlichkeit. Diesem Aufsichtsrat gehören auch die beiden Geschäftsführer an und das Gremium ist nur beschlussfähig, wenn die Beschlüsse einstimmig getroffen werden. Das ist mit Sicherheit etwas außergewöhnlich, aber diese Regelung hat sich bewährt.

Bis jetzt alles klar?“ fragte Hilde. Als Frau Ilse Bach bejahte, fuhr Hilde fort: „Im Aufsichtsrat sind:

Susanne Kaiser, habe ich schon mehrfach genannt. Sie ist Geschäftsführerin bei der GmbH und dem Verein. Sie war die Ehefrau des Mitbegründers Max Kaiser und ist verlobt mit Herrn Moritz Granika. Die beiden werden in zirka vier Wochen heiraten.

Anton Jonas, den habe ich auch schon mehrfach erwähnt. Er ist wie Susi Geschäftsführer bei der GmbH und dem Verein. Er ist verlobt mit Erika Granika, der Tochter von Herrn Granika und deine eventuelle Vorgängerin im Büro.

Dieter Zeiser, Rechtsanwalt und Notar. Seit vielen Jahren unser Justiziar.

Jens Gerner, unser Steuerberater, der Verantwortliche für die Finanzen und unser Aufsichtsrat in Rom und Boston.

Mike Curtis, unser Vertreter in den USA und Präsident der Kaiser’s Association of Art in Boston in USA.

Moritz Granika, Zwillingsbruder unseres Gründers Max

Kaiser und seit über einem halben Jahr der Verlobte von Susi Kaiser. Außerdem noch mein Schwiegervater, denn ich bin mit seinem Sohn verheiratet.

Diese sechs Personen werden heute Nachmittag über deine Einstellung entscheiden. Hab keine Angst, es sind alles ganz wundervolle Menschen. Sie werden dir zwar unendlich viele Fragen stellen, aber sei sicher, sie werden sehr freundlich, mitfühlend und sozial entscheiden. Sie werden dir außerdem die Entscheidung gleich mitteilen. Bei einer Ablehnung werden sie dir auch den Grund sagen.

Wie ich sehe, hast du mitgeschrieben. Hast du noch Fragen dazu?"

Als Ilse Bach verneinte, meinte Hilde: „Jetzt will ich dich nicht mehr lange löchern. Du solltest zumindest noch die Namen der wissenschaftlichen Mitarbeiter kennen:

Dr. Hugo Wettengel: Den kennst du schon, er ist Kunsthistoriker.

Franz Westermann: Er ist Kunstwissenschaftler und seit kurzem verlobt mit Alena Konovalova.

Alena Konovalova: Kunsthistorikerin aus St. Petersburg und verlobt mit Franz.

Maxim Pasternak und Boris Gogol: Beide Kunstwissenschaftler aus St. Petersburg.

Prem Leekpai: Aus Bangkok, Kunsthistoriker. Seine Frau Petra kennst du bereits, denn dein Ben ist bei ihr. Nur zur Information, Petras Schwester, Frau Vera Falk, ist die Lebensgefährtin von Mike Curtis."

Hilde holte tief Luft: „So, jetzt habe ich dir alles erzählt, was du wissen musst, aber verrate mir mal, warum bewirbst du dich bei uns? Bei deinen Vorkenntnissen müsste es doch auch in München eine Beschäftigung geben. Außerdem mit einem 4-jährigen Kind sicher nicht einfach."

Ilse Bach wurde sehr ernst: „Mir hat man die letzten fünf Jahre anderes über die Galerie Kaiser in Wiesbaden erzählt. Fälscherwerkstatt, Gauner und Verbrecher waren da noch milde Worte. Du wirst gleich verstehen, warum ich mich ausgerechnet hier beworben habe.

Ich habe in München Betriebswirtschaft studiert und nach meinem Abschluss bewarb ich mich bei der Münchener Messegesellschaft und wurde dort eingestellt. Dort habe ich die Münchener Kunstmesse betreut. Hier lernte ich auch den Vater meines Ben kennen. Er hatte eine Beraterfirma und beriet seinerseits Kunstausstellungen, Antiquitätenmessen und Märkte. So auch die Münchener Antiquitätenmessen. Wir verliebten uns und ich wechselte von der Messegesellschaft zur Firma meines Freundes. Peter Wahl war verheiratet. Er hatte mir die Ehe versprochen und so freuten wir uns beide auf den Nachwuchs. Ich sollte bald merken, dass das mit dem Eheversprechen nur halbherzig gemeint war. Anfang des letzten Jahres stellte ich ihn vor die Wahl, entweder er trennt sich von seiner Frau oder ich trenne mich von ihm. Von diesem Zeitpunkt an veränderte sich mein Verhältnis zu meinem Freund. Mit anderen Worten, er wollte sich nicht scheiden lassen. Ich habe mich daraufhin anderweitig beworben. Es dauerte ein paar Monate, bis ich merkte, dass er all meine Bewerbungen torpedierte. Da meine Kenntnisse auf dem Kunst- und Antiquitätenmarkt lagen, habe ich mich logischerweise auch nur bei solchen Unternehmen beworben. Diese kannten auch meinen Freund. Was er über mich erzählt hat, das weiß ich nicht, aber zumindest in einem Fall ist mir bekannt, dass seine Behauptungen über mich erlogen und erfunden waren.

Im Oktober letzten Jahres hatte ich mich schon einmal bei Frau Kaiser beworben, aber dann meine Bewerbung zurückgezogen, weil mich die Messegesellschaft in Basel einstellen wollte und zwar zum 1. Januar diesen Jahres. Kurz vor Weihnachten erhielt ich von dort einen Brief, dass man von einer Anstellung meiner Person Abstand nehmen würde, da man negative Auskünfte über mich erhalten hätte. Ich versuchte herauszufinden, was man behauptet hatte und vor allen Dingen wer, und man gab mir zu verstehen, dass dies meine bisherigen Arbeitgeber gewesen wären. Als ich meinen ehemaligen Freund zur Rede stellte, lachte der mir ins Gesicht und sagte nur: ‚Du kehrst reumütig zu mir zurück. In unserer Branche wirst du keine Stellung finden.' Also was blieb mir übrig? Ich konnte mich nur bei einem Unternehmen bewerben, zu dem mein ehemaliger Freund keine Geschäftsverbindung hat. Das waren ganz wenige und unter anderem die Galerie Kaiser. Dass es sich dabei um ein so großes Unternehmen handelt, wusste ich nicht. Ich stehe jetzt mit dem Rücken an der Wand. Meine bisherige Stellung hatte ich zum 31.12. gekündigt. Da ich sie selbst gekündigt habe, habe ich im Moment noch nicht mal Anspruch auf Arbeitslosengeld. Mir geht es finanziell mies, aber zu Bens Vater kehre ich nicht zurück. Ich muss dir ja nicht sagen, wie fies das ist, was er mit mir versucht."

Hilde merkte, wie stark Ilse gegen die Tränen kämpfen musste, daher nahm sie ihre Hand und sagte beruhigend: „Kopf hoch, mal sehen, was ich für dich tun kann. Ich kann gut verstehen, dass du zu so einem Menschen nicht zurückkehren kannst. Vergiss nicht, der Verein hat eine Art Hilfsprogramm für solche Fälle. Wir gehen jetzt nach unten zu Ben und Anna, vielleicht hat Petra auch was zu Essen für uns. Du bist erst um 14.00 Uhr geladen. Ich will mal versuchen, ob ich mit den Herren des Gremiums sprechen kann."

Hilde und Ilse gingen nach unten, um nach Ben und Anna zu sehen. Sie trafen die beiden beim Essen an. Es war erstaunlich, wie zufrieden und ruhig die zwei waren. Petra lud auch Hilde und Ilse zum Essen ein, aber Hilde sagte schnell: „Petra, sorge dafür, dass Ilse was bekommt. Mit vollem Magen spricht es sich besser. Ich muss versuchen, Susi zu erwischen."

Susi war nach dem Frühstück in ihr Büro gegangen um sich für die Sitzungen mit dem Gremium vorzubereiten. Erika war bei ihr, denn sie sollte Protokoll führen.

Kurz nach 9 Uhr schellte das Telefon. Man meldete ihr, eine Firma aus München wolle sie unbedingt sprechen und würde sich nicht abwimmeln lassen. So bat Susi durchzustellen:

(Susi) Susanne Kaiser

(Wahl) Kunst- und Antiquitätenberatung Wahl, mein Name ist Peter Wahl. Entschuldigung, wenn ich Sie in einer sehr delikaten Sache anrufe. Ich brachte in Erfahrung, dass sich eine Ilse Bach bei Ihnen beworben hat. Ist das richtig?

(Susi) Herr Wahl, diese Frage kann und werde ich nicht beantworten. Schon gar nicht am Telefon. Aber vielleicht kann ich Sie zurückrufen?

(Wahl) Gerne, ich gebe Ihnen meine Telefonnummer.

Susi zermarterte sich das Hirn, wo sie schon einmal diesen Namen gehört hatte. Es war schon einige Zeit her, dann fiel es ihr wie Schuppen von den Augen. Der Name war einige Male im Zusammenhang mit einem Zeitungsartikel über die Firma Kaiser genannt worden. Dem sogenannten Artikel »Die Wiesbadener Fälscherwerkstatt«. Man hatte die Zeitung seinerzeit verklagt, den Prozess auch gewonnen, aber Peter Wahl konnte man nichts nachweisen. Jetzt war sie gespannt, was ihr Herr Wahl zu sagen hatte:

Susi bat Erika, das Gespräch mitzuschneiden und außerdem sollte Erika mithören.

Dann wählte sie:

(Stimme) Kunst- und Antiquitätenberatung Wahl, Guten Morgen, kann ich Ihnen helfen?

(Susi) Galerie Kaiser Wiesbaden, bitte Herrn Wahl.

(Stimme) Moment, ich verbinde.

(Wahl) Peter Wahl, Hallo Frau Kaiser!

(Susi) Herr Wahl, was verschafft mir die Ehre Ihres Anrufes?

(Wahl) Ich habe Kenntnis der Bewerbung von Frau Ilse Bach bei Ihnen. Ilse Bach war bis vor Kurzem bei mir beschäftigt und wir mussten leider feststellen, dass Frau Bach unehrlich war. Das heißt, sie hat bei uns wahrscheinlich eine größere Summe veruntreut. Wir haben diesen Vorgang der Staatsanwaltschaft in München übergeben. Ich weiß, dass ich das eigentlich nicht weitergeben darf, aber wir haben es in unserer Branche ohnehin nicht einfach und müssen uns vor schwarzen Schafen schützen. Ich bitte Sie, dies vertraulich zu behandeln.
Weil wir schon miteinander sprechen, vielleicht kann ich mal was für Sie tun. Sie wissen, ich bin als Berater für Kunstausstellungen und Kunstmessen tätig. Möglicherweise können wir uns demnächst zusammensetzen. Wäre mir sehr angenehm.

(Susi) Lieber Herr Wahl, herzlichen Dank für diese vertrauliche Mitteilung. Sie werden verstehen, dass ich diese Mitteilung meinem Aufsichtsrat weitergeben muss, denn nur dieser entscheidet über Einstellungen. Über ein Treffen würde ich mich freuen, wenn Sie gelegentlich in unserer Umgebung sind, melden Sie sich. Sie sind mir nicht böse, wenn ich unser Gespräch beende, denn in wenigen Minuten beginnt unsere Aufsichtsratssitzung. Nochmals vielen Dank.

(Wahl) Freue mich, Sie kennen zu lernen. Auf Wiedersehen.

Nachdem sie aufgelegt hatte, fragte sie Erika: „Hast du mitgeschnitten und mitgehört?“ und als Erika bejahte, sagte sie nur: „Schreibe das Gespräch als Aktennotiz nieder und unterschreibe es. Mit dem Nachsatz Datum, Uhrzeit und persönlich mitgehört.“

Susi fragte sich, was da vorging. Sie musste Hilde fragen, ob sie sich noch an den damaligen Vorgang erinnern kann.

Eventuell auch ihren Anwalt, Dieter Zeiser. Hier stimmte etwas nicht. Aber was?

Im Moment hatte Susi keine Zeit. Sie musste die Sitzung des Gremiums vorbereiten, aber sie hatte vor, dies als ersten Punkt auf die Tagesordnung zu setzen

Pünktlich um 10 Uhr trat das Gremium des Vereins Galerie Kaiser zusammen. Wie immer: Susi Kaiser, Anton Jonas, Jens Gerner, Dieter Zeiser, Mike Curtis und Moritz Granika. Protokoll führte Erika Granika.

Susi eröffnete die Sitzung: „Ihr Lieben, tut mir leid, dass ich euch den Samstag verderben muss, aber es steht einiges an, das wir besprechen müssen. Vorab habe ich über ein Telefonat zu berichten, das ich heute Morgen hatte. Ihr wisst, bei mir hat sich eine Sekretärin beworben. Ihr habt sie gestern Abend kennengelernt. Um 14 Uhr ist das Vorstellungsgespräch. Kurz nach 9 Uhr heute Morgen rief mich ihr ehemaliger Chef an. Erika hat das Gespräch mitgeschnitten und ich habe es abschreiben lassen. Ich verteile jetzt den Text.“

„Holla“, sagte Dieter Zeiser der Anwalt, „den Namen kenne ich doch, das war der krumme Hund, der damals hinter dem Zeitungsartikel steckte, der uns so verleumdete. Wir konnten ihm das nur nicht nachweisen. Der steckte außerdem auch hinter der Fälschung unseres Gemäldes, für das ein anderer zahlen musste. Ein Widerling übelster Sorte. Frau Bach hab ich gestern kennengelernt, die machte eigentlich einen guten Eindruck. Mal sehen, wie sie sich verhält, wenn wir sie heute Nachmittag befragen. Ich rufe schnell mein Büro an, die sollen mir die Akten rüberschicken. Ich hoffe, dass wir ihm daraus eine Verleumdungsklage an den Hals hängen können. Nach meiner Erinnerung berät er in Deutschland und den umliegenden Ländern alle Messen, Kunst- und Antiquitätenausstellungen. Ich glaube, er ist derjenige, der verhindert, dass wir in Deutschland ein besseres Geschäft, sprich mehr Marktanteile erringen können. Wir konnten ihm bisher nichts nachweisen, vielleicht gelingt es uns über den Kontakt von Frau Bach."

Jetzt nahm Moritz das Wort: „Entschuldigt, wenn ich derjenige war, der die heutige Sitzung forciert hat, aber zum Einen ist Mike noch hier und zum Anderen möchte ich euch meine Gedanken mitteilen. Wie ihr alle wisst, habe ich sehr lange eine halb so kleine Firma mit Erfolg geführt und trotz vieler Schwierigkeiten dazu beigetragen, aus diesem Unternehmen eine rentable Firma zu machen, die schwarze Zahlen schreibt. Wie ihr wisst, bin ich Diplomkaufmann und habe eine Ahnung von Geschäftsabläufen. In den letzten Monaten bin ich nicht blind durch die Räume der Firma Galerie Kaiser gelaufen. Ich habe die Effektivität dieses Unternehmens bewundert, ich habe die Einsatzfreudigkeit der Mitarbeiter schätzen gelernt und ich weiß, wie jeder am Wohl der Unternehmen mitarbeitet. Ich sage euch jetzt einfach, was mir aufgefallen ist und wo ich zur Vorsicht rate:

Aufgrund der bisher vorliegenden Zahlen haben wir im vergangenen Jahr zirka hundert Prozent mehr Umsatz gemacht als im vorhergehenden Jahr. Eine solche Umsatzsteigerung kann gefährlich sein. Denken wir an die langen Vorlaufzeiten der Produktion und der damit gebundenen Geldmittel. Denken wir aber auch an die teilweise hohen Außenstände. Ich will nicht nur mögliche Schwachstellen aufzeigen, sondern ich will auch einen Vorschlag unterbreiten. Nach meiner Auffassung sollten wir den Direktverkauf forcieren.

Dies hat nach meiner Meinung drei wesentliche Vorteile:

Erstens, wir können beim Angebot auf Warenbestände zurückgreifen, die vorhanden sind und somit die Lagerhaltung gering halten.

Zweitens, der Direktverkauf hat den Vorteil, dass wir die Außenstände relativ gering halten können.

Drittens, wir haben beim Direktverkauf, trotz eingeräumter Rabatte, einen höheren Gewinn.

Die Gründer der Unternehmen, nämlich Otto und mein Bruder Max haben über diese Verkaufsschiene erfolgreich gearbeitet. Lasst uns darüber nachdenken, ob wir diesen Geschäftszweig nicht forcieren sollten.

Bevor wir in die Diskussion einsteigen, kurz noch ein weiteres Thema: Nicht nur der Umsatz ist gestiegen, auch die Zahl der Mitarbeiter hat sich zwangsläufig vergrößert. Wir kommen langsam an eine Grenze, wo der Betrieb nicht mehr ganz überschaubar wird.

Entweder müssen wir mehr Kontrollen einbauen oder den Betrieb verkleinern. Beides ist schwierig, wenn man den Umsatz steigern will. Ich habe mir so meine Gedanken darüber gemacht und greife ein Mosaiksteinchen aus unserem Firmengeflecht, um euch meine Idee zu veranschaulichen:

Wir haben eine Farbenherstellung, die sogenannten **Kaisers Künstlerfarben**. Alle Abteilungen sind mit diesen Farben sehr zufrieden, drei Mann bewerkstelligen die Herstellung dieser Farben und der Verkauf ist so gut, dass uns diese Farben für unsere Produkte nichts kosten.

Natürlich ist in der Kalkulation ein kleiner Betrag für diese Farben enthalten, aber stimmt der? Ich habe selbst in den Ateliers gesehen, wie mit diesen Farben umgegangen wird. Da ist man nicht zimperlich, mal eine Tube wegzuwerfen, die noch nicht ganz aufgebraucht ist. So ist es auch bei den Oxyden in der Brennerei. Alles verständlich und alles andernorts auch üblich. Trotzdem bin ich der Meinung, dass man solche speziellen Betriebsteile auch ausgliedern könnte und als selbstständige Firmen führen sollte. In diesem Falle: **»Kaisers Künstlerfarben GmbH«**. Ähnliches wäre bei der Rahmenherstellung möglich oder beim Verkauf der Druck-Erzeugnisse. Das alles muss nicht von heute auf morgen erfolgen, sondern kann ganz langsam vor sich gehen. Nur sollte es in Angriff genommen werden, damit unser

Unternehmen nicht eine Dimension bekommt, bei der wir Gefahr laufen, das Ganze nicht mehr zu überblicken.

Ich habe noch einen dritten Punkt, der ist mehr oder weniger privater Natur: Wie ihr alle wisst, habe ich meine Firma, die Besteckfirma Granika meinen beiden Kindern, Erika und Erich, überschrieben. Ich habe weder mit Erika noch mit sonst irgendjemand darüber gesprochen, aber ich habe folgenden Gedanken:

Die hier anwesende Erika fühlt sich hier bei uns sehr wohl und sicherlich wird sie nicht mehr nach Solingen zurückkehren. Sie wird mit Anton in absehbarer Zeit eine Ehe gründen und damit ist sie hier gebunden.

Unsere Hilde hat Erich geheiratet und ihr alle wisst, dass sie nicht nur sehr glücklich ist, sondern auch kleine Wunder in der Firma Granika vollzogen hat. Es wäre unfair, Hilde eine Beteiligung an der Firma Granika zu verwehren. Dieser Gedanke ist unausgegoren. Überlegt mit mir, ob nicht Hilde die Anteile von Erika übernehmen könnte, und Erika Anteile an einer der neu zu gründenden Firmen im Rahmen einer Umstrukturierung. Wie gesagt, Erika hört jetzt zum ersten Mal davon und Erich weiß von meinen Gedanken nichts. So, das waren meine drei Punkte und jetzt seid ihr dran."

Es folgte eine Diskussion über die Möglichkeiten des Direktverkaufes. Man war sich schnell einig, die frühere Form des Verkaufs der sogenannten **Kaisers Vernissagen** wieder aufzunehmen. Alle Beteiligten am Gespräch fanden die Idee gut, nur hatte man niemanden, den man mit dieser Verkaufsform beauftragen konnte.

Schließlich sagte Susi: „Ich denke nur mal laut. Wir haben heute Nachmittag Frau Bach hier, die wir aufgrund des Telefonanrufes von Herrn Wahl eigentlich nicht mehr ins Sekretariat nehmen können. Schon gar nicht als meine Vertreterin. Die Frau kann wahrscheinlich nichts dafür, aber die Gefahr ist zumindest im Moment groß. Aber wenn ich ihre Bewerbungsunterlagen richtig gelesen habe, hat sie die letzten Jahre für die Firma Wahl die Kunstauktionen, die Kunstmärkte und Messen und die Kunstausstellungen in Deutschland betreut. Die Frau kommt aus dem Gewerbe, sie versteht sicherlich etwas von unserem Metier. Warum versuchen wir es nicht mit ihr? Früher hat Dr. Hugo Wettengel diese Ausstellungen betreut. Es ist sicherlich ein Gespräch mit Frau Bach wert. Was meint ihr?“

Man war schnell einig, sich mit Frau Bach zumindest darüber zu unterhalten. Jens hatte noch einige Bedenken hinsichtlich der Personenhaftpflicht, aber auch das würde sich klären lassen.

Inzwischen waren die Unterlagen aus der Anwaltskanzlei des Notars Dieter Zeiser eingetroffen. Dieser zog sich kurz zurück, um die Unterlagen zu sichten und sagte dann: „Also mein Gedächtnis ist doch nicht so schlecht. Peter Wahl steckte seinerzeit hinter all den Aktionen gegen uns. Wir konnten es ihm zwar nie nachweisen, aber er war anscheinend der Spiritus Rector der diesen Artikel »Die Kunstfälscher von Wiesbaden« initiiert hat und er war auch derjenige, der seinerzeit hinter dem Kunsthändler stand, der uns der Fälschung bezichtigte. Wir können davon ausgehen, dass er auch die treibende Kraft war, die veranlasste, dass wir bei Kunstausstellungen und Kunstmessen nicht zugelassen wurden. Wir müssen hier vorsichtig sein, vielleicht hat er vor, mit Frau Bach ein Kuckucksei zu platzieren. Dagegen spricht allerdings, dass er uns heute vor ihr gewarnt hat.“

Man unterhielt sich noch über diesen Punkt, als Hilde klopfte, eintrat und um Entschuldigung bat:

„Seid mir nicht böse, wenn ich euch störe, aber ich hab mich den ganzen Vormittag mit Ilse Bach wunschgemäß unterhalten und wollte euch berichten.“

Nun berichtete Hilde ausführlich über ihr Gespräch mit Ilse Bach und schloss mit den Worten: „Nach meiner Meinung hat der Vater von Ben verhindert, dass sie irgendwo eine Stellung bekam.

So hat sie es letztendlich bei uns versucht, denn sie wusste, mit uns hat er keinen Kontakt."

Susi hatte zugehört und sagte: „Da irrst du dich, lies!" und überreichte ihr die Aktennotiz des Telefonats.

Hilde schäumte: „So eine Drecksau – oh, entschuldigt diesen Ausdruck – aber das ist wirklich eine. Ihr nehmt das doch nicht ernst?"

Hier hakte Jens ein: „Hilde, leider müssen wir das. Du kennst unsere Personalversicherung. Eigentlich müssten wir eine Einstellung ablehnen. Aber uns ist Herr Wahl als der Initiator verschiedener Aktionen gegen uns bekannt. Wir werden sehen, ob wir für Frau Bach etwas tun können. Eines ist leider sicher, für die Nachfolge im Sekretariat von Susi kommt sie nicht in Frage.

Da Frau Bach eine versierte Fachkraft ist, das heißt, sie hat viele Jahre im Verkauf auf Auktionen und im Messe- und Ausstellungsgeschäft gearbeitet, haben wir möglicherweise für Frau Bach eine Aufgabe, die ihr sogar mehr liegt als die reine Sekretariatsarbeit bei Susi. Wir wollen noch schnell was essen gehen. Könntest du zusammen mit Frau Bach um 14 Uhr hier sein und auch noch Hugo Wettengel mitbringen?"

Hilde locker: „Na klar, ich hoffe, ihr findet einen Weg, dem Mädchen zu helfen. Ich habe den Eindruck, der Wahl hat die ganz schön gelinkt. Ich bin mit den beiden um zwei Uhr hier, euch einen guten Appetit und Tschüss."

Hilde versuchte, Hugo zu erreichen, der war leider zum Essen.

So ging sie zu den Leekpais in die 4. Etage und fragte Petra: „Hast du noch etwas zu essen für mich?" Sie hatte noch nicht ausgesprochen, schon hatte sie einen Teller mit etwas vor sich, das sie nicht kannte. Hilde fragte: „Scharf?"

Petra lachte: „Sehr scharf, Frau Bach hat sicher zweimal was davon, aber sie hat es tapfer gegessen. Für Ben und Anna hatte ich es nicht so scharf gemacht, die sind schon im Bettchen und Frau Bach ist bei ihnen."

Hilde fragte Petra: „Was hast du für einen Eindruck von Frau Bach?"

Petra schaute gedankenverloren: „Der kleine Ben ist wie mein Prem, als er ganz klein war. Ben vergisst Zeit und Raum wenn er bei Anna ist, und Anna auch. Du weißt, ich bin Buddhistin und glaube daher an die Reinkarnation, das heißt die Wiederverkörperung nach dem Tod. Du kannst dir vorstellen, dass ich mir so meine Gedanken über Anna und Ben mache. Ich bin nicht weltfremd, aber kannst du mir erklären, wie zwei vierjährige Kinder innerhalb von Minuten zu solch einer Einheit finden? Ich habe mich mit Frau Bach unterhalten, die erkennt ihren Ben nicht mehr und ich kenne eigentlich meine Anna auch nicht mehr. Ich rufe nachher meine Schwiegermutter in Bangkok an, ich habe in dem Zusammenhang einige Fragen, die ich klären muss. Du kennst meine Geschichte und weißt, wie ernst das bei mir und Prem war und noch immer ist. Ich muss auch Frau Bach unsere ganze Geschichte erzählen, sie kennt im Moment nur Teile davon. Aber das hat noch etwas Zeit."

Hilde meinte: „Das solltest du machen, jetzt muss ich noch mal mit Ilse Bach sprechen. Meinst du, ich kann sie holen?"

Als Petra bejahte, gingen beide in das Kinderzimmer und fanden dort eine Ilse, die eine Geschichte vorlas und zwei Vierjährige, die einträchtig nebeneinander lagen und aufmerksam zuhörten.

Hilde sagte nur: „Lies fertig! Dann komme nach draußen, in einer halben Stunde haben wir den Termin beim Gremium."

Kurze Zeit später kam Ilse Bach aus dem Kinderzimmer mit der Bemerkung: „Die beiden schlafen jetzt – erstaunlich, und das ohne Gemecker. Hast du Susi Kaiser noch mal sprechen können?“

Hilde bejahte: „Ich will nichts vorweg nehmen, aber wir sollen zur Vorstellung noch Dr. Hugo Wettengel mitbringen. Den kennst du ja schon.“

Sie unterhielten sich noch kurz, dann gingen sie nach unten, um Dr. Wettengel zu holen, der inzwischen vom Essen zurück war. Dann begaben sie sich in Susis Büro, in dem das Gremium tagte.

Susi stellte noch mal alle Anwesenden vor. Sie bat Platz zu nehmen und begann:

„Liebe Frau Bach, wir alle bedanken uns für Ihr Kommen. Wie so oft, habe ich Ihnen gleich am Anfang unseres Gesprächs zwei Mitteilungen zu machen, eine erfreuliche und eine unerfreuliche. Lassen Sie mich mit der erfreulichen beginnen. Das Gremium ist bereit, mit Ihnen über eine Zusammenarbeit zu sprechen und Ihnen Vorschläge zu machen. Die unerfreuliche ist, dass das Gremium sich nicht in der Lage sieht, Sie als meine Leiterin des Sekretariats einzustellen. Dies aus versicherungstechnischen Gründen. Ich bleibe gleich bei diesem Punkt. Frau Hilde Granika hat uns bereits Ihre Schilderung mitgeteilt, warum Sie sich bei uns beworben haben. Der Vater Ihres Ben hat heute Morgen um 9 Uhr ein Übriges getan, um eine Einstellung bei uns zu vereiteln. Aber lesen Sie selbst.“ Susi überreichte Frau Bach die Aktennotiz des Telefonats zwischen Susi und Herrn Wahl.

Nachdem Frau Bach gelesen hatte, wurde sie bleich, sie stand auf und sagte: „Das ist eine bodenlose Unverschämtheit. Es ist unwahr und gelogen. Nie habe ich auch nur einen Penny in dieser Firma oder bei Herrn Wahl veruntreut oder unrechtmäßig genommen. Ich bedauere außerordentlich, dass ich Ihre Zeit in Anspruch genommen habe, aber wie Sie sagten, eine Anstellung kommt wohl auf Grund dieses Anrufes nicht mehr in Frage.“

Frau Bach zitterte, die Tränen liefen lautlos.

Dieter Zeiser stand auf: „Liebe Frau Bach, bitte nehmen Sie doch wieder Platz. Ich bin hier der Notar und der Justiziar der Galerie Kaiser. Mir ist der Name Peter Wahl sehr bekannt. Leider nicht auf angenehme Weise. Ich habe jetzt ein paar Fragen, die Sie mir nur mit ‚Ja' oder ‚Nein' beantworten können: Erste Frage: Haben Sie ein polizeiliches Führungszeugnis und mit welchem Datum?"

Frau Bach antwortete: „Ja, ich brauchte das für meine Bewerbung in Basel und nach meiner Erinnerung ist es von Mitte November des letzten Jahres."

Notar Zeiser fragte weiter: „Ist der Vater Ihres Ben Peter Wahl? Zahlt Peter Wahl Unterhalt und in welcher Höhe?"

Frau Bach: „Peter Wahl ist Bens Vater. Er zahlt keinen Unterhalt, dafür war mein Gehalt bei seiner Firma entsprechend hoch."

Notar Zeiser: „Sie wohnen in München, wurde die Wohnung durch Sie gemietet oder durch Herrn Wahl, wer bezahlt die Miete?"

Frau Bach: „Die Wohnung wurde durch mich gemietet, die Miete bezahlte ich. Lediglich Bens Tagesmutter hat Herr Wahl bezahlt."

Herr Zeiser: „Wem gehören die Möbel in Ihrer Wohnung und hat Herr Wahl noch persönliche Sachen in dieser Wohnung wie Kleidung, Akten oder sonstige Gegenstände?"

Frau Bach: „Alle Möbel in der Wohnung gehören mir und wurden von mir gekauft und bezahlt. Ausgenommen ein Schreibschrank, das war ein Weihnachtsgeschenk und die neue Einrichtung des Bades, die war ein Geburtstagsgeschenk. Akten sind nicht in der Wohnung, lediglich Bücher und außerdem noch Hemden, Anzüge und Wäsche."

Notar Zeiser nickte: „Danke, das waren schon meine ganzen Fragen."

Dann kam Mike: „Wie Sie sicherlich schon wissen, bin ich der Vertreter der Unternehmen Kaiser in den USA. Früher habe ich die Ausstellungen für die US Army in

Deutschland organisiert. Daher interessieren mich Ihre Erfahrungen auf diesem Gebiet. Ich darf Sie doch fragen?“

Und schon kam ein Bombardement von Fragen, das beiden Teilen anscheinend viel Freude machte und dem alle Beteiligten mit viel Interesse zuhörten.

Mike bedankte sich bei Frau Bach: „Liebe Frau Bach, herzlichen Dank für die freundlichen, sachkundigen und interessanten Ausführungen.“

Jetzt begann Anton Jonas zu fragen. Und wieder kam eine Anzahl von Fachfragen auf Frau Bach zu, die diese zweifelsohne gekonnt beantwortete. Auch hier bedankte sich Anton und sagte: „Herzlichen Dank, Sie haben mir geholfen, eine Entscheidung zu finden.“

Jens Gerner musste auch noch fragen: „Frau Bach, ich bin der Ungeliebte in dieser Firma. Geld, Finanzen, Buchhaltung und noch Versicherungen. Alles Dinge, die keiner so gerne hat. Ich will es ganz einfach machen. Eigentlich dürften wir Sie gar nicht einstellen. Uns ist bekanntgeworden, dass Sie unter Verdacht stehen, Geld unterschlagen zu haben. Daher wird unsere Personalversicherung streiken. Aber ich habe gehört, dass Sie ein polizeiliches Führungszeugnis haben, das nicht älter als drei Monate ist. Demzufolge für die Versicherung gültig. Nachdem wir Sie eventuell zum 1. Januar eingestellt haben, aber erst heute davon erfahren haben, kann man da nichts machen. Wir werden den Fall an Herrn Rechtsanwalt Zeiser übergeben, der sich damit herumärgern soll. Das ist mein Kommentar.“

Susi nahm das Wort: „Liebe Frau Bach, Sie haben mitgehört, was die einzelnen Mitglieder des Gremiums zu sagen oder zu fragen hatten und jetzt kommt unser Angebot an Sie:

Wir sind bereit, Sie ab 1. Januar einzustellen. Dies als sogenannte ‚Freie Feste’ für den Bereich Kunstausstellungen. Dies wird eine neue Abteilung mit neuen Aufgaben, allerdings haben wir hier jahrzehntelange Erfahrung. Dr. Hugo Wettengel haben wir zu diesem Gespräch gebeten, da er Sie in diese Sparte unseres Unternehmens einarbeiten soll. Sie werden auf Provisionsbasis arbeiten, wobei Sie ein Fixum erhalten. Die Höhe können wir gemeinsam bestimmen. Diesen Vertrag macht Jens Gerner, der Sie auch als sogenannte Selbständige hinsichtlich Krankenkasse und so weiter betreuen wird. Ich bin ziemlich sicher, dass Sie außergewöhnlich gut verdienen werden.

Ich werde nun das Gremium fragen, ob es mit der Einstellung Ihrer Person einverstanden ist und welche Bedingungen noch zu erfüllen sind.

So frage ich Moritz Granika: „Bist du mit der Einstellung von Frau Bach zu den vorgenannten Bedingungen einverstanden?“ Der sagte nur kurz „Ja“.

Sie fragte Dieter Zeiser: „Bist du, lieber Dieter, mit der Einstellung von Frau Bach einverstanden?“ Der sagte kurz: „Ja – bitte Frau Bach, kommen Sie in den nächsten Tagen zu mir, damit ich die Probleme in der Angelegenheit Wahl klären kann. Dazu benötige ich folgende Unterlagen: Mietvertrag, einen Arbeitsvertrag, wenn es einen solchen gibt und die Papiere des kleinen Ben. Wahrscheinlich wird eine Unterhaltsklage fällig.“

Susi fragte Jens Gerner: „Dieter, bist du mit der Einstellung von Frau Bach einverstanden?“

Jens lachte nur: „Ja, liebe Frau Bach bringen Sie mir Ihre Papiere, besonders die für die eventuelle Krankenversicherung. Alles Weitere besprechen wir bei mir im Büro. Da Sie schon zum 1. Januar angefangen haben, brennt es etwas.“

Susi fragte Anton: „Anton, wie ist’s mit dir? Einverstanden?“ Anton sagte nur kurz und knapp: „Ja“.

Susi fragte Mike Curtis: „Bist du auch einverstanden, Mike?“ Mike lachte: „Muss ich wohl, ja, ich bin einverstanden, aber ich habe noch ein paar Fragen. Frau Bach, Sie haben sicherlich noch nicht die geringste Ahnung, wo Sie in Wiesbaden wohnen sollen. Ich werde mit meiner Lebensgefährtin Vera sprechen. Nachdem wir übermorgen wieder in die Staaten fliegen, ist unsere Wohnung für ein paar Wochen verwaist. Vielleicht können Sie die vorübergehend nutzen. Ihr Ben scheint sich bei meiner Schwägerin pudelwohl zu fühlen und ich bin mir sicher, Sie werden sich hier auch wohlfühlen."

„So", sagte Susi, „jetzt fehlt nur noch meine Stimme – auch ich sage ‚Ja' und da wir jetzt gültig abgestimmt haben, darf ich Sie, liebe Frau Bach, herzlich bei uns willkommen heißen. Wir hoffen auf eine lange und beiderseits gute Zusammenarbeit."

Dieter Zeiser fragte: „Liebe Frau Bach, wie kommen Sie wieder zurück nach München und wieder hierher nach Wiesbaden, nachdem Sie ja sofort anfangen sollen?"

„Das weiß ich alles noch nicht. Das ging so schnell, ich weiß gar nicht, wie ich das bewerkstelligen soll", meinte sie.

Hier sprang Susi ein: „Liebe Frau Bach, das klären wir heute Abend noch. An Hugo habe ich nur noch eine Frage, könntest du eventuell morgen oder Montag mit Frau Bach nach München fahren, ich glaube, sie braucht dort Hilfe. Nachdem, was Herr Wahl heute Morgen hier veranstaltet hat, ist es zweckmäßig, wenn Frau Bach dort auch noch eine Unterstützung hat und gegebenenfalls einen Zeugen. Aber alles weitere heute Abend."

Hugo erklärte sich bereit, mit ihr nach München zu fahren, um deren Angelegenheiten dort rasch zu erledigen.

Dann verabschiedete Susi Frau Bach, Hilde und Hugo Wettengel. Nachdem diese gegangen waren, sagte sie:

„Jetzt haben wir noch zwei Punkte auf unserer Tagesordnung. Die Eröffnung unserer Dauerausstellung in der Kirche in Rom und die Hochzeit von Moritz und mir am 8. Februar. Aber die zwei Punkte sind rasch abgehandelt."

Man besprach noch die beiden anstehenden Punkte. Mindestens sechs Mitarbeiter sollten nach Rom zur Eröffnung reisen und die Einladungen zur Hochzeit würden in der kommenden Woche abgeschickt. Auch alle Auslandsvertreter sollten eingeladen werden, sowie die wichtigsten Direktoren der Museen.

Hilde, Ilse Bach und Hugo Wettengel gingen in Hugos Büro.

Frau Bach sagte: „Das alles ging mir viel zu schnell und war auch viel zu aufregend für mich. Wenn ich die Aktennotiz des Gespräches mit Peter Wahl nicht selbst gelesen hätte, ich hätte das nie geglaubt. Entschuldigt, aber das ist ein Schwein. So was macht man einfach nicht. Wir waren fünf Jahre liiert, dass ich mich so in einem Menschen täuschen konnte“, und dann kamen die Tränen. „Das ist so furchtbar, so entsetzlich, das kann ich Ben nie erzählen, der würde seinen Vater nur noch hassen.“

Hugo Wettengel hatte schnell einen Cognac zur Hand. Er meinte nur: „Das kann ich gut nachempfinden, jetzt trinken Sie erst mal. Noch besser kann Sie sicher unsere Hilde verstehen, der ging es vor einem halben Jahr nicht anders.“

Ilse Bach nahm Hildes Hand: „Dir ist das Gleiche passiert?“

Hilde konnte schon wieder lachen: „Nein, das Gleiche nicht, ich denke, noch schlimmer. Ich erzähle es dir in wenigen Worten. Mein vorhergehender Freund war hier in der Galerie beschäftigt. Ich glaubte, den Mann meines Lebens gefunden zu haben. Er hat dann die gesamte Galerie zweimal ausgeräumt und dazu noch meine gesamte Wohnung und hat auch mein Bankkonto nicht verschont. Wir haben zwar alles wiederbekommen, aber der Schock war so groß, dass ich mir das Leben nehmen wollte. Gott sei Dank haben Moritz und Susi das verhindert und mein jetziger Mann hat mir darüber hinweggeholfen.“

Hilde sah Ilse an: „Ich war mir ganz sicher, dass wir einen Weg finden würden, um dir zur Seite zu stehen. Hugo wird dir in München helfen, alles aufzulösen. Ob das mit Mikes Wohnung die beste Lösung ist, das weiß ich noch nicht. Wahrscheinlich sollten wir eine andere Möglichkeit für dich suchen. Auf jeden Fall weiß ich eines, Ben hat eine Freundin und auch eine neue Heimat gefunden. Die wirst du auch finden. Das bei uns ist ein ganz harter Job, aber er macht unendlich viel Spaß und du hast viele, nette Kollegen, die dir helfen. Das weiß ich ganz sicher."

Sie sprachen noch längere Zeit darüber. Ilse wollte noch mal nach Ben sehen und dann nach oben zum Aperitif kommen. Hilde und Hugo machten sich gleich auf den Weg in Susis Wohnung.

Als Ilse Bach zu Ben kam, spielte der einträchtig mit der kleinen Anna. Ben und Anna waren so in ihr Spiel vertieft, dass sie die beiden Mütter nicht wahrnahmen. Petra zog Ilse Bach wieder aus dem Zimmer und sagte: „Liebe Ilse, Sie sehen selbst, die beiden Kinder sind eine Einheit. Ich habe heute mit meiner Schwiegermutter in Bangkok telefoniert, darüber muss ich morgen mit Ihnen sprechen. Auch mit meinem Mann Prem muss ich darüber reden. Wäre es Ihnen angenehm, wenn wir uns morgen nach dem Frühstück unterhalten könnten? Ich muss Ihnen einfach meine Geschichte erzählen, damit Sie Ben und Anna verstehen. Gehen Sie jetzt am besten nach oben zu Susi, man erwartet Sie dort und es ist für Sie sicherlich im Moment sehr wichtig, die Kontakte zu nutzen. Ich werde die Kinder so gegen 19.30 Uhr zu Bett bringen. Wenn Sie da noch mal nach den beiden sehen könnten, schlafen die Kinder sicher schnell und zufrieden ein. Also bis nachher."

Frau Bach versicherte, dass sie in jedem Fall den Kindern ‚Gute Nacht' wünschen würde und verabschiedete sich von Petra, um nach oben zu Susi zu gehen.

Als Frau Bach in Susis Atelierwohnung kam, waren alle ihr bekannten Personen anwesend und unterhielten sich.

Moritz fragte: „Frau Bach, was darf ich Ihnen anbieten?"

Frau Bach lächelte: „Es war ein aufregender und anstrengender Tag. Ich glaube, ich nehme ein Glas Sekt, wenn einer offen ist, sonst ein Glas Weißwein."

Ilse Bach hatte schnell ihr Glas Sekt und Hilde nahm sie in Beschlag.

„Na, siehste, es ist doch alles gut gelaufen. Du wirst schon sehen, jeder wird versuchen, dir zu helfen. Man muss zwar schuften bis zum Umfallen, aber es wird dir viel Spaß machen. Ich kenne das von Kindesbeinen an nicht anders, aber ich hab das Gefühl, du schaffst das nicht nur, sondern du bist ganz rasch mit dabei. Also mache dir nicht zuviel Sorgen, alle denken auch mit dir."

Vera, die Lebensgefährtin von Mike und zugleich Schwester von Petra kam dazu: „Also Ben und unsere Anna, eine kleine Wiederholung des Wunders meiner Schwester Petra und ihres Prem. Meine Schwester Petra hat mir schon verraten, dass sie Ihnen morgen ihre ganze Geschichte erzählen will und Ihnen auch noch einen Vorschlag machen wird. Aber das soll sie Ihnen morgen selbst sagen. Ich kann Ihnen nur zu Ben gratulieren. Ein außergewöhnliches Kind. So richtig zum Gernhaben.

Mike Curtis kam hinzu: „Frau Bach, da kann ich mich nur anschließen. Ich habe den Ben und die Anna beobachtet. Eine solche Harmonie und ein solcher Gleichklang zwischen zwei so kleinen Kindern ist nicht nur erstaunlich, es ist außergewöhnlich. Sie wissen sicher schon, dass Petra eine gläubige Buddhistin ist Keine Angst, ich halte Ihnen jetzt keinen Vortrag über den Buddhismus, aber Petra sieht in dem Verhalten der beiden Kinder ein Zeichen ihres Glaubens. Aus diesem Grund hat sie heute auch lange mit ihrer Schwiegermutter in Bangkok gesprochen. Die Ethik des Buddhismus ist ganz auf Selbstentäußerung gerichtet, das heißt, die beiden sind in bestimmter Richtung selbstlos bereit zu helfen. Sollten sie Ihnen ihre Hilfe anbieten, so würde ich sie annehmen. Ich kann mir vorstellen, dass das alles für Sie viel zu neu, zu überraschend und viel zu exzeptionell ist. Aber glauben Sie mir, wenn Sie einmal in die Familie der Galerie Kaiser eingebunden sind, werden Sie in ein anderes Leben, ja, in eine andere Welt eintauchen. Sie werden ein neues zu Hause haben. Ich halte Ihnen die Daumen, dass Sie diesen Sprung schaffen."

Vera sprach dazwischen: „Mike, du machst Frau Bach ja direkt Angst. Frau Bach, es ist ganz einfach, nehmen Sie die Hilfe an, die man Ihnen bietet und alles andere geht wie von selbst. – So, Mike, du wolltest doch mit Frau Bach noch über Jo Snyder sprechen."

„Entschuldigung", Mike musste lachen, „das ist der eigentliche Grund, warum ich mich überhaupt mit Ihnen unterhalten wollte. Dazu muss ich erst mal etwas erklären: Die Galerie Kaiser verdankt ihr Bestehen eigentlich der US Army. Jahrzehnte hat sie Gemälde an die Angehörigen der US Army verkauft, bei Ausstellungen, die nur einen Tag lang geöffnet waren. Wir nannten dies die **Kaiser's Vernissagen**. Es waren reine Verkaufsausstellungen. Der Verkaufsgag war: Wir gewährten allen Angehörigen der US Army einen dreißigprozentigen Rabatt auf unsere Listenpreise. Wir hatten teilweise drei bis vier Ausstellungen pro Woche. Ein eingespieltes Team reiste quer durch Deutschland. Auch ich war manchmal mit dabei. Das endete erst Anfang der 90er Jahre, als der Eiserne Vorhang verschwand und ein Großteil der amerikanischen Truppen abgezogen wurde. Es gibt aber immer noch amerikanische Truppen in Deutschland, die seit Mitte der neunziger Jahre sehr selten durch uns angesprochen werden. Ein Mann aus dieser Zeit, Jo Snyder, wohnt noch in Wiesbaden. Mit dem habe ich heute am späten Nachmittag gesprochen und einen Termin vereinbart. Er kommt morgen gegen 14 Uhr hierher. Er ist bereit, Ihnen bei den Vorbereitungen und der Durchführung solcher sogenannter Vernissagen zu helfen. Alles Weitere können wir dann morgen vereinbaren."

Ilse bedankte sich vielmals bei Mike. Sie sprachen noch kurz über den Treffpunkt und dann stieß Susi zu den dreien.

„Na, schon wieder am Fachsimpeln", fragte Susi? „Vera, Mike, ich muss euch Frau Bach entführen."

Zu Ilse Bach sagte sie: „Kommen Sie doch kurz mit zu Hugo Wettengel, ich weiß nicht, was der Tag morgen bringt, hier können wir das gleich klären." Susi zog Ilse mit zu Dr. Wettengel.

„Hugo", sagte Susi, „du hast übermorgen die möglicherweise nicht ganz einfache Aufgabe, Ilse nach München zu begleiten. Nach dem Telefonat mit Herrn Wahl am heutigen Morgen nehme ich an, dass der in München Schwierigkeiten machen wird. Mit unserem Anwalt habe ich schon gesprochen und Dieter Zeiser wird dir helfen. Er ist Montag den ganzen Tag und auch Dienstag in seinem Büro. Stelle dich auf die Hinterfüße und zeige die Krallen. Versuche, Frau Bach aus der Schusslinie zu bringen."

Dr. Wettengel meinte nur: „Ihr beiden, macht euch keine Gedanken. Das kriegen wir schon hin. Es ist nicht die erste derartige Situation. In jedem Fall werde ich telefonisch berichten."

Zu Frau Bach sagte Susi: „Wahrscheinlich können Sie in München bereits alles auflösen. Ich weiß zwar, das ist eigentlich übereilt, aber in Ihrem Fall, meiner Meinung nach, die richtige Lösung. Wir können morgen Abend noch mal kurz darüber sprechen. Ich weiß, Petra und Prem Leekpai wollen Ihnen einen Vorschlag machen, den wollen wir erst abwarten."

Ilse Bach bedankte sich vielmals. Sie verabschiedeten sich rasch, denn sie wollte zu den Kindern nach unten gehen und ‚Gute Nacht' sagen.

Susi meinte: „Das müssen Sie auf jeden Fall tun. Wenn Ihnen das Essen bei Leekpais zu scharf ist, dann kommen Sie mit uns zum Abendessen. Wenn wir gehen, komme ich kurz vorbei, um Sie zu fragen."

Ilse Bach winkte den übrigen und ging nach unten zu Petra und Prem. Ilse blieb einen Moment auf der Treppe stehen. Das war für sie alles viel zu rasch und die Freundlichkeit fast erdrückend. Fünf Jahre hatte sie immer von der Galerie Kaiser als Abschaum des Kunstmarktes gehört, eine Art Mafia und jetzt diese Erfahrung. Ilse Bach war ganz durcheinander. Sie fragte sich immer wieder: ‚Kann ich diesen Leuten trauen? Ich kenne sie kaum einen Tag!' Sie hatte vor, mit einigen der künftigen Mitarbeiter ganz offen darüber zu sprechen.

Zwei zufriedene und frohe Kinder warteten auf Ilse. Sie lagen bereits im Bett und Ben begrüßte seine Mutter: „Mami, bitte erzähle uns doch die Geschichte von dem alten Mann und den beiden Kindern, weißt du, die selbsterfundene." Und Anna fügte hinzu: „Ja bitte, bitte."

Und Ilse begann mit dem Märchen, das sie nie zu Ende erzählen musste, da Ben immer während der Erzählung einschlief: „Es war einmal vor langer, langer Zeit, da wohnte hoch auf einem Berg ein alter Mann in einem klitzekleinen, ganz alten Häuschen. Das Haus war so alt, dass es schon schief war. Das Dach war gar nicht mehr zu sehen, da es voller Moos war, viele Vögel hatten ihre Nester unter der Dachrinne, und auch ein Eichhörnchen wohnte dort. Vor dem Haus standen eine alte Bank und ein Tisch und auch zwei kleine Stühle. Von dort hatte man einen wunderschönen Blick ins Tal. Neben dem Haus war ein kleiner Garten mit vielen Blumen und hinter dem Haus ein Wald mit ganz hohen Bäumen. Der Mann lebte allein im Haus und war sehr zufrieden. Eines Tages aber kamen Leute zu ihm und brachten zwei kleine Kinder mit, ein Mädchen und einen Jungen, und sagten: Das sind deine Enkel. Ihr Vater ist schon lange gestorben und nun auch noch die Mutter. Sie sind jetzt ganz allein und jemand muss sich um die Kinder kümmern. Sie hatten auch einen Koffer mit den Anziehsachen der Kinder mitgebracht, und so nahm der alte Mann die beiden Kinder, gab jedem ein Bussi und sagte: „Es ist so schön, dass ihr bei mir seid, jetzt wollen wir erst mal sehen, wo wir ein Bettchen für euch beide haben." Dann zeigte der alte Mann den Kindern das Haus, erklärte alles und tatsächlich fanden sie ganz hinten im Haus ein ganz kleines Zimmerchen mit zwei Bettchen. Die Bettdecke und die Kissen waren lustig, denn sie waren rot und blau gestreift. Der alte Mann legte die Anziehsachen der Kinder in einen Schrank und sagte dann; „So und jetzt kochen wir uns ganz was Feines." Er ging an den Herd, nahm einen Topf ….."

Ben und Anna schliefen fest. Was Ilse Bach nicht bemerkt hatte, sie hatte drei Zuhörer, die in der Tür standen und zugehört hatten. Diese winkten Ilse nach draußen und als die Tür zum Kinderzimmer geschlossen war, sagten Susi und Hilde wie aus einem Mund: „Die Geschichte möchten wir aber bis zum Ende hören." Auch Petra, die mit zu den Zuhörerinnen gehörte, lachte und meinte: „Eine der unendlichen Geschichten. Alle meine Kinder hören diese besonders gern. Aber Sie, Ilse, können das sehr gut, mal sehen, wenn unsere Großen Ihre Dichtkunst entdecken. Selbst die hören sie immer noch gerne. Aber Susi und Hilde sind hier, um Sie zum Essen zu entführen. Sie vergessen nicht, morgen Früh wollen Prem und ich Ihnen einen Vorschlag machen. Ihnen einen Guten Appetit und dann bis morgen."

Ilse Bach bedankte sich und ging mit Susi und Hilde nach oben. Dort war ein kaltes Buffet aufgebaut und in zwangloser Form waren sie bereits beim Abendessen.

Ilse nahm Hilde beiseite und sagte: „Du, das ging mir heute alles viel zu schnell. Ich muss dich jetzt einfach ein paar Dinge fragen. Du bist also die Schwiegertochter von Moritz, und Susi ist deine zukünftige Stiefmutter. Du bist mit Erich, dem Sohn von Moritz, verheiratet und lebst in Solingen. Ist das richtig?" Als Hilde bejahte, fuhr sie fort: „Erika ist auch die Tochter von Moritz und ist mit Anton Jonas verlobt, lebt hier und ist die Sekretärin von Susi. Ist das auch richtig?“ Als Hilde wieder bejahte, fragte sie: „Prem und Petra sind aus Thailand und Vera ist Petras Schwester, wie kommt es, dass Mike und Vera zusammen sind?“

Hilde musste lachen: „Ilse, das ist auch schwer zu verstehen. Ich mache es kurz. Prem wurde praktisch aus Thailand ausgewiesen und hat hier eine neue Stellung gesucht. So kam er zu uns. Petra blieb mit den Kindern in Thailand zurück. Sie mussten aber flüchten. Bei der Flucht haben Erich und ich sowie Mike und Vera geholfen. Noch mal zur Erinnerung: Mike, der so eine Art Vater für mich ist, leitet die Firma **Kaiser's Association of Art in Boston USA**. Er ist seit Langem mit der Galerie Kaiser verbunden. Mike und seine Frau wollten mich vor vielen Jahren adoptieren, aber daraus wurde nichts, da seine Frau an Krebs erkrankte und auch daran starb. Erst vor nicht allzu langer Zeit hat er Vera kennengelernt und jetzt leben die beiden in Boston und haben hier in Wiesbaden meine frühere Wohnung übernommen. Er hat dir ja angeboten, dass du eventuell dort vorübergehend wohnen kannst. Aber ich glaube, dass wir eine bessere Lösung für dich gefunden haben.“

Ilse fragte weiter: „Und Franz Westermann und Frau Alena?“ Wieder lachte Hilde: „Die zwei haben sich einfach ineinander verguckt. Der eingefleischte Junggeselle Franz hat um die Hand von Alena angehalten und sie hat an Weihnachten ihr Jawort gegeben.“

Ilse nahm Hilde noch etwas weiter zur Seite: „Ich muss dich jetzt einfach etwas fragen, was mir auf der Seele brennt. Bitte, hilf mir. Eigentlich hätte man mich hier überhaupt nicht einstellen dürfen. Alles spricht gegen mich. Warum überschüttet man mich mit so viel Liebenswürdigkeit und so viel Freundlichkeit? Alles ist so warmherzig, so hilfsbereit, dass ich einfach nur noch ein schlechtes Gewissen habe. Die letzten fünf Jahre habe ich nur von den kriminellen Methoden der Galerie Kaiser gehört und jetzt erlebe ich selbstlose, hilfsbereite Menschen.“

Hilde wurde ernst: „Ilse, ich kann dich sehr gut verstehen. Ich habe das am eigenen Leib erlebt. Bei mir war die Hilfsbereitschaft so groß, dass ich mir das Leben nehmen wollte. Ich muss dir die ganze Geschichte erzählen: Mein Freund, ein Kunstwissenschaftler namens Heinz Engler, oder wie wir später herausfanden, Heinz van Engelen, wohnte mit mir zusammen hier in Wiesbaden und war bei der Galerie Kaiser Mitarbeiter. Eines Tages wurde die Galerie hier unten im Haus total ausgeräumt und kurze Zeit später ein zweites Mal. Ein Gesamtschaden von zirka zweieinhalb Millionen Euro. Als man endlich herausfand, dass mein Freund Heinz der Drahtzieher war, räumte der noch meine Wohnung und mein Bankkonto ganz aus. Zu allem Überfluss hat er auch noch einen anonymen Anruf inszeniert, in dem ich beschuldigt wurde, mit ihm unter einer Decke zu stecken. So sah es wirklich auch aus. All das hätte ich noch ertragen, aber die ganze Firma stand wie ein Mann hinter mir und jeder versicherte mir, dass sie an mich glaubten. So viel Freundlichkeit, so viel Vertrauen und so viel Liebe konnte ich nicht ertragen und so kam es zum Selbstmordversuch, der um ein Haar auch gelungen wäre. Moritz hat ihn verhindert. Der hatte dafür einen siebten Sinn.

Ilse, ich kann das sehr gut nachvollziehen, wenn man in einer beschissenen Situation ist und dann mit Nettigkeiten konfrontiert wird, dann wird man argwöhnisch. Ich hab es dir schon einmal gesagt und wiederhole mich zwar, aber es ist so, wir sind eine große Familie. Alle helfen sich gegenseitig. Wir arbeiten zwar alle wie die Brunnenputzer, aber wir verdienen auch sehr gut. Das Wichtigste ist aber die Verbundenheit aller Mitglieder mit der Galerie Kaiser. Ilse, Kopf hoch, man ist bereit, dir zu helfen. Hugo, fährt mit dir nach München, um dir zu helfen, falls dein ehemaliger Stern dir Schwierigkeiten machen will. Ich weiß, er ist der Vater deines Ben, aber wie hat er sich verhalten? Wie ein Schwein! Schieß ihn in den Wind, er hat es wirklich nicht besser verdient. Ich bin sicher, bei uns wirst du wieder lernen zu leben. Ben ist ein so goldiges Kind, auch er wird sicherlich aufblühen. Wann immer ich dir mit Rat und Tat helfen kann, so komme einfach. Ich bin noch ab und zu in Wiesbaden, ansonsten besuche mich einfach in Solingen. Erich und ich würden uns freuen. Außerdem, ab Ende März sind wir wahrscheinlich schon zu dritt und du kannst mir den einen oder anderen Rat geben."

Ilse Bach bedankte sich vielmals bei Hilde. Die Runde beim gemeinschaftlichen Abendessen löste sich langsam auf und Hugo fragte, ob er Ilse ins Hotel bringen dürfte. Diese sagte zu. Sie verabschiedeten sich und wünschten sich ‚Gute Nacht'.

***

Sonntagmorgen, schon früh war Ilse Bach bei den Leekpais und ihrem Sohn Ben. Ben und Anna hatten gut geschlafen, hatten schon gefrühstückt, waren gewaschen und angezogen und spielten ganz versonnen unter dem noch stehenden Weihnachtsbaum. Ben und auch Anna begrüßten Ilse mit einer Umarmung und einem Kuss und gingen wieder spielen. Danach baten Prem und Petra Ilse Bach zu einem Gespräch.

Prem begann: „Liebe Ilse, ich darf Sie doch mit Vornamen ansprechen?" Und als Ilse bejahte, fuhr er fort: „Ich kann mir vorstellen, wie verwirrend diese schnellen Entscheidungen für Sie sein müssen. Aber auch uns beiden und auch den Kindern hat man vor wenigen Monaten in unkomplizierter und außergewöhnlich netter Form geholfen. Wir sind der Galerie Kaiser sehr zu Dank verbunden. Daher werden wir Ihnen nachher ein Angebot machen, das Sie annehmen oder ablehnen können. Als Mitglieder des Vereins wollen wir Ihnen helfen. Es hat auch noch einen anderen Grund; und den soll Ihnen meine Frau erzählen.“

Und Petra begann: „Ich habe schon einmal erwähnt, dass sowohl mein Mann als auch ich Buddhisten sind. Nicht unbedingt streng gläubige Buddhisten, sondern wir akzeptieren die Lehren und halten uns an die **schila**, die fünf Verpflichtungen – zumindest weitgehend. Das heißt nicht zu töten, nicht zu stehlen, nicht zu lügen, nicht die Ehe zu brechen und nicht berauschende Getränke zu genießen. Speziell beim letzten Punkt verletzen wir ab und zu diese Verpflichtung. Ich will Ihnen jetzt keinen langen Vortrag über die Lehre des Buddhismus halten, aber wenige Worte muss ich dazu sagen, damit Sie wissen, was ich meine.

Alle irdischen, unter- und überirdischen Wesen unterliegen in gleicher Weise dem Gesetz der Vergeltungskausalität aller guten und bösen Taten – **karman** –, so dass im Kosmos ein ständiges Geborenwerden und Sterben herrscht. Der Buddhismus lehrt also keine Seelenwanderung, sondern das Hervorwachsen eines neuen **Karma** des Dahingeschiedenen. Ich mache es kurz, so eine Art Reinkarnation – also eine Wiederverkörperung oder neue Fleischwerdung nach dem Tode. Um es drastisch auszudrücken, nach dem Glauben des Buddhismus hatten wir alle schon einmal ein Leben vor unserer Geburt. Ich weiß, ich habe das jetzt viel zu vereinfacht dargestellt und wenn wir mal Gelegenheit haben, sollte ich Ihnen mehr über unseren Glauben erzählen. Wenn Sie interessiert sind, dann kommen Sie einfach und ich werde versuchen, es Ihnen zu erklären. Prem und ich glauben an den Buddhismus, aber glauben heißt, es nicht zu wissen.“

Petra war einen Moment ruhig und fragte dann: „Ich hoffe, ich langweile Sie nicht?“

Als Ilse versicherte, dass das nicht der Fall ist, fuhr Petra fort: „Meine Eltern wohnten in Bonn und mein Vater gehörte dort zum diplomatischen Corps. Prems Eltern wohnten unweit von uns und Prems Vater gehörte ebenfalls zum diplomatischen Corps, das heißt er war bei der Botschaft Thailands beschäftigt. Es gab einen Kindergarten für die Kleinkinder des diplomatischen Corps, in den kam ich mit drei Jahren. Ich ging mit meiner Mutter dorthin, entdeckte einen kleinen Jungen im gleichen Alter und nahm ihn sofort bei der Hand. Man wollte mich an einen Mädchentisch setzen und den Jungen an einen Jungentisch, aber wir ließen uns nicht los. Als man uns gewaltsam trennte, gab es ein riesiges Gezeter. Letztendlich setzte man uns gemeinsam an einen kleinen Tisch abseits und wir waren zufrieden.

Du wirst erraten haben, der kleine Junge war Prem. Man wollte uns nach dem Kindergarten trennen, aber das war nicht möglich. Es gab ein Geschrei, sodass unseren Eltern nichts anderes übrig blieb, als uns zusammenzulassen. So kam es, dass wir beide wechselweise entweder bei seinen oder bei meinen Eltern schliefen. Auch in der Grundschule saßen wir nebeneinander. Wir müssen sehr friedliche Kinder gewesen sein – solange wir zusammen waren. So lernte ich problemlos siamesisch und Prem ein hervorragendes Deutsch. Prem lernte alles über die christliche Religion und ich alles über den Buddhismus. Als wir zehn Jahre alt wurden, war der Traum zu Ende. Prems Vater wurde zurück nach Thailand versetzt und für uns beide ging die Welt unter. Wir hatten uns geschworen, uns jede Woche einmal zu schreiben. Das haben wir auch gehalten. Wir schrieben uns wirklich alles. Alle Gefühle, alles was wir erlebten und auch; als wir unsere Erlebnisse mit dem anderen Geschlecht hatten. Eben alles. Wir beide machten Abitur und begannen zu studieren. Ich in Köln und Prem kam zurück nach Deutschland und studierte in München.

Eines Tages entdeckte mein damaliger Freund einen halb angefangenen Brief an Prem und fand auch noch ein Bündel mit Prems Briefen an mich. Es gab einen Mordskrach und ich schmiss ihn aus meiner damaligen Studentenbude. Ich konnte meinen damaligen Freund nicht verstehen, denn es war ja Prem, dem ich schrieb und der mir schrieb. Für mich war Prem damals ein Neutrum. All das schrieb ich auch Prem. Der rief an und sagte: ‚Ich komme.' Ich holte ihn am Bahnhof ab, nahm seine Hand und wir gingen zum Rheinufer in Köln. Dort saßen wir lange auf einer Bank und sprachen kaum etwas. Ich fühlte nur etwas ganz Wundervolles. Jede Verkrampfung löste sich, ich wurde ganz leicht, ich war plötzlich ganz zufrieden, wunschlos glücklich und selig. Wie im Traum gingen wir auf meine Studentenbude, wir sprachen kaum etwas, hielten nur unsere Hände, aßen eine Kleinigkeit. Es war eine Selbstverständlichkeit, dass wir zusammen ins Bett gingen, so wie Gott uns erschaffen hatte. Es wurde die zärtlichste Nacht meines bisherigen Lebens. Als nach zwei Tagen Prem wieder nach München fuhr, wurde es dunkel um mich. Er hatte meine Seele mitgenommen. Das schrieb ich ihm auch. Zwei Tage später kam sein Brief, auch er schrieb mir, dass er seine Seele bei mir gelassen hätte. So fuhr ich zu ihm nach München. Wir mussten nicht viel sprechen, wir wussten, dass wir für immer zusammenbleiben wollten. Meine Eltern und auch Prems Eltern hatten keine Probleme damit, die hatten schon angenommen, dass es einmal so kommen würde. Als wir das Studium abgeschlossen hatten, heirateten wir und ich zog nach Bangkok zu » meinen Eltern «, es waren nicht meine Schwiegereltern, sie waren wie meine Eltern. Ich habe mich dort sehr wohl gefühlt und auch dort endgültig zum Buddhismus gefunden."

Petra machte eine Pause, dann fragte sie: „Ich hoffe, meine Schilderung ist nicht zu langatmig?" Und als Ilse bekundete, dass sie die Geschichte spannend finden würde, fuhr Petra fort:

„Unsere kleine Anna – sie hat den Namen nach einer Englischlehrerin, die der König von Siam vor sehr, sehr langer Zeit einmal hatte – war bis vorgestern Abend ein quicklebendiges Etwas. Dann kam Ben, nahm ihre Hand und verschwand mit ihr unter den Weihnachtsbaum und die beiden spielten und waren die bravsten Kinder. Man hätte sie auch nicht trennen können. Auch alles andere, wie ich sie zu Bett gebracht habe, sie morgens weckte, beim Essen oder beim Spielen, alles erinnert mich an Prem und mich. Wir müssen zwei unendlich brave Kinder gewesen sein. Auch bei Ben und Anna ist das so.

Gestern habe ich lange mit meiner Schwiegermutter in Bangkok gesprochen. Sie ist eine gläubige Buddhistin und als ich ihr Ben und Anna geschildert habe, hat sie mir gesagt: ‚Ich habe schon immer angenommen, dass du und Prem in einem früheren Leben einmal glücklich zusammengelebt habt. Vielleicht war es bei Ben und Anna ähnlich? Vielleicht ist dieser Gleichklang nur momentan, aber wenn nicht, dann dürft ihr das nicht unterbinden. Also beobachtet die beiden.'

So, liebe Ilse, das musste ich Ihnen einfach sagen. Daher musste ich Ihnen auch die Geschichte von mir und Prem erzählen. Bitte, denken Sie darüber nach. So, und jetzt soll Ihnen Prem einen Vorschlag machen. Wir haben gestern Nacht noch lange darüber gesprochen und er kommt von Herzen und wir hoffen, Sie akzeptieren ihn."

Prem Leekpai begann: „Auch ich muss leider etwas vorwegschicken. Ich versuche, es möglichst kurz zu machen, um Sie nicht zu langweilen: Im Sommer des letzten Jahres wurde ich praktisch aus Thailand ausgewiesen. Es war rein politischer Natur. Man versicherte mir, dass meiner Frau und meinen Kindern nichts passieren würde. Dank der Hilfe der Galerie Kaiser erhielt ich alle notwendigen Genehmigungen und dazu noch eine sehr lukrative Arbeit, die mir auch noch viel Freude macht. Leider waren meine Kinder doch gefährdet, so haben Mike und Vera sowie Erich und Hilde meiner Frau und den Kindern zur Flucht aus Thailand verholfen. Das alles Ende Oktober des letzten Jahres. Meine Eltern konnten Dank der Hilfe von Erich und Hilde Geldmittel schicken, damit wir uns ein neues Leben und ein zu Hause aufbauen konnten. Mit der Hilfe des Notars Dieter

Zeiser haben wir eine Villa hier ersteigern können. Das war bereits Mitte November des letzten Jahres. Leider war die Villa sehr renovierungsbedürftig. Die Handwerker sind bereits im Haus und wahrscheinlich können wir Mitte bis Ende Februar dort einziehen.

Das Haus ist sehr geräumig. Es hat neun Zimmer, zwei Küchen, zwei Bäder und drei Toiletten. Zusätzlich eine Einliegerwohnung mit drei Zimmern, Küche, Bad im ebenerdigen Souterrain – das Haus liegt an einem Hang. Diese Wohnung könnte ich Ihnen anbieten. Da man im Haus alle Installationen erneuern musste, hat man im Keller begonnen. So kommt es, dass auch die Souterrainwohnung fast fertig renoviert ist. Wenn Sie wollen, können wir uns die Wohnung nachher ansehen. Über die Miete werden wir sicherlich einig. Ich werde Sie nicht überfordern! Den zweiten Vorschlag soll Ihnen Petra machen."

Petra begann: „Wie Prem schon sagte, wir haben uns gestern bis spät in der Nacht über diese Thematik unterhalten. Ich hoffe, wir sehen Ihre Situation richtig. Sie müssen Ihre Zelte in München abbrechen und wollen auch einen Bruch mit dem Vater von Ben. Es ist also ein kompletter Neuanfang hier in Wiesbaden. Wir kennen Ihre finanziellen Mittel nicht, können uns aber denken, dass Sie sicherlich anfangs sparen müssen. Ein Kindermädchen wird daher nicht möglich sein. Außerdem können wir uns vorstellen, dass Sie durch die geplanten Ausstellungen manchmal nicht in Wiesbaden sind. Was machen Sie dann mit Ben?

Wir haben uns überlegt, da sich Ben und Anna so gut verstehen, könnten wir uns wechselweise um die beiden Kinder kümmern. Erleichtert würde das, wenn Sie die Einliegerwohnung bei uns hätten. Die beiden Kinder könnten dann auch in den gleichen Kindergarten gehen und wir alle würden uns um die beiden kümmern. Überlegen Sie sich unseren Vorschlag in Ruhe Jetzt sollten Sie erst mal mit Prem die Einliegerwohnung ansehen. Das ist unbedingt erforderlich. So viel Zeit haben wir noch. Wir dürfen Sie doch zum Essen einladen?"

Ilse Bach war wie vom Donner gerührt: „Liebe Familie Leekpai, ich bin überrascht. Im Moment kann ich nur Danke sagen. So viel Liebenswürdigkeit und Hilfsbereitschaft hätte ich nie erwartet. Wenn ich mir die Einliegerwohnung ansehen dürfte, wäre ich Ihnen sehr dankbar."

Prem: „Ich leihe mir jetzt ein Auto und dann fahren wir sofort. Kommen Sie, wir gehen nach unten, mal sehen, welchen Wagen ich nehmen kann."

Als sie nach unten zu Franz und Hugo kamen, lieh sich Prem das Auto von Hugo Wettengel und Prem und Ilse fuhren zu Prems Haus.

Das Haus war wirklich groß, es war heruntergekommen und sehr stark renovierungsbedürftig. Der Verputz blätterte ab, im Vorgarten standen überall Schuttcontainer. Einladend sah es nicht aus. Aber es wurde gearbeitet, selbst heute, am Sonntag. Prem begrüßte die Männer freundlich und zeigte dann Ilse das Haus. Es war chaotisch. Noch kein Bad war fertig, alle Zimmer im Rohzustand, überall Schlitze für die Elektroleitungen. Nur wenige Heizkörper funktionierten, der Rest war noch nicht installiert. Aber es war eine sehr große Villa in einer sehr guten Lage.

Prem meinte: „Im nächsten Monat dürfte der größte Teil erledigt sein und ich hoffe, wir können Mitte bis Ende Februar hier einziehen. So wüst wie hier sieht es in der Einliegerwohnung nicht aus. Bis zum Verkauf des Hauses wohnten in der Einliegerwohnung noch Leute, die pfleglich mit der Wohnung umgegangen sind. Wir haben diese Räume als erste renoviert, da wir nicht wussten, wie lange wir noch in der jetzigen Wohnung bleiben durften. Sehen Sie selbst. Sie haben ein ganz neues Bad mit Dusche und Toilette und eine separate Toilette. Die Küche ist ziemlich groß und die Diele auch. Sie haben ein Kinderzimmer und ein Schlafzimmer und ich finde das Wohnzimmer auch groß. Da die Wohnung mit dem Garten auf gleichem Niveau ist, wollten wir vor dem Wohnzimmer eine große Terrasse anlegen, wenn die Bauarbeiten abgeschlossen sind. Wie Sie sehen, sind alle Räume frisch tapeziert und die Heizung funktioniert schon."

Ilse war überrascht: „Das ist eine herrliche Wohnung. Ich hatte mir nach der Schilderung eine Souterrainwohnung vorgestellt. Aber die Wohnung ist riesig. Es ist eine Dreizimmerwohnung und für meine Begriffe hat sie mindestens 100 m². Das Einzige, was im Moment stört, ist der Bauschutt vor dem Haus, aber der verschwindet ja."

Prem: „Freut mich, dass Ihnen die Wohnung gefällt. Sie ist nicht 100 m² groß, sondern exakt 127 m² und wir haben ausgerechnet, dass die Terrasse vor dem Wohnzimmer noch mal zirka 40 m² haben wird. Die wollen wir erst bauen, wenn der ganze Bauschutt weg ist."

Ilse sage zu Prem: „Ich weiß zwar nicht, was Sie für das Haus bezahlt haben, aber es ist ein wunderschönes Anwesen. Ich kann mir vorstellen, wenn der Garten um das Haus angelegt ist, wird das Ganze sehr gut aussehen. Sie haben auch noch ein paar ganz alte Bäume auf dem Grundstück, da wird das zu einem kleinen Park.

Herr Leekpai, ich kann nur sagen, der Vorschlag von Ihnen und Ihrer Frau ist so nett und wohltuend, dass ich fast zu träumen glaube. Ich muss zwar erst in München meine Wohnung endgültig auflösen, aber ich hatte schon zum 31. Januar meinen Mietvertrag gekündigt, da ich in Basel bei der dortigen Messegesellschaft einen Vertrag hatte. Dieses Problem wäre mit Ihrem Angebot gelöst. Darf ich Sie bitten, mit meiner endgültigen Zusage zu warten, bis ich alles in München aufgelöst habe und meinen schriftlichen Vertrag mit der Galerie Kaiser habe?"

Herr Leekpai schmunzelte: „Liebe Frau Bach, mir ging es anfangs bei der Galerie Kaiser ebenso, ich haben den mündlichen Zusagen des Gremiums auch nicht getraut und immer gewartet, wo ist der Pferdefuß? Aber es war nichts anders als das, was man mir zugesagt hatte. Im Gegenteil, der Vertrag war weit besser, als ich je vermutet hätte. Ich bin jetzt über ein halbes Jahr dabei und verdiene grandios. Allerdings arbeite ich auch hart dafür. Aber das Schöne ist, dieses Unternehmen ist wirklich nicht nur ein Verein, es ist eine große Familie, wie Susi immer sagt."

Dann fuhren sie zurück zum Mittagessen.

Petra hatte für die Kinder ein typisch thailändisches Fischgericht gemacht. Für die Kinder nicht zu scharf. Aber Ilse, die nicht daran gewöhnt war, brannte der Mund und der Schlund wie Feuer. Sie aß tapfer. Anna und Ben, die ganz still bei Tisch saßen, warteten schon auf den Nachtisch, den sie mit viel Vergnügen aßen. Dann gingen sie zu Bett.

Es war 14 Uhr, als sich Mike, Jo Snyder, Hugo Wettengel, Susi und Ilse Bach in Susis Büro trafen.

Jo Snyder kannte mit Ausnahme von Ilse alle anderen Anwesenden.

„Jo, du warst lange genug bei uns und kennst unsere Verkaufsmethoden. Kannst du dir vorstellen, wieder bei uns für einige Zeit zu arbeiten?"

Jo musste lachen: „Na klar, meine letzte Vernissage, die ich für euch gemacht habe, liegt immerhin schon vier Jahre zurück. Wenn ich nicht bald was zu tun bekomme, geh ich zur Konkurrenz."

Susi, auch lachend: „Da verdienst du nur nichts, das machst du nie und nimmer. Aber Spaß beiseite. Wir haben Ilse Bach eingestellt, damit sie sich um unsere Form von Ausstellungen kümmern soll und du hast die ehrenvolle Aufgabe, sie mit unserem System vertraut zu machen. Dein Einkommen bleibt wie immer gemäß unseren Verträgen, die sich nicht geändert haben. Frau Bach war bei der Münchener Messegesellschaft für die Kunstausstellungen tätig und hat dann für eine Beraterfirma gearbeitet, die sich mit Kunstauktionen, Kunstausstellungen und Antiquitätenausstellungen befasste. Aber bei unserer Verkaufsmethode betritt sie Neuland."

„Frau Bach", begann Jo, „Sie kommen also aus dem Metier, da werden wir uns schon zusammenraufen. Sie wissen, dass das ein ganz harter Job ist und dass man auf Stunden nicht schauen darf. Aber es ist auch eine fesselnde und befriedigende Arbeit und ich kann mir nichts Schöneres vorstellen, als eines unserer Kunstwerke zu verkaufen. Aber wie hieß die Firma bei der Sie waren?"

Ilse schaute Jo an: „Kunst und Antiquitätenberatung Wahl in München."

Und Jo: „Wahl, der Name ist mir ein Begriff. Zweimal bin ich ihm begegnet und zweimal hätte ich beinahe die Polizei geholt. Seien Sie froh, dass Sie von diesem Widerling wegkommen. Der ist ein Verleumder und ein Denunziant. Ich habe ihm geschworen, wenn er mir noch mal unter die Augen kommt, sollte er sich besser vorher seine Knochen nummerieren lassen."

Susi lachte: „Jo, das wird nicht einfach für Frau Bach werden, denn Peter Wahl ist der Vater von Ilses Sohn Ben."

Jo: „Ach, Sie Arme, sind Sie auf dieses Schwein hereingefallen? Lassen Sie ihn sausen, bei Gelegenheit erzähle ich Ihnen, was ich mit diesem Menschen erlebt habe. Aber Kopf hoch, ich weiß, die Galerie Kaiser wird Ihnen helfen und ich auch."

Dann begann ein langes und intensives Gespräch über die vorbereitenden Arbeiten für die geplanten **Vernissagen** und man verabredete, in einer Woche mit diesen Arbeiten zu beginnen. Es war schon nach 17 Uhr, als sie das Gespräch beendete. Susi sagte zum Abschluss: „Heute ist für Vera und Mike, Hilde und Erich der letzte Abend in Wiesbaden. Vera und Mike fliegen morgen nach Boston und Hilde und Erich fahren zurück nach Solingen. Ich darf daher um 18 Uhr zum

Aperitif bitten. Danach wollen wir gemeinsam zu Giovanni gehen. Frau Ilse, Sie sind zwischendurch für eine Stunde beurlaubt, um Ben und Anna eine Geschichte zu erzählen, denn auch Sie müssen sich für zwei Tage mit Hugo verabschieden. Also bis nachher."

Ilse Bach musste sich noch mit Dr. Wettengel unterhalten, um die Fahrt nach München zu organisieren. So sagte sie: „Herr Dr. Wettengel, es tut mir ja leid, dass ich Sie in Anspruch nehmen muss, aber es ist mir sehr recht, dass Sie mit nach München kommen. Ich hatte schon mehrere hässliche Auseinandersetzungen mit Herrn Wahl und da bin ich für einen männlichen Schutz sehr dankbar.

Wie Sie wissen, bin ich mit meinem Auto hier und das ist ein VW Golf. Sowie es ausschaut, werde ich meine Wohnung in München auflösen. Ich hatte schon mal mit einer Spedition gesprochen, die meinen Umzug nach Basel machen sollte, vielleicht können die auch den Umzug nach Wiesbaden organisieren. Aber ich habe eine Menge Kleider und Sachen, die ich direkt nach einem Umzug brauchen würde. Vor allen Dingen die Kindersachen von Ben. Wäre es Ihnen möglich, eventuell mit Ihrem Wagen zusätzlich nach München zu kommen, dann könnten wir auf der Rückfahrt schon einiges nach hier bringen. Ich übernehme gerne die Kosten."

Dr. Wettengel lachte: „Darüber machen Sie sich keine Gedanken. Ich habe mit Susi und Anton gesprochen. Beide haben große Wagen mit einer enormen Ladefläche, die für den Bildertransport bei Ausstellungen geeignet sind. Ich kann sowohl Antons als auch Susis Wagen haben. Wie ich erfahren habe, wohnen Sie im Moment in München Riem. Wenn wir gegen sieben, halb acht wegfahren, sind wir um die Mittagszeit in Riem. Schlage vor, wir fahren nicht hintereinander her. Wer zuerst ankommt, wartet auf den anderen. Einverstanden?" Sie sprachen noch eine Weile über die Einzelheiten der Fahrt, bis endlich Hugo Wettengel meinte:

„Ich glaube, wir sollten jetzt nach oben gehen, sonst werden wir vermisst."

Richtig, die Mannschaft war versammelt, und als Moritz Ilse Bach das Glas mit ihrem Drink in die Hand drückte, fragte er: „Na, Ilse, wie ist's Ihnen ergangen. Ich kann mir vorstellen, wie Sie sich fühlen. Mir ging es vor acht Monaten genauso. Bei Gelegenheit erzähle ich Ihnen mal meine Geschichte. Aber schauen Sie sich um, jeder hat hier seine Lebens-Story, mit der er leben muss und die wir alle tolerieren. Nur so ist dieses Klima innerhalb unseres Unternehmens möglich, oder wie Susi sagt, unserer Familie, denkbar. Ich wünsche Ihnen, dass Sie in München keine Auseinandersetzung mehr mit ihrem ehemaligen Freund, Herrn Wahl, haben. Ein Mensch, der etwas so Geschmackloses und Abscheuliches wie diesen Telefonanruf inszeniert, ist auch in der Lage, weitere Widerlichkeiten und Bösartigkeiten zu begehen. Aber Sie haben in Hugo Wettengel einen Mann, der Herrn Wahl sicher gewachsen ist."

Ilse Bach bedankte sich herzlich bei Moritz. Dann ging sie zu Hilde und Erich und sagte: „Ich weiß nicht, ob wir in der nächsten Zeit Gelegenheit haben, uns zu sehen. Ich will mich nur für die Herzlichkeit bei Euch bedanken. Euch eine gute Heimreise und dir, liebe Hilde, alles Gute für die letzten zwölf Wochen der Schwangerschaft. Vor allen Dingen wünsche ich dir eine problemlose Geburt. Ich halte Euch ganz fest die Daumen."

Hilde musste lachen: „Ilse, wir sehen uns in fünf Wochen wieder, nämlich an der Hochzeit von Susi und Moritz."

Ilse erstaunt: „Ich weiß ja nicht, ob ich überhaupt eingeladen werde."

Hilde lachte: „Da mach dir mal keine Gedanken, du bist dabei. Man hat dich gestern in die Familie aufgenommen und da sind alle Mitarbeiter automatisch eingeladen. Dir wünsche ich aber alles Gute bei deinem Umzug von München nach hier. Hoffentlich läufst du deinem ehemaligen

Stern nicht über den Weg und wenn, dann hau ihm ein paar runter, so was Hinterhältiges und Gemeines ist mir lange nicht mehr untergekommen.“

Sie verabschiedeten sich herzlich und Ilse Bach suchte noch Mike und Vera, die sie im Gespräch mit Susi fand.

„Entschuldigung“, unterbrach Ilse das Gespräch, „ich weiß nicht, ob wir noch Gelegenheit haben, uns zu verabschieden, ich möchte nur auf Wiedersehen sagen und einen guten Flug in die USA wünschen. Frau Vera, Ihre Schwester und Prem haben mir einen außergewöhnlichen Vorschlag gemacht und ich glaube, ich werde ihn annehmen. Nochmals vielen Dank für Ihr freundliches Angebot, Ihre Wohnung für einige Zeit benutzen zu dürfen. Aber das hat sich wahrscheinlich erledigt. Vielen Dank für all Ihre Hilfe und Unterstützung. Ich weiß, dass Sie zur Hochzeit am 8. Februar wieder hier sind und hoffe, Sie dann zu sehen.“

Ilse verabschiedete sich: „Ich glaube, jetzt muss ich zu den Kindern, die warten schon.“

Als Ilse gegangen war, meinte Susi: „Ach Mike, ach Vera, eigentlich hätten wir Ilse Bach nicht einstellen dürfen, trotzdem habe ich ein gutes Gefühl. Was meint ihr?“

„Susi“, sagte Mike, „man kann nie jemanden ins Hirn schauen. Aber ich glaube nicht, dass sich Ilse als Kuckucksei entpuppen wird. Die Reaktion, als du ihr die Aktennotiz dieses Telefonats gezeigt hast, kann man nicht spielen. Frau Bach war entsetzt. Außerdem hätte sie nie Hugo mit nach München genommen, würde sie ein falsches Spiel spielen. Jetzt muss sie nur noch fachlich gut sein. Allerdings hat sie durch Ben bei uns allen einen Stein im Brett. Ich sehe das positiv.“

Ilse war nach der Verabschiedung von Hilde, Erich, Mike und Vera nach unten zu den Leekpais gegangen. Petra war schon fleißig gewesen, Ben und Anna hatten schon gegessen, waren gebadet und lagen im Bett. Bevor Ilse zu den Kindern ging, wechselte sie noch ein paar Worte mit Petra und sagte dann: „Ich fahre morgen mit gemischten Gefühlen nach München. Ich weiß nicht, wie ich reagieren werde, wenn ich den Vater von Ben sehe. Erst jetzt wird mir die Niedertracht und Bosheit so richtig bewusst. Ich hoffe, dass ich die Kontrolle über mich nicht verliere. Ich bin sehr froh, dass Hugo Wettengel mich begleitet. Liebe Petra, Sie glauben gar nicht, wie mich das alles verwirrt. Eigentlich müsste ich ein oder zwei Tage zum Überlegen haben, so überrollt mich alles."

Petra, sehr ernst: „Liebe Ilse, ich kann das sehr gut nachempfinden und ich weiß, wir alle können Sie sehr gut verstehen. Wäre das nicht der Fall, ich glaube nicht, dass man Ihnen diese Position angeboten hätte. Ich habe Ihnen schon einmal gesagt, auch mich und meinen Mann hat die rasche Entscheidungsfreudigkeit der Galerie Kaiser überrascht. Auch wir waren skeptisch. Aber auch wir wurden angenehm überrascht. Susi hat Recht mit ihrer Behauptung, wir seien eine Familie. Wir sind wirklich eine große Familie. Prem und ich werden für einen glücklichen Ausgang der nächsten Tage beten. So, aber jetzt glaube ich, Anna und Ben warten auf Sie."

Ilse begrüßte die zwei Kinder in ihrem Kinderbettchen. Beide hingen an Ilses Hals und Anna fragte: „Erzählst du uns die Geschichte von gestern weiter?" Und Ben: „Bitte, Mami." Ilse lächelte, gab beiden einen Kuss und sagte, heute muss ich euch eine andere, schöne Geschichte erzählen.

Ilse begann: „Es war einmal vor langer Zeit, da lebte ein kleiner Junge mit seiner Mami in einer großen Stadt. Wenn sie zusammen waren, dann war das wunderschön, aber die Mami musste arbeiten und war oft nicht zu Hause. So musste der kleine Junge tagsüber zur Frau Huber. Manchmal musste er auch über Nacht dort bleiben."

Und Ben fragte dazwischen: „Der Junge hieß Ben, gell?“

„Ja“, sagte Ilse, „der kleine Junge hieß Ben. Und eines Tages, es war kurz vor Weihnachten, verlor die Mami plötzlich ihre Arbeit, hatte noch Urlaub und blieb ganz zu Hause. Ben musste nicht mehr zu Frau Huber und er spielte mit seiner Mami. Weihnachten kam, sie hatten einen schönen Weihnachtsbaum und Ben bekam viele Geschenke und nach dem Weihnachtsfest fuhren sie mit dem Auto in die Berge, nahmen einen kleinen Schlitten mit und rodelten, bis sie wieder nach Hause fuhren. Am nächsten Tag fuhren sie wieder in die Umgebung. Dort bauten sie einen großen Schneemann und hatten viel Spaß. Dann kam Neujahr, sie erlebten zusammen das Feuerwerk an Silvester. Kurz danach nahm die Mami ihren Ben und fuhr mit ihm in eine andere, große Stadt. Die Stadt hieß Wiesbaden und Mami ging mit Ben in ein Hotel. Am Nachmittag gingen die beiden dann zu großen Leuten, mit denen sich Mami treffen wollte. Aber es waren keine Kinder dort. So nahm eine freundliche Frau Ben und Mami und brachte sie zu einer Familie, die vier Kinder hatte. Das kleinste Kind war ein Mädchen, das genauso alt war wie Ben.“

Und die kleine Anna quietschte: „Und das Mädchen war ich, die Anna.“

„Ja“, sagte Ilse, „das Mädchen hieß Anna. Die beiden nahmen sich an der Hand und Anna zeigte Ben all ihre Spielsachen und die beiden spielten, bis es Abendessen gab und Annas Mami brachte die beiden ins Bett. Anna und Ben, die hatten sich sehr gern, sie konnten gut miteinander spielen und Annas Mami war auch ganz lieb zu den beiden Kindern. Der kleine Junge Ben blieb jetzt bei Anna und Bens Mami überlegte, ob sie nicht ganz nach Wiesbaden ziehen sollte, damit Ben und Anna sich immer sehen und mit einander spielen können. So hatte sich Bens Mami entschlossen, ihre Wohnung in München aufzugeben. Da aber der Umzug, das Einpacken der Möbel und Kleider und vor allen Dingen auch der Spielsachen von Ben zwei oder drei Tage dauern würde, musste die Mami den kleinen Jungen Ben fragen: „Lieber Ben, bleibst du zwei oder drei Tage allein bei Anna und ihrer Mami?“

Und mit großen Augen sagte Ben: „Ja – aber Mami, du darfst auch das Kugelspiel nicht vergessen, das muss ich unbedingt Anna zeigen.“

Und Bens Mami fragte auch die kleine Anna: „Ist es dir recht, wenn Ben ein paar Tage bei dir bleibt?“

Und auch Anna sagte mit großen Augen. „Ja – und du darfst auch das Kugelspiel nicht vergessen und die Bilderbücher von Ben und dann bleibt er immer da.“

Dann fuhr Ilse fort: „Und so ist Mami nach München gefahren und Ben blieb bei Anna. Ben war ganz brav und hat alles gemacht, was Annas Mami gesagt hat. Anna und Ben haben miteinander gespielt und nach zwei Tagen war Bens Mami wieder da. Sie hatte alle Spielsachen von Ben mitgebracht und Anna und Ben spielten damit. Sie gingen zusammen in den Kindergarten und beide Kinder waren ganz froh. Und jetzt ist die Geschichte aus und ihr beiden müsst schlafen.“

Ilse gab beiden Kindern ein Küsschen. Als sie hinaus ging, bemerkte Ilse, dass sie zwei Zuhörerinnen hatte. Petra und Erika hatten zugehört. Und Petra sagte nur: „Erika wollte Sie zum Abendessen abholen. Die anderen sind schon vorausgegangen.“

Erika brachte Ilse zu Giovanni, einem kleinen italienischen Restaurant, dass sie oft besuchten.

***

Montagmorgen. Ein hektischer Tag begann. Hilde und Erich fuhren zurück nach Solingen. Vera und Mike flogen am Nachmittag nach Boston. Ilse und Hugo Wettengel fuhren mit zwei Wagen nach München.

Nachdem Hilde und Erich abgefahren waren, saßen Susi und Moritz noch einen Moment am Frühstückstisch.

„Das war wieder mal ein arbeitsreiches Wochenende. Du kümmerst dich doch um die Einladungen und die Vorbereitung für unsere Hochzeit?“ fragte Susi.

Moritz schmunzelte: „Das fragst du mich jetzt schon mindestens zum fünften Mal. Ich gehe jetzt in die Werbeabteilung. Die Damen dort haben alles im Griff. Die einzige Person, die wir jetzt noch zusätzlich haben, ist Ilse Bach. Zimmerreservierungen habe ich vorsorglich schon vorgenommen. Wir werden zwischen 200 und 300 Gäste haben. Den Kostenfaktor habe ich noch nicht. Ob und wie viel wir von den Hochzeitsfeierlichkeiten steuerlich absetzen können, das muss ich mit Jens besprechen. Außerdem, die Damen der Werbeabteilung sind eine Klasse für sich. Die sind einfach fantastisch. Bis heute Mittag findest du mich dort. Insgesamt werde ich für die Aussendung der Einladungen zwei Tage brauchen. Also bis später, mein Schatz.“

Ilse Bach war schon kurz vor sieben auf dem Weg zur Autobahn und hoffte, noch vor Hugo Wettengel in München zu sein. Sie rechnete mit viereinhalb bis fünf Stunden Fahrzeit, wenn es keinen Stau gab. Aber es war Montag und außerdem noch das Ende der Weihnachtsferien. Sie hatte aber nur einen kleinen Stau und war schon um viertel vor Zwölf in München.

Sie staunte, Dr. Wettengel stand schon vor ihrem Haus. Als sie ihn begrüßte, sagte der: „Ich bin auch erst angekommen. Ich warte vielleicht fünf Minuten.“

Dann gingen die beiden nach oben in Ilses Wohnung. Diese lag im zweiten Stock eines Mehrfamilienhauses. Es war eine Dreizimmerwohnung mit Küche und Bad. Die Wohnung war aufgeräumt In der relativ kleinen Küche lag ein Zettel: „Komme gegen 15 Uhr, Peter".

Nachdem Ilse Dr. Wettengel den Zettel gezeigt hatte, sagte dieser: „Na, dann lässt sich der Krach leider nicht vermeiden. Wir sollten in jedem Fall vorher etwas essen gehen, mit vollem Magen streitet es sich leichter. Aber bevor wir essen, müssen wir Folgendes machen: Legen Sie alle Sachen, die Herrn Wahl gehören, dort auf das Sofa. Falls Sie noch einen alten Koffer übrig haben, stellen Sie den dazu. Dann geht die Verabschiedung schneller. Haben Sie noch Keller oder Speicherraum?"

„Ja, einen kleinen Kellerraum, keine drei m². Es ist auch nicht viel darin. Der ist schnell ausgeräumt."

„So", sagte Dr. Wettengel, „Sie legen die Sachen von Herrn Wahl raus und ich mache eine Liste mit diesen Gegenständen. Dann gibt es später keine unangenehmen Auseinandersetzungen oder gar eine Anzeige."

Schon kurz nach 13 Uhr waren sie damit fertig. Dann gingen sie in eine nahe gelegene Gaststätte zum Essen.

Während des Essens hatte Dr. Wettengel neben sich eine Liste, was alles zu erledigen war. Ilse staunte, an was er alles gedacht hatte. Um zwei Uhr telefonierte Ilse mit der Spedition, die sich bereit erklärte, den Umzug vorzunehmen. Das Beladen des Wagens sollte am nächsten Tag erfolgen und der Möbelwagen würde am darauffolgenden Tag, am Mittwoch, nach Wiesbaden fahren. Die Spedition wollte in einer Stunde entsprechend viel Kartons und Verpackungsmaterial bringen. Ilse telefonierte noch mit der Hausverwaltung, um einen Abnahmetermin der Wohnung zu vereinbaren. Dort wurde ihr gesagt, dass sie noch mal persönlich vorsprechen solle, da ein Herr Wahl angeblich in ihrem Auftrag die Kündigung rückgängig gemacht hätte.

„Na, das passt", Hugo Wettengel musste lachen, „jetzt hat Herr Wahl ganz schlechte Karten. Möglicherweise darf er jetzt die nächsten Monate noch für die weitere Miete aufkommen. Sie behaupten ganz einfach, dass das nicht mit Ihnen abgesprochen war und Sie bestünden auf der Kündigung per 31. Januar und Herr Wahl hatte weder einen mündlichen noch einen schriftlichen Auftrag zur Verlängerung des Mietvertrages. Am besten Sie gehen gleich. Bei der Gelegenheit können Sie auch das Telefon und den Strom abmelden. Das geht aber auch von Wiesbaden aus. Wenn wir Glück haben, kommt Herr Wahl, während Sie fort sind. Sollten die Kartons bald kommen, so beginne ich schon mit dem Einpacken. Ich werde die einzelnen Kartons beschriften. Eddings habe ich mit. Aber noch eine Frage, gibt es hier in der Nähe ein kleines Hotel?"

„Ja", sagte Ilse, „um die Ecke ist eine kleine aber saubere Gaststätte, die haben ein paar Zimmer, warum?"

„Ganz einfach, ich brauche ein Bett und ich halte es für keine gute Idee, dass Sie in der Wohnung bleiben, zumal Herr Wahl sicherlich noch einen Schlüssel hat. Gehen Sie dort vorbei und reservieren Sie für uns zwei Einzelzimmer."

Ilse leuchtete der Vorschlag ein. Sie verabschiedete sich und versprach, schnell wieder da zu sein. Dr. Wettengel lachte nur: „Je später Sie kommen, umso besser dürfte das sein, eine Auseinandersetzung wird es ohnehin geben."

Als Ilse fort war, besichtigte Wettengel noch mal die Wohnung, um zu sehen, wo er am besten mit dem Packen anfangen sollte. Er entschloss sich, in der Küche zu beginnen. Keine viertel Stunde später kam die Spedition mit den Umzugskartons und dem Verpackungsmaterial. Für die Kleider hatte man Schrankkartons mitgebracht und für die Gläser und das Porzellan genügend Verpackungsmaterial. Er vereinbarte mit den Männern, dass sie gegen 14 Uhr am nächsten Tag die Möbel und Kartons abholen könnten. Dr. Wettengel hatte sich gerade in die Küche begeben, um einzupacken, als hinter ihm ein Mann auftauchte und fragte: „Was tun Sie denn hier?"

Dr. Wettengel stand auf, nahm seine Visitenkarte, auf der nur sein Name stand und stellte sich vor: „Mein Name ist Dr. Hugo Wettengel, und mit wem habe ich die Ehre?"

„Ich hab Sie gefragt, was Sie hier tun?" schrie der Mann.

Dr. Wettengel ganz ruhig: „Entweder stellen Sie sich jetzt vor oder Sie verlassen sofort diese Wohnung. Haben wir uns verstanden?"

„Mein Name ist Peter Wahl", der Mann kochte vor Wut, „ich frage Sie noch mal, was tun Sie hier?"

Dr. Wettengel wiederum ganz ruhig: „Ach so, Sie sind der ehemalige Arbeitgeber von Frau Bach. Ich soll Ihnen von Frau Bach ausrichten, sie hat Ihre Sachen schon rausgelegt. Sie liegen dort auf dem Sofa. Einen alten Koffer zum Abtransport hat sie dazugestellt. Bitte sehen Sie nach, ob alles Ihnen gehört und nehmen Sie die Sachen bitte mit."

Herr Wahl schäumte: „Wie kommen Sie zu so einer Unverschämtheit. Ilse ist meine Lebensgefährtin und das ist auch meine Wohnung. Sie verlassen sofort die Wohnung."

Dr. Wettengel sehr beherrscht: „Das kann nicht sein, nach meinem Wissen sind Sie verheiratet, demnach kann Frau Bach nicht Ihre Lebensgefährtin sein. Außerdem habe ich den Mietvertrag gesehen. Ihren Namen konnte ich auf dem Mietvertrag nicht feststellen. Dieser Mietvertrag wurde schon vor längerer Zeit gekündigt und Frau Bach verlässt diese Wohnung termingerecht. In diesem Fall noch etwas früher, da sie für den Nachmieter noch renoviert werden muss.

Also, wenn ich bitten darf, nehmen Sie die Sachen, die Frau Bach für Sie zurechtgelegt hat. Ich soll Ihnen außerdem von Frau Bach sagen, dass sie mit Ihnen keinen weiteren Kontakt wünscht."

Immer noch war Herr Wahl rot vor Wut: "Wo hat Frau Bach unser Kind hingebracht? Wo zieht sie überhaupt hin? Das kann sie mit mir nicht machen, sie wird in unserer Branche keinen Job mehr finden, dafür sorge ich."

Dr. Wettengel: „Herr Wahl, das sind zwei Fragen und eine Drohung. Zu den beiden Fragen, wo sich der kleine Ben befindet und wohin Frau Bach zieht, das darf ich Ihnen nicht sagen. Sie sollten mit Ihren Äußerungen vorsichtig sein. Sie sind erregt, da sagt man schon mal was Unbedachtes."

Herr Wahl: „Aber ich muss wissen, wo mein Kind ist und was mit ihm geschieht."

Dr. Wettengel: „Sie geben also zu, dass Ben Ihr leibliches Kind ist? Da frage ich mich, warum haben Sie in den letzten vier Jahren keinen Unterhalt für das Kind bezahlt?"

Herr Wahl: „Natürlich habe ich für das Kind gezahlt. Ich habe das Gehalt von Frau Bach entsprechend erhöht und habe auch die Tagesmutter für das Kind bezahlt."

Dr. Wettengel, sehr gelassen: „Herr Wahl, Sie reden sich um Kopf und Kragen. Überlegen Sie sich mal, was die Steuerbehörde dazu sagen wird, wenn sie erfährt, dass Sie mit der überhöhten Zahlung eines Gehaltes die Versorgungsansprüche Ihres Kindes ausgeglichen haben. Ich will gar nicht wissen, wie Sie die Zahlung an die Tagesmutter verbucht haben. Hier drängt sich der Verdacht auf, dass das auf ähnlicher Basis abgerechnet wurde."

Herr Wahl, nicht mehr ganz so aufgeregt: „Wer sind Sie eigentlich, der Anwalt von Frau Bach oder wer?"

Dr. Wettengel ganz ruhig: „Ich bin weder ein Anwalt, noch arbeite ich gegen Honorar für Frau Bach. Ich helfe ihr als zukünftiger Kollege und Frau Bach hat mich gebeten, ihr bei diesem Umzug zu helfen. Jetzt darf ich Sie bitten, Ihre Sachen zu nehmen, mir den Wohnungsschlüssel nebst Haustürschlüssel auszuhändigen und zu gehen."

Peter Wahl wütend: „Herr Wettengel, was bilden Sie sich überhaupt ein, mich aus meiner Wohnung zu werfen? Ich denke weder daran, meine Sachen mitzunehmen, noch Ihnen die Schlüssel auszuhändigen.

Wenn Sie nicht machen, dass Sie fortkommen, so hole ich die Polizei."

Hinter dem Rücken von Herrn Wahl sah Dr. Wettengel plötzlich Ilse stehen.

So sagte Dr. Wettengel schmunzelnd: „Das sollten Sie in jedem Fall tun. Denn ich fordere Sie hiermit auf, diese Wohnung zu verlassen und erteile Ihnen im Auftrag von Frau Bach Hausverbot. Mal sehen, was Ihre Frau dazu sagen wird, wenn sie erfährt, welches Doppelleben ihr Mann hat."

„Sie schmieriger Typ, ich werd's Ihnen zeigen!" Herr Wahl wollte Dr. Wettengel am Kragen packen, als Ilse von hinten rief: „Stopp – das lässt du schön sein. Ich habe eure Unterhaltung schon eine ganze Zeit verfolgt. Ich kann Dr. Wettengel nur Recht geben. Du hast ab sofort Hausverbot. Du übergibst mir jetzt die Schlüssel, nimmst deine Sachen und verschwindest aus meinem Leben. Was du in Basel angerichtet hast, das ist schlimm genug. Ich schäme mich, dass ich mich je mit dir eingelassen habe. Also raus!"

Peter Wahl plötzlich kleinlaut: „Aber ich hab in Basel doch nur angerufen, weil mir wirklich das ganze Geld abhanden gekommen war. Ich hab doch nur von einem Verdacht gesprochen."

Ilse schäumte: „Du bist noch fieser, als ich dachte. Du kannst dich demnächst mit meinen Anwälten auseinandersetzen. Eine Verleumdungsklage ist das Mindeste, ganz zu schweigen von all den anderen Dingen, die ich gegen dich unternehmen werde. Ich weiß jetzt, warum ich mich ein Jahr lang umsonst bei allen möglichen Messen beworben habe. Du hast das alles sabotiert. Aber ich werde dir das heimzahlen. Jede einzelne schlaflose Nacht. Jeden einzelnen Misserfolg, ganz zu schweigen von den Kosten der Vorstellungsreisen, der Telefonate und so weiter. Sei froh, wenn ich das nicht eines Tages deinem Sohn erzähle, was für ein Schwein sein Vater war. Jetzt pack deine Sachen, gib mir deine Schlüssel und verschwinde endgültig aus meinem Leben."

Peter Wahl plötzlich sehr ruhig: „Aber das kannst du nicht machen, denk doch an Ben. Den hab ich doch auch gern. Denk doch an unsere gemeinsame Zeit, die war doch schön, was hab ich dir denn getan? Was diese Schweizer Beamten erzählt haben, war doch ganz anders. Ich hab nur von einem vagen Verdacht gesprochen. Lass uns noch mal über alles sprechen."

Peter Wahl kam näher und wollte Ilse umarmen. Er reagierte etwas zu langsam, Ilse versetzte ihm ein Paar schallende Ohrfeigen und hielt die Hand auf: „Her mit den Schlüsseln, pack deine drei Sachen und fort, sonst schmeiß' ich dein Zeug aus dem Fenster, dann kannst du das unten zusammenklauben. Na, wird's bald?"

Und tatsächlich, er bequemte sich, zwei Schlüssel von seinem Schlüsselbund abzumachen und Ilse auszuhändigen.

Dann packte er seine Sachen in den Koffer und schrie: „Das wirst du dummes Luder noch bereuen. Du wirst mich noch kennenlernen. Wenn du meinst, du kriegst auch nur einen Penny für deinen Bankert, dann hast du dich getäuscht. Eine Stellung kannst du dir als Putzfrau suchen, mehr bist du nicht wert …."

Hier schritt Dr. Wettengel ein: „Herr Wahl, mäßigen Sie sich. Allein, was Sie bis jetzt gesagt haben, reicht für eine Klage. Ich glaube, es ist am einfachsten, Sie gehen jetzt. Nehmen Sie Ihre Sachen und verschwinden Sie!"

Als die Tür hinter Herrn Wahl ins Schloss fiel, konnte Ilse nicht mehr. Die Tränen liefen und Dr. Wettengel nahm sie in den Arm, bis sie ausgeschluchzt hatte. Sehr vorsichtig setzte er Ilse auf einen Stuhl und fragte: „Haben Sie irgendwo etwas Alkoholisches?"

Ilse schluchzte noch immer: „Im Eisschrank oder in der Bar im Bücherregal." Dr. Wettengel fand einen Cognac und zwei Gläser, goss etwas davon ein und sagte ganz ruhig: „Wir beide hatten jetzt ein Erlebnis, das uns sicher immer verbinden wird. Außerdem sind wir bei der Galerie Kaiser ohnehin alle per Du. Ich weiß, ein Mann soll das nicht, aber darf ich das Du anbieten? Ich bin Hugo."

Immer noch unter Weinen und Lachen: „Ich bin Ilse“, und beide gaben sich einen zarten Kuss auf die Wange.

„So Mädchen, das hätten wir geschafft. Es hätte schlimmer kommen können. Aus solchen Beziehungsdramen sind schon Morde geworden. Seien wir froh, dass es so abgelaufen ist. Aber jetzt müssen wir an die Arbeit. Ich hoffe, dass du bei der Hausverwaltung alles klären konntest? Hast du die beiden Zimmer im Hotel reserviert? Und was war sonst noch?“

Jetzt musste auch Ilse lachen: „Du bist gut, ich hab einen seelischen Schock, möchte am liebsten aus dem Fenster springen und du konfrontierst mich mit so banalen Dingen. Also, bei der Hausverwaltung ist alles klar gegangen. Die kommen morgen um 15 Uhr zur Schlüssel- und Wohnungsübergabe. Telefon habe ich abbestellt. Strom wird die Hausverwaltung abbestellen, weil die Maler noch Strom brauchen. Wir werden uns über die Kosten einig! Die beiden Einzelzimmer habe ich reserviert, musste sie aber gleich bezahlen. Mehr habe ich in der kurzen Zeit nicht schaffen können. Ich sehe, die Spedition hat die Kartons schon gebracht und dann können wir gleich zu packen anfangen. Wie alles bei euch Kaiserianern, das geht mir einfach zu schnell. Aber dir vielen, lieben Dank.“ Und sie drückte Hugo und gab ihm ein Bussi.

Von da an ging es schnell. Sie hatten genügend Verpackungsmaterial, die Kartons waren ideal in der Größe und kurz vor acht Uhr hatten sie alle Schränke leer.

„So“, sagte Hugo, „das war der erste Teil. Morgen früh machen wir die Remise im Keller leer, packen die letzten Kleinigkeiten ein und schrauben Lampen und Vorhänge ab. Während die Möbelträger da sind, können wir unsere Wagen beladen.

Wenn wir Glück haben, können wir um vier Uhr am Nachmittag verschwinden und wären dann gegen neun in Wiesbaden. Aber jetzt rufen wir Susi an.“

Gesagt, getan. Hugo wählte Susis Direktnummer und hatte sie sofort am Apparat.

Es wurde ein längeres Telefonat. Hugo erzählte, wie in München alles abgelaufen ist und übergab dann an Ilse.

Susi bot Ilse an, dass sie nach Rückkunft in Wiesbaden in ihrem Fremdenzimmer bleiben kann, bis ihre Wohnung eingerichtet ist.

Heute Abend wäre sie länger bei den Kindern gewesen. Bei der Gelegenheit erzählte sie auch, dass sie sich im Märchenerzählen geübt hätte, da sie in absehbarer Zeit das auch bei ihren eigenen Kindern machen müsse.

Sie wünschte beiden eine ‚Gute Nacht' und für morgen eine gute Rückreise.

„Ich habe in dem ganzen Trubel gar nicht mitgekriegt, dass Frau Kaiser schwanger ist. Wann ist es denn so weit?"

Hugo lachte: „Da gibt's gleich zwei Dinge zu melden. Es werden Zwillinge und die Geburt ist Ende Mai."

Und Ilse: „Da wundert es mich nicht, dass man so kinderfreundlich ist."

„Na", sagte Hugo, „ich glaube es wird in absehbarer Zeit noch öfter der Klapperstorch kommen. Erika und Anton wünschen sich Nachwuchs und ich glaube mich nicht zu täuschen, dass auch meine Kollegen Franz Westermann und Alena nicht abgeneigt sind, sich Kinder zuzulegen. Ich glaube, die Luft der Galerie Kaiser ist recht Kinderfördernd. Du weißt ja, Hilde ist auch schwanger und da wird es Ende März soweit sein. Besonders für Hilde bin ich sehr froh, dass sie ihren Heinz überwunden hat. Ich weiß nicht, ob sie es dir erzählt hat, was sie im letzten Sommer durchgemacht hat."

Ilse mit einem ernsten Blick: „Hat sie, auch dass sie versucht hat, sich umzubringen. Bei dieser lebensfrohen Frau kaum vorstellbar."

Hugo meinte: „Liebe Ilse, ich kenne unsere Hilde – und sie ist unsere Hilde – schon endlos lange. Sie gehört zur Galerie Kaiser, auch wenn sie heute mit ihrem Mann in Solingen lebt. Sie war immer die gute Seele der Firma und wird es auch immer bleiben. Aber wenn wir jetzt nicht aufbrechen und was essen, dann kriegen wir nichts mehr."

Die beiden schlossen die Wohnung ab, gingen um die Ecke in den Gasthof, belegten ihre Zimmer und setzten sich in die Gaststube, um noch etwas zu essen.

***

Ilse und Hugo frühstückten schon sehr zeitig. Sie hatten einen arbeitsreichen Tag vor sich. Es klappte alles wie vorgesehen. Der Möbelwagen kam pünktlich, alles war gepackt, sie selbst hatten die beiden Wagen bis oben mit Kartons und Sachen vollgestopft. Um 15 Uhr kam die Hausverwaltung und nahm die Wohnung ab. Kurz nach halb vier verließen die beiden Wagen München.

Fast gleichzeitig kamen die beiden Wagen im Hof der Taunusstraße in Wiesbaden an. Ilse nahm ihr Köfferchen und ging mit Hugo nach oben in den 5. Stock. Es war kurz nach 20 Uhr.

Susi staunte: „Ihr seid schon da, seid ihr geflogen? Setzt Euch, wir sind noch beim Aperitif. Was nehmt ihr denn?"

Ilse sagte: „Was Starkes für mich, aber ich will nur noch kurz zu Leekpais gehen, um zu sehen, was die Kinder machen". Hugo erzählte in der Zwischenzeit die Münchener Erlebnisse und als Ilse wieder auftauchte, strahlte sie: „Anna und Ben schlafen wie Engelchen."

Moritz reichte ihr ein Glas Cognac mit der Frage: „Ist der stark genug?" Ilse lachte: „Den brauche ich aber auch. Gestern hätte ich mich besaufen können. Ich trinke sonst nicht viel, aber das mit Peter ist mir schon sehr an die Nieren gegangen. Dir Hugo danke ich nochmals ganz besonders. Ich weiß nicht, was ich ohne ihn gemacht hätte."

Susi lachte: „Jetzt fehlt unsere Hilde, mit ihr sind Sie ja schon per Du, wie ich sehe, auch mit Hugo. Da es bei uns in der Familie üblich ist, sich zu duzen, biete ich dir, liebe Ilse, das Du an. Ich bin Susi und ich glaube, Moritz schließt sich auch an."

So wurden sie unkompliziert und schnell per Du und Moritz knurrte in seiner Art: „Weißt du, Ilse, ich hab Susi noch keine fünf Minuten gekannt, da war sie mit mir schon per Du. Du wirst dich daran gewöhnen. In einer Familie ist es eben so. Ich hoffe, du vergisst die Vergangenheit und schaust froh in die Zukunft."

***

Die beiden letzten Tage waren hektisch gewesen. Susi hatte einen mehr als vollen Schreibtisch. Der Jahresanfang war wie in jedem Jahr besonders arbeitsreich.

Moritz hatte mit den Damen der Werbeabteilung alle Einladungen zur Vermählung auf den Weg gebracht. Das Programm der Hochzeitsfeier sollte eine Überraschung für Susi werden. Er hatte alles geplant und hoffte, dass alles so laufen würde, wie er sich das vorstellte. Das Einzige, was wirklich feststand, war der Termin und die Räumlichkeiten im Kurhaus, in dem die Feier stattfinden sollte.

Erika hatte sich am Mittwochvormittag freigenommen, um zum Arzt zu gehen. Der hatte sie noch mal für den Nachmittag bestellt. Sie rief vom Arzt aus an und sagte, es würde etwas länger dauern. Sie käme nicht mehr ins Büro, sondern erst am Abend zum Aperitif wie immer.

Gedankenverloren ging Erika in die Galerie zu Anton. Der war überrascht, Erika schon um 16 Uhr zu sehen und fragte: „Sag mal, Erika, was treibt dich denn zu so früher Stunde nach Hause?"

Erika hauchte ihm einen Kuss auf die Lippen, lachte verschmitzt und fragte: „Hast du ein paar Minuten Zeit, ich muss mit dir was besprechen. Kommst du mit nach oben?“

„Aber sicher, eilt es?“ fragte Anton.

Und Erika lachte: „Und wie!“

Als die beiden in der Wohnung waren, fiel Erika Anton um den Hals, gab ihm einen Kuss und sagte: „Ich kann's einfach nicht länger für mich behalten, Schatz, wir sind zu dritt. Heute Nachmittag hab ich die Bestätigung des Gynäkologen bekommen. Es ist alles normal. Ich bin im 2. Monat.“

Anton war ganz verdattert, dann nahm er seine Erika ganz zärtlich in den Arm, so als wäre sie zerbrechlich, gab ihr viele kleine Bussis und fragte: „Meinst du, wir können darauf noch mal mit Champagner anstoßen?“ und als Erika nickte, holte Anton zwei Gläser, eine Flasche Champagner, goss die Gläser voll, gab Erika ein Glas, die beiden stießen an und Anton sagte: „Das ist das schönste Weihnachtsgeschenk, das ich je bekommen habe. Schatz, wie fühlst du dich. Alles in Ordnung?“ Und dann kamen hundert Fragen.

Erika musste ihn bremsen: „Anton, mir geht es wie Hilde. Ich fühle mich einfach gut. Ich bin nicht krank, mir ist nicht schlecht, keine Übelkeit, keine Schmerzen. Ich bin einfach glücklich. Ich und Kinder, nie hätte ich das für möglich gehalten und jetzt bin ich nur noch froh und zufrieden. Schatz, ich freue mich auf unser Kind, gleich ob es ein Junge oder ein Mädchen wird. Jetzt müssen wir hier in der Wohnung ans Umräumen denken. Jetzt brauchen wir wirklich ein Kinderzimmer. Schatz, wir müssen jetzt auch heiraten ...“, und so gingen die euphorischen Äußerungen letztendlich in ein Gespräch mit Anton über, dass durch viele Küsse unterbrochen wurde. Zwei glückliche Menschen, nämlich Erika und Anton einigten sich, dass man heute Abend beim Aperitif alle Anwesenden von der neuen Situation unterrichten würde und man wollte Susi und Moritz fragen, ob man nicht eventuell eine Doppelhochzeit feiern könne.

Anton meinte nur: „Ich gehe jetzt nicht mehr in die Galerie, sondern wir gehen gleich in die Taunusstraße. Es ist fast 18 Uhr und die Anderen sind sicher heute auch pünktlich."

Wie immer um 18 Uhr füllte sich Susis Wohnung rasch und kurz nach sechs waren neben Anton und Erika auch Susi und Moritz, Franz und Alena, Prem und Petra anwesend. Ilse und Hugo hatten auch ihr Kommen versprochen. Als die beiden endlich da waren, sagte Anton:

„Ich hab euch bis jetzt von euren gewohnten Drinks abgehalten. Entschuldigt! Ich habe für euch Champagnergläser vorbereitet, das heißt, es gibt was Erfreuliches zu berichten."

Anton goss die Gläser ein und fuhr fort: „Was sich Erika und auch ich uns nie vorstellen konnten, nämlich eine Familie mit Kindern zu haben, jetzt ist es eingetroffen. Wir sind zu dritt. Wenn alles wie geplant läuft, können wir Anfang September mit Nachwuchs rechnen."

Plötzlich war der Teufel los. Wenn es auch nur zehn Personen waren, so drängte man sich um Erika und Anton, um zu gratulieren. Als man auf den zukünftigen Erdenbürger angestoßen hatte, sagte Anton:

„Susi, Moritz, an euch haben Erika und ich eine Frage: Meint ihr, es ist noch möglich, dass wir eine Doppelhochzeit feiern. Wir wissen, gestern sind alle Einladungen abgeschickt worden. Aber vielleicht lässt es sich noch machen?"

Susi und Moritz – wie aus einem Mund: „Aber selbstverständlich. Wir freuen uns, wenn wir zusammen unsere Hochzeit feiern können."

Es gab eine kurze Diskussion, in welcher Form sie die Neuigkeiten den geladenen Gästen noch mitteilen könnten.

Alena und Franz hatten aufmerksam zugehört und dann sagte Franz:

„Es ist schade, dass Alena und ich nicht auch am gleichen Tag heiraten können, aber könnten wir dann nicht vielleicht unsere Verlobung offiziell feiern? Es wäre doch ein schöner Anlass."

Susi musste lachen: „Erst hatten wir eine Feier mit einer Hochzeit und zwei Verlobungen und jetzt kriegen wir eine mit zwei Hochzeiten und einer Verlobung. Alena – Franz, wir freuen uns, wenn ihr euch anschließt. Die Einzelheiten muss jetzt Moritz ausbaden." Und zu Moritz gewandt: „Du bist doch damit einverstanden?"

Moritz brummte: „Wie immer, ich. Was hab ich euch getan, dass ihr so hässlich zu mir seid", und lachte.

Petra lud alle zum Abendessen ein und verschmitzt lächelnd sagte sie: „Achtung, ich habe siamesisch gekocht. Es ist scharf, dann habt ihr auch morgen noch was davon."

***

Wiesbaden

Donnerstag frühstückten Susi und Moritz. Susi sagte: „Das waren gestern Abend zwei glückliche Gesichter? Ich freue mich so sehr für Erika und Anton. Erika hat vorher keinen Ton gesagt. Anscheinend geht es ihr gesundheitlich wie Hilde und mir. Wir fühlen uns einfach prächtig. Hoffe, es bleibt auch so." Moritz meinte: „Ich bin so froh für Erika. Eigentlich hat sie nie von Kindern gesprochen. Manchmal hab ich gedacht, sie will vielleicht keine. Aber seit sie mit Anton zusammen ist, scheint sich alles geändert zu haben. Ich bin auch froh, dass sie heiraten. Mal sehen, ob sie heute Vormittag noch einen zusätzlichen Termin beim Standesamt bekommen. Anton will mich nachher anrufen."

„Kommst du kurz mit in mein Büro, ich muss die Eröffnung der Ausstellung in Rom in die Wege leiten. Der Eröffnungstermin ist jetzt endgültig. Drei Tage Feierlichkeiten."

Als die beiden in Susis Büro kamen, war es schon wieder hektisch. Trotzdem sparte Susi eine halbe Stunde aus, um mit Moritz die Veranstaltung in Rom zu besprechen.

„Lieber Moritz, das neue Ausstellungsgelände habe ich auch noch nicht gesehen und kann mir kein Bild machen. Ich erzähle es dir so, wie es mir Hugo geschildert hat, der sich alles angesehen hat. Unser Ausstellungsgelände ist eine alte Klosterkirche. Anscheinend etwas heruntergekommen. Deshalb haben die Renovierungsarbeiten auch so lange gedauert. Dieses Gebäude untersteht der vatikanischen Hoheit, wie auch andere Kirchen und Paläste in Rom. Das heißt, wir unterliegen nicht unbedingt dem italienischen Recht. Dies hat Vorteile, aber auch Nachteile. Wir dürfen nur solche Exponate ausstellen und auch verkaufen, die sich mit dem christlichen Glauben vereinbaren lassen. Die Kirche hat da ein Widerspruchsrecht. Aber ich glaube, das ist kein Problem, denn die in den Vatikanischen Museen gezeigten Gemälde sind teilweise sehr menschlich. Der Vatikan hat bei der Gestaltung der Ausstellung mitgeholfen. Herr Zontini sagte mir, die hätten das großartig gemacht. Auch Carlo Steiner, unser zweiter Mann in Rom, fand das. Wir selbst haben 300 Exponate zur Ausstellung nach Rom geschickt. Außerdem haben wir das Gemäldelager in Rom um 200 Ausstellungsstücke aufgestockt. Die Vorbereitungskosten, sprich Renovierungskosten haben rund 500.000 Euro verschlungen. Das gebundene Kapital in Form von Exponaten nochmals mindestens eine dreiviertel Million. Ich glaube, dieses Experiment kostet uns insgesamt eineinhalb Millionen Euro.

Der Vatikan hat zugesagt, dass entsprechend für diese Ausstellung geworben wird. Es wird veranlasst, dass mit dem Tag der Eröffnung in Rom eine aufwendige Werbung anläuft.

Wir verlangen für die Ausstellung Eintritt. Allerdings geben wir an alle Luxus- und First-Class-Hotels Freikarten in Form eines Prospektes mit Lageplan. Auch die Vatikanischen Museen erhalten Freikarten, die sie an ein interessiertes Publikum weitergeben können.

Ausstellungseröffnung:

Freitag, den 25. Januar, <u>um 14 Uhr</u>.

Beginn mit einem Segen und einer anschließenden Besichtigung durch den Klerus. Es kommen mehrere Kurienkardinäle. Während der Besichtigung, die bis gegen 18 Uhr dauert, werden Canapés gereicht und Sekt oder Weißwein und nichtalkoholische Getränke. Jeder der Gäste erhält einen Katalog der dort gezeigten und zum Verkauf freigegebenen Gemälde und Exponate.

Samstag, den 26. Januar, <u>um 10 Uhr.</u>

Die Vernissage beginnt mit einer Ansprache eines Vertreters der Stadt Rom. Die Einladung erfolgt durch die Stadt Rom. Vertreter der Stadt des Parlaments und der politischen Parteien werden eingeladen. Nach der Ansprache werden wiederum Canapés und die üblichen Getränke gereicht. Jeder Teilnehmer erhält einen Katalog.

Samstag, den 26. Januar, <u>um 14 Uhr</u>.

Einladung erfolgt durch den Vatikan. Geladen werden die Vertreter des diplomatischen Corps. Ansprache erfolgt durch einen Vertreter des Vatikanstaates, danach wieder Sektempfang mit Canapés und die üblichen Getränke. Jeder Teilnehmer erhält einen entsprechenden Ausstellungskatalog.

Sonntag, den 27. Januar, <u>um 10 Uhr.</u>

Heilige Messe, Einladung durch den Vatikanstaat. Eingeladen werden ausgesuchte und verdiente Bürger der Stadt Rom. Wiederum nach der Messe Besichtigung mit Sektempfang und Canapés. Jeder Besucher erhält einen Katalog.

Sonntag, den 27. Januar, <u>um 14 Uhr.</u>

Einladung durch die Galerie Kaiser. Ansprache von Herrn Zontini und einige Worte von Anton. Wiederum Sektempfang mit Canapés. Jeder erhält einen Katalog.

Du siehst, das wird ein ganz strammes Wochenende. Dazu kommt, dass wir zwölf Tage später heiraten."

Susi seufzte: „Was meinst du? Ich hab mir schon immer gedacht, dass da was auf uns zukommt."

Moritz nahm Susis Hand: „Mache dir keine zu großen Gedanken. Das schaffen wir schon. Wenn ich es richtig sehe, sollten dabei sein: Du und ich, Anton mit Erika, Hugo Wettengel und, wenn sie will, auch Ilse und Jens mit seiner Frau. Mehr können wir nicht entbehren. Die beiden Galerien müssen offen bleiben und jemand muss hier die Stellung halten. Mache dir um die Reiseseite keine Gedanken. Ich werde mich um die Flüge kümmern und das Büro in Rom bitten, uns Hotelzimmer in der Nähe zu besorgen. Wir fliegen praktisch in vierzehn Tagen, am Donnerstagmorgen und kommen am Montag, dem 28. Januar wieder zurück. Ich hoffe es ist dir klar, elf Tage später heiraten wir. Ganz schön stressig."

„Du hast leicht lachen, schau dir meinen Schreibtisch an. Am liebsten würde ich Hilde bitten, mich ein paar Tage zu entlasten. Sie ist die Einzige, die das könnte. Aber die hat selber viel zu tun."

Ilse und Hugo waren mit einem Schreiner noch bei den letzten Arbeiten in Ilses Wohnung. Es war alles viel problemloser gegangen, als sie es sich vorgestellt hatten. So sagte Ilse: „Was meint ihr, könnte ich vielleicht morgen Abend um 18 Uhr zu einer Housewarmingparty einladen? Hoffentlich können auch die Kinder von Petra mitkommen. Vielleicht gelingt es uns, dass Ben allein hier schläft? Wenn nicht, dann ist das auch nicht schlimm." Sie vereinbarten, dass Ilse für den nächsten Abend zum Abendessen einladen würde. Der Schreiner und Hugo wollten helfen.

Als sie sich um sechs zum Aperitif trafen, fragte Ilse: „Darf ich euch alle für morgen Abend zur Einweihungsfeier in meine neue Wohnung bitten? Ich würde mich sehr freuen. Die Kinder selbstverständlich auch. Vielleicht können wir testen, ob Ben und Anna wieder allein schlafen können.“

Alle waren einverstanden und sagten ihr Kommen zu. Petra lachte verschmitzt: „Ilse, du wirst dich wundern. Morgen Abend erlebst du zum ersten Mal eine schreiende Anna. Ich schwöre dir, die bleibt bei Ben. Du wirst es sehen.“

***

Freitagvormittag war für alle wie im Fluge vergangen. Sie trafen sich zum Mittagessen bei Susi.

Moritz war froh, als endlich alle wieder gegangen waren. Er musste unbedingt mit Mike Curtis in Boston sprechen. So wählte er Boston an und hatte Mike gleich am Apparat:

(Moritz) Hi, Mike, hoffe ich habe dich nicht geweckt.

(Mike) Hallo, Moritz, schön dich zu hören. Bin schon seit über zwei Stunden auf den Beinen. Was gibt's?

(Moritz) Ich habe einen Anschlag auf dich vor. Du weißt, ich will Susi mit einer besonderen Veranstaltung zur Hochzeit überraschen. Habe das schon im November zusammen mit Boris und Maxim besprochen. Gestern haben mir beide telefonisch bestätigt, dass alles klappt. Meine Vorstellung war, dass eine klassische Ballettgruppe das Abendprogramm gestalten hilft. Nun haben Boris und Maxim das ganz anders inszenieren können und ich bin von der Idee angetan. Dazu musst du noch wissen, dass sich Erika und Anton kurzfristig entschieden haben, ebenfalls am gleichen Tag mit uns zu heiraten. Der schnelle Entschluss kam daher, dass die beiden Nachwuchs erwarten.

(Mike) Gratuliere dir zum Opa. Mensch, freut mich das für die beiden. Darf ich das schon offiziell wissen?

(Moritz) Ich glaube, die sollen dir das lieber selber sagen. Ich bin sicher, Anton wird dich in den nächsten Tagen anrufen. Aber jetzt weiter im Programm: 15.00 Uhr Trauung der beiden Paare, 16.00 Uhr Empfang in den Kolonnaden für einen kleinen Kreis, Kaffee – Kuchenbuffet bis gegen 17.00 Uhr.

Da teilweise die Gäste erst an diesem Tag anreisen, ist der offizielle Beginn der Hochzeitsfeierlichkeiten erst um 19.00 Uhr mit einem Sektempfang in der Empfangshalle des Kurhauses. Vorgesehen ist ein Stehempfang.
Um 19.30 Uhr Öffnung des großen Kurhaussaales, der mit einer Märchendekoration präsentiert wird. Die St. Petersburger Ballettakademie kommt mit zirka 60 Eleven und Elevinnen zu einer Aufführung von Tschaikowskys **Der Nussknacker***. Die Musik wird durch das Jugendorchester des St. Petersburger Konservatoriums präsentiert, voraussichtlich mit 32 Mitgliedern.*

(Mike) Stopp – wer soll denn das bezahlen?

(Moritz) Nicht so schlimm. Die Truppe wird auch in Frankfurt, Düsseldorf, Hamburg und Berlin auftreten. Somit entfällt für uns ein Großteil der Anreise- und Übernachtungskosten. Boris und Maxim haben das großartig arrangiert. Noch was muss ich hinzufügen. Franz Westermann und Alena wollen zu diesem Anlass auch ihre Verlobung mitfeiern. Aber das alles ist nicht der Grund meines Anrufes. Ich will dich fragen, könntest du den Maitre de Plaisir machen? Ich brauche einfach jemanden, der durch die Veranstaltung führt. Du müsstest dann schon am 5. oder 6. Februar kommen.

(Mike) Das lässt sich machen. Hast du noch mehr solche Überraschungen?

(Moritz) Allerdings. Vom 25. bis 27. Januar ist die Eröffnung unserer Ausstellung in Rom. Der Vatikan mischt da mit. Ich erzähle dir kurz den Ablauf ------- und dann schilderte Moritz das Programm der Vernissagen in Rom ------

Mike, ich habe so den Eindruck, als ginge es nicht nur um die Eröffnung. Ich rieche förmlich, dass da noch mehr dahintersteckt. Nach meiner Meinung ist der Vatikan an einer Zusammenarbeit interessiert. Du solltest da mit dabei sein. Wie wär's, wenn du mit Vera am 24. Januar direkt nach Rom kommst, ihr dann die Eröffnungen mitmacht. Ihr fliegt am 28. Januar mit uns zurück nach Frankfurt und ich könnte dir dann die Durchführung unserer Hochzeitsfeierlichkeiten übergeben. Mich würde es sehr beruhigen, wenn du in Rom mit dabei wärst und vor allen Dingen, wenn ich bei den Hochzeitsfeierlichkeiten jemanden hätte, auf den ich mich hundertprozentig verlassen kann.

(Mike) Danke dir für dein Vertrauen. Erst muss ich meinen Terminkalender durchsehen, dann mit Vera sprechen und auch noch sehen, was Albert dazu sagen wird. Darf ich dich bitten, noch bis Montag Geduld zu haben?

(Moritz) Es wäre schön, wenn du zusagen könntest. Es würde mich sehr beruhigen. Grüße Vera ganz herzlich und auch Albert einen lieben Gruß. Bye, Bye.

(Mike) Also bis Montag. Bye, Bye

Nachdem Moritz aufgelegt hatte, überlegte er einen Moment. Hoffentlich nahm Mike die Einladung an. Sowohl in Rom als auch in Wiesbaden wäre Mike jemand, auf den er bauen könnte. Es war ohnehin etwas besonderes, eine Hochzeitsfeier mit einem Märchenballett zu gestalten. Künstlerisch sicherlich außergewöhnlich, aber kam es an? Die Frage hatte sich Moritz schon hundertmal gestellt. Moritz war sicher, Peter Iljitsch Tschaikowsky gehörte zu den großartigsten Komponisten der Welt. Gerade im Nussknacker wird seine hinreißende Musik höchst zauberhaft präsentiert. Die meisten Hochzeitsgäste sind Künstler. Aber verstanden diese auch, was er mit dieser Aufführung sagen wollte? Seine Mitarbeiter Boris und Maxim hatten ihm mehrfach versichert, dass diese junge Künstlergruppe ihr Äußerstes geben würde, um die Aufführung zu einem einmaligen Erlebnis für alle zu machen.

Moritz konnte seine Sorgen mit niemandem teilen. Susi und seine Kinder Erika und Erich wollte er überraschen. Morgen würden Maxim und Boris aus St. Petersburg kommen. Er musste unbedingt am Sonntag oder Montag ausführlich mit ihnen sprechen.

Ilse war früh zum Einkaufen gegangen. Sie hatte Getränke gekauft, sich alle Zutaten für ein kaltes Buffet besorgt und war seit dem frühen Nachmittag am Vorbereiten. Da sie nicht wusste, wie es mit ihrem Söhnchen Ben und der kleinen Anna kommen würde, hatte sie sich für eine Übernachtung der beiden Kinder eingerichtet.

Kurz nach 17 Uhr tauchte Hugo auf. Er brachte einen Strauß weißer Rosen, der sehr apart aussah. Fragte, ob er noch etwas helfen könne und als Ilse verneinte, nahmen sie sich etwas zu trinken. Es dauerte nicht lange und die anderen erschienen. Als letzte kamen Prem und Petra mit ihren vier Kindern und dem kleinen Ben. Als wäre es selbstverständlich, gingen die Kinder in Bens zukünftiges Kinderzimmer, holten sich noch Limo und Kekse und spielten.

Sie hatten Ilse zum Einzug nicht nur Blumen mitgebracht, sondern Susi und Moritz verehrten ihr die Kopie eines Bildes von **Gerard David, »Ruhe auf der Flucht nach Ägypten«**, zirka 44 x 45 cm. Ein sehr gekonntes Bild. Maria hält ihrem kleinen Sohn Trauben hin, dies mit einem weltabgewandten Gesichtsausdruck. Auch das Kind scheint in einen zeitlosen Traum versunken zu sein. Ilse freute sich sehr über diese Geste und bedankte sich bei beiden herzlich. Anton und Erika brachten als Willkomm eine **Fayence-Schüssel aus Frankfurt um 1680.** Ein sehr schönes Stück und Ilse bedankte sich bei beiden und stellte diese wunderschöne Vase bewundernd in eine Nische ihres Wohnzimmerschrankes.

Alena und Franz waren mehr für die praktische Seite und übergaben einen großen Fresskorb mit der Bemerkung, dass dies für einen jungen Haushalt das Richtige wäre.

Petra und Prem wünschten Ilse in der neuen Wohnung viel Glück, Zufriedenheit und man hoffe, dass dieser Schritt ein neuer Anfang für Ilse wäre. Das Geschenk zum Einzug würde folgen, da man erst die Wohnung sehen wollte.

Ilse bedankte sich für die guten Wünsche, klopfte an ihr Glas und begann: „Ihr Lieben, besten Dank für euer Kommen. Vielen Dank für die Beweise eurer Zuneigung und eure Geschenke. Ganz besonders möchte ich mich aber für die Aufnahme in eure große Familie bedanken. Ich weiß, ihr hättet mich eigentlich nicht aufnehmen dürfen. Ich weiß, alles sprach gegen mich und ich weiß auch, dass ihr sicherlich gezweifelt habt, ob diese Entscheidung richtig war. Ihr alle habt in den letzten Tagen bewirkt, dass ich ohne ein schlechtes Gefühl hier arbeiten darf und einen neuen Lebensabschnitt beginnen kann.

Ich danke euch allen nochmals und hoffe, dass ich durch meine Arbeit und meine Ideen zum Gesamtwohl unserer Unternehmen beitragen kann.“ Alle Anwesenden klatschten.

Ilse hob nochmals die Hand: „Ich muss noch etwas hinzufügen. Liebe Petra, lieber Prem, hauptsächlich euch beiden habe ich diesen leichten Anfang zu verdanken. Für mich sind Anna und mein Ben ein Wunder. Ein noch größeres Wunder aber ist eure Haltung dazu und vor allem, euer Vertrauen mir gegenüber.“

Ilse ging zu Petra und Prem, umarmte sie, gab ihnen einen Kuss und sagte: „Liebe Petra, lieber Prem, vielen, vielen Dank.“

Es war schon nach 20 Uhr als Susi fragte: „Man sieht die Kinder gar nicht?“

Ilse sagte nur: „Schau mal“ und öffnete die Tür zum Kinderzimmer. Die drei älteren waren in ein Brettspiel vertieft, während Anna und Ben bereits im Bettchen schliefen. Als Ilse die Tür wieder schloss, meinte Susi: „Also das mit Anna und Ben ist schon sehr erstaunlich.“

Und zu Petra gewandt meinte sie weiter: „Petra, ich glaube, heute gehst du nur mit drei Kindern nach Hause.“

Petra lachte: „Damit hatte ich schon gerechnet. Wenn ich an Prem und mich denke, da war's nicht anders.“

Da die drei restlichen Kinder ins Bett mussten, löste sich die Einweihungsfeier gegen zehn auf. Hugo wollte Ilse noch beim Aufräumen helfen.

Als die übrigen gegangen waren, sagte Hugo: „Ilse, du hast deine Wohnung gut präsentiert. Sie hat auch allen gefallen. Komm, lass uns aufräumen. Morgen wird noch ein arbeitsreicher Tag.“

Dabei vereinbarten sie, dass sie sich gegen 10 Uhr in der Taunusstraße in der Galerie treffen wollten. Dann ging Hugo. Ilse schaute noch mal nach den beiden schlafenden Kindern und ging auch zu Bett.

***

Susi und Moritz frühstückten schon um halb neun. Sie besprachen den Tagesablauf. Obwohl es Samstag war, hatten beide ein volles Programm.

Im Gespräch erwähnte Susi: „Moritz, da sind so ein paar Kleinigkeiten, die will ich gerne mit dir abstimmen. Es sind zwar noch fast fünf Monate bis zur Geburt unserer Zwillinge, trotzdem läuft die Zeit schneller, als man denkt. Meine Arbeit kann ich nicht aufgeben. Das erlaubt das Geschäft nicht. Kinder, Haushalt und Geschäft sind einfach zu viel für mich. Ich sollte mich nach einem Kindermädchen oder einer Haushaltshilfe mit Kenntnissen der Kinderbetreuung umsehen. Was meinst du dazu?“

„Susi, das Thema brennt mir auf der Seele. Ich habe mich schon umgehört. Habe auch bei der Haushaltungsschule gefragt.“ Moritz machte ein bekümmertes Gesicht.

Susi nahm die Hand von Moritz: „Ich denke jetzt nur laut. Wenn unsere Kinder da sind, dürfte der von uns allen geschätzte Feierabend-Aperitif in der Wohnung nicht mehr machbar sein. Andererseits ist es die Informationsplattform unseres Unternehmens. Man kann es nicht wegfallen lassen. So habe ich mir gedacht, Prems ziehen in absehbarer Zeit aus der Wohnung unten aus. Renovieren müssen wir da ohnehin etwas. Wenn du Maxens Büro nimmst, wir das Speisezimmer, das Wohnzimmer, die Diele und die Küche zu einer Art Treffpunkt oder Kommunikationszentrum für den Verein schaffen, dann können wir das Fremdenzimmer und das Schlafzimmer eventuell als Gästezimmer behalten. Es gibt da unten auch noch die Möglichkeit, einen Arbeitsplatz zu schaffen. Wir könnten dann unseren Aperitif am Abend ohne Komplikationen nach unten verlegen.“

Susi machte eine kurze Pause und fuhr dann fort: „Auch hier oben in unserer Wohnung müsste man etwas verändern.“

Susi erklärte Moritz ausführlich ihre Vorstellung der Umbauten und fuhr dann fort: „Wir haben schon einige Male Pläne gemacht, aber so langsam wird es Zeit, diese umzusetzen. Was meinst du?“

„Susi, wir haben schon so oft darüber gesprochen. In einem hast du Recht, wenn unser Nachwuchs da ist, dann fällt der Aperitif in unserer Wohnung flach.“

Moritz machte eine kurze Pause: „Ich will weder meinem Bruder Max noch dir zu nahe treten, aber die Wohnung im 4. Stock ist ein Museum und wir sollten sie zweckmäßig in die Unternehmen integrieren. Andererseits gehört laut Testament meines Bruders die Wohnung dir und ist so gemäß dem Wohnungseigentumsgesetz im Grundbuch eingetragen. Durch Vertrag mit dem Verein hast du für zwanzig Jahre hier im 5. Stock keine Miete zu zahlen, da du die Umbaukosten gezahlt hast. Das Ganze sollte man in eine klare und überschaubare Rechtsform bringen. Ich will mit Dieter Zeiser, unserem Notar, darüber sprechen. Wahrscheinlich muss man auch Jens Gerner, unseren Steuerberater, mit einbinden. Ich würde Folgendes vorschlagen:

Ich übernehme die rechtliche Seite, das heißt die Gespräche mit Jens und Dieter. Ich versuche, an Kontakte zu kommen, um eine Haushaltungshilfe oder Kindermädchen zu engagieren. Die Einstellung solltest du machen.

Hinsichtlich der Umgestaltung wäre es schön, wenn du Verbindung mit dem Architekten aufnehmen würdest, der die Wohnung hier ausgebaut hat. Der kennt das Haus und du hast gesagt, er sei sehr kostenbewusst.

Wir können das zwar nicht mehr vor der Hochzeit in Angriff nehmen, aber wir müssen das unbedingt noch im Laufe des Februars tun. Ich mache mal eine Skizze, was wir beide uns vorstellen."

Susi drückte ihrem Moritz ein Küsschen auf die Wange. „Da fällt mir ein Stein vom Herzen. Ich dachte schon, dass du eventuell anderer Ansicht bist. Du bist doch mit mir einer Meinung, dass wir die Treffen nach dem Feierabend in der bisherigen Form beibehalten sollten?"

„Susi", sagte Moritz, „alles was ich an Informationen über die Firma weiß und was zu meiner Meinungsbildung beigetragen hat, das habe ich an den Abenden während der Drinks erfahren. So ging es mir und so geht es auch allen anderen. Es ist auch gut, wenn ich mein Büro nach unten in die 4. Etage verlege. Wenn einer mich sprechen will, so ist das dort unkomplizierter.

Ich muss in jedem Fall den Kontakt zu den Kollegen halten. Ich frage mal unsere Mitarbeiter, vielleicht wissen die eine passende Kraft für unseren Haushalt."

Susi und Moritz unterhielten sich noch längere Zeit, dann ging Susi in ihr Büro und Moritz wollte noch kurz mit seinem Sohn Erich sprechen.

Moritz wählte die private Telefonnummer von Erich:

(Hilde) Hilde Granika, Guten Morgen!

(Moritz) Morgen, Hilde, wie geht's dir?

(Hilde) Schön, dass du anrufst, mir geht's immer noch gut. Wenn ich all die anderen Frauen der Schwangerschaftsberatung höre, hab ich fast ein schlechtes Gewissen. Aber wie geht's Susi?

(Moritz) Susi geht's wie dir. Sie fühlt sich einfach gut. Aber jetzt muss ich dir ein kleines Geheimnis verraten. Anton und Erika werden Papa und Mama. Voraussichtlich Anfang September.

(Hilde) Geiiiiiil!!! Ich muss die beiden gleich anrufen. Das freut mich aber. Der steife Anton und Papi. Ich sehe ihn jetzt schon Fläschchen geben. Wie geht's Erika?

(Moritz) Auch alles bestens. Dann noch eine zweite Überraschung. Anton und Erika wollen zusammen mit uns heiraten. Es gibt also eine Doppelhochzeit.

(Hilde) Ich weiß, man darf euch nicht alleine lassen. Schon ist der Teufel los. Hast du noch was auf Lager?

(Moritz) Allerdings, Franz und Alena wollen sich dann offiziell verloben. Es gibt also eine Doppelhochzeit und eine Verlobung.

(Hilde) Wie schon gesagt, euch darf man einfach nicht alleine lassen. Mensch, Moritz, das wird wieder eine tolle Feier. Ich freue mich schon jetzt, euch alle zu sehen.

(Moritz) Ich habe noch was auf dem Herzen. Wir eröffnen in einer Klosterkirche in Rom unsere eigene Ausstellung. Das Ganze hat größere Dimensionen, als ich glaubte. Der Vatikan hat sich eingeschaltet und die Feierlichkeiten dauern drei Tage. Wir sind also vom 24. bis 28. Januar in Rom. Das heißt, Susi, Erika, Anton und ich. Ausgerechnet in

der Zeit dürften die meisten Zusagen für die Hochzeitsfeierlichkeiten bei uns eingehen. Unsere Damen von der Werbeabteilung sind zwar absolute Spitze, aber über manche Feinheiten der Lieferanten und Kundenbeziehung sind sie nicht unterrichtet.
Gestern hat Susi geseufzt: ‚Ach, wäre nur Hilde hier.', und so wollte ich fragen, meinst du es wäre sehr unverschämt, wenn ich euch beide frage, ob ihr nicht für fünf Tage hierher kommen könntet? Ihr müsstet am 23. abends anreisen und könntet am 29. Januar zurückfahren. Sprich doch mal mit Erich darüber.

(Hilde) Ich kenne zwar seine Termine nicht genau, aber wenn er Nein sagt, dann beiß ich ihn in den Hintern. Also, wenn's irgend möglich ist, kommen wir selbstverständlich. Außerdem freue ich mich, wieder mal bei euch zu sein. Erich ist gerade was einkaufen. Ich rufe dich nachher zurück. Aber sag doch, wie hat sich die Neue, Ilse, eingelebt?

(Moritz) Hugo war Gott sei Dank mit in München. So war der Stress mit Bens Vater nicht gar so arg. Wohnungsmäßig hat auch alles geklappt. Gestern Abend war die Einweihungsparty.
Am meisten machen uns die Kinder Anna und Ben Spaß. Es ist ein kleines Wunder. Gestern Abend war die kleine Anna zu ersten Mal mit Ben in der neuen Wohnung.
Um 8 Uhr lagen die beiden friedlich im Bettchen und schliefen, als wäre das schon immer so gewesen. Einfach wunderbar.

(Hilde) Moritz, eben kommt Erich. Ich gebe ihn dir.

(Erich) Hallo Papa, was gibt's?

(Moritz) Alle Neuigkeiten weiß Hilde schon. Ich wollte eigentlich nur fragen, ob Hilde vom 24. bis 28. Januar die Bürovertretung von Susi übernehmen kann, während wir alle in Rom sind.

(Erich) Na klar, machen wir. Freue mich, auch wieder die Wiesbadener Gesichter zu sehen.

(Hilde) Also wieder nichts. Ich brauche ihn nicht in den Hintern zu beißen. Sag Susi und allen anderen ganz liebe Grüße von uns. Tschüss!

(Moritz) Tschüss ihr beiden.

Es war immer herzerfrischend, mit Hilde zu sprechen. Moritz freute sich für die beiden, dass sie sich so gut verstanden und so glücklich miteinander waren.

Er ging noch schnell zu Susi, um ihr zu sagen, dass sie mit Hilde für die Zeit der Romreise rechnen konnte.

Susi sagte: „Moritz, das ist ganz prima, es ging mir nicht nur um die Einladungen zur Hochzeitsfeier, gerade im Moment gehen auch viele Bestellungen ein und da weiß Hilde immer noch sehr gut Bescheid. Ein kleiner Fehler kann da zu enormen Schwierigkeiten führen. Auf Hilde kann ich mich da hundertprozentig verlassen. Danke dir!"

Während Moritz nach oben in sein Büro ging, traf er Ilse, die Anna und Ben zu den Leekpais brachte.

Ben berichtete Moritz: „Und jetzt spielen Anna und ich mit dem Kugelspiel und heute früh haben wir uns alles in der Wohnung und in dem neuen Haus angeschaut."

Und Ilse bemerkte: „Und ich durfte sie von Kopf bis Fuß waschen."

Nachdem Ilse die beiden Kinder zu Petra gebracht hatte, ging sie nach unten, um Hugo Wettengel zu treffen. Der begrüßte sie freundlich und sagte:

„Unsere Pläne haben sich geändert. Franz und Alena wollen um 14 Uhr zum Flughafen fahren, um Maxim und Boris abzuholen, die aus den Weihnachtsferien von St. Petersburg kommen. Die Galerie hier ist daher ab 14 Uhr nicht besetzt und man erwartet einen Kunden. Am besten dürfte es sein, wenn ich mit den Erklärungen hier in dieser Galerie anfange."

Hugo erklärte Ilse, dass diese Galerie für Fachbesucher ist. Sie befindet sich auf zwei Etagen. Ilse war überrascht von der Reichhaltigkeit des Angebots. Außerdem fand sie das Ambiente der Ausstellung großartig.

Hugo blieb vor einer Staffelei stehen, auf dem ein relativ kleines Bild ausgestellt war und begann seinen Vortrag:

„Alle hier ausgestellten Bilder sind Kopien der berühmtesten Gemälde der Welt. Die Kopien werden im Einverständnis mit den Eigentümern erstellt oder die gesetzlichen Bestimmungen erlauben uns dies. Wir bemühen uns bei den Kopien, möglichst originalgetreu zu kopieren. Wir verwenden bei den Bildern altes Grundmaterial wie alte Leinwand oder altes Holz, bei den Keilrahmen altes Holz, möglichst ähnlich der Keilrahmen des Originals. Wir haben eine eigene Farbenherstellung, um die Grundstoffe zu verwenden, die es zur Zeit der Erstellung der Gemälde gab. Das heißt, wir haben eine eigene Farbenfabrik, wenn auch in Miniatur. Jeder durch uns hergestellte Keilrahmen hat ein Brandzeichen. Jeder durch uns hergestellte Bilderrahmen – der möglichst dem Original gleicht – hat ebenfalls ein Brandzeichen. Jedes Bild hat auf dem Untergrund eine Markierung und eine Nummer, die bei uns computermäßig vergeben wird. Jeder Bilderrahmen hat unten auf Mitte gestellt ein kleines Messingschildchen." Hugo zeigte auf die goldene Plakette und Ilse las:

Atelier Kaiser, Wiesbaden
Edgar Degas, (1834 – 1917) Paris
Exemplum Die Tanzklasse
Paris, Louvre

„Was heißt Exemplum?", fragte Ilse.

„Exemplum ist das lateinische Wort für Kopie. Aber um alle Irrtümer auszuschalten, ist auf der Rückseite eines jeden Bildes angegeben, dass es sich um eine Kopie handelt.

Außerdem ist eine Beschreibung des Bildes mit genauen Daten beigefügt. Es ist vermerkt, welcher Künstler es kopiert hat und wann.

Jedem Exponat ist eine Expertise beigefügt, das die Exaktheit der Kopie bestätigt. Dieses Gutachten wird von zwei Wissenschaftlern unterschrieben. Hier beschäftigen wir mehrere Kunstwissenschaftler. So zum Beispiel Anton Jonas, Franz Westermann, Prem Leekpai, Boris Gogol, Maxim Pasternak, Alena Konovalova und mich. Die meisten Gutachten werden von mir und Franz unterschrieben."

Hugo Wettengel erklärte weiter: „Die Bildbeschreibungen und die Gutachten gibt es in folgenden Sprachen: Deutsch, Englisch, Französisch und Spanisch. Außerdem seit wenigen Tagen noch in italienischer Sprache.

Ilse fragte: „Wer kauft so etwas und was kosten bei Euch die Bilder?"

Hugo nahm einen Katalog und dazu noch ein kleines Heftchen, gab beides Ilse und sagte: „Auf jedem Bild rechts unten findest du eine Zahl. Die Gemälde im Katalog haben eine Nummer und in dem kleinen Heftchen sind diese wiederum aufgeführt. Dahinter findest du die Preise. Wie du gleich feststellen wirst, wir sind nicht billig. Wir beginnen bei 1.000 Euro und je nach Kunstwerk liegen die Preise schon mal über 20.000 Euro. Das sind Bruchteile von dem, was ein Original kostet. Im Verhältnis zu unserer Leistung sind wir noch preiswert. In jedem Fall sind wir seriös. Ich glaube, die Seriösesten auf dem derzeitigen Kunstmarkt. Von allen verkauften Werken erhält der jeweilige Besitzer eine vereinbarte Summe, falls die gesetzlichen Bestimmungen nicht eine andere Regelung vorschreiben.

Wie du aus unserem Katalog ersehen kannst, haben wir weit über vierhundert Meisterwerke in unserem Programm. Du wirst sie dir alle ansehen müssen. Du brauchst mindestens eine Woche, um dich mit unserem Programm vertraut zu machen. Du solltest dir unsere Fertigungswerkstätten ansehen und mit den Künstlern sprechen. Das wird Zeit in Anspruch nehmen."

Hugo fasste hinter das Bild und entnahm einer Ledertasche entsprechende Papiere und sagte dann: „Liebe Ilse, sieh selbst: Dieser **Degas »Die Tanzklasse«**, wurde hier im Haus kopiert. Alle Einzelheiten kannst du den Papieren entnehmen. Die Expertise wurde durch mich und Franz unterzeichnet. Komm, wir gehen jetzt an den Computer und rufen die Bildnummer auf."

Hugo ging mit Ilse zum Computer, rief die entsprechende Bildnummer auf und schon kamen alle Daten des Bildes, einschließlich der aufgewendeten Kosten, Herstellungsdatum, Namen der Künstler, und dem derzeitigen Standort.

Ilse war überrascht: „Aber sag mir, wer kauft eine Kopie von **Degas** für einen so enormen Betrag von 7.900 Euro?"

Hugo schmunzelte: „Ich weiß im Moment nicht, wie viel das Original dieses Bildes bei einer Versteigerung kosten würde. Aber ich bin mir sicher, mindestens das 30- bis 40-fache unseres Preises. Außerdem, für den Käufer unserer Werke macht es sicherlich keinen großen Unterschied, ob er sich das Original oder die Kopie ansieht. Es sind zweifelsohne authentische Kopien, die wir mit unseren Zertifikaten belegen. Der Käufer muss die Bilder auch nicht in einen Tresor legen, um sie vor Dieben zu schützen. Er kann sich daran erfreuen. Ich wage außerdem zu bezweifeln, dass die Originale dieser Kunstwerke tatsächlich eine Kapitalanlage sind. Wenn man solche Originale kurzfristig verkaufen muss, so erbringen sie meist nur einen Bruchteil des tatsächlichen Wertes.

Aber das weißt du ja, du bist lange genug in diesem Metier tätig. Wir verkaufen hier Kopien der berühmtesten Gemälde der Welt, wir vertreiben Kopien der Kunstschätze dieser Welt, und das zu erschwinglichen Preisen. Wir sind stolz darauf, unseren Kunden die Möglichkeit zu geben, diese Kunstschätze preiswert zu erstehen."

Ilse hatte aufmerksam zugehört: „Hugo, alles was du mir erklärst, ist so ganz anders als das, was ich bisher über den Kunsthandel und den Kunstmarkt gelernt habe. Für uns alle war das Kopieren von Kunstgegenständen verwerflich. Ich will nicht von Verbrechen sprechen, aber so wurde das im Kunstmarkt – mit dem ich zu tun hatte – immer dargestellt. Ihr könnt ja nicht über den sogenannten Kunsthandel verkaufen, wie vertreibt ihr eure Exponate?“

Wieder schmunzelte Hugo: „Rund 50 Prozent unser Verkäufe erfolgen über den von dir erwähnten Kunsthandel. Dabei machen wir keinerlei Werbung bei dieser Sparte des Handels. Den Rest verkaufen wir direkt. Du siehst, dein Kunsthandel spricht anscheinend mit zwei Zungen. Wir werden uns demnächst noch mal ausführlich mit dieser Thematik befassen. Wenn du bei uns verkaufen willst, musst du davon überzeugt sein, deinen Kunden etwas Außergewöhnliches und auch Wertvolles zu verkaufen. Wenn du das nicht bist, dann wirst du nicht nur nichts verkaufen, dann hast du obendrein noch ein schlechtes Gewissen. Schau dir unsere Ausstellungen an und vor allen Dingen unsere Werkstätten. Dann bekommst du auch das Gefühl, etwas wirklich Schönes und auch künstlerisch Wertvolles zu verkaufen. Wer einmal bei uns war, der wird immer wieder zu uns kommen. Du wirst das erleben. So, und jetzt gehen wir was essen. Spätestens um halb zwei müssen wir zurück sein, denn Franz und Alena wollen zum Flughafen.“

Fast vier Wochen waren Boris und Maxim bei ihren Familien in St. Petersburg gewesen. Alena hatte zwar einige Male mit den beiden telefoniert, aber sie wartete gespannt auf den Bericht.

Die Lufthansa sollte um 15:25 Uhr landen. Franz und Alena waren schon vor 15 Uhr am Flughafen und Franz meinte nur: „Komm, lass uns einen Kaffee trinken gehen. Wir haben noch gut eine Stunde Zeit.“

Endlich tauchten die beiden mit viel Gepäck auf und wurden herzlich begrüßt. Boris und Maxim wollten schon am Flughafen die Verlobungsgeschenke übergeben, was sie aber zweckmäßigerweise doch auf zu Hause verlegten. Es war eine lebhafte Unterhaltung während der Fahrt vom Flughafen Frankfurt nach Wiesbaden und die beiden erzählten begeistert von St. Petersburg. Dann schleppten sie die Koffer in die Wohnung der beiden und nochmals gab es eine herzliche Umarmung.

Alena und Franz hatten dafür gesorgt, dass der Kühlschrank gefüllt war und auch eine Flasche Sekt auf Eis lag.

Kaum in der Wohnung, schon prosteten sie sich mit Sekt zu und Maxim und Boris gratulierten zur Verlobung.

Boris meinte: „Alena, erzähle, wie ist das so schnell möglich gewesen? Wir waren kaum fort und du verlobst dich mit Franz!“

Alena: „Wir haben euch zum Flughafen gebracht und nachdem ihr weg wart, hat mich Franz nach Hause gebracht. Ich hab ihn noch zu einem Wodka eingeladen. Ganz harmlos, ich sehe jetzt noch Franz, wie er ganz schüchtern sagte: ‚Alena, ich verehre dich sehr‘, und da musste auch ich ihm sagen, dass ich ihn sehr verehre und schätze. Und dann kam ein Kuss und noch ein Kuss und schließlich blieb er hier. Ich hab ihn sehr gern.“

Auch Franz musste noch etwas hinzufügen: „Das ist schon richtig, was Alena sagt. Aber dass ich alter Junggeselle mich so verlieben kann, das hätte ich nicht für möglich gehalten. Stellt euch vor, wir wollen uns ganz offiziell an Susis Hochzeit verloben und ich hoffe, wir können heiraten, wenn wir alle Papiere beisammen haben. Euch beiden kann ich es sagen. Wir wünschen uns auch Kinder. Nicht nur eines. Wie ihr wisst, ich habe eine große Wohnung und Alena ist gleich nach den Festtagen zu mir gezogen. Ihr habt jetzt mehr Platz in eurer Ferienwohnung. Aber jetzt müsst ihr erzählen, wie geht es euren Familien, was gibt es Neues in St. Petersburg? Wir haben schon gehört, die Ballettüberraschung zur Hochzeit gelingt und was habt ihr sonst noch zu berichten? Bevor ihr anfangt, wir freuen uns alle, dass ihr wieder da seid, aber das wird man euch noch vielfach sagen. Also erzählt mal!"

Und ob die beiden berichteten! Mit den Familien war alles in Ordnung. Sie hatten die Eremitage besucht und waren dort herzlich empfangen worden. Sie hatten mit dem Konservatorium gesprochen und auch mit der Ballettakademie und dort alles in die Wege geleitet. Das wollten sie Moritz direkt erzählen. Am Schluss seines Berichtes wurde Maxim traurig und sagte: „Alena, Franz, jetzt habe ich noch etwas Unschönes zu berichten. Während wir in St. Petersburg waren, haben sich in den letzten Tagen unsere Freunde gemeldet. Boris und ich hatten ein sehr unschönes Gespräch mit diesen Typen. Man verlangt von uns, dass wir hier in Wiesbaden Ikonen für diese Verbrecher herstellen sollen. Wenn nicht, dann würden das unsere Familien ausbaden müssen. Sie gingen so weit, dass sie unsere Kinder zu Krüppeln schlagen würden. Das ist sehr ernst und wir wissen nicht, wie wir uns verhalten sollen."

Alena war ganz entsetzt und auch Franz musste kurz schlucken und sagte dann:

„Lieber Maxim, lieber Boris, wir sind hier in Deutschland und nicht in Russland. Das ist eine Erpressung und die ist auch in Russland geächtet. Macht euch keine zu großen Gedanken, das werden wir auf irgendeine Art regeln können. Erstmal müssen wir Susi informieren, außerdem den Notar Dieter Zeiser.

Ich kenne die Möglichkeiten nicht, aber einmal wäre der Nachzug eurer Familien nach Wiesbaden ein Weg. Ein anderer Weg wäre, über das Auswärtige Amt die Botschaft Russlands einzuschalten. Aber das soll Notar Zeiser entscheiden. Haben die euch eigentlich einen Termin gesetzt oder schon Einzelheiten genannt?“

„Nein“, sagte Maxim. „Man hat gesagt, dass man in Wiesbaden mit uns Kontakt aufnehmen wird und wir auch nur in Wiesbaden fertigen sollen. Das war schon alles.“

Sie unterhielten sich noch lebhaft über dieses Thema, bis Franz sagte: „Ihr wisst doch, es ist gleich 18 Uhr und wie immer“, und alle im Chor: „Es ist Aperitifzeit.“

Unter viel Lachen und lustigem Geschwätz verließ man die Wohnung, um nicht den Aperitif zu versäumen.

Moritz bereitete schon die Gläser vor, als Susi kam. „Nanu, noch niemand da?“

Moritz grinste: „Die sind an den Schnaps gewöhnt, die kommen.“ Und so war es auch.

Als erstes kamen Alena und Franz mit Maxim und Boris. Nach der Begrüßung übergab Maxim eine Dreiliterflasche Wodka mit den Worten:

„Echter russischer Wodka. Nur in Wassergläsern trinken und nur pur!“

Moritz machte das auch gleich wahr. Er nahm sechs Wassergläser, öffnete die Dreiliterflasche und goss – wenn auch nur wenig – Wodka in die Gläser. Er drückte jedem eines in die Hand, hob sein Glas und sagte: „Na Zdorovje!“

Alle tranken lachend, auch Susi hob ihr Glas, trank nicht und sagte: „Lieber Maxim, lieber Boris, ich darf leider nicht. Ihr könnt es noch nicht wissen, aber Moritz und ich erwarten Zwillinge.“

Ein Schrei von den beiden: „Darauf müssen wir zumindest mit ein bisschen Sekt anstoßen.“ Beide gingen zu Susi und Moritz und gratulierten und Moritz holte sechs Sektgläser und Susi stieß mit allen an, nippte aber nur und bedankte sich für die Glückwünsche.

Die Stimmung war schon ziemlich gut, als Anton und Erika auftauchten. Kaum sah Susi Erika, sagte sie zu Maxim und Boris: „Ihr beiden dürft jetzt auch mit Erika und

Anton anstoßen, auch die erwarten Nachwuchs.“ Ein neues Hallo und man stieß auch mit den beiden an.

Als Prem und Petra kurz ‚Hallo’ sagten, gab’s wiederum eine herzliche Begrüßung. In all dem Trubel kamen Hugo und Ilse. Ilse wurde Maxim und Boris vorgestellt und bekam jetzt von Moritz das obligatorische Glas Wodka. Es war zwar wenig im Glas, trotzdem erschrak Ilse. Nach kurzer Zeit entführte Petra Ilse, denn die hatte den Kindern ein Märchen versprochen.

Maxim und Boris fragten nun, welche Aufgabe Ilse hätte und Susi erklärte den beiden den Grund der Einstellung.

Franz nahm Susi beiseite und erzählte ihr von dem Problem mit der russischen Kunst-Mafia. Susi versprach, einen Termin mit Notar Zeiser zu vereinbaren, möglichst Montag.

Nach etwa einer halben Stunde kam Ilse zurück und erzählte, zwei friedlich schlafende Kinder verlassen zu haben.

Petra, die mit nach oben gekommen war, verkündete, dass sie einen großen Topf mit einem köstlichen siamesischen Gericht warm habe und sie würde alle einladen. Dies wurde auch angenommen. Boris und Maxim lachten. „Wir wissen jetzt, was uns in St. Petersburg so gefehlt hat, das waren Petras Suppen“, sagte Maxim und fügte hinzu, „die man zweimal spürt.“ Unter viel Lachen ging der Abend zu Ende.

***

Montagmorgen besprach Susi mit Moritz den Tagesablauf. Sie hatten gestern kurz mit Dieter Zeiser gesprochen und der hatte versprochen, gegen zehn im Büro zu sein. Man wollte mit Boris und Maxim die Angelegenheit besprechen. Susi hatte vor vorab noch allein mit Boris und Maxim zu sprechen und fragte Moritz: „Willst du dabei sein?“ Als Moritz bejahte, gingen die beiden nach dem Frühstück direkt in Susis Büro.

Kurz nach neun Uhr kamen Boris und Maxim und die beiden erzählten, was sich in den letzten Tagen in St. Petersburg ereignet hatte. Man stellte die Diskussion zurück, bis Dieter Zeiser kommen würde.

Dann sagte Boris: „Liebe Susi, du kannst dir denken, wir waren auch in der Eremitage und haben dort mit verschiedenen Direktoren gesprochen. Die waren sehr daran interessiert, zu erfahren, was wir hier in Wiesbaden machen. Die stellvertretende Leiterin der Eremitage würde sich freuen, demnächst nach Wiesbaden zu kommen um mit dir über eine eventuelle Zusammenarbeit zu sprechen. Man überlegt schon seit langem, in St. Petersburg so etwas Ähnliches aufzubauen, wie wir es hier in Wiesbaden machen. Allerdings fehlten die Kenntnisse und die vertriebstechnischen Voraussetzungen, das Projekt zu verwirklichen. Ihr sagt dazu wahrscheinlich: ‚das Know-how'.

Man ist sogar mit einer Zusammenarbeit einverstanden oder gar mit einer vertraglichen Bindung, falls die Galerie Kaiser Wiesbaden in St. Petersburg fertigen und verkaufen will. Man hat schon ein Gebäude in der Nähe der Eremitage dafür ausgesucht. Ich muss dir nicht erzählen, dass in der Eremitage rund 2,7 Millionen Kunstwerke lagern. Von nahezu allen großen Künstlern sind dort Exponate zu sehen. Es ist mit Sicherheit das größte und auch beste Museum der Welt. Wenn wir die Genehmigung erhielten, nur 20 oder 30 solcher Kunstwerke zu kopieren, hätten wir eine einmalige Gelegenheit, diese Werke weltweit auf den Markt zu bringen. Wir wären damit unschlagbar. Ich weiß, das klingt sehr euphorisch, aber wenn du einmal diese Kunstwerke gesehen hast, dann wirst du mir Recht geben.“

Susi lächelte: „Lieber Boris, ich bin kein Kunsthistoriker, und auch keine Kunstwissenschaftlerin, aber die Eremitage ist mir ein Begriff. Wir werden das alle gemeinsam in einem Meeting besprechen. Du weißt, wir haben in Rom zusammen mit dem Vatikan in zwei Wochen eine Dauerausstellung in einer ehemaligen Klosterkirche. Auch da scheint es so, als würde der Vatikan von uns erwarten, dass wir mit den Vatikanischen Museen zusammenarbeiten. Das wissen wir noch nicht genau, aber alles weist darauf hin. Wir haben bis jetzt über eineinhalb Millionen Euro in Rom investiert.

Zweifelsohne wäre ein solches Projekt in St. Petersburg in Verbindung mit der Eremitage eine außergewöhnliche Stätte für die Erstellung und den Vertrieb unserer Kunstrichtung. Lass uns das gemeinsam überlegen. In jedem Fall aber könnte Alena die vertretende Leiterin der Eremitage zu ihrer Verlobung und unserer Hochzeit einladen. Das wäre unverfänglich. Wir würden die Kosten des Fluges und den Aufenthalt hier übernehmen. Ich glaube, das könnte ein erster Anfang der Gespräche sein."

Sie sprachen noch über diese Angelegenheit, als Dieter Zeiser kam. In seiner Begleitung Herbert Wagner, ein pensionierter Beamter des Bundeskriminalamtes in Wiesbaden, der schon einmal bei einer Diebstahlaffäre geholfen hatte.

Dieter Zeiser stellte Boris und Maxim vor und als sie sich gesetzt hatten, begann Susi:

„Herbert es ist schön, dich zu sehen. Es ist weniger schön, dass wir anscheinend die Verbrecher und Gauner anziehen und jetzt sogar noch die russische Mafia. Ich will versuchen, in kurzen Sätzen die Angelegenheit zu erklären.

Es war Ende August des letzten Jahres, als Alena Konovalova bei uns auftauchte und für sich und ihre beiden Kollegen um Arbeit bat. Die drei waren bei der Eremitage in St. Petersburg angestellt, arbeiteten nebenher als Kopisten von Ikonen. Sie mussten St. Petersburg verlassen, weil sie nicht willens waren, für die dortige Kunst-Mafia zu arbeiten. Wir sahen uns ihre Arbeiten an. Besonders auf dem US-Markt sind ihre Produkte gut zu verkaufen und so stellten wir sie ein.

Zu deiner Information, die Kunst-Mafia hat nicht nur die beiden Herren verprügelt, sondern sie haben auch das Atelier der drei Personen vernichtet und damit ihre Arbeitsgrundlage. Am 10. September haben sie dann bei uns begonnen und Dieter hat die Aufenthaltserlaubnis und Arbeitsgenehmigung besorgt. Ab da hörten die drei nichts mehr von ihren Widersachern.

Über Weihnachten fuhren sie für dreieinhalb Wochen nach Hause. Erst in den letzten Tagen ihres Aufenthaltes trafen sie die Herren wieder. Man sagte ihnen ungeschminkt, sie müssten wieder für die Mafia arbeiten. Jetzt aber in Deutschland. Würden sie das ablehnen, so mache man ihre Kinder zu Krüppeln. Die Warnung ist sicherlich ernst.

Bevor wir darüber diskutieren, kurz meine Meinung dazu: Ich bin dagegen, das einfach hinzunehmen. Diesen Leuten muss das Handwerk gelegt werden. Ohne unsere Materialien können Boris und Maxim ohnehin keine Ikonen fertigen, daher müssen sie mit mir verhandeln. Damit haben wir mehrere Trümpfe in der Hand. Außerdem bin ich dafür, dass wir das Bundeskriminalamt einschalten und die Botschaft Russlands. Ich finde, wir sollten die ganze Palette an Möglichkeiten ausreizen. Seht zu, dass ihr die Herren hierher bekommt. Einmal in diesen Räumen, dann haben wir sie an der Angel. So, das ist meine Meinung und jetzt würde ich vorschlagen, dass ihr mit Maxim und Boris ein entsprechendes Protokoll macht, das an das Bundeskriminalamt geht, das Auswärtige Amt verständigt sowie die Botschaft Russlands.

Es müsste doch mit dem Teufel zugehen, wenn wir dieser Mafia nicht das Handwerk legen könnten."

Moritz: „Susi, ich habe da so meine Bedenken, diese Männer sind zu allem fähig. Denke an deine Gesundheit und denke vor allem an die Zwillinge. Du kannst dich nicht einfach der Gefahr aussetzen, niedergeschlagen und verletzt zu werden."

„Lieber Moritz, du hast vollkommen Recht, aber hier in diesen Räumen wird das nicht passieren und außerdem bin ich sicher, dass mir gegebenenfalls das Bundeskriminalamt Personenschutz gewährt. Eines ist ganz sicher, erpressen lasse ich mich nicht. Nach meiner Meinung ist das das verabscheuungswürdigste Verbrechen überhaupt. Ganz lieb von dir, mich darauf aufmerksam zu machen, aber du wirst sehen, hier bin ich sicher."

Notar Zeiser und Herbert Wagner verabschiedeten sich und Maxim und Boris gingen mit ihnen. Notar Zeiser wollte das Protokoll aufsetzen und als Zeugen Herrn Wagner dabei haben. Er wollte dann das Ganze notariell beglaubigen.

Nachdem die Vier gegangen waren, brachte Moritz noch mal seine Bedenken zur Sprache. Susi blieb hart: „Wenn wir einmal nachgeben, dann sind wir erpressbar. Wer sagt dir denn, dass wir nicht auf einmal nur noch für diese Verbrecher arbeiten müssen?"

Moritz wartete am Nachmittag in der Wohnung auf Maxim und Boris. Er hatte beim Mittagessen noch mal die Angelegenheit mit der Russen-Mafia angesprochen, aber Susi blieb bei ihrer Meinung, versprach aber, sehr vorsichtig zu sein. Kurz nach 14 Uhr kamen Maxim und Boris. Sie berichteten aufgeregt, dass man ein langes Protokoll angefertigt hätte. Notar Zeiser hätte mit dem Auswärtigen Amt gesprochen und Herr Wagner mit dem Bundeskriminalamt.

Maxim berichtete: „Der Notar hat auf vier Seiten alles genau aufgeschrieben. Wir bekommen morgen eine Kopie dieses Protokolls. Eine Kopie geht an das Bundeskriminalamt, zwei an das Auswärtige Amt. Boris und ich haben noch mal über alles gesprochen. Um ehrlich zu sein, wir beide haben Angst. Hoffentlich weiß Susi, worauf sie sich einlässt. Aber lass uns von etwas Angenehmeren sprechen.

Wir haben viel Glück gehabt. Gleich nach unserer Ankunft erfuhren wir, dass das Jugendorchester des Konservatoriums St. Peterburg mit der Ballettakademie St. Petersburg eine Tournee durch Europa geplant hat. Beginn Ende Januar in Amsterdam, dann weiter über Brüssel, Paris, Lyon, Genf, Zürich, dann Frankfurt am 6. Februar. Der nächste Termin wäre dann erst der 10. Februar in Düsseldorf und dann weiter nach Hamburg und Berlin. Wir konnten für das Jugendorchester und das Jugendballett einen fantastischen Preis aushandeln. Der Pauschalpreis enthält auch die Unterkunft und Verpflegung der Gruppe.

Das Orchester begleitet Peter Iljitsch Tschaikowskys **Der Nussknacker** während der gesamten Ballettaufführung für zirka 75 Minuten. Danach steht eine kleine Gruppe des Orchesters für die Dinnermusik zur Verfügung und ein anderer Teil des Orchesters für die Tanzmusik. Dies bis drei Uhr morgens. Alle Einzelheiten habe ich schriftlich mit, ich muss sie nur noch übersetzen.

Wir brauchen noch einen Märchenerzähler, der durch die Darbietung führt. Ich habe schon mal daran gedacht, Mike zu bitten, ob er das vielleicht übernehmen kann. Der hat das so fantastisch auf der Rheinfahrt im letzten Jahr gemacht. Meinst du, man könnte ihn fragen?“

Moritz schmunzelte: „Maxim, das hast du fein hingekriegt. Mit Mike habe ich schon gesprochen. Er will mich im Laufe des Tages anrufen und mir Bescheid geben.“

Dann schloss sich eine lange Diskussion an, wie der Ablauf der Hochzeitsfeier sein solle, wer für welche Abläufe verantwortlich sein würde und so weiter. Man war mitten im Gespräch, als das Telefon läutete:

(Moritz) Moritz Granika.

(Mike) Hi Moritz, ich hatte dir versprochen, heute anzurufen. Ich mache es kurz. Vera und ich kommen so, wie du vorgeschlagen hast. Den Maître de Plaisir mache ich auch.

Vera freut sich auch, Prem, ihre Schwester und die Kinder zu sehen. Aber sag mal, sind Maxim und Boris schon wieder aus dem Urlaub da?

(Moritz) Du hast Glück, beide sind bei mir, ich gebe dir Maxim. Danke dir noch mal und Grüße an Vera und Albert.

(Maxim) Hallo Mike, wir sind wieder gut hier angekommen. Was gibt's?

(Mike) Meine Ikonostasen-Kunden haben mich vor drei Tagen angerufen und gefragt, wie weit das Modell gediehen ist. Sie wollen es baldmöglichst sehen.

(Maxim) Alles soweit in Ordnung. Das Modell ist so gut wie fertig, habe nur noch ein paar Kleinigkeiten zu machen. Einzelne Ikonen der rechten Seite sind schon im Original fertig. Wenn ich richtig mitgehört habe, kommst du vor der Hochzeit nach Wiesbaden. Würde dir das Wochenende, 1. bis 4. Februar passen? Es wäre sehr gut, wenn du bei der Vorstellung des Modells dabei wärst.

(Mike) Okay, werde gleich mit den Leuten sprechen, ob der Termin passt. Sage dir umgehend Bescheid. Wie wir das Ganze präsentieren, darüber können wir sprechen, wenn ich aus Rom nach Wiesbaden komme, also am 30. oder 31. Januar. Freue mich, euch zu sehen. Grüße Boris und nochmals Gruß an alle. Bye, bye.

(Maxim) Do swidanija.

Maxim meinte: „Das scheint alles gut zu klappen. Man kann sehr gut mit Mike arbeiten."

Moritz sagte: „Du hast Recht, Mike ist ein liebenswerter Mensch. Aber ich wollte euch beide etwas fragen. Darf ich mir erlauben, eure Frauen zu unserer Hochzeit einzuladen? Für die Kinder dürfte es etwas zu anstrengend werden, obwohl die uns auch willkommen wären.

Alena muss ich auch noch fragen, ob sie ihre Eltern einladen will und ob sie Geschwister hat, die bei der Verlobung dabei sein wollen."

Boris lachte: „Jetzt ist es einfach darüber zu sprechen. Wir wollten dich schon fragen, haben uns aber nicht so richtig getraut. Wenn unsere Frauen dabei sein könnten, dann wäre das schön. Uns haben die Flugkosten etwas davon abgehalten, dich deswegen zu fragen. Bei Alena ist es ähnlich. Alenas Vater lebt nicht mehr, aber ihre Mutter würde sicherlich gerne kommen und die beiden Brüder auch. Wir haben heute Morgen schon einmal darüber gesprochen, die vertretende Leiterin der Eremitage einzuladen. Das wären zusätzlich mindestens zwei Personen. Bist du damit einverstanden, dass ich das übernehme?"

„Selbstverständlich", sagte Moritz. „Wir gehen anschließend nach unten in die Werbeabteilung. Die haben die Listen der eingeladenen Gäste und auch die Liste für die Hotelübernachtungen, Flüge und in eurem Fall auch noch die zu beschaffenden Visa, um die sich Dieter Zeiser, unser Notar, kümmern muss."

***

Es folgten arbeitsreiche und hektische Tage in Wiesbaden. Hugo übertrug Jo Snyder die Aufgabe, Ilse in die Besonderheiten des Geschäftes einzuführen und ihr vor allen Dingen, den Betriebsablauf zu erklären. Eine Woche mit viel Arbeit begann, die das Wochenende auch mit einschloss. Es stellte sich heraus, dass Jo Snyder bereits Opa war und gut mit den Kindern von Petra und Ilse umgehen konnte. Alle Übrigen waren vom Tagesgeschäft so in Anspruch genommen, dass kaum Raum für etwas anderes blieb. Lediglich das abendliche Treffen zum sogenannten Aperitif stellte eine Entspannung dar.

***

Wuppertal

Es war Sonntag. Horst Gerkan saß in seiner Wuppertaler Wohnung. Schon zweimal hatten in der vergangenen Woche die Anwälte angerufen und gefragt, ob der geplante Termin für den kommenden Montag zustande käme. Horst hatte zwar immer bejaht, aber bisher hatte er nichts von Wolfgang, alias Heinz Engler, gehört. So langsam war ihm die ganze Sache nicht geheuer. Er sagte sich immer wieder, sich nicht auf diese dubiose Angelegenheit einzulassen, aber irgendwie war er in einer Zwickmühle. Gleich was er tat, es war falsch. So konnte er nur abwarten.

Es war schon fast 17 Uhr, als das Telefon klingelte:

(Horst) Elberfelder Bilderrahmenfabrik, Horst Gerkan.

(Wolfgang) Hallo Horst, schön, dass du zu Hause bist. Wir sind auf dem Weg zu dir. Mit mir kommen die Herren Bart van de Velde und Paul Vermeylen. Ist es dir Recht, wenn wir so gegen 18 Uhr bei dir sind?

(Horst) Mensch Heinz, Entschuldigung, Wolfgang, ich warte schon die ganze Zeit auf ein Lebenszeichen von dir. Das Anwaltsbüro hat schon zweimal rückgefragt, ob der Termin morgen zustande kommt. Ich habe zwar immer bejaht, aber sicher war ich mir nicht. Der Termin steht doch?

(Wolfgang) Natürlich! Alles bleibt wie abgesprochen. Bin in zirka einer Stunde bei dir. Kannst du in dem kleinen Hotel neben dir drei Einzelzimmer reservieren, dann brauchen wir dich nicht zu belästigen. Wenn alles klappt, bleiben wir ohnehin einige Nächte. Also bis später.

(Horst) Bis nachher, Tschüss!

(Wolfgang) Tschüss!

Gott sei Dank, das wird klappen.

Er nahm das Telefon, bestellte die drei Einzelzimmer und wartete auf seinen Besuch.

Pünktlich auf die Minute erschien Wolfgang, alias Heinz Engler mit zwei sehr seriös aussehenden Herren und stellte diese als Bart van de Velde und Paul Vermeylen vor.

Horst bat die Herren, Platz zu nehmen und bot Getränke an. Das Gespräch kam langsam in Gang. Horst fragte, wie die Angelegenheit in Paris ausgegangen wäre, ob alles in Ordnung sei und Wolfgang berichtete:

„Die Gegenseite hatte schlechte Karten. Bart und Paul hatten nur ausgeholfen und es gab nichts, was man den beiden zur Last legen konnte. Die Polizei und die Staatsanwaltschaft waren zwar anderer Ansicht, aber ohne Beweise war nichts anderes zu machen, als Bart und Paul wieder auf freien Fuß zu setzen. Wir waren die letzten paar Tage in der Nähe von Düsseldorf und termingemäß sind wir jetzt hier. Hast du eine Ahnung, was die Anwälte vorschlagen?"

Horst meinte: „Also nach dem Interesse, welches die Anwälte für die Termineinhaltung zeigten, glaube ich, dass man auf deinen Vorschlag eingehen wird. Wir treffen uns morgen um 10 Uhr in der Anwaltspraxis zum Gespräch.

Ich meinerseits habe mit der Bank gesprochen. Diese ist bereit, mir ein Hypothekendarlehen in Höhe von 300.000 Euro zu geben. Damit dürfte die Finanzierung dieses Objektes ohne Schwierigkeiten über die Bühne gehen. Voraussetzung ist, dass du einen Personalausweis oder einen Reisepass auf den Namen Wolfgang Zeller hast."

„Mach dir keine Gedanken", sagte Wolfgang trocken, „es ist alles in Ordnung. Ich habe einen Reisepass auf den Namen Wolfgang Zeller und der reicht für die notarielle Beglaubigung. Du bist uns doch nicht böse, wenn wir nach diesem Gespräch wieder gehen? Wir sind seit 6 Uhr heute Morgen auf den Beinen und hundemüde. Hast du die Zimmer reserviert?"

„Aber klar doch!", sagte Horst:

„Drei Einzelzimmer, wie gewünscht. Konnte denen nur nicht sagen, wie viele Nächte ihr bleiben werdet."

„Das kommt darauf an, ob wir morgen früh einig werden", meinte Wolfgang. „Wenn nicht, reisen wir sofort wieder ab. Wenn ja, dann so lange, bis wir in den Gebäuden eine Wohnung fertig gestellt haben, in der man auch wohnen kann. In jedem Fall sind wir morgen um halb zehn hier und fahren dann zur Anwaltspraxis. Ist dir das Recht?"

„Aber sicher!" Horst fragte erstaunt: „Wollen wir nicht zusammen zum Abendessen gehen?" Wolfgang verneinte das und so verabschiedeten sich die drei Herren schnell.

Die Herren gingen in das Hotel, das ganz nahe war, checkten ein, belegten ihre Zimmer und trafen sich dann in einem der Zimmer. Wolfgang sagte: „Bevor wir zum Abendessen gehen, kurz noch mal die große Linie: „Es ist zweckmäßig, wenn ihr beide für einige Zeit von der Bildfläche verschwindet. Belgien, Holland, Frankreich und Luxemburg sollten wir im Moment meiden. Ich bin ziemlich sicher, dass das mit dem Gebäude, das ich euch vorhin gezeigt habe, klappt. Die Finanzierung steht auch, wie ihr selbst gehört habt. Ich habe auch noch flüssiges Kapital, aber die Renovierung der Gebäude dürfte ziemlich teuer werden. Wir brauchen also zusätzliches Kapital.

Erstens: Wir brauchen etwas, was wir relativ schnell verkaufen oder zu Geld machen können.

Zweitens: Der Rückkauf von gestohlenen Gemälden durch die Versicherungen, ist sicher sehr lukrativ, aber leider zeitaufwendig. Bleiben wir beim ersten Punkt:

Ihr wisst, dass ich in Wiesbaden bei der Galerie Kaiser ein Mädchen hatte, das Hilde hieß. Nachdem das mit mir schiefgegangen war, hat sie sich mit dem Sohn des Verlobten der Geschäftsführerin eingelassen, als sie ein Kind von dem erwartete, hat sie ihn im letzten Oktober geheiratet. Der Sohn ist Geschäftsführer einer Besteckfabrik in Solingen. Eigentlich mehr aus Langweile habe ich mich mal umgehört und mich in eine Eckkneipe gesetzt, in der die Arbeiter der Besteckfabrik nach Feierabend ihr Bier trinken.

Ich kam mit einem der Arbeiter ins Gespräch und der erzählte mir, dass diese Besteckfirma für die Galerie Kaiser in Wiesbaden arbeitet, und zwar für die amerikanische Zweigstelle. Dass sie Militaria, das heißt Ehrendolche, Ehrensäbel aus der Nazizeit herstellen. Das Geschäft scheint sehr gut zu laufen. Man hat mehrere Leute zusätzlich eingestellt, da die Nachfrage enorm zu sein scheint. Der Mann sprach von Millionenumsätzen. Der Versand erfolgt auf dem Luftweg, das heißt, alle drei bis vier Wochen geht ein Flugcontainer in die USA. Ihr beide wisst, wie sehr diese Art von Militaria in Frankreich und Belgien gesucht wird. So habe ich mich in Paris an einen mir bekannten Mann gewandt und der hat sich bereit erklärt, die gesamten Waren en bloc zu übernehmen. Ich hab auch gefragt, wie die Container abgeholt würden und der Mann hat mir verraten, meist vormittags mit einem LKW durch eine Spedition. Wenn wir also Kenntnis vom Abholtermin der Militaria hätten, so könnten wir eventuell vor der Spedition diese Waren abholen oder wir kidnappen den Wagen der Spedition mitsamt den Fahrern.

Ich habe mir gedacht, wir platzieren eine oder mehrere Wanzen in die Telefonanlage der Firma Granika. Ein paar Häuser weiter werden Zimmer vermietet, da können wir abhören, das heißt, ein Aufnahmegerät kann abhören. Wir machen das auf die alte Masche, Postkarte von der Telecom, Überprüfung der Telefonleitungen. Dabei montieren wir die Wanzen in die Anlage. Wenn alles klappt, kann das diese Woche noch über die Bühne gehen.

Mich kennen die leider, so muss das am besten Bart übernehmen. Er sollte auch das Zimmer mieten. Allein das Ding spült uns sicherlich eine viertel Million in die Kasse.

Mein Mann in Paris ist flüssig, das heißt, es gibt Ware gegen Bargeld.

Bei den Gemälden gehen wir auf die alte und bewährte Art vor. Das übernimmst am besten du, Paul. Ich schlage vor, die Gemäldegalerie ‚Alte Meister im Zwinger’ in Dresden. Du bist erfahren genug, dir die richtigen Werke auszusuchen. Die Vorgehensweise ist dir auch bekannt.

Als weiteres lohnenswertes Ziel meine ich die Gemäldegalerie in Berlin und zwar ihr neues Haus am Kulturforum. Ihr wisst, Raffael, Rembrandt und so weiter.

Der Rückkauf seitens der Versicherungen kann dann wie gehabt über unser Anwaltsbüro in Belgien erfolgen. Falls der Kauf morgen klappt, können wir alles hier sachgemäß einlagern. So, jetzt habe ich lange genug geredet. Lasst uns essen gehen.“

***

Pünktlich halb zehn waren Wolfgang, Bart und Paul bei Horst Gerkan und zusammen gingen sie in das Anwaltsbüro, um zu hören, was man anzubieten hatte. Sie mussten in der Anwaltspraxis einen Moment warten und wurden dann in das Konferenzzimmer gebeten. Wolfgang stellte seine beiden Kollegen vor und der Anwalt den Beauftragten der Bank. Man kam rasch zur Sache:

„Lieber Herr Zeller, meine Herren, als Anwalt der Eigentümer und der Bank des uns allen bekannten Grundstückes nebst den darauf stehenden Gebäuden, kann ich Ihnen die erfreuliche Mitteilung machen, dass wir trotz der großen Schwierigkeiten seitens der Eigentümergemeinschaft mit einem Verkaufspreis von 300.000 Euro einverstanden sind. Allerdings einen kleinen Wermutstropfen muss ich noch berichten. Weder die Bank noch die Eigentümergemeinschaft ist damit einverstanden, meine Gebühren oder die Maklerkosten zu übernehmen. Ich habe mir erlaubt, diesen Betrag mal auszurechnen. Diese Kosten belaufen sich auf zirka 50.000 Euro. Aber ich glaube, das dürfte kein Hinderungsgrund sein."

Wolfgang stand auf: „Lieber Herr Rechtsanwalt, vor vierzehn Tagen war ich sehr klar mit meinem Angebot. Ich zahle 300.000 Euro und keinen Penny mehr. Ich habe klar zum Ausdruck gebracht, dass in diesem Betrag auch Ihre Gebühren und Maklergebühren enthalten sein müssen. Dass ich die Notariatsgebühren und die Gebühren der Grunderwerbssteuer sowie die Kosten der Eintragung in das Grundbuch übernehmen muss, das versteht sich von selbst. Aber Ihre Gebühren und die Maklergebühren: Nein! Somit glaube ich, ist das Geschäft geplatzt. Ich wünsche Ihnen viel Erfolg bei einem künftigen Verkauf."

Der Anwalt entsetzt: „Aber Herr Zeller, so kann man doch nicht verhandeln. Einen kleinen Spielraum müssen Sie mir schon lassen."

Wolfgang, immer noch stehend: „Klarer, als ich vor 14 Tagen war, kann man nicht sein. Ich wiederhole: 300.000 Euro oder das Geschäft kommt nicht zustande. Falls Sie sich noch mal mit der Bank beraten wollen oder eventuell mit der Eigentümergemeinschaft, so haben Sie jetzt Gelegenheit dazu. Wir gehen um die Ecke und werden einen Kaffee trinken. Um elf Uhr sind wir wieder bei Ihnen. Entweder Sie sind mit meinem Angebot einverstanden, dann können wir sofort beim Notar protokollieren, oder wir reisen ab. Eine weitere Gelegenheit bekommen Sie nicht. Ich darf mich empfehlen. Also bis in einer Stunde."

Nochmalige Einwände des Anwalts ließ Wolfgang nicht gelten. Er ging, und die Herren Horst, Bart und Paul mit ihm.

Als die vier im Café nebenan saßen meinte Horst: „Glaubst du nicht, dass du zu hart bei dieser Verhandlung bist? Vielleicht hättest du dich bei der Hälfte der Gebühren einigen können. Wäre zumindest ein Weg gewesen."

Wolfgang lachte: „Du hast zwar Recht, aber du wirst sehen, die sind im Endeffekt mit 300.000 Euro einverstanden. Die sind froh, wenn sie dieses Gebäude zu diesem Preis loswerden. Ich bin sehr zuversichtlich."

Pünktlich um elf Uhr waren die vier wieder im Anwaltsbüro. Die Atmosphäre im Konferenzzimmer war gereizt. Der Anwalt und auch der Bankbeauftragte waren sehr verstimmt.

Trotzdem begann der Anwalt: „Herr Zeller, ich muss Ihnen schon sagen, dass mich Ihre schroffe Art verletzt. Ich habe vierzehn Tage gebraucht, um die Herren der Bank und auch die Eigentümergemeinschaft davon zu überzeugen, Ihr Angebot anzunehmen. Jetzt das! Ich will Ihnen nicht verhehlen, dass ich diese Angelegenheit zwar noch abwickle, aber dann nicht mehr für Sie tätig werde. Ich mache es kurz, sowohl die Bank als auch die Eigentümergemeinschaft sind mit Ihrem Vorschlag einverstanden. Sowohl für mich als auch den Makler bedeutet das, dass wir auf unsere Honorare verzichten müssen. Unser Notar hat heute leider keinen Termin mehr frei, außerdem muss er morgen früh noch mal Einsicht in das Grundbuch nehmen. Die notarielle Protokollierung kann daher erst am Mittwochnachmittag erfolgen. Erst danach ist die Übergabe der Schlüssel. Ich hoffe, Sie sind damit einverstanden."

Dann kam noch ein kurzes Gespräch mit den Vereinbarungen hinsichtlich der notariellen Protokollierung und sie trennten sich. Es war nicht zu übersehen, dass der Banker und der Anwalt sehr verschnupft waren.

Nachdem die vier weggegangen waren, sagte Horst: „Meinst du nicht, dass du die Kaufsumme zu sehr ausgereizt hast?"

Wolfgang lachte: „Zirka 50.000 Euro habe ich gespart. Da kann ich es mir leisten, den Anwalt und den Banker zu verärgern. Kommt, jetzt kann ich euch auch zum Essen einladen."

Die Vier gingen zum Mittagessen und danach verabschiedeten sich Wolfgang, Bart und Paul mit der Bemerkung, dass sie noch in Solingen zu tun hätten. Sie wären übermorgen gegen 14 Uhr wieder da.

***

Wiesbaden

Susi und Moritz saßen beim Frühstück und Susi nahm die Hand von Moritz: „Schatz, letzte Woche war stramm gewesen und die nächsten Tage bis zur Fahrt nach Rom werden es auch sein. Es war ein guter Gedanke von dir, auch Jens mit Frau noch einzuladen, nach Rom mitzufahren. Jens ist der Aufsichtsrat unserer Niederlassung in Rom. Eigentlich hätten wir Dieter Zeiser auch mitnehmen sollen."

Moritz: „Ich hab schon mit Dieter gesprochen, der hat leider keine Zeit. Wir sind ohnehin eine riesige Delegation.

Mike und Vera kommen von Boston direkt nach Rom.

Du und ich sowie Erika und Anton fliegen von Frankfurt. Dr. Wettengel kommt auch und bringt Ilse mit. Jetzt kommt noch Jens mit seiner Frau dazu. Also zehn Personen von hier. Das ist mehr als ausreichend. Außerdem hat sich Herr Zapri gemeldet, der auch kommen will. Wahrscheinlich will sich Carlos Bruder – Walter Steiner – diese Show nicht entgehen lassen. Vielleicht brauchen wir die Banco di Napoli noch mal für eine Finanzierung. Man kann nie wissen.

Unser Freund Zontini hat uns alle in einem Kloster nahe dem Vatikan untergebracht. Es hat Gästezimmer für Pilger und wäre von einem guten Hotel nicht zu unterscheiden. Du weißt sicher, es werden ziemlich stressige Tage."

„Ich danke dir für deine Hilfe." Susi gab ihrem Moritz einen Kuss: „Vor allen Dingen dein organisatorisches Talent muss ich bewundern. Du triffst auch noch immer den richtigen Ton im Umgang mit unseren oft so mimosenhaften Mitarbeitern. Was treibst du heute?"

„Heute ist bis zum Abend jede Stunde verplant. Erika macht uns nur eine Kleinigkeit zum Mittagessen. Aber heute Abend ist wie immer um sechs unser Aperitif. Hast du eigentlich schon mit dem Architekten gesprochen?"

Susi: „Danke, fast hätte ich es vergessen. Er kommt morgen früh nach dem Frühstück. So gegen neun. Hättest du da ein paar Minuten Zeit für uns?"

Moritz musste lachen: „Du bist gut. Sagen wir mal, mindestens drei Stunden, dann stimmt das eher. Das kann ich einrichten. So – aber jetzt muss ich nach unten."

Es wurde für alle ein arbeitsreicher Tag und wie üblich, traf man sich um sechs bei Susi in der Wohnung zum Aperitif.

Alle waren anwesend. Selbst Jo Snyder ließ es sich nicht nehmen, jeden Abend dabei zu sein. So fragte Susi, „Na, Jo, wie macht sich Ilse?"

Jo meinte: „Susi – Ilse ist noch immer von dem Gedanken infiziert, dass wir so was Ähnliches wie Fälschungen verkaufen. So ganz langsam versteht sie, dass wir auch Kunst produzieren. Wenn sie das mal kapiert hat, dann wird sie eine gute Verkäuferin, aber im Moment ist es noch nicht so weit. Gib ihr noch zwei bis drei Wochen.

Wir können sie aber erst auf unsere Kunden loslassen, wenn sie vollkommen davon überzeugt ist, dass sie etwas Hervorragendes verkauft. Ein falscher Ton und der Kunde springt ab. Du weißt das, ich weiß das und alle Übrigen hier wissen das auch. Ich schätze sie, aber vor allen Dingen ihren kleinen Ben mit Anna.

Die beiden sind einfach nur zum Gernhaben."

„Und wann hast du deine erste Vernissage bei den Amis?", fragte Susi.

Jo strahlte: „Susi, das klappt besser, als ich gedacht habe. Ich habe drei Vernissagen in Vorbereitung. Alle Mitte Februar. Mit Ilse war ich schon im Keller und habe alle alten Staffeleien, Podeste, Scheinwerfer, Podien, Rednerpulte gesichtet und zusammengestellt. Das alte Auto, das bei der Spedition eingelagert war, habe ich auch zur Werkstatt gebracht, damit es wieder zugelassen werden kann. Ilse hat mit ein paar neuen Ideen dazu beigetragen, dass unsere Vernissagen etwas anders werden. Mal sehen, wie das ankommt. Ich bin sehr zuversichtlich. Zusammen planen wir die erste deutsche Vernissage in Berlin. Vielleicht klappt das Ende Februar oder Anfang März. Es macht so richtig Spaß. Ich glaube, wir werden gute Erfolge haben."

Die beiden wurden unterbrochen. Ein kleiner Junge und ein kleines Mädchen standen vor Jo und sagten; „Onkel Jo, du wolltest uns doch die Geschichte von dem kleinen Indianerjungen fertig erzählen, kommst du?" Jo lachte und zu Susi gewandt, sagte er: „Hab ich eine Chance?" Alle lachten.

***

Solingen

Hilde war wie immer den ganzen Morgen im Büro der Firma Granika gewesen und ging jetzt in die Küche, um ihrer Perle im Haushalt noch bei den letzten Arbeiten zum Mittagessen zu helfen. Sie schaute kurz aus dem Fenster und sah schräg gegenüber auf der anderen Straßenseite einen weißen Mercedes. Das gleiche Modell, wie es ihr früherer Freund Heinz hatte, der sie so schamlos bestohlen und betrogen hatte. Nur einen Moment schaute sie und wollte sich schon umdrehen, als drei Herren aus dem Wagen stiegen. Einer davon sah wie ihr ehemaliger Freund Heinz aus. Er hatte zwar eine Sonnenbrille auf, trug einen Bart, aber die Bewegungen, das Gehabe, alles wie ihr ehemaliger Freund Heinz. Sie hörte ihren Mann kommen, winkte ihm und machte ein Zeichen dass er nicht sprechen solle. Dann zeigte sie auf den Wagen. Die drei Herren schauten auf ihr Haus und sprachen untereinander. Hilde flüsterte ihrem Erich zu: „Du, das ist doch Heinz, das ist auch sein Auto, was wollen die?"

Bevor ihr Mann noch reagieren konnte, stiegen die drei wieder in ihr Auto und fuhren fort.

Hilde sagte zu Erich: „Ich bin jetzt ganz durcheinander, kannst du mir sagen, was das bedeuten soll? Was will der Kerl noch von mir? Mir ist ganz schlecht, so habe ich mich aufgeregt."

Erich beruhigend: „Hilde, es mag der gleiche Autotyp sein, aber es gibt mindestens 100.000 der gleichen Sorte und davon mindesten 20.000 in Weiß. Das Auto besagt nichts. Der eine Mann sah Heinz ähnlich, aber wie gesagt, nur ähnlich. Er hatte einen Bart, Heinz nicht. Er hatte eine Sonnenbrille auf, so konnte man die Augen nicht sehen. Es kann auch eine zufällige Ähnlichkeit gewesen sein. Rege dich nicht auf, bitte!"

Hilde, immer noch aufgeregt: „Das habe ich dir gar nicht gesagt, als ich letzte Woche einkaufen war, habe ich schon einmal gedacht, ich hätte Heinz gesehen. Damals ging er in die Gaststätte da vorne am Eck. Aber es war in der Dämmerung und ich dachte, ich hätte mich getäuscht. Du, der Kerl macht mir Angst. Was können wir denn unternehmen?"

Erich, ganz ruhig: „Also bis jetzt sind wir nicht sicher, ob es Heinz war. Der wird von der Polizei gesucht und dürfte sich kaum in Deutschland aufhalten. Trotzdem, wir sollten nach dem Mittagessen Susi anrufen, was die dazu meint."

Nachdem die beiden gegessen hatten, riefen sie Susi und Moritz an:

(Susi) Susanne Kaiser.

(Hilde) Hallo, Susi, du ich bin etwas durcheinander, ich erzähle dir in Kurzform: --------- und sie berichtete die beiden möglichen Begegnungen mit ihrem Heinz ------ Was meinst du, soll ich etwas unternehmen?

(Susi) Erst einmal, reg dich nicht auf. Heinz wird von der Polizei gesucht. Ich glaube nicht, dass er sich in Deutschland aufhält. Aber warte mal, ich will Moritz fragen. ---- eine kurze Pause ----

(Moritz) Hallo, Hilde, Susi hat mir das mit Heinz erzählt. Ich werde heute Nachmittag mit Dieter Zeiser, dem Notar sprechen. Soweit ich weiß, ist bei ihm im Moment der von dir so geliebte Kriminalbeamte Herbert Wagner. Der soll entscheiden, was zu tun ist. Ich kann mir nicht vorstellen, dass der zu euch will. Bilder habt ihr keine und eine Ausstellung auch nicht. Wahrscheinlich ist es nur eine Ähnlichkeit. Ich werde dich unterrichten, was wir veranlassen werden, gib mir noch mal Erich.

(Erich) Hallo, Papa. Ich hab den Mann auch gesehen. Er sieht Heinz ähnlich. Hilde behauptet, es wäre auch das gleiche Auto. In der Aufregung haben wir die Autonummer nicht beachtet. Der Mann hatte eine Sonnenbrille auf und auch einen Bart. Hilde kann schon Recht haben, dass er sich wie Heinz bewegt. Dazu kenne ich ihn zu wenig.

(Moritz) Bitte beruhige Hilde. Ich denke mir, dass Heinz gar nicht so dumm sein kann, um in der Nähe von Hilde aufzutauchen. Er muss sich doch denken können, dass sie ihn erkennt. Ich gebe dir auf jeden Fall Bescheid, was Herbert Wagner darüber denkt. Wichtig ist, dass sich Hilde nicht aufregt. Tschüss, Erich.

Als sie aufgelegt hatten, nahm Erich Hilde in den Arm: „Schatz, ich bin da und ganz gleich, was kommt, wir drei sind eine Einheit. Unser Nachwuchs kann zur Zeit keine Aufregung gebrauchen. Also werden wir Heinz im Moment ignorieren. Alles Weitere wird Papa mit Herbert Wagner besprechen. Jetzt denken wir nicht mehr darüber nach. Morgen fahren wir ohnehin nach Wiesbaden. Da können wir noch mal darüber reden."

Hilde beruhigte sich langsam im Arm von Erich. Sie gab ihm einen langen Kuss und sagte: „Jetzt möchte ich dich am liebsten auffressen, so gern hab ich dich. Schatz, halte mich noch ein bisschen ganz fest."

Wuppertal

Am Mittwochnachmittag hatten sich zur Protokollierung beim Notar in Wuppertal eingefunden: Der bevollmächtigte Anwalt und der Bankbeauftragte der Verkäufer des Grundstückes in Wuppertal, Wolfgang Zeller alias Heinz Engler nebst seinen Begleitern, den Herren Bart van de Velde und Paul Vermeylen sowie Horst Gerkan mit seinem Beauftragten der Bank, der die Finanzierung testieren sollte.

Der Notar hatte das Protokoll vorbereitet. Er verlas es und die einzelnen Parteien unterzeichneten den Vertrag.

Als derzeitigen Wohnsitz gab Wolfgang Zeller alias Heinz Engler eine Adresse in Belgien an, jedoch als zukünftige Adresse das soeben gekaufte Grundstück.

Danach übergab der Anwalt Wolfgang Zeller eine Mappe mit Papieren und die ihm vorliegenden Schlüssel des Anwesens. Unmittelbar danach verabschiedeten sich der Anwalt und der ihm begleitende Banker.

Der Notar beglückwünschte Wolfgang Zeller zum Kauf und meinte: „Herr Zeller, Sie haben sehr preisgünstig gekauft. Ich gratuliere Ihnen dazu."

Wolfgang: „Ich sehe das leider nicht so, die auf dem Grundstück stehenden Gebäude sind verrottet. Sie stehen unter Denkmalschutz. Die Renovierungen werden sehr aufwendig und teuer werden. Außerdem ist die Lage für unsere Belange nicht optimal. Das Einzige, was mich bei diesem Kauf gereizt hat, ist die Größe der Lagerfläche und das heißt in unserem Fall die Größe der Räume für Ausstellungen."

Sie unterhielten sich noch eine geraume Weile, dann ging Wolfgang Zeller mit seinen beiden Begleitern, Horst Gerkan und dem Banker, um zu dem soeben gekauften Objekt zu fahren.

Als sie vor dem Gebäude standen, öffnete Wolfgang das Tor und die Wagen fuhren in den großen Hof. Wolfgang hatte im Kofferraum einen Karton mit Sektgläsern und auch zwei Flaschen Sekt. Noch im Hof stehend füllte er die Gläser und sagte: „Wir trinken auf die **Galerie artis opus**, die mit dem Kauf dieses Gebäudes entstehen wird. Ich hoffe, dass wir einen erfolgreichen Start haben werden und wir in wenigen Jahren den Markt beherrschen. Prost!"

Nachdem sie sich zugetrunken hatten, sagte Wolfgang: „Da wir in diesen Gebäuden noch keinen Strom und keine Heizung haben, darf ich euch heute Abend zum Abendessen einladen. Horst wird uns sicherlich ein gutes Restaurant empfehlen können. Wir, das heißt Paul, Bart und ich werden uns kurz ins Hotel begeben, um uns etwas frisch zu machen. Wäre sieben angenehm?" Nachdem alle bejaht hatten, schlug Horst ein Restaurant vor und versprach, dort auch einen Tisch zu reservieren.

Wiesbaden

Für alle Mitarbeiter war es ein anstrengender Tag gewesen. Wie immer trafen sich Susi und Moritz, Jo und Ilse, Franz und Alena, Anton und Erika nebst Hugo, und Boris mit Maxim fehlten auch nicht. Heute kamen auch noch Prem und Petra dazu. Alle hatten ihren ersten Drink, als Hilde und Erich kamen. Sie erzählten, problemlos von Solingen nach Wiesbaden gekommen zu sein. Kein Stau, keine sonstige Verzögerung.

Kaum hatten Erich und Hilde ihr Gepäck in das kleine Appartement in Susis Wohnung gestellt, als sich Hilde bei Susi für das zusätzliche Bett im Zimmer bedankte. Sie meinte: „Bisher war's ja prima, mit Erich in einem Bett zu schlafen, aber jetzt wird's langsam eng. Noch zwei Monate, dann ist es so weit. Ob es ein Osterhase wird?"

„Wisst ihr eigentlich schon, was es wird? Ein Bub oder ein Mädchen?" fragte Susi.

Hilde lächelte: „Es wird eine kleine Susi. Der Arzt meint, bei mir sei alles normal und prima und das Allerschönste ist, ich fühle mich immer noch gut. Wenn ich so die anderen höre, Kreuzschmerzen, Depressionen, Leibschmerzen, Bewegungsschwierigkeiten und was weiß ich alles. Bei mir alles okay. Lediglich der Leibesumfang stört jetzt, aber das ist normal. Erzähle, wie geht's dir?"

Susi lachte: „Gratuliere euch zur Tochter. Freue mich schon auf die Patenschaft. Mir geht's wie dir. Ich fühle mich einfach rundum zufrieden. Ich mache meine Schwangerschaftsgymnastik, das regelmäßig, aber ansonsten habe ich einfach keine Zeit für Wehwehchen. Du hast noch zwei Monate und ich noch vier Monate. Mensch, Hilde, ich freue mich riesig darauf.

Hilde, bevor ich es vergesse, Moritz hat mit unserem Notar Dieter Zeiser gesprochen und sie haben vereinbart, der Kripo in Solingen einen Hinweis zu geben, dass man Heinz Engler in Solingen gesehen hat.

Gestern haben Moritz und ich die Umbauten hier oben besprochen. Die Aperitifabende werden wir eine Etage tiefer verlegen und dort auch umbauen. Der Architekt zeichnet die Pläne. Sobald ich sie habe, zeige ich sie dir. Ich sehe, Jo und Ilse sind nach unten zu den Kindern verschwunden. Jo erzählt eine endlose Geschichte von dem kleinen Indianerjungen ‚Rote Feder' und du glaubst gar nicht, was dieser kleine Indianer alles erlebt hat. Eine solche Erzählkunst hätte ich Jo nicht zugetraut. Wenn du willst, lass uns kurz nach unten gehen, dann kannst du Jo bewundern." Das taten Hilde und Susi gleich.

Kurz vor acht Uhr brachte Petra einen köstlich duftenden Eintopf. Prem brachte dazu eine große Schale mit Brot und die beiden luden zum Abendessen ein.

Maxim sagte laut und unüberhörbar zu Boris, „Boris, lass uns noch schnell einen großen Wodka trinken, sonst überstehen wir das nicht." Alles lachte, Petras sehr scharfe Gewürze waren allen bekannt.

Während und nach dem Abendessen besprach man noch die letzten Kleinigkeiten, denn ab morgen würde die Hälfte der Anwesenden in Rom sein. Das für mindestens fünf Tage.

***

Rom

Mike und Vera waren schon einen Tag früher nach Rom gekommen und so standen sie mit Zontini und Carlo Steiner am Flughafen ‚Fiumicino' in Rom und warteten auf ihre Wiesbadener Kollegen.

Carlo entdeckte sie zuerst. Ein Winken und eine herzliche Begrüßung folgten. Alle redeten durcheinander und man verabredete, schnell ins Hotel, das heißt ins Kloster zu fahren.

Als sie zu ihrem Pilgerkloster kamen, waren sie angenehm überrascht. Es hatte wenig Ähnlichkeit mit einem Kloster. Es war ein bequemes Hotel, wenn auch einfach ausgestattet. Das Haus wurde von Ordensschwestern geführt. Die Zimmer waren groß und bequem, hatten Dusche und WC. Das Haus verfügte auch über einen Speisesaal und über Nebenräume für Besprechungen.

Es war fast 19 Uhr, als sie das Kloster erreicht hatten. Sie verabredeten sich um 19:30 Uhr zum Abendessen im Kloster.

Sie waren pünktlich im Speisesaal. Carlo hatte einen Tisch für zwölf Personen reserviert und man war vom Service und der Qualität der Speisen überrascht.

Es war bereits neun, bis sie sich in einen kleinen Nebenraum zurückziehen konnten, um das Programm für die nächsten Tage zu besprechen.

Zontini begann das Gespräch:

„Sie werden sehen, was wir in den letzten Monaten geleistet haben. Ohne Carlo hätte ich das nie geschafft. Er soll Ihnen alles erklären."

Carlo lachte: „Das ist halb so schlimm. Es ist eine Frage der Organisation, und die wird klappen. Ich habe für jeden Tag einen Plan vorbereitet, den ich jetzt übergeben werde.

Für die Bewirtung der Vernissagen und für die Reinigung zwischendurch habe ich alles einer Hotelfachschule übergeben. Mit den Herrschaften ist alles minutiös abgesprochen und ich bin überzeugt, das wird klappen." Carlo übergab jedem am Tisch eine kleine Mappe. „Im Einzelnen habe ich zwar schon alles mit Frau Kaiser und Herrn Jonas telefonisch besprochen, trotzdem zur Erinnerung noch mal die Kleiderfrage:

Für die Einlasskontrolle und sonstige Hilfsleistungen haben wir fünf Herren von der Hotelfachschule mit einer roten Kappe mit der Aufschrift **Informazione.**

Für die Bewirtung der Gäste haben wir zehn Damen und zwei Herren. Die Damen tragen schwarze Kostüme und weiße Blusen, dazu eine schicke rote Kappe ohne Aufschrift. Die beiden Herren machen die Ausgabe der Getränke und der Canapés. Ebenfalls im schwarzen Anzug. Alle diese Kräfte kommen von der Hotelfachschule.

Für die Ansprachen haben wir drei Simultandolmetscher aus der hiesigen Dolmetscherschule. Diese stellen auch die Anlagen und die Kopfhörer zur Verfügung.

Für die Reinigung und das Auf- und Abbauen der Stühle haben wir ebenfalls von der Hotelfachschule zehn junge Herren. Diese nur in dunklen Anzügen.

Für die Fachauskünfte und eventuelle Beratungen und Auftragserteilung hat Anton weiße Umhänge vorgeschlagen. Ich habe mir aus dem Fundus des Vatikans zwölf solcher Umhänge beschafft. Es sind eigentlich Mönchskutten. Dazu habe ich auf jede Kutte einen 10 cm großen Button anbringen lassen. Diese in einem Signalrot. Darüber Name und Titel, und unter dem roten Punkt die Sprache, die der- oder diejenige spricht.

Für das Briefing der Verkaufsmannschaft sollten dreißig Minuten ausreichen.

Ihr habt alles nochmals schriftlich in der Mappe. Am Ende der Mappe findet ihr unseren neuen italienischen Katalog. Jeder Gast bekommt einen solchen Katalog und dazu eine Preisliste. Wie mit Anton und Susi abgestimmt, sind die Preise in Euro. Außerdem ist vermerkt, dass bei Bestellung oder Kauf am jeweiligen Tag ein Rabatt von dreißig Prozent gewährt wird. Bitte nicht vergessen, jeder kann seine Bestellung innerhalb von 30 Tagen rückgängig machen oder tauschen. Privatleute wollen sich möglicherweise mit dem Ehepartner besprechen oder der Klerus mit seiner Kirchengemeinde. Also das großzügig handhaben.

Unsere Ausstellung umfasst 287 Exponate, davon sind 212 Bilder, der Rest sind Skulpturen, Fayencen, Möbel mit Intarsien, Gläser und Porzellan.

Wir können morgen früh noch Kleinigkeiten der Ausstellung verändern. Dies zwischen 9 und 10 Uhr. Habt ihr noch irgendwelche Fragen?“

Susi lachte: „Carlo, alles, was wir bis jetzt gehört und gesehen haben, ist einfach schön und wir hoffen, dass auch alles so klappt, wie du dir das vorstellst. Aber bevor ich es vergesse, viele Grüße von Hilde."

„Apropos Hilde", sagte Carlo, „ich muss unbedingt mit ihr sprechen. Kommt sie auch zu eurer Hochzeit?"

„Carlo!" Susi lachte schon wieder: „Unsere Hochzeit ohne Hilde gibt's nicht." Susi drohte mit dem Finger: „Du – die ist verheiratet und glücklich noch dazu!"

Jetzt musste auch Carlo lachen: „Hilde hat mich angerufen. Sie sucht einen Generalvertreter, für ihre Produkte in Italien. Ich habe einen Interessenten."

Susi: „Carlo, das ist doch einfach. Du bringst ihn einfach mit zu unserer Hochzeit. Hilde plant eine kleine Ausstellung ihrer Produkte in Wiesbaden. Dann siehst du Erich und Hilde und kannst deinem Freund auch die Produkte zeigen. Ich bin sicher, Hilde und Erich werden sich freuen, dich zu sehen. Sag nur Moritz Bescheid wegen der Zimmerreservierung."

„Danke dir, entschuldigt, wenn ich hier unterbrochen habe. Lasst uns jetzt ein Auge auf den Ablaufplan werfen."

Carlo zeigte drei Blätter.

Susi hatte aufmerksam die Blättersammlung angesehen und sagte dann zu Carlo: „Mein Kompliment, sieht so aus, als müsste das klappen Aber sag mal, was oder wer ist seine Eminenz Ghirlandi?"

Carlo mit einem Schmunzeln: „Den Kontakt verdanken wir Zontini. Seine Eminenz ist ein Kurienkardinal, an den man kaum herankommt. Ihm unterstehen auch die Vatikanischen Museen. Nur zu eurer Information, er kennt auch die Galerie Kaiser in Wiesbaden. Woher, das weiß ich noch nicht. Er spricht sehr gut Deutsch, aber er ist nicht aus Südtirol. Vielleicht verrät er es uns morgen Früh. Wir treffen ihn morgen Früh um 10 Uhr. Soweit er mir sagte, wird er uns einen Vorschlag unterbreiten. Also, warten wir's ab."

Erika, die bisher still zugehört hatte, fragte: „Wo sind wir eingeplant, das heißt Vera, Ilse und ich und eventuell Frau Gerner?“

„Erika, auf die Frage habe ich gewartet“, sagte Susi, „wir werden morgen, Samstag und Sonntag noch genügend Hände brauchen und es ist immer gut zu wissen, dass man Hände hat, die helfen. Wir schauen uns morgen alles an und dann ergibt sich das automatisch.“

Moritz brummte: „Ich weiß nicht, was ihr jetzt macht, ich weiß sicher, dass ich jetzt ins Bett muss. Wer kommt mit?“

Die ganze Runde war bettreif und so löste sich das Treffen schnell auf.

***

Sie frühstückten wie vereinbart um acht Uhr morgens und waren um viertel vor neun abfahrbereit zum Ausstellungsort in der Klosterkirche.

Die Fahrt war nicht weit. Es war unübersehbar ein Klosterkomplex, in dem eine Klosterkirche integriert war. Haupteingang des Klosters und Eingang zur Kirche lagen nebeneinander. Die Gebäude waren weiß gestrichen und sahen gepflegt aus. Die Kirche hatte ein großes zweiflügeliges Eingangstor. Über dem Oval des Eingangstores waren schmiedeeiserne Buchstaben eingelassen:

Galleria Kaiser Roma

Das Ganze sah sehr gediegen und geschmackvoll aus. Allen war sofort klar, bei der Gestaltung hatten Künstler mitgeholfen. Auch das zweiflügelige Portal ließ sich geräuschlos öffnen und war erst kürzlich gänzlich überholt worden. Der Eingang machte einen noblen Eindruck.

Der Windfang war mit Glasscheiben abgeteilt und man blickte auf das Mittelschiff, in dem zirka 150 schwarze Klappstühle in zwei Reihen aufgestellt waren. Im Altarraum war ein Podium, darauf ein Tisch mit Altartüchern belegt und seitlich zwei silberne Schalen.

An der Stirnwand ein riesiges Gemälde von **Gentile da Fabriano, »Anbetung der Könige«**, 300 x 282 cm, um **1423**, rechts davon ein **Matthias Grünewald, »Kreuzigung Christi«**, 270 x 303 cm, um **1515** und links davon ein **Simone Martini, »Verkündigung«**, 265 x 305, um **1333**.

Als Susi die drei Werke sah, sagte sie: „Anton, die Schinken gibt's auch noch, wo hast du die denn die ganzen Jahre über aufbewahrt?"

Anton lachte nur: „Du wirst dich gleich noch mehr wundern. Alles, was wir an großen, kirchlichen Motiven hatten, findest du jetzt hier."

Seitlich des Podiums war eine kleine Kanzel, die man zum Rednerpult umfunktioniert hatte. Die drei Simultandolmetscher hatten einen Platz auf der Empore, von der aus sie die Redner sehen konnten.

Seitlich des Mittelschiffs standen auf Staffeleien große Gemälde, diese Staffeleien liefen auf Rollen, so dass man sie bewegen konnte. Sie waren direkt angestrahlt. Der Raum dahinter blieb im Dunkel. Zwölf große Gemälde standen auf jeder Seite.

Auf ein Zeichen von Carlo wurde Orgelmusik eingespielt, sehr dezent, aber sehr wirkungsvoll. Plötzlich wurden per Hand von jungen Leuten diese großen Gemälde zur Seite geschoben und dahinter wurde jetzt eine sehr große Anzahl von kleinen Staffeleien sichtbar, die alle einzeln angestrahlt wurden. Die Illumination war sehr beeindruckend. Es wurde die Treppe zur Empore beleuchtet und man sah von unten, dass viele Gemälde auch auf der Empore standen. Es war ein Lichtermeer und alle staunten über die Aufteilung und die Perfektion der Präsentation.

Susi war in ihrem Element: „Gestern haben wir noch darüber gesprochen, heute sehe ich es. Durch die Scheinwerfer sieht man auf jedem glatten Gegenstand, sei es ein Exponat wie diese beiden Schalen oder ein goldener Bilderrahmen, jedes Stäubchen. Vera, Ilse, könntet ihr euch darum kümmern, dass die jungen Damen und Herren den Staub wischen?“ Sie blickte umher: „Wo habt ihr die Getränke aufgebaut?“

Carlo: „In der Sakristei. Da war am meisten Platz. Aber warte, wir sind noch nicht fertig.“ Wieder flammte ein Scheinwerfer auf und beleuchtete die Treppe in die Krypta. „Da musst du mit nach unten in unser Folterkabinett.“

Als sie unten waren erklärte Anton: „Hier den **Eugène Delacroix, »Tod des Sardanapal«**, zirka **1827**, den konnten wir wegen seiner Größe gerade noch so hineinbugsieren oder den **Francisco Goya, »Die Erschießung der Aufständischen«, 1814**, auch so ein riesiger Schinken. Der **Rembrandt, »Die Blendung Samsons«**, zirka **1636**, ist nicht viel kleiner. Der **Jusepe di Ribera, »Apoll schindet Marsyas«**, zirka **1637**, ist zwar ein bisschen kleiner, aber immer noch riesig. Hätten wir hier unten nicht so eine Deckenhöhe gehabt, wäre das unmöglich gewesen. Komm, lass uns wieder nach oben gehen, ich glaube zwar nicht, dass wir je eines dieser Bilder verkaufen werden, aber weiß man es?“ Als sie nach oben kamen, sahen sie Zontini gerade einen Kniefall vor einem in schwarz gekleideten Herrn machen und dessen Ring küssen.

Der sah Anton ging auf ihn zu und sagte: „Wir kennen uns, erinnern Sie sich? Ich bin Vincenzo Ghirlandi.“

Jetzt machte Anton seinen Kniefall, küsste seinen Ring, stand auf und sagte: „Eminenz, sehr gut, darf ich den anderen verraten, welches Bild Sie damals erstanden haben?“

Verschmitzt lächelte seine Eminenz und meinte: „Besser nicht. Wir müssen auch ein Geheimnis haben. Aber meine Gratulation. Ich habe mir die Ausstellung jetzt schon mehrfach angesehen und sie gefällt mir von Mal zu Mal besser. Würden Sie mich Ihren Freunden vorstellen?“

Die Vorstellung wurde dadurch sehr aufgelockert, dass der Kardinal bat, ihn im nichtoffiziellen Teil nur mit Vincenzo Ghirlandi anzusprechen. Und dann fragte er: „Wer sind in der nächsten Stunde meine Ansprechpartner?“

Nachdem das geklärt war, gingen Susi, Anton, Moritz, Jens, Zontini, Mike und Carlo zum Treffen.

Im Kloster hatte Ghirlandi einen Besprechungsraum richten lassen und so kam man schnell zum Thema.

Ghirlandi erzählte: „Als ich vor Jahren bei Ihnen in Wiesbaden war, hat mir Herr Jonas die Struktur ihres Unternehmens erklärt. Seit dieser Zeit geht mir der Gedanke nicht aus dem Kopf, etwas Ähnliches hier in Rom zu schaffen. Wir als Vatikan können und dürfen das nicht, aber es müsste doch möglich sein, auch hier einen Verein zu gründen, der sich mit dem Kopieren der alten Meister befasst und ich dachte auch, eine entsprechende Schule anzugliedern. Wir haben weder das Know-how, noch wollen wir uns näher damit befassen. Ich mache Ihnen jetzt ein Angebot.

Dieses Kloster und auch die Klosterkirche stehen leer. Sie befindet sich gemäß den Verträgen mit dem italienischen Staat auf vatikanischem Gebiet. Dies kann Vorteile, aber auch Nachteile haben. Das muss man prüfen. Sie, Herr Jonas, haben mir seinerzeit erklärt, dass Sie sieben stimmberechtigte Mitglieder haben. Den restlichen Mitgliedern gehört zwar auch das Vermögen, aber sie können nicht mitbestimmen. Das finde ich sehr vernünftig. Sie gründen hier einen Verein oder meinetwegen eine Genossenschaft und mieten von uns das Kloster und die Klosterkirche.

Ich muss noch etwas dazu erklären. Seit Jahren befassen wir uns mit der Restauration und Instauration unserer Gemälde und Kunstgegenstände. In unserem Auftrag befasst sich damit Professore Francesco Prantner. Er kannte auch den Gründer Ihres Unternehmens, Herrn Max Kaiser und hat mich auf Ihr Unternehmen aufmerksam gemacht. Es wäre mir sehr angenehm, wenn wir zu unserem Gespräch Herrn Professore Prantner bitten könnten. Ich habe ihn gebeten, gegen elf Uhr hier zu sein. Vielleicht können wir erst noch einen Teil der Räumlichkeiten im Kloster ansehen und dann das Gespräch mit Professore Prantner fortsetzen."

Alle waren damit einverstanden. Sie besichtigten einen Teil der Räumlichkeiten des Klosters bis Professore Prantner gemeldet wurde.

Nach der Vorstellung begann Professore Prantner: „Wie wir eben festgestellt haben, kennt mich Frau Kaiser schon mehrere Jahre und ich kannte auch Herrn Kaiser gut. Die Ähnlichkeit der Zwillingsbrüder Max und Moritz erschreckte mich und ich bitte Moritz Granika um Entschuldigung.

Ich will meine Vorstellung kurz machen. Ich stamme aus Südtirol, nämlich aus Bozen und habe in Rom studiert. Seit Jahren berate ich die Vatikanischen Museen und bin der Meinung, man müsste ein Atelier für die Restaurierung alter Gemälde schaffen und auch ein Atelier für die Reproduktion unserer so einmaligen Kunstgegenstände in den Vatikanischen Museen. Bereits mit Herrn Max Kaiser habe ich einige Male darüber gesprochen, aber es kam nie zu einer Vertiefung der Gespräche.

Mein Vorschlag ist: Wir gründen in diesen Räumen ein Atelier, das sich mit der Renovierung alter Gemälde befasst und mit der Reproduktion von Gemälden und anderer Kunstgegenstände der Vatikanischen Museen. Ich gehe in meinen Gedanken sogar so weit, dass ich an eine Art Kunstschule oder Kunstakademie denke. Sicherlich haben wir in den nächsten zwei Tagen Gelegenheit, uns intensiv mit diesen Gedanken zu beschäftigen."

Susi stand auf und sagte zu Professore Prantner gewandt: „Lieber Professor Prantner, mir sind die Gespräche mit meinem leider verstorbenen Mann Max Kaiser noch sehr bewusst. Auch er war der Meinung, dass die Möglichkeiten gerade in Rom außergewöhnlich sind, nur hatten wir seinerzeit nicht die Mittel, so etwas zu finanzieren. Selbst heute ist die Finanzierung eines derartigen Ateliers nicht einfach. Lassen Sie uns zusammen in den nächsten beiden Tagen überlegen, ob sich etwas Derartiges machen lässt und vor allen Dingen, ob es finanzierbar ist.

Wir haben morgen und übermorgen Zeit, uns darüber zu unterhalten. Ich selbst bin nicht bei den Präsentationen eingebunden und auch Jens Gerner, der unsere Finanzen verwaltet, steht zur Verfügung. Vielleicht können wir einen Weg finden, der in kleinen Schritten ein solches Experiment ermöglicht. Unter Umständen kann uns Monsignore Ghirlandi dabei mit einigen Ratschlägen zur Seite stehen."

Sie sprachen noch über das Thema, aber die Zeit drängte und so verabredeten sich Susi mit Professor Prantner und Jens Gerner für den kommenden Tag nach Beginn der ersten Vernissage.

Monsignore Ghirlandi und Professor Prantner verabschiedeten sich und die Übrigen begaben sich zum Mittagessen in ihre Unterkunft und zum Umziehen für die Vernissage um 13:00 Uhr.

Pünktlich fuhr man zur Ausstellung und Anton Jonas begann mit dem Briefing der Ausstellungsberater, die alle mit einer weißen Kutte bekleidet waren und rechts oben einen großen roten Anstecker hatten. Darüber war Name und darunter die Sprache. Anton erklärte das Wissenswerte über die Ausstellungsstücke und betonte: „Auf der Rückseite aller Gemälde haben sie eine Tasche mit den Angaben über das Exponat. Wir haben es für diese Ausstellung in vier Sprachen beigelegt. Ansonsten sind die Gemälde nochmals kurz in dem Ausstellungskatalog erklärt. Achtung! Alle hier gezeigten Exponate sind Kopien und sind auch als solche klar ausgewiesen. Sollte sich jemand für ein Exponat interessieren, so kann er es bestellen und bekommt einen Nachlass von dreißig Prozent der Kaufsumme. Jede hier getätigte Bestellung kann innerhalb von vier Wochen annulliert werden. Kosten entstehen dadurch nicht. Auch kann der bestellte Gegenstand getauscht werden. Bei Bestellung erhält der Kunde eine Eintrittskarte für zwei Personen, die vier Wochen gültig und kostenfrei ist. Seien Sie großzügig mit der Ausgabe dieser Eintrittskarten."

Dann folgten noch einige Fragen und Erklärungen. Jeder Ausstellungsberater erhielt ein Clipboard mit einem Auftragsblock und weiterem Werbematerial. Anton betonte: „Bitte sorgfältig die Adresse notieren, auch Telefon. Original bleibt bei uns, Kopie erhält der Kunde."

Während Anton das Briefing für die Ausstellungsberater machte, kümmerte sich Susi um die Anweisungen für das Ausstellungspersonal und die Bedienungen. An ihrer Seite hatte sie Ilse und Vera, die das während der Vernissage überwachen sollten. Carlo hatte gut vorgearbeitet und so schien alles gut organisiert.

Pünktlich um 13:45 Uhr öffnete die Ausstellung. Die ersten Gäste kamen und Punkt 14 Uhr hatten alle Besucher, darunter fünf Kurienkardinäle, Platz genommen.

Orgelmusik wurde eingespielt und ein Priester begab sich zum altarähnlichen Podium und begann mit einem Gebet. Danach erfolgte die Segnung der Ausstellung. Noch ein kurzes Orgelspiel und Eminenz Vincenzo Ghirlandi begab sich auf die Kanzel:

„Eminenzen, Exzellenzen, meine Damen und Herren.

Bevor wir diese herrlichen Werke der Kunst betrachten, vorab einige Worte über die Kunstgeschichte des Christentums. Bereits in den ersten drei Jahrhunderten, als sich das Christentum über das römische Reich ausbreitete, hat die Kunst des Christentums auf die antike Kultur eingewirkt.

Obwohl sich das Christentum fremd in der Welt fühlte, setzte sich das Gebot der Nächstenliebe in ein System von Liebestätigkeit und Hilfeleistung um. Bereits im 4. Jahrhundert erlebt das Christentum eine erste Blüte der christlichen Kunst.

Als im zusammenbrechenden weströmischen Reich die Staatsmacht versagte, die Bischöfe der großen Gemeinden wirtschaftliche und politische Aufgaben übernahmen, war der christliche Charakter der spätrömischen Kultur entschieden.

Frankreich war lange Zeit Träger der Reichseinheit und vermittelte den werdenden, abendländischen Völkern die antike Kultur. Es wurde zum Mutterboden, aus dem die abendländische Kultur gewachsen ist. Hauptträger der christlichen Kultur waren die Klöster und Klosterschulen. Dass die Kultur des Abendlandes in allen Bereichen durch das Christentum bestimmt wurde, galt bis ins Mittelalter.

Erst danach kamen die Rufe nach einer Reform der Verkirchlichung des Christentums.

Ich will Sie nicht mit einer langen Rede über die Kunstgeschichte des Christentums langweilen. Außerdem können das die Kunstwissenschaftler besser, von denen einige unter uns sind. Aber unbedingt erwähnen muss ich die großen Schöpfer der abendländischen Menschheit des Christentums, etwa **Giotto, Lorenzetti, Michelangelo, Rubens, Rembrandt, Grünewald, Raffael, Masaccio, Botticelli, Bellini, Leonardo da Vinci, Tizian, Tintoretto, Correggio, Dürer** oder **Velázquez**.

Sie haben gleich Gelegenheit, diese einmaligen Werke der Kunst hier zu bewundern. Wir haben lange gezögert, diese alte, ehrwürdige Klosterkirche, für eine Ausstellung von Meisterwerken zur Verfügung zu stellen. Lange haben wir einen Mann oder ein Unternehmen gesucht, das in der Art, wie die Galerie Kaiser das macht, die christliche Kunst präsentiert.

Der Gedanke war, diese meisterlichen Werke einem großen Kreis gläubiger Christen zu öffnen. Unser Wunsch ist, hier in diesem Kloster eine Wirkungsstätte für Künstler zu schaffen, die unsere Zeugnisse christlicher Kultur kopieren, um sie so einer breiten Schar von Gläubigen zur Verfügung zu stellen. Meine Nachredner werden Sie sicherlich mit allen weiteren Details vertraut machen.

Ich wünsche Ihnen nun viel Freude beim Betrachten der Kunstwerke und wünsche der Ausstellung und den Betreibern viel Erfolg. Danke für Ihre Aufmerksamkeit."

Es wurde applaudiert und seine Eminenz verließ die Kanzel.

Herr Zontini, mit einer weißen Kutte bekleidet, begab sich zur Kanzel, verneigte sich:

„Eminenzen, Exzellenzen, Monsignori, meine Damen und Herren, besten Dank meinem Vorredner für die herzlichen Worte und die guten Wünsche für diese Ausstellung.

Als ich vor einem Vierteljahrhundert den Gründer der Galerie Kaiser erstmals traf, konnte ich mir die Arbeiten des Künstler-Vereins der Galerie Kaiser schwer vorstellen.

Als ich dann nach Wiesbaden fuhr und sah, mit welchem Können und welcher Geduld die Künstler diese Kostbarkeiten herstellten, war ich rasch mit dem Gedanken infiziert, die berühmtesten Gemälde dieser Welt einem breiten Publikum zugänglich zu machen.

Die Künstler der Galerie Kaiser bemühen sich nicht nur, eine genaue Kopie der berühmtesten Gemälde dieser Welt herzustellen, sie versuchen auch, sich in die Seele des Künstlers zu versetzen, der das Original geschaffen hat. Nur so ist es möglich, den Bildern den Odem der Vollkommenheit einzuhauchen.

Da unsere Kunstwerke die Persönlichkeit ihrer Schöpfer spiegeln, haben wir allen unseren Werken nicht nur kurze biografische Hinweise hinzugefügt, sondern auch die Daten des kopierenden Künstlers. Sie finden all diese Angaben in einer Lasche auf der Rückseite des jeweiligen Exponates. Oft kommt die Frage, wozu uns heute die Beschäftigung mit den Kunstwerken dienen kann? In erster Linie – wie seit eh und je – der Freude am Betrachten schöner Dinge. Darüber hinaus dem Eindringen in die Probleme des menschlichen Daseins, die im Kunstwerk in der subjektiven Sicht des Künstlers ausgedrückt werden. Sie soll Verständnis wecken für historische Vorgänge und Wandlungen, und damit helfen, unseren eigenen Standpunkt zu klären. So kann das Kunstwerk auch Wege weisen für die Gestaltung unseres Lebens.

Wir hoffen, Ihnen heute etwas Außergewöhnliches vorstellen zu können. Der Kunsthistoriker, Anton Jonas vom Verein der Künstler ‚Galerie Kaiser', wird Sie nun einführen. Ich darf Ihnen viel Freude beim Betrachten der Kunstwerke wünschen und übergebe an Herrn Jonas, Danke!"

Herr Zontini verneigte sich, Applaus kam auf und Anton Jonas nahm Zontinis Platz auf der Kanzel ein.

Anton war wie Zontini auch in einem weißen Umhang, der rechts oben lediglich einen signalroten Punkt hatte. Dieser Punkt war zirka 10 cm groß und nicht zu übersehen. Er sah wie ein Mönch aus.

Dann sagte er: „Ich bedanke mich herzlich bei seiner Eminenz Vincenzo Ghirlandi und bei meinem Vorredner Herrn Zontini für die Worte.

Eminenzen, Exzellenzen, Monsignori, meine Damen und Herren, besten Dank dafür, dass unser Verein hier unsere Exponate zeigen darf und dass Sie Zeit gefunden haben, uns diese gemeinsam anzusehen.

Der weitaus überwiegende Teil von Kunstwerken der Vergangenheit entstand, indem man der Kunst bestimmte Aufgaben stellte. So für Tempel, Kirchen, Paläste, Weihebilder, Altäre und Grabmale. Dies bis in die Neuzeit.

Ich will Sie nicht langweilen, fast alle diese Kunstwerke werden meist in Kunsttempeln, den sogenannten Museen aufbewahrt und können nur zu bestimmten Zeiten und an bestimmten Orten angesehen werden. Kaufen kann man sie so gut wie nicht. Unser Verein hat es sich zur Aufgabe gemacht, eben solche Kunstwerke einem interessierten Kundenkreis zugänglich zu machen.

Wir haben mit den Eigentümern Vereinbarungen getroffen oder die gesetzlichen Bestimmungen erlauben es uns, diese Kunstwerke kopieren zu dürfen. Dies geschieht in unseren Ateliers und Werkstätten mit äußerster Sorgfalt und mit großem Können. Jede von uns hergestellte Kopie gleicht dem Original. Dies testieren wir bei dem Exponat durch zwei verschiedene Gutachten. Jedem Ausstellungsstück sind eine genaue Beschreibung des Objektes, zwei Gutachten und Angaben über die Künstler beigefügt. Diese Unterlagen befinden sich bei jedem Objekt, bei Bildern auf der Rückseite in einer Ledertasche und bei anderen Exponaten daneben liegend.

Die Vatikanischen Museen unterstützen diese Ausstellung sehr großzügig. Dafür meinen herzlichsten Dank.

Wir wollen mit einer Geste unsere Dankbarkeit zum Ausdruck bringen. Der Verein Galerie Kaiser gewährt auf alle Käufe oder Bestellungen einer der hier angebotenen Objekte einen Rabatt von dreißig Prozent. Wohlgemerkt auf alle heute hier getätigten Bestellungen. Sie können jede Bestellung ohne Kosten innerhalb von vier Wochen rückgängig machen. Auch tauschen ist möglich. Sie erhalten außerdem Eintrittskarten für zwei Personen für die nächsten vier Wochen. Jeder von Ihnen erhielt beim Betreten der Ausstellung einen Katalog, der die Exponate beschreibt.

Zur Beratung stehen Ihnen alle Personen zur Verfügung, die durch diesen weißen Umhang leicht zu erkennen sind und einen dieser roten Punkte haben. Unter dem roten Punkt finden sie ein Schild, in welcher Sprache Sie unsere Fachkräfte beraten können.“ Anton deutete auf seine rechte Seite, an welcher ein leuchtend roter Button angebracht war.

„Ich bedanke mich nochmals bei Ihnen für Ihr Kommen und bei den Vatikanischen Museen für die außergewöhnliche Unterstützung. Ihnen wünsche ich jetzt viel Muße und Freude beim Betrachten unserer Exponate.

Hiermit erkläre ich die Vernissage der Galerie Kaiser Rom für eröffnet."

Ein großer Applaus kam auf. Viele 100 Scheinwerfer flammten auf und beleuchteten plötzlich die Exponate. Wie von Zauberhand rollten die seitlich des Mittelschiffs stehenden Gemälde beiseite und machten den Weg zu den übrigen Gemälden frei.

Auf jeder Seite standen fünf junge Damen mit Tabletts mit Sekt und anderen Getränken. Leichte Hintergrundmusik wurde eingespielt. Es war eine wunderbare Inszenierung.

Ilse stand neben Susi und Vera, und sagte: „Also, ich habe schon viele Ausstellungen und Vernissagen veranstaltet und auch mitgemacht, aber so etwas Fantastisches habe ich noch nicht erlebt. Hier stimmt auch jedes Detail. Ich bin mal gespannt, ob heute irgendetwas verkauft wird."

Susi schmunzelte: „Da sei ganz sicher. Ich habe mal durchgezählt, 150 Anmeldungen hatten wir. Etwa 200 Personen sind gekommen. Ich kann die heutige Klientel noch nicht abschätzen. Wenn es ganz schlecht läuft, so 100.000 Euro, wenn es einigermaßen normal läuft, 250.000 Euro und wenn es ganz gut läuft – dazu kenne ich die Vorbereitung noch nicht, dann könnte es auch viel mehr werden. Da, schau mal nach rechts, Mike hat jemand an der Angel. Noch zehn Minuten, dann unterschreibt der. Ich wette mit dir."

Der Service klappte hervorragend. Carlo hatte nicht zu viel versprochen, die Schüler der Hotelfachschule bemühten sich sehr. Jetzt wurden nicht nur weitere Getränke gereicht, auch die Canapés fanden reißend Abnehmer. Es war nicht mehr zu übersehen, die Berater waren sehr gefragt und anscheinend waren die Vorbereitungen so gelaufen, dass sich viele der Besucher auf einen Kauf eingestellt hatten.

Susi sah Moritz im Gespräch mit Professor Prantner, sie stellte fest, dass Jens mit seiner Frau auf der Empore war und dort mit Walter Steiner von der ‚Banco di Napoli' sprach. Vera und Ilse waren wieder unterwegs, um den Service der Getränke zu überwachen.

Nach fast drei Stunden, die Ausstellung war immer noch stark besucht, verkündete der Lautsprecher, dass die Veranstaltung um 18 Uhr schließen würde. Ziemlich rasch leerte sich der Ausstellungsraum.

Carlo kümmerte sich noch um die Reinigung und das Aufräumen, die Übrigen zogen sich in den Konferenzraum des Klosters zurück.

Jens sichtete mit Zontini die Bestellungen und addierte die Aufträge. Anscheinend hatte ihr Förderer, Eminenz Ghirlandi, einige Herren eingeladen, die als Sponsoren für ihre jeweilige Kirchengemeinde erhebliche Bestellungen gezeichnet hatten. Immer und immer wieder addierten Jens und Zontini die Zahlen, um dann zu verkünden:

„Wir haben am ersten Tag der Vernissage die halbe Million überschritten. Das allerdings dank Ghirlandi, der etliche Sponsoren mitgebracht hatte. Immerhin ein toller Erfolg."

Wie geplant, fuhr man zurück zur Unterkunft, um das Abendessen einzunehmen. Man war gestresst, trotzdem saß man eine Stunde später beim geplanten Gespräch.

Nach den ersten Worten über die Ausstellung am Nachmittag kam zwangsläufig das Gespräch auf den Vorschlag von Kurienkardinal Ghirlandi. Moritz nahm das Wort: „Ich hatte während der Ausstellung einmal Gelegenheit, mich mit Franz Prantner zu unterhalten und später noch mit seiner Eminenz Ghirlandi. Ich gebe euch jetzt nur meinen Eindruck weiter. Die fachliche Seite müsst ihr klären.

Franz Prantner hat mir erzählt, dass die Idee dieses Ateliers oder wie immer man das nennen will, eigentlich schon durch meinen Bruder Max geboren wurde. Er hatte damals weder die finanziellen Mittel, noch das heutige Wissen.

Deshalb kam es nicht dazu. Von ihm weiß ich auch, dass Ghirlandi extra nach Mainz fuhr, um sich die Galerie Kaiser im nahen Wiesbaden anzusehen. Sie werden im Angebot wahrscheinlich so weit gehen, dass man uns die Klosterräume kostenfrei zur Verfügung stellt. Sie wollen außerdem erreichen, dass dieses Atelier von vielen Gemälden der Vatikanischen Museen je eine Kopie fertigt, da die Originale durch den starken Besucherzustrom leiden und man will sie teilweise durch Kopien ersetzen, um die Originale zu schonen. Dies wäre praktisch die Miete für die Ateliers.

Soweit ich verstanden habe, ist der Vertrag für die Ausstellung in der Klosterkirche mit der Galerie Kaiser Roma so geklärt, dass diese einen bestimmten Prozentsatz der Einkünfte an den Vatikan als Miete abführt, das heißt eine sogenannte Umsatzmiete. Bei der neu zu gründenden Werkstatt könnte die Miete durch Lieferung von Kopien der Kunstwerke ausgeglichen werden.

Die Restaurierung von Gemälden käme in Obhut von Professor Prantner, ebenfalls in diese Räume, aber separat. Die Künstler, die das im Moment machen, sind sehr beengt im Vatikan untergebracht. Dies würde dann geändert.

Ich bin dafür, dass wir uns morgen Vormittag mit Professor Prantner unterhalten. Vielleicht kann Jens dabei sein. Immerhin geht es dabei um enorme Beträge, aber auch um eine Geschäftserweiterung von großer Bedeutung. Nicht vergessen sollten wir die unentgeltlichen Rechte, die wir durch die Vatikanischen Museen zwangsläufig erwerben. Aber da kennt ihr euch weit besser aus als ich."

„Moritz", lachte Susi, „ich muss schon staunen. Angeblich verstehst du nichts vom Geschäft und schon hast du eine neue Geschäftsidee entwickelt, die zweifelsohne verlockend ist. Lass uns doch mal hören, was der Prantner uns morgen Vormittag erzählt. Bist du dabei, Jens?"

Jens wie immer gelassen: „Du weißt doch, wenn's um Geld geht, bin ich immer dabei. Bei der Gelegenheit, wenn wir eine finanzielle Hilfe brauchen, Walter Steiner von der ‚Banco di Napoli' hat angeboten, uns finanziell zu unterstützen, das heißt, er ist bereit, uns eine Kreditlinie von mehreren Millionen einzuräumen, wenn ein entsprechender Vertrag mit dem Vatikan zustande kommt. Auch da scheint Ghirlandi seine Finger im Spiel zu haben. Er hat mir außerdem verraten, dass sich Ghirlandi dafür einsetzen will, dass die Exponate aus der Galerie Kaiser auf dem südamerikanischen Markt angeboten werden. Eigentlich hört sich das alles viel zu schön an, um wahr zu sein. Aber warten wir morgen das Gespräch ab."

***

Samstagmorgen. Stress wie immer. Sie waren schon kurz vor 9 Uhr in der Ausstellung, um alles für die Vernissage der Stadt Rom vorzubereiten. Das Team war schon eingespielt und es klappte bestens. 150 Gäste waren eingeladen, aber es kamen zirka 200 Personen.

Susi, Jens und Moritz verließen kurz nach der Ansprache des ersten Redners die Ausstellung, um sich mit Professor Prantner zu treffen.

Professor Prantner sagte nach der Begrüßung: „Es ist schon erstaunlich, wie viele Personen der oberen Zehntausend der Stadt Rom sich am Samstagvormittag eingefunden haben. Hatten Sie gestern viel Bestellungen?"

Susi schmunzelte: „Ich will Sie nicht neidisch machen, aber wir hatten über eine halbe Million Umsatz. Ob allerdings jedes Geschäft zustande kommt, das weiß ich nicht. Normalerweise werden zirka zehn Prozent der Bestellungen zurückgegeben. Aber selbst dann ist der Umsatz erstaunlich. Mal sehen, was die Bürger der Stadt Rom uns bieten. Beim diplomatischen Korps heute Nachmittag bin ich da zuversichtlicher. Wir sind nicht gerade billig, aber unsere Exponate sind auch außergewöhnlich."

Professor Prantner: „Ich hatte gestern ein nettes Gespräch mit Herrn Moritz Granika und es fällt mir immer noch schwer, ihn nicht mit Herrn Kaiser anzusprechen. Die Ähnlichkeit ist schon verblüffend."

Susi: „Lieber Herr Professor Prantner, das ist auch eine außergewöhnliche Geschichte" ---- und dann erzählte Susi, wie sie den vermissten Zwillingsbruder ihres ersten Mannes getroffen hat und dass dies in 14 Tagen zur Hochzeit führen würde.

Susi: „Moritz und ich, wir würden Sie gerne zu unserer Hochzeit einladen. Dann können Sie bei der Gelegenheit auch unsere Galerien besuchen und sich unser Unternehmen ansehen. Das wäre in zwei Wochen. Vielleicht können Sie mit Familie Zontini oder mit Carlo Steiner nach Wiesbaden kommen? Um die Unterkunft für Sie kümmern wir uns. Würden Sie uns die Freude machen?"

Professor Prantner: „Ich bin sehr überrascht. Herzlichen Dank für die Einladung. Ich komme gerne."

Moritz: „Wir freuen uns und ich hoffe, es gefällt Ihnen bei uns."

Susi lachte: „Wenn wir nicht bald mit dem geschäftlichen Teil anfangen, dann ist die Vernissage heute Morgen vorbei.

Die Ausstellung in der Klosterkirche, in der die momentanen Vernissagen stattfinden, ist zwischen der Galerie Kaiser Roma und dem Vatikan geklärt. Carlo Steiner hat einen entsprechenden Vertrag mit dem Vatikan unterzeichnet. Es wurde eine Umsatzmiete vereinbart Alle Punkte sind hier geklärt und ich glaube, es ist ein guter Vertrag.

Bei den weitläufigen Klosterräumen sieht es anders aus. Diese stehen leer. Sie müssen im Winter beheizt werden und die notwendige Pflege und Reinigung haben. Das kostet ganzjährig viel Geld. Selbst, wenn die Räume mietfrei wären, so sind die Kosten dafür enorm. Weiterhin sollten wir sehr vorsichtig und klein beginnen. Eigentlich müssten wir ‚Nein' sagen, andererseits ist das Angebot der Vatikanischen Museen sehr großzügig.

Es gibt da noch einen weiteren Punkt, der zu bedenken ist. Wir haben ein bestimmtes Schema, nach dem wir unsere Kunstwerke produzieren. Das ist kostenaufwändig, und nicht ohne Bedenken nach Rom zu versetzen. In jedem Fall ist das ein Know-how, das wir besitzen, nicht ohne Weiteres auf ein Unternehmen zu übertragen, welches wir nur zum Teil kontrollieren."

Professor Prantner: „Liebe Frau Kaiser, ich kann Sie sehr gut verstehen. Das sind Gründe, warum wir nicht schon längst eine solche Werkstätte oder Atelier gegründet haben. Aber lassen Sie mich ein paar Worte dazu sagen: Die Räumlichkeiten sind kostenfrei. Für die Reinigung und die Beheizung im Winter wird der Vatikan sorgen, da er einen Teil der Räume zur Lagerung von Kunstgegenständen verwenden wird. Auch die dann notwendigen Sicherungsanlagen werden vom Vatikan installiert. Ich brauche für die Abteilung der Restauratoren maximal 3 bis 4 Räume. Auch Sie dürften anfangs nicht mehr als 3 oder 4 Räume benötigen. Diese Räume könnten bei Bedarf vergrößert werden. Das Ganze ist dann immer noch überschaubar.

Dass Sie Ihr Know-how nicht so ohne Weiteres in andere Hände geben wollen, das versteht sich von selbst. Wir haben eines Ihrer Gemälde sehr genau untersucht und ich bin mit Ihnen einer Meinung, dass Sie Ihr Wissen nicht aus der Hand geben dürfen. Ich bin sicher, dass wir da einen Weg der Zusammenarbeit finden werden.

Hinsichtlich der Firmenform sollen sich die Anwälte und Notare den Kopf zerbrechen. Ich tendiere zu einem Verein oder einer Genossenschaft. Wenn ich richtig informiert bin, so braucht es sowohl in Italien, als auch in Deutschland dazu sieben stimmberechtigte Mitglieder.

Auch die Finanzen sind bei diesem Projekt ein kleines Problem. Allein die Ausstattung der Räume, das Material und die anfallenden Lohnkosten sind enorm. Hier muss mit spitzem Bleistift gerechnet werden. Aber bedenken Sie, man gibt Ihnen die Publikationsrechte vieler Werke der Vatikanischen Museen praktisch zum Nulltarif."

Hier mischte sich Jens ein: „Wie Sie wissen, ich bin für die Finanzen der Galerie Kaiser mit allen Nebenbetrieben verantwortlich. Erst vor wenigen Monaten haben wir die Galleria Kaiser Roma gegründet und ich habe anfangs nicht gedacht, dass wir daraus so schnell einen gut laufenden Betrieb machen können. Wir sind sehr angenehm überrascht. Aus finanzieller Sicht müsste ich zu dem Experiment Produktionsstätte Rom eigentlich ‚Nein' sagen. Andererseits müssen wir ausrechnen, ob nicht die Publikationsrechte eine solche Entscheidung rechtfertigen. Ich werde mich nach diesem Gespräch mit Moritz Granika zusammensetzen und wir wollen die Sache mal durchrechnen. Heute Nachmittag um 15 Uhr wissen wir dann mehr."

Nachdenklich sagte Susi: „Wir haben bei uns in Wiesbaden eine außergewöhnlich gute Kopistin. Unsere Gina. Soweit ich weiß, ist sie irgendwo in der Nähe von Rom geboren und hat auch in Rom studiert. Sie ist eine sehr fähige Künstlerin und ich glaube, sie sehnt sich immer noch nach Italien. Soweit ich weiß, sind ihre Kinder jetzt außer Haus und studieren. Sollte ich sie nicht mal fragen, ob sie vielleicht morgen zu unserem Gespräch kommen kann?"

Professor Prantner ganz interessiert: „Ich hatte vor vielen Jahren, wahrscheinlich Anfang der Achtziger Jahre eine Schülerin namens Gina de Rosa, eine sehr fähige Schülerin, sollte es sich vielleicht um die gleiche Person handeln?"

Susi: „Also, wenn ich mich richtig erinnere, war der Mädchenname de Rosa und sie hat dann einen Deutschen namens Lorenz geheiratet. Aber das haben wir gleich, wie ich Gina kenne, ist sie im Atelier, auch wenn es Samstag ist.

Ich rufe auf dem Handy kurz unser Büro in Wiesbaden an.“ Susi wählte und hatte gleich Gina am Apparat:

(Gina) Gina Lorenz

(Susi) Hallo, Gina, ich bin hier in Rom, und neben mir sitzt dein früherer Professor Prantner, der dir nur ‚guten Tag' sagen will. Ich muss dich aber anschließend noch mal haben. --- Susi übergab und es gab eine kurze, aber freudige Begrüßung in italienischer Sprache --- dann gab Professor Prantner das Handy an Susi zurück.

(Gina) Susi, das war eine wirklich tolle Überraschung. Danke für das Gespräch. Gibt es sonst noch etwas?

(Susi) Gina, sehr viel. Wir sind am Überlegen, ob wir nicht ein Atelier in Rom einrichten sollen. Könntest du dir vorstellen, zeitweise oder ganz nach Rom zu gehen, um diese Abteilung dort aufzubauen?

(Gina) Susi, ich glaube du kannst Gedanken lesen? Seit einem Jahr überlege ich schon in diese Richtung.

(Susi) Gina, dann kürzen wir das Thema einfach ab. Ich werde gleich noch mal mit Hilde sprechen, sie soll für dich heute den Flug um kurz vor fünf buchen, dann bist du um halb sieben in Fiumicino. Wir lassen dich abholen. Alles weitere dann mündlich. Du kommst mit uns am Montag zurück. Wenn Hilde die entsprechenden Flüge gebucht hat, dann soll dich Erich nach Frankfurt zum Flughafen fahren. Du kannst zu Hause noch schnell Zahnbürste und Nachthemd einpacken. Also, wenn nichts dazwischen kommt, so sehen wir uns heute Abend im Hotel.

(Gina) Mensch, Susi, das ist prima, ich freue mich euch dort zu sehen und vor allen Dingen auf meinen Professor Prantner. So, jetzt verbinde ich mit Hilde.

(Hilde) Hi, Susi, was liegt an? --- Jetzt erklärte Susi, dass Hilde die Flugkarte nach Rom und zurück besorgen soll und sie zurückrufen, wenn die Reservierung geklappt hat und außerdem soll Erich Gina zum Flughafen bringen

und dafür sorgen, dass Gina auch die Zahnbürste zu Hause einpacken kann. ---

(Hilde) Tschüss, Susi, und Grüße an alle.

Als Susi das Gespräch beendet hatte, sagte Professor Prantner: „Das war eine nette Überraschung. Gina in Wiesbaden und ausgerechnet bei der Galerie Kaiser. Sie war ein überaus lebensfroher Mensch und ich habe mich immer gewundert, dass sie sich nie rührt."

Susi lachte: „Die Welt ist klein. Aber mit Gina könnten wir einen Anfang in Rom machen. Sie ist seit zwanzig Jahren bei uns, kennt unsere Arbeitsweise, kennt unsere Möglichkeiten und ist äußerst zuverlässig. Jens, was meinst du?"

Jens wohl überlegt: „Gina hat es bei ihrer Scheidung sehr gebeutelt. Sie hat ihre beiden Söhne allein groß gezogen. Sie hat dafür gesorgt, dass beide heute im Studium sind. Gina hat es nicht leicht gehabt. Ich glaube, von der menschlichen Seite ist sie für das neue Atelier in Rom geeignet. Die fachliche Seite müsst ihr beurteilen."

Danach begaben sie sich in die Vernissage, um zu sehen, wie es dort lief.

Die letzten Gäste verließen gerade die Ausstellung und man hatte den Eindruck einer geschlagenen Schlacht.

Susi versuchte Carlo oder Zontini zu erreichen. Die saßen beisammen und überschlugen die Verkaufszahlen. Man hatte fast 300.000 Euro erreicht. Für alle sehr erstaunlich. Selbst Zontini konnte seine Zufriedenheit nicht verbergen.

Susi erwischte Anton: „Na, wie war's?"

Anton kurz und bündig: „Prima – hätte nicht gedacht, dass wir hier soviel verkaufen. Es scheinen alles seriöse Käufer gewesen zu sein."

Ilse, die nicht weit davon stand, kam hinzu. „Ich habe ja schon viel erlebt, aber die Leute waren irgendwie im Kaufrausch. Selbst wenn ein Teil wieder zurückgenommen wird, es war ein fantastischer Erfolg. Es juckte mich in allen

Fingern, einfach mitzuverkaufen. Muss Anton fragen, ob ich nicht heute Nachmittag mit bei der Verkaufsmannschaft sein darf."

Anton hörte mit: „Ilse, du darfst. Eine entsprechende Kutte haben wir noch und die Buttons und Namenstecker auch. Für heute Nachmittag wünsche ich dir viel Erfolg und wenn du nicht viel verkaufst, dann verliere nicht den Mut. Coraggio! Wir alle halten dir die Daumen."

Man hatte nicht viel Zeit. Jeder aß schnell eine Kleinigkeit und um 14 Uhr wurde die Ausstellung zur Vernissage für das diplomatische Korps des Vatikans eröffnet.

Ein ganz anderes Publikum. Alles sehr formell und nach strengen Regeln. Man erwartete etwa 100 Gäste, aber es war absehbar, dass sicher die doppelte Anzahl kommen würde. Schnell wurden die entsprechenden Stühle eingestellt und pünktlich um 14:30 Uhr konnte Vincenzo Ghirlandi mit der Begrüßung der Gäste beginnen.

Susi, Professor Prantner, Jens Gerner und Moritz zogen sich zurück, um die am Morgen begonnenen Gespräche fortzusetzen.

Als man wieder im Konferenzraum des Klosters war, versuchte Susi als erstes, Hilde zu erreichen. Sie wählte an und hatte gleich Hilde am Apparat, die Susi bestätigte, dass Ginas Flug in Ordnung ginge. Sie sei bereits unterwegs.

Susi fragte Professor Prantner: „Haben Sie zufällig ein Auto hier?

Wir brauchen jemanden, der Gina kennt und der sie abholt."

Professor Prantner: „Ich wollte schon fragen, ob es ihnen angenehm ist, wenn ich Gina abhole. Ich habe sie so lange nicht gesehen und möchte gerne meine ehemalige Schülerin als Erster begrüßen."

Susi meinte: „Das kann ich gut verstehen. Gina kommt mit dem gleichen Flug an wie wir. Fiumicino, um

18:35 Uhr mit Lufthansa von Frankfurt. Gina ist sicher etwas älter geworden, aber Sie werden sie erkennen. Carlo habe ich gebeten, in unserem Klosterhotel noch ein zusätzliches Einzelzimmer zu buchen und ich bin sicher, er hat das veranlasst. Sie bringen Gina einfach in das Hotel. Machen Sie uns das Vergnügen und nehmen Sie mit uns das Abendessen ein?" Professor Prantner schmunzelte: „Es wird mir eine Freude sein."

Jens und Moritz hatten sich zurückgezogen, um auszurechnen, ob das Ganze überhaupt finanziell darstellbar ist. Sie hatten versprochen schnell wieder zurück zu sein.

Susi und Professor Prantner diskutierten ausführlich über die Möglichkeit eines Ateliers der Unternehmen Kaiser in Rom. Es war ein produktives und angenehmes Gespräch.

Schon nach einer Stunde kamen Jens und Moritz zurück. Und Jens begann: „Wir haben jetzt eine Stunde gerechnet. Das alles mit Unbekannten. Wir wissen nicht genau, ob und wie viel Miete wir zahlen müssen, wir kennen nicht die Bedingungen des Vatikans. Wir kennen nicht die Höhe der Bezüge, die wir an Professor Prantner zahlen müssen und vieles anderes.

Trotzdem haben wir in der kurzen Zeit feststellen können, dass die Vorteile die Nachteile überwiegen. Das heißt, für uns ist kein Risiko vorhanden, wenn wir vorsichtig an die Angelegenheit herangehen."

Moritz meinte dazu: „Die positiven Zahlen, die unsere Filiale in Rom in der kurzen Zeit erwirtschaftet hat, veranlasste Jens zu dieser positiven Einschätzung. Auch ich neige dazu, mich positiv zu äußern. Ich schließe mich Jens an und meine, wir sollten in kleinen Schritten aufbauen."

Nun sagte Susi zu Professor Prantner gewandt: „Sie haben mitgehört, auch Sie sind eine unbekannte Größe in dieser neuen Konstruktion. Daher meine klare Frage, wie und wo dürfen wir Sie in diese neue Form einer Produktionsstätte in Rom einbauen und welche Vergütung erwarten Sie?"

Professor Prantner: „Ich wusste, dass diese Frage kommt und ich fürchte mich immer vor so etwas. Daher vorab: Ich habe noch eine Professur an der hiesigen Kunstakademie. Das Einkommen ist nicht sehr hoch, aber immerhin hilft es, meinen Lebensstandard zu erhalten. Dann habe ich mein Einkommen als Berater der Vatikanischen Museen bei den Restaurierungsarbeiten. Auch kein riesiges Einkommen. Aber ein monatlich fester Betrag. Max Kaiser hat mir seinerzeit die Konstruktion der Bezüge Ihrer Künstler erklärt. So ein erfolgsabhängiger Vertrag wäre mir am liebsten. Ich warte auf Ihre Vorschläge. Ich weiß, Ihre Kunstwissenschaftler erhalten bestimmte Beträge für ihre Gutachten und gegebenenfalls auch eine Provision bei Verkäufen. Dem könnte ich mich anschließen."

Hier hakte Jens ein: „Das erscheint mir ein guter Vorschlag. Wir könnten Sie mit unseren Kunstwissenschaftlern gleichstellen, wenn Sie bereit wären, auch die Gutachten für unsere Kopien zu erstellen. Sie würden sicherlich gut dabei verdienen."

Dann kam Susi: „Wir sind hier weder ein beschlussfähiges Gremium, noch ist das meine endgültige Meinung, aber ich könnte mir Folgendes vorstellen: Wir gründen in Rom eine Zweigstelle unseres Ateliers in Wiesbaden. Ob das als Zweigstelle unseres Vereins oder als Verein kraft Ernennung durch die Behörden möglich ist, das müssen die Anwälte und Notare klären. Man sollte Carlo mit hinzuziehen.

Wir beginnen ganz klein, mit zwei bis drei Kopisten, und beziehen anfangs das Material aus Wiesbaden. Dazu können wir auch unsere Mitarbeiter hierher versetzen. Ich denke da an Gina und zwei andere. Mit Sicherheit wird uns Professor Prantner auch Künstler in Rom benennen können, die sich für diese künstlerischen Arbeiten eignen. Beginn dieser Unternehmung Anfang März.

Der Vatikan stellt sich eine entsprechende Schule vor. Wir haben bisher noch nie so etwas gemacht und sind möglicherweise auch die falschen Leute dafür. Trotzdem, der Gedanke ist nicht ganz falsch, so etwas zu versuchen. Man könnte darüber geeignete Künstler für unsere Ateliers rekrutieren. Ich könnte mir vorstellen, ein Institut für Kunstreproduktion zu gründen. Man kann mit entsprechenden Seminaren beginnen. Wie ich gesehen habe, hat dieses Kloster eine Reihe von Mönchszellen, die sich leicht in Zimmer umwandeln lassen. Wenn wir dazu einen Geldgeber finden, dann lässt sich das machen. Es muss sich aber um ein Institut handeln, das vom normalen Geschäft unabhängig betrieben wird."

Professor Prantner hob seine Hand: „Bitte, sind Sie mir nicht böse, ich habe die Aufgabe übernommen, Gina in Fiumicino abzuholen und muss jetzt leider die so interessante Runde verlassen. Ich sehe Sie dann heute Abend im Hotel." Professor Prantner stand auf, sagte auf Wiedersehen und verließ die Runde.

Susi zu Moritz: „Wieder mal frisst uns das Geschäft auf. Ich habe gehofft, dir wenigstens ein klein wenig von der »Ewigen Stadt« zeigen zu können. Zweimal war ich mit deinem Bruder Max hier und jedes Mal war Rom eine Offenbarung. Nicht mal die primitivsten Touristen-Highlights kann ich dir zeigen. Weder den Petersdom, noch die Vatikanischen Museen, ganz zu schweigen von den hunderten, anderen Sehenswürdigkeiten dieser Stadt, wie die ‚Spanische Treppe', ‚Fontana di Trevi' oder gar dem ‚Kolosseum' und so weiter. Schatz, ich hab ein schlechtes Gewissen. Aber versprochen, das holen wir nach."

Moritz: „Susi, ich bin sicher, wir werden das alles noch mal gemeinsam sehen. Im Moment geht's einfach nicht. So ist das Geschäft nun mal. Susi, sei nicht traurig."

Susi meinte: „Wir sollten vielleicht wieder in die Ausstellung gehen und sehen, wie die läuft."

So stand man auf und begab sich wieder in den Ausstellungsraum.

Obwohl es schon kurz nach 17 Uhr war, war der Raum voller Interessenten und Susi sah, dass auch Ilse im Gespräch war und sie gerade den Auftragsblock nahm und Adresse und Namen notierte. Aha, dachte sie, Ilse schreibt auch Aufträge. Der Raum leerte sich fast nicht. Als die Durchsage vom Schluss der Ausstellung kam, bewegte sich wenig. Es war schon fast 18:30 Uhr, als die Letzten die Ausstellung verließen.

Sie sah Mike, gänzlich abgekämpft und fragte: „Na, wie war's?“ Und Mike mit einem schwachen Lachen: „Stressig, aber gut. Ich weiß nicht, wie viel ich verkauft habe, aber es war viel. Die letzten zwei Stunden habe ich nur geschrieben. Heute Morgen hatten wir fast 300.000 Euro, heute Nachmittag müssen es mehr sein. Ich hab ab und zu nach den anderen geschaut, die haben alle geschrieben wie die Teufel. Ich bin neugierig wie viel wir haben.“

Carlo und Zontini zogen sich zurück, um die Zahlen aufzuaddieren. Man wartete auf das Ergebnis.

Endlich, nach 19 Uhr kamen Carlo und Zontini und verkündeten: „Wir haben etwas über 400.000 Euro an Aufträgen geschrieben. Die einzelnen Botschaften haben fast eifersüchtig darauf geachtet, dass sie bestellen durften.“

Zontini sagte lachend: „Ich glaube, wir alle haben uns jetzt ein Glas Prosecco verdient, um auf diesen Erfolg anzustoßen.“

Schnell hatten sie die Gläser zur Hand und stießen auf den Erfolg des Nachmittags an.

Im darauffolgenden, lockeren Gespräch fragte Susi: „Ilse, wie war der erste Tag im Verkauf. Kamst du einigermaßen zurecht?“

Ilse ganz begeistert: „Es war wie ein Rausch, ich kann es gar nicht anders beschreiben. Es waren interessierte und kaufwillige Herrschaften auf hohem Niveau und es machte Spaß, sich mit diesen Kunden zu unterhalten."

Das Gespräch ging locker weiter, bis gegen halb acht Moritz zum Aufbruch dränge. Er meinte: „Wir haben noch eine Verpflichtung. Professor Prantner und Gina warten sicher schon im Hotel."

Zurück im Klosterhotel erblickten sie Professor Prantner mit Gina im Gespräch. Sie gingen auf die Zimmer und wollten sich um 20 Uhr zum Abendessen treffen.

Es war eine sehr lockere Runde. Susi erkundigte sich bei Gina, ob der Flug und auch die Abholung problemlos geklappt hätten.

„Also, Susi", sagte sie, „es war einfach schön. Morgens hatte ich noch kurz mit Hilde gesprochen, dann kam dein Anruf und dann hat sich alles überschlagen.

Gott sei Dank waren meine beiden Jungen zu Hause, so konnte ich denen das direkt erzählen. Der Flug nach Rom, alles in Ordnung. Die Überraschung, meinen Professor zu sehen und von ihm abgeholt zu werden, toll. Ich habe ja so viele Fragen, haben wir vielleicht nach dem Abendessen ein paar Minuten für uns?"

Susi lachte: „Na klar, aber auch bei uns hat sich alles überschlagen. Wir setzen uns nach dem Abendessen zusammen und ich erzähle allen, was sich ereignet hat und was wir planen. Du solltest dir vielleicht morgen Vormittag die Ausstellung ansehen, die mit einem Gottesdienst beginnt und auch bis zum Ende bleiben. Morgen Nachmittag wollen wir mit Kurienkardinal Vincenzo Ghirlandi die Angelegenheit besprechen und zu einem klaren Ergebnis kommen. Also warte meinen Bericht nach dem Abendessen ab. Danach können wir über deine persönlichen Dinge sprechen. Bist du damit einverstanden?"

Und ob Gina das war.

Nach dem Abendessen ging man in das Konferenzzimmer und Susi begann ihren Bericht über die Gespräche am

Nachmittag. Dann fasste sie zusammen: „So, ihr Lieben, trotz des Erfolges der bisherigen Vernissagen wollen wir nüchtern bleiben. Wir müssen bis morgen Nachmittag folgende Dinge entscheiden.

Erstens: Will der Verein Galerie Kaiser Wiesbaden ein Atelier in Rom betreiben?

Zweitens: Wie soll diese Zweigstelle unserer Werkstätten finanziert werden?

Drittens: Dürfen wir alle Werke der Vatikanischen Museen kopieren, oder bestehen da Einschränkungen?

Viertens: Wie entscheiden wir uns bei dem Gedanken, eine Schulungsstätte für die Kunstreproduktion zu gründen?

So, jetzt möchte ich vielleicht noch einen Vorschlag machen. Wir alle nehmen morgen Früh an dem Gottesdienst im Rahmen unserer Ausstellung teil. Danach sollten wir uns noch mal die Ausstellung ansehen.

Das Gespräch mit dem Kurienkardinal ist für 15 Uhr angesetzt. Hierbei sollten alle Punkte offen besprochen werden. Um 20 Uhr habe ich vor, in unserem Klosterhotel zu einem gemeinschaftlichen Abendessen einzuladen. Sollte es mir gelingen, auch Kurienkardinal Ghirlandi dazu zu bitten, so wäre das schön. Am Montag ist dann der Rückflug nach Frankfurt wie geplant. Seid ihr alle einverstanden?“

Als alle bejahten, sagte Susi noch kurz: „Jetzt müsst ihr mich entschuldigen, ich habe Gina versprochen, mit ihr noch einige Dinge zu besprechen und das machen wir am besten unter vier Augen. In einer dreiviertel Stunde sind wir wieder da.“ Susi verließ mit Gina den Raum.

Susi und Gina fanden in der kleinen Halle beim Empfang einen ruhigen Tisch und Susi begann: „Gina, entschuldige, wenn ich dich so einfach hierher zitiert habe, aber ich dachte, das wäre für dich eine interessante Tätigkeit und auch eine Herausforderung. Du bist viel länger bei der Galerie Kaiser als ich und kennst alle Interna unserer Unternehmen. Ich weiß, Otto hat mir oft erzählt, welche

Schwierigkeiten du bei deiner Scheidung hattest und wie schwer die Zeit danach war. Aber erzähle!“

Gina ganz ernst: „Ach, Susi, wir kennen uns, seit du zur Galerie kamst. Damals lief meine Scheidung gerade. Otto und auch Max haben mir damals unheimlich geholfen. Auch Dieter Zeiser und Jens haben mich in jeder Richtung unterstützt. Hätte ich diese Hilfe nicht gehabt, ich weiß nicht, wie ich das alles überstanden hätte. Mein Mann hat sich ganz fies verhalten. Gott sei Dank sind die Kinder jetzt groß und studieren beide in Mainz. Ich bin ganz stolz auf die beiden. Jeder hat eine Freundin und so, wie es ausschaut, ist es bei beiden ziemlich ernst.

Schon lange überlege ich, nach Italien zurückzukehren, da meine Eltern alt sind. Meine Eltern wohnen in der Nähe von Rom, das heißt genau in Fregene am Meer.

Ich habe die Kunstakademie in Rom besucht und mein Professor war Prantner. Von ihm habe ich meine Grundkenntnisse. Das Kopieren aber habe ich von Otto gelernt. Ich glaube, du auch. Aber Professor Prantner ist ein grandioser Mensch. Er hat außergewöhnliche Fähigkeiten, seinen Studenten die Kunst nahe zu bringen. Ich verehre ihn sehr.

Sollten wir uns entscheiden, ein Atelier in Rom einzurichten, so kannst du mit meiner Hilfe rechnen. Du weißt, ich bin Mitglied im Verein. Außerdem verdienen wir alle auch noch hervorragend. Aber wie siehst du die Möglichkeiten in Rom?“

„Gina“, meinte Susi, „du kennst alle Möglichkeiten unseres Vereins. Du kennst alle Interna des Vereins und du weißt wie ich, dass unsere Produktion von Bildern nicht ohne den Verkauf leben kann und der Verkauf nicht ohne die hervorragenden Bilder und Exponate der Produktion. Das Angebot, das uns der Vatikan gemacht hat, ist sicherlich außergewöhnlich. An die unendlich vielen Kunstwerke der Vatikanischen Museen heranzukommen, ist nicht einfach. Hier werden sie uns präsentiert. Außerdem scheint uns

Ghirlandi auch noch anderweitig zu unterstützen. Das ist die positive Seite.

Was wird, wenn eines Tages Ghirlandi nicht mehr die schützende Hand über uns hält? Das ist die negative Seite.

Ich will dir meine Meinung sagen: Ich bin dafür, dass wir mit ganz kleinen Schritten das Atelier in Rom eröffnen. Dir möchte ich gerne die Leitung des Ateliers übertragen. Professor Prantner möchte ich als Sachverständigen gewinnen, ähnlich wie Franz oder Hugo bei uns in Wiesbaden. Beginn Anfang März. Anfangs mit zwei bis drei Kräften. Je nachdem, wie es läuft, kann man dann vergrößern.

Eine Bedingung des Vatikans ist, dass wir als Miete jeden Monat ein Bild der Vatikanischen Museen kopieren. Das kann man dann auch bei uns in die Produktion aufnehmen. Ich dachte dabei an drei Versionen:

Erstens als reine Kopie, wie wir das immer machen. Zweitens als Öldruck, diese Sparte entwickelt sich immer mehr. Drittens als reiner Druck. Hier haben wir durch die neuen Möglichkeiten des Digitalverfahrens enorme Chancen.

Hinsichtlich deiner Tätigkeit behältst du den Vertrag, den du mit der Galerie Kaiser in Wiesbaden hast. Weiterhin erhältst du als Leiterin des Ateliers Rom eine Art Erfolgshonorar oder Ähnliches. Das musst du mit Jens vereinbaren. Du weißt, Jens ist fair und wird dir sicher helfen.

Für die Buchhaltung in Rom haben wir einen Mann namens Carlo Steiner. Den wirst du noch kennenlernen. Ich denke, er ist ebenfalls ein fairer und guter Mann. Der soll dich steuermäßig beraten. Ob du hier dem italienischen Recht unterliegst oder dem vatikanischen, das weiß ich nicht, denn die Arbeitsstelle liegt auf vatikanischem Gebiet.

Es gibt noch eine andere Variante. Der Vatikan oder Vincenzo Ghirlandi denkt an eine Art Kunstschule. Diesen Begriff mag ich nicht so gerne. Ich könnte mir eher ein Institut für Kunstreproduktion vorstellen. Das käme unserer

Tätigkeit näher. Man kann eventuell mit entsprechenden Seminaren beginnen.

Also, was meinst du zu meinen Vorschlägen?“

Gina ernst: „Susi, eigentlich sollte man sich so eine weittragende Entscheidung gut überlegen und zumindest eine Nacht darüber schlafen. Du weißt, ich habe zwei erwachsene Kinder und die möchte ich vorher auch fragen. Auch mit meinen Eltern möchte ich vorher noch mal sprechen. Aber grundsätzlich glaube ich, kann ich jetzt schon zusagen. Du kannst dir vorstellen, wenn man in Rom studiert hat, dann sind die Vatikanischen Museen etwas nie Erreichbares und für mich, Gemälde aus diesen Sammlungen kopieren zu dürfen, einfach ein Traum. Das Ganze in Zusammenarbeit mit meinem früheren Professor, den ich sehr verehrte, erscheint mir einmalig.

Meine Eltern in Fregene bedürfen meiner Hilfe. Also alles spricht für Rom. Dazu kommt, ich verliere meine Freunde und Kollegen nicht. Ich bleibe im Kreis der Familie Kaiser und das ist einfach schön. Susi, egal wie morgen die Entscheidung ausgeht, ich bin dabei.“

Susi nahm Ginas Hand: „Danke dir, Gina, ich weiß, wir bekommen eine außergewöhnliche Leitung unseres Ateliers in Rom. Dir jetzt schon viel Erfolg.

Noch eine Frage, willst du einen Flug später nach Frankfurt nehmen, um deine Eltern zu besuchen?“

Gina: „Habe schon alles erledigt. Werde am Montag ganz früh mit Professor Prantner nach Fregene fahren. Habe schon angerufen. Fregene liegt in der Nähe des Flughafens und wir kommen dann von dort direkt zum Abflug. Außerdem will sich Professor Prantner dort verabschieden.“

„Gina, ich glaube, jetzt sollten wir langsam wieder zu den anderen gehen, bevor die einschlafen“, sagte Susi.

Als sie in den Konferenzraum kamen, war man noch im intensiven Gespräch. Susi erwähnte noch kurz das vorläufige Einverständnis von Gina, das Atelier in Rom zu leiten.

***

Schon kurz nach acht am Morgen traf man sich zum Frühstück. Um spätestens viertel vor neun wollte man zur Ausstellung fahren. Punkt neun waren sie in der Ausstellung. Die Reinigungskräfte waren noch bei der Arbeit. Man bereitete sich für die Messe um 10 Uhr vor.

Die Ausstellung öffnete um 9:45 und kurz danach füllte sich der Raum mit kirchlichen Würdenträgern. Obwohl nur 100 Gäste geladen waren, wurde für 200 Gäste bestuhlt. Es war abzusehen, dass die Stühle nicht reichen würden und so wurden noch weitere Stühle hinzugestellt.

Punkt zehn begann der Gottesdienst. Eminenz Ghirlandi hatte ihn erhaben gestaltet und seine Rede in den Gottesdienst eingebunden. Danach sprach Zontini kurz und ebenso Anton Jonas, der die Ausstellung eröffnete.

Anders als in den vorangegangenen Vernissagen, war die Eröffnung feierlicher und ruhiger. Auf den ersten Blick hatte es nicht den Anschein, als sei ein großes Kaufinteresse vorhanden, aber die Berater in ihren weißen Kutten waren gefragt.

Susi beobachtete Ilse, die anscheinend einen Kurienkardinal beriet und plötzlich kam noch ein weiterer Mann mit einer schwarzen Kutte hinzu. Die drei gingen auf die Empore. Nach einiger Zeit sah Susi eine strahlende Ilse wieder: „Na Glück gehabt?“ fragte Susi.

„Und wie!“ strahlte Ilse. „Ein **Botticelli, »Die Anbetung der Heiligen drei Könige«**, dieses riesige Bild 175 x 280 cm und den **Andrea del Verocchio, »Die Taufe Christi«**, ebenfalls so ein riesiges Bild 180 x 152 cm, dazu noch den **Pietro Perugino, »Der Gekreuzigte zwischen Maria und Johannes und die Heiligen Hieronymus und Maria**

Magdalena«. Diese riesige Triptychon-ähnliche Tafel. Anscheinend für eine oder mehrere Kirchen in der Slowakei.

Was für ein Glück, dass ich am Freitag mir alle Beschreibungen genau durchgelesen habe. So konnte ich mit meinem Wissen so richtig angeben."

Auch die Übrigen schienen gute Erfolge zu haben. Ilse war schon wieder im Gespräch und so, wie es aussah, kam sie gut ins Geschäft.

Dann sah Susi Gina und ging zu ihr: „Na, Gina, welchen Eindruck hast du?"

„Du, Susi, ich hab schon manche unserer Verkaufsausstellungen gesehen, aber diese ist einfach einmalig. Wie habt ihr das fertig gebracht? Alles so ruhig und trotzdem scheint ihr viel zu verkaufen. Die ganze Inszenierung ist einfach großartig. Gratuliere euch!"

So oder ähnlich waren alle Auskünfte, die Susi von ihren Mitarbeitern bekam. Irgendwann sah sie Moritz im Gespräch mit Vincenzo Ghirlandi. Es schien ein ernstes Gespräch zu sein und Susi wollte nicht stören.

Die Zeit lief. Pünktlich um 13 Uhr kam die Durchsage zur Schließung der Vernissage und die letzten Gäste verließen die Ausstellung um 13:15 Uhr, wie geplant.

Zontini und Carlo gingen zu Frau Gerner, die schon die Zahlen der Umsätze vor sich hatte. Schnell überschlug Carlo das Ergebnis und stellte begeistert fest: „Über 430.000 Euro Umsatz. Das ist fantastisch."

Es wurde hektisch. Alle mussten mithelfen zu reinigen, die Stühle neu einzustellen und alles für die nächste Session vorzubereiten. Man rechnete mit 250 Gästen und war so schlau, für 300 Gäste zu bestuhlen.

Pünktlich um 14 Uhr wurde die Pforte geöffnet und man war sich gleich im Klaren, auch 300 Stühle würden nicht reichen. So kam es auch. Viele Gäste mussten leider stehen. Susi schätzte, dass sicherlich 400 Besucher gekommen waren.

Man traf sich, wie verabredet im Konferenzsaal des Klosters. Es waren anwesend: Kurienkardinal Vincenzo Ghirlandi, Professor Prantner, Gina Lorenz, Jens Gerner, Moritz Granika, Erika und Susi.

Susi stellte noch Gina vor und begann: „Monsignore Ghirlandi, Professor Prantner, liebe Kolleginnen und Kollegen, wir sind hier nur ein kleiner und daher nicht beschlussfähiger Kreis.

Deshalb einige Erklärungen: Wie wir alle wissen ist unser Unternehmen ein Verein, das den Mitarbeitern gehört. Diese Interessen werden durch ein Gremium vertreten, das derzeit aus 6 Personen besteht. Fünf Mitglieder sind hier anwesend. Leider fehlt unser Notar und Anwalt, Dieter Zeiser.

Beschlüsse und Geschäfte, die außerhalb des normalen Geschäftsablaufes sind, bedürfen der einstimmigen Bestätigung durch dieses Gremium. So auch die hier zu treffenden Entscheidungen.

Ich bin sehr zuversichtlich, dass unsere Vorschläge vom gesamten Gremium gebilligt werden. Ich hoffe, dass diese bis spätesten übermorgen vorliegt, wenn wir den hier nicht anwesenden Notar Zeiser befragen konnten.

Monsignore Ghirlandi hat uns mehrere großzügige Angebote gemacht. Dazu möchte ich jetzt Stellung nehmen und mich vor allen Dingen dafür herzlich bedanken.

Als Erstes die Eröffnung eines Ateliers des Vereins Galerie Kaiser Wiesbaden in Rom.

Wir nehmen dieses Angebot an. Einzelheiten zu diesem Angebot müssen unsere Justiziare, Steuerfachleute und Kunstwissenschaftler erarbeiten. Dazu gehören die Miete, beziehungsweise die anstelle der Miete zu leistenden Arbeiten in Form von Kopien Ihrer Exponate.

Zu dieser Vereinbarung gehören aber auch die Publikationsrechte für Ihre Exponate der Vatikanischen Museen in

Form von Gemäldekopien, Öldrucken, Drucken und Fotografien. Je klarer diese beiden Punkte gefasst werden, umso weniger Reibungspunkte oder Missverständnisse gibt es.

Wir dachten an einen Beginn unserer Arbeiten in Rom in etwa vier bis fünf Wochen – also zum 1. März. Zu Beginn eine kleine Mannschaft von drei Künstlern.

Mit der fachlichen Leitung würde ich gerne die hier anwesende Gina Lorenz beauftragen. Dies aus mehreren Gründen. Frau Lorenz ist Italienerin und spricht drei Sprachen. Sie ist seit nahezu 25 Jahren bei uns und ist eine erstklassige Kopistin. Sie hat in Rom studiert und das bei Professor Prantner. Außerdem habe ich den Eindruck, sie kommt gut mit ihm aus. Und das Wichtigste für uns, sie besitzt unser hundertprozentiges Vertrauen.

Mit der kunstwissenschaftlichen Leitung würden wir gerne Professor Prantner beauftragen. Er hatte Kontakt mit dem Gründer der Galerie Kaiser und ist uns kein Unbekannter. Auch er besitzt unser Vertrauen.

Ich würde vorschlagen, dass wir bis spätestens Mitte Februar den Vertrag unterzeichnen.

Zum zweiten Punkt:

Fertigung von Kopien Ihrer Exponate der Vatikanischen Museen. Dies braucht eine etwas längere Vorbereitungszeit. Hier müssen erst die Voraussetzungen geschaffen werden. Von heute auf morgen ist das nicht möglich. Wir sollten erst unser neues Atelier in Rom etablieren und dann die Möglichkeiten ausloten. Die von uns zu kopierenden Exponate sind Werke von großem Wert. Diese kann man nicht so ohne Weiteres transportieren, ohne Risiken einzugehen. Ich bin sicher, dass wir einen unkomplizierten Weg der Zusammenarbeit finden werden, der nicht nur risikofrei, sondern auch noch kostengünstig ist. Hier sollte man auch unsere Technik einbinden. Die digitale Fotographie bietet ganz neue Chancen.

Vielleicht können unsere Techniker bereits im März oder April nach Rom kommen, um sich die Möglichkeiten anzusehen.

Unser dritter und auch letzter Punkt dürfte der schwierigste sein. Eine Kunstfachschule oder Ähnliches auf diesem Gelände. Mein erster Gedanke war – Schuster bleib bei deinem Leisten – das heißt eigentlich ‚Nein'. Aber je länger ich darüber nachgedacht habe, umso mehr konnte ich mich mit dieser Idee anfreunden. Es gibt in Rom eine weltbekannte Kunstakademie. Es gibt weltweit großartige Kunstschulen aller Art. Aber es gibt weltweit nicht eine einzige Schule, die sich ausschließlich mit der Reproduktion von Kunst befasst. Warum, so frage ich mich, gründen wir nicht ein Institut für die Reproduktion von Kunstgegenständen?

Wir könnten dieses Experiment mit Seminaren beginnen. Ich bin sicher, dass wir über kurz oder lang nicht nur Kunstwissenschaftler für diese Idee begeistern können, sondern auch die moderne Industrie mit ihren heute so fantastischen Möglichkeiten der Reproduktion.

Was wir brauchen, ist eine kleine Expertengruppe, die diese Ideen in die Tat umsetzt. Ich bin gerne bereit, meinen Teil dazu beizutragen. Ob ich allerdings unser Gremium davon überzeugen kann, das weiß ich nicht.

Ich schlage vor, wir alle recherchieren in dieser Richtung und kommen in absehbarer Zeit zusammen, um uns mit dieser Idee neu zu befassen. Nochmals meinen herzlichsten Dank an Monsignore Ghirlandi."

Monsignore Ghirlandi stand auf, lächelte und sagte dann: „Liebe Frau Kaiser, liebe Anwesende, vielen Dank für die offenen Worte. Bevor ich zum Thema komme, ein paar persönliche Worte: Liebe Frau Kaiser, ich kenne Sie schon ein paar Jahre. Als ich mir seinerzeit mit Herrn Jonas Ihr Unternehmen angesehen habe, wollte mich Herr Jonas vorstellen. Sie waren nicht in ihrem Büro, so gingen wir in

Ihre Wohnung. Sie saßen in Ihrem Atelier und kopierten ein ziemlich großes Gemälde.

Herr Jonas und ich standen direkt hinter Ihnen. Sie waren so in Ihre Arbeit vertieft, weltabgewandt – wie in Trance, dass Herr Jonas mir durch Zeichen zu verstehen gab, sie nicht zu stören. Das Bild hat mich sehr bewegt. Ich habe in Ihren Werkstätten noch mehrere Künstler gesehen, die weltentrückt ihre Kopien fertigten. Erst da verstand ich das Geheimnis der Fertigung von Kopien in der Galerie Kaiser.

Herr Jonas erklärte mir danach, dass Sie Schweres durchgemacht hätten und über die Kunst des Kopierens wieder zu sich selbst finden würden. Ich beneide Sie und Ihre Leute um diese Gabe. Umso mehr freut es mich zu hören, dass Sie sehr besonnen auf unsere Vorschläge reagieren. Wir freuen uns auf die Zusammenarbeit mit der Galerie Kaiser, zumal mein Freund, Professor Prantner mit eingebunden wird.

Ich bin sicher, dass unsere Fachleute eine gute Lösung finden werden und der Vertrag wunschgemäß bald unterzeichnet wird.

Hinsichtlich der von mir gewünschten Kunstschule ist Ihre Idee außergewöhnlich. Es lohnt sich, darüber nachzudenken. Eigentlich war die Reproduktion für mich nie Kunst. Aber wenn ich Ihre Werke sehe und an die Worte ihres Herrn Jonas denke, dass man die Kunst einer breiten Öffentlichkeit zugänglich machen muss, so bleibt nur die Reproduktion.

Besonders als Kirche sollten wir diesen Gedanken aufgreifen. Ich will hier nicht das Mysterium der Kirche zitieren, aber ich weiß, liebe Frau Kaiser, Sie haben mit Ihrem Gedanken bei mir eine Tür zu einer neuen Form der Glaubensverbreitung geöffnet. Dafür bedanke ich mich besonders. Mit Ihrem zukünftigen Gemahl habe ich verschiedenes besprochen, er wird Ihnen davon berichten. Ich hoffe, ich sehe Sie noch oft bei uns in Rom.“

Kurienkardinal Ghirlandi entschuldigte sich, leider nicht länger bleiben zu können, er hätte noch wichtige Verpflichtungen. Er verabschiedete sich und ging.

Einen kleinen Moment der Sammlung war für alle notwendig.

Dann sagte Susi: „Auf, ihr Lieben, wir müssen noch mal in die Ausstellung um zu sehen, wie es dort läuft.

Als man in die Ausstellung kam, sahen sie eine Menschenmenge, die noch voll in Aktion war. Die Damen von der Hotelfachschule brachten immer noch Tabletts mit Sekt. Anscheinend waren die Canapés ausgegangen. Es wurde nur noch Sekt und Weißwein gereicht. Selbst Orangensaft sah man keinen mehr. Susi erwischte Mike; „Na, Mike, wie läuft's?"

Der sagte nur: „Komm, bleib einen Moment bei mir stehen, das heute Nachmittag wer der reinste Wahnsinn. Ich glaube, wir hatten mehr als 400 Leute. Anscheinend hat Zontini alle Neureichen Roms herbestellt. Wenig Ahnung von Kunst, aber anscheinend viel Geld. Ich weiß nicht, was alles verkauft wurde, aber viel bleibt nicht mehr übrig.

Antons Lager wird leer, das ist sicher. So, aber jetzt muss ich wieder. Es wird in jedem Fall später als 19 Uhr mit dem Ende der Ausstellung, sorge dafür, dass das Abendessen im Hotel auf 21 Uhr verlegt wird. Ciao, Susi!", und weg war Mike.

Susi ging in die Sakristei. Dort fand sie Vera mit vier anderen Herren beim Spülen der Gläser.

Susi: „Hallo, Vera, du brauchst nicht viel zu sagen, sehe schon, es hat euch überrollt. Wo habt ihr denn den Sekt her?"

Vera lachte: „Einer der Fachschüler ist der Sohn eines Weinhändlers, der hat das Zeug besorgt. Sonst wären wir schon seit einer Stunde ohne Getränke. Die Leute müssen das Zeug nicht nur trinken, die saufen."

Susi lachte jetzt auch: „Da sei unbesorgt, dein Stern Mike kann kaum noch. Der meint auch, es sei Wahnsinn."

Als sie aus der Sakristei kam, traf sie Professor Prantner. Sie bat ihn, im Hotel zu regeln, dass man erst nach 21 Uhr zum Abendessen kommen könne. Er versprach, das sofort zu machen. Auch er war von dem großen Erfolg überrascht.

In einer Nische sah sie Jens Gerners Frau an einem kleinen Tischchen mit einer Rechenmaschine. „Maria, was machst du denn?"

Frau Gerner lachte: „Das mache ich schon seit der zweiten Vernissage. Man bringt mir zwischendurch immer wieder die Aufträge und ich addiere sie. Heute Nachmittag ist's schlimm. Ich wage keine Schätzung, aber es wird mit Sicherheit die umsatzstärkste Veranstaltung."

Susi ging in die Krypta, um zu sehen, ob die überhaupt besucht wurde. Dort fand sie Carlo im interessierten Gespräch mit zwei Herren. Anscheinend auch Interessenten.

Sie sah Gina im Gespräch mit Moritz und stellte sich dazu. „Na, ihr beiden, auch so überrascht wie ich?"

Moritz knurrte nur: „Unwahrscheinlich dieser Kaufrausch. Dabei handelt es sich ja um enorme Beträge. Gina und ich fragen uns nur, wie man schnell nachproduzieren kann. Es wird zwar nicht unser ganzes Lager geräumt, aber es wird Engpässe geben."

„Seht nicht zu schwarz", lachte Susi, „besser als umgekehrt. Stellt euch vor, diese fünf Vernissagen wären ein Schlag ins Wasser gewesen. So gefällt es mir besser."

Sie schauten dem Treiben noch etwas zu, dann fragte Susi: „Gina, bist du mit dem bisherigen Ergebnis zufrieden? Kannst du dich so rasch und komplikationslos von deinen Kindern und uns trennen?"

Versonnen schaute Gina: „Beides wird mir schwer fallen. Aber Wiesbaden liegt ja nicht auf dem Mond. Ich bin die Strecke oft gefahren, es sind ziemlich genau 1.300 km. Außerdem gibt es heute sehr preiswerte Flugangebote.

Bei uns in Wiesbaden ist das alles so einfach und unkompliziert und hier fange ich bei Null an. Ich bin kein feiger Mensch, aber Angst habe ich doch ein bisschen. Du und Anton, ihr müsst mir anfangs sicherlich viel helfen. Ein Trost für mich ist die Zusammenarbeit mit Professor Prantner. Der ist ein Könner und zugleich ein liebenswerter Mensch. Aber ich werde das schaffen."

„Gina!", Susi nahm ihre Hand, „mache dir nicht zu viel Gedanken. Eine Anlaufzeit wirst du haben und auch brauchen. Auch mir ist noch unklar, wie wir das im Einzelnen regeln. Besonders der technische Teil macht mir gedanklich zu schaffen. Wir müssen uns computermäßig arrangieren, sonst klappt unser ganzes System nicht. Professor Prantner kann sich das nicht so vorstellen. Wahrscheinlich muss er zumindest für ein paar Tage nach Wiesbaden kommen, um unser System kennenzulernen. Hätte ich die Möglichkeit, auf Hilde zurückzugreifen, so könnte man ihr das übertragen, aber du weißt, in spätestens acht Wochen kommt die kleine Susi zur Welt und so ist das nicht möglich. Aber ich bin mir sicher, wir finden einen Weg, alles zu lösen."

Gina drückte Susis Hand: „Danke dir, ich weiß, ihr helft mir alle, ich weiß auch, dass ich mich auf all meine Kollegen und Kolleginnen verlassen kann.

Bevor du kamst, hab ich schon mit Moritz darüber gesprochen. Er hat mir versprochen, alles zu tun, was in seiner Macht steht, um mir und auch meinen Kindern zu helfen, wenn wir das wollen. Ich springe jetzt einfach ins kalte Wasser und es müsste mit dem Teufel zugehen, wenn wir das gemeinsam nicht zum Erfolg führen könnten."

Mit einer Viertelstunde Verspätung kam die erste Durchsage, dass die Ausstellung in 15 Minuten schließen würde. Es sah aber nicht so aus, als würde irgendwer die Ausstellung verlassen. Man musste die Durchsage noch zweimal wiederholen. Endlich um 19:30 Uhr mit einer halben Stunde Verspätung konnte man die letzten Gäste verabschieden.

Carlo und Zontini gingen zu Frau Gerner und brachten ihr die letzten Aufträge. Schnell war addiert. Die letzte Vernissage brachte einen Umsatz von fast 800.000 Euro. Das hatte niemand erwartet.

Schnell nahm Carlo die Rechenmaschine und tippte die genauen Zahlen der letzten Tage ein.

Carlo in seiner Euphorie verkündete laut:

„Bei unserer letzten Vernissage haben wir 778.400 Euro erreicht. Insgesamt haben wir einen Umsatz von 2.422.200 Euro in den letzten drei Tagen zu verzeichnen. Herr Zontini und ich bedanken uns bei allen, die daran mitgearbeitet haben. Das ist ein Ergebnis, das wir nie erwartet hätten. Mille Grazie, Vielen Dank, Thank you, Merci euch allen." Carlo war ganz aus dem Häuschen. Er konnte die eben errechneten Zahlen immer noch nicht fassen.

Auch alle Übrigen waren von diesen Zahlen überrascht und erfreut. Carlo lud alle Mitarbeiter und alle noch Anwesenden zu einem Glas Prosecco ein und es gab einen schönen und beschwingten Abschluss.

Während die Helfer sich an das Aufräumen der Ausstellung machten und versuchten, wieder Ordnung in den großen Raum zu bringen, lud Susi die Mitarbeiter der Galerie Kaiser zu einem Abschiedsessen in ihr Klosterhotel ein.

Professor Prantner hatte nicht nur die Reservierung zeitgemäß umbestellt, er hatte dafür gesorgt, dass im Speisesaal eine lange Tafel aufgebaut war und hatte im Einverständnis mit Susi noch die beiden Mitarbeiter Zontinis von der ‚Academia di belle arti' eingeladen.

So traf man sich um 21 Uhr bei einem festlich geschmückten Tisch im Speisesaal des Klosterhotels. Susi und Professor Prantner hatten mit dem Service verabredet, dass man nach der Vorspeise eine Pause einplanen solle, damit Susi ein paar abschließende Worte sagen kann.

Als Vorspeise wurde Pasta serviert, man unterhielt sich gut und als abgedeckt war, stand Susi auf:

„Liebe Freunde, wir waren jetzt einige Tage zusammen. An dieser Tischrunde darf ich neu begrüßen: Gina Lorenz, unsere langjährige Mitarbeiterin, die voraussichtlich unser Atelier in Rom leiten wird. Professor Francesco Prantner, der wahrscheinlich die kunstwissenschaftliche Seite unserer Aktivitäten in Rom begleiten wird. Die Herren Professoren Zarantola und Crobu von der ‚Academia di belle arti', die uns bei der dreitägigen Ausstellung eine außergewöhnliche Hilfe waren und wir hoffen, dass wir noch öfter ihre Dienste in Anspruch nehmen können.

Allen hier sage ich einen Dank für euren selbstlosen und teilweise aufopfernden Einsatz, der zum Gelingen dieser Sessionen beigetragen hat.

Lieber Herr Zontini, lieber Carlo, wer von uns hätte vor wenigen Monaten gedacht, dass wir heute schon eine so erfolgreiche Ausstellung durchführen können? Euren Vorbereitungen ist es zu verdanken, dass diese Show – und es war eine solche – gelungen ist. Wie sagte heute Abend beim Ende der Ausstellung unser Carlo so schön: Mille Grazie, Vielen Dank, Thank you, Merci!

Wir alle haben einen Gönner beim Vatikan gefunden. Seine Eminenz Vincenzo Ghirlandi war leider heute Abend verhindert, bei uns zu sein. Er lässt euch grüßen und ich soll euch sagen, er bewundert euren Einsatz und unser aller Können. Noch zwei Dinge muss ich erwähnen: In den letzten zwei Tagen hat unsere Ilse Bach ihre Feuertaufe erlebt und mit Bravour bestanden. Ich weiß, es war ein gewaltiger Schritt von ihrer bisherigen Tätigkeit zu unserer Darstellung von Kunst. Danke!

Und als Letztes: Ich verneige mich vor euch für das, was ihr in den letzten Tagen geleistet habt und vor allem für euer immer währendes, unermüdliches Schaffen zum Wohle unseres Unternehmens. Danke!"

Man applaudierte, freudig und stolz.

Zontini stand auf:

„Liebe Frau Kaiser, liebe Kollegen, gestattet mir nur wenige Worte. Vor einigen Monaten dachte ich, einer feindlichen Übernahme erlegen zu sein. Aber damals hatte ich keinen anderen Ausweg und so musste ich mich mit Frau Kaisers Vorschlägen einverstanden erklären. Heute weiß ich, ich bin bei Freunden und nur ihre Vorschläge haben das alles möglich gemacht. Ihnen und allen Mitarbeitern der Galerie Kaiser meinen herzlichsten Dank.

So, aber jetzt will ich Sie nicht länger vom Abendessen abhalten. Ich wünsche Ihnen einen guten Appetit."

Wieder ein Applaus.

Das Hauptgericht wurde serviert und es wurde ein angenehmes Zusammensein.

Es war schon kurz vor Mitternacht, als Susi laut in die Runde sagte:

„Ihr Lieben, noch mal Danke, Moritz und ich wollen uns verabschieden. Kommt alle gut nach Hause. Alle die mit uns zurückfliegen, schon jetzt einen guten Flug.

Arrivederci in Wiesbaden und buona notte!"

Susi hakte sich lachend bei Moritz ein und verließ winkend die fröhliche Runde.

Susi

+

St. Petersburg

Wiesbaden

Es war ein trüber Montag im Januar. Susi und ihre Begleiter waren wohlbehalten am Frankfurter Flughafen gelandet und der große Erfolg in Rom machte sie alle beschwingt und froh. Die abholenden Kollegen begrüßten sie herzlich und man fuhr in die Wiesbadener Taunusstraße. Alle waren gespannt auf die Berichte von der Ausstellung in Rom.

Susi vertröstete: „Lasst uns bis heute Abend warten, wie immer bei mir in der Wohnung. Moritz und ich möchten uns erst mal frisch machen und auspacken und alle Übrigen wollen das sicher auch. Hilde will garantiert noch die Übergabe machen, denn beide müssen morgen Früh wieder nach Solingen fahren. Also bis nachher."

So löste sich die kleine Gruppe schnell auf.

Hilde sagte noch: „Susi, ich warte auf dich im Büro. Einiges muss ich persönlich weitergeben. Vielleicht ist es gut, wenn Moritz dabei ist. Bis gleich."

Keine dreißig Minuten später standen Moritz und Susi bei Hilde im Büro. „Menschenskinder", sagte Hilde, „das waren wieder mal richtig schöne Tage. Es war viel zu tun, aber es machte mir viel Spaß. So, jetzt lasst euch erklären."

Hilde hatte einen ganzen Block voller Notizen und sie begann mit den Einladungen zur Hochzeitsfeier, dann kam der Besuch aus den USA zur Präsentation der Ikonostasen für die orthodoxen Kirchen in den USA. Hilde berichtete über die vielen Bestellungen und schloss ihren Bericht mit den Worten:

„Wir waren so richtig in Aktion. Was mir aufgefallen ist, wir verkaufen relativ viel Öldrucke. Das war zu meiner Zeit nicht so. Sind die neu?"

Susi lacht: „Hilde, das hab ich vergessen dir zu sagen.

Seit drei Monaten befassen wir uns damit und das scheint ein neuer Markt zu sein. Wer hat das Zeug bestellt?“

„Alles Firmen, die ich nicht kenne“, sagte Hilde. „Einmal ein Laden in Italien, irgendwo an der Riviera, eine Firma in Paris, ein Unternehmen irgendwo in Holland und eine Fabrik in Wuppertal. Alle Namen hatte ich noch nie gehört. Lediglich die Fabrik in Wuppertal ist bei uns im Computer, die restlichen Firmen sind Neukunden. Keine Ahnung, woher die unseren Katalog haben. Alle sprachen gut Deutsch. Bei den Neukunden habe ich Vorauskasse verlangt. Da es Händler waren, habe ich die üblichen Rabatte zugesagt.“

Susi sagte nachdenklich: „Es ist schon eigenartig, alle verlangen Öldrucke der bekanntesten und berühmtesten Gemälde der Welt. Unsere Öldrucke sind wirklich beeindruckend. Manchmal könnte man sie mit unseren Kopien oder gar den Originalen verwechseln. Hast du dir die Dinger mal angesehen?“

„Na klar!“, sagte Hilde. „Musste ich doch. Die sehen wirklich toll aus und kosten so wenig. Sind leicht zu verwechseln. Habe nachgeschaut, jedes einzelne Exemplar ist nummeriert und auch gezeichnet. Die technische Abteilung arbeitet mit Hochdruck. Die jammern schon. Wenn du wieder eine Vertretung brauchst, du weißt ja, wo ich zu kriegen bin. Heute Abend freue ich mich schon auf den Bericht über Rom. Ist sonst noch was zu tun?“

Susi: „Nur noch eine Bitte, lade doch Dieter Zeiser für morgen um 10 Uhr zu einer Sitzung des Gremiums. Alle anderen erreichen wir heute Abend.“

Hilde übergab ihre Unterlagen, dann gingen alle in Susis Wohnung, um den Aperitif vorzubereiten. Hilde hatte für ein Abendessen gesorgt und um sechs waren alle, die aus Rom zurückgekehrt waren und die Übrigen der normalen Abendrunde, versammelt.

Als alle ihren Drink hatten, begann Susi: „Es ist schön, wieder zu Hause zu sein und noch schöner, euch gute Neuigkeiten berichten zu können. Willkommen, liebe Gina, in unserer Runde. Wir alle kennen Gina und ich verrate kein Geheimnis, sie ist länger bei der Galerie Kaiser als ich. So, wie es aussieht, wird Gina unser neues Atelier in Rom leiten und wir alle sollten ihr dazu viel Glück und Erfolg wünschen." Man applaudierte und Gina nahm die vielen Glückwünsche entgegen.

Susi fuhr fort: „Die Hälfte der hier Anwesenden war mit in Rom und so beschränke ich mich auf das Wesentlichste.

Unsere Filiale in Rom hat eine alte Klosterkirche gemietet, die mit Wohlwollen des Vatikans als Ausstellungsraum umfunktioniert wurde. Unser Herr Zontini hat mit Carlo Steiner zusammen daraus eine Lichtershow gemacht, die überwältigend war. Wir hatten fünf Vernissagen, die Dank der hervorragenden Organisation zu einem vollen Erfolg wurden. Wir haben fast zweieinhalb Millionen Euro umgesetzt. Ein Umsatz, der auch in unserem Unternehmen nicht alltäglich ist. Ein ganz großes Dankeschön!

Für euch alle jetzt einen schönen Abend."

Susi ging zu Petra und Ilse und fragte: „Na, was machen unsere beiden Kinder Anna und Ben, waren sie brav?"

Petra antwortete ganz versonnen: „Die letzten vier Nächte waren die Kinder zufrieden und brav und heute Nacht wird es auch so sein. Jo hat sich erbarmt und die Geschichte von dem kleinen Indianerjungen endlos fortgesponnen. Du wirst sehen, spätestens um sieben oder halb acht sind sie hier und fordern die Fortsetzung. Jo hat auch die richtige Art, das kindgerecht zu erzählen. Die Story ist wirklich spannend. Ich hätte das auf Band aufnehmen sollen. Diese winzigen Erlebnisse begeistern unsere Zwei. Wenn ihr könnt, hört sie euch heute Abend an."

Susi sah Mike im Gespräch mit Jo und ging zu ihnen.

„Na, Jo!" Susi lachte, „Du bist jetzt unter die Märchenerzähler gegangen. Wie gefällt dir der Job?" Auch Jo musste lachen: „Die Zwei sind zum Knuddeln. Wenn sie mich mit ihren großen Augen ansehen, dann werde ich weich wie Wachs. Das Schöne ist, mir macht die Geschichte langsam selber Spaß. Du hast vorhin gesagt, Ilse hätte ihre Feuertaufe bestanden. Wie kam's?"

Susi wurde ernst: „Mike kann dir das sicher besser erzählen als ich. Was meinst du, Mike?"

„Ilse war zweifelsohne vom Fluidum dieser Ausstellung angesteckt. Sie kann sich in diesem Metier bewegen und hat von Kunst eine Ahnung. Ich glaube, sie hat das Zeug, verkaufen zu können und sie passt zu uns. Jo, ich müsste mich irren, wenn du nicht gut mit ihr zusammenarbeiten würdest."

Mike erzählte Jo noch von der Ausstellung und Susi ging zu Franz, Alena, Maxim und Boris, die sich in eine Ecke zurückgezogen hatten.

Maxim gab Susi ein neues Glas mit der Bemerkung: „Es ist nur Limonade darin, du kannst ruhig trinken. Susi, ich muss dich spätestens übermorgen noch mal sprechen. Der Besuch unserer Kunden aus den USA rückt jeden Tag näher und ich muss wissen, ob ich die Herrschaften einladen darf; außerdem würde ich mit denen gerne die orthodoxe Kirche hier in Wiesbaden besuchen. Das allerdings wird mit einer Spende verbunden sein. Ich hätte da gerne freie Hand."

„Maxim", sagte Susi, „du bist jetzt schon mehrere Monate bei uns, du weißt, wie das läuft. Du hast freie Hand. Sprich es aber mit Anton und Mike ab. Ich bin da die falsche Person. Das ist ein Millionenauftrag, da ist die Bewirtung der Gäste eine Selbstverständlichkeit. Wenn die Herrschaften sich eines unserer Gemälde oder Skulpturen aussuchen wollen, so mach das. Außerdem wird Mike dabei sein. Auch Anton wird sich noch kümmern. Also keine Angst." Maxim bedankte sich und sagte, dass sowohl seine Frau als auch die Frau von Boris zur Hochzeitsfeier kommen würden.

Hier hakte Alena ein: „Susi, ich muss mich bei euch bedanken. Ich freue mich so, dass meine Mutter und auch meine beiden Brüder kommen dürfen. Franz hat schon alles mit der Unterbringung geregelt. Wir holen sie am Flughafen ab und sie bleiben ein paar Tage. Ich freue mich riesig."

Franz meinte trocken: „Mal sehen, wie alles läuft. Alenas Mutter wird bei uns schlafen. Alenas Brüder müssen bei Hugo bleiben. Aber das werden wir schon schaukeln."

Susi fragte: „Erzählt, wie waren die letzten Tage hier?"

Alena und Franz wie aus einem Mund: „Stressig, der Donnerstag ging noch, aber am Freitag und Samstag, sogar heute, war es ziemlich turbulent. Ich weiß gar nicht warum, aber sowohl am Freitag als auch Samstag hatte ich Kunden aus Polen, Holland und Norddeutschland, die Öldrucke kauften. Ich habe schon mit Hilde gesprochen, der ging es am Telefon genauso. Ich habe die Kunden gefragt, was sie damit anfangen wollen. Die Auskunft war überall die gleiche - Hotelausstattung oder Gebäudeausstattung. Die Verkäufe der Öldrucke waren etwas eigenartig."

Susi: „Franz, du hast Recht, mir schmeckt die Sache auch nicht. Hilde hat mir schon berichtet. Der ging es wie dir. Hoffentlich werden unsere Öldrucke kein Eigentor."

Susi unterhielt sich noch einen Moment und ging dann zu Erika, Hilde, Anton und Erich, die sich unterhielten.

„Hallo ihr Lieben", lachte Susi, „ihr schmälert meine Sektvorräte."

Hilde lachte auch: „Ich würde gerne, aber ich darf nicht."

„Sag mal Anton", sagte Susi, „hast du auch schon gehört, dass auf einmal unsere Öldrucke so gefragt sind?"

Anton ernst: „Allerdings. Hilde hat eben berichtet und heute war ich noch in der Galerie, meine Damen haben das auch behauptet. Sie sagten, jetzt sei kein Stück mehr auf Lager. Wir müssen uns morgen darüber unterhalten. Entweder wir sind zu billig, oder es ist der allgemeine Wohlstand ausgebrochen. Verstehen tue ich das nicht."

Hilde und Erika meinten: „So jetzt müssen wir uns langsam ans Vorbereiten des Abendessens machen", und verschwanden in der Küche.

Susi sah Ben mit Anna kommen. Zielstrebig gingen sie auf Jo zu und die beiden sagten: „Onkel Jo, komm, du hast versprochen, uns die Geschichte vom kleinen Indianerjungen rote Feder weiterzuerzählen. Kommst du?“

Jo nahm die beiden Kinder auf den Arm und ging eine Etage tiefer zu Petra, die schon vorgegangen war. Susi und Ilse folgten, sie wollten sich das Märchen auch anhören.

Jo machte das prima. Er fragte die beiden Kinder: „Seid ihr gewaschen? Habt ihr auch die Zähne geputzt?“ und als diese das bejahten, legte er sie ins Bett und begann:

„Ich hab euch gestern erzählt, wie der kleine Indianerjunge nachts aufgewacht ist. Es war nicht ganz finster, denn der Mond schien durchs Fenster. Der Junge zog sich an, machte die Zimmertür auf und ging langsam durchs Haus. Er ging die Treppe hinunter und schloss die Wohnungstür auf. Ganz leise schlich er aus dem Haus und ging auf die Straße. Auf einmal hörte er einen Ruf: ‚Uuh huu huuu‘. Das war ein gruseliger Ruf. Und schon wieder: ‚Uuh huu huuu‘. Es war unheimlich, aber der kleine Indianerjunge war tapfer. Obwohl er eine Gänsehaut hatte, schaute er sich um und entdeckte im Baum über sich eine Eule, die schon wieder rief: **‚**Uuh huu huuu**‘.** Da fragte der kleine Indianerjunge die Eule: **‚**Sag mal, warum schreist du denn so unheimlich, dass sich alle Leute fürchten müssen?**‘.** Die Eule schaute auf den kleinen Indianerjungen Rote Feder, machte: **‚**Uuh huu huuu – das ist unsere Eulensprache, die können nur wir verstehen – aber du bist von zu Hause fortgegangen, ohne deine Eltern zu fragen - sofort gehst du nach Hause – Uuh huu huuu‘. Der kleine Indianerjunge hatte ein ganz schlechtes Gewissen und lief sofort nach Hause und legte sich wieder in sein Bett. Und morgen erzähle ich euch beiden, was der kleine Indianerjunge nach dem Frühstück gemacht hat. Jetzt ist die Geschichte aus und ….“

Die beiden Kinder schliefen tief und fest. Jo hatte drei Zuschauer und lachte: „Das macht mir richtig Spaß“.

***

Um halb neun am Dienstagmorgen saßen Susi, Moritz, Hilde und Erich am Frühstückstisch.

Hilde sagte: „Einerseits bin ich traurig, dass wir fahren müssen, andererseits freue ich mich schon auf mein zu Hause in Solingen. Aber bevor ich es vergesse, ich habe gestern Abend noch kurz mit Mike gesprochen. Als wir von der Waffenschmiede Meyer in Solingen die Formen und Muster der Militaria übernommen haben, waren mehrere Kisten mit Gussformen und Prägestempeln dabei. Ich konnte sie noch nicht ganz durchsehen, aber ich weiß, es sind die Formen zum Prägen der deutschen Orden und Ehrenzeichen des Dritten Reiches. Aber wartet mal, ich hab eines mit."

Hilde ging, um das Abzeichen zu holen. Als sie wiederkam erklärte sie: „Das ist das bekannte und berühmte Ritterkreuz mit Eichenlaub, Schwertern und Brillanten. So wie es in den Jahren 1942 – 1945 verliehen wurde. Ich habe mich erkundigt, es soll mit über 75.000 Euro gehandelt werden."

Hilde zeigte diesen Orden, der ein Kreuz darstellte, in der Mitte ein Hakenkreuz, darunter die Jahreszahl, darüber ein schwarz-weiß-rotes Band mit dem Eichenlaub, den Schwertern und dem Brillanten.

Moritz war wie elektrisiert und fragte: „Hat Mike das Kreuz schon gesehen?" Als Hilde verneinte, fragte er:

„Hilde, kannst du mir das Ritterkreuz hierlassen? Ich muss das mit Mike besprechen. Für diese Ehrenzeichen gibt es einen riesigen Markt. Hilde, Erich, ich glaube, dass ich euch noch diese Woche mit Mike besuchen werde."

Susi lachte: „Da schaut euch Moritz an, der sich zur Ruhe setzen will. Aber auch ich kann mir vorstellen, dass es dafür einen Markt gibt. Diesmal muss Moritz allein nach

Solingen fahren. Ich kann nicht mitkommen, mein Schreibtisch verlangt einfach meine Anwesenheit hier."

Sie sprachen noch über die Fertigung von Orden und Ehrenzeichen, bis Erich sagte: „Um neun wollten wir fahren, jetzt ist es schon viertel nach neun, ich glaube, wir müssen."

Die Verabschiedung ging relativ schnell.

Langsam gingen sie nach oben, um das Treffen des Gremiums vorzubereiten. Um zehn war das Gremium in Susis Büro versammelt.

Erika fragte nach Getränkewünschen und nach einem allgemeinen Gespräch eröffnete Susi die Konferenzrunde:

„Vielen Dank, dass ihr heute Morgen Zeit hattet, zu kommen. Mit Ausnahme von Dieter wissen wir alle von dem großen Erfolg unserer Veranstaltung in Rom.

Warum ich euch hierher gebeten habe, ist eine Entscheidung über das Angebot des Vatikans und noch einige andere Punkte, die wir diskutieren müssen."

Nun erklärte Susi allen Anwesenden nochmals das Angebot Monsignores Ghirlandis und versäumte nicht, entsprechende Lösungen vorzuschlagen.

Es folgte eine sehr konstruktive Diskussion aller Beteiligten, die damit endete, dass man sich dafür entschied, das Angebot anzunehmen. Notar Dieter Zeiser, Jens Gerner und Anton Jonas sollten zu diesem Zweck nach Rom fahren.

Nachdem man sich in diesem Punkt einig war, sagte Susi: „Ich habe Erika gebeten, für das Protokoll die Tagesordnungspunkte schriftlich vorzubereiten." Sie übergab jedem Teilnehmer ein Blatt mit diesen Punkten:

1.) Der Verein plant ein Atelier zur Herstellung von Reproduktionen von Exponaten der Vatikanischen Museen in Rom. Dies in Rom.

2.) Mit der Leitung dieses Ateliers wird Frau Gina Lorenz beauftragt, die einen neuen Vertrag erhält. Sie wird von ihrem Vertrag in Wiesbaden entbunden.

3.) Für dieses Atelier sind vorerst zwei weitere Künstler einzustellen oder von Wiesbaden nach Rom zu versetzen.

4.) Die Geschäftsleitung wird ermächtigt, zwei bis drei weitere Künstler zur Reproduktion von Gemälden einzustellen, dies für Rom oder für Wiesbaden mit einem Vertrag als sogenannte freie Feste.

5.) Mit der künstlerischen und gutachterlichen Arbeit in Rom wird Professor Francesco Prantner beauftragt, gemäß den üblichen Verträgen.

6.) Die Herren Dieter Zeiser, Jens Gerner und Anton Jonas werden beauftragt, entsprechende Verträge mit den Vatikanischen Museen zu schließen.

Als alle gelesen hatten, fragte Susi in die Runde: „Habe ich noch etwas vergessen?“ Und als sich niemand meldete, fragte sie die Herren:

„Seid ihr mit diesen Punkten einverstanden?“

Alle Herren bejahten. Dann stellte Susi fest:

„Die vorgenannten Punkte sind einstimmig beschlossen. Danke euch.“

Nachdem Erika Kaffee nachserviert hatte, begann Susi:

„So, jetzt habe ich noch ein heikles Thema. Seine Eminenz Ghirlandi stellt sich in diesem Klostergebäude so eine Art Kunstschule vor. Ich habe das schon abgelehnt. Aber je länger ich mir die Sache überlege, hat sie vielleicht doch etwas Gutes. Ich könnte mir ein Institut für die Reproduktion von Kunstgegenständen vorstellen. Wir brauchen heute kein Ergebnis, aber wir sollten darüber nachdenken.“ Wieder gab es eine Diskussion und sie vertagten diesen Punkt.

Susi begann wieder: „Ich weiß, Moritz und Mike haben noch etwas auf dem Herzen. Ich habe nur noch einen letzten Punkt: Wir haben im November des letzten Jahres damit begonnen, unsere technische Abteilung aufzuwerten und haben viele unserer Gemälde als Kunstdruck und als Öldruck angeboten. Während der Kunstdruck wenig gefragt ist, ist der

Öldruck nicht nur sehr gefragt, wir haben heute Lieferzeiten bis zu drei Monaten. Bis auf ein Unternehmen in Wuppertal sind alle anderen Käufer Neukunden. Entweder wir haben hier eine Marktlücke entdeckt, oder wir sind gegenüber unserer französischen Konkurrenz zu billig, oder hier geschieht etwas, was ich noch nicht beurteilen kann. Was ist, wenn man uns mit den Öldrucken durch einfaches, geringfügiges Verändern der Bilder Konkurrenz macht? Ich habe ein ungutes Gefühl."

Sie sprachen noch kurz über diesen Punkt, allerdings schätzte man das Risiko nicht so hoch ein wie Susi.

Dann kam Moritz: „Ich habe hier ein Ritterkreuz mit Eichenlaub, Schwertern und Brillanten aus dem Jahr 1944. Soweit ich weiß, wird es mit 75.000 Euro gehandelt." Er reichte das Kreuz herum.

Dann fuhr Moritz fort: „Mike hat das Projekt Militaria gestartet und es läuft hervorragend. Wenn ich richtig informiert bin, geht die dritte, große Sendung in etwa zehn bis vierzehn Tagen nach den USA. Die Waffenschmiede Meyer in Solingen, die uns seinerzeit die Werkzeuge für die Schwerter, Degen, Dolche lieferte, hat Erich und Hilde unter anderem drei große Kisten mit Werkzeugen zur Herstellung deutscher Orden und Ehrenzeichen übergeben. Hilde hat sich dieser Kisten angenommen und festgestellt, dass ein Vermögen darin verborgen ist. Wie gesagt, allein dieses Ritterkreuz wird mit 75.000 Euro gehandelt. Ich bin fast in Goldgräberstimmung. Wenn die Kisten die Formen und Prägestempel dieser Ehrenzeichen aus dem Deutschen Reich enthalten, kann man damit ein Vermögen machen. Ich schlage vor, dass Mike und ich im Laufe der nächsten Tage nach Solingen fahren und uns diese Kisten einmal ansehen."

Hier knüpfte Mike an: „Hilde hat mir gestern Abend schon kurz etwas erzählt. Sollte es sich bewahrheiten, dass diese Kisten die Formen und Prägestempel der Hoheitszeichen aus der Nazizeit enthalten, wäre das für uns alle ein

Riesengeschäft. Nicht nur in den USA, überall sind diese Zeichen gefragt. Moritz, wir fahren schnellstmöglich nach Solingen, das muss ich einfach sehen. Seid ihr alle damit einverstanden, dass wir uns dieser Sache annehmen?“

Als alle bejahten, sagte Susi: „Nachdem wir jetzt unsere Mittagszeit fast überschritten haben, darf ich euch zum Mittagessen einladen?“ Alle waren einverstanden und sie gingen wie immer zu Giovanni.

Wuppertal

Wolfgang Zeller, Bart van de Velde und Paul Vermeylen saßen zusammen in der neuen **Galerie artis opus in Wuppertal**. Es war ein Raum, der bereits elektrisches Licht hatte und er wurde mit einem Radiator elektrisch beheizt. Alles machte noch einen sehr nackten Eindruck. Lediglich am Eingang des Hauses glänzte ein goldfarbenes Schild:

Galerie artis opus
Wuppertal

Wolfgang berichtete seinen Kumpanen Bart und Paul: „Ihr habt gesehen: Wir haben Strom, Wasser und, wenn alles klappt, können wir in einigen Tagen nach hier ziehen. Lasst euch berichten: Um die Heizungsanlage kümmert sich eine Installationsfirma. Sie hat sich alles angesehen. Bis auf einige Kleinigkeiten sind die Heizkörper in Ordnung. Auch die Heizungsanlage können wir noch bis zum Sommer betreiben, dann muss sie erneuert werden. Die Ölbehälter im Keller sind dicht. Morgen bekommen wir Öl. Die Elektroanlage können wir im Moment noch betreiben, muss aber dann gänzlich erneuert werden. Ihr habt gesehen, die Polen haben mit den ersten Renovierungsarbeiten begonnen. Wir arbeiten von oben nach unten. Der polnische Architekt ist Klasse. Er zeichnet die Pläne. Für uns habe ich die Wohnungen im 2. Stock vorgesehen. Also hier läuft alles auf Hochtouren.

So, nun zum Geschäft. Ich habe veranlasst, dass wir alles an Öldrucken der Galerie Kaiser aufkaufen. Gott sei Dank gibt es noch Freunde. Unser Freund aus Minsk hat sich die Öldrucke angesehen. Er ist im Moment auch im Seitenflügel. Geht mal nach drüben und schaut euch an, wie er das macht. Nur einen Trockenofen brauchen wir noch. Mit wenig Arbeit kriegen wir fantastische Kopien. Schwierig von den Originalen zu unterscheiden.

Wir machen die Beschreibung der Exponate wie die Galerie Kaiser, indem wir Expertisen zu den Bildern in einer Lasche auf der Rückseite des Bildes anbringen. Als ich bei Kaiser war, habe ich mir alle Bildbeschreibungen und Gutachten kopiert. Diese Arbeit bleibt uns erspart. Wir übernehmen einfach die Texte und die Gutachten testiert ihr.

Wir brauchen lediglich noch jemanden, der die Texte in den Computer eingibt und entsprechend ausdruckt. Ich weiß, es geht alles etwas schnell, aber wenn wir in einigen Wochen unsere Ausstellung eröffnen wollen, dann eilt das. Aber jetzt verratet mir, wie seid ihr vorangekommen?"

Bart begann mit seiner Schilderung: „Eigentlich war alles ein Kinderspiel. Ich hätte mir mit den Vorbereitungen in Solingen nicht so viel Mühe machen müssen. Das Zimmer in der Nachbarschaft habe ich nicht genommen. Die Vermieterin war mir zu neugierig. Aber es gab eine kleine Mansardenwohnung ein paar Häuser weiter, die habe ich gemietet. Sie ist möbliert und auch nicht sonderlich teuer. Ich habe mich als Computertechniker vorgestellt, der sehr viel auf Reisen ist. Der Eigentümer wohnt nicht im Haus und mit den Nachbarn dürfte es auch keine Schwierigkeiten geben.

Meine Recherchen ergaben, dass das Ehepaar Granika am letzten Mittwochabend nach Wiesbaden gefahren ist und erst heute zurückkommt. So habe ich als Telecom am Donnerstag angerufen und mitgeteilt, dass ich am Freitag kurz die Telefonleitung überprüfen müsse Das war überhaupt kein Problem. Die Damen waren sehr freundlich, ließen mich allein und ich konnte die Wanzen leicht platzieren. Lediglich als ich die Privatwohnung betreten habe, war immer eine der Damen dabei. Dort gibt es vier Apparate, aber nur bei zwei Apparaten konnte ich eine Wanze anbringen. Aber vielleicht klappt das Abhören auch über die Zentrale. Seit gestern läuft die Anlage und zeichnet jedes Gespräch auf. Wenn ich alle zwei Tage nachsehe und die Gespräche abhöre, so entgeht uns nichts.

Die Firma Granika scheint auf Hochtouren zu laufen. Als ich im Versand das Telefon überprüfte, hat man mir einige Stücke gezeigt. Was die machen, ist einfach prima. Ich glaube, die Stücke sehen besser aus als die Originale. Ich weiß nicht, was die für so ein Stück verlangen, aber billig können sie nicht sein.

Ich kann mir auch nicht vorstellen, dass wir Schwierigkeiten bei der Übernahme der Sachen bekommen. Allerdings den Einbruch sollten wir vergessen, die haben eine neue Alarmanlage installiert. Ich kann mir zwar vorstellen, wie sie funktioniert, aber das müsste ich untersuchen."

Wolfgang Zeller grinste: „Das klingt alles gut. Unser Plan, die Waren bei Abholung zu übernehmen, ist gut. Die haben wahrscheinlich aus den Diebstählen in Wiesbaden gelernt und sich versichert und die Versicherung hat eine Alarmanlage verlangt. All das soll uns egal sein.

Aber Paul, wie bist du in Dresden vorangekommen?"

Paul berichtete: „Ihr wisst ja, ich habe einige Kontakte nach Polen. Mit denen habe ich mich in Verbindung gesetzt. Die waren von der Idee angetan und behaupteten, das ließe sich machen. Sie verlangten 250.000 Euro. Diesen Zahn habe ich ihnen gezogen. Wir haben uns auf der Hälfte einigen können. Also 125.000 Euro in bar bei Übernahme. Ich bin nicht ganz dahintergekommen wie sie den Diebstahl bewerkstelligen wollen, aber so viel weiß ich: Im Moment sind

Bauarbeiten am Zwinger in Dresden. Anscheinend wollen sie auf diesem Weg die Alarmanlage ausschalten. Die Bilder sollen mit Baucontainern aus dem Zwinger geschafft werden, da diese immer bei Morgengrauen dort abgeholt werden. Übernahme auf einem Parkplatz in der Nähe der Moritzburg. Meine Bedingung war, mindestens zehn Exponate, wobei entweder **Raffaels »Sixtinische Madonna«** oder **Giorgiones »Schlafende Venus«** enthalten sein muss. Übergabe morgens gegen sechs Uhr.

Der zu zahlende Betrag in Euro und in kleinen Scheinen. Achtung, bei der **»Sixtinischen Madonna«** brauchen wir eine ziemliche Ladefläche. Das Bild misst mit Rahmen etwa 2,5 mal 3 Meter. Auch bei der **»Schlafenden Venus«** ist's nicht einfach. Meine Kontaktleute sehen keine große Schwierigkeit beim Diebstahl. Sie wollen auch in Berlin recherchieren. Sie sagen allerdings, dass man sich nach dem Diebstahl in Dresden etwas Zeit lassen müsse. Hinsichtlich des Termins bekomme ich auf meinem Handy Bescheid. Ich habe den Eindruck, das wird relativ rasch klappen. In jedem Fall sollten wir das Bargeld im Haus haben, denn wenn der Bescheid kommt, dann ist das abends und in den Morgenstunden müssen wir übernehmen. Aber wie geht's jetzt hier weiter, wo können wir helfen?"

Wolfgang Zeller sagte: „Also alles, was vordringlich war, das haben wir erledigt. Du, Bart, kümmerst dich weiter um Solingen und siehst zu, wann der Abtransport erfolgen soll und ansonsten müssen wir zusehen, dass wir hier möglichst rasch eine Galerie aufbauen. Ich bin dafür, dass du dich um die Gestaltung der Galerieräume kümmerst. Ich würde vorschlagen, erst mal im Erdgeschoss ein oder zwei der ohnehin großen Räume einzurichten. Du weißt, wie das geht.

Paul, dir möchte ich gerne die Aufbereitung der Öldrucke übertragen. Ich weiß noch nicht genau, wie unser Weißrusse arbeitet. Fehler dürfen wir nicht machen. Ich habe über einen Mittelsmann die zweifelsfrei besten Ölfarben von Kaiser in

Wiesbaden bestellt. Die müssten entweder schon da sein oder bald kommen.

Ich kümmere mich um den Wärmeofen für die Bilder, um Bilderrahmen, um Staffeleien für die Ausstellung und vor allen Dingen will ich versuchen, eine verschwiegene und zuverlässige Sekretärin zu bekommen, die am Computer bewandert ist und uns die Expertisen schreiben kann und uns Leute fernhält, die wir nicht brauchen können.“

***

Solingen

Schon sehr früh am Mittwochmorgen waren Mike und Moritz von Wiesbaden nach Solingen gefahren. Das Thema Orden und Ehrenzeichen des Dritten Reiches hatte die beiden noch den ganzen letzten Abend beschäftigt, sodass sie sich kurzfristig entschlossen sofort nach Solingen zu fahren, um sich die Formen und Stanzen anzusehen.

Schon kurz nach neun waren sie in Solingen und wurden von Hilde und Erich freudig begrüßt.

Hilde gab ihrem Schwiegervater und Mike ein Küsschen und sagte: „Jetzt bekomme ich schon Besuch von zwei Vätern. Mensch, ist das schön, euch zu sehen, Frühstück steht auf dem Tisch. Ohne gegessen und getrunken zu haben, kommt ihr mir nicht an die Kisten.“

Unter Lachen und Reden setzten sie sich an den gedeckten Frühstückstisch. Erich kam noch hinzu und trotz der Eile unterhielt man sich gut und auf einmal war es zehn und Moritz sagte: „Jetzt sollten wir aber wirklich anfangen.“

Sie begaben sich in den Keller, in welchem die drei Kisten lagerten. Erich hatte vier große Tische aufstellen lassen und für entsprechende Beleuchtung gesorgt.

Sie waren gespannt, was sie erwartete. Hilde hatte in der

letzten Woche schon eine der Kisten geöffnet, aus der sie das Ritterkreuz entnommen hatte und so fingen sie mit dieser Kiste an. Vorsichtig begann man mit dem Auspacken und förderte Stempel, Formen, Matrizen und Stanzen ans Tageslicht. Alles war gut verpackt und sortiert. Nach einer Stunde war der Inhalt dieser Kiste auf dem Tisch ausgebreitet und sie kamen aus dem Staunen nicht heraus. Nachdem sortiert war, bat Moritz Hilde, aufzuschreiben und abzuhaken:

- ✓ ***Eisernes Kreuz 2. Klasse und Spange***
- ✓ ***Eisernes Kreuz 1. Klasse und Spange***
- ✓ ***Ritterkreuz und Ritterkreuz mit Schwertern und Brillanten***
- ✓ ***Kriegsverdienstkreuz 1. und 2. Klasse***
- ✓ ***Kriegsverdienstkreuz als Ritterkreuz***
- ✓ ***Kriegsverdienstkreuz mit goldenem Ritterkreuz***
- ✓ ***Deutsches Kreuz in Silber und Gold***
- ✓ ***Ehrenblattspange aller Waffengattungen***
- ✓ ***Verwundetenabzeichen in Schwarz, Silber und Gold***
- ✓ ***Nahkampfspange in Bronze, Silber und Gold***
- ✓ ***Sturmabzeichen aller Waffengattungen***
- ✓ ***U-Boot-Frontspange und Kriegsabzeichen***
- ✓ ***verschiedene Kriegsabzeichen der Marine***
- ✓ ***Kampf- und Sturzkampfflieger-Abzeichen***
- ✓ ***Verschiedene Abzeichen der Reichs-Luftwaffe***

Und Moritz ergänzte: „Hilde, schreib noch dazu: Insgesamt 43 verschiedene Orden und noch 10 weitere Abzeichen, die im Moment nicht zuzuordnen sind.“

Mittlerweile war es zwölf geworden und die Aufwartefrau rief zum Mittagessen.

Alle begaben sich nach oben. Sie bekamen ein einfaches, aber gutes Mittagessen vorgesetzt und Hildes Aufwartefrau freute sich, dass es allen schmeckte. Dann zog man sich ins Wohnzimmer zurück.

Die Mahlzeit war ziemlich stumm verlaufen. Als man dann im Wohnzimmer war, meinte Moritz: „Mein Gott, die erste Kiste enthielt sicherlich Orden im Wert von einer Million. Warum hat denn der Meyer nie in diese Kisten geschaut?“

Erich ganz trocken: „Das ist einfach zu erklären. Unmittelbar bevor die englischen Truppen Solingen besetzten, hat wahrscheinlich der Vater vom heutigen Chef der Firma Meyer alle Werkzeuge ins Bergische Land ausgelagert. Insgesamt waren es zwölf Kisten. Neun Kisten enthielten Formen und Werkzeuge, die wir teilweise integriert haben, aber auch zum Teil entsorgten. Bei den letzten drei Kisten war das anders. Die waren mit Eisenbändern versehen und schwer zu öffnen. Der Juniorchef wusste nichts davon. Der Senior ist schon lange tot und hat anscheinend sein Wissen nicht an den Junior weitergegeben.“

Moritz ziemlich nachdenklich: „Ich weiß nicht, was wir machen sollen. Gemäß des mit Meyer geschlossenen Vertrages, gehören alle Formen und so weiter nach Beendigung der Übernahme uns. Wir haben uns verpflichtet das Personal bei uns einzustellen und eventuell auch alte Verbindlichkeiten zu regeln. Trotzdem, so sang- und klanglos diese Sachen zu integrieren, ohne etwas zu vergüten, würde ich nicht für richtig erachten. Was meinst du, Mike?“

Mike ganz ruhig: „Eigentlich kann ich immer noch nichts sagen. Das, was wir heute Morgen ausgepackt haben, ist einfach überwältigend. Moritz du hast Recht, allein die beigelegten Muster würden bei einem Verkauf über den Militaria-Handel sicher eine Million Euro ergeben. Dabei wissen wir noch nicht, was sich in den anderen Kisten befindet. Ich habe mir gestern noch mal die Genehmigung heraussuchen lassen, aufgrund derer wir die Ehrenzeichen wie Säbel und Dolche fertigen. Hier, lies selbst, diese Bewilligung schließt Orden und Ehrenzeichen aus der Zeit von 1933 bis 1945 ein.

Hilde in ihrer lockeren Art: „Ich weiß gar nicht, was ihr wollt. Es ist doch alles ganz einfach. Der Meyer weiß, dass wir Ehrendolche fertigen. Wir brauchen ihm ja nur zu sagen, dass wir bei seinen Formen Entsprechendes aus der Nazizeit gefunden haben und würden versuchen, das in den USA auf den Markt zu bringen. Wenn wir ihm dann eine bestimmte Summe dafür vergüten, so wird er sich sicherlich freuen. Wenn ihr schon so edel sein wollt, es ihm zu erzählen, dann verschweigt wenigstens, dass Originalmuster dabei waren. Es ist vielleicht nicht ganz fair, aber war er es eigentlich mit uns?

Er hat uns nicht gesagt, dass eine seiner Frauen ein Kind erwartet. Er hat uns nicht gesagt, dass einer seiner Waffenschmiede ein Quartalssäufer ist. So anständig hätte er eigentlich sein müssen. Wir haben all seinen Schrott übernommen. Bei den übernommenen Kunden hat er mit keiner Silbe erwähnt, dass die Hälfte schlecht zahlt und zwei davon unmittelbar nach Übernahme Pleite gemacht haben."

„Hilde hat schon Recht", meinte Erich. „Sehr fair war der wirklich nicht. Wenn die Sachen sich verkaufen lassen, dann können wir ihm ja eine entsprechende Zahlung leisten. Aber wir sollten nicht übersehen, dass wir für diese Orden erst eine Fertigung aufbauen müssen. Unter vier bis fünf Leuten wird sich das nicht machen lassen. Was meint Ihr?"

Mike sagte: „Ich habe gestern Abend noch mit Albert in Boston telefoniert. Auch er hat sich fast nicht eingekriegt. Wem immer wir die Ehrenzeichen, Dolche und Säbel angeboten haben, jeder fragte automatisch nach Orden aus dieser Zeit. Ich habe gestern Abend noch mal in meinen Unterlagen geblättert. Ich kann mich nicht mehr an alle Zahlen erinnern, aber ein einfaches Ritterkreuz wird schon mit 6.200 Euro gehandelt. Ein Ritterkreuz mit Schwertern und Brillanten mit 50.000 bis 75.000 Euro. Die U-Boot-Frontspange in Silber mit zirka 1.100 Euro und selbst ein Deutsches Kreuz in Silber wird mit zirka 2.500 Euro angeboten.

Ich weiß nicht, was die übrigen Kisten noch enthalten. Eines weiß ich sicher, das Zeug lässt sich verkaufen und nicht nur in den USA und Kanada, nein, auch hier in Europa, gleich, ob in den Benelux-Staaten oder in Frankreich.

Natürlich werden in der Bundesrepublik all diese Auszeichnungen angeboten. Ziemlich preiswert sogar, aber eben ohne die Naziembleme. Gerade die machen den Orden aber so wertvoll. Wir haben die Lizenz, diese zu fertigen, also benutzen wir sie auch. Wenn ich richtig informiert bin, ein hier zu erwerbendes Ritterkreuz kostet 100 Euro, ein Ritterkreuz mit Nazi-Emblem, das heißt mit Hakenkreuz, wird mit 6.200 Euro gehandelt. Keine Ahnung, wie viel so ein Ritterkreuz in der Herstellung kostet. Wahrscheinlich mit einem Lederetui und Band sicherlich nicht mehr als 10 Euro. Ich meine, man müsste das für mindestens 400 bis 500 Dollar verkaufen können. Selbst, wenn wir noch fünfzig Prozent Rabatt geben, dann ist das immer noch ein fantastisches Geschäft. Ich bin dafür, dass wir in den Keller gehen und uns weiter überraschen lassen. Ihr glaubt mir nicht, wie gespannt ich bin.“

Es war schon nach 18 Uhr, als sie wieder aus dem Keller kamen, in dem sie den ganzen Nachmittag zugebracht hatten. Sie waren von einer Überraschung in die nächste gefallen.

Sie fanden die ***Deutschen Adlerorden in allen Variationen, den Deutschen Orden,*** verschiedene ***Verdienstkreuze, Ehrenzeichen der verschiedenen NS-Organisationen, Turn- und Sportabzeichen, die Germanische Leistungsrune, Zeichen der HJ, Jungvolk, BDM und Jungmädel, Ehrenzeichen der NSDAP, Zeichen des Dr. Fritz Todt Preises, Pionier der Arbeit, Wehrwirtschaftsführer, NS Dienstauszeichnungen*** und vieles mehr.

Als sie endlich im Wohnzimmer waren und feststellten, wie spät es war, einigte man sich schnell, dass man über

Nacht bleiben würde. Moritz rief Susi an und Mike seine Vera. Nachdem dies geklärt war, servierte Hilde den üblichen Aperitif.

Hilde in ihrer unbekümmerten Art: „Also Prost, ich darf zwar nicht mit euch trinken, aber die Limo schmeckt auch." Erich an Moritz gewandt: „Papa, was meinst du, ist diese Fertigung eine Nummer zu groß für uns oder denkst du, wir sollten das wagen?"

Moritz sehr ruhig: „Eigentlich müsste ich ‚Nein' sagen, die Entwicklung deines Betriebes ist im Moment zu rasant. Wir alle arbeiten mit Hochdruck und immer kommt mehr dazu. Andererseits sagt mir mein Herz, lass diese Chance nicht an dir vorübergehen. Bei der Fertigung sehe ich keine großen Schwierigkeiten.

Ich würde sagen, Mike soll sich 20 Stücke heraussuchen, bei denen wir mit der Produktion anfangen. Bis Ostern könnte man dann die Sachen auf den Markt bringen. Was meinst du, Mike?"

„Moritz, ich sehe das ähnlich. Nach dem Abendessen verschwinde ich noch mal mit euch in den Keller und wir suchen gemeinsam die Stücke heraus, die wir am Anfang herausbringen werden."

Es wurde noch ein arbeitsamer und langer Abend für alle vier. Erst kurz vor Mitternacht trennte man sich.

***

Wiesbaden

Kurz vor Mittag trudelten Moritz und Mike in Wiesbaden ein. Beide gingen zu Susi ins Büro und erzählten von ihren Funden und was sie sich dazu hatten einfallen lassen.

Susi in ihrer Art: „Klingt gut, aber übernehmen wir uns nicht? Wenn ich euch richtig verstanden habe, sind viele Orden aus Gold. Denkt an den Goldpreis. Die Ritterkreuze und andere Orden sind mit Brillanten versehen. Von dem Markt haben wir keine Ahnung. Das Meiste muss jetzt Erich machen. Er muss durchrechnen, ob das machbar ist; und außerdem", Susi stand auf und gab ihrem Moritz einen Kuss, „müssen wir erst mal heiraten. Diese Show läuft auch noch. Weißt du schon, wie viele eigentlich kommen?" Moritz schmunzelte: „Bis vorgestern Abend waren es 320 Personen. Ich rechne so mit 400 Personen insgesamt. Aber die beiden Mädchen von der Werbung sind ganz große Klasse. Ich muss mich kaum um etwas kümmern."

Mike lachte: „Ihr seid mir nicht böse, ich muss nach Vera sehen, sicher ist sie bei ihrer Schwester und den Kindern, bye, bis heute Abend."

Susi und Moritz gingen zum Mittagessen, das Erika zubereitet hatte. Anton war schon da und so konnten sie den beiden erklären, was in Solingen gefunden wurde.

Erika fand das prima: „Also kaum bin ich aus dem Haus, werden in Solingen die Schätze gefunden, die seit Jahren dort schlummern. Aber Moritz, erzähle doch mal, wie geht es Hilde? Die hat nur noch acht Wochen bis zur Geburt."

Moritz brummte wie immer: „Also Hilde merkt man nichts an. Sie ist zwar etwas unbeweglicher geworden und der Bauch stört sie jetzt doch, aber sie behauptet, es ginge ihr gut und sie könnte Bäume ausreißen.

Hilde und Erich lieben sich nicht nur, sie sind eine Einheit und nicht nur im privaten Bereich stimmt es, auch im Geschäft ist alles in Ordnung. Hilde scheint bei all ihren Mitarbeitern einen Stein im Brett zu haben. Was sie anscheinend immer noch beunruhigt, ist das Auftauchen von Heinz. Erich meint zwar, er wäre es überhaupt nicht gewesen, aber Hilde ist überzeugt, dass er es war. Man kann nur hoffen, dass der nicht noch mal in das Leben unserer Hilde tritt."

Moritz ging nach unten in die Werbeabteilung zu den beiden Damen, um sich nach dem neuesten Stand der

Anmeldungen zur Hochzeitsfeier zu erkundigen. Es gab noch ein paar Fragen die Moritz rasch beantwortete.

Das Telefon klingelte und eine der Damen gab Moritz den Hörer mit den Worten: „Für Sie, Notar Zeiser."

(Moritz) Ja, Dieter, was gibt's?

(Zeiser) Entschuldige, wenn ich dich kurz nach dem Mittagessen überfalle, aber sucht ihr immer noch eine Haushaltshilfe oder ein Kindermädchen oder beides?

(Moritz) Aber wie! Ich habe schon alles Mögliche angestellt, um jemanden zu finden. Leider noch ohne Erfolg. Aber wieso fragst du? Weißt du jemanden?

(Zeiser) Ich muss da etwas ausholen. Ich betreibe meine Anwaltspraxis ja nur noch auf Sparflamme. Vor ein paar Tagen hat mich ein ehemaliger Mandant angerufen und mich um Hilfe gebeten, die ich ihm nicht versagen konnte. Seine Tochter verheiratete sich entgegen seiner Warnung mit einem ziemlich rabiaten Mann, der sie schon seit langem schlägt. Vor vier Tagen kam sie nach Hause und ihr Vater musste sie ins Krankenhaus bringen. Die Tochter war nicht nur grün und blau geschlagen, er hatte ihr auch den Arm gebrochen und mehrere Rippen eingedrückt. Ich habe das alles protokolliert, die Polizei hinzugezogen und gestern die Scheidung eingereicht. Die junge Frau ist 32 Jahre alt, kinderlos und von Beruf Krankenschwester. Dass sie an so einen Mann geraten ist, tut mir sehr leid, ich kenne das Mädchen schon von klein auf und die Familie ist soweit in Ordnung. Sie hat mir erzählt, dass sie nicht bei ihrem Vater bleiben will, weil sie sich mit ihrer Stiefmutter nicht sonderlich gut versteht. Ihr Mann ist Türke und sie selbst heißt jetzt Nina Öztal. Auf ihren Wunsch hin soll ich sie in das Frauenhaus bringen. Ich hole sie in einer halben Stunde im Krankenhaus ab. Meinst du, dass Susi Nina mal ansehen will?

(Moritz) Dieter, wenn du die junge Frau empfehlen kannst, dann selbstverständlich. Ich kenne zwar Susis

momentane Termine nicht, aber bringe sie einfach in Susis Wohnung. Wenn sie sich eignet und sie uns gefällt, dann glaube ich, könnte das passen. Ich werde gleich mit Susi sprechen. Ich erwarte dich also in etwa einer Stunde.

(Zeiser) Danke dir, ich kann zwar nicht in das Innere eines Menschen schauen, ich weiß auch nicht, wie sehr sich Nina zu ihrem Vor- oder Nachteil verändert hat, aber ich glaube, sie euch empfehlen zu können. Also bis nachher.

(Moritz) Bis nachher. Tschüss.

Moritz legte auf. Für sich dachte er, das ist doch mal eine sehr freudige Überraschung. Er verabschiedete sich von den Damen aus der Werbung und ging nach oben in Susis Büro.

Er fragte Erika: „Ist Susi frei?"

Und als Erika dies bejahte, klopfte er an und betrat ihr Büro. Er erzählte ihr von Dieters Anruf und dass Dieter in einer Stunde mit der jungen Dame vorbeikommen würde. Susi fand das gut und sagte: „Geh du doch nach oben und empfange die beiden. Ruf mich an, ich komme dann sofort. Vielleicht können wir so unser Problem bald lösen." Sie unterhielten sich noch ein paar Momente, dann ging Moritz nach oben in die Wohnung.

Schon nach einer Dreiviertelstunde war Dieter Zeiser mit der jungen Frau bei Moritz. Nach der Vorstellung bat Moritz die beiden, Platz zu nehmen und rief Susi an. Die bat noch um etwas Geduld, da sie gerade Besuch hatte.

Mit einem Blick sah Moritz, was mit Nina Öztal los war. Anscheinend war der rechte Oberarm gebrochen, zumindest hatte sie einen Gipsverband.

Das ganze Wesen sah erbarmungswürdig aus. Blass, zittrig, voller blauer und grüngelber Flecken im Gesicht. Ein blutunterlaufenes Auge.

Moritz sagte: „Es wird etwas dauern, bis Frau Kaiser bei uns sein kann, sie hat im Moment noch Besuch. Aber was darf ich anbieten? Einen Kaffee, einen Tee?"

Dieter wollte einen Kaffee und Nina schloss sich dem an. Während der Kaffee durch die Maschine lief, fragte Moritz: „Liebe Frau Nina, entschuldigen Sie, wenn ich so direkt bin, aber es ist nicht zu übersehen, was mit Ihnen passiert ist. Ich sehe auch, in welcher Gemütsverfassung Sie sich befinden, wenn Sie zu dem Kaffee einen Cognac wünschen, so gerne. Allein bei Ihrem Anblick habe ich einen Cognac nötig. Dieter, nimmst du auch einen?“ Während Dieter zusagte, stammelte Nina nur: „Ja, danke!“

Moritz servierte die Getränke und sagte: „Dieter Prost, und bei Ihnen, Frau Nina auf Ihre Gesundheit und dass die äußeren und inneren Wunden schnell heilen mögen.“

Dann fuhr Moritz fort: „Zu Ihrer Information, Frau Nina, wir sind nicht nur eine große Familie, soweit es die verwandtschaftliche Seite betrifft, unsere Unternehmen sind auch insgesamt eine große Familie. Dieter Zeiser wird Ihnen das bestätigen. Es gibt hier das sogenannte Chef - Angestelltenverhältnis nicht. Hier ist ein Miteinander. Die meisten unserer Mitarbeiter sind sogenannte freie Feste, das heißt sie sind selbständig. Das betrifft eine etwaige Anstellung Ihrer Person nicht unbedingt, aber Sie werden rasch feststellen, dass der Ton und die Arbeit hier anders ist als in anderen Unternehmen. Aber bis Frau Kaiser kommt, erzählen Sie doch in Stichpunkten Ihren Lebenslauf. Ich weiß, Sie sind 1976 geboren. In Wiesbaden?“

Nina ganz schüchtern: „Ja, in Wiesbaden, ich habe hier die Grundschule besucht und dann die Realschule. Anschließend zwei Jahre die Haushaltungsschule. Danach wurde ich im Paulinenstift zur Krankenschwester ausgebildet. Da bin ich jetzt noch beschäftigt, aber im Moment nicht, da ich krankgeschrieben bin. Der Arzt meint, mindestens noch sechs Wochen. Herr Zeiser hat mich schon gefragt, ob ich Kinderschwester bin. Das nicht, aber ich habe schon auf der Kinderstation gearbeitet. Vor fünf Jahren habe ich meinen Mann kennengelernt und wir haben vor drei Jahren geheiratet. Anfangs ging es ganz gut. Aber er ist sehr jähzornig und seit zwei Jahren schlägt er mich regelmäßig. Ich habe schon mehrfach versucht, ihn zu verlassen, aber er findet mich immer wieder und danach wird's doppelt schwer. Jetzt hat er angedroht, mich umzubringen und ich glaube, in seinem Jähzorn bringt er das auch fertig."

Hier mischte sich Dieter Zeiser ein: „Das wird Herrn Öztal in Zukunft sehr schwer fallen. Er ist bereits einschlägig vorbestraft und wahrscheinlich werden die Bewährungsauflagen widerrufen. Das heißt, er muss ins Gefängnis. Wenn er klug ist, verschwindet er in die Türkei. Dann wären wir das Problem los. Wenn unser Gespräch hier zu Ende ist, bringe ich Frau Öztal in das Frauenhaus und dann werde ich Herrn Öztal aufsuchen und ihm die Rechtslage klar machen. Außerdem will ich noch einige persönliche Gegenstände von Frau Öztal holen. Könntest du mich begleiten, damit ich einen Zeugen für das Gespräch habe?"

Moritz: „Was für eine Frage, selbstverständlich!"

Die Tür ging auf und Susi kam. Sie stellte sich bei Frau Öztal vor, begrüßte Dieter Zeiser und Moritz.

Dann sagte sie: „Mein Gott, wie sehen Sie denn aus? Also, wenn das Ihr Mann war, dann nichts wie weg von dem. Können Sie überhaupt sitzen?"

Schon kamen bei Nina die Tränen. Sie stand auf, Susi nahm sie in den Arm und ging dann mit ihr in das hintere Fremdenzimmer. Beim Weggehen sagte sie, „Das ist jetzt was für uns Frauen, da habt ihr Männer Pause."

Susi setzte sich mit ihr und unter Schluchzen erzählte ihr Nina von den letzten zwei Jahren. Es war unschwer aus ihren Worten zu entnehmen, dass es die Hölle war. Als sie zurück zu Moritz und Dieter Zeiser kamen, hatte sich Nina wieder gefasst.

Susi sagte sehr ernst: „Es gibt da vieles, was sie euch nicht erzählen kann.. Aber glaubt mir, es ist ernst. Wenn ihr damit einverstanden seid, so habe ich mit Nina Folgendes vereinbart: Sie bleibt vorerst im Frauenhaus, da ist sie sicher. Allerdings wird ihr die Decke auf den Kopf fallen. So habe ich Frau Öztal angeboten, dass sie tagsüber hierher kommen kann und sich schon mal in unserem Hauhalt umschaut. Sie kann auch nach unten zu Prem und Petra gehen und sich mit den Kindern anfreunden. Kurzum, sie soll erst mal den Betrieb hier kennenlernen. Die nächsten zwei Wochen kann sie das machen, wie sie will.

Ich habe Nina auch zu unserer Hochzeit eingeladen. Da lernt sie die ganze Mannschaft kennen. Wenn sie Lust hat, kann sie in 14 Tagen das Frauenhaus mit unserem Fremdenzimmerchen tauschen.

Wenn es ihr gefällt, kann sie im Krankenhaus kündigen und ganz zu uns kommen. Gehaltsmäßig wird sie sich verbessern. Allerdings wird sie auch mehr Arbeit haben, aber auch mehr Spaß und Freude. Nina, wollen Sie noch etwas hinzufügen oder haben Sie noch Fragen?“

Nina ganz schüchtern: „Nein, vielen Dank für alles. Wann darf ich morgen kommen?“

Susi lachte: „Wann immer Sie wollen! Ich stelle Sie dann erst mal hier im Hause vor. Aber zu uns gehören noch weitere Häuser. Hier das Hinterhaus und noch ein Haus direkt im Zentrum.“

Es fielen noch einige Sätze, dann drängte Dieter Zeiser zum Aufbruch und sie verabschiedeten sich voneinander.

Es wurde noch ein arbeitsreicher Spätnachmittag für Susi, aber pünktlich um sechs verließ sie ihr Büro, um in ihre Wohnung zu gehen. So langsam kamen auch die Übrigen der allabendlichen Runde. Nur von Moritz war nichts zu sehen. Susi fragte sich, wo er blieb. Susi unterhielt sich mit Ilse, der sie von Nina erzählte und sie vorwarnte, dass mit Nina am nächsten Tag zu rechnen sei. Auch Petra informierte sie davon. Sie warnte beide:

„Also Nina sieht schlimm aus. Ihr Mann hat sie furchtbar zugerichtet. Also geht vorsichtig mit ihr um. Man weiß zwar in solchen Fällen nie, ob sie nicht doch noch zu ihrem Mann zurückfindet, für sie kann ich nur hoffen, dass das nicht der Fall ist. Was mich etwas beunruhigt, Moritz ist noch nicht zurück und es ist bald 19 Uhr."

Kurz vor 20 Uhr kamen Dieter Zeiser und Moritz.

Dieter berichtete: „Wir haben erst Frau Öztal im Frauenhaus abgeliefert, das hat gedauert. Dann fuhren wir zur Wohnung der Öztals. Eine kleine Zweizimmerwohnung in Biebrich. Herr Ötztal war noch nicht zu Hause, aber die Nachbarn sagten, er müsse gleich kommen. Dann kam Herr Öztal. Ein kleiner stämmiger Mann, der eigentlich einen ruhigen Eindruck machte. Nachdem ich mich vorgestellt hatte und mein Anliegen vorbrachte, brauste er zwar auf, aber er suchte die Sachen für seine Frau zusammen. Dann schilderte ich ihm die Rechtslage und da brauste er noch mal auf und wollte uns aus der Wohnung werfen. Als ich darauf bestand, die Kleider und Sachen seiner Frau mitzunehmen, hat er das verweigert. Ich rief dann die Polizei. Erst mit deren Hilfe gelang es, die Kleider und Sachen mitzunehmen. Deshalb sind wir so spät und brauchen wir jetzt einen Schnaps." Dieter lachte und Moritz besorgte die Getränke.

***

Maxim hatte die ganze Woche schon Bauchschmerzen vor dem Besuch der Delegation der orthodoxen Kirche aus den USA. Er konnte sich nicht recht vorstellen, wie orthodoxe Christen aus den USA aussehen, die so unendlich viel Geld ausgeben können.

Es war nicht unbedingt Angst, die er hatte, es war ganz einfach ein komisches Gefühl.

Jetzt war endlich Freitag und um 13:15 Uhr sollte die Maschine aus Chicago am Rhein-Main-Airport landen.

Schon um 8 Uhr war er im Betrieb, um die Modelle zum hundertsten Mal in die richtige Richtung und ins richtige Licht zu stellen. Seine Skizzen hatte er auf einer eigenen Wand sehr gut präsentiert und die Himmelsleiter stand aufgebaut im Raum. Er hatte die Ausstellungsräume in der Taunusstraße gewählt. Die Deckenhöhe war besser geeignet.

Als Mike gegen 9 Uhr kam, lachte der ihn aus: „Mensch, Maxim, diese Delegation, das sind ganz normale Menschen. Außerdem Amerikaner. Du kannst mit denen umgehen wie mit jedem anderen auch. Dass die mit vier Mann kommen, hat nichts zu sagen. Die reisen ohnehin auf Kosten der Kirche. Also mach dir keine Sorgen. Das klappt schon alles. Wenn die heute ankommen, dann sind die hundemüde. Die ganze Nacht durchgeflogen. Heute zeigen wir ihnen die Modelle noch nicht. Erst morgen, wenn sie ausgeschlafen haben. Wenn sie heute zu aufgeregt sind, dann gehen wir mit ihnen essen und nachher noch in die Spielbank."

Maxim ganz entsetzt: "Du kannst doch mit Geistlichen nicht in die Spielbank gehen. Das ist ganz ausgeschlossen!"

Mike: „Das sind doch keine russischen Geistliche, das sind Amerikaner. Sollst mal sehen, wenn ich Casino erwähne, kriegen die spitze Ohren. Wir fahren hier um 12:30 Uhr ab. Dann sind wir rechtzeitig am Airport."

Maxim: „Und wenn ein Stau ist oder sonst irgendetwas? Sollten wir nicht doch schon um 12 Uhr fahren?"

Mike: „Maxim, du fährst mit Antons Wagen und ich mit Susis. Die sind groß und geräumig.

Wir bringen sie in den Nassauer Hof und fragen nach den Wünschen. Das mache ich. Du wirst sehen, das wird alles sehr unkompliziert."

Maxim: „Aber Antons und Susis Wagen sind doch halbe Lieferwagen, meinst du nicht, wir sollten vielleicht Limousinen mieten?"

Mike lachte: „Maxim, die kommen aus den USA, da ist ein Auto ein Gebrauchsgegenstand. Mach dir keine Gedanken, die sind ganz einfach zu nehmen. Mir kommt zwar unser Preis auch etwas überhöht vor, aber die werden ihn schon akzeptieren. Du weißt ja selbst, wie viel Stunden du an dem Projekt gearbeitet hast."

Beide gingen zusammen noch mal das gesamte Projekt durch. Sie verglichen die Zahlen, sprachen die Verkaufspolitik durch und ziemlich am Ende des Ganzen sagte Mike:

„Maxim, achte darauf, wir haben in zwei Versionen angeboten. Einmal vergoldet und einmal aus reinem Goldblech. Wir verdienen zwar an beiden Versionen gleich viel, aber bei der Goldversion müssen wir darauf aufmerksam machen, dass der Goldpreis zum jeweiligen Tageswert berechnet wird. Das heißt, er kann schwanken. So, wie ich aus den bisherigen Gesprächen weiß, wird man die Echtgoldversion bevorzugen."

Noch ein paar Worte und dann drängte Mike: „Komm, jetzt gehen wir schnell noch zu Petra was essen."

Maxim lachte: „Mike, ich weiß nicht, wie du das immer verträgst, aber Petras Essen brennt fürchterlich und ich darf keinen Wodka trinken, weil ich noch fahren muss."

Unter viel Lachen gingen sie nach oben zu Petra und eine halbe Stunde später waren sie auf dem Weg zum Flughafen.

Die Ankunftshalle war überfüllt. Mike und Maxim hatten noch viel Zeit. Maxim war noch immer nervös und Mike versuchte, ihn zu beruhigen. Endlich war es so weit. Die Maschine war Vorplan gelandet und man wartete auf die vierköpfige Delegation. Mike entdeckte sie, winkte sie in eine nicht so belebte Ecke und stellte erst einmal alle vor. Danach gingen sie zu den Wagen und fuhren nach Wiesbaden.

Die Herren machten sich im Hotel Nassauer Hof frisch und schon um 15 Uhr waren sie bereit, sich die Galerie Kaiser anzusehen. Mike hatte klargemacht, dass man die Modelle und Zeichnungen erst am nächsten Tag zeigen würde.

So ging die Delegation in Antons Galerie. Die Damen dort reichten Tee und kleine Sandwiches. Nach einiger Zeit fragte Maxim sehr diskret, ob einer der Herren vielleicht zur Begrüßung einen Wodka wünsche und schnell war ein eisgekühlter Wodka zur Stelle und die Stimmung begann sich zu entspannen. Um 18:30 Uhr lud Mike zum Abendessen ins Kurhaus ein. Er hatte dort einen Tisch bestellt und alles klappte bestens. Als man beim Kaffee war meinte Mike: „Wenn die Herren nicht zu müde sind, so könnte ich Ihnen noch das Spielkasino zeigen."

Die Herren waren nicht zu müde.

***

Mike und Maxim hatten sich mit der Delegation der orthodoxen Kirche aus den USA um 10 Uhr im ‚Hotel Nassauer Hof' verabredet, die Herren warteten schon in der Halle und sie fuhren die kleine Strecke zur Galerie in der Taunusstraße wieder mit Susis und Antons Wagen. Sie gingen kurz durch die Ausstellung im Erdgeschoss und dann in den 1. Stock, wo die Ikonen und die Modelle der Ikonostasen sowie ihre Skizzen aufgebaut waren. Besonders ins Auge fiel die fast aufgebaute Himmelsleiter der halbfertigen Ikonostase. Die Herren bestaunten die Modelle, die Skizzen und die halbfertige Ikonostase mit der Himmelsleiter.

Mike begann: „Meine Herren, unser Maxim Pasternak ist nicht nur Kunstwissenschaftler, er ist ein begnadeter Künstler, der den tiefen Sinn des orthodoxen Glaubens in diesen Entwürfen und Modellen zum Ausdruck bringen kann. Sie sind mit mir sicherlich einer Meinung, dass die Ikonostasen der Sophien-Kathedrale in Kiew oder des Kirillo-Beloserskij-Klosters sich mit seinen Entwürfen messen können. Er hat die Gabe, Ikonostasen zu schaffen, die ihresgleichen suchen. Ich hoffe, wir können gemeinsam in den nächsten Stunden die für Ihre Gotteshäuser richtigen Entscheidungen der zu gestaltenden Ikonostasen finden. Es ist uns eine heilige Pflicht, für Sie das Außergewöhnliche zu schaffen."

Das Gespräch wurde mit einem kurzen Mittagessen in einem sehr vornehmen Restaurant schräg gegenüber unterbrochen. Bereits um 14 Uhr war man wieder zurück. Dazwischen wurden immer wieder Getränke und Kanapees angeboten. Sehr schnell hatten Maxim und Mike herausgefunden, dass es nicht nur um eine oder zwei Ikonostasen ging, sondern um eine ganze Reihe von Kirchenausstattungen mit Ikonostasen. Auch die Übernahme einer ganzen Serie von Ikonen wurde besprochen. Selbst Mike wurde ganz schwindlig, als er einmal zwischendurch die Zahlen addierte.

Gegen 17:30 Uhr kam Susi, sehr elegant, stellte sich vor, begrüßte die Gäste und lud zu einem Aperitif in ihre Wohnung ein. Alle wissenschaftlichen Mitarbeiter waren da und wurden vorgestellt. Rasch war ein lockerer Kontakt hergestellt und der Wodka floss in Strömen.

Es war noch nicht 19 Uhr als Susi alle in ein russisches Spezialitätenrestaurant einlud.

So begaben sie sich in ein interessantes Restaurant. Susi hatte einen großen Tisch für vierzehn Personen reserviert und beim Betreten des Restaurants bekam jeder noch mal einen Begrüßungswodka. Es wurde ein sehr beschwingter Abend..

Etwas schwierig war es, die vier Mitglieder der Delegation in ihr Hotel zu bringen. Sie wollten partout in die Spielbank. Nur mit viel Mühe und dem Versprechen am nächsten Abend die Spielbank zu besuchen, gelang es Mike, die vier Herren auf ihre Zimmer zu bugsieren.

***

Sonntagmorgen. Mike und Maxim trafen sich schon um halb zehn im ‚Hotel Nassauer Hof'. Die Herren waren noch nicht so weit und so warteten sie in der Halle.

Maxim zwar noch müde, aber gut aufgelegt: „Mike, hast du gestern mal mitgerechnet, ich glaube, ich träume. Das sind ja Millionen. Wenn auch nicht alles auf einmal, aber das wird ein Auftrag, der geht über vier bis fünf Jahre. Hoffentlich kriegen wir auch das Geld."

Und Mike, zwar auch noch müde, sagte: „Maxim, das ist das Einzige, das ich nicht befürchte, die orthodoxe Kirche in den USA ist stinkreich. Allerdings weiß ich nicht, was die mit den vielen Ikonen anfangen wollen. So viele Kirchen haben die doch gar nicht."

Maxim: „Mike, ich glaube, die verkaufen sie an die Gläubigen. Das machen sie in Russland auch.

Ich könnte mir vorstellen, die weihen die Ikonen und nehmen noch mal einen kräftigen Aufschlag. Ich werde sie heute danach fragen. Aber jetzt müssen sie bald kommen, um halb elf fängt der Gottesdienst an."

Pünktlich um 10 Uhr waren die vier Delegierten zur Stelle und sie fuhren mit dem Auto zur orthodoxen Kirche, die mitten in einem Wald oberhalb Wiesbadens liegt. Es war ein erbaulicher Gottesdienst für alle Teilnehmer und am Ende übergab Maxim dem Popen diskret einen Umschlag.

Da die orthodoxe Kirche in Wiesbaden unweit eines kleinen Tempels am Neroberg liegt, von dem aus man einen herrlichen Blick über Wiesbaden hat, machte die Delegation noch einen Besuch zu diesem kleinen Tempel, um sich Wiesbaden anzusehen. Dann holte man den Popen in der Kirche ab und ging zu einem gemeinsamen Mittagessen. Mike hatte ein schickes Restaurant in der Innenstadt gewählt und das Arbeitsessen verlief in gehobener Stimmung.

Nach dem Essen verabschiedete sich der Pope und die Delegation kehrte mit Mike und Maxim zurück in die Taunusstraße.

Jetzt kommt der schwierige Teil, dachte Maxim. Wie sollte er sich getäuscht haben. Die vier Delegationsmitglieder unterschrieben problemlos die Bestellung von 15 Ikonostasen für 15 orthodoxe Kirchen in den USA sowie die Bestellung von über 200 Ikonen. Der Auftrag sollte sich über einen Zeitraum von fünf Jahren erstrecken. Auslieferung und Montage der ersten Ikonostase im Sommer dieses Jahres. Gesamtvolumen des Auftrages genau 5.866.420 US $. Maxim war starr vor Freude und Schrecken.

Nachdem die Herren die Aufträge unterzeichnet hatten, lud sie Mike in Antons Galerie ein. Man hatte den Herren versprochen, sie dürften sich als Andenken je ein Gemälde mitnehmen. Das interessierte die vier sehr. Sie begaben sich in Antons Ausstellung. Mike hatte Anton und Erika vorgewarnt und so erwarteten die beiden die Delegation.

Anton war in seinem Element. Als einer der Delegationsmitglieder vor einem etwa 55 x 75 cm großen Bild stehen blieb, begann Anton zu dozieren: „Wir stehen hier vor einem **Joachim Wtewael**. Ein niederländischer Künstler, der von 1566 bis 1638 lebte. Er war ein Vertreter des Manierismus. Wir stehen vor seinem Bild »**Das Urteil des Paris**« bei dem der trojanische Prinz Paris den goldenen Apfel der Göttin überreicht, die er für die Schönste hält. Es ist eine äußerst manieristische Phantasterei. Die selbstbewussten Posen der drei Göttinnen, die Geste, mit der Paris seine alles entscheidende Wahl trifft, selbst die anwesenden Tiere gehören mit ihren geschwungenen Hörnern und schlanken Beinen zu jener mystisch-romantischen Welt, in der sich der Manierismus entfaltet."

Der Delegierte entschloss sich, dieses Bild als Geschenk anzunehmen und fragte, ob man es ihm zuschicken könne, was Mike bejahte.

Schon wieder blieb einer der Delegierten vor einem Bild stehen, Anton gesellte sich dazu und begann zu erklären: „Sie stehen vor einem **„Tizian“**, der von 1488 bis 1576 lebte. Also für die damalige Zeit ein sehr hohes Alter erreichte. Er war ein begnadeter Künstler. Das vor Ihnen stehende Bild ist 109 x 91 cm groß und nennt sich **»Christus erscheint Magdalena«.** Es zeigt das Vergnügen, welches der junge Tizian hatte, das menschliche Wechselspiel zwischen der leidenschaftsvollen Magdalena und Christus darzustellen. Ein Bild, das viele Interpretationen zulässt.“ Anton sprach noch über das Leben des Tizian und über den erzählerischen Inhalt seiner Bilder.

Auch hier entschied sich der Delegierte rasch, dieses außergewöhnliche Bild als Geschenk anzunehmen.

Lange stand das dritte Delegationsmitglied vor einem Bild, bis Anton zu ihm stieß. Er erklärte: „Ein **Nicolas Poussin**, nur 68 x 98 cm groß. Poussin war Franzose, der nach Rom abwanderte und sich dort großes Ansehen verdiente. Er lebte von 1594 bis 1665 und studierte in Italien die Meister der Hochrenaissance und antiken Bildhauerei. Das Bild vor dem Sie stehen, nennt sich **»Die Heilige Familie auf der Treppe«.“**

Dann begann Anton ausführlich dieses Bild zu erläutern. Alle hörten aufmerksam zu und Anton verstand es, dem Delegationsmitglied dieses Gemälde nahezubringen. Es entschloss sich endlich, dieses Bild zu nehmen.

Das letzte Delegationsmitglied ging immer wieder zu einem Bild, das ihn anscheinend faszinierte. Es war ein **»Francois Boucher«** mit dem Titel **»Diana im Bade«**, ein zirka 57 x 73 cm großes Gemälde mit einem sehr starken Goldrahmen.

Maxim, der das beobachtete, flüsterte Mike zu: „Das ist doch ein Pope, der wird doch die zwei nackerten Weiber nicht nehmen?“

Mike flüsterte zurück: „Der nimmt die, da sei sicher.“

Als Anton dazu stieß, begann er zu erklären: „**Francois Boucher** lebte von 1703 bis 1770, Boucher idealisierte Frauengestalten. In selbstvergessener Natürlichkeit enthüllen sie nackt ihre Reize. Sie zeugen von Bouchers Verehrung der verletzlichen Schönheit und Unschuld des weiblichen Körpers. Aber dieses Meisterwerk macht deutlich, dass Bouchers Aufmerksamkeit nicht allein den reizvollen weiblichen Rundungen gilt, sondern ebenso den Formen der Landschaft."

Danach entstand ein langes Gespräch zwischen Anton und dem vierten Delegationsmitglied, das dazu führte, dass er sich für dieses Bild entschied.

Zur Gruppe waren zwischenzeitlich Susi, Vera und Moritz gestoßen und Erika bat nun die vier Delegierten und alle übrigen zum Aperitif in ihre Wohnung.

Man ging von der Galerie in Antons und Erikas Wohnung, dort war bereits der Aperitif angerichtet.

Erika hatte einen Champagnercocktail vorbereitet, der in exquisiten Kristallgläsern serviert wurde.

Anton begrüßte die Delegationsmitglieder und begann: „Liebe Gäste aus den USA, ich will keine lange Rede halten. Nur ein paar Worte. Wir bedanken uns für Ihr Kommen und für das Vertrauen, uns die Gestaltung und die Fertigung der Ikonostasen für Ihre Kirchen zu übergeben. Sie haben schon einen kleinen Teil unserer Unternehmen gesehen und wir hoffen, dass Sie morgen Vormittag noch die Gelegenheit wahrnehmen, unsere Werkstätten anzusehen. Mike Curtis der Präsident unserer Gesellschaft in den USA und gleichzeitig Mitglied des Aufsichtsratsgremiums unserer Firma, wird Sie morgen noch begleiten. In unserem Maxim Pasternak haben Sie einen Künstler, der Sie nicht enttäuschen wird. Im Anschluss an unseren Aperitif darf ich Sie alle in eine uralte Weinstube einladen. Ich hoffe, es wird Ihnen gefallen. Ich danke Ihnen!" Man applaudierte kurz.

Ein Delegationsmitglied begann: „Wir wussten nicht, was uns hier in Wiesbaden erwartet, aber wir sind in zwei Tagen überzeugt worden, hier die richtigen Künstler gefunden zu haben. Ihre Werke sind einmalig und Ihre Entwürfe und Modelle der von uns gewünschten Ikonostasen wundervoll. Wir sind sicher, dass Sie diese Kunstwerke zu unserer Zufriedenheit liefern und in die Kirchen einbauen werden. So darf ich noch mal mein Glas erheben – und, wie sagt man in Deutschland – Prost!“

Auch hier ein kurzer Applaus.

Man trank aus. Anton hatte drei Taxen bestellt und die Fahrt ging in die Nachbarstadt Mainz. Dort hatte Anton in einer uralten Weinstube in einem Gewölbekeller einen Tisch für zwölf Personen reserviert. Anton hatte ein mittelalterliches Abendessen richten lassen. Alles war vom Feinsten. Das Bedienungspersonal in mittelalterlicher Tracht, das Tischgeschirr aus Zinn und die außergewöhnlichen Speisen wurden dem Ambiente entsprechend serviert.

Allen bereitete das Essen einen Riesenspaß. Man unterhielt sich prächtig. Es war schon 22 Uhr, als Mike sagte: „Ich muss noch ein Versprechen einlösen. Ich habe den vier Herren versprochen, mit ihnen noch mal die Spielbank zu besuchen. Ich werde mit unseren vier Gästen und Vera ins Casino gehen. Wer sich anschließen will, der darf. Ansonsten treffen wir uns morgen um 10 Uhr im ‚Nassauer Hof‘ und gehen von dort zur Besichtigung der Werkstätten.“

So löste sich die Runde rasch auf und Anton lud den Rest der Tischrunde noch zu einem Drink in seine Wohnung ein.

Als sie angekommen waren und Erika jedem ein Glas in die Hand gedrückt hatte, konnte Maxim nicht mehr an sich halten: „Also wisst ihr, ich hatte so eine Angst vor diesen Gesprächen und ich kann es noch immer nicht fassen, dass die heute Nachmittag so mir nichts, dir nichts, Aufträge für 5.886.420 US $ unterschrieben haben. Auslieferung innerhalb von 5 Jahren, das heißt jedes Jahr einen Umsatz von über einer Million. Jetzt kann ich mir ein Auto kaufen!“

Alle mussten lachen.

Maxim fuhr fort: „Jetzt erst kann ich ermessen, was es mit den Verträgen für die sogenannten freien Festen auf sich hat. Ich hatte das alles nicht so ganz verstanden, aber jetzt kapiere ich es langsam. Wenn dieser Auftrag abgewickelt ist, dann bin ich reich, Mike auch und ihr alle auch. Ich sag euch, jetzt brauche ich den Champagner nicht mehr, ich brauche jetzt einen Wodka, Erika, hast du einen?“

***

Um 10 Uhr, wie verabredet, trafen sich Maxim und Mike mit den Delegierten aus USA. Man besichtigte noch die Werkstätten im Schnellgang. Es klappte alles wie verabredet und kurz nach 14:30 Uhr verließen die beiden Wagen Wiesbaden in Richtung Flughafen.

Wie immer war Susi an diesem Tag bereits seit neun im Büro und versuchte, über ihre Stöße von Papier Herr zu werden. So gegen elf sah sie kurz Erika und fragte: „Sag mal, wie kommst du eigentlich mit Nina zurecht?“

Erika ziemlich nachdenklich: „Die tut mir leid, sie spricht nicht viel, aber man sieht, was mit ihr los ist. Ich glaube, sie hat viel mit Petra und Ilse gesprochen. Die fragst du besser. Sie wollte heute unbedingt kochen, das hab ich ihr nicht erlaubt. Mit ihrem gebrochenen Arm kann sie das wirklich nicht. Aber jetzt muss ich nach oben, wenn wir heute Mittag was auf dem Tisch haben wollen.“

Susi entschloss sich, zu Ilse zu gehen. Sie traf Ilse zusammen mit Jo.

Susi begrüßte beide und fragte dann Ilse: „Erika hat mir gerade erzählt, dass du dich und auch Petra mit Nina unterhalten habt. Was hast du denn für einen Eindruck?“

Ilse entschuldigte sich bei Jo: „Jo, tut mir leid, aber jetzt muss ich dich allein lassen. Das, was ich Susi erzählen muss, das ist nur was für Frauen.“ Dann ging sie mit Susi in ein leeres Nachbarzimmer und begann:

„Eigentlich müsste dir Nina das selbst erzählen. Aber sie traut sich nicht. Ist auch furchtbar schwer für sie. Sie kann kaum sitzen und auch das Gehen fällt ihr nicht leicht. Am schwierigsten ist es, wenn sie aufs Klo gehen muss. Petra kann dir da noch mehr erzählen.“

Susi ernst: „Mir hat sie es auch erzählt, aber nicht, dass sie so stark verletzt wurde. Ich werde nach dem Mittagessen mit ihr sprechen und wenn sie will, mit meinem Gynäkologen, damit er sich das ansieht. Was meinst du, wie stark ist sie seelisch belastet? Hilft es ihr, wenn sie bei uns ist?“

Ilse nachdenklich: „Ich glaube, wenn du sie jetzt von hier fortschickst, würdest du sie verletzen. Sie hat hier wenigstens Personen, die sich ihrer annehmen. Überall ist man freundlich zu ihr, obwohl man sehen kann, was passiert ist. Sie war auch schon in den Ateliers im Hinterhaus und alle haben ihr Mut zugesprochen. Nimm sie hier nicht weg. Ich hab ihr auch schon angeboten, bei mir zu schlafen, aber das erscheint ihr auch nicht richtig. Sie ist noch durcheinander. Aber sprich doch mal mit Petra. Am besten, du gehst gleich zu ihr, denn im Moment ist Nina sicher bei Erika.“

Susi und Ilse gingen wieder zurück zu Jo. Susi sagte nur: „Jo, tut mir leid, wenn ich Ilse entführte, aber Nina hat ein Problem und das wollen wir lösen.“

Jo: „Das ist ein armes Kind, sie kann einem leid tun. Halte euch die Daumen. Wenn ich helfen soll, sagt es mir.“

Susi verabschiedete sich und ging hoch zu Petra. Ben und Anna empfingen Susi und gingen mit ihr zu Petra. Die freute sich, Susi zu sehen, fragte, ob sie einen Kaffee wolle. Als Susi verneinte, sagte sie nur: „Ich glaube, ich weiß, warum du kommst. Nina! Richtig?“

„Du hast den Nagel auf den Kopf getroffen. Ich muss wissen, wie ich mich richtig verhalten soll. Verrätst du mir deine Meinung?“

Petra schickte die Kinder in ihr Zimmer zum Spielen und sagte dann: „Susi, das ist ernst. Wenn du nicht gekommen wärst, so hätte ich dich heute Nachmittag besucht. Sie muss unbedingt zu einem Gynäkologen. Die junge Frau ist körperlich und seelisch am Ende.

Sie hat sich mit mir, Ilse und Vera etwas angefreundet und auch mit Erika hat sie schon ein paar Worte gewechselt. Sie ist sehr scheu. Am besten gefällt es ihr im Atelier im Hinterhaus. Dort haben sie zwei unserer Künstler ins Herz geschlossen. Du gehst doch auch öfter zu deinem Gynäkologen. Kannst du sie nicht mal mit hinnehmen?

Wäre ich in Thailand, würde ich sie in ein Kloster schicken. Aber hier geht das nicht. Ich helfe ihr, soweit ich kann, aber ich habe vier Kinder und meistens noch den Ben. Dazu noch einen Mann. Also nicht viel Zeit. Vera kommt heute Nachmittag, die soll sich auch noch mal mit ihr beschäftigen. Am meisten braucht sie Zuneigung und Liebe."

Die beiden unterhielten sich noch kurz, dann sagte Susi: „So jetzt muss ich nach oben, es ist Mittagessenszeit und deine Mannschaft kommt auch bald."

Susi ging nach oben in ihre Wohnung und traf Moritz im Gespräch mit Nina. Erika wirkte in der Küche und rief nur, das Mittagessen sei gleich so weit. Susi setzte sich zu Moritz, der mit Nina sprach. Moritz erklärte Nina die Zusammenhänge innerhalb der Familie, er erzählte wie alles gekommen ist und Nina hörte aufmerksam zu. Als Moritz geendet hatte, rief Erika zum Mittagessen. Wie auf Kommando kam Anton pünktlich zum Mittagessen und lachte: „Ist das ein Timing?"

Erika hatte die Reste vom Vortag gewärmt und noch einen besonderen Nachtisch gemacht. Man unterhielt sich locker und nach dem Essen verschwand Susi mit Nina noch mal im Gästezimmer.

Susi umarmte Nina und sprach ganz ruhig: „Nina, wir sind zwei Frauen und du kannst mir vertrauen, dass ich von unserem Gespräch nichts weitererzählen werde. Ich weiß, so ein Gespräch ist unendlich schwer. Aber wenn wir dir helfen wollen, dann solltest du mir erzählen, was du unter deinem Mann erleiden musstest."

Unter viel Tränen berichtete die schluchzende Nina das Martyrium der letzten zwei Jahre.

Als Susi ihr anbot, sie mit zu ihrem Gynäkologen zu nehmen um zu sehen, wie man helfen könne, verneinte Nina das mit der Bemerkung: „Das kann ich keinem Menschen zeigen, ich würde mich in Grund und Boden schämen."

Lange brauchte Susi, bis sie Nina überredet hatte, doch am nächsten Morgen mit zu ihrem Frauenarzt zu gehen. Sie versprach Nina, niemand würde etwas über das Ergebnis erfahren. Auch Dieter Zeiser nicht.

Dann sagte Susi: „Nina, du hast bisher nur wenig Mitarbeiter kennengelernt. Alle wollen helfen. Du sollst dich wohlfühlen. Du sollst hier unsere große Familie kennenlernen. Du wirst sehen, das ist eine Einheit und jeder hilft dem anderen. Hab ein bisschen Geduld. Ich habe schon gehört, du fühlst dich in den Ateliers recht wohl. Geh auch hinüber zu Antons Galerie, sehe dir dort die Ateliers an. Ich bin überzeugt, dass du den Weg zur Kunst findest. Wenn Anton noch da ist, soll er dich mit in seine Galerie nehmen. Es wird dir viel Freude bereiten. Also Kopf hoch, wir helfen!"

***

Wuppertal

Ein nebliger Dienstagmorgen in Wuppertal. Fastnacht, oder wie man hier sagte, Karneval in allen Straßen.

In den Räumen der **Galerie artis opus Wuppertal** gingen Wolfgang Zeller, Bart van de Velde und Paul Vermeylen durch die Zimmer und Etagen. Bart stellte fest: „Mensch,

Wolfgang, was du in sieben Tagen vollbracht hast, das ist schon erstaunlich. Wie hast du die Räume so sauber gekriegt? Und auch die Heizung funktioniert schon. Erzähle!“

Wolfgang begann: „Mit der Heizung hatten wir einfach Glück. Nachdem das Öl kam, haben wir einen Probelauf gemacht und bis auf zwei Heizkörper war alles in Ordnung. Ich will nicht sagen, dass es überall warm ist, aber zumindest überschlagen ist es in allen Räumen.

Nachdem die Heizung ging, habe ich den Elektriker bestellt und in allen Räumen das Licht nachsehen lassen. Wir haben jetzt überall Licht, aber wir können die Leitungen nicht sehr belasten. Anders war es mit der Reinigung. Ich habe mir sechs Mann besorgt, die arbeitslos waren. Die putzen seit Mittwoch der letzten Woche zehn Stunden am Tag. Noch eine Woche, dann sind wir einigermaßen durch. Zwei davon werden wir behalten, die sind wie geschaffen für unser Unternehmen.

Eine Dame habe ich auch eingestellt. Sie sieht gut aus und hat Erfahrung mit Computer. Sie kann auch den Empfang machen. Ob sie zu unserem Unternehmen passt, das wird sich herausstellen. Sie fängt morgen an.

Die Polen renovieren wie die Teufel. Der Architekt hat seine Pläne fertig und koordiniert die Arbeiter. Wenn alles klappt, können wir in vier Tagen den Empfangsraum der Ausstellung einräumen.“

Wolfgang ging weiter und fragte Paul: „Hat alles geklappt, wie du es dir vorgestellt hast?“

Paul meinte nur: „Kommt mit in den Seitenbau, lasst euch überraschen.“

Als sie in den 3. Stock des Seitenbaus kamen, sahen sie drei Herren die an Staffeleien arbeiteten.

Paul sagte: „Die Herren kennt ihr schon. Was ihr noch nicht kennt, sind unsere fantastischen Gemälde.“ Er ging in einen anschließenden Raum, in dem auf Staffeleien die Kopien alter Meister zu sehen waren.

Paul erklärte: „Wie ihr wisst, wollen wir möglichst problemlos gute Kopien alter Bilder herstellen. Ein aufwändiges Verfahren und selbst geschulte Kopisten brauchen für so eine Kopie viele Tage und sehr gute Vorlagen. Wir haben schon oft darüber gesprochen und bedienen uns – wie vereinbart – hier der Vorlagen der Galerie Kaiser. In unserem Fall nehmen wir die von der Galerie Kaiser angebotenen Öldrucke. Wir müssen diese übermalen, damit man das Raster der Öldrucke nicht erkennen kann. Da die Öldrucke der Galerie Kaiser auf Leinwand aufgebracht sind, ist das alles für uns kein Problem. Es geht nicht ganz so rasch, wie wir es uns gedacht haben, aber immerhin ziemlich schnell. Ein Bild pro Tag und Mann. Die Rückseite spritzen wir in einem vergilbten Weiß eierschalenfarbig. Die modernen Keilrahmen der Bilder haben wir auf alt getrimmt. Im Keller liegt eine Menge Schmodder, damit behandeln wir das Holz. Es sieht ziemlich alt aus.

Wir haben auf den Öldrucken der Firma Kaiser keine Zeichen und Namen feststellen können. Lediglich auf der Rückseite klebte ein zirka DIN A4 großer Sticker, auf dem die Details des Bildes angegeben waren. So der Name des Künstlers, Name des Bildes, in welchem Museum das Original hängt, eine Beschreibung des Bildes und so weiter. Darunter klein Galerie Kaiser, Wiesbaden. Außerdem Datum und Uhrzeit der Herstellung. Wir haben das Schild mit Benzin getränkt und dann ließ es sich einfach abziehen.

Im Moment haben wir 25 Gemälde fertig und drei in Arbeit. Die Rahmen nehmen wir wie vereinbart von der Firma Gerkan von nebenan. Allerdings müssen wir die Rahmen wertvoller gestalten. Blattgold habe ich schon besorgt und den Firnis auch. Damit fangen wir in zwei Tagen an. Wir haben jetzt auch die Ölfarben von Kaiser. Die sind sehr teuer. Lukas Farben wären billiger. Muss das sein?“

Wolfgang meinte: „Ich glaube, es ist besser, wir nehmen die Kaiser-Farben. Man weiß nie, vielleicht kommt es irgendwann einmal zu einer Auseinandersetzung zwischen der Galerie Kaiser und uns. Vorsicht ist die Mutter der Porzellankiste. Was meinst du, können wir in etwa sieben bis zehn Tagen den ersten Raum der Ausstellung eröffnen? Wir brauchen dann zirka fünfzig Gemälde."

Paul ziemlich nachdenklich: „Also vierzig ziemlich sicher, mehr glaube ich nicht. Vergiss die Rahmen nicht. Es ist ziemlich zeitaufwändig, wenn wir sie einigermaßen exklusiv präsentieren wollen. Du wolltest noch den Trocknungsofen beschaffen. Wann kommt der?"

Wolfgang lachte: „Eigentlich gestern, werde nachher anrufen. Allerdings muss ich noch mal mit dem Elektriker sprechen, das Ding frisst Strom."

Paul erklärte weiter: „Nächste Woche bekommen wir voraussichtlich noch zwei Weißrussen. Die haben noch kein Visum. Hoffentlich klappt das. Mit fünf Mann können wir dann so fünfundzwanzig bis dreißig Gemälde pro Woche schaffen, wenn wir genügend Öldrucke bekommen."

Wolfgang lachte wieder: „Durch Mittelsmänner habe ich so ziemlich die ganze Produktion der Firma Kaiser bis Ende April aufgekauft. Ich habe zwar noch genügend Geld, aber diese Vorauskassen binden eine Menge Kapital.

Bart, berichte doch mal, was tut sich in Solingen bei unseren Freunden der Firma Granika?"

Bart schmunzelte: „Besser könnte es nicht laufen. Durch das Abhören der Telefonate bin ich über alles informiert. In zwei Tagen, fährt deine Verflossene, mit ihrem Mann nach Wiesbaden zur Hochzeit Fast die ganze Firma Granika fährt am Freitag um 12 Uhr mit ihren Angehörigen nach Wiesbaden zur Hochzeit. Bis auf zwei Mann sind alle Angestellten der Firma Granika in Wiesbaden. Es sind acht Kisten, die am Montag zwischen zehn und zwölf von der Spedition abgeholt werden sollen.

Ich habe vor, am Freitagnachmittag bei der Firma Granika anzurufen und zu sagen, dass die Abholung etwas früher erfolgt. Wir sind dann gegen halb neun bei der Firma Granika und holen die Kisten ab. Eines konnte ich nicht feststellen, wie groß die Kisten sind.

Ich schlage vor, wir mieten uns in Belgien einen großen Laster mit Hebebühne. Ich besorge zwei Nummernschilder von einem Autohof – ich weiß schon wo – und schraube die an den Laster. Wenn wir geladen haben und aus Solingen raus sind, dann schraube ich die Schilder wieder ab und befestige die Originale. Ich darf keinesfalls mitfahren, die kennen mich als Telecom-Mitarbeiter. Ich glaube, Paul sollte den Wagen fahren. Aber wir brauchen noch einen zuverlässigen Mann."

Wolfgang: „Paul fährt den Wagen und er kann auch einen Mann aus der alten Crew in Brüssel besorgen."

Paul schmunzelte: „Hab ich schon erledigt. Mein Mann kommt übermorgen. Wenn der da ist, fahren wir die Strecke ab und sehen nach, wo wir ungesehen die Nummernschilder wechseln können. Du, Bart, bleibst am besten bei der Telefonüberwachung. Dann kannst du mir am Handy berichten, was sich bei der Firma Granika tut, wann und wie man die falsche Auslieferung der Ware bemerkt hat.

Ich hoffe nur, dass sich das nicht ausgerechnet mit Dresden überschneidet. Die wollen auch in der nächsten Woche tätig werden. Das wollte ich euch sowieso erzählen. Also die Polen in Dresden haben mich angerufen und mitgeteilt, dass wir für die nächste Woche das Geld bereithalten sollen. Übergabe am vereinbarten Parkplatz in der Nähe der Moritzburg. Unser Mercedes Sprinter hat eine große Ladefläche, lang und hoch genug ist sie auch. Also kein Problem."

Wolfgang, gut gelaunt: „Also, Paul, Bart, das läuft alles besser, als ich es erwartet habe. Lasst uns zu unserem polnischen Architekten gehen, der hat jetzt alle Pläne fertig. Das müsst ihr einfach sehen."

Das Trio ging in den 2. Stock des Hauptgebäudes, in dem der Architekt sein Büro eingerichtet hatte.

Man begrüßte sich freundschaftlich und der Architekt zeigte den dreien die Pläne. Alle drei waren jetzt mehr als überrascht, obwohl sie schon vorher Teile der Zeichnungen gesehen hatten.

Der Architekt erklärte: „Wir beginnen beim Haupteingang, der eigentlich mehr eine Einfahrt ist. Die soll es auch bleiben. Links neben der Einfahrt beginnt das Hauptgebäude. Die Baupläne stimmen nicht. Irgendwann muss ein Umbau erfolgt sein. Wir gingen von einer Fläche von 300 m^2 je Etage aus. Das stimmt nicht. Ich habe alles nachgemessen. Jede Etage hat 424 m^2, nur der Keller hat 412 m^2, wegen der stärkeren Grundmauern. Einschließlich Mansarde hat das Haupthaus zirka 2.458 m^2. Wie Sie sehen können, habe ich wie folgt geplant:

Das Erdgeschoss liegt 60 cm über dem normalen Boden. Also machen wir einen kleinen Eingang von der Straße zum Erdgeschoss zu einem sogenannten Empfangsraum. Damit haben wir schon angefangen. Da das Gebäude unter Denkmalschutz steht, dürfen wir eigentlich nichts verändern. Die Baubehörden sollten wir nicht fragen. Ich brauche nur noch ihre Erlaubnis für den Durchbruch auf die Straße. Den machen wir blitzschnell innerhalb eines Tages. Vom Empfangsraum gibt es eine Tür zum Treppenhaus und eine Tür zum Hofgang. Ein Runddurchbruch erfolgt zur Galerie im Erdgeschoss. Das Erdgeschoss der Galerie ist in vier Säle aufgeteilt. Im ersten Saal geht eine frei schwingende Treppe in den ersten Stock der Galerie.

Im ersten Stock, der auch Galerie wird, endet die frei schwingende Treppe und wir haben wieder vier große Säle.

Hier im 2. Stock entstehen vier Wohnungen. Für die Wasserleitungen und Abwässer müssen wir durch die Galerie zwei technische Schächte bauen.

Der 3. Stock ist im Moment für Ateliers vorgesehen. Hier müssen wir hofseitig größere Fenster einbauen. Die Mansarde sollten wir nur als Atelier nutzen.

In dem großen Nebengebäude können wir Wohnungen für die Mitarbeiter einbauen und das Erdgeschoss und den 1. Stock als Lagerraum verwenden. Der 2. und 3. Stock ist für Mitarbeiter-Wohnungen vorgesehen."

Das Trio war von den Plänen sehr angetan, zumal der Architekt die Baupläne mit entsprechenden Skizzen begleitet hatte. Alles sah sehr gut aus. Wolfgang drängte den Architekten, endlich den Preis für die Umbauarbeiten zu nennen. Der wand sich wie ein Aal und sagte dann: „Ja, wissen Sie, Herr Wolfgang, es ist schwer, unsere Leute sind sehr billig. Ich zahle gut und auch das Schlafen und das Essen. Kochen und schlafen tun sie in der ehemaligen Hausmeisterwohnung. Ist primitiv, aber geht. Ich würde sagen, wir rechnen jede Woche ab. Material nach Rechnung und Löhne nach Stunden. Meine Kosten sind nicht dabei, die haben wir schon vereinbart. Ich glaube, so wird es am Billigsten für Sie."

Man verabschiedete sich und das Trio ging in einen leeren Raum, um sich zu unterhalten.

Alle drei waren sich einig, man brauchte noch mehr Kapital. So sagte Wolfgang: „Paul, ich glaube wir müssen noch mal unsere Kontakte in Holland aktivieren. Die haben uns einmal vorgeschlagen, in Antwerpen einen Besuch im Rubens Museum zu machen. Was meint ihr dazu?"

Alle drei waren schnell einig, dass man das möglichst rasch in Angriff nehmen sollte.

„Jetzt hab ich noch etwas Eigenartiges zu berichten", sagte Wolfgang: „Ende letzter Woche habe ich versucht bei den sogenannten Kunstmessen Termine zu bekommen. Immer und immer wieder wurde ich an eine Beraterfirma Wahl verwiesen. Am Freitag hab ich diese Firma angerufen. Nach einem anfänglich ablehnenden Gespräch fragte Herr Wahl: »Sie sind doch eigentlich Konkurrent der Firma Kaiser in Wiesbaden?« und als ich das bejahte, änderte sich auf einmal der Ton um 180 Grad. Herr Wahl wurde freundlich, schlug ein Treffen vor, bot mir jegliche Form von Hilfe an. Wir wollen uns demnächst treffen. Entweder er kommt nach Wuppertal oder ich treffe mich mit ihm in München."

Paul meinte: „Wolfgang, sei vorsichtig. Du kennst den Wahl nicht. Der ist aus irgendeinem Grund sauer auf die Galerie Kaiser und du auch. Du weißt, da macht man leicht einen Fehler. Die Galerie Kaiser hat uns schon einmal aufs Kreuz gelegt. Da waren wir auch sicher, es kann uns nichts passieren. Die haben gute Verbindungen zur Polizei. Ich glaube, wir sollten uns erst mal bedeckt halten."

Auch Bart schloss sich an: „Wolfgang, denke an Straßburg. Um ein Haar hätte es dich dort erwischt. Okay, du hast jetzt einen anderen Namen und ein anderes Umfeld. Du bewegst dich aber auf dem gleichen Markt. Die sind doch nicht doof. Außerdem weißt du nicht, was Herr Wahl – oder wie er heißt – für einen Zoff mit der Galerie Kaiser hat. Sei vorsichtig und traue ihm nicht."

Wolfgang ernst: „Das kannst du singen, bevor Wahl von mir etwas erfährt, passiert viel, aber seine Hilfe können wir bei Ausstellungen brauchen. Ich verspreche euch, ich werde äußerst vorsichtig sein."

Dann setzten sich die drei zusammen, um einen genauen Zeitplan zu machen.

***

Wiesbaden

Susi und Moritz frühstückten relativ früh an diesem sonnigen Mittwochmorgen.

„Schatz", sagte Susi, „noch zwei Tage bis zu unserer Hochzeit und mein Schreibtisch schaut aus, als wäre ich vier Wochen in Urlaub gewesen. Ich freue mich, dass Hilde heute Abend kommt. Die hat zwar auch wenig Zeit, aber wenigsten zwei Sachen muss sie mir abnehmen. Die kennt sich damit besser aus als ich." Moritz schmunzelte: „Ich weiß, Hilde fehlt dir sehr und kaum ist Erika ein bisschen eingearbeitet, wirst du sie auch verlieren. Ich bin sicher, wir finden noch jemand passenden als deine Sekretärin. Ich will so gegen zehn bei dir im Büro vorbeischauen, um die Einladungen noch mal durchzugehen. Hast du Zeit?"

„Für dich doch immer. Außerdem, das muss zwei Tage vor der Hochzeit einfach sein."

Susi hatte kaum ausgesprochen, als Nina kam. Nach der Begrüßung sagte sie zu Nina: „Kommst du gleich mal mit mir nach unten ins Büro?"

Nina trank nur noch eine Tasse Kaffee und ging dann mit Susi in deren Büro in die dritte Etage.

„Nina setze dich, ich muss kurz mit dir reden. Du weißt, wir haben im Verein Fonds die zur Unterstützung und Hilfe besonderer Gegebenheiten für unsere Mitarbeiter zur Verfügung stehen. Gestern am späten Nachmittag habe ich noch mal mit meinem Gynäkologen gesprochen, dieser wiederum mit einem ihm bekannten Chirurgen. Deine Verletzungen müssen behandelt und wieder in Ordnung gebracht werden. Da wird eine kleine Operation notwendig sein. Die Krankenkasse wird das wahrscheinlich nicht übernehmen. So wird in diesem Fall unser Verein die Kosten übernehmen. Bist du damit einverstanden?"

Nina konnte immer noch nicht reden. Sie brachte lediglich ein geschluchztes „Ja" hervor.

Dann sprach Susi weiter. „Du musst für ein paar Tage in ein Krankenhaus. Wenn du willst, kannst du danach sofort in meine Gästewohnung ziehen und brauchst nicht mehr zurück ins Frauenhaus. Ist das in deinem Sinn?"

Immer noch flossen bei Nina die Tränen, sie konnte nicht sprechen, aber sie nickte.

Susi sprach weiter: „Wegen deines Gipsarms und wegen der sicherlich hinderlichen Operationsverbände darfst du anfangs keinesfalls etwas arbeiten. Ich weiß, du gehst gerne in die Ateliers im Hinterhaus, um dir die Zeit zu vertreiben. Lasse dir doch mal den Umgang mit Pinsel und Farbe zeigen. Als ich meine schwere Zeit hatte, hat mir das unheimlich geholfen. Also Kopf hoch. Vergiss nicht, du bist auf unserer Hochzeit eingeladen. Du gehörst jetzt dazu. Ich habe mit Moritz gesprochen, dass er zusammen mit Dieter Zeiser, entsprechende Kleider aus deiner Wohnung holt. Also mache dir um die Kleidung keine Gedanken. Morgen kommt unsere Hilde aus Solingen, die soll dir beim Schminken helfen, denn deine Verletzungen muss man nicht unbedingt sehen. Ich werde Hilde bitten, dir zu helfen."

Nina versuchte, zu lachen, was ihr nicht ganz gelang. Die Tränen flossen zu sehr. Sie bedankte sich unter Schluchzen und verabschiedete sich.

Nicht viel später klopfte Moritz, er hatte Akten bei sich, und fragte vorsichtig: „Hast du einen Moment Zeit?"

Susi lachte. „Haben wir doch vereinbart. Ich bin gespannt, wer alles kommen wird. Bevor ich den Papierwust lesen muss, erzähle mir einfach die wesentlichsten Dinge."

Nun schilderte Moritz seine Planungen zu den Feierlichkeiten in allen Einzelheiten. Er verriet mit keinem Wort, welche Überraschung er ausgesucht hatte.

Susi gab ihrem Moritz einen Kuss und lachte: „Ich bin gespannt, was du uns für eine Überraschung an unserer Hochzeit bietest. Ich habe schon rumgefragt, aber entweder keiner weiß was oder die halten alle dicht. Mike weiß es sicher, aber von dem erfahre ich sowieso nichts. Schatz, ich freue mich so richtig auf die Feier, aber verrate mir, wer kommt eigentlich alles und wie viele Personen sind wir?"

Moritz schmunzelte, er übergab Susi eine lange Liste und sagte: „Wir haben heute genau 423 Anmeldungen. Spar dir, die Listen durchzusehen, ich erzähle dir das Wesentlichste. Fast alle unsere Firmenmitarbeiter kommen mit Anhang. Auch die von meiner ehemaligen Firma in Solingen. Unsere Auslandsvertreter sind fast vollzählig hier. Wir haben es sogar noch geschafft, die Visa für die Ehefrauen von Maxim und Boris zu bekommen und für die Mutter und die Brüder von Alena. Aus Rom kommt alles, was entbehrlich war, sogar der Bruder von Carlo, Walter Steiner, hat es sich nicht nehmen lassen zu kommen. Professor Prantner sowieso.

Ein Punkt ist noch zu klären, es hat sich die vertretende Direktorin der Eremitage in St. Petersburg angemeldet. Das wiederum hat seine Exzellenz den Botschafter von Russland veranlasst, uns mitzuteilen, dass er wahrscheinlich auch mit Gattin kommen wird. Wenn dem so ist, dann muss zumindest der Oberbürgermeister dieser Stadt oder ein Vertreter der Hessischen Landesregierung kommen. Die Einladungen sind raus, aber wir wissen noch nicht, wer kommt. Das erfahren wir erst heute Nachmittag."

Susi ernst: „Das Ganze wird eine Nummer größer, als ich dachte. Trotzdem, ich freue mich auf die Hochzeit und auch auf die Feier. Ich bin mal gespannt, was du zu meinem Kleid sagst. Ich hoffe, es gefällt dir – aber, sehen darfst du es vorher nicht. Erika hat sich was Todschickes besorgt und ich weiß, auch Alenas Kleid ist außergewöhnlich."

Susi überlegte einen Moment, bevor sie Moritz fragte: „Sag mal, wenn unsere ganzen Auslandsvertreter kommen, die wollen doch die Ausstellungen und auch die Werkstätten sehen, hast du daran gedacht?"

Moritz schmunzelte schon wieder: „Schatz, alle Mann in der Firma arbeiten daran. Ab Morgen wird überall aufgeräumt. Ab Freitagmorgen ist hier alles picobello. Du kannst dich darauf verlassen, dass sowohl die Ausstellungen und auch die Arbeitsstätten aufgeräumt und besetzt sind.

Hilde wollte ihren früheren Kollegen zeigen, was die Firma Granika herstellt und hat auch ein Sonderangebot vorbereitet. Sie will unseren Mitarbeitern einen Rabatt von 50 % auf die Endverkaufspreise einräumen. Wir hatten leider keinen entsprechenden Ausstellungsraum mehr frei. Hier hat Erika geholfen. Neben Antons Galerie ist doch der große

Laden vor einem Monat frei geworden. Den hat Erika angemietet und da baut Hilde ihre Ausstellung auf. Unsere Leute sind schon gespannt, was Hilde anzubieten hat. Ich hoffe, Hilde hat Erfolg. Der Bekannte von Carlo Steiner aus Rom kommt auch. Er will die Vertretung für Italien. Ich wünsche, sowohl Hilde wie auch Erich, dass das klappt."

Susi schaute Moritz innig an: „Moritz, du bist hier so etwas wie die Graue Eminenz. Ich kann es mir nicht mehr vorstellen, das alles ohne dich zu bewerkstelligen. Herzlichen Dank für all deine Arbeit."

„Schatz", lachte Moritz, „hier hast du unseren Dienstplan für die Tage Freitag bis Sonntag. Alles ist geplant, eingeteilt, und ich bin sicher, es wird keine Pannen geben. Eines muss ich sagen, unsere Mitarbeiter sind Spitze. Du solltest deinen Schreibtisch ab morgen Nachmittag bis Montag vergessen. Morgen Nachmittag hast du schon die ersten Gäste. Am Freitag bist du sowieso tabu, bis auf deine Verpflichtung als Braut und meine Ehefrau. Am Samstag und Sonntag haben wir Gäste und ohnehin alle Hände voll zu tun. Prem, Hugo und Ilse befassen sich mit der Führung unserer Gäste und haben dafür einen festen Zeitplan. Du wirst sehen, alles klappt bestens."

Solingen

Hilde hatte den ganzen Vormittag dazu benutzt, um ihre Firmenausstellung einzupacken und in einem ziemlich großen Lieferwagen zu verstauen. Wie ihr Erika gesagt hatte, waren die Ladenräume neben Antons Galerie in Wiesbaden zwar leer und sauber, aber es waren keine Tische vorhanden und auch kein Stuhl für Besprechungen. Sie hatte alles mit zwei Damen von ihrem Verkauf vorbereitet und wollte die beiden auch morgen mit nach Wiesbaden nehmen, um mit ihnen die Ausstellung aufzubauen.

Erich überwachte das Verpacken der Militaria in acht sehr große Kisten für die USA. Erich erklärte seinen beiden Mitarbeitern genau, wie sie das machen sollten, denn man würde den Rest erst am Wochenende fertig einpacken. Die beiden Herren wollten das am Samstag und Sonntag machen und auch bei der Auslieferung an die Spedition mit dabei sein. Eventuell sogar noch mit zur Spedition fahren. Es war die größte Sendung die Erich bisher in die USA lieferte.

Für die Zeit, die er und seine Mitarbeiter in Wiesbaden bei der Hochzeit sind, hatte Erich bei einem Sicherheitsdienst eine Bewachung organisiert.

Es war schon fast 18 Uhr, als Hilde den Wagen fertig geladen hatte. Die beiden Damen, die mit ihr nach Wiesbaden fahren sollten, wollten morgen Früh bereits um 8 Uhr mit ihren Koffern in der Firma sein.

Endlich war man fertig und Hilde umarmte ihren Erich. „Schatz, wenn ich nicht schwanger wäre, müsste ich jetzt einen Schnaps haben. Aber so tut's auch ein Saft. Was nimmst du?“

Erich musste lachen: „Du trinkst Saft und ich Schnaps. Trotzdem, ich will mir heute Abend ein Glas Wein gönnen. Du und deine beiden Weiber, ihr habt gearbeitet wie die Bekloppten, habt ihr alles in den Wagen gekriegt?“

Hilde lachte nur: „Wir haben noch jede Menge Platz. Deine kleine Kiste mit den Musterorden bringen wir noch locker unter. Jetzt lass ich dich einen Moment allein, du musst sehen, was ich übermorgen zur Hochzeit anziehe. Es ist gar nicht so einfach, was Richtiges zu finden, wenn man im 7. Monat schwanger ist. Aber unsere Ersatzoma hat mitgeholfen. Sie wartet schon und will mir in das Kleid helfen.“ Hilde ging nach draußen, um sich umzukleiden. Erich fand es wunderschön, mit Hilde sein Leben zu gestalten. Er war so richtig glücklich.

Dann kam Hilde, hinter ihr die ehemalige Aufwartefrau, und wie beide jetzt sagten, ihre Ersatzoma und Hilde präsentierte sich in einem hellblauen, langen, die Figur umschmeichelnden Kleid, das ihren Zustand verbarg.

Erich musste Hilde umarmen und sagte nur: „Das sieht wundervoll aus. Das Hellblau mit dem Tüll darüber sieht fantastisch aus. Auch der blaue Schleier ist wunderhübsch. Habt ihr das zusammen gekauft?“

Die Ersatzoma meinte: „Da haben wir aber auch gesucht. In Düsseldorf haben wir dann das Passende gefunden. Sieht es nicht todschick aus?“

Erich meinte nur: „Hilde, du siehst zum Anbeißen aus. Mal sehen, was Erika, Susi und Alena tragen.“

Und die Ersatzoma: „Schade, dass ich die nicht sehen kann.“

Hilde entsetzt: „Wieso, fährst du denn nicht mit auf die Hochzeit?“

Die Ersatzoma: „Mich hat keiner eingeladen.“

Hilde musste lachen: „Na klar, die Liste ist in der Firma rumgegangen. Jeder hat sich eingetragen, nur dich hat man vergessen und ich auch. Entschuldige. Nachher werde ich Moritz anrufen und dich anmelden. Lasse dich morgen Früh auf die Busliste setzen. Du, und nicht dabei, das gibt’s nicht.“

***

Wiesbaden

Am Donnerstagmorgen zeichnete es sich bereits ab, dass es ein ziemlich aufregender Tag werden würde. Ankunft der ersten Gäste, Abholungen am Flughafen und am Bahnhof. Die ersten Gespräche, jeder Mitarbeiter war bemüht, seinen Arbeitsplatz auf Vordermann zu bringen.

Hilde war mit Erich und den beiden Damen schon gegen elf in Wiesbaden. Sie stellte die Damen Susi vor und die begaben sich zu Antons Galerie, um dort im Nachbarladen ihre Ausstellung aufzubauen.

Erich nahm seine Muster der Orden und Ehrenzeichen und ging in den Sonderraum im 1. Stock der Ausstellung in der Taunusstraße, um diese zu präsentieren.

Maxim, Boris, Alena und Franz waren zum Flughafen gefahren, um die Ehefrauen von Boris und Maxim abzuholen sowie die Delegation der Eremitage aus St. Petersburg und die Mutter und Brüder von Alena.

Um 18 Uhr hatte Susi zum Aperitif in ihre Wohnung eingeladen und für 20 Uhr war das gesamte Lokal von Giovanni für ihre Gäste reserviert.

Schon um 17:30 Uhr füllte sich die Wohnung von Susi, es war ein schönes Kennenlernen. Man unterhielt sich gut. Das gegenseitige Vorstellen nahm kein Ende. Selbst die Delegation der Eremitage fand sich schnell zurecht.

Es war bereits 19 Uhr, als es plötzlich vor der Wohnungstür furchtbar schepperte, klirrte und polterte, und Susi sagte nur: „Ach Gott, Polterabend!"

Man öffnete die Wohnungstür und ein riesiger Scherbenhaufen war zu sehen. Nach altem Brauch mussten sich nun Braut und Bräutigam an das Entfernen des zerbrochenen Geschirrs machen. Alle waren gnädig und halfen mit und unter viel Lachen wurden die Scherben beiseite geschafft.

Es war schon viertel vor acht, als Susi zum Aufbruch mahnte. Alle gingen geschlossen in das nicht weit entfernte Restaurant Giovanni zum Abendessen. Der Besitzer ihres Stammrestaurants hatte das Restaurant sehr schön dekoriert. Giovanni hatte sich für fünfzig Personen gerichtet und so viel waren es im Endeffekt auch. Der Inhaber begrüßte die Gäste einzeln und bat sie, ungezwungen an der großen Tafel Platz zu nehmen. Er hatte sehr festlich gedeckt. Das Kerzenlicht gab eine dezente Beleuchtung und Giovanni servierte zur Begrüßung einen alkoholfreien Cocktail. Als alle saßen, nahm er sein Glas, klopfte daran und sprach:

„Herzlich willkommen. Viele von Ihnen kenne ich seit vielen Jahren. Einige Gesichter sind neu, aber ich hoffe, sie fühlen sich bei mir wohl. Liebe Susi Kaiser, lieber Moritz Granika, es freut mich, dass sie den letzten Abend vor Ihrer Hochzeit bei mir verbringen und ich wünsche Ihnen schon heute alles Gute für den morgigen Tag. Liebe Erika, lieber Anton, auch wir kennen uns schon lange und auch für Sie alles Gute für Ihre Hochzeit morgen. Liebe Alena und lieber Franz, für Ihre morgige Verlobungsfeier meine allerbesten Wünsche."

Mit Ausnahme der Kerzen wurde es im Raum dunkel und sechs Kellner brachten die Vorspeise, eine getrüffelte Pastete mit Toast. Giovanni leitete den Service mit Grandezza. Es machte Spaß, ihm zuzusehen. Susi meinte zu Moritz: „Das hätte ich Giovanni gar nicht zugetraut. Man erkennt ihn kaum wieder."

Zum Abschluss wurde der Nachtisch mit einem kleinen Feuerwerk präsentiert.

Das Essen war zu Ende, als Mike aufstand, an sein Glas klopfte und um Ruhe bat: „Liebe Freunde, wir bedanken uns bei Giovanni für seinen so außergewöhnlich zelebrierten Service. Ich glaube, er und seine Kellnerbrigade haben einen Applaus verdient!" Mike begann zu klatschen und alles schloss sich an.

Dann fuhr Mike fort: „Ich weiß, es ist heute Polterabend und da geht es meist etwas länger, andererseits haben wir alle morgen einen sehr schönen, aber auch einen sehr anstrengenden und langen Tag. Ich hoffe, im Interesse aller zu sprechen, wenn ich vorschlage, dass wir diese festliche Tafel nach dem Kaffee aufheben. Ich danke euch!"

***

Freitagmorgen. Sowohl Susi und Moritz als auch Erika mit Anton und Alena mit Franz klinkten sich aus dem Tagesgeschehen aus. Sie bereiteten sich auf die Feier vor.

Die ersten Gäste kamen und nachdem sie im Hotel eingecheckt hatten, besuchten sie die Galerien und Betriebsräume der Galerie Kaiser. Alles klappte problemlos.

Nur ein kleiner Kreis fuhr um viertel vor drei zum Standesamt. Sowohl Susi als auch Erika und Alena trugen dezente königsblaue Roben mit gleichem Schmuck und die Herren einen Smoking.

Der Standesbeamte machte die beiden Trauungen von Susi und Moritz sowie von Erika und Anton sehr feierlich, aber auch sehr dezent. Nachdem sich die beiden Paare geküsst hatten, gratulierten die wenigen Teilnehmer.

Es war vereinbart, dass die eigentliche Begrüßung der Hochzeitspaare und des Verlobungspaares erst in den Kolonnaden erfolgen sollte. Man hatte dort mit fünfzig bis maximal einhundert Personen gerechnet, aber es waren sicher mehr als einhundertfünfzig Personen gekommen, um die beiden neuvermählten Paare und das verlobte Paar zu begrüßen. Man bewarf die Paare mit Reis, gratulierte und stieß mit Sekt auf alle an. Nur mit Mühe konnten sich die drei Paare der Menge von Gästen entziehen, aber sie mussten sich zu Hause noch umziehen und hatten vor dem Empfang um 19 Uhr noch den Fototermin im eigentlichen Festgewand.

Man hatte sich um 18 Uhr im kleinen Saal des Kurhauses verabredet, um die Fotoaufnahmen zu machen, danach sollten sie zur Begrüßung der Gäste um 19 Uhr zur Verfügung stehen. Alles musste rasch gehen. Bei den Fotoaufnahmen war man über die prächtigen Kleider der Damen sehr erstaunt.

Alena trug eine farbenprächtige Tracht aus Russland, die ihr nicht nur gut stand, sie sah fantastisch darin aus. Franz hatte seinen Smoking an.

Erika hatte ein ziemlich enganliegendes, langes, weißes Seidenkleid mit einer purpurroten Stola an. Zum Kleid trug sie eine lange, geschlungene Goldkette. Im Haar hatte sie ein zierliches Krönchen. Erika sah wunderhübsch aus. Anton hatte seinen Smoking an.

Susi trug ein breit schwingendes Kleid aus einem golddurchwirkten Stoff, dazu eine goldfarbene Stola. Im Haar trug sie ein Diadem mit einem großen Topas. Moritz war mit einem blauen Smoking bekleidet.

Es war eine Pracht, die drei Paare zu sehen.

Etwas, woran man nicht gedacht hatte, waren die Sicherheitsabsperrungen. Weil sich der Botschafter Russlands zur Hochzeitsfeier gemeldet hatte, kam nun auch der Ministerpräsident des Landes Hessen sowie der Oberbürgermeister der Stadt.

Moritz informierte nur kurz die drei Paare und meinte: „Macht euch keine Sorgen, Mike hat das alles im Griff. Nur zur Information, der Botschafter ist mit „Seine Exzellenz“ anzusprechen. Ansonsten soll es ein recht kommoder Mann sein. Wir stehen unmittelbar hinter der Absperrung in der Empfangshalle des Kurhauses. Vor uns stehen Mike und Dieter Zeiser, die uns die Gäste zuführen. Hinter uns die Kellner mit den Getränken.

Der Einlass beginnt 18:45 Uhr und dauert bis 19:15 Uhr, dann kommt eine kurze Begrüßung von Mike. Der Veranstaltungssaal öffnet um 19:30 Uhr. Es sind Tischkarten ausgegeben, daher wird sich niemand drängen. Punkt 20 Uhr beginnt dann meine Überraschung für Erika und Susi, für Alena ist es keine mehr, denn sie hat mit dazu beigetragen. So, jetzt lasst uns nach draußen gehen, ich weiß, es ist heute anstrengend, aber der anstrengendste Teil kommt jetzt.“

Moritz bot seiner Frau den Arm, die hängte sich ein und die drei Paare begaben sich in die große Halle.

Als sie die Empfangshalle des Kurhauses betraten, warteten vor der Absperrung schon fast einhundert geladene

Gäste. Als man die Paare sah, wurde applaudiert. Mike, der mit Dieter Zeiser vor der Absperrung stand, platzierte die Paare so, dass sie hintereinander standen. Die Reihenfolge war: Susi – Moritz – Erika – Anton – Alena – Franz.

Die Absperrung ging auf und das Defilee der geladenen Gäste begann. Es wollte kein Ende nehmen, Susi spürte ihre Hand nicht mehr. Seine Exzellenz, der Botschafter Russlands, war nebst dem Oberbürgermeister und dem Ministerpräsidenten eingetroffen, als sich Mike von einem Podest aus mit einem Mikro meldete:

„Exzellenz, Herr Ministerpräsident, Herr Oberbürgermeister, meine Damen und Herren, liebe Freunde und Mitarbeiter. Im Namen der Hochzeitspaare und des verlobten Paares darf ich Sie herzlich begrüßen. Dies ist keine der üblichen Hochzeitsfeierlichkeiten, sondern diese Feier soll uns die Kunst noch näher bringen. Dieses künstlerische Ereignis ist ein Hochzeitsgeschenk von Moritz Kaiser an seine Frau und an seine Tochter Erika und ihren Mann und ein Verlobungsgeschenk an Frau Alena Konovalova und Franz Westermann. Da unsere Künstler zum Teil noch Kinder sind, bitte ich, keine Verzögerung entstehen zu lassen. Unsere kleinen Künstler müssen nach ihrem Auftritt noch etwas essen und dann schnell ins Bett. Bitte, haben Sie Verständnis dafür. Das genaue Abendprogramm finden Sie auf Ihrem Platz. Darunter liegend die Menüfolge. Getränke bestellen Sie bitte nach Wunsch. Ich wünsche Ihnen einen schönen Abend."

Wie auf Stichwort gingen die Saaltüren auf und man sah diesen wundervollen großen Kursaal, der aufwändig geschmückt war. Die runden Tische waren festlich eingedeckt, Blumen überall und in der Mitte zur Bühne war eine große Tanzfläche ausgespart. Der Bühnenvorhang war noch geschlossen. Hintergrundmusik wurde eingespielt.

Viele Gäste hatten bereits das Programm in der Hand und lasen:

19.00 Uhr	*Sektempfang im Foyer des Kurhauses*
19.30 Uhr	*Einlass in den großen Kurhaussaal*
20.00 Uhr	*Beginn: »Der Nussknacker op 71« von Peter Iljitsch Tschaikowsky mit dem Jugendorchester des Konservatoriums St. Petersburg und dem Ballett der Ballettakademie in St. Petersburg*
21.15 Uhr	*Beginn des Abendessens*
22.30 Uhr	*Begrüßung der Gäste durch Dieter Zeiser*
22.45 Uhr	*Begrüßung durch Mike Curtis, Präsident der Kaisers Association of Art in Boston USA*
23.00 Uhr	*Hochzeitswalzer der Paare Susanne und Moritz Kaiser Erika und Anton Jonas und Alena Konovalova mit Franz Westermann*
24.00 Uhr	*Mitternachtsüberraschung danach Tanz bis 2 – 3 Uhr. Die Busse für die Rückfahrt warten ab 2.00 Uhr.*

Kurz vor 20:00 Uhr wurde das Licht langsam dunkler. Seitlich der Bühne war ein großer Stuhl aufgebaut, auf dem Mike Curtis Platz nahm. Er trug einen weiten, schwarzen Mantel, hatte eine schlohweiße Perücke auf und eine große Kladde vor sich. Er rief in den Saal: „Ich darf jetzt alle Kinder zu mir bitten!" In Windeseile waren an die zehn Kinder um ihn versammelt. Er bat die Kinder am Bühnenrand Platz zu nehmen und setzte die kleine Anna und Ben neben sich. Dann begann er: „Liebe Festgäste, liebe Kinder,

es ist sehr, sehr lange her. Im Jahre 1892 kündigten eines Tages große Plakate die Welturaufführung eines Märchens für Ballett an, von dem damals schon berühmten Komponisten Peter Iljitsch Tschaikowsky. Es war ein Weihnachtsmärchen von E.T.A. Hoffmann, das ihr sicher alle kennt.

» Der Nussknacker «

Das Jugendorchester des Konservatoriums St. Petersburg und das Kinderballett der Ballettakademie St. Petersburg versetzen sie nun in eine Märchenwelt und ich erlaube mir, in den nächsten 60 Minuten dieses Märchen zu erzählen."

Langsam war der Vorhang aufgegangen und ein 30-köpfiges Orchester wurde sichtbar. Der Scheinwerfer richtete sich auf den Dirigenten und Mike: „Maestro, bitte!“

Der Dirigent verbeugte sich, ein kleiner Applaus kam und das 30 Mann starke Orchester begann mit der Miniatur-Ouvertüre mit ihren spritzigen Tönen der höheren Orchesterinstrumente.

Im Saal war es mucksmäuschenstill und alles lauschte der außergewöhnlich schönen und klaren Musik.

Am Ende der Ouvertüre verbeugte sich der Dirigent und bekam anhaltenden Applaus.

Wieder wechselte der Scheinwerfer vom Dirigenten zu Mike – dem Märchenerzähler – und er begann: „Lassen Sie uns zurückgehen in unsere Kindheit. Heiliger Abend, erwartungsvolle Aufregung im Haus, und die beiden Kinder in unserem Märchen, wir nennen sie Clara und Fritz, liefen erwartungsvoll zwischen Haustür und Salon hin und her. Kinder sehen viele Dinge, dort einen Lichtschimmer, einen Schatten, ein Leuchten und warten auf Gäste, die noch kommen sollen. Dem kleinen Fritz kamen schon Gedanken, vielleicht haben unsere Gäste Weihnachten vergessen? Gerade ihr Onkel Drosselmeyer ist so vergesslich in solchen Dingen. Der Lieblingsonkel Drosselmeyer hatte weiße Haare und war immer spaßig, und außerdem konnte er zaubern. Clara war davon überzeugt. Aber seht selbst:“

Der Scheinwerfer zum Märchenerzähler erlosch und die große Tanzfläche wurde beleuchtet. Die fantastische Musik begann und zwei Elevinnen »Clara und Fritz« tanzten die weihnachtliche Unruhe in vollendeter Form. Es war ein Augenschmaus. Die Musik klang aus. Wieder anhaltender Applaus.

Die Scheinwerfer beleuchteten Mike und die Kinder und Mike erzählte weiter:

„Endlich kamen die Weihnachtsgäste, es war eine freudige Begrüßung. Aber wo war Onkel Drosselmeyer? Der Vater entschied, wir haben genug gewartet. Wenn er nicht pünktlich kommt, ist die Bescherung ohne ihn. Langsam öffnete sich die Tür zum Salon. Seht selbst!"

Die Scheinwerfer beleuchteten wieder die große Tanzfläche. Die Musik begann mit Fanfaren und begrüßte die hereintanzenden Weihnachtsgäste. Es war wunderschön diese quirlige Szene anzusehen.

Die Scheinwerfer erloschen und wieder gab es einen langen Applaus.

Mike und die Kinder wurden erneut angestrahlt und Mike erzählte weiter:

„Die Bescherung! Welch ein Jubel! Fritz hatte einige Zinnsoldaten bekommen und Clara ein Puppenbett für ihre Lieblingspuppe. Gerade wollte Clara ihre Lieblingspuppe holen, als Onkel Drosselmeyer kam. Der Onkel bewunderte die Geschenke, aber Clara schaute auf die große Tasche, die der Onkel dabei hatte. Der Onkel enttäuschte die Kinder nicht. Er machte Abrakadabra und strich mit seiner Hand über die Tasche und Onkel Drosselmeyer zauberte vier Puppen hervor. Einen Harlekin, eine Ballerina, einen Kaufmann und einen Soldaten. Onkel Drosselmeyer zog sie auf, und schon begannen die Figuren zu tanzen, schaut selbst:"

Die Scheinwerfer erloschen, die große Tanzfläche wurde beleuchtet und das Spektakel begann. Die Musik setzte ein und man erlebte den Zauber der Musik und den Tanz der Puppen in Vollendung.

Als die Musik endete bekamen die tanzenden Eleven und Elevinnen einen rauschenden Applaus.

Mike erzählte weiter:

„Clara und Fritz wollten jetzt auch die Puppen aufziehen, aber Onkel Drosselmeyer meinte: Lasst das, ich hab da noch was. Onkel Drosselmeyer sagte wieder Abrakadabra, strich mit seiner Hand über die Tasche und plötzlich hatte er einen wunderschönen Nussknacker in seiner Hand. Die beiden Kinder fütterten ihn gleich mit Nüssen. Fritz wollte auch allein, aber oh Schreck, der Kiefer brach ab. Clara begann zu weinen, sie war nicht zu trösten. Onkel Drosselmeyer nahm sie in den Arm und meinte:

Leg ihn doch in dein neues Puppenbettchen, da wird er sicher wieder gesund. An Weihnachten gibt es immer wieder Wunder. Das tat Clara auch. Es war schon spät und so ging Clara in ihr Zimmer und war auch schnell eingeschlafen.

Plötzlich erwachte Clara! Was war das? Ihr war so richtig eigenartig zu Mute.

Clara bewegte sich schwebend zur Tür. Sie öffnete sie und sah unzählige Mäuse, die alle in den Salon liefen. Seht selbst:“

Es erlosch das Licht, die große Tanzfläche wurde beleuchtet und wieder begann diese traumhafte Musik und es folgte Tanzszene auf Tanzszene. Als der Saal wieder dunkel wurde, kam ein riesiger Applaus.

Mike nahm sein Buch und erzählte weiter: „Ihr lieben großen und kleinen Kinder, wie überrascht war Clara, als sie den Salon betrat. Es war eine Schlacht im Gange. Hunderte von Mäusen, angeführt von einem grässlich anzusehenden Mäusekönig kämpften gegen eine Armee Zinnsoldaten, die von einem – nein, ihrem Nussknacker angeführt wurden. Clara nahm ihren linken Pantoffel und warf ihn auf den Mäusekönig – und traf! Entsetzt ergriffen die Mäuse die Flucht. Aber seht euch das alles selber an.“

Der Scheinwerfer erlosch, die Tanzfläche wurde beleuchtet und die Schlacht der Mäuse und der Zinnsoldaten wurde nach Tschaikowskys Musik getanzt. Eine märchenhafte Szene, meisterhaft dargestellt und getanzt.

Als die Szene zu Ende war, das Licht wieder erlosch, brandete ein Applaus auf und Bravo- Rufe folgten.

Mike nahm die Kinder Ben und Anna auf seinen Schoß, nahm seine Kladde und begann:

„Plötzlich sah Clara den Nussknacker zu einem wunderschönen Prinzen wachsen, überall wirbelten Schneeflocken, sie war auf einmal nicht mehr im Salon, sondern in einem Zauberwald. Sie war allein mit ihrem Prinzen und der zog sie fort zu einem wunderschönen Schloss. Einem Zauberschloss, ganz aus Zucker.

Und ihr Prinz erklärte ihr: ‚Das ist das Schloss der Zuckerfee.' Die große Tür zum Schloss ging auf und die Zuckerfee begrüßte sie. Alle Diener und alle Gäste waren aus Zucker und die Fee führte Clara in den Festsaal. Aber das müsst ihr euch selbst anschauen ..."

Die Scheinwerfer erloschen, die Tanzfläche wurde beleuchtet, eine zauberhafte Musik setzte ein und man tanzte das Geschehen. Die Kostüme der Tänzer und der Tänzerinnen waren dem Märchen nachempfunden, es waren traumhaft schöne Szenen.

Nach den letzten Tönen der Musik verdunkelte sich die Tanzfläche wieder und ein riesiger Applaus begann.

Mike fragte die kleine Anna: „Anna, hast du die Zuckerfee gesehen?" Und Anna mit ihrer hellen Kinderstimme rief: „Ja, Onkel Mike!"

Mike fuhr mit seiner Erzählung fort: „Wie ihr gleich alle sehen werdet, die Gäste der Zuckerfee, die aus Schokolade, Kaffee, Keksen und Zuckerwerk waren, beginnen zu tanzen.

Zuerst die Schokolade mit einem spanischen Tanz, dann der Kaffee mit einem arabischen Tanz, der Tee mit einem chinesischen Tanz, dann ein russischer Tanz und zuletzt der Tanz der Rohrflöten; aber seht selbst ...“

Die Scheinwerfer erloschen, die Tanzfläche wurde beleuchtet und in herrlichen Kostümen begannen die Tänzer und Tänzerinnen ihr Debüt. Das Ganze hatte eine träumerische Note und die Musik tat ein Übriges, um die Zuschauer zu begeistern.

Wieder erlosch das Licht und die Gäste applaudierten im Stehen.

Mit seiner weißen Perücke und dem schwarzen Umhang sah Mike wirklich wie ein zaubernder Onkel aus. Immer noch saßen Anna und Ben auf seinem Schoß. Mike fuhr in seiner Erzählung fort:

„Wie Ihr gesehen habt, es waren wunderschöne Tänze und Clara bekam selbst Lust, zu tanzen. Da nahm sie der Nussknacker-Prinz in die Arme und die beiden schwebten über die Tanzfläche. Ihr solltet euch das anschauen:“

Die Scheinwerfer erloschen und die Tanzfläche erstrahlte im hellen Licht, die Musik begann mit einer Harfe, die sich umrahmt mit anderen Instrumenten, zu einem Blumenwalzer formte. Das Paar schwebte über die Tanzfläche zu den Klängen dieser feenhaften Musik. Diese Musik machte das Ganze zu einem Erlebnis besonderer Art.

Es schloss sich ein Pas de deux der Zuckerfee mit ihrem Prinzen an. Fast alle Mitwirkenden waren jetzt auf dem Parkett und tanzten. Die Tanzfläche wurde dunkel und ein frenetischer Applaus folgte.

„So wie meine beiden Lieben, Anna und Ben in meinen Armen schlafen, so schläft auch unsere Clara in Tschaikowskys berühmtem Ballett. Sie wird aus ihrem Traum erwachen und noch mal den Traum erleben."

Der Scheinwerfer erlosch, die Tanzfläche wurde beleuchtet. In der Mitte lag die schlafende Clara, die erwachte und sich die Augen rieb. Die Musik begann und zu den Klängen des Schluss-Walzers kamen langsam alle Mitglieder des Ensembles tanzend auf das Parkett. Sie tanzten zu einem Kreis und zu den letzten Klängen der Musik verneigten sie sich vor ihrem Publikum. Ein lang anhaltender Applaus folgte.

„Liebe Gäste, diese großartige und einmalige Aufführung des Nussknackers verdanken wir dem Jugendorchester des Konservatoriums St. Petersburg und der Ballettakademie St. Petersburg. Wie wir alle gesehen haben, sind die Elevinnen und Eleven noch Kinder. Sie waren einzigartig, aber jetzt müssen sie etwas essen und dann schnell ins Bett", und Mike zeigte auf die in seinem Schoß schlafenden Kinder Anna und Ben, „wie unsere Kinder auch. Dem Jugendorchester des Konservatoriums unseren herzlichsten Dank. Ein Teil des Orchesters bleibt uns noch erhalten. Besonders dem Jugendballett der Ballettakademie in St. Petersburg unseren besten Dank. Bitte haben Sie Verständnis dafür, dass wir nicht verlängern können. Als euer Onkel Mike verabschiede ich mich jetzt von Ihnen und wünsche Ihnen einen guten Appetit." Wieder ein Applaus – dann wurde das festlichen Hochzeitsessen serviert.

Es war schon nach 22:30 Uhr, als der Nachtisch in Form einer riesigen Eisbombe in den Saal gebracht wurde. Die Hochzeitspaare und Alena mit Franz mussten diese anschneiden. Als die Zeremonie beendet war, brach die Dinnermusik ab.

Ein Tusch, ein Scheinwerfer strahlte auf die Bühne und dort stand Dieter Zeiser, nahm das Mikro und begann:

„Liebe Gäste, als einer der Ältesten in diesem Kreis, als Notar der Unternehmen Kaiser, als Gründungsmitglied des Vereins der Galerie Kaiser und vor allen Dingen als persönlicher Freund der heute getrauten Paare Kaiser und Jonas und des verlobten Paares Alena Konovalova und Franz Westermann, habe ich die Ehre, Sie nochmals herzlich willkommen zu heißen.

Einen besonderen Dank Seiner Exzellenz dem Botschafter Russlands, dem Ministerpräsidenten des Landes Hessen und dem Oberbürgermeister unserer Stadt für ihr Kommen. Ein Willkommen der Delegation aus der Eremitage St. Petersburg und an unsere Freunde aus aller Welt, die den weiten Weg nach hier gefunden haben. Sie gestatten mir, an die Hochzeitspaare und die beiden Verlobten ein paar persönliche Worte zu richten:

Liebe Susi, lieber Moritz, es ist mir ein Bedürfnis, euch Glück und Segen zu wünschen. Ihr wisst, ich kannte Max sehr gut und es ist ein Wunder, dass ausgerechnet der verschollene Zwillingsbruder von Max und seine Witwe sich gefunden haben und sich ineinander verliebten. Sollte Max von oben zuschauen können, so wäre er sicherlich glücklich über diese Verbindung.

Lieber Moritz, dass du durch diese Hochzeit deinen Geburtsnamen wieder annehmen konntest, sorgt sicher für das weitere Bestehen des Namens Kaiser für die Familie und die Unternehmungen. Ich halte euch ganz fest die Daumen.

Liebe Erika, lieber Anton, was Moritz bei seiner Tochter vermisste, das war der Mann fürs Leben. Und was wir alle bei Anton nicht mehr zu hoffen gewagt haben, nämlich eine Frau fürs Leben zu finden, das ist eingetreten. Ihr habt euch gefunden. Ihr habt nicht nur meinen Segen, sondern den Segen aller, die euch kennen. Ihr beide habt richtig gewählt.

Liebe Alena, lieber Franz, fast hätte es eine Dreifachhochzeit gegeben. Aber euch fehlten leider ein paar Papiere. So müssen wir die Hochzeit nachholen. Zwei Kunstwissenschaftler haben zueinander gefunden. Wir gratulieren und wünschen euch vom Herzen alles Gute. Euch allen nun noch eine schöne Feier.“ Dieter Zeiser verbeugte sich und es wurde applaudiert.

Mike Curtis kam auf die Bühne und nahm das Mikro:

„Liebe Gäste, ihr seht, ich habe meinen Zaubermantel und mein Zauberhaar abgelegt. Meine kleine Anna hat vorhin noch mal gefragt, ob ich auch wirklich zaubern kann. Manchmal, habe ich gesagt – gelingt es mir und das wissen alle, die mich kennen. Also noch mal viel Glück und Segen unseren Paaren. Bevor diese ihre Tanzkunst zeigen, noch ein paar kleine technische Details zum weiteren Ablauf des Abends und der Tage in Wiesbaden: Morgen und am Sonntag sind unsere Ausstellungen und Werkstätten ganztägig zur Besichtigung offen. Die Firma Granika in Solingen und damit unsere Hilde, hat im Laden neben Antons Galerie ihre Produkte ausgestellt. Ich glaube, die solltet ihr euch ansehen. Sie hat mir verraten, wenn ihr an etwas interessiert seid, so macht sie euch einen ganz besonderen Preis.

Nach Beendigung dieser Veranstaltung bringen Sie unsere Busse in Ihr Hotel. Ab 2 Uhr fährt jede Viertelstunde ein Bus. Der letzte Bus um 3.15 Uhr. Und jetzt liebe Gäste bitte ich unsere drei Paare auf die Tanzfläche um mit einem Hochzeitswalzer den Tanz zu eröffnen.“

Susi und Moritz, Erika und Anton und Alena mit Franz begaben sich aufs Parkett. Die Musik begann und die glücklichen Paare schwebten übers Parkett. Nach wenigen Minuten nahm Mike noch mal das Mikro: „Die übrigen Gäste dürfen jetzt auch das Tanzbein schwingen.“

Schon füllte sich die Tanzfläche. Die Zeit raste.

Punkt Mitternacht brach die Tanzmusik ab, der Vorhang der Bühne schloss sich, ganz langsam verdunkelte sich der Saal. Man fühlte direkt, wie gespannt die Gäste waren, was nun kommen würde.

Der Saal blieb dunkel, der Vorhang ging auf, das Orchester, das plötzlich wieder voll besetzt war, wurde hell angestrahlt. Ein Stakkato von Licht- und Show-Effekten wurde durch die Künstler des Orchesters geboten. Die einzelnen Künstler trugen gekonnte Soli vor. Es war eine Musikshow ganz besonderer Art. Das Publikum war überwältigt. Der anschließende Applaus wollte nicht enden.

Wieder nahm Mike das Mikro: „Danke! Danke! Danke! Danke euch allen. Unsere jungen Künstler aus St. Petersburg haben uns ihr Können gezeigt. Dafür danken wir und können nur sagen, es war großartig. Nochmals Danke! Danke!“

Das Licht im Saal wurde wieder heller und das Orchester verkleinerte sich auf normale Tanzorchesterstärke. Dann begann der Tanz und die Gäste machten regen Gebrauch davon. Susi und Moritz gingen von Tisch zu Tisch, um sich persönlich bei allen für ihr Kommen zu bedanken. Auch Erika mit Anton und Alena mit Franz waren im Saal unterwegs. Es war eine tolle Stimmung.

Man traf viele Verabredungen für die nächsten Tage. Besonders interessant schien ein Termin mit dem Botschafter Russlands zu werden. Auch die Delegation der Eremitage aus St. Petersburg hatte ein Anliegen, das sicherlich beachtenswert war.

Es war schon nach zwei Uhr am Morgen, als die ersten Gäste den Saal verließen.

Als Susi und Moritz das Kurhaus verließen, flüsterte Susi ihrem Moritz ins Ohr: „Schatz, ich weiß nicht, wie ich dir danken soll, das war eine einmalige Veranstaltung, eigentlich kann man so was nur träumen.“ Sie genierte sich nicht und gab Moritz einen langen und zärtlichen Kuss.

***

Als Susi und Moritz am nächsten Morgen aus dem Schlafzimmer kamen, waren Hilde und Erich schon zu Gange. Erich hatte Brötchen geholt und Hilde hatte den Kaffee fertig.

Hilde locker: „Susi, das gestern Abend war herrlich, wenn mich mein Bauch nicht so gestört hätte, ich wäre bis um drei Uhr geblieben, so haben wir uns schon um Viertel nach zwei auf den Heimweg gemacht.

Kommt, setzt euch. Wir müssen gleich nach drüben, viele haben sich für heute Morgen angemeldet, die unsere Besteckausstellung bewundern wollen. Ihr müsst sie euch unbedingt ansehen, die ist wirklich schön geworden. Morgen Vormittag haben wir dann einen Besprechungstermin mit dem Bekannten von Carlo. Der war gestern Abend auch ganz begeistert. Ich weiß nicht, wie es bei uns heute läuft, aber um 18 Uhr sind wir wie immer zum Aperitif hier. Hab ich das richtig verstanden? Du willst das Abendessen hier in der Wohnung machen?"

Susi musste lachen: „Nicht ganz richtig, ich habe ein fertiges Buffet bei einem Catering-Service bestellt. Die liefern um 16 Uhr. Petra, Vera und Erika wollen den Aufbau übernehmen. Das alles wird zwar eng, aber sicherlich auch gemütlich. Die Schreiner haben mir versprochen, noch ein paar Stühle und Tische heraufzuschaffen. Wir sind mit dem Botschafter von Russland und Dieter um 11 Uhr im ‚Nassauer Hof' verabredet. Anschließend Mittagessen.

Um 15 Uhr treffen wir unsere römischen Freunde in meinem Büro. Hoffe, dass ich um 17 Uhr wieder hier oben sein kann, um unsere Gäste zu empfangen. Hilde, wenn du etwas früher hier sein könntest, das wäre schön."

Noch ein paar Sätze und Hilde wollte zusammen mit Erich gehen, als Ilse und Nina kamen.

„Wo kommt ihr denn so früh her", fragte Susi?

Beide mussten lachen und Ilse erzählte: „Um Mitternacht habe ich Ben und Anna zu mir genommen. Die Zwei waren heute Morgen schon um sieben Uhr putzmunter. Jetzt habe ich sie zu Petra gebracht. Ich muss unbedingt in die Ausstellung nach unten. Hugo hat mich eingeteilt und es sind schon eine Menge Leute dort. Also bis später.“ Sie verschwand mit Hilde und Erich.

Nina blieb zurück und begann zu erzählen: „So was Schönes, so was Einmaliges hab ich noch nie gesehen. An meinem Tisch waren auch alle begeistert. Ihr hattet mich mitten unter die Künstler vom Hinterhaus gesetzt, das war eine so lustige Meute. Eigentlich wollte ich überhaupt nicht tanzen, aber das haben die nicht gelten lassen. Trotz meiner Verbände und meinem Gips haben sie mich auf die Tanzfläche geschleppt. Es war einfach wundervoll. Mike Curtis kenne ich sonst nur als einen ernsten Mann, dass der so etwas kann, hätte ich nie für möglich gehalten. Gestern Abend habe ich zum ersten Mal seit langem meinen Kummer vergessen. Ich danke euch vielmals“.

Dann erzählte Susi ihr, was heute alles anliegen würde und bat Nina, ein bisschen auf die Wohnung zu achten. Sie erklärte, was man am Abend vor hätte und bat Nina darauf zu sehen, dass auch alles programmgemäß ablaufen würde. Susi betonte: „Aber Nina, keinerlei körperliche Arbeit, das verbiete ich einfach.“

Nina musste lachen: „Wenn ich gestern Abend tanzen konnte, dann kann ich heute auch was anderes machen. Sonst komme ich mir so nutzlos vor. Ich werde schon aufpassen. Ihr glaubt mir gar nicht, wie gut mir der gestrige Abend gefallen hat. Also, noch mal vielen, vielen Dank.“

Susi und Moritz beeilten sich mit dem Umkleiden, sie wollten zum Treffen mit dem Botschafter Russlands.

Dieter Zeiser hatte für elf einen kleinen Konferenzraum bestellt und pünktlich trafen sie sich mit dem Botschafter Russlands, Dieter Zeiser und Herbert Wagner, dem ehemaligen Beamten des Bundeskriminalamtes, Mike Curtis, den beiden Mitarbeitern aus St. Petersburg Maxim und Boris, sowie Susi und Moritz.

Nachdem Dieter Zeiser die Vorstellung vorgenommen hatte, sagte der Botschafter Russlands: „Liebes Ehepaar Kaiser, ich habe in meinem Leben viele Hochzeitsfeiern erlebt. Sowohl meiner Frau als auch mir wird der gestrige Abend unvergessen bleiben. Da das Ganze noch mit russischen Künstlern stattfand, war es für mich ein Erlebnis besonderer Art. Ich bedanke mich nochmals ganz herzlich.

Leider haben wir auch noch eine ernste Problematik miteinander zu besprechen. Ich habe das Protokoll des Notars aufmerksam gelesen und auch über meine vorgesetzte Behörde in Moskau bereits die ersten Schritte in dieser unangenehmen Angelegenheit unternommen. Was hier geschehen ist und was hier angedrcht wurde, ist ein kriminelles Delikt. Dies muss mit aller Härte verfolgt werden. Wir haben uns auch an das Auswärtige Amt der Bundesrepublik Deutschland gewandt, die das Bundeskriminalamt eingeschaltet hat. Soweit ich weiß, haben Sie über den hier anwesenden Herrn Wagner bereits Kontakte geknüpft. Sobald Sie eine Nachricht von diesen Verbrechern erhalten, werden unter Absprache mit Ihrem Auswärtigen Amt Beamte aus Moskau oder aus St. Petersburg nach Wiesbaden kommen, um gemeinsam mit Ihnen diese Verbrecherorganisation zu zerschlagen.

Wir wissen, dass diese mächtig ist und den Handel mit Kunstwerken, vor allem mit Ikonen betreibt. Wir kennen auch bereits einige Namen. Ich bin sicher, wir werden diese kriminelle Vereinigung – oder wie Sie sagen – diese russische Mafia eliminieren.“

Maxim und Boris erzählten noch mal in allen Einzelheiten, was vorgefallen war. Herbert Wagner, der ehemalige Beamte des Bundeskriminalamtes, erzählte von seinen Erfahrungen mit ähnlich gelagerten Fällen. Alle waren sich darüber im Klaren, dass man diesen Machenschaften nur mit äußerster Härte begegnen konnte.

Zum Abschluss wiederholte der Botschafter: „Seien Sie sicher, dass wir von uns aus alles tun werden, um diese Verbrecher hinter Schloss und Riegel zu bringen und seien Sie versichert, dass unsere Justizbehörden nicht so zimperlich sein werden, wie das hier oft der Fall ist.“

Susi bedankte sich bei Seiner Exzellenz dem Botschafter und bat zum Mittagessen.

Der Botschafter entschuldigte sich nur einen Moment, um seine Frau zu holen und man traf sich unmittelbar danach im Restaurant des Hotels. Trotz der schwierigen Thematik des Vorgespräches wurde es noch eine recht unterhaltsame Mahlzeit.

Susi und Moritz gingen zu Fuß in ihr Büro zurück. „Ach, Moritz“, Susi schmiegte sich an Moritz, „auf die ganzen Gespräche könnte ich jetzt verzichten. Eigentlich müssten wir jetzt eine Hochzeitsreise machen.“

Als sie in die Taunusstraße zurückkamen, stellten sie fest, dass ihre römischen Freunde in der Galerie waren. Nur Carlo entdeckten sie nicht. Auf die Frage, wo er sei, sagte Zontini: „Der ist mit Mike irgendwelche Orden ansehen.“

Susi wusste gleich Bescheid, sie sagte zu Moritz: „Gehst du mit unseren römischen Freunden schon mal in mein Büro? Erika soll uns einen Kaffee machen. Ich komme mit Mike und Carlo nach.“

Susi fand in dem für die Allgemeinheit gesperrten Raum, in welchem die Militaria ausgestellt waren, Mike und Carlo im intensiven Gespräch.

Susi begrüßte sie: „Na, ihr Militaria-Freaks? Habt ihr unsere Besprechung um drei vergessen?“

Mike lachte: „Du bist jetzt fehl am Platze, geh schon mal vor, wir zwei kommen gleich nach. Muss mit Carlo noch was Ernstes besprechen.“

Susi sagte nur „Ciao“ und verschwand nach oben.

Als Susi in ihr Büro kam, waren dort mehr Personen als erwartet. Sie fand im intensiven Gespräch Walter Steiner mit

Herrn Zapri von der Intarsienfabrik in Sorrent. Susi lachte schon wieder: „Na, Ihr beiden Todfeinde, ihr scheint euch wieder gut zu verstehen."

Und Walter Steiner: „Dank Ihrer Hilfe kommen wir vielleicht sogar wieder ins Geschäft."

Und Zapri: „Frau Kaiser, ich habe Ihnen noch nicht für die Einladung nach Rom und nach Wiesbaden gedankt. Beide Veranstaltungen waren überwältigend. Was mich besonders freute, war der Verkauf meiner Intarsienschränke in Rom. Fast fünfzig Einheiten wurden in Rom geordert und anscheinend laufen bei Ihnen meine Möbel neuerdings auch."

Susi ernst: „Leider nicht so gut, wie wir uns das vorstellen. Aber wir bereiten einige Ausstellungen vor und ich könnte mir denken, dass dann diese sicher wertvollen Möbelstücke unser Sortiment abrunden und der Verkauf unseren Wünschen entspricht. Allerdings muss ich zugeben, dass die Verkaufszahlen nach oben zeigen."

Die Tür ging auf und Mike, Carlo Steiner und Jens Gerner kamen. Wieder eine freudige Begrüßung.

Jens rief Walter Steiner zu: „Wir müssen uns nachher unterhalten. Wir haben bei den Vernissagen in Rom sehr gut verkauft. Außerdem läuft das übrige Verkaufsgeschäft in Italien auch gut. Ich glaube, wir brauchen eine Zwischenfinanzierung. Darüber können wir dann in aller Ruhe sprechen."

Susi unterbrach: „Ich glaube, alle unsere Freunde aus Italien sind jetzt zusammen. Wenn auch Walter Steiner und Herr Zapri nicht zu den Mitgliedern unseres Unternehmens gehören, so sind sie Freunde unseres Hauses und können ruhig unsere Geheimnisse hören. Also fangen wir an."

Susi nahm ihre Mappe mit den Unterlagen und begann: „Ich kenne die neuesten Umsätze der Galeria Kaiser in Rom noch nicht, aber Carlo hat die sicherlich parat."

Carlo nahm seine Unterlagen und begann: „Dass im Moment noch keine Bilanz für das vergangene Jahr vorliegen kann, dürfte allen bekannt sein. So habe ich lediglich die Umsatzzahlen der letzten Monate und des Monats Januar einschließlich der Vernissagen.

Das letzte Jahr hatte praktisch nur drei Monate mit einem relativ geringen Umsatz. Hier waren unsere Kräfte durch die Umgestaltung der Kirche in eine Ausstellung gebunden. Er gab Susi einen Zettel mit diesen Zahlen.

In unserer Planung haben wir für dieses Jahr einen Umsatz von zehn Millionen Euro geschätzt. Nach den momentanen Ergebnissen und den sich abzeichnenden Anfragen dürfte dieses Ergebnis leicht zu erreichen sein. Eine weitere Planung erlaube ich mir im Moment noch nicht. Ich glaube, dass Herr Zontini noch einige Worte zu den zukünftigen Umsätzen sagen will."

Herr Zontini begann: „Liebe Frau Susi, meine Damen und Herren: Ich habe es schon einmal erwähnt, die von mir geglaubte, feindliche Übernahme durch die Galerie Kaiser hat sich als absolut positiv herausgestellt. Es öffnen sich für mich heute Türen, die vorher verschlossen waren. Die vor vierzehn Tagen durchgeführten Vernissagen in Rom geben mir den Mut, eventuell Ähnliches in anderen Großstädten Italiens zu veranstalten. Allerdings würde ich für diese Ausstellungen wieder ihre Hilfe benötigen."

Dann begann eine lebhafte Diskussion über diese Ausstellungen, bis Professor Prantner ums Wort bat:

„Wenn ich bisher richtig verstanden habe, so werden ihre Herren Zeiser, Gerner und Jonas nächstes Wochenende nach Rom kommen um den Vertrag mit den Vatikanischen Museen und mit mir zu machen. Ist das richtig?"

Hier berichtigte Mike: „Voraussichtlich wird an Stelle von Herrn Jonas, Dr. Hugo Wettengel mit nach Rom kommen. Außerdem wird einer unserer Herren von der technischen Abteilung mitkommen und zusätzlich die Ihnen bekannte Gina Lorenz. Soweit ich weiß, hat unser Notar, Herr Zeiser, bereits die Verträge vorbereitet und die Herren

Gerner und Zeiser haben die entsprechenden Vollmachten. Es kann also nicht viel schief gehen. Susi, weißt du schon, wer noch mit nach Rom geht?“

Susi meinte: „Lasst mir noch ein paar Tage Zeit. Wir haben noch drei Wochen bis zur Eröffnung des Ateliers. Ich habe Gina gebeten, mal zu hören, wer eventuell an einer Versetzung interessiert ist.“

Susi sprach Gina an: „Gina, was hast du bisher erreicht?“ Gina hatte einen ganzen Block voller Notizen und begann: „Vorübergehend, das heißt für ein paar Monate, finden sich viele. Mindestens zehn unserer Mitarbeiter haben sich dafür interessiert. Allerdings nur eine Dame die längerfristig nach Rom will. Ich bin aber überzeugt, dass wir mit Hilfe von Professor Prantner geeignete Künstler in Rom finden werden. Alles übrige Material, wie Ausstattung des Ateliers, Ausstattung des kleinen Ausstellungsraumes und Ausstattung des Lagers habe ich bereits zusammengestellt. Farben, Leinwand, Rahmen habe ich mit den verschiedenen Abteilungen abgesprochen. Computermäßig muss noch geklärt werden, wie und wann installiert wird. Ich glaube, das macht Herr Carlo. Wenn wir nach Rom umziehen, so sollte einer unserer Schreiner mitkommen. Er ist der Meinung, wenn wir in Rom Bilder kopieren, so müssten auch entsprechende Rahmen dort hergestellt werden. Diesen Punkt müssen wir noch klären. Bis spätestens am 20. dieses Monats ist alles fertig gestellt und kann nach Rom transportiert werden. Wie abgesprochen, gebe ich die Listen der nach Rom verbrachten Waren in den Computer ein. Von meiner Seite aus habe ich noch mit der Technik gesprochen, die will erst die Verträge mit Rom abwarten und mir dann Bescheid geben.“

Die Unterhaltung lief noch ziemlich lebhaft, bis Susi sagte: „Ihr Lieben, seid mir nicht böse, ich habe heute Abend euch und noch viel mehr Gäste in meiner Wohnung, darum muss ich mich jetzt einfach kümmern. Moritz wird mir dabei helfen.“

***

Sonntagmorgen, eine verschlafene Hilde stand in der Küche und kochte Kaffee. Es war eine furchtbare Unordnung überall. Als Susi aus dem Schlafzimmer kam, bemerkte sie nur: „Hier sieht's aus wie bei Hempels unterm Sofa."

Hilde musste lachen: „Und wie hat's da ausgeschaut?"

Susi: „So wie bei uns."

Hilde: „Erich ist Brötchen holen. Hoffentlich verirrt er sich nicht. Ich glaube, sein letzter Schnaps war schlecht."

Hilde musste lachen: „Dass das dem Erich passiert, dem war heute Nacht ja so schlecht. Warum musste er sich auch mit unseren Russen einlassen, die haben ihn so richtig abgefüllt. Recht geschieht's ihm."

Die Tür ging auf und Moritz kam: „Ach du lieber Gott, hat hier eine Bombe eingeschlagen? Es sieht ja schlimm aus. Wisst ihr, wie lange es noch gegangen ist?"

Hilde lachte: „Die letzten waren unsere Russen nebst Anhang. Bin mal neugierig, ob die heute Morgen pünktlich in die Kirche kommen. Die haben den Popen bestellt. Wenn ich es richtig gesehen habe, so war es gegen zwei. Die hatten sich in der Küche festgesoffen. Nur so nebenbei, deinen Sohnemann Erich haben die abgefüllt. Erschrick nicht, wenn er kommt, der ist immer noch totenbleich."

Nicht viel später kamen Nina, Ilse und Vera, um in der Wohnung wieder klar Schiff zu machen.

Punkt zehn verabschiedeten sich Susi und Moritz, sie mussten zum Gottesdienst in die orthodoxe Kirche.

Punkt 10:30 Uhr begann ein feierlicher Gottesdienst in der orthodoxen Kirche. Susi staunte, alle ihre Gäste aus Russland waren pünktlich erschienen. Die dreiköpfige Delegation aus der Eremitage in St. Petersburg, Maxim mit Frau, Boris mit Frau, Alena mit Mutter und ihren beiden Brüdern sowie Franz Westermann. Es war eine erhebende Zeremonie und am Ende verabschiedete der Pope alle Anwesenden mit Händedruck. Selbstverständlich lud man ihn zum gemeinschaftlichen Mittagessen ein.

Susi hatte in einem netten, kleinen Restaurant der gehobenen Klasse reserviert und Mike mit Vera und Anton mit Erika dazugebeten. So saß man an einer hübsch gedeckten Tafel beim Mittagessen.

Susi stand auf, klopfte an ihr Glas und begann: „Ich darf Sie alle nochmals herzlich begrüßen und mich bedanken, dass Ihr den weiten Weg von St. Petersburg nach hier gekommen seid. Ich hoffe, Sie alle fühlen sich bei uns zu Hause. Nach dem Mittagessen muss ich die Delegation aus St. Petersburg zu einem Gespräch entführen. Ich hoffe, die übrigen können sich Antons Galerie ansehen. Ich wünsche Ihnen einen guten Appetit."

Die Leiterin der Delegation aus St. Petersburg stand auf: „Liebe Frau Kaiser, wir bedanken uns herzlich für Ihre Gastfreundschaft. Wir hoffen, dass wir Gelegenheit haben werden, unseren Dank in anderer Form zum Ausdruck zu bringen. Vielen Dank."

Die Tafel wurde aufgehoben und ein Teil der Gäste ging mit Susi zu einer Besprechung, die anderen mit Anton zur Besichtigung der Galerie.

Als Susi mit den Delegationsmitgliedern in ihr Büro kam, hatte Ilse dafür gesorgt, dass Kaffee und Gebäck vorhanden waren. Susi bat die Delegation aus St. Petersburg und ihre Mitarbeiter Platz zu nehmen und begann:

„Dass uns eine Delegation von Direktoren des großen Museums Eremitage einmal besucht, erfüllt uns alle mit

Stolz. Ganz besonders freut es mich aber, dass Sie zu unseren Hochzeitsfeierlichkeiten kommen konnten. Vielleicht ergibt sich aus dieser Bekanntschaft die eine oder andere Gelegenheit miteinander zu arbeiten.

Sie wissen, wir kopieren alte Meister und alte Kunstwerke und ich könnte mir vorstellen, vielleicht einige Ihrer Meisterwerke der breiten Öffentlichkeit zugänglich zu machen. Wir arbeiten mit sehr vielen Museen in aller Welt zusammen und neuerdings auch mit den Vatikanischen Museen in Rom. Maxim und Boris haben mir berichtet, dass Sie sich gerne unsere Werkstätten ansehen würden und auch unsere bescheidenen Galerien. Alle Räume stehen Ihnen zur Besichtigung offen und es würde uns freuen, wenn Sie uns Ihre Kommentare geben würden. Gleich, ob positiv oder negativ."

Susi wurde sehr ernst: „Sie wissen sicher, aus welchen Gründen Alena, Boris und Maxim zu uns kamen. Sie wissen auch, wie schwer der Anfang für die drei war. Inzwischen gehören sie zu uns und wir werden alles tun, um sie zu schützen. Entsprechende Verhandlungen laufen mit den russischen und deutschen Behörden.

In der Geschichte waren die deutsch–russischen Beziehungen immer etwas Außergewöhnliches. Die Stadt St. Petersburg spielt da eine besondere Rolle. Vielleicht können wir ein ganz klein wenig dazu beitragen, dass diese Beziehungen sich wieder vertiefen.

Ihre Kunstwissenschaftlerin Alena Konovalova und der Wissenschaftler Franz Westermann haben zueinander gefunden und wir finden das großartig. Unser Boris und unser Maxim sind hier nicht mehr wegzudenken, sie sind fantastische Künstler und Kollegen. Der einzige Wermutstropfen sind die Familien, die leider getrennt sind. Wir werden alles tun, um das zu ändern."

Die Vorsitzende der Delegation bedankte sich bei Susi für die netten Worte und sagte dann: „Liebe Frau Kaiser, jeder nennt Sie hier Susi, so darf ich Sie sicher auch nennen. Was wir bisher in Ihren Werkstätten gesehen haben, hat uns sehr beeindruckt. Besonders Ihre technische Abteilung ist etwas Außergewöhnliches. Auch dort sind Künstler zu Gange. Wir haben sicher morgen noch Gelegenheit uns einiges anzusehen. Maxim wird uns führen. Leider müssen wir am Dienstag wieder zurückfliegen, da uns Termine in St. Petersburg dazu zwingen.

Nun habe ich noch einen offiziellen Auftrag: Die Direktion der Museen Eremitage erlaubt sich, Sie und Ihren Mann und auch Ihren Geschäftspartner Herrn Jonas mit Frau nach St. Petersburg einzuladen, um sich die Eremitage nebst Winterpalast anzusehen. Sie sind selbstverständlich unsere Gäste, so wie wir es bei Ihnen waren. Ich weiß, Sie beide können nicht gleichzeitig kommen, so wäre es doch schön, wenn Sie uns kurz hintereinander besuchen würden.

Liebe Frau Susi, seit einigen Jahren überlegen wir, uns in St. Petersburg mit etwas Ähnlichem zu befassen, wie Sie das hier in Deutschland tun. Wir verfügen über die entsprechenden Gebäude und sicherlich über gute Künstler, nur fehlt uns das Wissen, es zu vermarkten. Ich glaube, die Amerikaner nennen das Know-how.

Da Sie bereits mit vielen Museen zusammenarbeiten, brauche ich Ihnen nicht zu sagen, dass unsere Sammlung von Kunstwerken die zwei Millionengrenze weit überschreitet. Nur einen geringen Teil können wir ausstellen.

Immer wieder werden wir gefragt, ob man nicht Kopien von diesen Exponaten kaufen kann oder man sie herstellen kann. Mit einem Partner wie der Galerie Kaiser wäre das sicherlich möglich. Sie bekämen eine außergewöhnliche, neue Angebotsvielfalt. Sie wären in der Lage zumindest bei Bildern in drei verschiedenen Versionen zu liefern, so die echte Kopie, dann Ihre Öldrucke, die auch Kunstwerke sind und als drittes Ihre außergewöhnlichen Kunstdrucke. Was ich erst seit gestern weiß, Sie befassen sich auch mit der Herstellung von Skulpturen, getriebenem Silber, Porzellan, Fayencen, Miniaturen und so weiter. Unser Lager solcher Ausstellungstücke ist ungeheuer groß. Sie müssen es sich einfach ansehen.

Wenn wir Boris richtig verstanden haben, so ist ihre Philosophie, die Kunstwerke einer großen Öffentlichkeit zugänglich zu machen. Das deckt sich mit unserer Auffassung. Bitte kommen Sie, Sie kommen zu Freunden."

Mike, Carlo Steiner, sein Freund, der die Vertretung der Besteckfabrik Granika für Italien übernehmen wollte, Erich, Moritz, Walter Steiner von der ‚Banco di Napoli' und Herr Zontini, waren im Raum der Militariaausstellung zusammengekommen und befanden sich in intensiven Gesprächen.

Carlo und sein Freund waren sich darüber einig, dass der Verkauf dieser Gegenstände in Italien klappen müsste und Carlos Freund bewarb sich um die Vertretung für Italien.

Sein Bruder Walter Steiner, der Justiziar der ‚Banco di Napoli', hatte bereits die finanzielle Seite der Vertretungsübernahme der Firma Granika für Italien zugesagt. Er erklärte sich bereit, dies gegebenenfalls auch bei den Militaria-Sachen und den Orden zu machen.

Zontini, der Vertreter der Firma Kaiser in Italien hatte bereits abgewinkt und gemeint: „Auch ich bin überzeugt, dass sich diese Sachen gut in Italien über den entsprechenden Handel verkaufen lassen. Ich befürchte aber, wenn wir uns damit befassen, gibt es Schwierigkeiten mit dem Vatikan. Aus diesem Grunde ist es besser, ich sehe davon ab."

Als man an das Aussuchen der einzelnen Orden ging, war man schnell einig. 20 verschiedene Arten hatte man herausgesucht und zur Fertigung freigegeben. Die Genehmigung zur Fertigung der Militaria wurde noch mal nachgesehen. Dort war klar zu lesen, es dürfe zu Zwecken der Ausfuhr in das Ausland gefertigt werden. Eine Einschränkung war nicht angegeben. Diese galt also auch für Italien.

Erich wiederholte nochmals: „Eine Fertigung dieser Orden ist nur dann rentabel, wenn mindestens 200 Exemplare je Orden gefertigt werden können."

Mike lachte nur: „Erich, ich spreche hier von mindestens 1.000 Orden je Muster. Die Herren aus Italien können sich anhängen."

Erich hatte bereits eine Kalkulation der Verkaufspreise erstellt und schritt nun zum vorläufigen Kaufvertrag für die USA. Alle waren in Hochstimmung.

Mike zauberte bei der Unterschrift aus irgendeiner Ecke eine Flasche Champagner und man begoss das Geschäft mit einem Glas dieses köstlichen Getränks.

Danach fragte Mike: „Erich, morgen werden meine bestellten Militaria-Sachen von der Spedition in Solingen bei dir abgeholt. Die Spedition will sie in Container für Flugzeuge umpacken und sie sollen dann am Mittwoch von Düsseldorf direkt nach Boston gehen. Ich will mir das noch mal ansehen. Bist du damit einverstanden, dass ich am Dienstag zu eurer Spedition fahre und das inspiziere, damit ich in Boston bei der Einfuhr keine Schwierigkeiten bekomme?"

Erich: „Hilde wird sich freuen, wenn du mit Vera bei uns aufkreuzt. Willst du mit deinem Wagen fahren oder mit uns und mit der Bahn zurück?"

Mike lächelte: „Macht keinen Aufstand, wir kommen mit unserem Wagen und bleiben nicht lange. Ich weiß, Hilde wird mich steinigen, wenn wir nicht mindestens ein paar Stunden bleiben, aber das muss ich riskieren. Wir wollen am Ende der Woche zurückfliegen und da wird die Zeit knapp."

Moritz, der das mit angehört hatte: „Alles schön und gut, aber am Mittwoch musst du noch Zeit haben, die Orden-Fertigung und den Vertrieb durch uns, muss das Gremium genehmigen und da musst du dabei sein. Außerdem brauchen wir noch Zeit für die St. Petersburg Sache."

Susi kam in ihre Wohnung. Nina war noch da und Susi konnte nur noch sagen: „Nina, waren die Heinzelmännchen da? Es sieht aus, als wären Putzkolonnen tätig gewesen. Wie habt ihr das geschafft?“

Nina berichtete: „Alles ging einfach und schnell. Vera, Ilse und Erika räumten weg und kümmerten sich um den Abwasch. Ilse musste dann leider nach unten, dafür kamen unsere Putzfrau und zwei Mädchen aus dem Atelier zum Helfen. Seit 15 Uhr sind wir fast fertig. Dann waren es nur noch Kleinigkeiten. Ach Susi, es ist einfach schön, hier zu sein. Danke!“

„Bevor ich mich jetzt für unsere Gäste in Schale werfe“, fragte Susi, „verrate mir, wie geht es dir wirklich?“

Und Nina: „Wenn ich hier bin, vergesse ich meinen ganzen Kummer. Ich weiß nicht, was aus meiner Wohnung wird, was aus meinen Sachen wird, ich hänge in einem luftleeren Raum. Meinst du, der Rechtsanwalt wird das machen?“

Und Susi sagte: „Nina, Rechtsanwälte sind so eine Sache. Dieter Zeiser ist ein hervorragender Rechtsanwalt und ein herzensguter Mensch. Dazu kommt, dass er auch deinen Vater kennt und dich schon als kleines Mädchen. Trotzdem sollten wir uns nicht ausschließlich auf ihn verlassen. Nur, was du selbst machst, das ist gemacht. Aber bevor irgendetwas mit deiner Wohnung passiert oder bevor du nicht gesund bist, lasse alles so, wie es ist. Wir wissen nicht ob dein Mann hier bleibt und eventuell eine lange Gefängnisstrafe absitzt oder ob er zurück in die Türkei geht. In diesem Fall würde ich die Wohnung behalten, falls sie nicht zu teuer ist. Du kannst zwar hier bleiben, aber die eigenen vier Wände sind auch wichtig. Bleibt dein Mann hier, dann würde ich die derzeitige Wohnung auflösen und mir etwas anderes suchen.

Aber wie gesagt, das hat alles noch Zeit. Wichtig ist: Deine körperlichen und deine seelischen Wunden müssen heilen. Erst wenn die verheilt sind, kannst du ein neues Leben beginnen. Also, Kopf hoch. Im Moment bist du unter Freunden. So, aber jetzt muss ich mich umziehen." Nina murmelte noch ein Dankeschön.

Nicht viel später kamen die ersten Gäste und Nina übernahm trotz ihrer Behinderung die Pflichten einer Gastgeberin. Sie tat es gekonnt. Susi, die mittlerweile umgekleidet zu den Gästen stieß, bewunderte Nina und sprach ihr ein großes Lob aus: „Nina, alle Achtung, das machst du großartig, das alles noch mit einem Gipsarm, meine Hochachtung!"

Der Raum füllte sich rasch. Obwohl viele Besucher aus Rom und St. Petersburg und anderen Ländern dabei waren, fühlte man sich zu Hause. Als Susi in die Küche kam sah sie, dass das anscheinend der Raum für ihre russischen Gäste war. Sie sagte: „Wenn Sie das nächste Mal kommen, wird sich hier vieles verändert haben. In drei Wochen werden wir umbauen." Maxim: „Warum denn das, das ist doch alles wie neu?" Auch die anderen fragten, so musste Susi erzählen: „Das ist ganz einfach. Der erste Grund ist, ich bin schwanger und in vier Monaten werden wir Zwillinge haben. Nina kennt ihr ja, sie wird voraussichtlich die Kinderbetreuung mit mir teilen. Wenn wir hier Kinder haben, fällt das abendliche Zusammensein fort. Ein Großteil unserer Ideen, unseres Erfolges und unserer gegenseitigen Achtung ist bei diesem abendlichen Zusammensein entstanden.

Prem und Petra, die im Moment mit ihren vier Kindern im 4. Stock wohnen, werden wahrscheinlich in zwei bis drei Wochen in ihr renoviertes Haus ziehen. Dann werden wir den 4. Stock umbauen und auch diese Wohnung. Im 4. Stock wird ein großer Raum entstehen, der sich für diese abendlichen Treffen besser eignen wird, als meine jetzige Wohnung." Susi lachte: „Außerdem gibt es dort eine Küche, die größer ist als diese und die ich dann für euch alle reserviere."

Maxim sprach dazwischen und lachte: „Aber die Küche mit einem großen Eisschrank, damit immer genügend gut gekühlter Wodka da ist. Ein Herd ist ja da, damit wir Blinis machen können. Ich hab jetzt eine Stelle gefunden, wo man billigen Kaviar kriegt. Stellt euch vor, Blinis mit Kaviar und dazu gut gekühlten Wodka!“ Maxim verdrehte die Augen. Alle mussten lachen.

Susi lachte auch und fuhr fort: „Außerdem bekommt dann Moritz im 4. Stock sein Büro und wir werden noch zwei Fremdenzimmer behalten. – So, aber jetzt hoffe ich nur, unser Wodkavorrat geht nicht zu Ende. Vergesst nicht, um Viertel vor acht gehen wir in ein Restaurant.“

Susi eilte nach draußen, ging an ein Telefon und rief das Restaurant an, das sie für diesen Abend ausgewählt hatte. Schon einmal war sie dort und man war sehr zufrieden gewesen. Es war ein russisches Spezialitätenrestaurant und man erklärte sich sofort bereit, als Begrüßungstrunk einen Wodka zu reichen und dazu Blinis mit Kaviar. Susi freute sich schon auf das Gesicht von Maxim.

Dr. Hugo Wettengel saß mit Gästen aus Südamerika zusammen. Susi begrüßte sie, es entstand ein freundliches Gespräch, aber Susi musste weiter zu ihren Gästen aus Frankreich, die sich mit Anton und Erika unterhielten. Plötzlich erwischte Hilde Susi: „Du bist ja schwieriger zu kriegen als der Schah von Persien. Du hast meine Besteckausstellung noch gar nicht gesehen. Bevor wir sie morgen abbauen, musst du einfach kommen. Ich rechne fest damit, dass du morgen nach dem Frühstück kommst, versprochen?“

Susi musste lachen: „Na klar doch, versprochen! Morgen früh spätestens um neun bin ich bei dir in der Ausstellung. Aber wie war das Geschäft? Hast du was verkauft?“

Hilde ganz stolz: „Das kannst du singen. Was ich selbst nicht geglaubt hätte, aber jeder zweite hat was gekauft. Allein das hat sich rentiert. Dann kam noch der Vertrag mit Italien zustande. Carlos Bruder Walther hat die finanzielle

Seite abgedeckt, so dass wir ohne Risiko liefern können. In Italien gehen all die Sachen, die bei uns überhaupt nicht laufen.

Ich hab dir noch so viel zu erzählen, aber im Moment ist einfach keine Zeit dazu. Schade, dass wir am Dienstag schon wieder fahren müssen. Am schönsten fand ich, wie sich die ehemaligen Kollegen verhalten haben. Einfach prima."

Es war ein Gewühl in Susis Wohnung. Als endlich zwanzig vor acht Susi zum Aufbruch mahnte, musste sie auf einen Stuhl steigen und eine Glocke schwingen: „Hallo, Ihr Lieben, unten steht ein Bus und wartet, dass ihr endlich einsteigt. Trinkt aus und dann runter in den Hof."

Unter viel Lachen und in fröhlicher Stimmung begab man sich in den Hof und bestieg den Bus, der sie in das russische Spezialitätenrestaurant brachte.

Als man das Restaurant betrat, das ausschließlich für Susis Gäste reserviert war, bekam jeder der Gäste ein Gläschen Wodka und es wurden Blinis mit Kaviar gereicht.

Maxim lachte laut und rief zu Susi: „Susi, du bist ein Teufelsweib, danke!"

Die Stimmung stieg. Es gab Tischrede über Tischrede. Ein Trio mit einer Balalaika begleitete die Tischrunde und es war nach Mitternacht, als der Bus die leicht schwankenden Gäste in ihr Hotel oder ihre Wohnungen brachte.

***

Wuppertal / Solingen

Montagmorgen in der Galerie **artis opus** in Wuppertal war man schon sehr früh auf den Beinen. Es war sechs Uhr und beim Frühstück saßen Bart van de Velde, Paul Vermeylen und ein weiterer Herr sowie Wolfgang Zeller. Dieser fragte: „Paul, mit dem LKW alles in Ordnung?"

Paul nur kurz: „Mein Kollege hat den LKW in Belgien gemietet. Wir haben uns überlegt, die Polizei fragt garantiert bei den hiesigen Autovermietungen, wer so einen Wagen eventuell gemietet hat. Wir haben die Nummernschilder bereits ummontiert. Die Montage zurück dürfte kein Problem mehr sein. Bart fährt mit seinem Wagen zu seinem Zimmer in Solingen, um die eventuellen Telefonate zu überwachen und du wirst hier die Stellung halten.

Für alle Fälle haben wir jeder eine Walther-Pistole und entsprechendes Spray bei uns. Klebeband für alle auch. So, wie es ausschaut, dürfte es keine Schwierigkeiten geben. Für die Rückmontage der Nummernschilder haben wir einen Parkplatz bei Remscheid, in einem ehemaligen Industriegebiet. Vor Mittag tut sich dort so gut wie nichts. Wir werden Bart per Telefon informieren, wie alles gelaufen ist. Der kann dich dann anrufen. Ich gebe dir unsere Ankunftszeit durch, wenn wir kurz vor der Galerie sind. Du kannst dann das Tor öffnen. Gibt es sonst noch was Neues?"

Bart: „Ich habe die Gespräche bis gestern Abend abgehört. Es gab so gut wie keine Anrufe. Alle waren in Wiesbaden bis auf zwei Mann. Allerdings wird das am Montagmorgen anders sein. Die Nachricht, dass wir, beziehungsweise die Spedition die Kisten schon zwischen acht und neun Uhr abholen wollen, kam den beiden Männern anscheinend sehr entgegen. Sie bedankten sich bei mir sehr. Ich schlage vor, wir fahren hier um sieben ab. Es ist Montagmorgen und es ist sicher viel Verkehr. Auf jeden Fall ist Paul dann um acht bei der Firma Granika."

Pünktlich um sieben am Morgen verließ der LKW mit Paul und seinem Bekannten aus Holland den Hof der Firma.

Der Verkehr war relativ stark. Für die wenigen Kilometer benötigte man etwas über eine Stunde. Kurz nach acht war man bei der Firma Granika. Der LKW fuhr an die Rampe, wo sie schon von den beiden Mitarbeitern der Firma Granika erwartet wurden. Das Einladen dauerte keine halbe Stunde.

Als die Mitarbeiter der Firma Granika nach den Papieren fragten, gab Paul an, diese seien in der Spedition.

Paul erklärte: „Man hat mir gesagt, wir sollen die Kisten möglichst früh abholen. So habe ich den Wagen am Samstag mit nach Hause genommen und bin heute Morgen von zu Hause direkt hierher gefahren. Am einfachsten ist es, wenn einer von Ihnen mit uns kommt, dann kann er die Papiere gleich mitnehmen. Wir sorgen dafür, dass Sie ein Wagen von uns wieder zurückbringt."

Die beiden Männer einigten sich rasch, wer mitfahren sollte und man setzte den Mann mit ins Führerhaus.

Paul sagte zu dem Mann: „Wir müssen nur noch rasch in ein Industriegebiet bei Remscheid, um dort was abzuholen. Das ist schnell gemacht."

So fuhren sie, wie geplant in das Industriegebiet, in welchem sie die Nummernschilder ummontieren wollten.

Als sie zwischen zwei leeren Gebäuden hielten, stieg Paul aus, zog seine Walther und sagte freundlich: „Ich hoffe, Sie machen keine Schwierigkeiten. Dies ist ein Diebstahl und ein Überfall."

Zwischenzeitlich war Pauls Kollege auch ausgestiegen, zog ebenfalls seine Walther und sagte: „So, mein Junge, nimm die Hände hoch und bleib sitzen. Dir geschieht nichts, wenn du ruhig und vernünftig bist. Schreien ist sinnlos, es befindet sich kein Mensch hier. So, und jetzt steigst du mit erhobenen Händen ganz langsam aus."

Das tat der Mann. Inzwischen war Paul mit einer Rolle Klebeband bei den beiden. Er umwickelte erst die Beine, dann musste der Mann einen Arm nach unten nehmen, den umwickelte er so, dass er am ganzen Körper anlag.

Dann musste er den anderen Arm herunternehmen, der wurde ebenfalls umwickelt. Letztendlich sah der Mann wie eine Mumie aus.

Der Mann winselte: „Ich hab euch doch nichts getan, was macht ihr, ich habe Familie, bitte lasst mich laufen."

Paul: „Ganz ruhig. Wir werden dich jetzt dort in diese Toreinfahrt legen, am Nachmittag wird's hier belebt, dann wird man dich finden. Solltest du bis heute Abend nicht gefunden sein, so werden wir dafür sorgen, dass das geschieht. Du hast mein Wort drauf. Allerdings werden wir jetzt noch deinen Mund zukleben, damit du nicht schreien kannst."

Der Mann hatte keine Chance mehr. Paul klebte einen Klebestreifen über seinen Mund und zusammen mit seinem Kollegen legten sie ihn in eine Toreinfahrt gegenüber.

Sie bogen mit dem Wagen um die nächste Ecke, um schnell die Nummernschilder zu wechseln und machten sich auf den Weg zurück nach Wuppertal.

Sie waren kaum abgefahren, als Paul Bart anrief: „Na, Bart, ist der Diebstahl schon gemerkt worden?"

Bart: „Noch ist nichts passiert, wie ist es bei euch gelaufen?" Und Paul erzählte von dem Diebstahl.

Kurz danach rief Paul Wolfgang in Wuppertal an: „Alles okay, kannst schon mal das Tor aufmachen, wir sind in etwa zehn Minuten bei dir. Bart hat berichtet, dass noch nichts bemerkt worden ist."

Als der LKW mit den acht Kisten Militaria in den Hof der Galerie **artis opus** in Wuppertal einfuhr, schloss Wolfgang schnell das Tor und man begann, an der Rampe die Kisten rasch zu entladen. Es war vereinbart, den Wagen möglichst schnell wieder über die Grenze zu bringen.

Bart wartete in Solingen bei seinen Aufnahmegeräten, wann der Diebstahl endlich auffallen würde. Es wurde 10 Uhr, es wurde 11 Uhr, nichts. Bart konnte es nicht glauben.

Endlich, um halb zwölf war ein Telefonat eines Fahrers der Spedition der seine Zentrale anrief und mittelte, dass man die Kisten bei der Firma Granika schon abgeholt hätte. Man sagte nur lakonisch, dass man das überprüfen würde. Der Fahrer solle zurückkommen. Es war inzwischen 12 Uhr, da rief die Spedition zurück und sagte, da müsse es ein Missverständnis geben, man hätte die Waren nicht abgeholt.

***

Wiesbaden

Pünktlich um neun, wie versprochen, kam Susi in die Ausstellung der Firma Granika, die Hilde in einem leeren Laden neben Antons Galerie aufgebaut hatte. Hilde mit ihren beiden Damen hatte eine schöne Präsentation vorbereitet.

Susi bewunderte das: „Also, Hilde, das muss man dir lassen, eine Produktpalette in dieser Form zu präsentieren, das verstehst du. Mein Kompliment. Aber erzähle, wie seid ihr mit Carlos Bekannten zurechtgekommen?"

Hilde meinte nur: „Ich hoffe, das klappt. Meiner Meinung nach ist es ein Lahmarsch, entschuldige den Ausdruck, aber vielleicht kommt das in Italien an. Mal sehen, was seine Umsätze machen. Hätte er Carlo nicht gehabt und seinen Bruder Walter, der die Finanzierung garantiert, dann wäre aus dem Vertrag nichts geworden. Aber du hast jetzt die Ausstellung gesehen, dann können meine Mädchen die Ausstellung abbauen und wir zwei gehen einen Kaffee trinken."

Hilde erklärte ihren Mädchen nur, was zu machen war und dann ging sie mit Susi in das nicht weit entfernte Café.

Als der Kaffee kam, sagte Hilde: „Ich bin so froh, dass ich dich einmal allein erwische. Erzähle, wie geht es dir, ist alles in Ordnung?"

Susi musste lachen: „Hilde, mir geht's wie dir, ich habe keine Beschwerden, mir geht es gut und ich könnte Bäume ausreißen. Allerdings bin ich jetzt auch in so einem Gymnastikkurs für Schwangere, wie du."

„Mensch, Susi", sagte Hilde, „jetzt sind wir beide schwanger, wie wir uns das so oft vorgestellt haben und doch nicht beieinander. So schön es ist, mit Erich zusammen zu sein, so lieb auch alle in Solingen zu mir sind, so sehr sich meine Ersatzoma bemüht, mir alles recht zu machen, so sehr vermisse ich euch alle. Ich weiß, ich bin eine dumme Kuh, aber ich habe einfach Heimweh."

Susi nahm Hildes Hand: „Aber Hilde, wir sind doch nur zwei Autostunden voneinander entfernt. Du weißt, wann immer du kommen willst, du bist mehr als willkommen."

Hilde hatte eine Träne im Auge: „Das weiß ich alles, dazu habe ich noch einen tollen Mann und ich kann mir auch nicht vorstellen, ohne ihn zu leben. Trotzdem, ich hab Heimweh. Hoffentlich wird es besser, wenn in zwei Monaten unsere kleine Susi auf der Welt ist. Wir freuen uns schon so auf sie. Ihr kommt doch gleich nach der Entbindung?"

Susi lachte schon wieder: „Hilde, mein Schatz, natürlich kommen wir. Moritz will garantiert seine Enkelin sofort sehen und ich natürlich mein Patenkind. Hast du eigentlich einen Wunsch zur Geburt der kleinen Susi?"

„Nein", auch Hilde musste lachen: „Ich weiß, dass ich etwas spinne, sei mir nicht böse, aber ich kann doch sonst mit niemanden darüber sprechen."

Eine Zeitlang unterhielten sie sich noch und erzählten von kleinen Geheimnissen, so – wie das eben Freundinnen tun. Dann verabredeten sie sich zum gemeinschaftlichen Mittagessen und Susi musste wieder gehen.

Es war halb eins, als man sich zum Mittagessen traf. Es war wieder eine große Runde. Erika und Nina hatten sich viel Mühe gemacht und Susi schimpfte: „Nina – du sollst doch nicht mitarbeiten, ich kriege ein schlechtes Gewissen."

Aber Erika verteidigte sie: „Susi, Nina kommt sich blöd vor, wenn sie nicht helfen kann. Sie nimmt sich sicherlich in acht, aber lass ihr die Möglichkeit, sich nützlich zu machen."

Sie waren mit dem Essen fast fertig, als ein Anruf kam und Erich wurde am Apparat verlangt. Er hörte aufmerksam zu, fragte und nahm dann einen Zettel und schrieb ein paar Telefonnummern auf. Dann legte er auf.

Ganz ernst sagte er: „Irgend etwas stimmt in Solingen nicht. Die acht Kisten mit Militaria wurden heute Morgen in der Firma abgeholt. Da der Spediteur die Papiere nicht dabei hatte, fuhr einer unserer Männer mit, um die Papiere zu holen. Weder ist unser Mann bei der Spedition angekommen, noch die Waren. Die Spedition weiß außerdem von einer vereinbarten früheren Abholung nichts. Ich will ja den Teufel nicht an die Wand malen, aber ich muss jetzt nach unten zum Telefonieren und dann Mike suchen."

Erich ging mit Hilde nach unten.

Die beiden fanden Vera und Mike bei Petra, Prem und den Kindern beim Mittagessen. Sie entschuldigten sich und baten Mike, mit nach unten in Susis Büro zu kommen.

Dort erzählte Erich Mike die bisherigen Vorkommnisse.

Hilde hatte bisher still zugehört. Jetzt sagte sie: „Ich will ja nicht schwarz sehen, aber das klingt mir nach Heinz. Ihr habt mir ja nicht geglaubt, dass ich Heinz gesehen habe. Zwar weiß ich nicht, was der mit Militaria anfangen will, ich weiß auch nicht, woher er das weiß, aber der hat uns hier auch so genarrt. Denkt an mich, der steckt dahinter.

Erich in seiner ruhigen Art: „Bisher wissen wir nur, dass die Waren abgeholt wurden und einer unserer Leute ist mitgefahren. Es kann sich um einen Irrtum oder ein Versehen handeln. Ich muss auf jeden Fall sofort nach Solingen."

Mike: „Ich fahre selbstverständlich mit. Hilde, ich muss dir Recht geben. Das sieht nach Heinz aus, die sogenannte Rache des kleinen Mannes. Aber wir werden sehen."

Schnell war festgestellt, dass Hilde mit den beiden Damen noch heute nach Solingen zurückfahren würde und auch Erichs Sachen mitbringen sollte. Mike sagte noch schnell Vera Bescheid, und dann wollte man sofort fahren. Hilde sollte den Kontakt zur Firma in Solingen halten und die beiden verständigen, wenn es etwas Neues gäbe.

Hilde wünschte eine gute Fahrt. Dann ging sie nach oben zu Susi. Sie berichtete, was sie erfahren hatte und wiederholte ihren Verdacht, dass Heinz dahinterstecken könnte.

Dann sagte sie: „Ich will nur kurz nach drüben zu meinen beiden Damen gehen und fragen, wie weit sie mit dem Einpacken sind. Dann werden wir zusehen, dass wir uns so schnell wie möglich auch auf die Socken machen. Das lässt mir keine Ruhe.

Kannst du, liebe Susi, versuchen, Dieter Zeiser zu erreichen, ob der weiß, wo mein Freund Herbert Wagner ist? Versuche doch auch, Jens zu verständigen, bei dem sind wir versichert. Was ein Glück, dass ich das durchgedrückt habe. Bis zum 1. Januar waren wir das nämlich nicht."

Susi versprach es und begab sich unmittelbar danach mit Moritz in ihr Büro. Moritz nahm die Sache ziemlich mit. Das sagte er auch Susi: „Ich weiß, ich bin nicht daran schuld, sollte es sich bewahrheiten, dass die Waren durch einen Fremden abgeholt wurden. Ich glaube zwar nicht, dass Heinz dahinter steckt, das sieht Hilde wahrscheinlich falsch, aber irgendjemand anders kann sich von so einem Diebstahl viel versprochen haben.

Eines ist sicher, in Deutschland können die Gauner das Zeug nicht verkaufen."

Susi verständigte Dieter Zeiser und der versprach, um 16 Uhr mit Herbert Wagner, dem ehemaligen Beamten des Bundeskriminalamtes, vorbeizukommen. Sie rief auch Jens Gerner an und erzählte ihm, was möglicherweise passiert war und auch der versprach, bis spätestens um 16 Uhr bei Susi im Büro zu sein.

Dann ging sie in ihr Vorzimmer, um festzustellen, ob man von allen Gegenständen dieser Lieferung entsprechendes Fotomaterial hatte. Als sie diese Auskunft hatte, veranlasste sie die Zusammenstellung der geplanten Lieferliste nebst einem Foto je geliefertes Muster. Außerdem bat sie ihre beiden Damen, den Wert dieser Sendung festzustellen.

Sie rief Anton an und erzählte ihm von dem eventuellen Diebstahl in Solingen. Der sagte zwar, er habe im Moment seine Auslandsvertreter bei sich, würde aber versuchen, um 16 Uhr zur vorläufigen Besprechung zu kommen.

Susi rief noch mal Solingen an. Sie erfuhr lediglich, dass die Spedition nicht abgeholt hatte. Die Spedition hatte auch keinen Anruf getätigt, dass man früher abholen wollte. Außerdem hörte sie, dass der Mann, der mitfuhr, ein langjähriger Mitarbeiter ist, und Familie hätte. Man könne sich nicht vorstellen, dass der irgendetwas mit einer Unregelmäßigkeit zu tun haben könnte.

Susi sprach auch mit dem anderen Lagerarbeiter, der die Kisten ausgeliefert hatte. Der konnte sich sogar an die Autonummer erinnern. Es war eine Solinger Nummer. Die Polizei hat man noch nicht verständigt, denn man war sich noch nicht ganz sicher, ob nicht doch ein Versehen, ein Unfall oder sonst irgendetwas im Spiel war. Was die Leute in Solingen am meisten beunruhigte, dass sich ihr Mann – der wegen der Papiere mitgefahren war – nicht meldete.

Nach einiger Zeit kam Hilde zurück. Ihre Mädchen hätten die Ausstellungssachen schon gepackt. Sie waren schon am Saubermachen, aber die Damen bei Anton hatten sich bereiterklärt, das zu übernehmen. So warteten die Mädchen mit ihrem Gepäck und waren abfahrbereit.

Susi ging mit Moritz zu ihren Damen, um die Höhe des eventuellen Schadens festzustellen. Die Damen hatten flott gearbeitet. Dank der Tatsache, dass Erich die genauen Stückzahlen des Versandes angegeben hatte, konnte man folgendes feststellen. Die Sendung umfasste 22.000 Stück Militaria mit einem Versicherungswert von 1.100.000 Euro.

Als die Zahlen feststanden, wurde Moritz bleich. Er sagte: „Und ich habe Hilde seinerzeit für verrückt gehalten, dass sie darauf bestand, die Versicherungssumme der Warenbestände auf 2 Millionen festzulegen. Ich bin gespannt, wie Jens das sieht. Ich weiß es nicht!“

Um 16 Uhr füllte sich Susis Büro schnell. Jens Gerner, Steuerberater und Versicherungsagent der Firma Kaiser, Dieter Zeiser, kamen mit Herbert Wagner. Nachdem die Begrüßung vorbei war, begann Susi: „Liebe Freunde, anscheinend können unsere Feinde es nicht haben, wenn wir einmal feiern. Wenn ich an das letzte Jahr denke, so ist nach zwei dieser Feiern bei uns eingebrochen worden. Jetzt ist das bei der Firma Granika in Solingen passiert. Moritz, du hast bis jetzt mit Solingen und auch mit Erich gesprochen, gib uns doch einen Bericht."

Moritz begann: „Alles, was ich jetzt sage, ist erst vager Verdacht, leider erhärten die Fakten diesen immer mehr. Ich muss etwas ausholen, damit ihr versteht, um was es geht. Die Galerie Kaiser in Wiesbaden lässt bei der Firma Granika in Solingen Militaria mit den Emblemen aus der Nazizeit fertigen. Dafür haben wir eine Genehmigung. Bereits zwei große Sendungen sind problemlos von der Firma Granika an die Kaiser's Association of Art in Boston USA verschickt worden. Die größte Sendung, insgesamt acht Kisten, wurde vereinbarungsgemäß heute durch eine Spedition bei der Firma Granika abgeholt, morgen sollten sie bei dieser Spedition in Container umgepackt und am Mittwoch per Flugzeug nach Boston USA geflogen werden.

Gemäß den Bedingungen der Versicherung haben wir in den Räumen der Firma Granika eine sehr aufwendige Alarmanlage eingebaut. Erich hat außerdem für die Zeit seiner Abwesenheit von der Firma, einen Sicherheitsdienst beauftragt, zusätzlich die Räume zu bewachen.

Am Freitagnachmittag kam ein Anruf der Spedition und fragte an, ob man die acht Kisten bereits heute Morgen abholen dürfe. Dies wurde durch unser Lager auch zugesagt. Unser Lagerarbeiter war vorsichtig und wollte das durch

Rückruf am Freitagnachmittag bestätigen. Aber es war dort nur noch der Anrufbeantworter zu erreichen. Trotzdem hat er die Rückbestätigung auf Band gesprochen.

Heute Morgen kurz nach acht Uhr kam ein großer LKW mit zwei Männern, die sich als Mitarbeiter der Spedition vorstellten. Als unsere Lagerarbeiter die Papiere haben wollten, erklärten diese, sie kämen direkt von zu Hause. Die Papiere lägen in der Spedition. Sie schlugen vor, ein Mann der Firma Granika sollte mitkommen und die Papiere entgegennehmen, man würde ihn zurückbringen.

Mehr aus Gewohnheit notierte sich unser zweiter Lagerarbeiter das Kennzeichen des LKW. Einen Verdacht, dass etwas nicht stimmen könne, hatte er nicht. Er wunderte sich zwar, dass sein Kollege so lange braucht, um zurückzukommen, aber erst, als um halb zwölf ein LKW der Spedition kam, um die acht Kisten abzuholen, fand er das eigenartig. Man rief in der Spedition an, auch dort war man vorerst ratlos. Gegen 12 Uhr wurde festgestellt, dass die Spedition am Freitag nicht angerufen hatte. Den Rückruf auf Band am Freitag hatte man nicht beachtet. Außerdem stellte die Spedition fest, dass sie die acht Kisten nicht abgeholt hätten.

Bis alle Recherchen in Solingen erfolgt waren, war es schließlich 13 Uhr und man rief meinen Sohn Erich hier an. Der setzte sich sofort mit Mike in Verbindung und die beiden fuhren direkt nach Solingen. Dort stellten sie das fest, was ich Ihnen mitteilte und telefonierten mit der dortigen Polizei, die versprach schnell zu kommen.

Wie ihr in den vor euch liegenden Unterlagen feststellen könnt, enthielten die acht Kisten 22.000 Einzelstücke der in Solingen gefertigten Militaria mit einem Versicherungswert von 1.100.000 Euro.

Hilde mit ihren beiden Damen vom Büro der Firma Granika hat nach dieser Nachricht sofort ihre Zelte hier abgebrochen und ist bereits auf dem Weg nach Solingen. Hilde bat mich ausdrücklich, dir lieber Herbert, zu sagen, dass sie der Meinung ist, dass das Strickmuster nach Heinz aussieht. Auch Mike schließt sich dieser Meinung an. So, das ist alles, was ich zu berichten habe."

Jens nahm als nächster das Wort: „Ich kann nur sagen, Scheiße. Ich habe mich bei der Versicherung stark gemacht und auf die üblichen Wartezeiten bei einer solchen Versicherungssumme verzichtet. Für die Firma Granika oder auch für euch ist das gut. Mir werden die ganz schöne Vorwürfe machen. Aber noch wissen wir nicht, was eigentlich passiert ist."

Wieder klingelte Susis Telefon. Susi nahm ab:

(Susi) Susanne Kaiser!

(Erich) Hallo, Susi. Es gibt einiges zu berichten.

(Susi) Warte einen Moment, ich schalte auf Konferenzschaltung. Es sind hier Moritz, Jens, Dieter und Herbert Wagner.

(Erich) Prima, dann braucht man nicht alles doppelt und dreifach erzählen. Außerdem herzlichen Dank, dass deine Damen die Listen und die Fotos des Inhaltes der Kisten per E-Mail geschickt haben. Also ich beginne:

Bei mir sind im Moment zwei Streifenwagen der Polizei, ein Wagen aus Solingen, den wir selbst angefordert haben, um den Verdacht aufnehmen zu lassen und ein Streifenwagen aus Remscheid.

In einem aufgelassenen Industriegebiet in einem Vorort von Remscheid hat man einen mit Klebeband verschnürten Mann gefunden, der behauptete, er sei überfallen worden. So erfuhr man unsere Adresse und brachte den Mann zu uns. Es ist unser Lagerarbeiter, der mit dem LKW mitgefahren war. Er berichtete, dass die beiden Fahrer des LKW ihm gesagt hätten, dass sie noch etwas in dem Industriegebiet abholen müssten.

Zwischen zwei Gebäuden wären sie stehen geblieben, hätten ihn mit Pistolen bedroht. Er musste aussteigen, man umwickelte ihn mit Klebeband, auch seinen Mund klebte man zu und legte ihn in eine Toreinfahrt.

Erst am Nachmittag konnte er das Klebeband vom Mund notdürftig entfernen und um Hilfe rufen. Die Rufe wurden erst ziemlich spät gehört. Dann holte man die Polizei, die ihn zu uns brachte.

Man hätte ihm gesagt das sei ein Überfall und ein Diebstahl. Mehr weiß ich im Moment auch nicht. Sobald das Protokoll angefertigt ist, schicke ich Euch eine Kopie per Fax.

(Susi) Soweit ich gehört habe, habt ihr die Autonummer des LKW. Hast du da schon recherchieren können?

(Erich) Nein, da ist noch nichts erfolgt. Ich wollte das nur schnell durchsagen, damit ihr wisst, dass es ein geplanter Überfall oder Diebstahl, oder was weiß ich, war.

(Wagner) Hallo, Erich, wärst du so gut und würdest du mir mal einen der Solinger Streifenbeamten an den Apparat geben?

(Erich) Na klar! – es dauerte ein paar Sekunden –

(Polizist) Herner.

(Wagner) Mein Name ist Herbert Wagner, ich bin ehemaliger Beamter des Bundeskriminalamtes in Wiesbaden. Dieser Diebstahl erscheint mir im Zusammenhang mit anderen gleichartigen Diebstählen zu stehen. Ich werde morgen Früh sofort mit dem Bundeskriminalamt sprechen, um den gesamten Vorgang in eine Hand zu legen. Dann gab Herr Wagner dem Polizisten noch ein paar Telefonnummern und Namen und man versprach, morgen Vormittag wieder miteinander zu telefonieren.

(Erich) Hallo, seid ihr noch dran? Das war's von uns im Moment. Gib mir noch mal Papa.

(Moritz) Noch zu deiner Information, Hilde wird mit ihren beiden Damen gegen 18 Uhr in Solingen sein. Die hat's hier nicht mehr ausgehalten. Also, Tschüss, Erich.

(Erich) Tschüss, Papa und Grüße an alle.

Dieter Zeiser sprach als Erster: „Also, das klärt vieles. Es war ein geplanter Überfall oder Diebstahl. Dadurch, dass euer Lagermitarbeiter praktisch überfallen, gefesselt, geknebelt und ausgeschaltet wurde, dürfte die Rechtslage ziemlich klar sein. Jens, Pech für die Versicherung. Allerdings wird es einen Prozess geben, aber den gewinnen wir."

Herbert Wagner meinte: „Wir müssen als nächstes klären, ob ich wieder für euch tätig werden soll, zweitens, wir bearbeiten die Angelegenheit von hier aus – das würde sich anbieten, falls das Bundeskriminalamt den Fall tatsächlich übernehmen sollte. Wieder müsste ich ein kleines Bürochen haben. Ich weiß, die Wohnung im 4. Stock ist noch besetzt, aber es wird sich was finden."

Susi: „Herbert, mach dir kein Kopfzerbrechen. Logisch bist du wieder bei der Sache. Bist du mit dem Honorar einverstanden, das du das letzte Mal hattest?"

Als Herbert Wagner sein Einverständnis erklärte, klingelte das Telefon. Anton war am Apparat. Er entschuldigte sich, er konnte nicht kommen. Aber er versprach, mit den anderen um 18 Uhr, das heißt in einer halben Stunde zum Aperitif in Susis Wohnung zu sein.

Als alle gegangen waren, seufzte Susi: „Moritz, jetzt wollte ich, dass wir in Urlaub wären. So schön das alles bisher war, der Diebstahl hat uns gerade noch gefehlt. So langsam glaube ich auch, dass Hilde Recht hat. Das sieht mir nach Heinz aus. Aber wo hat der seine Informationen her?"

Als Susi mit Moritz nach oben in ihre Wohnung kam, konnten sie sich nur noch wundern, was ihre Freunde alles geleistet hatten. Vera, Ilse, Nina und Erika hatten die Wohnung wieder auf Vordermann gebracht. Die Schreiner hatten Stühle und Tische herbeigeschafft und Erika hatte von einem Partyservice wieder ein kaltes Buffet besorgt.

Susi sagte nur: „Ihr Lieben, ich hab einfach ein schlechtes Gewissen, wenn ihr das alles so hervorragend macht, ohne dass ich helfen kann. Vielen lieben Dank. Ich hoffe, ich kann es wiedergutmachen.“ Zu mehr kam sie nicht, denn schon kamen die ersten Gäste.

Es war schon halb sieben, als Susi auf einen Stuhl stieg, an ein Glas klopfte und sagte: „Hier ist es Sitte, dass wir Freud und Leid teilen. Daher muss ich einen kleinen Wermutstropfen mitteilen. Heute Morgen um halb neun hat man bei der Firma Granika in Solingen unsere Militaria in acht Kisten abtransportiert. Es wurden 22.000 einzelne Stücke mit einem Gesamtwert von über einer Million Euro gestohlen.

Dies ist auch der Grund, warum ich heute Nachmittag nicht zur Verfügung stand und auch die Mannschaft der Firma Granika so plötzlich abgereist ist. Unser Mike Curtis, den es am meisten betrifft, ist ebenfalls mit nach Solingen gefahren. Das Strickmuster dieses Gaunerstückchens ähnelt den Diebstählen bei uns im letzten Jahr. Trotzdem, lasst euch alle die Laune nicht verderben. Wir sind eine Familie und ich bin ganz sicher, dass wir einen Weg finden werden, entweder diese Sachen zu beschaffen oder die Erstattung durch die Versicherung zu erhalten. Für viele ist es heute der letzte Abend vor der Abreise. Es war wunderschön, dass ihr hier wart, es war großartig, dass ihr mit uns gefeiert habt und es ist ebenso bewundernswert, dass ihr auch bei negativen Dingen mit uns empfindet. Euch allen vielen, vielen Dank und auf ein baldiges Wiedersehen.“

Solingen

Nachdem Erich und Mike in Solingen angekommen waren, überstürzten sich die Ereignisse. Fast gleichzeitig mit der Polizei aus Solingen kam auch der Streifenwagen aus Remscheid. Es mussten die Protokolle geschrieben werden. Telefonate wurden geführt und man verabredete sich am nächsten Morgen gegen 10:00 Uhr bei der Polizei.

Zwischenzeitlich war auch Hilde mit ihren beiden Damen eingetroffen. Diese entluden den Wagen und gingen dann nach Hause.

Kurz nach sieben saßen Mike, Erich und Hilde zusammen.

Mike war sicher: „So, wie das hier abgelaufen ist, muss es einen Informanten in der Firma geben. Die Diebe haben gewusst, dass heute die Sachen durch die Spedition abgeholt werden. Woher wissen die den Versandtermin? Die Diebe wussten, dass so gut wie keiner im Haus ist, da fast alle Mitarbeiter in Wiesbaden waren.

Wenn Herbert Wagner die Angelegenheit übernimmt, muss er wieder mit den Fragebogen bei den Mitarbeitern arbeiten, wie er das auch in Wiesbaden gemacht hat. Je mehr ich mir das überlege, umso sicherer werde ich mir, hier sitzt ein Informant der Diebe. Anders ist das nicht möglich."

Hilde ziemlich nachdenklich: „Ihr wisst doch, dass ich wahrscheinlich zweimal Heinz hier gesehen habe. Einmal vor dem Haus – und ich bin mir sicher, dass er es war – und einmal, als ich ihn bei der Eckkneipe dort vorn sah. Damals war ich mir nicht so sicher. In diese Eckkneipe gehen auch viele unserer Mitarbeiter nach Dienstschluss, um noch was zu trinken. Könnte sich vielleicht Heinz dort an einen unserer Mitarbeiter herangemacht haben?"

Hilde wurde sehr ernst: „So – und jetzt muss ich mit euch beiden noch ein Hühnchen rupfen. Ich weiß, ihr wolltet mich schonen, aber ich bin ziemlich sicher, dass mein lieber ehemaliger Freund, Heinz, in Düsseldorf, oder wer weiß wo, eine Freundin hatte. Ihr wusstet das, denn nach meiner Meinung habt ihr nur über die Freundin meine Möbel und meine anderen Sachen beschaffen können. Es ist jetzt an der Zeit, dass ihr mir die Geschichte erzählt, wie sie wirklich war. Geglaubt habe ich euch damals die Story ohnehin nicht. Also, Mike, jetzt bist du dran. Nach diesem Desaster muss ich die Wahrheit wissen.

Das geht indirekt auch gegen mich. Seid mir nicht böse, aber ich lasse mir durch diesen Lumpen mein Leben nicht zerstören. Also, Mike, erzähle!“

Mike lachte: „Hilde, auf das Gespräch warte ich schon lange. Ich weiß, dass du uns damals die Story nicht abgenommen hast, aber auch wir waren durch deinen Selbstmordversuch sehr verunsichert. Ganz so falsch war unsere damalige Schilderung nicht.

Als wir seinerzeit von Straßburg aus Heinz nachfuhren, folgten wir ihm nach Düsseldorf. Dort entdeckten wir ihn bei seiner Freundin. Hier haben wir zum ersten Mal gelogen. Es war nicht seine ehemalige Freundin, sondern es war immer noch seine Freundin Alles Übrige stimmte so ziemlich. Sei uns nicht böse wegen dieser kleinen Notlüge.“

Hilde: „So habe ich es mir auch gedacht. Er hatte also während der gesamten Zeit mit mir in Wiesbaden gleichzeitig eine Freundin in Düsseldorf. Ist das richtig?“

Und als Mike bejahte, fuhr Hilde fort: „Ich frage mich schon seit damals, wenn er eine Freundin in Düsseldorf hatte, so hatte die doch sicherlich eine Wohnung, warum holte er dann all meine Möbel und all meine Sachen? Das ergibt keinen Sinn. Irgendwo da liegt der wunde Punkt.

Heinz wusste nichts von dem Militaria-Projekt. Soweit ich weiß, habe ich auch nie mit ihm darüber gesprochen, dass Mike vor Jahren solche Dinge suchte. Schon gar nicht kann er wissen, dass die Firma Granika die Formen hat und auch in der Lage ist, diese zu fertigen. All das kam erst zur Sprache, als Heinz schon längst nicht mehr in Wiesbaden war. Wieso kann ich ihn dann hier vor der Eckkneipe gesehen haben und dann noch mal vor dem Haus? Sollte er Kontakt mit mir gesucht haben? Hat er eventuell in der Eckkneipe erfahren, dass wir Militaria herstellen? Hat ihn das vielleicht auf die Idee gebracht? Seid sicher, ich werde das herausfinden. Mike, weißt du noch den Namen und die Adresse seiner Freundin in Düsseldorf?“

Mike nahm Hildes Hand: „So, jetzt zu deinen Fragen, Heinzens Freundin heißt Anja Henzo und wohnt in Düsseldorf. Die Adresse habe ich nicht im Kopf, die findest du im Telefonbuch. Deine Möbel waren bei ihren Eltern untergestellt, die heißen auch Henzo und wohnen in Gräfrath, also hier um die Ecke. Auch die Adresse findest du im Telefonbuch. Die Kriminalpolizei weiß nicht, dass wir Heinz bereits hatten. Da bitte ich dich, den Mund zu halten. Das könnte sonst unangenehm werden. Von den Geldzahlungen von Heinz an dich und allen anderen Zahlungen weiß die Polizei auch nichts. Das vergisst du besser auch. Du hast natürlich Recht, irgendetwas muss Heinz bewogen haben, nach Solingen zu kommen. Von deinem Selbstmordversuch wusste er, denn das hab ich ihm unsanft gesagt. Nach meiner Meinung war er ernsthaft betroffen. Trotzdem würde ich dir raten, halte dich aus der Angelegenheit heraus."

Hier mischte sich Erich ein: „Hilde, ich kann dich gut verstehen, aber Mike hat sicherlich Recht, wenn er dir rät, in der Angelegenheit nichts selbstständig zu unternehmen. Denke an uns, an unser Kind und an unsere Liebe. Bei uns stimmt wirklich alles, sollen wir irgendetwas aufs Spiel setzen? Ich glaube, das ist kein Geld der Welt wert." Erich beugte sich zu Hilde und gab ihr ein Küsschen.

Hilde nahm Erichs Hand: „Schatz, nichts wird unsere Ehe auseinanderbringen. Ich liebe dich mit jeder Phase meines Ichs.

Aber ich muss einfach wissen, warum dieser Kerl so fies gegen mich, die Galerie Kaiser und jetzt gar gegen uns in Solingen ist. Ich bin sicher, wenn wir ihn nicht ausschalten, geht diese Serie von Anschlägen weiter."

Mike nachdenklich: „Es gibt noch ganz andere Versionen. Der Vater von Heinz und der Begründer der Galerie Kaiser waren verfeindet. Heinzens Vater musste wegen Max Kaiser Deutschland verlassen. Da ist ein abgrundtiefer Hass. Bei diesem Hass bist du zwischen die Fronten geraten. Es mag sein, dass Heinzens Liebe zu dir in Hass umgeschlagen ist. Eine Hassliebe kann ungemein gefährlich sein. Dass mich Heinz hasst, ist normal. Ich habe ihm die Hälfte seines Geldes abgeknöpft.

Nun nehmen wir mal Positives an. Heinz wollte nur sehen, wie es dir geht und was du machst. Zu diesem Zweck hat er sich in der Umgebung erkundigt und möglicherweise in dieser Eckkneipe davon erfahren, dass die Firma Granika jetzt Militaria herstellt und in die USA liefert. Dann wäre es nämlich so, dass sich Heinz an mir rächen will. Das halte ich für wahrscheinlicher."

***

Wiesbaden

Dienstag, Tag der Abreise der letzten Hochzeitsgäste. Alles war im Stress und endlich saß man am Abend beim Aperitif. Es war die kleine Runde wie immer. Jeder berichtete von den vergangenen Tagen und alle hatten das Gefühl, Besonderes geleistet zu haben.

Susi brachte es auf den Punkt und rief: „Hört mal, ihr Lieben. Ich danke euch allen für euren Einsatz, mit dem ihr unsere Gäste betreut habt. Ich habe heute Nachmittag kurz in unseren Computer geschaut und Zahlen gesehen, die mich schon sehr erstaunt haben. Jetzt müssen wir nur noch zusehen, dass wir Künstler für unsere Ateliers finden, denn sonst kommen wir mit der Produktion nicht nach. Vielen, vielen Dank und auf einen schönen Abend."

Susi ging mit Anton in eine stille Ecke und fragte: „Sag mal, ich muss dringend mit dir sprechen. Hast du irgendwann einmal Zeit. Wie wär's, morgen Vormittag vielleicht?"

Anton lachte und sagte: „Eigentlich sind wir beide in den Flitterwochen. Die habe ich mir auch anders vorgestellt. Die letzten drei Tage habe ich mit Erika kaum dreißig Worte gewechselt. Wir haben tolle Umsätze gemacht. Aber ich muss ohnehin auch mit dir sprechen. Bei mir haben sich telefonisch drei Leute gemeldet. Zwei Porzellanmaler, das heißt eine Porzellanmalerin und ein Porzellanmaler und der Porzellanmaler bringt seinen Bruder mit, der aus dem Erzgebirge ist und er soll ein außergewöhnlich guter Holzschnitzer sein. Die wollen morgen Vormittag so gegen zehn hier sein. Um fünf Uhr früh wollen sie in Dresden wegfahren. Was interessant ist, die Porzellanmaler kommen aus Meißen und haben dort bis vor kurzem in der Manufaktur gearbeitet. Sie haben sich auf unsere Anzeige hin gemeldet. Wenn der Holzschnitzer gut ist, unbedingt nehmen, da haben wir ein großes Loch in der Fertigung. Was hältst du davon, wenn ich morgen früh mit Erika zum Frühstück komme und wir gehen dann in dein Büro und besprechen alles?"

Dann ging Susi in die Küche, in der sie ihre russischen Mitarbeiter vermutete, so war es auch.

„Na", fragte Susi, „sind eure Freunde von der Eremitage gut fortgekommen?"

Maxim lachte: „Denen hat es so gut bei uns gefallen und sie haben sich schon überlegt, noch zwei Tage zu bleiben, sie werden leider in St. Petersburg erwartet. Aber Susi, du und Moritz, ihr müsst schnellstens nach St. Petersburg. Die warten auf euch. Sie haben schon die Ateliers, die Ausstellung und alles für euch parat. Sie stellen sich das so vor, dass sie am Umsatz der Ausstellung beteiligt sind und für das Kopieren eines Bildes oder eines Exponats eine einmalige Summe von 250 Euro erhalten. Auf keinen Fall dürft ihr mehr zahlen. Das werden sie zwar versuchen, aber 250 Euro ist der übliche Tarif. Ihr könnt dann die Dinger beliebig oft drucken, Öldrucke herstellen oder kopieren. Lasst euch das Geschäft nicht durch die Lappen gehen."

Susi bedankte sich bei Maxim und fragte: „Maxim, wie lange bleiben deine Frau und die Frau von Boris noch?"

Und Maxim: „Susi, eigentlich nur bis Donnerstag, aber meinst du, dass sie noch bis Sonntag bleiben können?“

Susi musste lachen: „Maxim, ihr wisst doch, dass ihr völlig frei entscheiden könnt. Du kannst die Flüge umbuchen, wie immer du willst. Also lasse das Sekretariat wissen, was ihr machen wollt. Die buchen die Flüge um, wie ihr wollt.“

Als Susi Ilse sah, fragte sie: „Ich denke, du bist bei den Kindern Anna und Ben?“

Ilse schmunzelte: „Heute Abend hatte ich keine Chance. Jo ist bei den Kindern, er erzählt die unendliche Geschichte von dem kleinen Indianerjungen ‚Rote Feder’ weiter. Ich weiß nicht, die wievielte Folge das ist, aber jede Folge endet mit einem besonderen Erlebnis.

Weil ich dich gerade treffe, morgen fangen wir mit dem Aufbau der Vernissage in Wiesbaden an. Jo hat im Arms-Hotel die entsprechenden Räume. Meinst du, Mike kommt auch?“

Susi: „Komm, wir gehen kurz nach unten in mein Büro, wir rufen ihn an, dann wissen wir genau, was er geplant hat.“

Die beiden gingen nach unten in die 3. Etage in Susis Büro und Susi wählte Erichs Nummer:

(Hilde) Besteckfabrik Granika, Hilde Granika.

(Susi) Ich bin erstaunt, wie gut du das schon kannst.

(Hilde) Geil, dass du anrufst. Mike wollte auch eben anrufen. Warte, ich gebe ihn dir.

(Susi) Hi, Mike, was gibt's?

(Mike) Eigentlich wollte ich nur kurz berichten, was sich hier in der Diebstahlaffaire getan hat. Also das Kennzeichen des LKW war gestohlen. Es gehört zu einem LKW, den die Firma auf dem Abstellplatz stehen hatte. Allerdings war das zu erwarten.

Alle im Umkreis von 100 km liegenden Autovermietungen wurden angefragt, wer in diesem Zeitraum einen LKW dieser Art gemietet hatte. Das wird noch dauern, aber wahrscheinlich auch negativ sein. Das Bundeskriminalamt hat übernommen. Die korrespondieren mit dem Polizeipräsidium Solingen. Also normale Polizeiarbeit. Dich muss ich informieren, dass wir Hilde sagen mussten, dass ihr Heinz während er in Wiesbaden war, noch eine Freundin in Düsseldorf hatte. Sie wusste es ohnehin. Aber warum ich anrufe, sage Ilse und Jo, dass ich spätestens Donnerstag um 12 Uhr in Wiesbaden bin, um die Vernissage in Wiesbaden zu eröffnen. Da ich jetzt ein paar Tage länger hier bleibe, kann ich auch die Ausstellungen in Heidelberg und Kaiserslautern eröffnen. Kannst du mir Vera geben?

(Susi) Soweit ich weiß, ist sie bei Prem und Petra. Moment ich verbinde dich, Tschüss, Mike.

(Mike) Tschüss, Susi.

Susi verband das Gespräch und sagte dann zu Ilse: „Wie du wahrscheinlich gehört hast, Mike ist am Donnerstag spätestens um zwölf da. Er wird auch die Vernissagen in Heidelberg und Kaiserslautern mitmachen. Auf jeden Fall halte ich euch die Daumen.

Aber komm, lass uns wieder nach oben gehen."

***

Schon um acht kamen Erika und Anton zum Frühstück zu Susi und Moritz. Man genoss es, wieder einmal zusammen zu sein. Susi informierte die drei über das gestrige Gespräch mit Mike und sagte zum Abschluss:

„Ich weiß nicht, was Mike und Erich dazu bewogen hat, Hilde zu erzählen, dass ihr Heinz während seiner Wiesbadener Zeit noch eine Freundin in Düsseldorf hatte."

Moritz lachte nur: „Susi, Hilde ist nicht von gestern. Das konnte sie sich an den fünf Fingern abzählen. Wahrscheinlich hat irgendetwas die Vermutung Hildes, dass Heinz hinter dem Diebstahl steckt, die beiden dazu veranlasst unser Geheimnis zu verraten. Aber das finde ich nicht schlimm. Was viel ernster ist, das ist der Diebstahl als solcher. Ich habe heute Vormittag einen Termin mit Dieter Zeiser, Jens Gerner und Herbert Wagner. Mal sehen, was dabei herauskommt. Werde euch berichten."

Anton: „Tut mir leid, dass weder Susi noch ich dabei sein können. Wir haben ernsthafte Probleme mit der Produktion, die wir durchsprechen müssen und außerdem noch drei Vorstellungen. Eigentlich wollten wir heute die Konferenz des Gremiums machen. Moritz, könntest du Jens und Dieter fragen, ob sie eventuell am Freitag Zeit haben? Dann hätten wir das auch abgehakt."

Susi und Anton saßen über den Listen der Bestellungen, der Liefertermine und der Produktionsmöglichkeiten. Beide waren sich darüber einig, dass man in den nächsten Wochen noch die Wochenenden zur Produktion dazunehmen musste und außerdem waren Einstellungen unumgänglich. Während sie noch diskutierten, kam Erika und meldete die erwarteten Herrschaften zur Vorstellung.

Susi bat, Platz zu nehmen und begann mit dem üblichen Vorstellungsgespräch. Ohne dass sich Susi und Anton weiter verständigten, waren sie sich einig, die beiden Porzellanmaler zu den üblichen Bedingungen einzustellen. Der Holzschnitzer war etwas komplizierter. Er hatte wunderschöne Muster seines Könnens mitgebracht, wollte aber die üblichen Bedingungen der Galerie Kaiser nicht akzeptieren. So sprach Susi ein abschließendes Wort:

„Sie sollten sich erst einmal unser Unternehmen ansehen. Neben diesem Haus mit seinen Ausstellungsräumen und Büros haben wir noch im Hinterhaus Werkstätten und Ateliers.

Außerdem befinden sich unweit von hier noch Ausstellungsräume – wir sagen dazu »Antons Galerie« und entsprechende Werkstätten und Ateliers. Ich werde versuchen, Ihnen jemand mitzugeben, der sie kompetent führen wird.

Wie wir schon sagten, wir sind ein Verein, keine Firma. Alle unsere Mitarbeiter sind sogenannte freie Feste, das heißt keine Angestellten. Sie bekommen einen Arbeitsvertrag wie alle Künstler bei uns. Dies mit einer Absicherung bei Krankheit. Sie müssen sich jedoch selbst versichern und ihre Steuern auch selbst zahlen.

Sie bekommen monatlich ein Fixum. Das können Sie selbst wählen. Entweder 2.000 oder 3.000 Euro. Ihre Bezahlung erfolgt pro Stück der geleisteten künstlerischen Tätigkeit. Ich habe bisher noch keinen unserer Mitarbeiter gehört, der damit nicht einverstanden ist. Die Bezüge sind außergewöhnlich hoch, aber wir verlangen auch außergewöhnliche Arbeit. Wir kennen außerdem keinen Achtstundentag. Jeder arbeitet so lange, wie er kann oder Lust hat.

Damit Sie sich nicht mir der Steuer, der Krankenkasse und Altersversorgung herumärgern müssen, übertragen unsere Mitarbeiter alles einem Steuerberatungsbüro. Dieses erledigt diese Arbeiten für Sie. Ich werde Ihnen jetzt eine Mitarbeiterin rufen, die Sie führt. Sie können alle Mitarbeiter fragen und werden feststellen, dass wir eine große Familie sind. Es würde uns freuen, wenn Sie auch bald zu dieser Familie gehören würden. Normalerweise können wir keine sofortige Zusage machen, denn alle Einstellungen müssen durch ein Gremium des Vereins bestätigt werden. In Ihrem Fall haben wir diese Einstellungsgenehmigung bereits, da wir drei Mitarbeiter in unser Atelier nach Rom versetzen müssen und so diese Stellen ab sofort frei sind."

Susi bat Erika, Alena zu suchen und zu ihr zu schicken..

Nach der Vorstellung sagte Susi: „Wie schon gesagt, unsere Alena ist Kunstwissenschaftlerin und stammt aus St. Petersburg. Sie war dort in der Eremitage tätig. Frau

Alena ist erst ein halbes Jahr bei uns. Sie war anfangs genauso skeptisch hinsichtlich unseres Arbeitsvertrages. Vielleicht kann sie Ihnen erzählen, was sie heute davon hält."

Zu Alena gewandt, sagte Susi: „Alena, zeige den Herrschaften alles in unseren Ateliers und Häusern. Lade sie bei Giovanni oder sonst jemanden zum Mittagessen ein. Beim Essen spricht es sich besser. Wenn ihr alles angesehen habt, kommt wieder zu mir. Wir können dann gemeinsam entscheiden, wie es weitergehen soll."

Die Herrschaften bedankten sich und gingen mit Alena zur Besichtigung.

„Was meinst du?", fragte Susi Anton.

„Bei den beiden Porzellanmalern habe ich keine Bedenken, die liegen auf unserer Linie. Die Arbeiten, die sie gezeigt haben, sind gut und den Rest lernen sie hier. Die brauchen ohnehin einige Zeit, bis sie mit allem zurechtkommen. Bei dem Schnitzer weiß ich nicht. Vielleicht ist er außergewöhnlich gut. Mal sehen, was er sagt, wenn er von der Besichtigung zurückkommt."

Dann begaben sich beide wieder an ihr Zahlenmaterial und legten die Fertigung fest.

Als sie mit den Listen fertig waren, meinte Susi: „Anton, wir beide haben je eine Einladung nach St. Petersburg. Die sollten wir auch annehmen. Du hast keine Hochzeitsreise gemacht und Moritz und ich auch nicht. Was hältst du davon, wenn wir das in absehbarer Zeit machen? Wenn wir das nicht mit Gewalt durchdrücken, kommen wir nie fort."

Anton lachte nur: „Recht hast du. Warum übergeben wir das nicht Maxim. Der soll das organisieren. Du kannst ohnehin nicht mehr lange warten. Du bist im fünften Monat deiner Schwangerschaft. Bei Erika dauert es noch einen Moment. Sprichst du mit Maxim?"

Susi erklärte sich einverstanden. Dann sagte sie: „Ich weiß ja nicht, wo dieser Vormittag wieder mal geblieben ist, aber es wird Zeit zum Mittagessen."

So gingen die beiden hoch in Susis Wohnung. Erika und Nina waren bereits am Wirken. Kurze Zeit später kam Moritz. Er meinte nur: „Susi, Anton, ihr habt mich ganz falsch informiert. Keine Sitzung am Freitag. Anton, Dieter, Jens und Hugo fliegen am Freitag nach Rom, um die Verträge mit dem Vatikan zu machen.“

„Mist, elender“, sagte Anton, „das habe ich ganz verschwitzt. Das ist auch nicht mehr zu ändern. Außerdem möchte ich gerne, dass auch Gina und einer von der Drucktechnik mit dabei sind. Das werde ich gleich nach dem Mittagessen klären.“

Der Nachmittag begann hektisch. Alena konnte die drei Bewerber davon überzeugen, dass sie einen guten Vertrag abschließen würden und Susi bestätigte die sofortige Einstellung. Susi konnte auch mit Maxim sprechen und der versprach, morgen mit St. Petersburg zu telefonieren.

***

Ilse und Jo, sowie zwei Damen aus Antons Galerie waren schon seit den frühen Morgenstunden des Donnerstags in einem Saal mit dem Aufbau der Gemälde, Skulpturen und so weiter beschäftigt. Der Saal gehörte zu einem Hotel, das nur Angehörigen der US-Army zur Verfügung stand. Man hatte gestern den ganzen Tag mit den Vorbereitungsarbeiten verbracht und es war elf und sie waren immer noch nicht fertig. Jo sagte zu Ilse: „Wir müssen uns jetzt wirklich beeilen. Wenn Mike kommt und die Ausstellung ist noch nicht restlos aufgebaut, kriegt der die Krise.“

Kurz nach zwölf war es soweit und unmittelbar danach kam Mike: „Gut habt ihr das gemacht. Ich komme bald wieder, ich gehe nur noch was essen und mich umziehen. Kurz nach zwei bin ich wieder da.“

Wuppertal

Wolfgang, Paul und Bart wollten gerade zum Mittagessen gehen, als Paul einen Anruf erhielt. Er sprach nicht viel. Lediglich ein „Okay“ und dann: „Wir treffen uns zwischen sechs und sieben Uhr, wie vereinbart.“

Paul lachte: „Ihr könnt euch ja denken, wer das war. Heute Nacht passiert es. Im Moment hat gerade ein Bagger das Hauptkabel des Dresdner Zwingers zerstört. Vor morgen Nachmittag ist das nicht geflickt. Mehr hat er mir nicht verraten. Wir fahren gleich ab. Wir brauchen bis Dresden sechs Stunden, dann sind wir gegen acht Uhr heute Abend in Dresden, suchen uns ein Hotel und sind spätestens um halb sechs morgen Früh am Treffpunkt.“

Wolfgang: „Seht zu, dass ihr keinen Strafzettel bekommt.“ Paul meinte nur: „Wolfgang, wir sind keine Anfänger. Hotel habe ich bereits, nicht weit vom Treffpunkt entfernt. Das Zimmer werde ich von hier aus vorbestellen. In der Nähe ist ein Parkplatz für LKWs. Alles völlig unauffällig. Wir fahren ganz gesittet nach Dresden und auf der Rückfahrt erst recht. Hast du das Geld zur Übergabe?“

Wolfgang mit einem Lächeln: „Alles paletti, es ist in einem kleinen Handkoffer. Ich hole ihn gleich.“

Während Bart und Paul ihr kleines Handgepäck holten, besorgte Wolfgang den Koffer mit dem Bargeld.

Kurze Zeit später waren sie wieder beieinander. Bart zählte das Geld für die Übergabe durch und Wolfgang wiederholte noch mal:

„Paul, unsere Vereinbarung war: „Zehn Gemälde. Darin muss enthalten sein: Entweder **Giorgione** – **»die schlafende Venus«** auch **»die schlummernde Venus«** oder **Raffael** – **»die Sixtinische Madonna«.** Ich habe noch mal die Türen bei unserem Sprinter nachgemessen, sie sind genau 2,5 m hoch. Da das Bild 2,5 m breit ist und noch einen Rahmen hat, könnt ihr es nur quer einladen. Es muss auf jeden Fall als erstes Bild eingeladen werden. Achtung! Decken liegen im Wagen. Gebt acht, dass ihr nichts beschädigt."

Paul lachte: „Du tust gerade so, als machten wir das zum ersten Mal. Aber du weißt selbst, das alles muss blitzschnell gehen. Aber um sechs bis sieben Uhr ist es noch dunkel, da werden wir uns nicht zu sehr beeilen müssen."

Wiesbaden

Endlich war es 22 Uhr und Mike, Ilse, Jo und die beiden Damen konnten die Ausstellung schließen.

Man hatte den Getränkeservice dem Hotel übertragen und das hatte gut geklappt. Jetzt nach Schluss der Ausstellung brachte man für alle ein Abendessen.

Mike sagte nur: „Das ist zwar furchtbar nett von denen, aber bevor ich nicht weiß, was wir verkauft haben, kriege ich keinen Bissen hinunter. Das lief heute so zäh, es hätte mich nicht gewundert, wenn wir gar nichts verkauft hätten. Ilse addiere doch mal auf."

Ilse lachte: „Mike, noch eine Minute, dann hast du die genaue Zahl." So lange mussten sie alle Geduld haben.

Dann verkündete Ilse: „Wir haben siebenundvierzig Exponate verkauft mit einem Verkaufswert von 94.240 US $". Dann fügte sie noch hinzu: „Das hätte ich nie gedacht. Bis um 17 Uhr hatten wir noch nicht ein einziges Stück verkauft. Das muss alles in den letzten fünf Stunden verkauft worden sein."

Jetzt sagte eine der Verkäuferinnen aus Antons Galerie: „Ganz so schwarz habe ich nicht gesehen. Ich hatte einen Priester, der suchte für Kapellen entsprechende Bilder. Der hat mich zwar von 15 Uhr an genervt, aber letztendlich hat er allein zwölf Bilder gekauft."

Jo meinte: „Bei mir lief es heute überhaupt nicht. Wahrscheinlich bin ich aus der Übung. Bis um 18 Uhr hatte ich noch kein einziges Bild verkauft. Dann allerdings klappte es. Ich habe auch zehn Verkäufe gemacht."

Sie einigten sich, mit dem Abbau nicht mehr anzufangen, sondern erst morgen Früh beizeiten. Sie vereinbarten noch, am nächsten Tag nachmittags nach Heidelberg zu fahren.

***

Dresden – Wuppertal

Es war ein nasskalter Freitagmorgen. Schon vor fünf Uhr waren Paul und Bart aufgestanden und ohne Frühstück mit ihrem Sprinter zum vereinbarten Treffpunkt unweit der Moritzburg in Dresden gefahren. Um kurz vor halb sechs waren sie dort und warteten. Die Minuten schlichen dahin. Es war schon nach sechs, als ein Wagen mit einem riesigen Bauschuttcontainer kam. Er war mit grünen Planen abgedeckt und hielt unmittelbar neben dem Sprinter.

Es fielen wenig Worte: „Habt ihr das Geld?"

Paul: „Wie vereinbart! Und habt ihr die Bilder und vor allen Dingen welche?" Die zwei Männer wie aus einem Mund: „Wie verabredet, aber ein paar mehr, die braucht ihr nicht zu zahlen."

Als oberstes Bild lag auf dem Container **Raffaels - »Sixtinische Madonna«**, dazu noch **Giorgiones – »schlafende Venus«**. Dann noch ein **Hans Holbein**; ein **Gerard Dou**; und weitere zehn Gemälde. Nachdem das Geld übergeben war und die Bilder im Sprinter eingeladen waren, fuhr erst der LKW mit dem Container ab. Dann fuhren Bart und Paul. Die Bilder waren mit Decken so abgedeckt, dass man nichts sehen konnte. Außerdem hatte man sie mit Gummibändern befestigt.

Sie fuhren auf die Autobahn. Nach 30 Minuten überholte sie ein Wagen mit der Aufschrift Zoll. Der Wagen setzte sich vor sie und ein beleuchtetes Schild mit der Aufschrift »Bitte folgen« leuchtete auf. Paul sagte nur kurz: „Ganz ruhig – wir waren in Dresden bei der Firma Herget. Die LKWs habe ich auf dem Parkplatz gesehen. Haben im Hotel übernachtet, die Rechnung habe ich noch und sind auf der Rückfahrt nach Wuppertal." Der Wagen des Zolls bog auf einen Parkplatz. Paul hielt dahinter und stieg aus.

Der Polizist oder Zollbeamte: „Ihre Papiere bitte!"

Paul händigte die Papiere aus.

Dann fragte der Polizist weiter: „Woher kommen Sie?"

Paul: „Wir waren bei der Firma Herget in Dresden und fahren jetzt zurück nach Wuppertal."

Der Beamte: „Sie waren nicht in Polen oder kommen auch nicht von dort?"

Paul: „Nein, wir sind gestern nach Dresden gefahren und haben in Dresden übernachtet und fahren zurück nach Wuppertal."

Der Beamte: „Danke, dann wünsche ich Ihnen noch eine gute Fahrt."

Paul und Bart stiegen wieder ein und fuhren ab.

Nach zwei Kilometern sagte Bart: „Mann, das hätte ins Auge gehen können. Normalerweise machen die doch immer die Ladetür auf, um zu sehen, ob wir nicht Personen schmuggeln. Aber Glück muss der Mensch haben."

Und Paul: „Mir ist das auch in die Glieder gefahren."

Es waren noch bange fünfeinhalb Stunden, bis sie endlich Wolfgang anriefen und ihn baten, das Einfahrtstor zu öffnen.

Punkt 13 Uhr war alles entladen und man konnte an die Besichtigung der Bilder gehen.

Wolfgang meinte nur: „Wir haben weit mehr, als wir für einen Rückkauf der Versicherung brauchen. Wir wollen uns morgen die Presse ansehen, was die zu berichten hat."

Wiesbaden

Es war ein hektischer Freitagmorgen gewesen. Anton, Jens, Dieter, Hugo, Gina und der Mitarbeiter der Technik wurden zum Flughafen gebracht und flogen nach Rom. Mike, Jo, Ilse und die beiden Damen aus Antons Galerie bauten die Ausstellung ab und verluden alles in einem Wagen.

Susi unterhielt sich mit Maxim. Er hatte mit St. Petersburg gesprochen. Und Susi war damit einverstanden, von nächster Woche Donnerstag bis Montag mit Moritz nach St. Petersburg zu fahren. Die Eremitage wollte sich um die Visaerteilung kümmern. Im Anschluss sollte Anton mit Erika ebenfalls nach St. Petersburg fahren. Susi war sich mit Maxim schnell einig, dass er die Reisen begleiten sollte.

Gegen Abend kam Herbert Wagner und sagte: „Ich wollte dir nur einen kurzen Überblick geben, was wir bisher ermitteln konnten.

Das Bundeskriminalamt in Wiesbaden hat den Fall übernommen. Ich bekam dort auch einen Schreibtisch.

Dass das Nummernschild des LKW, der die Waren transportiert hat, geklaut war, das weißt du sicher schon. Ich fahre am Montag nach Solingen, um dort alle Mitarbeiter zu befragen. Ich mache das wieder mit einem Fragebogen wie gehabt. Da die gestohlenen Militaria wahrscheinlich nur in den Benelux Ländern oder in Frankreich und England verkauft werden können, habe ich eine entsprechende Mitteilung über Interpol an diese Länder machen lassen.“

Hier unterbrach Susi: „Herbert, wegen der Länder wäre ich nicht so sicher, du weißt, wir hatten am letzten Wochenende unsere meisten Auslandsvertretungen hier. Besonders ein italienischer Freund hat berichtet, dass diese Art von Militaria dort gesucht wird. Ich bin nächste Woche in St. Petersburg, da werde ich mal rumhören. Museumsleute haben für so etwas ein Gespür. Herbert, es ist gleich 18 Uhr. Du weißt, es ist bei uns Aperitifzeit, einen nimmst du doch mit uns?“

Herbert Wagner musste lachen: „Ich weiß, ich entkomme dir nicht. Außerdem sehe ich Moritz gern und die anderen auch. Es tut mir nur leid, dass wir uns nicht einmal treffen, wenn es kein unerfreuliches Ereignis gibt.“

Auch Susi lachte: „Herbert, du brauchst nur zu kommen, du bist immer eingeladen, sogar deine ehemalige Feindin, Hilde, scheint wieder mit dir zu sprechen. Das freut mich. Aber jetzt komm, lass uns nach oben gehen.“

Herbert Wagner und Susi gingen in die Wohnung im 5. Stock, wo schon einige versammelt waren. Herbert wurde gleich umlagert, um Neuigkeiten aus Solingen zu erfahren.

***

Solingen

Hilde und Erich saßen Samstagmorgen am Frühstückstisch und Hilde in ihrem Überschwang gab Erich einen Kuss. Sie sagte: „Schatz, ich muss mit dir reden. Die Sache mit unserem Diebstahl lässt mir keine Ruhe. Mit Mike kann ich im Moment nicht sprechen, der ist in Vernissagen unterwegs. Mit Susi und Moritz auch nicht, wenn ich das Wort Heinz erwähne, dann blocken die ab. Also, bleibst nur du. Ich will nichts Dummes machen, ich mache auch nichts, was du nicht weißt, aber ich möchte gerne die Freundin von Heinz in Düsseldorf anrufen. Das ist eine Frau, die er auch belogen und betrogen hat. Vielleicht kann ich mit ihr gemeinsam etwas über Heinz herausfinden. Ich glaube nicht, dass Heinz noch mit ihr zusammen ist. Bitte, gib mir dein Einverständnis, mit ihr zu sprechen. Was meinst du?“

Erich wurde ernst: „Warum holst du diese ollen Kamellen

wieder hoch. Das ist doch wieder Stress pur. Überlass das doch einfach der Polizei, bitte!“

Hilde nahm Erichs Hand: „Schatz, wenn man das das letzte Mal der Polizei überlassen hätte, dann wären die Bilder heute noch nicht aufgetaucht. Mike hat das besorgt. Ich bin mir ganz sicher, auch diesmal wird Mike wieder helfen. Aber mit Heinzens ehemaliger Freundin kann er nicht sprechen und wenn, dann wird er keinen Erfolg haben. Das kann nur ich, denn mich hat Heinz genauso betrogen wie sie. Vielleicht hat sie irgendein Wissen, das uns weiterhilft. Ein Versuch ist das wert. Bitte, Erich, lass es mich versuchen.“

Erich lachte: „Du kannst einen ganz schön weichklopfen. Also meinetwegen, wenn’s dich beruhigt, dann telefoniere mit ihr.“

Hilde gab ihrem Erich einen Kuss und sagte nur: „Danke!“ Hilde räumte den Frühstückstisch ab, dann ging sie ans Telefon und wählte Düsseldorf an.

(Henzo) Anja Henzo!

(Hilde) Ich darf mich kurz vorstellen, mein Name ist Hilde Granika und mein Mädchenname war Hilde Reiz. Ich wohne jetzt in Solingen. Bitte, legen Sie jetzt nicht auf. Ich war im letzten Jahr sechs Monate so gut wie mit Herrn Heinz Engler verlobt. Ich habe ein paar Fragen.

(Henzo) Ja, aber was soll das? Aber bitte, fragen Sie.

(Hilde) Während der Zeit unseres Zusammenlebens in Wiesbaden hatte ich keine Ahnung, dass er verlobt war. Im Gegenteil, er hat mich seiner Mutter als seine Braut vorgestellt und wollte mich auch seinem Vater vorstellen. Heinz verschwand dann von einen auf den anderen Tag und mit ihm Bilder im Wert von zweieinhalb Millionen Euro. Zur gleichen Zeit verschwand auch meine gesamte Wohnungseinrichtung und er hat auch noch mein Bankkonto geplündert. Das war leider noch nicht alles, durch einen anonymen Anruf hat er mich der Mittäterschaft bezichtigt. Das führte

so weit, dass ich nicht mehr leben wollte und einen Selbstmordversuch unternahm. Gott sei Dank wurde das verhindert. Meine Möbel fanden sich in einer Scheune bei Ihren Eltern und das Geld erhielt ich auch zurück. Auch die Bilder wurden in Luxemburg und Frankreich gefunden. Mein Mann hat mich damals aufgenommen.

(Henzo) Und was soll ich nun tun?

(Hilde) Ich bin noch nicht ganz fertig. Vor einigen Wochen habe ich Heinz hier in Solingen unweit meiner Wohnung gesehen. Vierzehn Tage später noch mal direkt vor meinem Haus. Am Montag dieser Woche sind bei uns Waren im Wert von über einer Million Euro gestohlen worden. Nachdem, wie das entwendet wurde, sieht es aus, als wäre es Heinz gewesen. Nun meine Fragen, haben Sie noch Kontakt zu Heinz, wissen Sie, wo er sein könnte, kennen Sie Freunde oder Bekannte von ihm, wissen Sie, ob er sich hier in der Gegend aufhält?

(Henzo) Zu diesem Mistkerl habe ich keinen Kontakt und will auch keinen mehr haben. Ich weiß auch nicht, wo er ist. Ich kenne ein paar Freunde beziehungsweise Studienkollegen von ihm. Habe aber von denen auch schon lange Zeit nichts mehr gehört. Aber warum kommen Sie nicht her, dann kann ich Ihnen die Adressen geben.

(Hilde) Leider kann ich nicht zu Ihnen kommen. Ich bin hochschwanger. Autofahren ist schlecht. Würde es Ihnen viel ausmachen, wenn Sie mich vielleicht besuchen könnten? Ich weiß, es ist eine Zumutung und unser Gespräch muss Sie belasten, zumal ich noch nicht mal weiß, wie lange Sie mit Heinz verlobt waren.

(Henzo) Sieben Jahre hat mich dieser miese Knülch hingehalten, um dann zu verschwinden und sich nicht mehr zu melden. Eigentlich sollte ich die ganze Sache vergessen und nicht mehr darüber nachdenken, aber ich bin noch so im Brass, dass ich ihn umbringen könnte, mich so hundsgemein zu hintergehen. Mir kommt die Galle hoch, wenn ich nur

daran denke. Aber das ist sicher kein Thema fürs Telefon. Sie wohnen jetzt in Solingen, sagten Sie?

(Hilde) Ja, ich bin unmittelbar nach meinem Selbstmordversuch von Wiesbaden nach Solingen umgezogen und wohne seit dieser Zeit hier.

(Henzo) Meine Eltern wohnen in Gräfrath. Dort bin ich morgen Mittag zum Essen eingeladen. Ich könnte also morgen Nachmittag so gegen drei bei Ihnen sein. Ich kann Ihnen dann die Adressen bringen.

(Hilde) Da wäre ich Ihnen dankbar. Von Gräfrath nach hier ist es nicht weit.

(Henzo) Also, bis morgen Nachmittag. Auf Wiedersehen!

(Hilde) Herzlichen Dank für das Gespräch. Freue mich, Sie kennenzulernen. Wiedersehen!

Erich stand in der Tür und lachte: „Hilde, du lässt aber auch nichts anbrennen. Freut mich, dass es dir gelungen ist, Frau Henzo zu einem Kommen zu bewegen."

Wiesbaden

Susi und Moritz wollten diesen Samstag ruhig angehen. Susi meinte: „Es ist doch komisch, früher hätte Mike einen Freudentanz aufgeführt, wenn er bei einer Vernissage fast 100.000 US $ umgesetzt hätte. Gestern hatte ich das Gefühl, er war enttäuscht, dass sie nur 94.240 US $ hatten. Mal sehen, was heute Heidelberg bringt."

Moritz in seiner ruhigen Art: „Mike ist verwöhnt. Nicht immer kann man seine Umsätze steigern. Es schadet gar nichts, wenn es mal nicht so läuft, wie man es sich vorstellt. Es ist ohnehin erstaunlich, wie gut hier alles abläuft."

„Du hast Recht", Susi lachte und sagte: „So – jetzt gehen wir einkaufen, wir brauchen warme Sachen für St. Petersburg – Schatz, ich freue mich ja so auf die paar Tage dort.

Mal was anderes sehen, mal in einer anderen Umgebung sein. Ich glaube, die Leute der Eremitage mögen uns."

Schon stand Susi auf und wollte sich umziehen gehen, als Nina kam. „Hi, Nina, was machst du am Samstag hier?"

Nina, etwas bedrückt: „Wo soll ich denn hin? Ich hab doch sonst niemanden. Ich darf doch bleiben?"

Susi: „Nina, das weißt du doch. Ganz selbstverständlich, du bist doch hier zu Hause. Mach dir was zu essen, du weißt ja, wo alles ist. Moritz und ich werden in der Stadt eine Kleinigkeit essen. Hast du was Besonderes vor?"

Nina leise: „Ich will hier noch etwas aufräumen, dann gehe ich hinüber ins Atelier. Ich kann zwar mit meinem Gips noch nicht probieren, aber die Damen wollen mir alles erklären und sie haben mich für heute Abend eingeladen. Ich darf doch?"

Susi musste lachen: "Aber Nina, du bist doch ein freier Mensch. Du musst doch wegen so etwas nicht fragen. Dir auf jeden Fall viel Spaß beim Zugucken im Atelier. Also bis heute irgendwann, oder bis morgen. Fühle dich ganz frei. Hier bist du zu Hause." Susi gab Nina ein Küsschen auf die Wange und ging sich umziehen.

Heidelberg

Ilse, Vera, Mike, Jo und die beiden Damen von Antons Galerie waren seit den frühen Morgenstunden beim Aufbau in einem der Army-Installations in Heidelberg.

Jo hatte mit einem der Army-Clubs das Catering für die Gäste besprochen und das schien auch zu klappen. Um 15 Uhr sollte die Vernissage beginnen und um 22 Uhr enden. Mike war gespannt, wie es diesmal ablaufen würde.

Durch Plakate und persönliche Einladungen war in allen US-Einrichtungen die Vernissage bekanntgemacht worden. Auch AFN, der amerikanische Sender, hatte darüber berichtet. Mike hatte sich davon überzeugt, dass die Aushänge überall zu sehen waren. Er hatte früher schon ab und zu erlebt, dass bei diesen Aushängen geschlampt wurde.

Die Ausstellung war anfangs spärlich besucht. Keine zehn Besucher waren gekommen. Erst nach 17 Uhr kamen mehr Gäste, und endlich um 19 Uhr wurde es so richtig voll.

Mike konnte nicht abschätzen, wie es lief. Er sah nur Ilse kurz und fragte: „Na, wie läuft's?"

Und Ilse ganz kurz: „Bei mir prima!"

Mike war gespannt. Das Ende der Vernissage verzögerte sich etwas und die letzten Gäste verließen die Ausstellung um 22:30 Uhr.

Als der Saal abgeschlossen war und man zusammen saß, platzte Mike vor Neugier: „Ilse, spann mich nicht länger auf die Folter, wie viel haben wir umgesetzt?"

Ilse lachend zu Mike: „Du wirst dich noch einen Moment gedulden müssen." Dann endlich kam die Erlösung für Mike und Ilse sagte: „In Wiesbaden waren wir eine Kleinigkeit besser, immerhin sind es 92.890 US $. Also, ich finde, das ist ein sehr gutes Ergebnis."

Mike finster: „Verdammt, ich hatte gehofft, wir kommen über 100.000 US $."

Ilse zu Vera: „Du hast einen ungeduldigen Partner. Wenn wir bei meiner früheren Firma im letzten Jahr eine Ausstellung gehabt hätten, die vier Wochen lief und wir hätten einen Umsatz von 90.000 US $ gehabt, dann wären wir alle im Dreieck gesprungen. Auf einer Vernissage überhaupt etwas umzusetzen, das habe ich erst hier erlebt. Ihr seid alle umsatzverwöhnt."

Und zu Mike sagte Ilse: „Mike, komm runter von deinen großen Umsatzerwartungen. Man ist nicht mehr bereit, hohe Summen für ein Einzelstück auszugeben. Irgendwann wird das auch die Umsätze der Galerie Kaiser betreffen. Überlege mal, die Umsätze der Drucke und Öldrucke bei uns steigen rapid, das hat seinen Grund. Der Markt verändert sich schon seit ein paar Jahren, nur die Galerie Kaiser war noch nicht davon betroffen. Ich bin mir ganz sicher, dass wir über kurz oder lang uns zusammensetzen müssen, um dieses Thema zu besprechen. Wir haben die Möglichkeiten, in diesem neuen Markt entscheidende Akzente zu setzen. Wir lassen uns von unserem Umsatzhoch blenden. Der Markt für Kunst wird übergehen zu Billigsegmenten, die deshalb nicht schlechter auszuschauen brauchen. Es ist an uns, das Niveau dieses Marktes zu bestimmen."

Mike wollte etwas sagen, aber Ilse fuhr fort: „Entschuldige, ich bin noch nicht ganz fertig. Der Antiquitätenmarkt ist schon zusammengebrochen. Hör dich mal um, das wird dir jeder erzählen. Der Markt für alte Kunst bei Gemälden und anderen hoch gehandelten Kunstgegenständen wird einbrechen. Die Zeichen sind eindeutig. Sicherlich werden wir immer noch eine Nische haben, aber wie gesagt, nur eine Nische. Was ich ganz klar erkennen kann, wir brauchen ein neues Konzept. So, jetzt bin ich fertig."

Mike ziemlich nachdenklich: „Ilse, du hast da einen Punkt angesprochen, über den man reden muss. Was meint ihr anderen denn?"

Es gab eine lange Diskussion, die kein Ende nehmen wollte.

***

Wuppertal

Wolfgang, Paul und Bart saßen zusammen und diskutierten über die Militaria. Man hatte nicht mit so vielen Einzelstücken gerechnet. Wolfgang hatte seinem Abnehmer in Paris etwa 10.000 Stück angekündigt. So sagte er: „Wisst ihr was, ich rufe ihn einfach an und sage, wir hätten die Ware, er soll sie sich ansehen und wir gehen von einem Stückpreis von 30 Euro aus. Dann können wir uns immer noch runterhandeln lassen. Die anderen 12.000 Stück lassen wir vorläufig hier. Vielleicht können wir die anderweitig gut verkaufen. Ich hab mit unseren Russen gesprochen, die meinen in Moskau, aber auch in Minsk gibt es einen Markt für so was. Was meint ihr?“

Man war sich schnell einig. Bart sollte mit 10.000 Stück der Militaria nach Paris fahren und die zum Preis von 30 Euro das Stück anbieten.

„Bart“, sagte Wolfgang, „wir laden heute die Militaria und du fährst am besten morgen Früh. Fahr nicht über Belgien oder Luxemburg. Wenn du über Saarbrücken fährst, hast du nur eine Grenze. Zwar ein kleiner Umweg, aber sicherer. Ich rufe nachher unseren Mann in Paris an.“

Dann zu Paul gewandt: „Du, Paul, bleibst am besten hier und siehst zu, dass wir schnellstmöglich die Galerie eröffnen können. Eigentlich läuft alles besser als geplant. Der Trockenofen ist jetzt auch installiert, so ist dieses Thema erledigt. Die neue Dame kommt morgen Früh. Ich will morgen nach München. Habe mich morgen am späten Nachmittag mit diesem Wahl verabredet.“

Bart fragte: „Sag mal, Wolfgang, du hast dir gestern die ganzen Zeitungen von Dresden besorgt. Auch die Welt, Süddeutsche und die FAZ? Steht was über den Diebstahl drin?“

Wolfgang: „Das ist wieder so ein Ding, lediglich in den Dresdner Zeitungen – soweit ich sie bekommen konnte – steht was von einem Unglück, dass ein Bagger verursacht hat und die Stromleitungen zum Zwinger beschädigte. Aus diesem Grund sei auch ein Teil der Gemäldegalerie ‚Alte Meister’ im Semperbau am Zwinger vorübergehend geschlossen. Kein Wort über gestohlene Bilder. Mir ist das schon einmal passiert, dass man über einen Diebstahl nicht berichtet hat. Werde mir in München die entsprechenden Zeitungen besorgen. Vielleicht weiß auch der Wahl schon etwas darüber. Der ist in der Szene.“

***

Solingen

Sonntag. Hilde und Erich hatten etwas verspätet zu Mittag gegessen und Hilde bereitete sich auf den Besuch von Frau Henzo vor.

Erich meinte: „Du, Hilde, ich glaube, ich lasse euch beide Frauen allein, das ist meiner Meinung nach besser."

Nicht viel später klingelte es, Erich öffnete, begrüßte Frau Henzo, stellte Hilde vor und entschuldigte sich, er hätte im Büro zu tun.

Hilde sagte: „Erst mal herzlichen Dank für Ihr Kommen. Ich weiß, wie schwer so ein Gang ist. Aber darf ich Kaffee anbieten?"

Als Frau Henzo bejahte, brachte Hilde den Kaffee und begann: „Der Anfang eines solchen Gespräches, wie wir es führen müssen, ist sicher für beide Teile schwer. Ist es in Ihrem Sinn, wenn ich vom Anfang der Bekanntschaft mit Heinz beginne?"

Frau Henzo lächelte: „Ja, das ist vielleicht am Besten, aber vorab, im wievielten Monat sind Sie denn und was soll es denn werden?" Hilde lachte: „Unsere Susi ist jetzt im siebten Monat und Ende März ist es so weit. Wir freuen uns riesig auf das Kind. Wäre dieses Kind nicht, ich weiß nicht, wie es weitergegangen wäre.

So, erst mal was über mich. Ich bin praktisch als Waise aufgewachsen und zwar in den Häusern der Galerie Kaiser in Wiesbaden. Alles, was ich bin, alles, was ich habe, habe ich dieser Galerie zu verdanken. Ich hatte fünfzig und mehr erziehende Eltern. Alle waren unendlich lieb zu mir. Ich war die Sekretärin der Geschäftsführerin, die zugleich meine Freundin ist.

Wir machten Kunstausstellungen, so auch eine in Düsseldorf. Einer der Besucher war Heinz. Er stellte sich als Kunstwissenschaftler vor und lud mich zum Abendessen ein und im Laufe unserer Unterhaltung lud ich ihn ein, sich unsere Galerien in Wiesbaden anzusehen.

Ein paar Tage später kam er, ich stellte Heinz vor und einer unserer Geschäftsführer unterhielt sich mit ihm und bot ihm eine gut dotierte Stellung an. Heinz akzeptierte das Angebot. So kam er am 1. Dezember nach Wiesbaden.

Anfang Dezember war in Wiesbaden ein Riesenkongress, alle Hotelbetten waren belegt. Wir hatten zwar in der Firma auch drei Gästezimmer, aber die waren belegt. So habe ich Heinz angeboten, bei mir die paar Nächte auf dem Sofa zu schlafen. Daraus wurde mehr. Wir schmiedeten Zukunftspläne, trotzdem, Heinz blieb immer verschlossen. Er fuhr auch jede Woche zu seinen Freunden nach Düsseldorf. Heute weiß ich, er fuhr zu Ihnen.

Dann passierte in der Firma Seltsames. Während einer Verlobungsfeier in einem Hotel wurden unsere Ausstellungsräume in der Galerie Taunusstraße ganz ausgeräumt. Die Diebe hatten Zweitschlüssel und außerdem kannten sie den Code der Alarmanlage. Wir alle waren verdächtig. Kurze Zeit später passierte das Gleiche noch mal. Sehr schnell hatte man die Verdächtigen eingegrenzt. Darunter auch mich und Heinz. Während ich auf einer Geschäftsreise in Rom und Neapel war, hat Heinz meine gesamte Wohnung ausgeräumt und mein Konto bei der Bank bis auf ein paar Euro geplündert und war verschwunden.

So – und jetzt kommt das Gemeinste: Er hat über eine dritte Person bei der Polizei anrufen lassen, die mich beschuldigte, ich wäre mit von der Partie und hätte das mit Heinz zusammen geplant. Alles sprach gegen mich, trotzdem, alle meine Freunde, alle Firmenangehörigen standen hundertprozentig hinter mir. Jeder sagte mir, dass er an mich glaubt und dass ich es nicht gewesen sein kann.

Auf einmal konnte ich nichts mehr ertragen. Die Liebe, die Güte, das Vertrauen und auch nicht die Vorwürfe der Polizei. Ich wusste keinen Ausweg mehr. Ich schluckte ein Röhrchen starkes Valium und trank dazu eine halbe Flasche Cognac.

Es war ein Wunder, dass der Mann meiner Freundin so gut aufgepasst hatte und mich im letzten Moment retten konnte. Sein Sohn, mein jetziger Mann, war derjenige, der mir den Glauben an das Leben wiedergab, der mich beschützte und mich wieder zu mir selbst finden ließ. Wir haben schnell geheiratet und freuen uns jetzt auf unsere Susi.

So, bis dahin kann man sagen, Kapitel abgeschlossen. Aber das ist es nach meiner Auffassung nicht."

Hilde bot noch mal Kaffee an und fuhr dann fort: „Ich bin zwar sofort hierher nach Solingen gezogen, aber habe nicht alle Brücken nach Wiesbaden abgebrochen. Einmal bin ich Miterbin eines kleinen Teils des Vermögens der Gründer der Firma Kaiser, zweitens ist mein Mann der Sohn von Moritz Kaiser. Außerdem sind alle ehemaligen Firmenangehörigen echte Freunde. Der bei Ihnen aufgekreuzte Mike Curtis ist so etwas wie mein Ersatzvater. Wenn Sie ihn privat kennen würden, er ist eine Seele von Mensch.

Als ich nach Solingen kam, habe ich selbstverständlich sofort in diesem Unternehmen mitgearbeitet. Ich musste alles kennenlernen, so auch die Lagerräume und habe so im Keller Formen von Militaria aus dem letzten Krieg gefunden. Ich wusste, dass Mike Curtis diese Gegenstände suchte und so begannen wir aufgrund einer Sondergenehmigung mit der Fertigung von Ehrenzeichen, Säbeln, Degen und Dolchen aus der Nazizeit. Heinz wusste davon nichts.

Jetzt kommt das Eigenartige: Es ist fünf oder sechs Wochen her, da sah ich jemand bei der Eckkneipe in unserer Straße. Es war schon etwas dunkel und ich war mir nicht ganz sicher, ob es Heinz war. Je länger ich aber überlegte, umso sicherer wurde ich, dass er es war. Vor ungefähr zwanzig Tagen sah ich mittags einen weißen Mercedes schräg gegenüber parken. Es stiegen Männer aus und einer davon war Heinz. Er trug zwar eine Sonnenbrille, aber Heinz würde ich allein schon aufgrund seines Ganges erkennen.

Wir waren am letzten Wochenende in Wiesbaden zu einer Hochzeitsfeier. Vergangenen Montag sollten am späten Vormittag acht Kisten mit 22.000 Einzelstücken Militaria mit einem Wert von 1,1 Millionen abgeholt werden. Die Spedition rief am Freitagnachmittag an und bat, diese Sachen bereits am frühen Morgen abholen zu dürfen. Das geschah auch.

Da die Fahrer keine Papiere mithatten, fuhr einer unserer Lagerarbeiter mit, um bei der Spedition die Papiere in Empfang zu nehmen. Man fand den Mann am späten Nachmittag gefesselt und geknebelt.

Die Waren sind verschwunden. Was mich veranlasst, zu glauben, dass Heinz hinter der Sache steckt ist Folgendes: Das Strickmuster des Diebstahls deckt sich mit den Diebstählen in Wiesbaden. Nur weiß ich nicht, wie er sich die Informationen beschafft hat. Heinz hat sicherlich die Verbindungen, diese Sachen in den Beneluxländern oder in Frankreich abzusetzen. In Deutschland kann er sie nicht verkaufen, denn all diese Militaria tragen Nazi-Embleme."

Hilde fuhr fort: „Jetzt kommt mein Bauchgefühl. Das ist besonders schwer, mit Ihnen zu besprechen, aber Sie können sich die gleichen Fragen stellen. Dass Heinz die Bilder im Wert von 2,5 Millionen gestohlen hat, das kann ich verstehen. Er kennt den Markt und kann so was verkaufen. Aber es gibt keinen vernünftigen Grund, warum er meine Wohnung in Wiesbaden total ausgeräumt hat, selbst die Vorhänge und die Lampen? Warum, frage ich mich?

Bevor ich Sie kannte, hätte ich sogar das noch verstehen können, indem ich mir hätte einbilden können, er hätte mich so geliebt, dass er mich nachholen wollte. Aber er hatte bereits eine Braut, mit der er seit Jahren zusammen war. So, wie ich Sie jetzt kennengelernt habe, sind Sie attraktiv und passen auch zu Heinz. Dass er mein Bankkonto abgeräumt hat, auch das wäre noch zu verstehen.

So, liebe Frau Henzo, jetzt kennen Sie meine Geschichte. Wenn Sie Fragen haben, dann fragen Sie einfach."

„Ja", sagte Frau Henzo nachdenklich, „Sie können sich denken, dass ich viele Fragen habe. Aber ich werde es wie Sie machen. Ich erzähle einfach, wie das alles mit Heinz war. Ich arbeitete, das heißt, da arbeite ich noch immer, bei einer Kunsthandlung auf der Kö in Düsseldorf. Im Rahmen einer Ausstellung, die wir damals im ‚Breidenbacher Hof' machten, lernte ich Heinz kennen. Er wohnte seinerzeit mit zwei anderen Studenten in einer Wohngemeinschaft. Die drei verstanden sich gut und tun das wahrscheinlich immer noch. Das war so vor sieben oder acht Jahren.

Anfangs waren wir nur befreundet, aber dann wurde es mehr und er zog praktisch zu mir. Sein Zimmer bei der Wohngemeinschaft behielt er und schlief auch ab und zu dort. Während seines Studiums kam er oft in die Beneluxländer und fuhr auch öfter zu seinem Vater.

Wie Sie mir auch bestätigen, Heinz erzählte nie viel von sich. Bei seinem Vater war ich auch nicht. Allerdings war ich einige Male mit ihm in Holland und Belgien. Nachdem wir drei Jahre zusammen waren, haben wir uns verlobt. Es gab eine schöne Feier mit seinen Studienkollegen. In den letzten Jahren war er viel unterwegs. so auch in Wiesbaden. Einen Verdacht, dass er noch eine Freundin haben könnte, hatte ich nie. Rückblickend gesehen war ich ganz schön blöd.

Seine Geschäfte waren für mich nicht ganz zu durchschauen. Ich komme auch aus der Kunsthandelsszene, aber er sprach von Dingen, die ich nicht verstand. Von Gutachten, vom Handel mit wertvollen Kunstgegenständen und dergleichen. Mehrmals kam mir der Verdacht, dass er gestohlene Kunstgegenstände kaufen oder vermitteln würde. Ich hab ihn auch darauf angesprochen und er sagte nur, irgendwie hätte ich schon Recht, aber er wäre bei einigen Projekten der Mittelsmann zwischen den Museen und den Versicherungen. Das leuchtete mir auch ein.

Seine beiden Freunde kannte ich gut, aber der eine lag mir nicht. Das war ein Wolfgang Zeller, mit dem er in Paris zusammen war, und er hat dort bei ihm gewohnt. Die Adresse gibt es aber nicht mehr. Ich habe versucht anzurufen und habe auch geschrieben, aber keine Antwort erhalten. Ich habe dann den Concierge angerufen und er hat mir gesagt, die beiden wären nach Belgien gezogen. Der gab mir die Anschrift von Heinzens Vater in Brüssel. Dort habe ich auch angerufen und der hat mir erklärt, er wisse weder, wo Heinz ist, noch, wo Wolfgang Zeller sich aufhalten würde.

Der andere Freund und Studienkollege war ein Horst Gerkan. Der betreibt eine Bilderrahmenfabrik in Wuppertal. Eigentlich habe ich immer gedacht, die Bilderrahmenfabrik würde Heinz, Wolfgang und Horst gemeinsam gehören, aber Horst Gerkan hat mir vor kurzem erzählt, sie hätten ihm seinerzeit lediglich Geld geliehen, damit er die Fabrik kaufen kann. Das Darlehen hätte er längst zurückgezahlt. Wo Heinz wäre, wüsste er nicht. Die Adressen, die ich habe, habe ich auf einen Zettel geschrieben.“ Frau Henzo übergab Hilde den Zettel mit den Adressen, die sich bei ihr bedankte.

Dann sagte Frau Henzo: „Ein Punkt Ihrer Geschichte ist auch für mich unverständlich. Warum, um alles in der Welt, hat er Ihre gesamte Wohnung einschließlich aller kleinen Dinge, wie auch Kleider mitgehen lassen? Mir hat er erklärt, er hätte die Wohnung gemietet, die Vermieterin sei gestorben und so hätte er alles zu einem Spottpreis kaufen können. Warum hat er die Möbel gestohlen, das sind doch alles Jugendstilmöbel, nicht sein Geschmack. Wenn ich Ihrer Schilderung folgen kann, so waren Sie in Wiesbaden so in die Firma Kaiser eingebunden, dass für Sie weder eine Notwendigkeit noch eine Möglichkeit bestand, Heinz zu folgen. Ich verstehe auch die Diebstähle in der Galerie Kaiser nicht.

Wir verkaufen in unserem Laden Kopien alter Meister der Galerie Kaiser. Heinz musste sich doch ausrechnen können, dass er diese Exponate nicht verkaufen kann. Das Ganze erscheint mir etwas wirr."

Hilde: „Dass Heinz die Galerie Kaiser bestohlen hat, dafür gibt es eine Erklärung. Vor Jahrzehnten hatte der Gründer der Galerie Kaiser mit dem Vater von Heinz eine Auseinandersetzung. Es ging um die Fälschung von Kunstwerken. Der Prozess ging so aus, dass der Vater von Heinz Deutschland verlassen musste. Der Vater von Heinz scheint einen tödlichen Hass auf die Galerie Kaiser zu haben und anscheinend hat Heinz den Wunsch seines Vaters befolgt und die beiden hofften, durch die beiden Diebstähle die Firma Kaiser in eine finanzielle Schieflage zu bringen, um sie letztendlich für einen Appel und ein Ei zu erstehen. Aber Heinz muss irgendwo untergetaucht sein. Ich glaube unweit von hier. Hat er nicht irgendwann einmal erwähnt, wo er hin will oder wo er ein Geschäft betreibt?"

Frau Henzo nachdenklich: „Wissen Sie, Frau Granika, er hat ja nie viel erzählt, einmal erwähnte er, dass er nach Italien fährt, um eine Galerie zu eröffnen. Ob er daran beteiligt ist oder war, das weiß ich nicht. In Port Gera oder so ähnlich." Jetzt wurde Hilde wach: „Könnte der Ort eventuell Bordighera gewesen sein?" Frau Henzo bestätigte: „Ja, ich glaube schon, aber wie kommen Sie darauf?"

Hilde: „Ganz einfach, er wollte mit mir mal nach Bordighera, um eine Woche Urlaub zu machen. Er sagte auch, er hätte dort was Geschäftliches zu erledigen. Ich habe dann auf der Karte nachgeschaut. Bordighera liegt in Italien, an der Blumen-Riviera, fast an der französischen Grenze. Wissen Sie vielleicht noch, wie dieses Geschäft hieß?"

Frau Henzo: „Das ist schon so lange her, möglich, dass ich das irgendwo aufgeschrieben habe. Ich werde danach suchen, sollte ich den Namen finden, dann rufe ich Sie an. Aber wie wollen Sie jetzt weiter vorgehen?"

Hilde: „Das weiß ich auch noch nicht. Morgen kommt ein Herr von der Firma, ich glaube, den kennen Sie auch, ein Herbert Wagner. Er ist Beauftragter der Galerie Kaiser und kümmert sich auch um unseren Diebstahl. Er ist zwar nicht unbedingt mein Freund, aber zumindest werde ich mit ihm gemeinsam überlegen, ob wir etwas in Erfahrung bringen".

Frau Henzo: „Frau Granika, für uns beide war das Gespräch nicht leicht. Ich weiß nicht, was in Heinz gefahren ist, sich in solche Machenschaften verstricken zu lassen. Ich weiß, er ist ein außergewöhnlich guter Fachmann, der es nicht nötig hat, solche kriminellen Sachen zu machen. Wären Sie so freundlich, wenn Sie Heinz finden sollten, mir Bescheid zu geben, ich möchte ihn auch gern in einigen Dingen zur Rechenschaft ziehen Außerdem liegt noch Geld auf einem Bankkonto, für das wir beide die Vollmacht haben, aber ich kann nur Geld abheben, wenn beide auch unterschreiben. Auch dazu brauche ich ihn. Sie können sich denken, dass ich eine Mordswut auf den Kerl habe, auch wenn ich jetzt so ruhig erscheine."

Die Tür ging auf und Erich schaute herein: „Braucht ihr beiden irgendetwas?" Frau Henzo und Hilde lachten und Hilde sagte: „Nein, danke, aber komm, setze dich einen Moment zu uns." Als Erich sich gesetzt hatte, sagte Hilde: „Erich, mein Mann, kennt Heinz auch. Er ist nicht so sicher wie ich, dass Heinz vor unserem Haus war."

Erich meinte dazu nur: „Ich kannte natürlich Heinz nicht gut. Ich hatte ihn nur einige Male gesehen."

Frau Henzo: „Guter Gott, ich muss ja gehen, es ist ja schon fast sechs Uhr. Wir haben uns wirklich verquatscht. Ich bedanke mich auf jeden Fall für Ihre Informationen und wenn ich irgendwie helfen kann, dann rufen Sie mich an."

Kaum war sie weg, fragte Erich: „Hilde, geht's dir jetzt besser?"

Und Hilde temperamentvoll: „Heinz hat die Henzo genauso beschissen wie mich. Ich könnte mich ohrfeigen, auf diesen Typen hereingefallen zu sein. Aber eines weiß ich, ich habe jetzt zwei Anhaltspunkte, der eine ist in Wuppertal, da wohnt ein sehr guter Freund von ihm, der andere ist in Italien und zwar in Bordighera, an der Blumen-Riviera. Wenn Heinz und sein Freund in Wuppertal immer noch zusammenhocken, dann ist die Fahrt von Solingen nach Wuppertal ein Klacks.

Ich mag ja blöd sein, aber so schlau wie Heinzi bin ich auch.“ Hilde musste lachen.

***

Wiesbaden

In Susis Büro brodelte es. Alle wollten auf einmal irgendetwas. Susi sagte nur: „Der Reihe nach, Mike und Ilse, setzt euch.“ Dann fragte sie die anderen und konnte relativ schnell ihr Büro wieder leer bekommen.

Dann fragte sie Ilse und Mike: „Erzählt, wie war die Vernissage in Heidelberg?“ Ilse erzählte von ihrem Erfolg. Susi gratulierte und fand den Umsatz hervorragend, nur Mike machte ein Gesicht.

Susi fragte: „Was ist dir denn über die Leber gelaufen?“

Und Mike: „Eigentlich Ilse, die hat mir vorgestern Abend in Heidelberg Sachen erzählt, die mich zwei Nächte nicht schlafen ließen. Wenn sie Recht hätte, dann wird sich unsere Galerie umstellen müssen.“

Ilse lachte: „Mike, tut mir ja leid, dass ich dich um den Schlaf gebracht habe, aber alles, was ich dir erzählte, weiß Susi wahrscheinlich selbst.“

Susi: „Ilse, worum ging es dabei?“

Ilse: „Eigentlich war es etwas ganz Alltägliches. Mike hat in Heidelberg einen Umsatz von 100.000 US $ erwartet und wir haben nur 92.890 US $ erreicht. Ich fand, es ist ein prima Umsatz und fast alle Galerien in Deutschland würden sich einen solchen Umsatz für eine vierwöchige Ausstellung wünschen.

Bei der Gelegenheit musste ich Mike ganz einfach sagen, dass schon seit einigen Jahren die Verkäufe im Kunsthandel im oberen Preissegment zurückgehen, im mittleren Preissegment stagnieren und nur beim unteren Preissegment sind große Zuwächse vorhanden. Ich musste ihm auch sagen, dass schon seit Jahren der Markt mit Antiquitäten stagniert.

Der Erfolg der Beraterfirma Wahl bestand hauptsächlich darin, dass er seine Kunden eben auf diese Marktverschiebungen hinwies. Daher rühren auch meine Kenntnisse."

Susi ziemlich ernst: „Also, euer Erfolg in Heidelberg ist großartig. Dazu muss ich sagen, dass wir wirklich schon seit langem mit unseren Umsätzen verwöhnt werden. Umsätze, von denen hätten wir vor Jahren noch nicht mal geträumt. Ilse, du musst mir gleich von deinen Zukunftsvisionen erzählen, aber erst will ich euch meine Gedanken dazu sagen: Ich gehe weit zurück in die Zeit, als Otto dieses Unternehmen in den Anfängen leitete. Er begann damit, dass er Bilder an US-Soldaten verkauft hat. Das Stück für eine Schachtel Zigaretten. Für ihn damals ein riesiges Geschäft. Er hat schnell erkannt, dass es eine Währungsreform geben würde und er dann dieses Geschäft verliert. So hat er rechtzeitig umgestellt und mit Porzellan-Nippes – so hat Otto immer dazu gesagt – begonnen. Es hat geklappt. Dann nahm man die ersten Vernissagen auf und, verglichen mit unseren heutigen Produkten, waren diese Kopien damals Schrott. Dann haben Otto und Max zusammen unser Unternehmen langsam auf die heutige Schiene gebracht.

Kaisers-Kopien sind etwas Außergewöhnliches und wir können sie hochpreisig verkaufen. Aber unsere Konkurrenz schläft nicht. Schon eine geraume Zeit stelle ich fest, dass unsere Billigprodukte enorm gut verkauft werden. Man kann erkennen, hier entwickelt sich ein neuer Markt.

Ilse hat Recht, wir dürfen nicht länger träumen, sondern wir müssen darangehen, eine Studie für neue Produkte zu entwickeln. Da Ilse sich schon damit befasst hat, kann sie uns sicher etwas über ihre bisherigen Recherchen erzählen."

Mike sehr ernst: „Eigentlich würde zu diesem Gespräch Anton gehören, aber der ist leider in Rom. Ilse ich bin gespannt, was du uns erzählen wirst."

Ilse, sichtlich stolz: „In der Galerie Kaiser habe ich aber auch Dinge erfahren, die ich vorher nicht für möglich gehalten hätte; nämlich Kopien zu verkaufen, als wären es die Originale. Hier habe ich gelernt, dass Herstellung und Verkauf eine Einheit bilden können, was der Kunsthandel normalerweise bestreitet. Hier habe ich herausgefunden, dass man gleichzeitig die Kunst des Altertums bis hin zur Klassischen Moderne und zur Gegenwart verkaufen kann. Ich weiß jetzt, dass nicht nur Bilder und Rahmen Kunst sein können, sondern auch Dosen und Miniaturen, Druckgrafik und alte Bücher, Fayencen und Gläser, Möbel und Teppiche, Porzellan, getriebenes Silber, Schmuck und so weiter. Ihr vereinigt hier unwahrscheinlich viel. Die Galerie Kaiser hat den Ruf, nur einwandfreie Kopien zu liefern. Aber das kostet alles auch Geld. So sind unsere Exponate nicht gerade billig. Im Gegenteil, sie sind ausgesprochen teuer. Wenn ich durch Kaufhäuser gehe oder durch die großen Supermärkte, dann sehe ich Bilder und Rahmen im Angebot. Sie sind zwar im Preis niedrig, aber gemessen an der Qualität sehr teuer. Wer aber hängt sich ein solches Bild gerne an die Wand?

Ich war vor wenigen Tagen in unserer technischen Abteilung. Die arbeiten mit Hochdruck, auch am Wochenende. Hier zeichnet sich bereits der Trend ab. Wenn wir unsere Druckqualität bei den Kunstdrucken noch ein klein wenig verbessern, dazu ein Gutachten über die Authentizität der Abbildung beilegen, den Druck auf einem hochwertigen Kunstdruckkarton ausführen, dann hätten wir Kunstdrucke, mit denen wir uns identifizieren könnten. Sie würden unserer

Galerie entsprechen und wir könnten auch einen entsprechenden Preis dafür verlangen. Das Gleiche gilt für Öldrucke, die ohnehin kaum von Ölbildern zu unterscheiden sind. Diese noch qualitativ verbessert und mit außergewöhnlichen Rahmen angeboten, werden wertvoll und gleichzeitig könnten wir sie preiswerter anbieten als unsere handgefertigten Kopien. Dabei versteht es sich von selbst, dass wir unsere Fertigungsart der Kopien beibehalten können. Das zu den Bildern.

Ich habe Recherchen vor allen Dingen über Heiligenfiguren gemacht. Ein ganz schwieriger Markt. Alte Figuren gibt es so gut wie keine, neue zu schnitzen, ist ein großes Problem. Es gibt neuerdings Schnitzmaschinen, die in der Lage sind, nach einem Computerprogramm solche Holzfiguren zu kopieren. Eine sehr teure Maschine, die außergewöhnliches leistet. Die Bemalung der Figuren muss dann von Hand gemacht werden. Mit dem gleichen Computerprogramm kann man Formen anfertigen, nach welchem man dann die gleichen Figuren aus Kunstharz gießen kann oder billigst auch aus Gips.

Alle diese Figuren müssen mit der Hand bemalt und vorher noch nachbearbeitet werden. Sicherlich auch aufwendig, aber man ist dann in der Lage, zumindest preiswerter zu liefern. Der Markt für diese Figuren ist enorm groß.

Wir haben hier so gut wie keinen Schmuck im Programm. Warum gehen wir nicht auf diesen Markt? Die frühgeschichtliche Kunst Ägyptens liefert uns hunderte von fantastischen Vorlagen für Kopien dieser außergewöhnlichen Kostbarkeiten. Relativ einfach zu fertigen, allerdings müsste der Vertrieb dann über eine neue Schiene erfolgen.

Zu Porzellan fällt mir unendlich viel ein. Anton hat mir von den ersten Porzellantellern des Begründers Otto Unger erzählt. Er hat mir auch Muster gezeigt. Wieso lassen wir nicht auch in der Oberpfalz schöne Teller fertigen und bringen eine Serie von Jahrestellern auf den Markt? Die Teller kostbar in Kobalt und Gold. Zum Beispiel **»Kaisers Jahresteller«** mit der jeweiligen Jahreszahl. Oder wenn wir's international machen wollen, ganz einfach nur **»Kaiser«** und darunter **»Anno 2010«**.

Ich habe mit Prem schon mehrmals darüber gesprochen, dem fällt noch viel mehr ein wie mir. Wir sollten nicht alles auf einmal beginnen, aber ein Konzept machen und mit einem neuen Produkt anfangen."

Susi und Mike waren ganz ruhig gewesen.

Jetzt begann Susi: „Ilse, ich kenne dich ja gar nicht wieder, vor drei Wochen noch habe ich gedacht, du würdest dich nie mit unseren Produkten identifizieren. Jetzt das!"

Mike sehr ernst: „Ilse, Hut ab. Du hast sehr klar erkannt, in absehbarer Zeit wird sich der Markt etwas verändern. Sicher werden wir immer unsere derzeitigen Kopien verkaufen können. Aber der Markt für unsere jetzigen Produkte wird kleiner werden. Du hast Recht, dass wir uns mehr mit dem Markt unserer bestimmt guten Drucke und Öldrucke befassen müssen. Allerdings bei den Öldrucken ist die Gefahr einer Verwechslung mit unseren Originalkopien groß. Irgendwie müssen wir das dabei zum Ausdruck bringen. Wir sollten das alle zusammen möglichst bald besprechen. Anton muss unbedingt dabei sein."

Susi: „Ilse, meinst du, es würde dir viel Arbeit machen, wenn du uns das alles in einem kurzen Vorschlag schriftlich geben könntest? Vielleicht können auch Prem, Hugo, Franz, Alena, Maxim und Boris ihre Meinung dazu sagen. Meinst du, du bekommst das bis Anfang März fertig?"

Ilse erfreut: „Klar doch. Ich brauche ja keinen endlos langen Bericht zu schreiben. Es reichen ja die Fakten. Aber jetzt habe ich noch was Unangenehmes. Als ich gestern kurz auf meinen Schreibtisch sah, lag dort ein Brief aus Berlin. Das Hotel, in dem ich die Vernissage am 1. März geplant hatte, hat abgesagt. Angeblich hätte man sich bei der Zusage versehen. Ich glaube, dass mein Verflossener, der Peter

Wahl, dahinter steckt. Wir haben früher diese Ausstellungsräume oft belegt und der Direktor und Peter kennen sich sehr gut. Was meint ihr, was soll ich machen?“

Susi: „Sind die Einladungen zur Vernissage raus? Und haben die einen Ersatztermin angeboten?“

Ilse: „Die Einladungen sollten heute raus, habe schon veranlasst, dass sie zurückgehalten werden. Zum anderen, das Hotel hat als Ersatztermin den 15. März genannt. Meinst du ich soll akzeptieren?“

Susi: „In jedem Fall akzeptieren, aber versuche, aus deren Fehler oder was auch immer, Kapital zu schlagen. Vielleicht lassen sie bei der Miete etwas nach.“

Ein Moment lang wurde noch gesprochen, dann verabschiedete sich Ilse, um das Arrangement mit dem Hotel zu klären und die neuen Einladungen zu veranlassen.

Als Ilse gegangen war, fragte Susi Mike: „Wie hat sich Ilse im Verkauf bei den Amis angestellt?“

Mike lachte: „Susi, sie war die Beste beim Verkauf. Besser als ich und besser als Jo. Sie kann sich vielleicht nicht so elegant sprachlich ausdrücken, aber sie hat’s drauf. Besonders freut mich, dass sie mitdenkt. Was sie mir vor ein paar Tagen erzählt hat und was sie uns heute Morgen wiederholt hat, hat Hand und Fuß. Auch ich merke in den USA, dass ich irgendwo an die Grenzen stoße.

Im Moment fällt es nicht auf, da wir seit drei Monaten Militaria verkaufen. Das ist zurzeit das Geschäft. Dass mir die neue Ware fehlt, ist schlimm. Wenn ich aus Kaiserslautern zurück bin, muss ich unbedingt nach Solingen fahren. Mit Erich habe ich schon gesprochen, die wollen die nächsten Wochen auch Samstag und Sonntag arbeiten. Aber weil wir schon bei Solingen sind, was meinst du denn zu Hildes Meinung, dass Heinz dahinter stecken könnte?“

Susi schmunzelte: „Mike, was für eine Frage, Hilde war mit Heinz ein halbes Jahr zusammen. Sicherlich kennt sie ihn gut. Ich weiß, sie hat gestern mit Heinzens ehemaliger

Freundin gesprochen. Erst jetzt kommt ihr der Verrat so richtig zum Bewusstsein. Sie hat, so glaubte ich, ihren Worten entnehmen zu können, auch zwei Spuren. Wenn es Heinz wirklich war, dann wird sie nicht ruhen und rasten, bis sie ihn endlich hat. Auch wenn sie im siebten Monat schwanger ist. Hilde kann sehr gut recherchieren. Sie ist da wie ein Bluthund und ich bin sicher, wenn es Heinz war, dann hat der ganz schlechte Karten. Ich bin aber ganz sicher, dass sie nichts tun wird, was sie nicht mit ihrem Erich abgesprochen hat. Ich weiß, dass sie fest auf deine Mithilfe hofft."

Auch Mike schmunzelte: „Typisch Hilde, sie kann sich darauf verlassen, dass ich ihr helfen werde. Ich bin auch sicher, wenn es Heinz war, dann werden wir ihn kriegen. Erst müssen wir den Informanten in Solingen haben. Da ist Herbert Wagner besser als ich. Soweit ich weiß, ist er heute nach Solingen gefahren."

Susi stand auf: „Mike, der Vormittag ist rum und ich hab Hunger. Gehst du mit zu mir hoch oder isst du bei Petra?"

Sie waren sich schnell einig. Susi ging in den 5. Stock zu ihrem Mann und Erika; Mike nur in den 4. Stock zu Petra und Vera. Er war sicher, die Kinder würden schon auf ihn warten und darauf freute er sich.

München

Obwohl Wolfgang ziemlich schnell gefahren war, er brauchte sieben Stunden von Wuppertal nach München. Es war Montag und er war zweimal im Stau hängen geblieben. Kurz vor 17 Uhr checkte er im ‚Bayerischen Hof' ein und man übergab ihm die Nachricht, dass ein Herr Wahl an der Bar warten würde. Wolfgang Zeller stellte sich kurz bei Herrn Wahl vor, sagte, er wolle sich nur frisch machen und wäre gleich wieder zurück. Nach wenigen Minuten kam Wolfgang Zeller wieder zu Herrn Wahl.

Peter Wahl erzählte Herrn Zeller, womit er sich befasst und umriss sein Tätigkeitsfeld. Er sagte: „Herr Zeller, ich berate so ziemlich alle deutschen Kunstmessen und Ausstellungen von Kunst und Antiquitäten. Im deutsprachigen Raum der Schweiz, in Österreich und Südtirol habe ich viele Kunden. Eine Kunstauktion ohne mich ist kaum vorstellbar. Aber erzählen Sie, was machen Sie?"

„Ich besuchte die Kunstakademie in Düsseldorf und habe zwei Semester in Gent studiert. Nach meinem Abschluss habe ich mit einem Studienkollegen in Holland gearbeitet und ging dann nach Paris. Wir haben in beiden Ländern Expertisen für Versicherungen erstellt. Erst seit kurzem habe ich in Wuppertal ein ehemaliges Industriegebäude erworben, um dort eine Galerie zu eröffnen."

Herr Wahl fragte dazwischen: „Und von Expertisen für Versicherungen kann man leben und so viel Geld verdienen, dass man ein Gebäude für eine Galerie kaufen kann?" Wolfgang lachte: „Mit Sicherheit nicht, aber wir haben uns nicht nur mit Expertisen beschäftigt, sondern für die Versicherungen auch Gemälde aus Diebstählen zurückgekauft. Diese Prämien waren unsere Geldquellen."

Wieder fragte Peter Wahl dazwischen: „Darf ich nach dem Namen Ihres Kollegen fragen? Ich kenne so ziemlich jeden in der Branche."

Wolfgang ganz ruhig: „Aber natürlich, das war ein Herr Engler oder, wie er sich in Holland und Belgien nannte, ein Heinz van Engelen. Wir haben uns vor über einem Jahr getrennt. Herr van Engelen nahm eine Stellung bei einer Galerie Kaiser in Wiesbaden an. Was dort Mitte des letzten Jahres passiert ist, weiß ich nicht. Seit dieser Zeit ist mein Studienkollege und auch Freund verschwunden. Auch sein Vater weiß nicht, wo er ist. Es war eine dubiose Geschichte.

Die einen sagen, er hätte die Galerie Kaiser zweimal ausgeräumt und die Bilder anderweitig verkauft, ihn habe ich zu dieser Zeit nur einmal kurz gesehen und er hat mir etwas anderes erzählt. Er hätte das im Auftrag der Geschäftsleitung der Firma Kaiser getan. Die Gemälde waren gut versichert und man wollte die Versicherungssumme teilen. Soweit ich weiß, ging es um eine riesige Summe von zweieinhalb Millionen Euro. So, wie mir mein Studienfreund sagte, hätte man ihm auf die übelste Weise mitgespielt."

Peter Wahl war hellwach: „Das wundert mich bei der Galerie Kaiser nicht. Ich bin auch nicht gut auf die zu sprechen. Seit Jahren bemühe ich mich, diesen Leuten das Handwerk zu legen, die sind eine Schande für die ganze Branche. Erst kürzlich hatte ich wieder Ärger mit diesen Leuten, sie haben meine Sekretärin abgeworben und das auf eine fiese Art. Aber verraten Sie mir, wie wollen Sie mit einer Galerie in Wuppertal Geld verdienen?"

Wolfgang sehr seriös: „Herr Wahl, ich bin hierher gekommen, um mit Ihnen mein Anliegen zu besprechen. Sie sind Berater für Kunstmessen, Kunstausstellungen und Kunstversteigerungen. Soweit ich feststellen konnte, der einzige dieser Art in Deutschland.

Ich weiß wie Sie, dass eine Galerie in Wuppertal eigentlich fehl am Platze ist. Es werden sich kaum Leute in das Industriegebiet von Wuppertal begeben, um sich in meiner Galerie ein Bild zu kaufen. Das wäre auf der Kö in Düsseldorf möglich, aber nicht in Wuppertal.

Mein Konzept ist ähnlich wie das der Galerie Kaiser in Wiesbaden. Wir wollen Kopien alter Meister herstellen. Dazu haben wir sehr gute Kopisten aus Russland verpflichten können. Wenn ich von wir spreche, so bin ich das und zwei ehemalige Studienkollegen aus Gent. Zwei ausgezeichnete Kunsthistoriker. Dies sind die Herren Bart van de Velde und Paul Vermeylen. Das von uns gekaufte Industriegebäude ist außergewöhnlich groß. Wenn Sie Lust haben, kommen Sie uns einfach besuchen. Wir würden uns freuen."

Peter Wahl fragte: „Sind sie eigentlich schon so weit, dass sie eine Ausstellung durchführen können?"

Wolfgang Zeller mit süffisantem Lächeln: „Im Moment noch nicht, aber wir sind ziemlich sicher, dass wir in zwei bis drei Wochen entsprechend viel Exponate zur Verfügung haben, um eine Ausstellung ausstatten zu können." Peter Wahl meinte: „Herr Zeller, ich darf Sie doch zum Abendessen einladen, danach glaube ich, Ihnen einen Vorschlag unterbreiten zu können."

Wolfgang nahm die Einladung an und die beiden blieben nicht im ‚Bayerischen Hof', sondern begaben sich in ein nettes Restaurant in der Nähe.

Es war ein gegenseitiges Abtasten, wie weit konnte man sich trauen, wie weit konnte man gehen, um eventuell gemeinsame Sache machen zu können. Letztendlich löste der Tischwein die Zunge und so sagte Peter Wahl: „Herr Zeller, ich sehe, wir schwimmen auf einer Ebene. So darf ich Ihnen ein kleines Geheimnis verraten: Die Galerie Kaiser hatte eine Vernissage am ersten nächsten Monats in Berlin geplant. Die habe ich ihnen verhagelt. Der Direktor des Hauses hat mich angerufen und mir davon erzählt und ich konnte ihn dazu bewegen, den Termin am ersten zu streichen. Er musste aber ein Ersatzangebot machen und so hat er den 15. angeboten. Ich habe es mir so vorgestellt, dass ich zwei oder drei seriös aussehende Herren engagieren werde, einen für die Garage, einen am Eingang und einen vor dem Hotel, die sehr dezent die Gäste ansprechen, um denen mitzuteilen, dass die Vernissage ausfällt.

Man kann noch geschickter vorgehen. Unweit des Hotels hätte ich eine Galerie zur Verfügung, in der sie mühelos 150 Exponate ausstellen können. Meine Leute könnten sagen, dass man aus technischen Gründen die Vernissage verlegen musste. Sie hätten keine Unkosten für Werbung und keine verärgerten Kunden. Könnte ich da mit Ihrer Mitarbeit rechnen?"

Wolfgang konnte nicht ganz seine Freude verbergen: „Ich schlage vor, wir teilen die Kosten der Leute. Es würde mir eine Menge Geld sparen und Sie hätten Ihre Genugtuung."

Schnell waren sich die beiden über das Prozedere im Klaren. Mit Handschlag bekräftigten sie ihre Vereinbarung.

Sie wollten schon gehen, nahmen einen letzten Drink, als Peter Wahl druckste: „Ich habe noch eine alte Rechnung mit der Firma Kaiser zu begleichen. Vor Jahren glaubte ich, der Galerie Kaiser nachweisen zu können, dass sie ihre Kopien als Originale verkaufen. Ich hatte schon die Presse eingeschaltet, leider ging irgendetwas schief. Auf jeden Fall hat mich das viel, viel Geld gekostet. Wenn es mir gelingen könnte, denen Fälschungen nachzuweisen, das wäre mir eine große Satisfaktion."

Wolfgang Zeller, sehr vorsichtig: „Mein Freund Heinz Engler hat mir das System der Firma Kaiser genau erklärt. Das wird schwierig. Jedes Bild trägt eine Nummer, die computermäßig gespeichert ist. Auf jedem Bild und jedem Keilrahmen und auf jedem Rahmen sind noch mal Merkmale angebracht, dass es sich um eine Kopie handelt. Das ist bei allen Exponaten der Firma Kaiser so. Aber warten Sie, ich glaube, ich hab da eine Idee.

Seit einiger Zeit stellt die Firma Kaiser auch Öldrucke her. Das in einer fantastischen Qualität. Ich habe einige davon bei mir in der Galerie. Es sind die gleichen Motive, die sie auch als Kopien vertreiben. Soweit ich diese untersucht habe, tragen diese keine Nummer und auch keine Angaben, dass es sich um Kopien handelt. Lassen Sie mich über den Fall nachdenken. Es ist möglich, dass ich Ihnen helfen kann. Nicht ganz ungefährlich, aber eventuell machbar. Aber täuschen Sie sich nicht, die Leute von der Galerie Kaiser sind mit allen Wassern gewaschen. Auch wenn unser Plan noch so gut ist, eine Kleinigkeit kann uns verraten. Würde so etwas klappen, dann wäre die Galerie Kaiser erledigt und ich hätte einen Konkurrenten weniger."

freundet war. Er wusste auch, dass Susi meine beste Freundin ist und dass Otto und Max wie Großväter zu mir waren. Er wusste auch, dass mich Mike mal adoptieren wollte. Ich bin mir zwischenzeitlich aber auch sicher, dass ich ihm gegenüber nie erwähnt habe, dass ich Miterbin von Max war. Ich bin mir auch ziemlich sicher, dass er nichts von meinen Sparbüchern wusste, die Susi aufbewahrte.

Natürlich wäre ich anfangs mit Heinz überall hingegangen, selbst wenn er nach Sibirien ausgewandert wäre. Allerdings, unsere letzten vier Wochen waren unter keinem glücklichen Stern. Heinz war so eigenartig, dass ich unsere Beziehung nicht mehr länger aufrechterhalten wollte. Vor allen Dingen Erika hat mich darin bestärkt, diese Beziehung zu beenden.

Du kannst Recht haben, vielleicht ist er wirklich nur meinetwegen hierher gekommen, um zu sehen, wie es mir geht. Aber dann verrate mir doch mal, warum bestiehlt er uns gleich? Warum verletzt er mich noch mal? Ich hab ihm doch wirklich nichts getan. Warum lässt er mich nicht in Ruhe? Du weißt es doch am allerbesten, was er mir alles angetan hat. Du kennst den anonymen Anruf, der mich so weit brachte, dass ich nicht mehr leben wollte. Wie kann er sich einbilden, dass ich auch nur noch einen Funken Gefühl für ihn aufbringen kann? Ich kann es einfach nicht zulassen, dass er noch mal mit so viel krimineller Energie in mein Leben tritt."

Herbert, ganz nachdenklich: „Hilde ich bin kein Psychologe, aber ich stelle mir das so vor: Heinz hatte dich sicherlich gern. Er war möglicherweise auch so weit, sein Verhältnis mit Frau Henzo in Düsseldorf zu beenden. Er bildete sich ein, du würdest alles in Wiesbaden hinter dir lassen. Das kam anders und so entwickelte er so eine Art Hassliebe zu dir. Mit rationalen Gedanken ist das nicht zu erklären. Im Laufe meiner Tätigkeit habe ich schon oftmals so etwas Irreales festgestellt. Dem sind wir nicht gewachsen, das Ganze noch gepaart mit krimineller Energie ergibt einen furchtbaren Cocktail. Hilde, ich bitte dich, recherchiere in dieser Angelegenheit nicht weiter."

Hilde hatte ernst zugehört: „Du hast sicherlich recht. Du meinst es gut mit mir. Alle Übrigen sagen das auch. Aber gerade du musst doch wissen, im letzten Jahr habe ich mich ganz ruhig verhalten, habe nichts unternommen. Und wie du weißt, gerade deshalb bin ich in den Sog dieses Strudels aus Verdächtigungen und Niedertracht gekommen. Nur weil ich mich brav verhalten habe, ist das alles in Wiesbaden passiert. Herbert, ich kann nicht zuschauen, wie Heinz alles ruiniert: Das Geschäft, unsere Ehe und möglicherweise auch unsere kleine Susi, die noch nicht mal auf der Welt ist.

Ich werde wie eine Löwin um unsere Familie kämpfen. Ich bin mir jetzt sicher, dass der Diebstahl nur Heinz gewesen sein kann und ich werde ihn finden. Er ist hier in der Nähe, das spüre ich förmlich. Und wenn er einmal einen Diebstahl begangen hat, so wird der nächste folgen. Denke an Wiesbaden. Da war es genauso. Ich habe jetzt zwei Anhaltspunkte. Der eine liegt in Italien. Mit mir wollte Heinz mal nach Bordighera an der Riviera fahren. Da liegt eines seiner Domizile. Der andere Anhaltspunkt ist ein Horst Gerkan in Wuppertal. Das ist ein alter Schulkollege von ihm. Dann gibt es da noch einen dritten Mann, einen Wolfgang Zeller. Da habe ich leider noch keine Adresse. Mit dem hat Heinz lange Zeit zusammengewohnt. Finde doch über das LKA heraus, ob dieser Wolfgang Zeller in Deutschland wohnt. Herbert, ich verspreche dir, ich werde nicht leichtsinnig sein. Ich werde jeden meiner Schritte mit Erich und gegebenenfalls mit dir abstimmen. Aber ich werde nicht untätig sein noch bleiben.

Noch so einen Diebstahl und wir können hier unsere Koffer packen. Selbst, wenn die Versicherung zahlt, so ersetzt sie nur unsere Kosten. Wer zahlt die Zwischenfinanzierung? Okay, die Galerie Kaiser wird uns helfen. Einmal, vielleicht auch zweimal, aber öfter? Kann sie das? Du siehst, das Ganze nimmt Dimensionen an, die einfach mein Handeln verlangen. Herbert, jedes Vogelpaar verteidigt das Nest, wenn es angegriffen wird. Auch wir verteidigen unser Nest und wir sind angegriffen worden. Ich weiß, du meinst es gut, aber ich muss deine guten Ratschläge negieren. Ich hoffe, Mike bald zu sehen, du weißt, er ist mein Ersatzpapa und ich bin sicher, er wird mir in dieser Angelegenheit helfen. Du bist mir doch nicht böse, dass ich so offen bin?"

Herbert lachte: „Hilde, jetzt bist du wirklich einer Löwin ähnlich, die ihr Junges verteidigt. Hut ab! Aber bitte, sei vernünftig, stimme alles mit deinem Mann ab und auch mit Mike, sollte er helfen können. Es wäre schön, wenn du mich auch einbinden würdest."

Wiesbaden

Mittwoch um 10 Uhr traf man sich in Susis Büro, um das Ergebnis der Reise nach Rom zu diskutieren. Dieter Zeiser der Notar, Jens Gerner der Steuerberater, Moritz Kaiser, Anton Jonas, Gina Lorenz, Dr. Hugo Wettengel und Susi.

Susi begrüßte alle: „Schön, euch wieder hier in Wiesbaden zu haben. Ich bin gespannt, was ihr aus Rom zu berichten habt. Wer will den Anfang machen?"

Dieter: „Nachdem sich anscheinend alle darum reißen, unsere großen Erlebnisse zu erzählen, fange ich an: Es waren sehr arbeitsreiche, aber auch sehr angenehme Tage in Rom. Wir trafen auf Leute mit Niveau, die uns sehr wohlwollend entgegenkamen. Rein vertragstechnisch ist zu sagen: Wir haben Carlo Steiner alle Vollmachten gegeben, um unseren Vertrag entsprechend den derzeitigen Richtlinien zu gestalten. Unklar war noch die Firmenform, das ließ sich nicht so schnell klären. Entweder das Atelier wird eine italienische Zweigstelle unseres Vereins in Wiesbaden oder es wird eine S.A. nach italienischem Recht. Das wird Carlo erledigen. Da das italienische Wort für Atelier nicht gebräuchlich ist, haben wir als Namen genommen:

Kaiser, studio di belle arti, Roma

Der kaufmännische Teil liegt in den Händen von Carlo Steiner, die künstlerische Begutachtung in Händen von Professor Francesco Prantner und die Leitung des Ateliers hat Gina Lorenz, die wahrscheinlich wieder ihren Mädchennamen – de Rosa – annehmen wird. Über den kaufmännischen Teil wird euch Jens berichten und über den künstlerischen Teil und die Produktion, Anton und Hugo."

Jens Gerner nahm das Wort: „Der kaufmännische Teil ist rasch umrissen. Die Buchhaltung liegt in den Händen von Carlo Steiner. Das schwierige Problem des Computeranschlusses ist auch geklärt. Nachdem wir bereits eine Leitung zum Büro in Rom und eine Leitung zur Ausstellung in Rom haben, ist der Anschluss zum Atelier nicht schwierig. Die Finanzierung ist auch geklärt. Nachdem Walter Steiner von der ‚Banco di Napoli' die Finanzierung der auszuliefernden Kunstgegenstände übernommen hat, wird diese Bank auch die Finanzierung der Vorlaufkosten für das Atelier in Rom übernehmen. Das alles liegt in den Händen von Carlo Steiner. Bei Gina ändert sich nichts, denn sie bleibt mit dem Wiesbadener Computersystem verbunden. Materialtechnisch hat sie noch ein paar Fragen, aber die kann sie direkt mit den einzelnen Stationen hier im Haus klären. Was den Vertrag mit dem Vatikan angeht, dass soll euch Anton und Hugo erzählen."

Anton begann seinen Bericht: „Ich war sehr erstaunt ob der Großzügigkeit und des Wohlwollens seitens der Vatikanischen Museen. Die Einzelheiten sind in einem langen Vertrag niedergelegt. Die große Linie ist: Wir erhalten die Publikationsrechte für Gemälde oder andere Exponate. Dies sowohl für echte Kopien als auch für Drucke, Öldrucke, Veröffentlichungen in Büchern oder Katalogen. Dafür liefern wir eine exakte Kopie des jeweiligen Exponats an die Vatikanischen Museen. Eine weitere Kopie liefern wir als Miete für unser Atelier, beide einmalig pro Monat. Wir können uns die Exponate aussuchen. Dies sechsmal pro Jahr. An den anderen sechs Monaten kann sich der Vatikan die Exponate aussuchen.

Sollten wir zusätzliche Publikationsrechte wünschen, so zahlen wir an den Vatikan 1.000 Euro je Exponat. Sollte der Vatikan extra Kopien wünschen, so zahlt er an uns 1.000 Euro je Exponat. Die Vereinbarung bezieht sich auf alle Ausstellungsstücke der Vatikanischen Museen. Zur technischen Abwicklung wird uns Hugo noch einiges sagen."

Hugo begann seinen Bericht mit: „Ein ganz toller Vertrag. Noch besser fand ich das uns entgegengebrachte Vertrauen. Man kommt uns in jeder Hinsicht entgegen. Wenn wir eine Aufnahme eines Bildes zur Reproduktion machen wollen, so nimmt man das Bild aus dem Rahmen – das nur als Beispiel. Man liefert uns außerdem die im Vatikan existierenden Unterlagen zum jeweiligen Gegenstand. Dies allerdings nur in der vorliegenden Sprache.

Wir dürfen Kunstdrucke, Öldrucke, Buchkataloge und so weiter nicht nur außerhalb Roms vertreiben, sondern auch innerhalb Roms und im Vatikan. Dies allerdings mit Abstimmung. Durch diesen Vertrag bekommen wir eine außergewöhnliche und herausragende Stellung am Kunstmarkt. Ich glaube, Gina hat noch ein paar Fragen."

Gina, noch im Bann von Rom: „Ich bin immer noch ganz weg von den Möglichkeiten, die sich uns in Rom bieten. Ich habe meine Unterlagen soweit zusammen und auch mein Material. Aber wer wird mit mir nach Rom kommen? Wie machen wir das mit den Keilrahmen und Rahmen? Kann eventuell ein Schreiner mit mir kommen?"

Susi: „Danke euch allen für den Bericht und ein herzliches Danke für eure Mühen. Euer Erfolg ist überwältigend und ich freue mich für uns alle. Gina, deine Sache müssen wir heute Nachmittag klären, viel Zeit habe ich nicht, denn wir fliegen morgen nach St. Petersburg."

Es war schon wieder Mittagessenszeit und Susi ging mit Moritz nach oben in ihre Wohnung. Unterwegs sagte sie: „Moritz, ich bin froh, wenn wir morgen im Flieger sitzen. Gott sei Dank sind heute Morgen unsere Visa für Russland gekommen."

***

Solingen

Hilde hatte gestern Abend noch lange mit Erich über den Diebstahl gesprochen. Hilde hatte Erich alles erzählt, was sie mit Herbert Wagner gesprochen hatte.

Das Thema ging ihr nicht aus dem Kopf. So sagte sie nach dem Frühstück zu Erich: „Schatz, du bist mir doch nicht böse, wenn ich heute Vormittag Horst Gerkan anrufe? Ich hab so das Gefühl, dass er mir vielleicht weiterhilft."

Erich musste lachen: „Ein Drillbohrer ist Dreck gegen dich. Der arme Heinz, ich glaube wirklich, dass du ihn irgendwo findest. Aber du musst mir versprechen, nicht zu ihm zu fahren. Es bleibt beim Telefongespräch."

Hilde gab ihrem Mann ein Bussi: „Versprochen!"

Kaum war ihr Mann ins Büro gegangen, setzte sie sich ans Telefon und wählte die Nummer von Horst Gerkan:

(Stimme) Erste Elberfelder Bilderrahmenfabrik, Guten Morgen!

(Hilde) Könnte ich Herrn Horst Gerkan sprechen?

(Stimme) In welcher Angelegenheit?

(Hilde) Rein privat, mein Name ist Hilde Granika.

(Stimme) Moment, ich will versuchen, ihn zu erreichen.

(Gerkan) Gerkan, ja bitte?

(Hilde) Mein Name ist Hilde Granika aus Solingen. Ich bin Heinz Englers ehemalige Freundin aus Wiesbaden und hieß damals Hilde Reiz. Könnten Sie mir sagen, wo sich Herr Engler aufhält?

(Gerkan) Ich weiß es zwar nicht, aber könnte ich Sie in einigen Minuten zurückrufen, ich bin gerade in der Fertigungswerkstatt.

(Hilde) Da wäre ich Ihnen sehr zu Dank verbunden, ich gebe Ihnen meine Nummer ... und Hilde gab ihre Telefonnummer durch.

Hilde legte auf und dachte: ‚Na, hoffentlich wird das was. Gerade freundlich war er zwar nicht, aber allein die Tatsache, dass er zurückrufen will, ist schon positiv.' Nicht viel später klingelte es:

(Hilde) Hilde Granika, Guten Tag!

(Gerkan) Entschuldigen Sie, dass ich Sie so abwimmeln musste, aber ich war im Betrieb. Wenn ich Sie richtig verstanden habe, sind Sie die ehemalige Freundin meines Studienkollegen Engler. Wie mir Frau Kaiser sagte, sind Sie die Dame, der man die Wohnung ausgeräumt hat. Aber wieso suchen Sie Herrn Engler, ist das nicht Aufgabe der Polizei?

(Hilde) Entschuldigung, das war etwas ungeschickt von mir, einfach mit der Tür ins Haus zu fallen. Die Sache ist die: Nachdem Ihr Studienkollege nicht nur zweimal die Galerie Kaiser in Wiesbaden geplündert hat, hat er auch noch mein Wohnungsinventar nebst meinem Bankkonto mitgenommen. Ich habe zwar alle Sachen wiederbekommen, aber der Schock bei mir war sehr groß.

(Gerkan) Verraten Sie mir, was kann ich tun, ich habe nicht die geringste Ahnung, wo sich Herr Engler zurzeit aufhalten könnte.

(Hilde) Im Januar sah ich Heinz in Solingen in eine Eckkneipe in unserer Straße gehen. Erst dachte ich, ich hätte

mich getäuscht, aber als ich ihn 14 Tage später mit anderen Herren vor meinem Haus aus dem Wagen steigen sah, da war ich mir sicher, dass es Heinz war, auch wenn er eine Sonnenbrille trug. Das alles wäre immer noch unerheblich, wenn nicht ein Verbrechen geschehen wäre. Wir fertigen im Auftrag Ehrenzeichen in Form von Säbeln, Dolchen, Degen aus der Nazizeit, die für den Export in die USA bestimmt sind. Vor zehn Tagen sollte eine Sendung mit 22.000 Einzelstücken und einem Wert von 1,1 Millionen Euro durch eine Spedition abgeholt werden. Durch einen fingierten Anruf gelang es den Dieben, die Beute abzufahren. Das ganze Strickmuster dieses frechen Diebstahls deutet auf Heinz hin. Dazu kommt, dass sich einer unserer Waffenschmiede erinnern kann, dass sich Heinz mehrmals mit ihm darüber unterhalten hat.

(Gerkan) Frau Granika, das tut mir sehr leid, aber was kann ich jetzt für sie tun? Ich habe Heinz seit fast einem Jahr nicht mehr gesehen.

(Hilde) Meine klare Frage: Wo könnte er sich hier im Raum aufhalten? Haben Sie irgendwelche Adressen, wo ich ihn finden kann? Können Sie mir irgendwelche Hinweise geben, wer eventuell wissen könnte, wo Heinz ist? Ich will ihn nicht der Polizei übergeben, aber ich möchte unsere Ware wiederhaben. Die kleinste Kleinigkeit kann mir helfen.

(Gerkan) Warten Sie mal, da wäre erst einmal sein Vater in Belgien. Die Adresse können Sie von mir haben. Dann hat er auch noch eine Mutter in Düsseldorf – die Adresse habe ich leider nicht. Dann hatte er eine Freundin in Düsseldorf, eine Frau Anja Henzo. Diese Adresse habe ich auch. Ja, und dann noch die ganzen Adressen unseres Jahrgangs. Die Adressen muss ich Ihnen aber raussuchen.

(Hilde) Haben Sie vielen Dank. Die Adressen von Heinzens Eltern habe ich beide. Die von Frau Henzo auch. Mit Frau Henzo habe ich auch schon gesprochen. Daher weiß ich auch ihre Adresse. Außerdem erzählte mir Frau Henzo

noch von einem Studienkollegen namens Wolfgang Zeller. Wissen Sie, wo der sich zurzeit aufhält?

(Gerkan) Meines Wissens zuletzt in Belgien, zusammen mit Heinz. Aber wo die beiden jetzt sind, keine Ahnung. Geben Sie mir doch eben Ihre Adresse, dann suche ich die Anschriften unserer Jahrgangskollegen heraus und schicke sie Ihnen. Ich wünsche Ihnen bei der Suche viel Erfolg. Wenn ich noch etwas für Sie tun kann, dann rufen Sie mich an.

(Hilde) Herzlichen Dank für Ihre Bemühungen und auf Wiedersehen.

(Gerkan) Auf Wiedersehen, Frau Granika!

Als Hilde aufgelegt hatte, dachte sie einen Moment nach. Sie war sich auf einmal sicher, dass sie von hinten bis vorn belogen worden war. Der wusste, wo Heinz ist.

Plötzlich erinnerte sie sich, die Galerie Kaiser hatten von der Wuppertaler Rahmenfabrik bestimmte Rahmen für ihre Bilder bezogen. Vielleicht hatte Gerkan die Galerie Kaiser mal im Herbst besucht? Sie wollte das alles ihrem Mann erzählen. Sie ging zu Erich in den Betrieb, lotste ihn in ihr Büro und erzählte ihm das Telefonat.

Erich konnte sich der Meinung seiner Frau nicht unbedingt anschließen. Er sagte: „Ich sehe das ein bisschen anders. Wie hätte sich denn Gerkan nach deiner Meinung verhalten sollen, um unverdächtig zu sein? Dich kennt er überhaupt nicht und Heinz ist sein ehemaliger Studienkollege. Er hätte mit dir überhaupt nicht zu sprechen brauchen. Er hätte nur zu sagen brauchen, bedauere, es geht um meinen Studienkollegen und da gebe ich ohne seine Einwilligung keinerlei Auskunft. So hat er sich bemüht, dir zu helfen.“

„Siehst du“, sagte Hilde, „das war’s, was mir unbewusst aufgefallen ist. Seine Hilfsbereitschaft. Glaub mir, hier stimmt was nicht.“

Erich musste lachen: „Hilde, jetzt spinnst du ganz schön. So, wie du mir das geschildert hast, war das ganz normal.“

Hilde sagte: „Heute Mittag rufe ich Mike an und dann werden wir sehen, was der dazu sagt."

St. Petersburg

Susi, Moritz und Maxim hatten einen angenehmen Flug nach St. Petersburg. Es war schon fast 14 Uhr Ortszeit, als sie das Gepäck hatten und sich zum Ausgang begaben. Maxim der vornweg gegangen war, entdeckte einen livrierten Chauffeur, umarmte ihn und stellte ihn als Igor vor.

Zu Moritz und Susi gewandt, sagte er: „Igor wird uns für die Dauer eures Aufenthaltes zur Verfügung stehen. Er gehört zum Winterpalast und hat einen ganz neuen Mercedes. Kommt, wir gehen zum Wagen."

Igor führte sie zum Wagen, verlud das Gepäck und als alle Platz genommen hatten, sagte Maxim: „Ich habe euch noch nichts über euren weiteren Reiseverlauf in St. Petersburg verraten. Wir haben praktisch keine Zeit für die herrliche Stadt, aber ich will euch trotzdem viel zeigen. Heute haben wir nur ein ganz kleines Programm. Für die Zeit eures Aufenthaltes habe ich euch ein wunderschönes Zimmer mit Blick auf die Eremitage im GOSTINY DWOR ‚Kempinski Hotel' in der Moika 22 bestellt. Wenn ihr euch frisch gemacht habt, entführe ich euch zu einer ersten kleinen Besichtigung. So bis kurz vor 18 Uhr. Danach könnt ihr noch mal aufs Zimmer im Hotel und heute Abend seid ihr meine Gäste. Meine Frau und ich freuen uns, euch typisch russisch bewirten zu können. Die Frau von Boris und ihre Kinder kommen auch. Auch Igor wird dabei sein.

Bis wir zum Hotel kommen, kann ich euch noch ein klein wenig über diese wundervolle Stadt erzählen: **St. Petersburg** liegt an der Mündung der **Newa**, in der Kronstädter Buch des finnischen Meerbusens. Auf rund 100 Inseln im Mündungsdelta wohnen zirka 4,7 Millionen Einwohner. St. Petersburg ist die zweitgrößte Stadt Russlands und das wirtschaftliche Zentrum Nordrusslands.

Seit der Gründung im Jahr 1703 hat St. Petersburg gleich mehrfach seinen Namen gewechselt. Nach der Gründung ließ Peter der Große eine glänzende Metropole nach europäischem Vorbild errichten und bereits 1712 wurde sie die Hauptstadt Russlands. 200 Jahre später war St. Petersburg dank der Hilfe des Deutschen Kaisers die »Wiege der Revolution«. Die Stadt wurde 1914 in **Petrograd** umbenannt. 1924 erhielt sie den Namen **Leningrad** und hieß so bis 1991. Im zweiten Weltkrieg wurde die Stadt zum Symbol des Russischen Widerstandwillens. Mit den großen Schätzen der Eremitage und anderer Museen präsentiert sich die Stadt heute als Kulturhauptstadt Russlands. Wie ihr bereits gesehen habt, prägen die barocken und klassizistischen Bauten das Bild. Die weiten Parks und die breiten Hauptstraßen, die man hier Prospekte nennt, sind ein weiteres Wahrzeichen.

Wir sind gleich beim Hotel.“

Nachdem das Gepäck ausgeladen war und Moritz mit Susi auf das Zimmer gegangen war, warteten Maxim und Igor in der Halle.

Nicht viel später kamen die beiden zurück und Susi sagte: „Maxim, du hast uns ein wirklich wundervolles Zimmer ausgesucht. Danke dir! Wohin wollen wir jetzt?“

Maxim lachte: „Kommt, wir gehen zum Wagen, ich werde euch alles erklären.“

Sie fuhren mit dem Wagen zur **Isaaks-Kathedrale**.

„Vierzig Jahre dauerte die Errichtung des gewaltigen Kirchenbaus. Es ist eine der größten Kathedralen der Welt. Die Kirche wurde 1858 eingeweiht und dient seit der kommunistischen Ära als Museum des Atheismus.“

Sie besichtigten besonders die Ikonostase, die sich von anderen dadurch unterschied, dass durch die Königstür ein Buntglasfenster zu sehen war und sich über der Tür ein vergoldeter Christus befand.

Sie fuhren von dort wenige Kilometer weiter zum **Jussupow-Palast** und besichtigten dort die Ausstellung über **Gregori Rasputin**, den berüchtigten »Heiligen« der hier von Fürst Felix Jussupow ermordet wurde.

Als Maxim Susi und Moritz fragte, ob sie noch mal ins Hotel wollten, entschieden sich die beiden für eine direkte Fahrt zu Maxims Haus. Sie hatten lediglich den Wunsch, Blumen für Maxims Frau zu besorgen und Spielsachen für die Kinder von Maxim und Boris. Das war auch relativ rasch erledigt, zumal Maxim die Wünsche der Kinder kannte.

Maxim wohnte außerhalb in einer größeren Datsche. Ein hübsches Holzhaus in einem Gartengelände. Es war bunt gestrichen. Sie wurden bereits erwartet.

Es gab eine herzliche Begrüßung, wobei die Kinder anfangs scheu blickten, aber nachdem die Geschenke übergeben waren, wurde die Atmosphäre sehr herzlich.

Es war für alle ein recht heiterer Abend, man verstand sich gut, trotz mancher Sprachschwierigkeiten. Es wurde später, als man angenommen hatte. Nach einer herzlichen Verabschiedung brachte sie Igor ins Hotel zurück.

***

Susi und Moritz waren noch beim Frühstück, als Maxim Bescheid sagen ließ, dass er und Igor in der Halle warten. Sie beeilten sich und begrüßten kurz danach Maxim und Igor.

Susi gab Maxim die Hand, drückte sie fest und sagte: „Maxim, du hast uns gestern einen wunderschönen Abend geschenkt. Die Herzlichkeit deiner Frau und auch der Frau deines Kollegen Boris war einmalig. Auch eure Kinder waren süß. Noch mal ganz, ganz lieben Dank. Es wird für uns immer ein unvergesslicher Abend bleiben.“

Susi fragte: „Maxim, was machen wir denn heute Schönes?“

Maxim lachte und sagte: „Heute zeige ich euch das Schönste von St. Petersburg. Einst die Residenz der Zarenfamilie und heute das Herz **der Eremitage – den Winterpalast**. Erbaut wurde er von einem italienischen Architekten **Bartolomeo Rastrelli**. Durch Förderung der Zarin **Elisabeth** begann der Bau des Winterpalastes im Jahr 1754. Nach dem Tod Elisabeths übernahm den Bau Peter der III. im Jahr 1762.“

Maxim lachte wieder: „Ich hoffe, ich langweile euch nicht, denn jetzt kommt Deutschland ins Spiel. **Peter der III.** war mit einer unbedeutenden, deutschen Prinzessin verheiratet. Auf dem Thron blieb **Peter der III.** nur kurz. Seine Frau Katharina und ihre Verbündeten in der königlichen Wache ließen **Peter den III.** sechs Monate nach der Krönung ermorden. Sie wurde **Zarin Katharina die II.** oder, wie sie später genannt wurde, **Katharina die Große**. Sie ließ die große Eremitage bauen und fügte die kleine Eremitage hinzu. 1785 bis 1787 entstand das Eremitagen-Theater. Die große Eremitage wurde 1852 von **Nikolaus I.** als Museum eröffnet. Zwischen 1918 und 1939 wurde der Winterpalast in die Eremitage integriert. Seit Ende der 1990er Jahre werden die Sammlungen des 19. Jahrhunderts ins Generalstabsgebäude ausgelagert. Auch das ist hier in unmittelbarer Nähe. Aber jetzt sollten wir gehen.“

Susi bedankte sich bei Maxim für die Erklärungen und sie gingen zu Fuß zum nahen Winterpalast.

Sie betraten das Gebäude und wurden von der Fülle der Säle überrascht. Sie sahen den Thronsaal, bewunderten das Malachitzimmer, den goldenen Salon, den Alexandersaal, den Wappensaal, die Galerie des Krieges von 1812, den Georgssaal, den Nikolaussaal, sie bewunderten die Haupttreppe – ein Meisterwerk Rastrellis – gingen durch den sogenannten **Dunklen Korridor,** bis Susi meinte: „Maxim, das ist eine Pracht, die erschlägt. Ich muss jetzt einfach mal hier raus."

Wieder lachte Maxim: „Das kann ich gut verstehen. Wir machen jetzt einen gemütlichen Spaziergang am Palastufer und besuchen dort ein kleines, dunkles und heimeliges Restaurant. Es ist ein gutes Restaurant, nicht zu teuer und heißt **Krokodil**, dort treffen wir uns mit zwei oder drei Direktoren der Eremitage. Zwei davon kennt ihr schon von Wiesbaden her. Sie freuen sich, euch hier in St. Petersburg zu haben und werden euch heute Nachmittag die Eremitage zeigen. Lasst euch überraschen. Heute Abend wird man euch zu einem Konzert in den prachtvollen goldenen Saal des Jussupow-Theaters einladen. Ihr werdet danach zu einem Abendessen im Noble Nest im Gartenpavillon des Palastes gehen."

Wuppertal

Horst Gerkan konnte sich über den Anruf von Hilde nicht beruhigen. Er hatte gestern bis spät am Abend versucht, Wolfgang Zeller zu erreichen, leider vergebens. Man hatte zwar versprochen, Wolfgang Bescheid zu sagen, aber bis jetzt, es war bereits kurz vor zwölf, hatte er noch immer nichts gehört. So beschloss Horst Gerkan, seinen ehemaligen Studienkollegen selbst aufzusuchen. Er wollte eben aus dem Haus gehen, als er Wolfgang kommen sah. Sie begrüßten sich und Horst sagte: „Komm, Wolfgang, lass uns was essen gehen, ich muss unbedingt mit dir sprechen."

Sie gingen in das kleine und einfache Lokal gegenüber und, nachdem sie bestellt hatten, erzählte Horst ausführlich von dem Telefonat mit Hilde und beschloss seine Rede: „Wolfgang, Hand aufs Herz, hast du die Sachen geklaut?"

Wolfgang entsetzt: „Also Hilde, die blöde Kuh, wie kann die so was annehmen? Die weiß doch ganz genau, dass ich mich ausschließlich mit Kunst befasse und nicht mit Militaria, ich wüsste nicht mal wohin mit dem Zeug! Wie viel ist das – sagtest du?“

Horst: „Deine Verflossene sprach von 22.000 Stück mit einem Wert von zirka 1,1 Millionen Euro.“

Wolfgang jetzt etwas lockerer: „Die muss mich ganz schön hassen, aber ich habe nichts damit zu tun. Außerdem, wo soll ich das verkaufen? Kannst du mir das verraten?“

„Wolfgang, ich glaube dir, aber sollte sich herausstellen, dass du doch etwas damit zu tun hast, dann kannst du mit meiner Hilfe nicht mehr rechnen.“ Sie sprachen noch ein paar Minuten, bevor sie sich verabschiedeten und Wolfgang ging zurück in seine Galerie. Er stellte fest, dass Bart eben aus Solingen zurückgekommen war. Sie gingen in eine stille Ecke und Bart berichtete von den verschiedenen Telefonaten in Solingen, dass Frau Henzo Hilde besucht hatte, dass Hilde mit Horst Gerkan gesprochen hat und dass ein gewisser Mike heute nach Solingen kommen würde. Da wurde Wolfgang hellhörig: „Mike Curtis darf mich auf keinen Fall sehen, der kennt mich als Heinz Engler. Sollte er zufälligerweise hierherkommen, so bin ich verreist. Informiert auch das Mädchen am Eingang. Ich bin generell nicht da. Ich weiß nicht, wie oft er euch in Straßburg gesehen hat, aber der ist gefährlich.“ Bart und Paul waren der Meinung, dass Mike Curtis sie nicht bei der seinerzeitigen Verhaftung in Straßburg gesehen hat.

Solingen

Freitag, fuhr Mike mit Vera auf den Parkplatz der Firma Granika. Die beiden waren noch nicht ausgestiegen, als Hilde aus der Tür kam und die beiden herzlich begrüßte.

„Mensch, ist das schön, euch zu sehen“, sagte Hilde. „Kommt rein, das Mittagessen ist fertig. Wir freuen uns so, dass ihr zu uns kommt.“ Mike und Vera hatten für Hilde einen Blumenstrauß mitgebracht. Sie nahmen ihr Handgepäck und gingen ins Haus. Auch Erich begrüßte die beiden lachend und man ging zu Tisch. Während des Essens unterhielt man sich lebhaft und nach dem Essen sagte Mike:

„Hilde, berichte über das Gespräch mit Frau Henzo und Horst Gerkan. Herbert Wagner hat mir schon große Teile deiner Sorgen erzählt."

Hilde berichtete nochmals, was sie mit Frau Henzo gesprochen hatte und was mit Herrn Gerkan.

Wieder sagte Mike: „Ich habe mich erkundigt, Horst Gerkan ist Lieferant für Bilderrahmen, soweit ich feststellen konnte schon seit Zeiten des Vorbesitzers der Bilderrahmenfabrik. Erst seit einem Vierteljahr bezieht er Drucke und vor allen Dingen Öldrucke für seine Bilderrahmen, die er hauptsächlich in Kaufhäusern vertreibt. Im letzten November hat er einen Geschäftsbesuch bei uns in Wiesbaden gemacht. Dabei haben sie erfahren, dass er mit Heinz Engler studiert hat. – Wie weit ist es eigentlich bis Solingen?"

Erich: „Nicht weit. Normalerweise bist du in dreißig Minuten mit dem Wagen dort. Willst du hinfahren?" Mike schmunzelnd: „Ich glaube, auf Hildes Bauchgefühl muss ich mich verlassen. Irgendwo müssen wir anfangen, nach den verschwundenen Kisten zu suchen, warum nicht da? Außerdem hat mir Herbert Wagner noch was von einer Spur in Italien erzählt. Hilde, was ist das?"

Hilde, wie immer ganz bei der Sache: „Mike, ich hab da nichts anbrennen lassen. Auf Carlo in Rom kann man sich verlassen. Den hab ich angerufen und ihm meine Sorgen erzählt. Er hat einen Freund in Ventimiglia an der italienisch-französischen Grenze, den will er bitten, nach Bordighera zu fahren, um sich umzuhören. Das will er an diesem Wochenende machen. Allerdings ist jetzt Off-Season, möglicherweise sind alle Geschäfte dieser Art geschlossen. Ich habe Carlo genau erzählt, wonach sein Freund suchen muss. Mike, ich sage dir, ich bin ziemlich sicher, dass Heinz hinter dem

Diebstahl steckt. Die 25 bis 30 Kilometer nach Wuppertal von hier sind eine ideale Ausgangsbasis für diesen Diebstahl. Ich weiß es ist nicht richtig, jemanden wegen eines Verdachts anzuklagen, aber ich bin sicher, es war Heinz. Erich lacht mich auch aus, aber wir müssen ihn kriegen, bevor er noch mehr Unheil anrichtet."

Jetzt musste auch Mike lachen: „Hilde, ich kann dich verstehen, ich nehme jetzt meinen Wagen und fahre sofort nach Wuppertal, bevor die Rahmenfabrik fürs Wochenende schließt. Spätestens um fünf bin ich wieder zurück."

Wuppertal

Es war kurz nach 15 Uhr am Freitagnachmittag, als die Sekretärin Horst Gerkan einen Mike Curtis von der Galerie Kaiser in Wiesbaden meldete. Herr Gerkan bat den Gast in sein Büro, man stellte sich vor und Herr Gerkan sagte: „Ich freue mich, Besuch von meinen Freunden aus Wiesbaden zu bekommen. Hat Ihr Besuch einen bestimmten Anlass?"

„Ja, Herr Gerkan. Aber vielleicht darf ich der Namensvorstellung noch zwei Sätze hinzufügen. Ich bin der Präsident der **Kaisers Association of Art in Boston USA** und außerdem Mitglied des Gremiums des Vereins **Galerie Kaiser Wiesbaden e.V.**. Bis zu meiner Mitarbeit bei den Unternehmen Kaiser war ich Mitarbeiter beim CIC – das ist der militärische Abschirmdienst der US-Army. Ich bin hier, um Auskünfte über einen Heinz Engler einzuholen. Herr Heinz Engler war Mitarbeiter der Galerie Kaiser in Wiesbaden und hat dort die Firma um über 2,5 Millionen Euro bestohlen. Er hat Hilde Granika nicht nur die Ehe versprochen, er hat sich nicht geschämt, auch noch ihre Wohnung auszuräumen und ihr Bankkonto zu plündern. Ich habe zwar alles wiederbeschaffen können, aber der Schmerz, die Aufregung und das Unsicherheitsgefühl bleibt."

Hier fiel Horst Granika ins Wort: „Herr Curtis, das alles habe ich bereits in Wiesbaden erfahren und gestern noch mal von Frau Granika. Ich bedauere das außerordentlich, aber wie soll ich Ihnen helfen? Ich weiß weder, wo Heinz Engler ist, noch habe ich ihn seit langem gesehen."

Mike Curtis vorsichtig: „Lieber Herr Gerkan, jede Kleinigkeit kann uns helfen. Sie wissen sicher, dass das Bundeskriminalamt eingeschaltet ist. Außerdem fahndet die Interpol nach Herrn Engler, aber aus Erfahrung weiß ich, die eigenen Recherchen führen meist schneller zum Ziel. Ich habe immer noch Beziehungen und Möglichkeiten, Recherchen durchzuführen, die den üblichen, langwierigen Weg der Interpol verkürzen. Sie würden mir sehr helfen, wenn Sie mir Auskünfte geben würden. Ist das möglich?" Als Herr Gerkan bejahte, fuhr Mike fort: „Wann haben Sie Heinz Engler das letzte Mal gesehen oder mit ihm gesprochen?"

Horst Gerkan: „Das muss so vor eineinviertel Jahren gewesen sein, bevor er nach Wiesbaden ging. Möglicherweise hat er mal angerufen, als er schon in Wiesbaden war, daran kann ich mich im Moment nicht erinnern."

Mike fragte weiter: „Soweit ich weiß, haben Sie drei Jahre mit Herrn Engler zusammengewohnt. Da kennt man sich gut. Wissen Sie Adressen von Freunden, Verwandten oder geschäftlichen Verbindungen?" Horst Gerkan: „Sicher ist es richtig, dass wir drei Jahre zusammengewohnt haben. Aber erstens war anfangs Herr Engler jedes Wochenende bei seinem Vater in Belgien, so auch während der Semesterferien, und zweitens ist Herr Engler bereits im zweiten Jahr zu seiner Freundin, Frau Henzo gezogen und wohnte nur noch auf dem Papier bei uns. Es ist richtig, wir kannten uns gut, so wie man eben Studienkollegen gut kennt. Ich weiß, dass er in Belgien aufgewachsen ist und sein Vater drei Geschäfte in Belgien hat. Von geschäftlichen Verbindungen weiß ich nichts, denn ich nahm immer an, er würde einmal das Geschäft seines Vaters übernehmen.

Frau Granika hat mich gebeten, ihr eine Liste der Studienkollegen zusammenzustellen, das habe ich heute Morgen gemacht und ich gebe sie Ihnen mit, da ich annehme, dass Sie zu ihr fahren." Mike Curtis: „Herr Gerkan, bitte halten Sie mich nicht für unverschämt, aber Sie wohnten doch zu dritt in einer Wohngemeinschaft, was ist aus Wolfgang Zeller geworden, wann haben sie das letzte Mal Kontakt gehabt?"

Horst Gerkan erschrocken: „Lieber Herr Curtis, Sie bringen mich jetzt in eine sehr unangenehme Situation. Ich habe zwar Frau Granika gesagt, dass ich nicht wüsste, wo er ist, aber das ist nicht richtig. Ich habe mein Ehrenwort gegeben, dass ich seinen Aufenthaltsort nicht bekanntgeben würde. Seien Sie mir daher nicht böse, wenn ich diese Frage nicht beantworte. Wenn Sie einen gerichtlichen Beschluss erwirken, dass ich das tun muss, so bin ich von meinem Ehrenwort entbunden. Ansonsten muss ich bedauern."

Mike Curtis lachte: „Sehen Sie, Herr Gerkan, meine Hilde hat doch ein gutes Bauchgefühl. Sie hat mir heute noch gesagt, dass sie annimmt, dass Sie sie belogen haben."

Jetzt lachte auch Herr Gerkan: „Ich scheine kein sehr guter Lügner zu sein. Bitte entschuldigen Sie mich bei ihr."

Mike: „Danke Ihnen, sollten Sie irgendetwas über Herrn Engler in Erfahrung bringen oder mir etwas sagen können, das Licht in das Dunkel dieser Affäre bringen kann, bitte rufen Sie mich an. Mit mir können Sie reden. Ich müsste mich sehr täuschen, wenn Sie nicht der Schlüssel zu diesem Desaster sind."

St. Petersburg

Susi, Moritz und Maxim hatten zusammen mit den beiden Direktorinnen im Krokodil zu Mittag gegessen. Danach sagten die beiden Direktorinnen der Eremitage: „Wir wollten

Ihnen heute Nachmittag die Sammlungen der Eremitage zeigen, aber unser oberster Direktor hat uns gebeten um 15 Uhr bei ihm im Büro zu sein. Wir glauben, er hat Ihnen einiges zu erzählen und anzubieten. Sind Sie damit einverstanden?“

Susi und Moritz bejahten und so brachen sie auf, um zu Fuß zurück zur Eremitage zu gehen.

Michail Borodin, Direktor der Eremitage hatte schon gewartet und stellte sich vor: „Ich bin Michail Borodin, seien Sie mir herzlich willkommen. Mein Deutsch ist etwas eingerostet und ich muss manchmal nach Worten suchen. Es freut mich, dass ich Sie heute Abend zu einem Konzert in das Jussupow Theater einladen darf und danach zu einem Abendessen in ein Restaurant im Gartenpavillon des Palastes. Aber erzählen Sie, wie war die Reise, sind Sie gut untergebracht und gefällt Ihnen unsere Stadt?“

Moritz lachte: „Lieber Herr Borodin“ ...

Der unterbrach und sagte: „Sagen Sie einfach Michail zu mir. Das ist einfacher.“

Also fuhr Moritz fort: „Das waren viele Fragen auf einmal. Ich bin Moritz, das ist meine Frau Susi. Meine Frau und ich dürfen uns für die außergewöhnliche Gastfreundschaft bedanken. Die Reise von Frankfurt nach St. Petersburg war problemlos und die Unterbringung ist ausgezeichnet. Aber was verschafft uns die Ehre?“

„Lieber Moritz, ich will es kurz machen. Wir suchen seit langer Zeit ein seriöses Unternehmen, um unsere Kunstschätze einer großen Öffentlichkeit zugänglich zu machen, außerdem wollen wir dabei noch etwas Geld verdienen. Es gibt viele Unternehmen in Russland, die so etwas machen, leider nicht immer mit den besten Geschäftsmethoden. Ich habe hier einen Bericht über die Unternehmen Kaiser und vor zwei Tagen erhielt ich eine Ergänzung über Ihre Geschäfte mit dem Vatikan. Gratuliere zu eurem Erfolg. Maxim und Boris haben mir während der Weihnachtstage über Ihr

Unternehmen berichtet. Die beiden sind Opfer eines Verbrecherunternehmens geworden, das von hier aus operiert und über ein Büro in Berlin-Neukölln hier hergestellte Kopien von Ikonen und teilweise auch Originale vertreibt. Dies ist nach unseren Gesetzen ein schweres Vergehen. Dazu müssen Sie wissen, nach russischem Gesetz sind alle Gegenstände aus der Zeit vor 1956 sowie Gold, Silber, Edelsteine und Pelze strikten Ausfuhrkontrollen unterworfen. Kunstobjekte inklusive zeitgenössischer Bilder, sogar Aquarelle sind ebenso betroffen wie ältere Bücher. Trotz grüner und roter Zollbereiche an den Flughäfen werden stichprobenartige Kofferkontrollen durchgeführt. Die Exportgenehmigung für Bücher und Kunstgegenstände erhält man beim Kulturministerium. Die Genehmigung wird mittlerweile relativ schnell erteilt. Gleichwohl sollten die Galerien beziehungsweise der Künstler dem Käufer bei den Formalitäten behilflich sein."

Michail lachte: „Meine Vorstellung ist sehr einfach. Sie müssen mir nur sagen, ob wir in dieser Form zusammenarbeiten können. Die Galerie Kaiser eröffnet eine Galerie in einem Gebäude unweit der Eremitage. Über entsprechende Gebäude verfügen wir.

Sie erhält das Recht der Reproduktion von Exponaten der Eremitage. Die Kosten für ein Reproduktionsrecht betragen einmalig 250 Euro je Exponat. Das Reproduktionsrecht erstreckt sich auf alle Exponate der Eremitage. Der Unterhalt der Mieträume der Galerie und eines entsprechenden Ateliers ist von der Firma Kaiser zu zahlen. Eine Miete wird nicht berechnet. Als Mietkosten werden 5 Prozent des in der Galerie getätigten Umsatzes fällig."

Michail schmunzelte: „Ich könnte mir vorstellen, wir machen einen Vertrag, wie Sie ihn mit den Vatikanischen Museen machten. Wir haben gute Verbindungen nach Rom. Wie Sie sich denken können, unterliegen auch hier heilige Kultgegenstände wie Ikonen, Ikonostasen besonderen

Vereinbarungen und Bestimmungen. Wo liegt nun der Vorteil für uns? Die Touristen können in der Galerie Kaiser in St. Petersburg die gewünschten Exponate bestellen und bezahlen. Die Auslieferung erfolgt dann von Wiesbaden aus. Somit wird die vorgeschriebene Ausfuhrgenehmigung nicht gebraucht.

Ich habe mit dem Kulturministerium gesprochen. Im Falle des gewünschten Kaufes hier und der Ausfuhr durch den Käufer, stellt das Kulturministerium in Verbindung mit uns eine Genehmigung aus. Dies innerhalb von Stunden.

Wir von uns aus werden dafür sorgen, dass in allen Hotels, die von Touristen besucht werden, entsprechende Prospekte ausliegen und dass die Stadtrundfahrten an der Galerie Kaiser halten. Ich könnte mir vorstellen, dass unsere Eintrittskarten einen entsprechenden Hinweis haben werden.“

Susi war verblüfft: „Michail, mir bleibt die Sprache weg. Ein so unverblümt einfaches Angebot habe ich nicht erwartet. Ich muss zugeben, dass mich dieses Angebot reizt. Allerdings kann ich in dieser Angelegenheit nicht allein entscheiden. Sie wissen vielleicht, die Galerie Kaiser ist ein Verein. Entscheidungsbefugt ist ein Gremium von sechs Personen. Eine weitere Hürde ist die finanzielle Ausstattung dieser neuen Galerie Kaiser in St. Petersburg. Ich will nicht übertreiben, aber unter zwei bis drei Millionen Euro ist das nicht zu machen. Auch hier muss das Gremium zustimmen.

Ein weiteres Problem ist eine etwas unangenehme Sache, die mit unserem Maxim und Boris zusammenhängt. Wie Sie sicher wissen, eine Art Mafia-Organisation will die beiden erpressen, für sie zu arbeiten. Hier geht es um Menschen und um Schicksale, diese dürfen wir keinesfalls übersehen.

Ich würde mir gerne ansehen, wo man diese Galerie betreiben könnte, aber eine Zusage kann ich nicht sofort geben.“

Michail ernst: „Eine Zusage habe ich auch nicht gleich erwartet. Dass Sie die Genehmigung Ihrer Gesellschaft oder

Ihres Vereins brauchen, das versteht sich von selbst. Zu Ihrem Punkt der Finanzierung dieser Galerie. Das ist nach meiner Meinung kein Problem. Ich habe schon mit einer Bank gesprochen. Diese wäre bereit, die Galerie hier zu finanzieren. Ein Betrag von zwei bis drei Millionen Euro wäre kein Thema.

Zu Ihrem letzten Punkt: „Das ist wirklich ein Problem. Ich habe vor einem dreiviertel Jahr Boris, Maxim und Alena nur sehr ungern verloren. Aber damals war ich gegen die Machenschaften dieser Verbrecher noch machtlos. Heute bin ich das nicht mehr. Ich habe die volle Unterstützung der Behörden in dieser Angelegenheit."

Man sprach noch lange über diese Angelegenheit, dann verabschiedete man sich Susi und Moritz gingen ins Hotel, um sich umzuziehen, Maxim wollte nach Hause zu seiner Familie und die beiden Direktorinnen verabschiedeten sich von Susi und Moritz und verabredeten, sich am nächsten Morgen um 10 Uhr zu treffen. Punkt 18 Uhr meldete sich Michail an der Rezeption des ‚Kempinski Hotels', um Moritz und Susi abzuholen. Als Susi und Moritz kamen, begrüßte sie das Ehepaar Borodin. Frau Borodin in fließendem Deutsch: „Willkommen in St. Petersburg. Ich freue mich, Sie kennenzulernen."

Susi erfreut: „Sie sprechen ein ausgezeichnetes Deutsch, wo haben sie das gelernt?"

Frau Borodin: „Ich musste das nicht lernen. Ich stamme aus Potsdam und habe meinen Mann dort kennengelernt. Ich tue mich da eher mit Russisch etwas schwerer."

Susi zu den beiden: „Wir haben vor dem Konzert doch sicher noch etwas Zeit. Wie wär's mit einem Aperitif?"

Alle waren einverstanden. Sie gingen an die Bar und Susi sagte so nebenbei: „Ich verführe euch zu Alkohol und ich selber darf nichts trinken: Sie entschuldigen, aber ich bin schwanger." Frau Borodin hocherfreut: „Das ist aber eine schöne Überraschung. Wann ist es so weit?"

Susi: „Ende Mai und es werden Zwillinge, beide Jungen.“

Auch Frau Borodin hatte vier Kinder im Alter von 10, 14, 17 und 18 Jahren, und das Erzählen begann.

Dann begab man sich mit dem Wagen ins ‚Jussupow-Theater’. Die Pracht des goldenen Saales dieses Theaters war grandios.

Nach Beendigung des Konzertes gingen sie zum ‚Noble Nest’. Ein Luxusrestaurant im Gartenpavillon des Jussupow-Palastes gelegen. Es prunkte mit Säulen, Kronleuchtern, Zarenportraits und die vier erlagen dem Zauber eines Abendessens im Stil der Zarenzeit.

Die beiden Paare unterhielten sich prächtig und man war schnell mit Frau Borodin beim Du. Frau Borodin stellte sich als Paula vor.

Es war weit nach Mitternacht, als man zurück zum Hotel fuhr und alle vier hatten das Gefühl, eine Freundschaft geschlossen zu haben.

***

Samstagmorgen. Susi und Moritz saßen beim Frühstück und unterhielten sich über das Angebot der Eremitage und den so außerordentlich freundschaftlich verlaufenen Abend.

Moritz meinte: „Nach allem, was wir in Rom investiert haben, sollten wir vorsichtig sein. Andererseits ist dieses Angebot in St. Petersburg einmalig. Was meinst du?“

Susi überlegte einen Moment: „Tatsächlich ist unser Geschäft noch nie so gut gelaufen wie heute. Sicher müssen wir aufpassen, andererseits sollte man das Eisen schmieden, solange es heiß ist.

Wie du selbst gestern Abend gehört hast, hat seine Eminenz Vincenzo Ghirlandi auch hier seine Finger im Spiel.

Michail kannte unsere Bedingungen in Rom und sein Angebot ist der Abklatsch unserer römischen Verträge. In den vergangenen Jahren habe ich gelernt, dass man die Gelegenheit beim Schopf packen soll.

Wir haben in Wiesbaden drei gute Mitarbeiter aus St. Petersburg. Alena wird in Wiesbaden bleiben. Franz ist in Alena verliebt wie ein Primaner und umgekehrt Alena in Franz.

Nach meiner Meinung hat Boris Heimweh. Ich könnte mir vorstellen, dass er eventuell die Galerie und auch ein Atelier in St. Petersburg leiten könnte.

Ja, und Maxim, er ist der große Künstler, heute schon fest mit unserem Unternehmen in Wiesbaden verbunden. Er gehört nach so wenigen Monaten mit zur Führungsriege unserer Unternehmen. Nach meiner Meinung ist er der Spiritus Rector, der hinter dem St. Petersburger Angebot steckt. Ich weiß, dass er bereits darüber nachdenkt, seine Familie nach Wiesbaden zu holen. Er hat sich in der International School in Wiesbaden nach den Bedingungen für seine Kinder erkundigt. Seine Frau spricht gut Deutsch und würde sich in Wiesbaden zurechtfinden.“ Moritz wollte gerade antworten, als eine der Direktorinnen der Eremitage an den Frühstückstisch kam. Moritz bat sie, sich zu setzen, bot einen Kaffee an. Sie war sehr aufgeregt und sprudelte los:

„Maxim ist gestern Nacht überfallen worden. Er ging vom Bus zu seinem Haus, zirka einhundert Meter davor hat man ihn brutal zusammengeschlagen und dann in der Kälte einfach liegen lassen. Nach zwei oder drei Stunden fand ihn ein Nachbar, der mit seinem Hund spazieren ging. Man brachte ihn sofort in ein Krankenhaus. Maxim ist schwer verletzt und stark unterkühlt. Michail ist im Moment bei ihm und bittet Sie, mit mir in das Krankenhaus zu kommen.“

Auf die vielen Fragen, die jetzt Susi und Moritz hatten, wusste die Dame keine Antwort, so dass sich Susi und Moritz entschlossen, sofort mitzukommen.

Sie brauchten fast eine halbe Stunde, um zum Krankenhaus zu fahren. Sie sahen Michail schon unmittelbar nach dem Eingang. Er bat sie zur Seite und begann zu erklären:

„Maxim fuhr mit dem Bus nach Hause, ihr kennt die Gegend, es sind mehr oder weniger Gärten und nachdem er den Bus verlassen hatte, wurde er zirka einhundert Meter vor seinem Haus von drei Männern brutal zusammengeschlagen. Die Männer sagten ihm, das sei die Antwort auf seinen Verrat – mehr nicht.

Wir konnten nicht genau feststellen, wie lange Maxim ohnmächtig auf dem Boden lag. Wir nehmen an zwei Stunden. Dann fand ihn ein Nachbar. Man trug ihn sofort nach Hause. Seine Frau rief die Miliz. Maxim wurde sofort in das Krankenhaus gebracht.

Ich hörte heute Morgen davon und habe umgehend das Ministerium benachrichtigt. Die Beamten sind im Moment bei Maxim. Ich wurde gebeten, Sie zu holen, denn man will auch Sie befragen. Wenn die Befragung vorbei ist, sollten wir beraten, was im Moment am Besten für Maxim ist. Sie können sich vorstellen, er macht sich auch große Sorgen um seine Familie."

Es begann ein lähmendes Warten. Endlich, nach einer halben Stunde kamen die Beamten und baten Michail, Susi und Moritz in ein kleines Zimmer neben dem Empfang. Michail übersetzte. Susi erklärte die ganze Angelegenheit, auch dass es darüber Protokolle geben würde und dass die russische Botschaft in Berlin eingeschaltet wäre. Man nahm das zur Kenntnis und bat sie, am kommenden Tag gegen zehn wieder zur Befragung bereit zu stehen. Michail erreichte, dass das in seinem Büro erfolgen konnte.

Nachdem die Beamten gegangen waren, fand Michail die Ärzte und so erfuhren sie folgendes: Maxim wurde stark unterkühlt eingeliefert. Er hatte schwere Prellungen durch die Schläge und die daraus resultierenden Hämatome am ganzen Körper, die wahrscheinlich erst in den nächsten Tagen besonders stark auffallen werden. Zwei Rippen sind angeknackst und verschiedene Platzwunden mussten genäht werden. Er ist wieder bei Bewusstsein und kann jetzt besucht werden.

Als sie an Maxims Bett kamen, trafen sie auf seine Frau. Sie begrüßten sich sehr ernst.

Maxim wollte lachen, aber das gelang ihm wegen der Schmerzen nicht. So sagte er nur: „So habe ich mir meinen St. Petersburg-Aufenthalt nicht vorgestellt. Tut mir leid."

Susi setzte sich neben Maxim aufs Bett, nahm seine Hand und sagte: „Maxim, jetzt gilt nur eines, wir müssen dir helfen. Wir werden mit deiner Frau, Michail und Moritz beraten, wie wir dich aus dieser Misere herausbringen. Du musst dich jetzt einfach auf uns verlassen.

In drei Stunden sind wir wieder hier und werden dir berichten, was wir tun konnten. Im Moment bist du sicher."

Alle vier fuhren zurück ins Kempinski Hotel und Moritz lud zu einem kleinen Mittagessen ein.

Susi meinte zu Maxims Frau: „Die Kinder sind sicher bei Nachbarn. Ich glaube, beim Essen spricht es sich leichter."

Maxims Frau sagte: „Es ist hier wunderschön, ich bin zum ersten Mal in diesem Hotel. Schade, dass Maxim nicht dabei sein kann."

Sie bestellten das Essen und dann begann Susi: „Maxim ist nicht nur ein Mitarbeiter, er ist auch ein Freund und wir müssen gemeinsam überlegen, wie unsere nächsten Schritte sein müssen. Sobald es die Verletzungen erlauben, bringen wir Maxim in ein entsprechendes Hospital in Wiesbaden. Er soll alle erdenkliche und mögliche Pflege haben. Aber Sie, liebe Frau Pasternak und Ihre Kinder, Ihr seid noch in Gefahr. Ich will mit Wiesbaden telefonieren und versuchen, ob ich ein vorläufiges Einreisevisum für Frau Pasternak und die Kinder erreichen kann."

Hier unterbrach Maxims Frau: „Ich glaube, das ist nicht notwendig. In meinem Reisepass sind auch die Kinder mit eingetragen. So gilt das Visum, das ich zum Besuch der Hochzeit hatte, auch für meine Kinder. Damit kann ich in den nächsten drei Monaten beliebig oft ein- und ausreisen."

Susi erleichtert: „Das nimmt uns schon eine Sorge ab. Trotzdem braucht Maxim für seine Familie ein Visum von unbegrenzter Dauer. Das dürfte sich machen lassen."

Die Vorspeise kam und sie mussten das Gespräch unterbrechen.

Danach fuhr Susi fort: „Wir müssen gemeinsam überlegen, ob es zweckmäßig ist, dass Maxims Frau sofort nach Wiesbaden kommt, um sie vor Schaden zu bewahren.

Ich werde mit unserem Notar sprechen, der seinerseits das Auswärtige Amt verständigen soll. Allerdings, heute ist Samstag und da haben wir wenig Möglichkeiten. Ich habe die Telefonnummer der russischen Botschaft in Berlin dabei. Michail, was hältst du davon, wenn wir versuchen, ihn nachher zu erreichen?"

Michail nachdenklich: „Die Angelegenheit ist weit ernster, als ich annahm. Ich mache folgenden Vorschlag: Nach dem Mittagessen fahren wir noch mal ins Krankenhaus. Maxims Frau wird bei ihrem Mann bleiben wollen. Dann fahren wir in mein Büro und erledigen von dort alles."

Wieder wurden sie unterbrochen, das Hauptgericht kam.

Da die Zeit drängte, nahmen sie nur noch einen Kaffee, verließen das Hotel und fuhren zum Krankenhaus.

Sie waren sehr erstaunt, vor der Tür einen Milizionär zu finden, der ihre Ausweise kontrollierte, sie aber ins Zimmer eintreten ließ.

Maxim war sehr erfreut, seine Frau und die anderen zu sehen. Er sagte: „Tut mir leid, noch nicht mal lachen kann ich. Aber es ist schön, dass ihr da seid."

Nun begann Michail: „Maxim, ich spreche jetzt Deutsch, das ist einfacher. Wir haben uns Folgendes überlegt und wollen nur fragen, ob du und deine Frau damit einverstanden seid. Sobald es gesundheitlich verantwortbar ist, fliegst du nach Wiesbaden. Deine Frau und die Kinder fliegen mit dir. Dein Zimmer wird bewacht, damit du einen weiteren Überfall nicht zu befürchten brauchst. Soweit mir gesagt wurde, wird man auch deine Datsche bewachen. So sind wenigstens für die nächsten Tage du, deine Frau und deine Kinder sicher. Wir fahren von hier in mein Büro und Susi oder Moritz werden die Behörden in Deutschland benachrichtigen. Außerdem wollen Susi und ich den russischen Botschafter in Berlin anrufen. Maxim, bist du damit einverstanden?"

Maxim ziemlich leise: „Danke euch allen. Ihr macht das schon richtig. Ich glaube auch, dass es besser ist, jetzt nach Deutschland zu fliegen."

Hier unterbrach Michail: „Maxim, als du uns gestern verlassen hast, wie hast du die Eremitage verlassen? Durch welchen Ausgang?"

Maxim: „Michail, wieso? Ich bin mit Igor nach draußen gefahren und er hat mich zur Busstation gebracht. Meinst du, man hat mich verfolgt?"

Michail: „Das weiß ich noch nicht. Aber sei ganz sicher, ich werde es herausfinden. Wer wusste davon, dass du mit Igor nach draußen fuhrst?"

Maxim: „Ja, eigentlich nur dein Büro und Igor. Sonst niemand. Noch nicht einmal du, Moritz oder Susi haben was davon mitbekommen. Ist das so wichtig?"

Michail: „Ich glaube schon. Werde dir morgen erzählen, was ich herausgefunden habe. So, und jetzt lassen wir dich mit deiner Frau allein."

Susi: „Maxim, du kannst dich darauf verlassen, dass wir alles tun werden, um dich zu beschützen. Eine Wohnung in Wiesbaden werden wir finden. Mache dir keine Gedanken. So was geht auch kurzfristig.

Außerdem, Prem und Petra wollten dieses Wochenende umziehen. Da wird der 4. Stock zumindest kurzfristig frei. Also, wir finden da eine Lösung. Schlaf dich erst mal gesund."

Moritz gab Maxim die Hand: „Maxim, wir helfen, sei ganz sicher."

Sie verabschiedeten sich. Michail, Susi und Moritz fuhren in Michails Büro.

Michails Büro war verwaist. So machte Michail für alle einen Tee und begann: „Ich weiß schon seit zwei Jahren, dass ich eine undichte Stelle innerhalb meines Büros habe. Aber ich konnte nie genau sagen, wer es war. Ihr könnt euch doch auch erinnern, als Maxim ging, saßen die beiden Direktorinnen noch mit uns zusammen. Maxim ging nach draußen ins Vorzimmer. Dort waren nur noch eine Dame und Igor. Mein Verdacht: Die Vorzimmerdame wusste, dass Igor Maxim zur Busstation fahren würde. Igor kam gleich wieder zurück, um mich und die beiden Direktorinnen zu fahren. Nur meine Vorzimmerdame hatte Gelegenheit, jemanden zu informieren, dass Maxim mit dem Bus nach Hause fuhr. Eigentlich eine unbedeutende Sache. Aber all die Kleinigkeiten, die in den letzten zwei Jahren passiert sind und die nur ein Informant wissen konnte, lassen in mir den Verdacht zur Gewissheit werden, meine Vorzimmerdame, der ich so vertraute, ist diese Informantin. Das erklärt dann auch, woher sie ihr Auto hat oder wieso sie sich eine solch luxuriöse Wohnung leisten kann. Ich muss blind gewesen sein. Jetzt muss man es nur noch nachweisen und das wird schwierig."

Susi unterbrach: „Michail, wenn du schon so weit bist, der Rest wird sich dann ergeben. Wenn man weiß, wo die Feinde sind, dann kann man sie auch vernichten."

Susi kramte in ihrer Tasche und fand ihr Telefonbüchlein. Schnell fand sie die Privatnummer des russischen Botschafters in Berlin. Sie rief an und hatte ihn direkt am Apparat. Sie erklärte ihm die Angelegenheit, auch dass sie in St. Petersburg und im Moment in Michail Borodins Büro war. Er lachte nur und bat Susi, den Hörer an Michail weiterzugeben. Es folgte ein langes Gespräch in russischer Sprache. Anscheinend verstanden sich die beiden Herren gut, denn sie lachten viel. Dann gab Michail den Hörer zurück an Susi: „Hallo, Exzellenz, leider habe ich kein Wort von Ihrem Gespräch verstanden. Glauben Sie, Sie können uns helfen?“

„Frau Kaiser, machen Sie sich keine Gedanken. Ich werde sofort Moskau anrufen und alles Entsprechende in die Wege leiten. Nehmen Sie ruhig Herrn Pasternak und seine Familie mit nach Wiesbaden. Da kann man in Ruhe abwarten.

Ich werde auch mit dem deutschen Auswärtigen Amt in Berlin telefonieren und auch das Bundeskriminalamt in Wiesbaden anrufen. Michail hat mir schon gesagt, er hat einen Anhaltspunkt und wenn wir den haben, dann haben wir auch den Rest.

Außerdem will ich einen Besuch in einer Galerie in Berlin-Neukölln machen. Mal sehen, wie viele alte Ikonen die schon wieder geschmuggelt haben. Wir kriegen die Brüder. Nur zu Ihrer Information, ich kenne Michail und Paula sehr gut, es sind honorige Leute. Wenn Sie mit der Eremitage ins Geschäft kommen, so haben Sie außergewöhnlich gute Geschäftspartner.“

Susi verabschiedete sich und sagte zu Michail: „Ich werde nur noch schnell unseren Notar anrufen, um unsererseits alles Notwendige zu veranlassen.“

Auch hier hatte Susi wieder Glück. Sie erreichte Dieter Zeiser, erzählte ihre Schwierigkeiten und bat ihn, das Bundeskriminalamt und auch das Auswärtige Amt zu verständigen.

Susi rief noch Anton an, um ihn über die Geschehnisse zu informieren. Dann sagte Michail: „Darf ich euch beide so gegen 19 Uhr abholen? Paula und ich würden uns freuen, wenn wir euch zu uns nach Hause einladen könnten.“

Solingen

Den ganzen Samstagmorgen saßen Mike und Erich zusammen und überlegten, wie sie den Ausfall der gestohlenen Militaria wieder wettmachen könnten. Die Produktion der Orden und Ehrenzeichen aus dem Dritten Reich war noch nicht angelaufen. Auch das musste geklärt werden. Um 12 Uhr riefen Hilde und Vera zum Mittagessen.

Nach dem Essen sagte Hilde: „So wie gestern Abend entkommt ihr mir nicht. Ich will endlich wissen, was ist in Wuppertal gewesen?"

Mike lachte: „Dir kann man nicht entwischen. Eigentlich war es ein ganz vernünftiges Gespräch. Herr Gerkan macht einen seriösen Eindruck und ich glaube, er ist auch der Galerie Kaiser gut gesonnen. Allerdings bat er mich, dir zu sagen, dass er bedaure, dich belogen zu haben. Er weiß, wo Wolfgang Zeller ist, hat ihm aber sein Ehrenwort gegeben, diese Adresse nicht preiszugeben. Er ist bereit, uns die Adresse zu geben, wenn wir einen entsprechenden richterlichen Beschluss haben. Dagegen kann man nichts sagen. Das kann viele Ursachen haben. Meistens hängen sie mit einem weiblichen Rock zusammen oder mit finanziellen Schwierigkeiten. Ansonsten hat er mir noch die Liste der ehemaligen Studienkollegen mitgegeben. Die gebe ich dir nachher."

Hilde ganz trocken: „Na, der hat mich belogen. Wieso hat der mir nicht auch das gesagt, was er dir sagte? Ich werde mich mal an Herbert Wagner wenden. Wenn Wolfgang Zeller in Deutschland ist, dann kriegt der das raus. Ich rieche förmlich, dass da was nicht stimmt. Ihr könnt mich alle für bescheuert halten, aber wenn wir Wolfgang Zeller finden, kriegen wir auch Heinz."

Erich etwas verhalten: „Hilde, du verbeißt dich da in etwas, wofür du keinerlei Beweise hast. Die Antwort, die Gerkan gegeben hat, die leuchtet ein. Ich kann mir nicht vorstellen, dass der eine Bilderrahmenfabrik hat und zusammen mit Heinz hier Militaria stiehlt.

Erst mal sollten wir abwarten, was die Polizei meint und was die herausfindet."

Hilde jetzt ernst: „Und welchen Weg schlägst du vor? Willst du einen Wudu-Zauberer bestellen und dir weissagen lassen, wo unsere Sachen sind? Oder einen Schäferhund kaufen, damit der die Spur verfolgt?"

Jetzt schritt Mike ein: „Hilde, natürlich hast du Recht. Aber es ist erst ein paar Tage her, dass die Sachen gestohlen wurden. Ich weiß, die Zeit drängt, aber noch nicht mal die Versicherung hat eine Prämie ausgelobt. So lange kein Geld für Recherchen vorhanden ist, so lange sind mir die Hände gebunden. Recherchen dieser Art kosten viel Geld."

Hilde: „Mike, ich kann eure Ruhe nicht ganz verstehen. Jeder Tag der ins Land geht, vermindert die Möglichkeiten, die Waren wiederzufinden. Ich glaube nicht, dass der liebe Heinzi die irgendwohin legt und darauf wartet, bis wir kommen, um sie uns wieder zu holen. Bei Bildern ist das anders. Die kann man nicht sofort verkaufen, aber bei Militaria gibt es einen interessierten Markt. In Deutschland dazu noch einen Schwarzmarkt. Das Zeug darf hier nicht verkauft werden, umso interessanter ist es.

Ihr geht wieder an eure endlosen Rechenschlangen. Ich weiß, das muss gemacht werden, aber spätestens zum Aperitif will ich euch sehen und mit euch diskutieren, was wir unternehmen. Ich weiß auch, dass wir möglicherweise in der falschen Richtung suchen, aber das ist immer noch besser, als gar nichts zu tun.

Mike lachte laut: „Armer Erich, so eine Frau hast du geheiratet, die ist ja schlimmer als die Polizei erlaubt."

Hilde: „Mike, Erich, fort aus meinen Augen, bis zum Aperitif will ich euch nicht mehr sehen!" Hilde lachte lauthals.

Es wurde ein arbeitsamer Samstagnachmittag und alle waren froh, sich um 18 Uhr zum Aperitif zu sehen.

Hilde wollte gerade anstoßen, als das Telefon klingelte.

Anton war am Apparat. Nach dem ersten Satz schaltete Hilde den Lautsprecher ein, damit alle mithören konnten.

So erfuhren sie, dass Maxim in St. Petersburg zusammengeschlagen wurde und schwer verletzt in einem Krankenhaus lag. Anton erzählte, dass Maxim und Familie nach Wiesbaden kommen würde, sobald er transportfähig sei.

Obwohl Hilde fragte, wie schwer Maxims Verletzungen waren, konnte Anton nichts weiter sagen, er wusste auch nicht mehr.

Hilde, in ihrer Art: „Das ist so typisch Galerie Kaiser. Immer was los. Maxim, tut mir leid. Hoffentlich hat er keine bleibenden Verletzungen."

Es gab noch eine sehr lange Diskussion über den St. Petersburger Vorfall und alle hofften, dass es Maxim bald besser gehen würde.

Sie unterhielten sich dann noch lange über den Diebstahl in Wuppertal und am Ende sagte Mike: „Hilde, dein Feind möchte ich nicht sein – der hat ganz, ganz schlechte Karten. Aber abgemacht, du kümmerst dich bei Herbert Wagner um die Adresse von Wolfgang Zeller."

***

St. Petersburg

Ein schöner, klarer, aber kalter Sonntagmorgen im Februar. Susi und Moritz hatten gut gefrühstückt und sich noch über den netten Abend bei Michail und Paula unterhalten. Dann gingen sie zu Fuß zur Eremitage, wo sie um 10 Uhr mit Michail und der Polizei verabredet waren.

Man hatte sie schon erwartet. Zu Susis Erstaunen sah sie neue Gesichter und einer der Beamten sprach ein ausnehmend gutes Deutsch. Nach der Begrüßung sagte dieser: „Wir bedauern die Unannehmlichkeiten. Leider müssen wir ein paar Fragen an Sie richten. Sind Sie damit einverstanden?“ Als die beiden bejahten, begann er: „Sie wissen, was vorgefallen ist, so kann ich direkt zur Sache kommen: Herr Maxim Pasternak ist bei Ihnen in Deutschland angestellt?“

Susi erklärte: „Wir sind ein Verein und bei diesem Verein ist Herr Pasternak freier Mitarbeiter mit festen Bezügen. Er hat eine Aufenthalts- und Arbeitsgenehmigung.“

Der Beamte: „Wussten Sie von der Bedrohung des Herrn Pasternak?“

Susi: „Wir wissen davon seit Mitte des letzten Jahres. Das war auch der Grund seiner Bewerbung bei uns.“

Der Beamte nahm aus seiner Mappe ein Fax, reichte es Susi und fragte: „Ist das das Dokument?“

Susi nahm es entgegen und bestätigte die Richtigkeit.

Der Beamte fragte: „Werden Sie trotz des Vorfalls Herrn Pasternak weiterbeschäftigen?“

Susi lächelte: „Herr Pasternak ist unser freier Mitarbeiter. Er kann selbstständig entscheiden, was er machen will. Wir würden es sehr bedauern, wenn wir ihn als Mitarbeiter verlieren würden. Herr Pasternak ist bei uns in einer privaten Krankenversicherung, er kann jederzeit in ein Krankenhaus seiner Wahl gehen, gleich wo.“

Der Beamte: „Wenn Herr Pasternak mit seiner Familie nach Deutschland kommen will, würden sie ihn aufnehmen?“

Susi lachte: „Er und seine Familie sind uns immer willkommen. Im Moment hat Herr Pasternak ein unbefristetes Visum und seine Familie ein Visum für drei Monate. Ich könnte mir vorstellen, dass aufgrund der Vorkommnisse auch ein längerfristiges Visum für die Familie, das heißt für seine Frau und seine Kinder erteilt wird.“

Der Beamte: „Hat man Sie auch schon bedroht?“

Susi ernst: „Gott sei Dank – nein, aber sollten diese Leute so etwas wagen, so werden wir uns zu wehren wissen. Wir haben das Bundeskriminalamt eingeschaltet.“

Der Beamte: „Ich danke Ihnen für die Auskünfte. Diese decken sich mit unseren Unterlagen. Würden Sie uns jetzt vielleicht noch fünfzehn Minuten alleine lassen, wir möchten mit Direktor Borodin noch etwas besprechen. Vielleicht können Sie so lange im Vorzimmer warten? Haben Sie herzlichen Dank.“

Susi und Moritz begaben sich nach draußen. Sie mussten keine zehn Minuten warten, bis die Herren gingen und sie waren wieder allein mit Michail.

Michail lachte: „So, jetzt kommt Bewegung in die Sache. Die hiesige Polizei ist aus der Sache raus. Die Staatssicherheit hat übernommen. Das wollte ich die ganze Zeit schon. Was ihr nicht wissen könnt, der russische Botschafter in Berlin ist ein sehr guter Freund von mir. Er hat mir gestern versprochen, sich um die Sache zu kümmern und das hat er auch sofort getan. Ich glaube meine Vorzimmerdame wird heute keinen schönen Sonntag haben. Aber jetzt sollten wir die Angelegenheit der Staatssicherheit überlassen. Diebstahl von Staatseigentum ist kein Kavaliersdelikt. Wenn es die gleiche Gruppe ist, die ich vermute, so operieren die von Moskau, St. Petersburg, Minsk und Berlin aus. Eine gefährliche Mafia. Sollten diese Leute sich mit euch in Verbindung setzen, äußerste Vorsicht. Sie schrecken vor nichts zurück. Bitte, informiert mich, wenn sich irgendetwas ereignet. Vielleicht kann ich von hier aus helfen. Ihr habt uns gestern Abend gesagt, dass ihr unbedingt morgen fliegen müsst. Ich kann euch heute leider nicht mehr zur Verfügung stehen, da ich mir heute Nachmittag mit der Staatssicherheit unsere Unterlagen hinsichtlich der Diebstähle ansehen muss.

Ich habe unsere Direktorin, die ihr freundlicherweise zu eurer Hochzeit eingeladen hattet, gebeten, euch das Gebäude zu zeigen, das wir für die Galerie Kaiser gedacht haben, dann soll sie euch noch in die Eremitage führen, soweit noch Zeit dazu ist. Außerdem wollt ihr sicher Maxim noch mal besuchen. Für die Zeit eures Aufenthaltes, leider nur bis morgen, steht euch Igor zur Verfügung. Er wird euch auch zum Flughafen bringen."

Es klopfte und die Direktorin der Eremitage kam herein, begrüßte Michail, Susi und Moritz und sagte dann: „Ich freue mich, Ihnen die Räume der Galerie Kaiser in St. Petersburg zeigen zu dürfen. Außerdem wäre es mir eine Freude, wenn ich Ihnen wenigstens einen kleinen Einblick in die Sammlungen der Eremitage vermitteln könnte."

Susi und Moritz bedankten sich sowohl bei Michail als auch bei der Direktorin der Eremitage.

Zum Abschied sagte Michail: „Ihr werdet wieder in das Hotel zurückgebracht. Paula und ich holen euch um kurz vor 20 Uhr ab. Paula meinte, wenn wir schon am Wasser sind, sollten wir auf einem Schiff essen. Wir haben für kurz nach 20 Uhr einen Tisch im Terrace bestellt. Ein modernes Restaurant auf der Fregatte »Fliegender Holländer«. Wir hoffen, es wird euch gefallen."

Susi und Moritz bedankten sich und verabschiedeten sich von Michail. Im Vorzimmer trafen sie Igor und sie gingen zusammen zum Wagen.

Unweit der Eremitage erreichten sie ein außen neu verputztes Gebäude im Jugendstil. Es war mehrgeschossig, die Direktorin bat Igor das große Tor zu öffnen.

Sie traten in eine große Einfahrt. Zu beiden Seiten gab es Eingangstreppen in das Haus. Geradeaus erreichte man einen kleinen Hof und danach ein dreigeschossiges Hinterhaus. Beide Häuser unterkellert.

Beide Häuser hatten Zentralheizung. Die Räume waren sehr groß aber alle leer. Türen und Fenster in einem einwandfreien Zustand. Es war nicht zu übersehen, dass das Gebäude erst vor kurzem renoviert wurde. Anscheinend als Museum geplant. Alle Innenräume in einem tadellosen Weiß gestrichen. Ebenso die Stuckdecken. Das Hinterhaus hatte keine Stuckdecken, die Räume waren etwas niedriger. Die Direktorin übergab Moritz eine Akte mit den Plänen des

Hauses und einem Lageplan innerhalb der Stadt St. Petersburg. Alles sehr gut vorbereitet.

Dazu sagte sie: „Wie Sie selbst gesehen haben, diese Lage am Museumsufer ist einmalig. Wir werden dafür sorgen, dass die Busse vor dem Gebäude parken können. Ein idealer Platz für eine Galerie, die sich mit dem Verkauf von Kopien unserer Kunstwerke befasst. Ich habe Ihre Galerien in Wiesbaden gesehen, wenn Sie das Gleiche hier präsentieren, werden Sie sehr großen Erfolg haben. Hunderttausende von Besuchern sind jedes Jahr in unseren Museen. Sehr viele fragen, wo man Kopien dieser Gemälde kaufen kann.

Wenn Sie hier eröffnen würden, wäre das ein enormes Geschäft. Sie werden sehen, es wird anfangs Lieferschwierigkeiten geben. Ich will Ihnen nicht zu viel versprechen, aber allein der Markt innerhalb Russlands ist so groß, dass Sie Schwierigkeiten haben werden, genügend Kopien zu fertigen. Ich habe mir genau angesehen, wie in Ihren Ateliers gearbeitet wird. Ihre Bilder leben, Ihre künstlerische Gestaltung der Kopien verleiht Ihren Exponaten die Aura, die ein Kunstwerk braucht. Darauf können Sie stolz sein. Auch eine Kopie kann ein Kunstwerk sein. Die Ihren sind es."

Susi bedankte sich für die netten Worte und sagte dann: „Bevor wir in die Eremitage gehen, sollten wir vielleicht etwas essen. Dürfen wir Sie einladen?"

Die Direktorin begeistert: „Ich weiß da ein ganz einfaches italienisches Restaurant »Da Albertone« in unmittelbarer Nähe der Eremitage, es gibt dort vierzig verschiedene Pizzasorten und viele Nudelgerichte und es geht ganz schnell. Igor kann uns hinbringen."

Susi: „Dürfen wir Igor auch dazu einladen? Er muss doch auch was essen?"

Sie waren sich schnell einig, dass man zu viert zu Tisch gehen würde. Es war ein einfaches Lokal, aber sie bekamen einen schönen Tisch und nachdem sie bestellt hatten, sagte Susi zu der Direktorin der Eremitage:

„Ich weiß, Sie sind uns schon mehrfach vorgestellt worden, den Vornamen weiß ich, aber den Nachnamen habe ich mir nicht gemerkt. Würden Sie ihn noch mal sagen?“

Die Direktorin der Eremitage lachte: „Mir geht das mit den Namen bei der Vorstellung auch immer so. Ich heiße Olga Waganowa – wie die große russische Tänzerin. Aber bitte, sagen sie einfach Olga zu mir. Jeder nennt mich so.“

Susi bedankte sich und sagte: „Wir sind bei unseren Unternehmen fast alle per Du. Ich bin Susi und mein Mann Moritz. Das ist dann einfacher für uns alle.“

Zwischenzeitlich war der Rotwein gekommen und sie stießen auf das Du an.

Dann erzählte Olga: „Ich habe mich bei euch in Wiesbaden sehr wohl gefühlt, euer Anton hat mir alles erklärt und gezeigt und auch seine Frau Erika war sehr liebenswürdig. Ich vermute doch richtig, dass Antons Frau die Tochter von Moritz ist?“

Susi lachte und Moritz erklärte Olga ausführlich die Familienzusammenhänge.

Sie hatten sich bei der Bestellung für ein Nudelgericht entschieden, das jetzt kam und alle aßen mit großem Appetit.

Nach dem Essen sagte Olga: „Bevor wir in die Eremitage gehen, darf ich euch noch etwas über uns und unsere Mitarbeiter erzählen. Wir beschäftigen hier viele Kunstwissenschaftler und auch viele Künstler, die sich vor allen Dingen als Restauratoren betätigen. Wir sind alle nicht hoch bezahlt. Bevor Michail hier war, mussten wir oft Monate auf unser Geld warten. Aber ohne eine zweite Einnahmequelle kann hier niemand überleben. Das weiß auch Michail. Er konnte sehr gut verstehen, warum Alena, Maxim und Boris nebenher Ikonen fertigen mussten. Als das nicht mehr möglich war, hatte er auch Verständnis dafür, dass sie zu euch nach Wiesbaden gingen. Soweit ich weiß, hat Paula euren Katalog in Berlin beschafft und somit den dreien die Möglichkeit gegeben, sich bei euch zu bewerben.

Ich habe mich in Wiesbaden sehr lange mit Alena, Maxim und Boris unterhalten, auch Franz und Hugo haben bestätigt, dass die Art und Weise, wie ihr die Künstler entlohnt, ein sehr faires System ist. Ich habe mich auch lange mit Jens unterhalten, er macht die Buchhaltung und er hat mir die Verträge erklärt. Wenn Ihr die Galerie hier in St. Petersburg übernehmen würdet, so hättet ihr innerhalb kürzester Zeit die besten Künstler der Welt für eure Exponate. Es geht dabei nicht nur um Gemälde, die sind nur ein Teil unserer Kunstwerke. Allein die Sammlung an Sonnenuhren, die Peter der Große gesammelt hat, bietet ein unendliches Feld, solche außergewöhnlichen Stücke zu reproduzieren. Wir haben hier **Bronzeobjekte** von den Ausgrabungen in Zentralasien, die einmalig sind. Unsere **griechisch-orientalische Goldsammlung** zeigt wertvolle Gefäße der Mogulen und auch iranische Waffen. Unsere Sammlung **mittelalterliche Kunst** wie Ikonen und Kirchenutensilien ist einmalig. Maxim ist ein Spezialist auf diesem Gebiet. Wir haben einer der größten Sammlungen **prähistorischer Kunst.** Die **antike Kunst** ist in allen Varianten vertreten. Ich könnte jetzt Stunden darüber reden.

Die **orientalische Kunst** ist fassettenreich vertreten. Die **russische Kunst**, die **italienische und spanische**, die **flämische, niederländische und deutsche Kunst**, die **französische und englische** und die **europäische Kunst des 19. und 20. Jahrhunderts** sind in allen Variationen vorhanden.

Ich kann euch nachher nur einen ganz kleinen Teil zeigen. Für jede der vorgenannten Abteilungen haben wir eigene Kunstwissenschaftler und Restauratoren. All diese Leute würden sich darum reißen, bei euch zu arbeiten.

Ich habe in Wiesbaden gesehen, wie eure Künstler arbeiten, welche Möglichkeiten sie haben und mit welcher Begeisterung sie bei der Sache sind. Ich bin überzeugt, bei der Eröffnung einer St. Petersburger Galerie hättet ihr eine Mannschaft, auf die ihr euch verlassen könnt.

Ich habe im Laufe meiner Berufslaufbahn eine große Anzahl an Ateliers gesehen, die, ähnlich wie ihr, Kopien gefertigt haben, aber in keinem Atelier konnte man den Geist des Perfektionismus so spüren wie bei euch. Jeder bemüht sich, ein makelloses und vollendetes Kunstwerk abzuliefern. Das haben mir auch Alena, Maxim und Boris bestätigt."

Susi bedankte sich für Olgas Vortrag, zahlte und sie gingen zu Fuß in die nahe Eremitage.

Auf dem Weg zur Eremitage fragte Susi: „Olga, meinst du, ich könnte in Wiesbaden anrufen, um Anton zu fragen, ob das mit der Wohnung für Maxim geklappt hat?"

Olga: „Aber selbstverständlich, ich habe in meinem Büro eine Gegensprechanlage, kommt, dahin gehen wir jetzt."

Sie mussten zwar über viele Treppen und Gänge laufen, bevor sie Olgas Büro erreichten, aber Olga schien froh zu sein, ihr kleines, aber nettes Büro zeigen zu dürfen.

Susi gab Olga die Telefonnummer und Olga wählte an:

(Erika) Erika Jonas?

(Susi) Hi, Erika, ich bin's, ist Anton da?

(Erika) Schön, dass du anrufst. Wie geht's Maxim?

(Susi) Weiß ich noch nicht. Wahrscheinlich schimmert er heute in allen Farben, wir fahren erst in zwei oder drei Stunden zu ihm. Deshalb will ich auch Anton haben.

(Erika) Ja, warte, ich hole ihn. – Ciao, Susi.

(Anton) Hi, Susi, wie geht's Maxim?

(Susi) Hi, Anton, hab ich schon Erika erzählt, wir fahren erst in zwei oder drei Stunden zu Maxim. Deshalb rufe ich auch an. Konntest du etwas über die Wohnung herausfinden, Maxim will das sicher wissen.

(Anton) Prem, Petra und die Kinder ziehen übermorgen, am Dienstag um. Also, ab Ende der kommenden Woche steht die Wohnung zur Verfügung. Ich habe lange mit Prem darüber gesprochen. Prems Nachbarhaus steht zur Versteigerung. Es ist seinerzeit mit Prems Haus versteigert worden.

Jedoch hat der Käufer die Zahlungen verweigert. Ich will morgen mit Dieter sprechen, der soll sich beim Amtsgericht erkundigen, zu welchen Konditionen das Haus eventuell gekauft werden kann. In jedem Fall kann Maxim jetzt jederzeit kommen. Wir finden eine Zwischenlösung, wenn es sofort sein muss. Alle wollen helfen, macht euch keine Gedanken. Wann immer Maxim transportbereit ist, soll er sofort mit Familie kommen. Wie geht's dir und Moritz? Wo seid ihr im Moment?

(Susi) Wir sind in Olgas Büro. Wir wollen uns noch etwas in der Eremitage ansehen, bevor wir zu Maxim fahren. Moment, ich gebe dir Olga, sie winkt.

(Olga) Hallo, Anton. Ich will nur Grüße sagen, auch an Erika. Ich habe schon gehört, Sie kommen nächste Woche hierher. Wir freuen uns auf Sie und Ihre Frau. Moment, ich gebe den Hörer zurück an Susi.

(Susi) Wir kommen morgen Nachmittag planmäßig um 15:25 Uhr in Frankfurt an. Wir haben Einiges zu berichten und es wäre schön, wenn das Gremium am Dienstag um 10 Uhr zusammentreten könnte.

Wir brauchen eine Entscheidung des Gremiums, bevor du nach St. Petersburg fliegst. Nur zu deiner Information, die Eremitage macht uns einen fast identischen Vorschlag wie der Vatikan. Wir sollten morgen Abend beim Aperitif darüber sprechen. Grüße alle herzlich, auch Grüße von Moritz. Ciao Anton.

(Anton) Susi, noch mal Grüße von Erika und sie flüstert mir zu, dass ich Olga herzlich grüßen soll. Tschüss.

Als Susi aufgelegt hatte, bedankte sie sich herzlich bei Olga und berichtete kurz, dass die Wohnung für Maxim und die Familie im Moment kein Problem wäre und bestellte Grüße von Erika. Sie verließen Olgas Büro, gingen eine Treppe nach unten, durch die prächtigen, überwältigenden **Raffael-Loggien** und Olga erklärte: „Katharina die Große war so beeindruckt von den Raffael-Fresken im Vatikan, dass sie anno 1787 Kopien davon auf Leinwand in Auftrag gab. Dabei wurde zum Beispiel das Wappen des Papstes durch den zweiköpfigen Adler der Romanows ersetzt. Ihr seht, es gab auch damals schon fantastisch gute Kopisten."

Sie besichtigten weiter und Olga meinte nur: „Es ist eine Schande, mit euch einfach so durch diese Räume zu laufen. – Aber hier seht! **»Madonna Litta«**, ein Meisterwerk **Leonardo da Vincis,** zirka **1491**. Olga verwies auf einen **Rembrandt – »Abrahams Opfer«,** zirka **1635**.

„Weiter ging es im Eiltempo und Olga verwies auf ein Bild und sagte: „Ein **Michelangelo, »Der Lautenspieler«,** zirka **1573-1610**."

Im Weitergehen meinte Olga: „Ich bin jetzt schon so viele Jahre hier, aber noch nie habe ich unsere heiligen Hallen in einem solchen Tempo passiert" – und schon wieder zeigte sie auf ein Bild: „Hier seht, ein **Lucas Cranach d. Ä., »Venus und Cupido«,** zirka **1509**".

Sie eilten weiter und plötzlich blieb Olga vor einem Bild stehen und begann zu erklären:

„Ihr könnt euch doch erinnern, dass man 1982 auf dieses einmalige Bild, **Rembrands »Danae«** ein Säureattentat verübte. Man hatte damals angenommen, dieses Bild sei für immer verloren. Unsere Wissenschaftler in der Eremitage haben das Bild vollständig wiederhergestellt. Schaut es euch an, ist es nicht herrlich?"

So ging es weitere zwei Stunden lang, dann sagte Susi: „Olga, ich weiß, wir haben keine Zeit und sollten trotzdem alles sehen. Aber ich kann nicht mehr. Außerdem glaube ich, es ist Zeit, zu Maxim zu fahren."

Sie einigten sich relativ rasch, suchten Igor mit dem Auto und fuhren direkt von der Eremitage zu Maxim ins Krankenhaus. Immer noch saß der Milizionär vor Maxims Krankenzimmer. Er prüfte die Ausweise und ließ sie ins Zimmer.

Maxim hatte sich verfärbt. Er sah mit seinen dunklen Hämatomen nicht besonders gut aus. Er konnte sich auch kaum bewegen.

Nach einer ersten Begrüßung setzte sich Susi zu ihm aufs Bett und fragte: „Maxim, hast du starke Schmerzen?"

Als dieser nickte, fragte sie weiter: „Kannst du langsam reden?" Von Maxim kam ein schwaches „Ja".

„Okay", sagte Susi, „ich erzähle dir ganz langsam das Wesentlichste in Kurzform. Wir haben für dich vorübergehend eine Wohnung. Prem und Petra ziehen übermorgen um und dann ist diese Wohnung frei.

Mit dem Aufenthaltsvisum für deine Frau und die Kinder sehe ich nach diesem Anschlag auf dich keine Schwierigkeiten mehr. Darüber brauchst du dir keine Gedanken machen.

Ist deine Frau bereit, sofort mit dir nach Wiesbaden zu kommen?" Maxim nickte.

Susi fuhr fort: „Maxim, du bist im Moment noch nicht transportfähig. Ich nehme an, das wird sich in ein paar Tagen ändern. Am kommenden Mittwoch kommen Anton und Erika nach St. Petersburg. Sie fliegen am kommenden Sonntag, also heute in einer Woche zurück. Ich werde vorsichtshalber für dich, deine Frau und die Kinder in der gleichen Maschine die entsprechenden Plätze reservieren. Solltest du noch nicht fliegen können, dann müssen wir verschieben. Das ist kein Problem. Bist du damit einverstanden?"

Wieder nickte Maxim.

„Das, was ich dir jetzt sage, ist unerheblich und nur zu deiner Information. Michail hat der Galerie Kaiser ein Angebot gemacht, das dem des Vatikans sehr ähnelt. Ich könnte mir vorstellen, dass wir das annehmen. Aber das hat nichts mit dir zu tun. Sowohl Michail als auch der russische Botschafter und wir sind der Meinung, dass du in jedem Fall die nächste Zeit in Wiesbaden bleiben solltest."

Ganz leise und langsam sprach Maxim: „Michail war heute Nachmittag mit Vernehmungsbeamten hier. Man hat einen Verdacht, dass die eine Vorzimmerdame die Informantin sein könnte. Man hat auch den Verdacht, dass eine Galerie in Berlin etwas damit zu tun haben könnte. – Kommt ihr noch mal, bevor ihr morgen fliegt?“

Suse beruhigend: „Maxim, ganz sicher. Kommt deine Frau morgen Vormittag auch?“

Maxim nickte: „Ja, morgen Früh will sie hier sein.“

Susi: „Das ist schön, dann können wir morgen noch mal über alles sprechen. Ich glaube, du solltest jetzt schlafen.“

Susi, Olga und Moritz verabschiedeten sich von Maxim und fuhren mit Igor zurück ins ‚Kempinski Hotel'.

Sie luden Olga noch zu einem Drink ein, aber sie entschuldigte sich: „Susi, Moritz, tut mir leid, aber ich muss wieder mal nach Hause. Ich hole euch morgen Früh mit Igor um neun ab. Es ist am Besten, ihr checkt vorher im Hotel aus. Wir nehmen dann das Gepäck gleich mit zu Maxim und fahren von dort zum Flughafen.“

Susi und Moritz waren damit einverstanden. Olga verabschiedete sich und Susi und Moritz gingen auf ihr Zimmer, um sich frisch zumachen.

Susi und Moritz kamen kurze Zeit später in die Lobby des Hotels, Paula und Michail waren gerade gekommen. Sie nahmen noch einen Drink an der Bar und fuhren dann vom Hotel, vorbei an der Eremitage über die ‚Dvorstsovyy Brücke' zum modernen ‚Terrace Restaurant' auf der Fregatte »Fliegender Holländer«.

Sie bekamen einen herrlichen Tisch an einem offenen Kamin und genossen die Aussicht auf das abendliche St. Petersburg.

Michail übernahm die Bestellung des Menüs und die Unterhaltung kam schnell in Gang.

Michail erzählte: „Wir sind heute Nachmittag ein ganzes Stück weitergekommen. Meine Vorzimmerdame hat sich viel Ärger erspart. Sie hat gleich geredet. Das hat ihr

Untersuchungshaft erspart. Ein Gerichtsverfahren wird ihr nicht erspart bleiben. Sie hatte nur mit zwei Personen Kontakt. Eine davon ist bereits verhaftet. Sie wurde für jede Information mit Geld entlohnt. Dass ich sie fristlos kündigen musste, war sowieso klar. Mal sehen, ob sich der Mann auch zum Reden entschließt. Ich hoffe es für ihn, ansonsten wird es ihm nicht besonders gut ergehen. In den nächsten Tagen werde ich viel zu tun haben. Wir müssen unsere Sicherheitsanlagen verändern. Das kostet uns viel Arbeit und Geld."

Moritz fragte dazwischen: „Kennen die Gauner die Codes, die Schaltzeiten und das System?"

Michail: „Schlimmer, nicht nur die Codes, die Sicherheitszeiten und das System, sie besitzen auch Kopien aller Schließanlagen. Ich bin mir ganz sicher, dass wir erst die Spitze des Eisberges an Diebstählen entdeckt haben. In unseren Lagern und Museen haben wir rund 2,7 Millionen Exponate gelagert. Mir ist jetzt schon angst und bange, was die Inventuren ans Tageslicht bringen. Ich glaube, euer Bundeskriminalamt wird viel in Berlin zu tun kriegen."

Moritz fragte zurück: „Michail, wieso in Berlin, die Diebstähle waren doch in St. Petersburg?"

Michail ernst: „Wir nehmen an, dass die gestohlenen Ikonen und Gemälde von hier sofort nach Berlin gebracht wurden. Von dort aus gehen diese Sachen in alle Welt. Es ist die einfachste Sache der Welt, Kunstgegenstände von St. Petersburg nach Deutschland zu schmuggeln."

Michail hatte ein köstliches Abendessen für sie zusammengestellt und sie unterhielten sich, wie am gestrigen Abend, ganz ausgezeichnet.

„Paula", sagte Susi, "Olga hat uns erzählt, dass du Alena unseren Katalog besorgt hast, mit dem sie sich bei uns beworben hat. Stimmt das?"

Paula lachte: „Richtig, ich konnte das Elend der drei nicht mehr mit ansehen. Ich habe meine Mutter in Potsdam gebeten, verschiedene Adressen von Studios und Ateliers zu besorgen. Sie hat sich an eine Galerie in Potsdam gewandt, deren Besitzer sie kannte. Der hat ihr gesagt, für Leute wie die Kunstwissenschaftler und ähnliche Berufe käme nur eine einzige Firma in Frage, die Galerie Kaiser in Wiesbaden.

Sie hat mir erzählt, sie hätte den Katalog kaufen müssen. Er wäre nicht umsonst."

Jetzt lachte auch Susi: „Richtig, das ist auch so. Unsere Kataloge kosten normalerweise 25 Euro. Das ist eine Art Schutzgebühr. Der Katalog verändert sich ständig, er erscheint in mehreren Sprachen und kostet Geld. Nur Händler mit einem Jahresumsatz von mindestens 25.000 Euro erhalten einen Katalog kostenfrei. Allerdings sind wir auch nicht kleinlich.

Sollten wir in St. Petersburg eine Galerie eröffnen, so wird es auch einen Katalog in russischer Sprache geben.

Du hast den Katalog selbst gesehen, er ist aufwändig in der Herstellung und sieht sehr gut aus. Für bestimmte Vernissagen oder andere Anlässe geben wir Spezialkataloge heraus. Die sind kostenfrei, nicht so aufwändig und dem jeweiligen Anlass angepasst."

Michail: „Susi, über diese Thematik müssen wir uns noch mal unterhalten. Wir suchen eine neue Möglichkeit eigener Kataloge für unsere Exponate. Vielleicht können wir da etwas miteinander machen und dabei beide eine Menge Geld sparen. Ganz wichtig! Machst du das, oder wer ist bei euch dafür zuständig?"

Jetzt schaltete sich Moritz ein: „Michail, ich bin zwar für diese Sachen weder zuständig, noch verstehe ich viel davon, aber unsere Werbeabteilung ist einfach großartig. Ich darf euch heute schon nach Wiesbaden einladen, gleichgültig, ob unser Vertrag zustande kommt oder nicht. Unterhalte dich mit den beiden Damen. Die haben seit Jahren weltweit Erfolg mit ihrem Konzept."

Susi: „Paula, Michail bitte fühlt euch einfach eingeladen. Wir würden uns sehr freuen, wenn ihr bald mal kommen könntet. Nicht nur, dass wir euch gerne sehen würden, ich kenne eine Menge Leute, die euch freudig begrüßen. Aber warum machen wir nicht gleich einen Termin aus?“

Paula meinte dazu: „Danke vielmals für die Einladung. Wir kommen gerne, aber wir müssen im Moment erst mal die Untersuchungen in der Eremitage abwarten. Ich glaube, da wird so manches ans Tageslicht kommen, was Michail sehr beschäftigen wird. Aber wir kommen, das ist versprochen.“

Moritz lachend: „Ich weiß, jetzt bin ich ganz gemein, ich werde euch einfach zu eurem Glück zwingen, der Vertrag – so er zustande kommt – wird in Wiesbaden unterschrieben. Dann müsst ihr kommen.“

Michail lachend: „Gut, damit bin ich einverstanden.“

***

Susi und Moritz waren schon früh auf den Beinen. Sie hatten ihre Koffer gepackt und gingen zum Frühstück. Susi sagte zu Moritz: „Jetzt könnte ich noch ein paar Tage dranhängen. Dieses St. Petersburg ist wirklich eine wunderschöne und geschichtsträchtige Stadt. Außerdem glaube ich, wir haben hier Freunde gefunden.“

Moritz in seiner trockenen Art: „Freunde schon, aber leider auch Feinde. Maxim tut mir sehr leid und ich weiß nicht, was uns in Wiesbaden noch alles erwartet. Eigentlich bin ich immer sehr skeptisch und ich bin auch ziemlich misstrauisch, aber ich könnte mir vorstellen, dass eine Galerie in St. Petersburg gute Geschäfte machen kann. Ich verstehe von eurem Gewerbe nichts, aber trotzdem meine ich, Michails Angebot ist so gut, dass man ‚Ja’ dazu sagen muss.“ Jetzt lachte Susi: „Du und nichts davon verstehen. Du bist der größte Tiefstapler, den ich kenne. Aber du hast

Recht, ich glaube, wir sollten das Angebot annehmen. Allerdings bin ich gespannt, was die anderen dazu sagen werden. Morgen werden wir mehr wissen."

Susi und Moritz waren mit ihrem Frühstück fertig, als Olga kam. Igor hatte bereits das Gepäck von Susi und Moritz eingeladen und sie fuhren zu Maxim ins Krankenhaus.

Wieder saß ein anderer Milizionär vor der Tür, prüfte die Ausweise und ließ alle vier ins Krankenzimmer. Igor wollte unbedingt mitkommen, um Maxim zu begrüßen.

Das tat er auch als erstes. Igor bewegte das Ganze sehr. Susi und Moritz konnten zwar nicht verstehen, was Igor sagte, aber Igor liefen die Tränen. Er verabschiedete sich von Maxim und sagte, er müsse wieder zum Auto und ging.

Susi, Olga und Moritz begrüßten nun Maxim, fragten kurz nach seinem Befinden und noch bevor eine Unterhaltung in Gang kam, ging die Tür auf und Maxims Frau kam mit den beiden Kindern.

Alle begrüßten sich und Maxims Kinder wollten nicht vom Bett ihres Vaters gehen. Olga kürzte das Ganze ab, indem sie sagte: „Wir müssen leider zum Flughafen."

Susi begann: „Lieber Maxim, in Wiesbaden ist alles so gerichtet, dass du, deine Frau und die Kinder sofort kommen können. Wie ich schon gestern sagte, werde ich veranlassen, dass für kommenden Sonntag vier Plätze auf der Maschine von St. Petersburg nach Frankfurt für euch reserviert sind. Anton und Erika werden die Flugkarten mitbringen. Nehmt im Moment nicht zu viel Gepäck mit, eure Sachen können mit einer Umzugsfirma per LKW nach Wiesbaden gebracht werden. Das ist billiger und geht auch relativ schnell. Ist das in eurem Sinn?"

Maxims Frau sagte: „Vielen Dank, für mich und die Kinder wird das gehen. Unsere Sachen habe ich schnell gepackt. Aber ich hoffe, Maxim schafft das."

Maxim, dem es immer noch nicht besonders gut ging und der anscheinend große Schmerzen hatte, meinte: „In sechs Tagen geht es mir sicher so gut, dass ich fliegen kann. Je schneller meine Familie und ich hier wegkommen, umso besser. Anton und Erika werden mir sicher helfen. Die fliegen doch mit?“

Susi beruhigte: „Maxim, sei ganz sicher, dass Anton und Erika helfen. Wir holen euch am Flughafen in Frankfurt ab. Mach dir keine Sorgen, wir alle helfen. Das weißt du!“

Olga versprach, sich in der Zwischenzeit um Maxim und seine Familie zu kümmern.

Dann verabschiedeten sie sich von Maxim, seiner Frau und den Kindern und gingen.

Als sie zu Igor und dem Wagen kamen, sagte dieser: „Ich fahre euch jetzt zum Flughafen; dann zurück, ich muss Maxim sagen, dass auch ich helfen werde.“

Igor sagte noch ein paar lautstarke Wörter in Russisch, die Susi und Moritz nicht verstanden und Olga meinte nur: „Igors Worte übersetze ich besser nicht, er schimpft furchtbar auf diese Verbrecher. Er bringt uns jetzt zum Flughafen und will dann zurück, um Maxims Frau und die Kinder zurück zu ihrer Datsche zu bringen.“

Sie waren schnell am Flughafen, der Check-in war bald erledigt und Olga brachte sie ins Restaurant, wo bereits ein Tisch reserviert war. Olga meinte: „Wenn irgend möglich, kommt Michail um euch Lebewohl zu sagen. Paula kommt in jedem Fall.“

Sie nahmen etwas zu trinken und unterhielten sich, bis Paula auftauchte.

Sie entschuldigte Michail mit den Worten: „Ich soll euch von meinem Mann sagen, es tut ihm sehr leid, er kann beim besten Willen nicht kommen. Er wünscht euch eine gute Reise und freut sich, bald Herrn Jonas mit Frau kennenzulernen.“

Sie aßen gemeinsam zu Mittag, und als Moritz und Susi aufbrachen, um zum Gate zu gehen, sagte Paula: „Ich weiß nicht, wie es euch geht, aber es ist mir, als würde ich euch schon sehr lange und gut kennen. Meinem Mann geht es genauso. Wir freuen uns auf Wiesbaden und wir hoffen, ihr kommt bald wieder."

Paula gab Moritz einen Kuss auf die Wange und umarmte Susi herzlich.

Auch Olga verabschiedete sich herzlich von den beiden und sagte: „Mir geht es ähnlich wie Paula, ich weiß, dass ich jetzt Freunde in Wiesbaden habe. Das habe ich auch schon gespürt, als ich bei euch war. Ich wünsche euch einen guten Flug." Olga hatte Tränen in den Augen.

Das Boarden nahm seinen Lauf.

Endlich bewegte sich die Maschine zum Runway und startete. Langsam verschwand unter ihnen die schöne Stadt St. Petersburg.

Nachdenklich saßen Susi und Moritz in ihren Sitzen.

Susi nahm Moritzens Hand und sagte: „Schatz, eigentlich sollte es ja so eine Art Hochzeitsreise nach St. Petersburg werden. Aber es war leider eine Art Krimi. Trotzdem bin ich froh, wir haben hier viele Freunde gefunden."

Und Moritz: „Du hast Recht, nichtsdestotrotz waren es unvergessliche Tage, in jedem Fall aber erlebnisreiche Tage. Ich glaube, mit Paula und Michail kann man gut auskommen, und mit Olga auch. Lass uns hoffen, dass Maxim wieder ganz gesund wird."

Beide kuschelten sich in ihre Sitze und dachten schweigsam über die vergangenen Tage nach.

Susi

+

die Mafia

Wiesbaden

Nachdem Susi und Moritz zu Hause angekommen waren, packten sie aus, dann kam Nina, um den Aperitif vorzubereiten und wenig später erschien auch Erika. Es waren frohe Begrüßungen. Jeder fragte, aber Susi vertröstete auf 18 Uhr.

So berichtete Nina: „Ich muss euch einfach erzählen, was letzte Woche alles war. Ich hatte vergangenen Freitag doch den Termin bei eurem Gynäkologen und dem Chirurgen im Krankenhaus. Stellt euch vor, die beiden haben mich schon für diese Woche am Mittwoch einbestellt. Die Operation ist für Donnerstag vorgesehen. Die wollen mir auch den Gips abnehmen. Alle waren unheimlich nett zu mir. Wahrscheinlich muss ich zehn Tage im Krankenhaus bleiben. Wenn ich Glück habe, komme ich schon Ende der nächsten Woche wieder raus. Ihr besucht mich doch mal?“

Susi musste lachen: „Nina, das ist doch selbstverständlich. Ich nehme an, die übrigen Kollegen werden dich auch besuchen. Was meinen denn deine Atelier-Freunde?“

Nina ganz freudig: „Die haben versprochen, dass sie mich alle besuchen werden. Und wenn ich den Gips abhabe, dann wollen sie mir das Malen beibringen.

Aber da ist noch was: Am Freitag hat mich auch der Rechtsanwalt Zeiser angerufen. Er hat mir gesagt, mein Mann hat sich einen Anwalt genommen. Mit dem hat er einen Besprechungstermin in der nächsten Woche, wenn ich im Krankenhaus bin.

Es ist möglich, dass er zu mir ins Krankenhaus kommt und mir berichtet, was sie vereinbart haben. Er meinte, ich solle mir keine Gedanken machen, er würde das schon in Ordnung bringen.“

Susi nahm Nina kurz in den Arm und sagte: „Bevor du in das Krankenhaus gehst, bringst du am besten deine Sachen vom Frauenhaus hierher. Die legst du hinten in unser kleines Fremdenzimmer. Wenn du aus dem Krankenhaus entlassen wirst, dann wohnst du praktisch bei uns, bis die Angelegenheit mit deiner Wohnung und deiner Scheidung geklärt ist. Wichtig ist, dass du schnell gesund wirst."

So langsam kamen alle anderen, die sonst bei der abendlichen Runde waren. Es gab viele Fragen, aber Susi vertröstete auf später, sie wollte das Ganze nur einmal erzählen.

Als endlich alle beisammen waren, begann Susi mit ihren Schilderungen der Reise nach St. Petersburg. Sie wurde kaum unterbrochen. Anschließend sagte sie:

„Ihr Lieben, das waren unsere Erlebnisse in St. Petersburg. Maxim muss mit seiner Familie schnellstens aus St. Petersburg hierher gebracht werden. Wir sind verpflichtet, sie zu schützen. Nachdem Prem und Petra morgen ausziehen, kann Maxim mit Familie vorübergehend unten in den 4. Stock einziehen. Aber, wohlgemerkt, nur vorübergehend. Dann werden wir eine andere Lösung finden. Morgen soll das Gremium unseres Vereins entscheiden, ob wir das Angebot, eine Galerie in St. Petersburg zu eröffnen, annehmen oder ablehnen."

Anton nahm einen Schluck aus seinem Glas und sagte: „Termin des Gremiums ist morgen um zehn. Hinsichtlich der Wohnung für Maxim hat heute Dieter bei Gericht recherchiert. Er wird morgen berichten. Das Haus neben Prem ist größer als Prems Haus. Es hat mindestens drei Wohnungen. Ansonsten sind unsere Visa für St. Petersburg da. Wir können also übermorgen fliegen."

Alena wollte die Einzelheiten von Maxims Verletzungen wissen. Boris fragte, ob sie auch seine Frau und die Kinder gesehen hätten und wie es denen ging. Prem, Petra, Mike, Vera und Ilse verabschiedeten sich früh. Um sieben war der Möbelwagen bestellt und die fünf hatten noch viel zu tun.

Erika erkundigte sich, ob sie jemand in St. Petersburg betreuen würde und Susi meinte nur: „Abholen wird dich Olga, die ihr beide schon kennt. Igor, das ist Michails Chauffeur, wird euch fahren Ihr werdet auch im ‚Kempinski Hotel' wohnen, das ist unweit der Eremitage. Ansonsten braucht ihr euch um nichts zu kümmern. Erika, vergiss nicht, die Flugkarten für Maxim und seine Familie mitzunehmen. Die Reservierungen hast du sicher schon gemacht?"

Erika: „Aber logo, alles in Ordnung. Ich freue mich schon richtig auf diese Reise. Aber sag mal, dieser Michail, was macht der genau?"

Susi: „Michail Borodin ist so etwas wie der Oberboss der Eremitage. Seine Frau Paula stammt aus Potsdam und sie haben vier Kinder. Beide sind ganz reizend. Wenn ich das richtig vermute, so scheint er früher im diplomatischen Corps gewesen zu sein. Genau weiß ich es nicht. Aber der russische Botschafter in Berlin und er sind befreundet. Olga Waganowa kennst du schon, sie ist Direktorin in der Eremitage und scheint dort eine besondere Position zu haben."

Hugo Wettengel wusste auch eine Menge zu berichten. Er hatte heute Morgen mit Carlo Steiner in Rom gesprochen. Er sagte: „Carlo hat mir heute Vormittag am Telefon erzählt, dass die Galerie gut frequentiert wird. Das ist für Januar, Februar erstaunlich. Teilweise ist sie so stark besucht, dass Carlo Professor Prantner bitten musste, mit auszuhelfen. Wenn es so weitergeht, dann bekommen wir Lieferschwierigkeiten. Auch hier bei uns ist es jetzt eng.

Bei der Planung haben wir schon die Wochenenden mit einbezogen, aber ich habe mit einigen gesprochen und sie gebeten, täglich noch ein paar Stunden dranzuhängen. Unsere Lagerbestände sind in der letzten Zeit dahingeschmolzen. Was noch auf Lager ist, sind meist Ladenhüter, obwohl Anton dafür gesorgt hat, dass die auch verkauft werden."

Hier mischte sich Anton ein: „Hugo hat Recht. So schön es ist, wenn der Verkauf läuft, aber unsere Lager sind leer.

Eigenartigerweise nahezu all unsere großen, meist unverkäuflichen Kopien sind wir in Rom losgeworden. Susi, du musst mal durch die Lager gehen, so leer hast du sie noch nie gesehen. Durch den starken Verkauf sind wir in keiner finanziellen Klemme, aber wir haben auch fast nichts mehr zu verkaufen. Mir ist schon angst und bange, wenn vielleicht noch St. Petersburg hinzukommt."

Susi lachte: „Anton, ich glaube, da brauchst du dir keine Gedanken zu machen." Dann erzählte sie Anton von dem Gespräch mit Olga, die ihnen versicherte, dass in St. Petersburg Spitzenkünstler nur auf zusätzliche Arbeit warteten. Dann sagte Susi: „Anton, lass uns diesen Punkt morgen noch auf die Tagesordnung setzen. Das ist ein weiterer Grund, mit der Eremitage ins Geschäft zu kommen. Aber erzähle mir, wie schaut's bei Gina aus, wann will sie fahren?"

Anton: „Bei Gina ist alles paletti. Ich habe ihr weitestgehend freie Hand gelassen und sie hat alles wirklich gut vorbereitet. Allerdings einer der Schreiner muss mit nach Rom. Die Rahmenherstellung macht noch Schwierigkeiten. Aber dass wir Anfangsschwierigkeiten haben würden, das wussten wir. Ich finde, Gina macht das recht gut und wird auch prima zurechtkommen. Zwei unserer Leute gehen vorerst mit nach Rom. Ich denke so für zwei bis drei Monate. Dafür hat uns Professor Prantner zwei Künstler besorgt, die wir hier anlernen sollen. Einer kommt aus einer Manufaktur bei Venedig und einer aus seiner Schule in Rom. Voraussichtlich werden die beiden nächste Woche kommen. Unterbringung habe ich über die Kolpingfamilie in Wiesbaden besorgt.

Ich hoffe, dass drei Monate ausreichen, um sie einzuarbeiten.

Nur zu deiner Information, ich habe bei der Bilderrahmenfabrik in Wuppertal Rahmen für eine ganze Reihe von Gemälden bestellt. Die können auch liefern. Es ist ein Auftrag über nahezu 100.000 Euro. Du findest die Bestellung auf deinem Schreibtisch."

Die Zeit raste wieder mal. Erika hatte Schnittchen gerichtet und so zog sich die Unterhaltung bis 22 Uhr. Dann streikte Susi und meinte: „Ihr Lieben, jetzt muss ich ins Bett.“ Rasch löste sich die Gruppe auf.

***

Dienstagmorgen, Erika und Nina machten Frühstück in der Küche, als Susi und Moritz dazukamen. Es war unruhig im Haus. Nach dem allgemeinen ‚Guten Morgen’ sagte Erika: „Die Möbelpacker sind schon seit sieben Uhr bei Petra und Prem zu Gange. Ilse hat gestern Abend die Kinder mit in ihre Wohnung genommen. Sie hat den Kindern versprochen, einen Ausflug zu machen. Ich glaube, sie wollen in den Frankfurter Zoo. Mike hilft im Moment noch, aber um zehn ist er beim Meeting.“ Es war ein hektisches Frühstück und Susi, Erika und Moritz verabschiedeten sich rasch von Nina.

Pünktlich um 10 Uhr versammelte sich in Susis Büro das Gremium des Vereins.

Susi begrüßte alle Teilnehmer und sagte dann: „Ihr Lieben, wie immer haben wir keine Zeit und wie immer gibt es viele Probleme und wir müssen die lösen. Erika hat eine Tagesordnung vorbereitet, die vor euch liegt.“

Besprechung der Galerie Kaiser Wiesbaden e.V.

1. Diebstahl der Militaria bei der Firma Granika in Solingen.
2. Bericht über die vergangenen Verkäufe in der Galerie Roma, Bericht über das zu eröffnende Atelier in Rom.
3. Bericht über den Besuch der Eremitage in St. Petersburg und Abstimmung über eine eventuell zu eröffnende Galerie in St. Petersburg.

4. Schwindende Lagerbestände durch starken Verkauf und eventuelle Neueinstellung von entsprechenden Künstlern.
5. Bilanz des Vereins und der Galerie Kaiser GmbH.
6. Nordamerikageschäft.
7. Diskussion über die Veränderungen des Kunstmarktes.

Nachdem die Teilnehmer die Tagesordnung gelesen hatten, begann Susi:

„Zu Punkt 1 der Tagesordnung, ich bin nicht ganz im Bilde. Jens, Mike, könntet ihr berichten?“

Sowohl Jens als auch Mike gaben ihre Schilderung der Angelegenheit und Mike bemerkte: „Solange von Seiten der Versicherung keine Auslobung erfolgt, kann ich leider nicht tätig werden. Ich habe Jens meine Vorstellung einer Belohnung für das Wiederbeschaffen der gestohlenen Güter gesagt. Ich verlange 100.000 Euro oder, wie gehabt, 50.000 Euro plus die Erstattung meiner Unkosten.“

Jens: „Ihr wisst, dass ich im Moment einen schweren Stand bei der Versicherung habe, weil ich diese Versicherung ohne Wartezeit abgeschlossen habe. Man ist eventuell dazu bereit, einen solchen Betrag auszuloben, dies jedoch nur, wenn der Aufsichtsrat zustimmt. Allerdings bin ich zur Aufsichtsratsitzung geladen, die Mitte des nächsten Monats tagt. Ich hoffe aber, dass es mir gelingen wird, den Aufsichtsrat zu überzeugen, zumal die letzten Ermittlungen von Mike zur Auffindung des gestohlenen Gutes führten. Also müssen wir noch etwas Geduld haben.“

Susi nahm wieder das Wort: „Zu Punkt 2 der Tagesordnung wird uns Anton etwas erzählen.“

Anton begann: „Ich habe mehrfach mit Rom gesprochen und meine letzten Informationen stammen von gestern Nachmittag. Die Galerie in Rom läuft erstaunlicherweise sehr gut. Obwohl es im Moment eine ungünstige Zeit ist, verkauft die Ausstellung mehr als zufriedenstellend. Zahlenmaterial habe ich zwar, aber es ist unvollständig, da wir nur monatlich erfassen. Wenn der Verkauf weiterhin so hervorragend ist, werden wir Lieferschwierigkeiten bekommen. Das von uns geplante Atelier wird planmäßig am 1. März eröffnet. Soweit ich es beurteilen kann, geht alles seinen geregelten Gang."

Wieder stand Susi auf: „Zu Punkt 3 der Tagesordnung, Besuch St. Petersburg. Ich werde jetzt genau schildern, was wir in St. Petersburg gesehen haben, was uns angeboten wurde und was wir empfehlen."

Nun begann eine lange Schilderung des Angebotes der Eremitage, die mit folgenden Worten endete: „Die enge Verbindung zwischen der Eremitage und den Vatikanischen Museen lässt mich vermuten, dass man mit uns als neutrale Institution zusammenarbeiten will. Das Angebot der Eremitage ist so gut, dass ich eine Annahme nur empfehlen kann. Es ist praktisch das gleiche Angebot, wie wir es vom Vatikan erhalten haben. Hinzu kommt, dass die Künstler und Restauratoren in der Eremitage nicht besonders gut bezahlt werden und sich über unsere Galerie Nebenverdienste beschaffen wollen. Dies kam klar zum Ausdruck. Ich empfehle, dieses einmalige Angebot anzunehmen."

Jetzt schaltete sich Moritz ein: „Ihr alle wisst, dass ich gegen ein zu rasches Wachstum eines Unternehmens bin. Schon heute brennt es an allen Ecken und Kanten und wir kommen mit der Produktion nicht nach und die nächste Stufe ist dann die Liquiditätsknappheit. Trotz meiner Bedenken rate ich zur Annahme des Angebotes der Eremitage."

Es folgte eine sehr lebhafte Diskussion aller Mitglieder des Gremiums.

Ausschlaggebend war letztendlich Mike, der sagte: „Die Eremitage und die Vatikanischen Museen sind die Kunsttempel schlechthin. Wenn wir die Eremitage unter Vertrag haben, dann sind wir unschlagbar. In jedem Geschäft muss man etwas riskieren, warum nicht in Russland? Ich bin dafür, dass wir das Angebot annehmen."

Susi nahm wieder das Wort: „Wir stimmen also ab, ob wir das Angebot der Eremitage annehmen, wobei der Vertrag durch die Herren Gerner und Zeiser geprüft werden muss.“

Susi fragte nun reihum und erhielt von jedem Mitglied ein ‚Ja’.

Sie sprach weiter: „Nachdem dieser schwierige Teil geklärt ist, haben wir eine weitere Schwierigkeit, die gelöst werden muss. Punkt 4 der Tagesordnung: Leere Lager! Anton, dazu wolltest du etwas sagen.“

Anton begann: „Unsere Geschäfte laufen gut, außergewöhnlich sogar. Seit dem letzten Jahr arbeiten wir mit allen verfügbaren Kräften. Trotzdem sind unsere Lager leer. Sogar die alten Ladenhüter sind mehr oder weniger verschwunden. Wenn nicht schnell etwas passiert, so bekommen wir Lieferengpässe. Die beiden offenen Stellen haben wir schon besetzt. Ich beantrage zwei bis drei weitere Stellen. Sollte das mit St. Petersburg gelingen, so könnte ich mir vorstellen, entsprechende Künstler von dort zu bekommen. In jedem Fall brauchen wir Fachleute.“

Wieder begann eine Diskussion aller, die damit endete, dass sie weitere zwei bis drei Fachleute einstellen durften. Dies wurde auch protokolliert.

Susi nahm wieder die Tagesordnung und begann: „Nun zu Punkt 5 der Tagesordnung: Bilanzen. Ich weiß, es ist noch etwas zu früh, um danach zu fragen, aber Jens, wie steht’s?“

Jens in seiner ruhigen Art: „Wir könnten sofort bilanzieren, aber es fehlen die Zahlen von USA und die Zahlen von Rom. Mit Carlo habe ich schon gesprochen, die Zahlen für das vergangene Jahr kommen in den nächsten Tagen. Aber ich brauche noch die Zahlen aus den USA und die hat Mike, soweit ich weiß, noch nicht fertig.“

Mike unterbrach: „Ich muss unbedingt in die USA, sonst bekommt ihr die Zahlen nie. Ich werde mit Vera sprechen und noch in dieser Woche nach Boston fliegen, dann hat

Jens die Zahlen Ende der nächsten Woche und kann abschließen. Ist das so in Ordnung?“

Alle bejahten und Susi sagte: „Mike, jetzt kommt dein Punkt: Markt in den USA.“

Mike: „Wir haben unser Winterkonzept mit den Museen durchgezogen. Ein zusätzlicher Umsatz war die Militaria. Ich bin froh, dass wir Albert haben, der sich im Moment um alles kümmert. Meine übrige Mannschaft ist zuverlässig wie immer. Ich bin sehr stolz auf meine Mitarbeiter. Für die kommenden Jahre sind die Ikonostasen nicht zu vergessen und wie bei jedem derartigen Geschäft, ergibt sich daraus alles Weitere. Ich bin sehr zuversichtlich.“

Susi nahm wieder das Wort: „Wir haben jetzt nur noch einen Punkt, nämlich die Veränderung des Marktes. Hierzu fehlt uns unsere Ilse, die von mir den Auftrag hat, eine Studie zu erstellen. Nur einige Worte dazu: Der Kunstmarkt verändert sich und wir müssen rechtzeitig andere Wege gehen. Ilse ist der Ansicht, dass der Trend zum Billigmarkt geht, das wären Öldrucke und Drucke. Dies merken wir bereits bei unseren Verkaufszahlen dieser Segmente. Ich habe darüber nachgedacht. Vielleicht können wir unseren Markt zusätzlich in die entsprechende Gegenrichtung verändern, das heißt, Originale zu schaffen. Am Beispiel der Ikonostasen haben wir gesehen, dass mit solchen Kunstwerken enorm viel Geld zu verdienen ist und dies außerdem auf unserer Schiene liegt. Es geht um Ausstattung von Gotteshäusern, von Hotels der Luxusklasse, von Regierungssitzen, Banken und dergleichen. Ich meine hier Kunst im ästhetischen Sinn. Gerade unsere Produkte sind geeignet, Menschen mit ausgeprägtem Schönheitssinn zu begeistern. Was meint ihr, wie wir unsere Künstler mitreißen können, wenn wir ihnen die Möglichkeit geben, Einmaliges zu erschaffen.

Wir sollten darüber nachdenken, es ist zwar nicht fünf vor zwölf, aber der Markt ändert sich schnell.“ Susi machte eine kurze Pause.

„So, und nun habe ich noch einen Punkt, der nicht auf der Tagesordnung steht: Unser Maxim. Ihr alle habt von dem Verbrechen in St. Petersburg gehört. Er gehört zu uns und wir müssen ihn schützen. Er wird mit seiner Familie am kommenden Sonntag hierher kommen und zieht in die Wohnung im 4. Stock. Aber wie ihr alle wisst, wir brauchen in absehbarer Zeit diese Räume. Dieter, was hast du wegen des Hauses neben Prem in Erfahrung bringen können?"

Dieter Zeiser begann: „Als Prem sein jetziges Haus ersteigerte, kaufte er eines von zwei angebotenen Objekten. Es war das kleinere. Das andere Haus ist viel größer und hat mindestens drei Wohnungen. Die Lage ist gut und der Garten groß. Derjenige, der das Haus ersteigerte, konnte die Kaufsumme nicht aufbringen. Wenn er nicht freiwillig zurückgibt, dann muss das auf dem Rechtsweg geschehen und das dauert. So habe ich mir die Adresse des Herren geben lassen und mit ihm ein erstes Gespräch geführt. Der will jetzt daran verdienen. Er hat es für 300.000 Euro ersteigert. Er will jetzt 100.000 Euro zusätzlich verdienen. Ich bin nicht gewillt, das zu zahlen. So habe ich mit ihm ein Treffen vereinbart. Dies bei Gericht. Wir werden morgen Vormittag bei dem zuständigen Amtsrichter sein und die Angelegenheit besprechen. Er begründet seine Forderung mit Ausgaben für Heizung, Gärtner, notwendige Reparaturen, Verkaufsinserate und so weiter. Selbst sein Preis von 400.000 Euro ist noch äußerst günstig. Jetzt meine Frage: Sind wir als Verein oder die GmbH oder ist jemand als Privatperson an dem Kauf als Kapitalanlage interessiert? Ich hätte eine Bank, die zu 100 Prozent finanziert. Besser wäre jedoch ein Eigenkapital von 80.000 bis 100.000 Euro."

Hier hakte Moritz ein: „Dieter, hast du was dagegen, wenn ich morgen mit zu diesem Gespräch komme? Auch der Preis von 400.000 Euro erscheint mir bei einem Projekt mit drei Wohnungen sehr interessant. Außerdem brauchen wir für Maxim eine Wohnung und ich weiß, dass auch noch andere Angestellte bei uns Wohnungen suchen. Ich habe da noch zwei Rücklagen, die ich auflösen kann."

Dieter: „Moritz, das wäre prima, kannst du morgen um neun bei mir sein? Dann sprechen wir das durch. Um 10 Uhr habe ich den Termin bei Gericht."

Wieder war eine Hürde genommen.

Da jeder zur Arbeit musste, ging man relativ schnell auseinander. Beim Hinausgehen sagte Mike zu Moritz:

„Du ich bin eventuell auch an einer Wohnung dort interessiert. Wenn du Geldmittel brauchst, ich kann mich bis zu 100.000 Euro daran beteiligen. Lass mich wissen, wie es gelaufen ist."

Mike flitzte in die Wohnung im 4. Stock, um festzustellen, dass Prem, Petra und Vera schon ausgezogen waren. Zwei Reinigungskräfte waren bereits dabei, die Räume oberflächlich zu reinigen.

Jens und Dieter eilten in ihre Büros und Susi, Erika, Anton und Moritz gingen nach oben. Trotz ihres Gipsarmes hatte Nina etwas gekocht und war froh, ihr Essen servieren zu können.

***

Mittwoch.

Schon sehr früh am Morgen hatte Boris Anton und Erika zum Flughafen gebracht und pünktlich um 8:40 Uhr hatte die Maschine den Flughafen in Richtung St. Petersburg verlassen.

Moritz war zusammen mit Dieter Zeiser zum Amtsgericht gegangen, um dort die Angelegenheit des Hauskaufes zu eruieren.

Amtsgerichtsrat Felber bat die beiden in sein Zimmer und stellte Herrn Kristen vor. Herr Kristen war der

Ersteigerer der Villa. Es war nicht zu übersehen, dass sich Dieter Zeiser und Amtsgerichtsrat Felber kannten.

Nach den ersten einleitenden Worten begann Amtsgerichtsrat Felber:

„Herr Kristen ist in der wenig schönen Situation, seinen Verpflichtungen uns gegenüber nicht nachkommen zu können. Er hat mir erzählt, wie es zu seinen Schwierigkeiten kam und ich beneide ihn nicht. Er hat die von uns vorgegebenen Fristen verstreichen lassen, so dass ich eigentlich ein neues Verfahren anstrengen müsste. Das alles ist wirtschaftlich nicht zu vertreten. Das Haus muss beheizt werden und zumindest eine geringe Pflege des Gartens und des Hauses würden anfallen. Wenn wir also einen Weg fänden, dies zu vermeiden, dann wäre das für alle Beteiligten von Vorteil. Herr Kristen schuldet uns 300.000 Euro, außerdem die entsprechenden Gebühren und die Grunderwerbssteuer. Er gibt an, für Heizung, Pflege, Kleinreparaturen zirka 40.000 Euro aufgewendet zu haben. Er hatte weitere Unkosten in Höhe von zirka 30.000 Euro für Anwaltsgebühren, Maklergebühren, Anzeigekosten und so weiter. Herr Kristen hat dies genau aufgelistet. Ich mache nun einen Vorschlag, von dem ich nicht genau weiß, ob er in dieser Form machbar ist. Herr Kristen hat bei der Versteigerung angegeben, dass er das Anwesen im Auftrag ersteigert. Ein Name wurde seinerzeit nicht angegeben. Wenn er das also im Auftrag des Notars Zeiser ersteigert hätte oder gar im Auftrag von Herrn Moritz Kaiser, so wäre ich in der Lage die Forderung unsererseits auf Herrn Kaiser umzuschreiben. Die Gebühren und die Grunderwerbssteuer kämen dann automatisch auf Herrn Kaiser zu. Ich habe die Auslagen von Herrn Kristen nicht untersucht. Er gibt an, zirka 70.000 Euro an Auslagen gehabt zu haben. Sie müssten sich mit Herrn Kristen einigen. Mein Vorschlag wäre eine Zahlung von 50.000 Euro, wobei damit alle weiteren Verpflichtungen abgegolten sind. Wäre das ein Vorschlag?“

Notar Dieter Zeiser: „Ich will das Ganze hier nicht verkomplizieren. Eigentlich wollten wir nur 300.000 Euro plus Gebühren und Steuern übernehmen. Aber wir könnten uns eventuell auf den Betrag von zusätzlich 50.000 Euro einlassen, wenn damit alles abgegolten wäre. Herr Kristen, was meinen Sie zum Vorschlag von Amtsgerichtsrat Felber?“

Nun begann noch mal ein langes Lamento von Herrn Kristen und eine Diskussion über diese 50.000 Euro, bis Amtsgerichtsrat Felber sagte:

„Meine Herren, ich möchte Sie nicht in Zugzwang setzen, aber wenn wir hier nicht zu einer Einigung kommen, dann geht eben alles seinen Gang. Ich mache nur Herrn Kristen darauf aufmerksam, dass wir bei einer Verzögerung der Zahlung die üblichen Zinsen für die Kaufsumme berechnen müssen.“

Daraufhin war man sich schnell einig.

Notar Zeiser verabredete mit Amtsgerichtsrat Felber, rasch die notwendigen notariellen Protokolle vorbeizubringen. Mit Herrn Kristen wurde für den Nachmittag ein Termin zur notariellen Protokollierung vereinbart, bei dem auch Moritz Kaisers Anwesenheit erforderlich war.

Der Rest des Tages verging schnell. Wie immer traf man sich am Abend gegen 18 Uhr zum üblichen Aperitif.

Anton und Erika hatten sich aus St. Petersburg gemeldet und ihre Ankunft mitgeteilt. Sie seien von Olga und Igor abgeholt worden und wohnen im Kempinski Hotel. Eine kleine Stadtrundfahrt hätten sie auch schon gemacht und würden heute Abend mit Olga zum Abendessen gehen. Maxim besuchen sie morgen.

Der abendliche Kreis löste sich schnell auf. Susi machte für Moritz noch ein paar Schnittchen, sie waren froh, einmal allein zu sein. Susi sagte zu Moritz:

„Sag mal, das ging alles so schnell, erkläre mir mal, wie machst du das mit der Finanzierung? Hast du genügend Geldmittel? Kann ich dir helfen?“

Moritz ziemlich ernst: „Ja und nein, ich habe bei meiner Bank in Solingen noch Festgeld in Höhe von über 300.000 Euro. Die will ich aber nicht ganz angreifen. Mit meiner Bank habe ich schon gesprochen. Die Finanzierung ist kein Problem. Das Haus ist ein sogenanntes Renditeobjekt, das leicht zu finanzieren ist. Ich werde das Ganze Dieter übertragen, der sich um die entsprechenden Verträge kümmern soll. Außerdem, wenn es klemmen sollte, Mike ist an einer Beteiligung von 100.000 Euro interessiert. Aber ich hab dich überhaupt nicht gefragt, bist du auch interessiert oder sollen wir es gemeinsam kaufen?“

Susi lachte: „Schatz, lass es einfach laufen. Vielleicht brauchen wir meine Rücklagen noch dringend. Allmählich glaube ich auch, wir wachsen zu schnell. Noch kann ich alles überblicken, aber wie lange noch? Du hast Recht, einige Teile unseres Unternehmens müssen wir ausgliedern. Ich denke da wie du an die Farbenherstellung, dann an die Rahmenherstellung und an die gesamte technische Abteilung mit ihren Drucken und Öldrucken. Es kann alles in einer Hand bleiben, aber die Firmen sollten als getrennte Unternehmen laufen. Kannst du dich dieser Angelegenheit annehmen? Bei dem täglichen Geschäft ist mir das nicht möglich.“

Moritz in seiner ruhigen Art: „Susi, ich bin schon dabei. Das geht aber nicht von heute auf morgen. Eine Umstellung ist nicht vor Ende des Jahres möglich und du weißt genau wie ich, was da noch alles kommen kann. Außerdem vergiss nicht, ab Ende Mai sind wir zu viert.“

***

Solingen

Schon früh war Moritz von Wiesbaden nach Solingen gefahren. Er war bei seiner Bank gewesen und hatte die notwendigen Schritte zur Finanzierung des Hauskaufs gemacht. Alles war problemlos über die Bühne gegangen. Zum Mittagessen war er mit Hilde und Erich verabredet.

Als Moritz zur Firma Granika kam, begrüßte ihn Hilde herzlich.

„Moritz, das ist schön, dass du wieder mal hier bist, komm rein, das Mittagessen ist fast fertig. Erich ist sicher auch gleich da."

So war es auch. Erich kam wenige Minuten später und sie begannen mit dem Mittagessen.

Moritz fragte: „Hilde, wenn ich so richtig mitgerechnet habe, so hast du jetzt noch vier Wochen bis zur Entbindung. Wie fühlst du dich und wie geht es dir?"

Hilde lachend: „Moritz, du wirst es nicht glauben, aber immer noch sehr gut. Außer, dass ich jetzt langsam dick wie ein Fass bin und mich nicht mehr gut bewegen kann, geht's mir prima. Wenn wir mit dem Mittagessen fertig sind, zeig' ich dir das Kinderzimmer. Es ist ganz süß geworden."

Nach dem Mittagessen gingen sie nach oben, um das Zimmer anzusehen. Danach hatte Erich noch einige Sachen mit seinem Vater zu klären. Erst beim Kaffee saßen sie wieder zusammen.

Hilde sagte: „Stellt euch vor, ich hatte einen Anruf von meinem Freund Herbert Wagner. Wir haben die Adresse von Wolfgang Zeller. Ihr werdet es nicht glauben, er wohnt in Wuppertal. Ich habe auf einem Stadtplan nachgeguckt, Wolfgang Zeller wohnt in einer Parallelstraße der Firma Gerkan. Herbert Wagner hat mich gebeten, ihn keinesfalls anzurufen. Sie wollen einen Beamten zu ihm schicken und ihn wegen Heinz Engler vernehmen.

Kommt euch das nicht auch sonderbar vor? Wolfgang Zeller wohnt um die Ecke von Horst Gerkan und der darf uns die Adresse nicht sagen? Das Ganze stinkt zum Himmel. Ihr könnt mir sagen, was ihr wollt, die haben irgendwas damit zu tun. Ich kann in meinem Zustand so gut wie nicht mehr Auto fahren, aber wenn ich könnte, würde ich mir zumindest anschauen, wo dieser ominöse Wolfgang Zeller wohnt, dessen Adresse man nicht erfahren durfte."

Erich: „Hilde, ich bitte dich, unternimm nichts. Lass das die Polizei machen. Herbert Wagner ist ein erfahrener Beamter, der weiß, was er tut."

Hilde jetzt auch ernst: „Hätten wir im letzten Jahr Geduld gehabt, dann würden wir heute noch auf die Bilder warten und ich wäre immer noch im Verdacht, mit Heinz unter einer Decke zu stecken. Irgendwie kann ich eure Geduld in dieser Angelegenheit nicht verstehen. Ich fürchte mich davor, dass Heinz noch etwas unternimmt, was uns schadet und dass wir ernsthaft gefährdet sind. Denkt an meine Worte. Heinz ist eine Gefahr für uns. Ich weiß auch nicht, woher ich meine Gewissheit nehme, aber ich spüre es förmlich."

Moritz und Erich versuchten Hilde zu beruhigen, aber sie ließ alle Argumente der beiden nicht gelten.

„Jetzt habt ihr fast eine Stunde auf mich eingeredet wie auf eine kranke Kuh, glaubt mir, ich spüre es, Heinz ist hier in der Nähe und er will uns sicherlich nichts Gutes."

Moritz wollte am Abend wieder in Wiesbaden sein, so verabschiedete er sich und fuhr nach Hause.

***

Wuppertal

Wolfgang Zeller saß in seinem notdürftig eingerichteten Büro in Wuppertal, als ihn ein Anruf des Polizeipräsidiums erreichte. Ein Beamter wollte am Montagvormittag vorbeikommen, um ihn über Heinz Engler zu befragen. Durch die abgehörten Telefonate war Wolfgang darauf vorbereitet, von der Polizei befragt zu werden.

Er hatte vor, noch mit seinem polnischen Architekten zu sprechen, ob seine Papiere und die Papiere seiner polnischen Arbeiter in Ordnung waren.

Mit Paul hatte er schon hinsichtlich der Unterlagen für seine weißrussischen Künstler gesprochen. Die drei hatten entsprechende Genehmigungen. Er hatte auch schon veranlasst, dass die Bilder aus Dresden so verpackt werden, dass man sie nicht erkennen konnte.

Es klingelte das Telefon, die Dame am Empfang meldete einen Peter Wahl. Wolfgang nahm das Telefonat an:

(Wolfgang) Hallo, Herr Wahl, was verschafft mir die Ehre Ihres Anrufes?

(Wahl) Ich bin gerade in Berlin bei der Galerie für russische Kunst und habe ein kleines Anliegen.

(Wolfgang) Aber gerne, wenn ich helfen kann?

(Wahl) Die Galerie für russische Kunst in Berlin-Neukölln sucht vorübergehend Räume zum Einlagern von Gemälden. Sie müssen beheizt sein und eine bestimmte Luftfeuchtigkeit haben. Das kennen Sie ja. Es handelt sich um alte Ikonen.

(Wolfgang) Kein Problem, das lässt sich machen. Um wie viel Exponate handelt es sich?

(Wahl) Moment, ich gebe weiter an den Besitzer der Galerie. Er weiß es genau.

(Bussow) Mein Name ist Iwan Bussow, ich leite hier die Galerie für russische Kunst in Berlin. Wie ich hörte, sind Sie Kunstwissenschaftler und haben eine Galerie in Wuppertal eröffnet und verfügen über die entsprechenden Räumlichkeiten, um derartige Kostbarkeiten wie unsere Ikonen zu lagern. Wir sprechen im Moment von zirka 160 alten Ikonen, die wir zusammen mit unseren Galerien in Moskau, Minsk und St. Petersburg vertreiben. Diese Ikonen lagern bei uns in

Berlin, weil in Russland der Export von Kunstgegenständen aus der Zeit vor 1956 streng verboten ist.

(Wolfgang) Mein Name ist Wolfgang Zeller, ich bin Kunstwissenschaftler und habe in Düsseldorf und Gent studiert. Nachdem ich Jahre als Gutachter tätig war, habe ich jetzt eine Galerie in Wuppertal eröffnet. Wir befassen uns mit der Herstellung und dem Vertrieb von Kopien alter Meister, die wir europaweit anbieten wollen. Wir sind raummäßig sehr gut ausgestattet und können ohne Schwierigkeiten 160 Exponate unterbringen. Wir sollten uns über die Lagerungsart und auch über die Versicherung dieser Exponate unterhalten. Ab wann haben Sie an eine Lagerung gedacht?

(Bussow) Eigentlich ab sofort. Sind Sie am Wochenende, das heißt morgen oder übermorgen in Wuppertal?

(Wolfgang) Ja, wenn es Ihnen passt, so können Sie jederzeit kommen. Wollen Sie die Exponate gleich mitbringen?

(Bussow) Das wäre am Angenehmsten. Ist Ihnen morgen Nachmittag Recht?

(Wolfgang) Damit wäre ich einverstanden. Mit mir werden noch die Herren Paul Vermeylen und Bart van de Velde hier sein. Geben Sie mir noch mal Herrn Wahl?

(Bussow) Gerne, also bis morgen.. Do swidanija!

(Wahl) Hallo, Herr Zeller – na, das scheint zu klappen. Darf ich eventuell morgen mit nach Wuppertal kommen? Ich glaube, ich habe eine Idee, die Sie reizen könnte.

(Wolfgang) Oh, das wäre schön. Dann können Sie gleich unsere Räumlichkeiten sehen. Es ist zwar alles noch in der Aufbauphase, aber Sie werden schnell unsere Möglichkeiten erkennen. Ich freue mich auf Morgen. Bei der Gelegenheit werden Sie auch meine Partner, Herrn Paul Vermeylen und Herrn Bart van de Velde kennenlernen.

Als Wolfgang aufgelegt hatte, rief er Paul und Bart zu sich. Er erzählte von dem Telefonat mit Berlin und fügte hinzu:

„Wahl ist ein Gauner mitsamt seinem Herrn Bussow. Die haben in Berlin 160 alte Ikonen, die sie schnellstmöglich verschwinden lassen müssen. Die wollen sie hier einlagern. Vielleicht können wir sie so weit bringen, dass wir einen Teil in die Ausstellung bringen. Möglicherweise können wir davon sogar etwas verkaufen. Mal sehen, wie die Verhandlungen laufen. Ganz sauber sind die beiden auf jeden Fall nicht.

Der Raum in dem die Dresdner Bilder lagern, muss abgeschlossen bleiben. Wir sagen, der ist vermietet. Seht mal zu, dass hier alles einen einigermaßen guten Eindruck macht. Das hilft auch, wenn am Montag der Mann von der Polizei kommt. Je offener wir mit denen umgehen, umso weniger kommen wir in Verdacht. Die Militaria-Sachen packen wir wieder in die Holzkisten. Die stehen unverdächtig im Lager. Nagelt sie zu, das ist auch unverdächtig."

Paul und auch Bart hatten noch einige Fragen, dann gingen alle wieder ihrer Arbeit nach.

***

Wiesbaden

Es sollte kein ruhiger Samstag werden. Moritz hatte Bescheid gegeben, alle könnten sich das neu erstandene Haus neben Prems Haus ansehen. So hatten sich viele schon um neun Uhr versammelt und fuhren dorthin.

Es war ein imposantes Haus im Jugendstil. Ähnlich wie Prems Haus auf einem abschüssigen, parkähnlichen Gelände gelegen. Das Haus war dreigeschossig und als man davor stand, begann Moritz zu erklären:

„Dieses Anwesen wurde um die vorletzte Jahrhundertwende gebaut. So zirka 1904. Das Souterrain hat eine Hausmeisterwohnung und fünf kleine Unterstellräume. Daneben sehen Sie die Einfahrt von vier Garagen, die später angebaut wurden. Das Hochparterre ist eine Wohnung mit 140 m² Wohnfläche. Der 1. und 2. Stock hat ebenfalls je eine abgeschlossene Wohnung mit 140 m² und das Dachgeschoss oder die Mansarde ist noch nicht ausgebaut. Sowohl der Garten als auch das Haus sind etwas verwahrlost. Die Bäder und Toiletten müssen erneuert werden. Die Heizungsanlage ist noch in Ordnung."

Dann begann die Besichtigung des Hauses. Wenn auch etwas heruntergekommen, so waren Türen, Fenster, Treppenhaus und so weiter in einem wunderschönen Jugendstil. Die Fußböden, meist Parkett, das allerdings abgeschliffen werden musste. Alle streunten durch das Haus, die Mansarde, die Kelleräume und viele, viele Ideen kamen auf.

Susi nahm Moritz zur Seite und fragte: „Schatz, wer soll denn diese Renovierungen bezahlen, das kostet doch ein Vermögen?"

Moritz beruhigte sie: „Der Vorbesitzer, Herr Kristen, hat mir mit den Unterlagen des Hauses auch das Angebot einer polnischen Firma gegeben, die sich auf die Renovierung solcher Projekte spezialisiert hat. Das Angebot ist günstig. Nächste Woche werde ich mich mit denen treffen und dann sehen wir weiter. Bei der Gelegenheit kann man auch noch die Mansarde ausbauen. Ich habe das durchgerechnet. Das ist wirklich ein Renditeobjekt. Die Lage ist einmalig und der Garten ist, wie Prems Garten auch, ein Park. Ich will mit Prem sprechen, vielleicht kann man den Zaun zwischen den beiden Gärten entfernen, dann wird das Ganze zu einem herrlichen Park.

Ich bin sehr zuversichtlich, dass das alles schnell über die Bühne geht. Auf jeden Fall müssen wir uns um Maxims Wohnung keine Gedanken mehr machen."

Alena war begeistert von der Lage im Grünen und von dem Haus. Franz meinte: „Moritz, da hast du wirklich was ganz Feines an Land gezogen. Ich habe zwar eine wunderschöne Wohnung, aber ich könnte mir vorstellen, auch hier zu leben. Sollten wir Nachwuchs bekommen, dann hätte eine solche Wohnung die richtige Lage und Größe. Notiere schon mal, Alena und ich sind daran interessiert. Wenn Maxim hier wohnen soll, denke daran, unsere Ateliers sind zu eng und zu klein für seine Ikonostasen. Ich war mal auf der Mansarde, die lässt sich mit wenig Aufwand in ein Atelier mit einer Deckenhöhe von über vier Metern gestalten. Also Alena und ich sind begeistert."

Zwei weitere Mitarbeiter meldeten auch ihr Interesse an.

Prem kam und beglückwünschte Moritz zum Kauf. Er sagte: „Ich bin sehr froh, dass dir dieser Kauf gelungen ist. Wir bekommen Nachbarn die zu uns passen. Vielleicht sogar Nachbarn mit Kindern. Wenn wir den Zaun zwischen den beiden Grundstücken entfernen, dann haben die Kinder ein kleines Paradies. Was meinst du?"

Susi lachte: „Prem, das Gleiche hat Moritz vorhin auch gesagt und ich muss euch beiden Recht geben, das wird ein kleines Paradies."

Wuppertal

Es war schon fast 14 Uhr, als ein LKW vor der Galerie **artis opus** in Wuppertal hielt. Zwei Herren stiegen aus. Sie meldeten sich am Empfang und die Dame bat Platz zu nehmen und telefonierte nach Herrn Zeller und Paul und Bart.

Als Wolfgang kam, stellte Herr Wahl Herrn Bussow vor. Wolfgang meinte dann: „Es ist wohl am besten, wenn wir Ihren LKW erst mal in den Hof fahren. Auf der Straße ist mir das wegen der wertvollen Fracht zu gefährlich."

Gesagt, getan. Herr Bussow fuhr den LKW in den Hof und dann traf man sich in einem Raum der Galerie, für den Wolfgang einen Konferenztisch besorgt hatte und die passenden Stühle. Er hatte dafür gesorgt, dass Sandwichs und

Getränke vorhanden waren. Wolfgang bot alles an und nach einem ersten lockeren Gespräch meinte er:

„Meine Herren, seit zirka sechs Wochen sind wir nun Besitzer dieser heruntergekommenen Industrieanlage. Wir haben bisher Unerhörtes geleistet und ich hoffe, in vier Wochen so weit zu sein, dass man diese Räume vorzeigen kann. Ich würde Sie gerne durch unsere Räumlichkeiten führen, dabei können Sie sich den Raum aussuchen, in dem Sie Ihre Ikonen lagern wollen. Ein Sicherheitsschloss habe ich besorgt. Eine Alarmanlage kann installiert werden.

Hier in den geplanten Ausstellungsräumen ist bereits eine Alarmanlage installiert. Wenn wir Ihre Ikonen in einem noch nicht benutzten Raum der zukünftigen Galerie lagern könnten, dann wären sie entsprechend den Versicherungsbedingungen geschützt.

Wenn Sie wollen, mache ich mit Ihren 160 Ikonen sogar eine Ausstellung, die man je nach Wunsch für die Öffentlichkeit zugänglich machen kann oder nur einem bestimmten Kreis zeigt. Das müssen Sie entscheiden."

Dann besichtigten die Herren die gesamten Räumlichkeiten der Galerie **artis opus** und waren von der Größe und den Möglichkeiten überrascht. Am allermeisten war Herr Bussow überrascht, als er einen der weißrussischen Künstler traf, den er anscheinend seit langem kannte.

So sagte er nach Beendigung der Besichtigung:

„Herr Zeller, Sie beschäftigen einen unserer früheren Mitarbeiter. Ein ausgezeichneter Mann. Gratuliere! Sie haben auch fantastische Ausdehnungsmöglichkeiten. In Ihrer geplanten Galerie haben Sie noch so viel Platz, dass ich von Ihrem Angebot Gebrauch machen will und einen Raum der Galerie im 1. Stockwerk gern hätte. Sie verfügen sicher über die notwendigen Präsentationsmöglichkeiten, um diese außergewöhnlichen Heiligenbilder zu zeigen. Allerdings sollte diese Ausstellung nicht der Öffentlichkeit zugänglich gemacht werden. Ich werde ab und zu Kunden schicken."

So vereinbarte man, die Ikonen in einem Raum der Galerie im 1. Stock des Gebäudes zu platzieren. Wolfgang beauftragte zwei seiner Leute mit dem Ausladen der Ikonen.

Als dies geschehen war, sagte Herr Wahl: „Ich mache viele Ausstellungen und auch Vernissagen. Das Unternehmen **artis opus** ist in Berlin nicht bekannt. Die **Galerie für russische Kunst** hat viele Liebhaber in Berlin und der Umgebung. Ich habe mir gedacht, wenn Sie beide gemeinsam die geplante Ausstellung in Berlin machen, dann haben beide Teile etwas davon. Sie, als unbekannte Galerie oder Kunsthandlung, können sich dranhängen und man wird Sie gegebenenfalls nicht verdächtigen, Kunden bei der Galerie Kaiser abgeworben zu haben.“

Man war schnell einig. Wolfgang war das sehr Recht, er hatte ohnehin gebangt, nicht genügend Ausstellungsobjekte bis zur Ausstellung fertig zu haben. Wolfgang besorgte für die beiden Herren Hotelzimmer und sie verabredeten sich zu einem gemeinsamen Abendessen. Herr Bussow wollte am nächsten Morgen zurück nach Berlin und Herr Wahl mit der Bahn nach München fahren.

***

Wiesbaden

Sonntag, früher Nachmittag.

Alena und Franz, Boris sowie Susi mit Moritz waren zum Rhein-Main-Flughafen gefahren, um die Familie Maxim Pasternak abzuholen. Die Maschine war pünktlich um 15:25 Uhr gelandet und sie warteten in der Ankunftshalle auf die Familie Pasternak und Erika und Anton. Es war schon nach 16 Uhr, als die sechs kamen. Die Kinder quengelten und so beeilten sie sich, zu den Autos zu kommen, um nach Wiesbaden zu fahren.

Sie fuhren direkt in die Taunusstraße, alle begaben sich in den 4. Stock in die Wohnung, aus der Prem und die Familie erst ausgezogen waren.

Boris brachte Maxim sofort ins Bett. Es war leicht zu sehen, dass er große Schmerzen hatte.

In der Zwischenzeit erklärte Susi Frau Pasternak die Wohnung und insbesondere die Küche. Alena kümmerte sich um die Kinder und zeigte ihnen ihr Kinderzimmer. Damit für die Ankunft alles vorhanden war, hatten Alena und Franz den Kühlschrank gefüllt und auch die anderen Lebensmittel besorgt.

Susi wünschte der Familie Pasternak alles Gute und verabschiedete sich mit Moritz. Sie wollten Alena, Franz und Boris erst mal mit den Pasternaks allein lassen. Dann fuhr sie zu Anton und Erika. Sie war gespannt zu erfahren, welchen Eindruck die beiden von St. Petersburg hatten.

Dort angekommen, begrüßte sie Anton mit den Worten: „Du kannst es nicht erwarten, welche Neuigkeiten ich aus St. Petersburg mitgebracht habe." Sie setzten sich zusammen und Erika und Anton begannen zu erzählen.

Beide waren begeistert von der Stadt, der Gastfreundschaft und auch von den Sehenswürdigkeiten. Olga hatte ihnen die Museen gezeigt, diesmal auch im Schnellgang. Als sie mit ihren Schilderungen zu Ende waren, sagte Anton: „Susi, unsere zukünftige Galerie in St. Petersburg wird etwas Außergewöhnliches. Ich habe schon Pläne, wie wir das alles gestalten können. Das Hinterhaus eignet sich prima für unsere Werkstätten. Wir haben mit mehren Restauratoren gesprochen, die sind wild darauf, bei uns zu arbeiten. Das alles sieht so gut aus, dass ich es kaum glauben kann. Michail hat mir den Vertrag mitgegeben, so, wie ihn sich die Eremitage vorstellt. Änderungen können wir noch einfügen. Ich gebe ihn Dieter, der soll ihn durchsehen. Ich soll euch sowohl von Paula als auch von Michail herzlich grüßen. Wenn alles klappt, können wir in vier bis sechs Wochen die

Galerie Kaiser in St. Petersburg eröffnen. Was meinst du, wen wir dort mit der Leitung beauftragen können?“

Susi ernst: „Das muss jemand sein, der russisch spricht, der das Metier kennt und der unser Vertrauen besitzt. Da gibt es nicht viele. Leider scheidet Maxim vorerst aus, der ist gefährdet. Außerdem bin ich der Meinung, dass Maxim schon so weit ist, in die Führung unserer Unternehmen aufzusteigen. Ich glaube, er ist der Spiritus Rector der Galerie St. Petersburg. Dazu kommt noch, er ist ein Künstler und durch die Ikonostasen zumindest noch die nächsten Jahre hier gebunden.

Alena kommt wohl kaum in Frage. Franz und Alena sind ineinander verliebt und wünschen sich Nachwuchs. Beide brauchen wir hier dringend. Bleibt noch Boris. Boris ist zwar auch etwas durch diese Mafia gefährdet, aber keinesfalls so wie Maxim. Außerdem glaube ich, wegen seiner Familie wäre er gerne wieder in St. Petersburg. Von den Kenntnissen könnte er zweifelsohne die Leitung der Galerie und auch des Ateliers übernehmen, aber ob er wendig genug ist und das kaufmännische Wissen hat, das weiß ich nicht. Wir können uns mal mit Michail darüber unterhalten. Der kennt ihn viel länger als wir. Außerdem ist es sicher fair, wenn wir uns in den nächsten Tagen mit Boris darüber verständigen. Was meint ihr?“

Alle waren Susis Meinung.

Dann fragten beide, was sich in den letzten Tagen ereignet hat und Susi berichtete, dass Moritz das Haus neben Prem gekauft hat, so dass die Wohnungssorge für Maxim nicht mehr besteht. Dann ging man gemeinschaftlich zu Giovanni zum Abendessen.

***

Wuppertal

Montagmorgen. In der Galerie **artis opus** herrschte gespannte Stimmung. Wolfgang erwartete den Mann vom Polizeipräsidium. Man hatte am ganzen Sonntag aufgeräumt und Paul hatte einen Teil der Ausstellung auch schon fertig gestellt. Sie hatten die Ikonen in einem besonderen Raum im 1. Stock platziert.

Um kurz vor 10 Uhr meldete die Dame am Eingang das Eintreffen des Herrn von der Polizei. Wolfgang ging nach unten und stellte sich vor. Der Mann machte sich als Herr Gerlach bekannt und gab Wolfgang seine Karte.

Wolfgang bat Herrn Gerlach nach oben in den 1. Stock in einen Raum der Ausstellung, in dem er den Konferenztisch hatte, bat Platz zu nehmen und fragte, ob er einen Kaffee anbieten dürfe. Herr Gerlach bejahte.

Dann fragte Wolfgang: „Herr Gerlach, was kann ich für Sie tun?"

Der griff in seine Mappe und zeigte Wolfgang ein Fax, in dem anscheinend verschiedene Fragen aufgelistet waren. So sagte er: „Wir haben hier eine Anfrage vom Bundeskriminalamt in Wiesbaden, das uns bittet, bei Ihnen vorstellig zu werden, um uns nach einem Herrn Heinz Engler oder Herrn Heinz van Engelen zu erkundigen. Kennen Sie Herrn Heinz Engler?"

Wolfgang: „Nicht nur gut, sondern sehr gut. Soweit ich weiß, hatte er zwei Staatsbürgerschaften. In Belgien nannte er sich Heinz van Engelen und in Deutschland Heinz Engler. Ich habe mit ihm zusammen in Düsseldorf studiert und habe etwas über ein Jahr mit ihm zusammengewohnt. Er hat sich dann mit einer Frau Henzo verlobt und ist zu ihr gezogen. Nach unserem Studium in Düsseldorf gingen wir beide nach Gent und haben dort noch zwei Semester Kunstgeschichte studiert. Ich ging dann nach Paris und Heinz nach Holland, wo er als Gutachter tätig war. Dann kam er zu mir nach Paris und wir erstellten Gutachten für Versicherungen

Im November vorletzten Jahres hat er sich bei einer Galerie Kaiser in Wiesbaden beworben und wurde dort eingestellt. Soweit ich weiß, ging er im Streit mit diesem Unternehmen auseinander. Er kam dann kurzzeitig zu mir nach Paris und ich ging später mit ihm nach Belgien. Dort habe ich ihn aus den Augen verloren. Vielleicht sollte ich erwähnen, dass wir einen Streit hatten. Seit dieser Zeit hat er sich nicht mehr gemeldet. Ich habe ihn bereits bei seinem Vater gesucht, der kennt seinen Aufenthaltsort leider auch nicht."

Herr Gerlach fragte „Könnten Sie vielleicht in den nächsten Tagen mal zu mir ins Büro kommen und das zu Protokoll geben?" Wolfgang: „Aber selbstverständlich, aber warum suchen Sie Heinz?"

Herr Gerlach: „Keine Ahnung, das geht aus dem Fax nicht hervor. Aber da fällt mir ein, ich brauche noch Ihre Daten, haben Sie zufälligerweise einen Ausweis hier?"

Wolfgang: „Was wollen Sie haben, Pass oder Personalausweis?"

Herr Gerlach: „Was Sie da haben." Wolfgang übergab seinen Reisepass und Herr Gerlach notierte die Daten. Dann sagte er: „Wenn Sie zu mir ins Büro kommen, wären Sie so freundlich, auch Ihren Personalausweis mitzubringen?"

Wolfgang: „Kein Problem. Passt es Ihnen morgen früh?"

Der Polizeibeamte Gerlach: „So eilt es zwar nicht, aber dann hätte ich den Vorgang vom Tisch. Ist Ihnen neun Uhr angenehm?"

Wolfgang: „Okay, ich werde um neun Uhr bei Ihnen sein. Darf ich Ihnen unsere Galerie zeigen?"

Als Herr Gerlach bejahte, ging Wolfgang mit ihm ins Erdgeschoss und machte mit dem Polizeibeamten eine ausführliche Besichtigung aller Räume. Herr Gerlach war sehr angetan von der Neugestaltung dieser Räume und meinte: „Ich war schon neugierig, was sich in diesen Gebäuden etabliert hat. Allerdings an eine Kunstausstellung hätte ich nie gedacht.

Meinen Sie, dass das in Wuppertal Erfolg hat?“

Wolfgang lachte: „In Wuppertal sicherlich nicht. So etwas gehört auf die Kö nach Düsseldorf. Nur dort kann man die Miete nicht bezahlen und die Gebäude ebenfalls nicht. Wir haben vor, unsere Erzeugnisse europaweit zu vertreiben. Durch den Fachhandel, durch eigene Ausstellungen und vor allen Dingen auf Kunstmessen und Kunstausstellungen. Wir haben eigentlich nur einen großen Konkurrenten in Deutschland und das ist die Galerie Kaiser in Wiesbaden. Denen wird unsere Eröffnung in Wuppertal nicht sonderlich passen. Aber das ist eben der Wettbewerb. Unsere erste öffentliche Ausstellung wird in etwa vierzehn Tagen in Berlin sein. Diese Räume hier wollen wir im April eröffnen. Bis zur Eröffnung bitte ich Sie, Stillschweigen über unsere Aktivitäten zu bewahren. Unsere Konkurrenz hört das Gras wachsen. Wenn Sie mir Ihre Adresse geben, lade ich Sie gerne zur Eröffnung dieser Galerie ein. Es würde mich freuen.“

Kaum war der Polizist aus dem Haus, als Bart und Paul sich erkundigten, wie alles gelaufen sei.

Wolfgang meinte nur: „Wie erwartet, alles unter Kontrolle. Morgen früh gehe ich zum Polizeipräsidium und wir machen ein Protokoll über meine heutige Aussage. Ihr wisst ja, auch ich weiß nicht, wo Heinz Engler ist.“ Und Wolfgang konnte ein infames Lächeln nicht ganz unterdrücken.

***

Wiesbaden

Dienstagmorgen, Susi saß mit Moritz beim Frühstück und sie besprachen das Tagesprogramm.

Moritz hatte sich mit Susis Architekten und der polnischen Baufirma verabredet. Die Herren wollten um 10 Uhr kommen und sich dann das neue Haus ansehen.

Susi hatte wie immer einen vollen Schreibtisch, trotzdem wollte sie am Nachmittag ins Krankenhaus zu Maxim und Nina. Maxim war gestern beim Arzt gewesen, der ihn vorsorglich in ein Krankenhaus eingewiesen hatte. Susi wollte hören, ob er länger bleiben muss. Anschließend musste Susi noch mal zu Nina ins Krankenzimmer gehen. Sie hatte zwar Nina am Sonntag besucht, aber sie wollte heute noch mal zu ihr gehen, denn Dieter hatte versprochen, Nina zu besuchen, um von der Unterredung mit dem Anwalt ihres Mannes zu berichten.

Nachdem sie aufgestanden waren, umarmte Susi ihren Mann, gab ihm einen Kuss und sagte: „Moritz, ganz so stressig müsste es im Moment nicht sein. Ich habe es zwar gern, wenn es etwas lebhaft ist, aber im Moment ist es zu viel. – Da fällt mir ein, für morgen Vormittag hat sich ein Herr Bussow bei mir angemeldet. Er ist der Leiter einer Galerie für russische Kunst in Berlin-Neukölln. Habe Herbert Wagner schon Bescheid gesagt. Der wird vereinbarungsgemäß das Gespräch mithören und mitschneiden. Könntest du auch in der Nähe sein? Er kommt so gegen 11 Uhr, das heißt, er wird mich zum Mittagessen einladen. Ein Mikro habe ich dann in der Handtasche. Vielleicht kannst du zum Mittagessen mitkommen? Herbert wird einen Mann von der Polizei dabei haben, der uns überwacht. Ich will gleich noch mal Michail anrufen, ob er einen Mann mit diesem Namen kennt."

Moritz sehr ernst: „Selbstverständlich bin ich da. Eventuell solltest du mich mit zu dem Gespräch bitten. Wenn es sich nicht ergibt, dann kann ich in deine Besprechung platzen und du kannst mich vorstellen. Mal sehen, wie es läuft. Auf jeden Fall werde ich zum Mittagessen mitgehen." Moritz gab Susi einen Kuss, sie verabschiedeten sich und Susi ging in ihr Büro.

Erika war schon in ihrem Vorzimmer und Susi bat sie, ein Gespräch mit Michail Borodin herzustellen.

(Susi) Susi Kaiser!

(Michail) Hallo, Susi, wie geht es dir, was macht Maxim?

(Susi) Michail, schön, deine Stimme zu hören. Wir haben gestern Maxim zu unserem Arzt gebracht und der hat ihn zur Vorsorgeuntersuchung ins Krankenhaus überwiesen. Ich will heute Nachmittag zu ihm und hören, ob es schon Ergebnisse gibt. Sobald wir irgendetwas Konkretes wissen, werden wir dich sofort anrufen. Maxims Frau muss sich erst noch zurechtfinden, aber Boris und Alena helfen ihr. Alenas zukünftiger Mann bemüht sich, die Kinder in einer Schule unterzubringen. Das konnte er erst heute machen. Es wird ein anstrengendes, erstes Halbjahr für die Kinder, aber dann wird sich das normalisieren. Moritz hat in Wiesbaden ein Haus gekauft, das muss erst renoviert werden, dort wird Maxims neue Wohnung sein,. Solange wohnt die Familie hier im 4. Stock. Die Verträge hat Anton gestern zu unserem Notar gebracht. Wir geben Bescheid, wann ihr zur Unterzeichnung kommen könnt. Wir freuen uns auf euren Besuch.

Aber jetzt habe ich noch eine Frage: Bei mir hat sich ein Iwan Bussow von einer Galerie für russische Kunst in Berlin-Neukölln gemeldet. Er will mich morgen Vormittag besuchen. Kennst du ihn zufälligerweise?

(Michail) Und ob ich diesen Ganoven kenne. Nach unserer Meinung steckt der hinter allem. Er scheint der Drahtzieher dieser ganzen Bande zu sein. Sei ganz vorsichtig und sage der Polizei, sie soll dich gut bewachen. Ich werde sofort meinen Freund den russischen Botschafter in Berlin anrufen und ihn vorwarnen. Iwan Bussow ist mit allen Wassern gewaschen, nur mit keinen guten. Ich will dir keine Angst machen, aber Susi, sei vorsichtig.

(Susi) Ich habe die Polizei schon verständigt. Moritz und Erika sind in meiner Nähe. Wenn wir zum Essen gehen, wird in unserer Nähe ein Beamter sein. Außerdem schneiden wir die Gespräche auf Band mit. Ich bin gespannt, welche Un-

keuschheiten er mir anbieten wird. In jedem Fall werde ich dir berichten. Soll ich von mir aus die Botschaft in Berlin benachrichtigen?

(Michail) Das ist nicht notwendig, das mache ich von hier aus. Zu deiner Information. Wir sind noch lange nicht mit der Inventur fertig. Aber mit Sicherheit fehlen über 200 Ikonen. Meist sehr alte und wertvolle Stücke. Außerdem wahrscheinlich noch eine ganze Anzahl von Gemälden und Skulpturen. Werde dich auf dem Laufenden halten.

(Susi) Habe ganz herzlichen Dank. Grüße Paula vielmals und sage ihr, sie soll sich ein paar Tage freinehmen. Sie kann gerne auch ein paar Tage ohne dich hier bleiben. Moritz und ich haben sie einfach gern.

(Michail) Du weißt, wir kommen gern, aber wir haben auch vier Kinder und in dem Alter brauchen sie die Mama und umgekehrt muss Mama aufpassen, dass alles seinen geordneten Gang geht. Du kannst das sicher verstehen. Ich verspreche dir, ich werde mit Paula darüber sprechen.

(Susi) Fühlt euch einfach eingeladen. Ich werde dich auf dem Laufenden halten. Grüße deine Frau herzlichst und vergiss nicht, auch Olga unsere besten Grüße zu sagen. Tschüss Michail!

(Michail) Auf Wiedersehen, Susi und beste Grüße an Moritz, Erika und Anton. Vergiss auch nicht Maxim, Boris und Alena von mir zu grüßen.

Susi versuchte Herbert Wagner zu erreichen und hatte Glück. Sie erzählte ihm von der Warnung Michail Borodins und Herbert versprach, alles zu tun, um Susi zu schützen. Er wollte morgen Früh in der Firma sein und noch mal die Abhöranlage überprüfen und auch das tragbare Mikro in Susis Handtasche. Er selbst wäre während des gesamten Besuches von Herrn Bussow in der Firma, um mitzuhören.

Susi erledigte noch Kleinigkeiten und ging dann zum Mittagessen. Dort traf sie auch Anton. Während des Essens berichtete sie den beiden vom Gespräch mit Michail und Herbert.

Anton war nicht sehr erbaut von der Idee, einen Mafiosi im Haus zu haben, aber Susi beruhigte, es sei im Moment sicherlich nur ein Vortasten des Herrn Bussow.

Nach dem Mittagessen fuhr Susi ins Krankenhaus zu Maxim. Sie traf ihn im Bett liegend an. Nach einer kurzen Begrüßung ging sie ins Schwesternzimmer, um nach dem behandelnden Arzt zu fragen.

Sie hatte Glück. Er war noch anwesend. Susi stellte sich vor, aber der Arzt war nur gewillt, in Anwesenheit von Maxim Auskunft zu geben. So begaben sich beide wieder zu Maxim ins Zimmer. Nachdem der Arzt Maxims Einverständnis hatte, sagte er:

„Herr Pasternak hat sehr schwere Prellungen, Platzwunden und die davon herrührenden Hämatome. Ob innere Organe in Mitleidenschaft gezogen sind, das überprüfen wir im Moment. Wir hoffen zwar nicht, aber das muss untersucht werden. Diese Untersuchungen werden etwa drei bis vier Tage dauern. Herr Pasternak hat eine Gehirnerschütterung. Absolute Ruhe ist angeordnet. Er erhält starke Schmerzmittel, denn seine Verletzungen sind sehr quälend. Vor Ablauf dieser Woche kann ich keine endgültige Auskunft über seinen Gesundheitszustand geben. Für den Moment Ruhe, Ruhe und nochmals Ruhe. Möglichst wenig Besuch. Das hilft Herrn Pasternak im Augenblick am besten. Ich hoffe, ich habe mit dieser Auskunft gedient."

Susi bedankte sich und der Arzt ging.

Sie ging zu Maxim ans Bett, streichelte seine Hand und sagte: „Maxim, viele liebe Grüße von deinen Freunden in St. Petersburg. Du hast gehört, wenig Besuch. Ich werde allen sagen, dass sie damit noch warten sollen.

Morgen kommt einer deiner Freunde aus Russland. Ein Iwan Bussow. Laut Michail ist das der Chef der Bande und lebt in Berlin. Es ist alles so geregelt, dass mir nichts passieren kann. Mal sehen, was mir der Herr zu sagen hat. Die russische Botschaft in Berlin ist informiert und auch das Bundeskriminalamt in Wiesbaden. Herbert Wagner wird bei uns in der Firma sein. Nun erzähle, wie geht es dir?“

Maxim ganz langsam: „Susi, danke, das habt ihr alles prima gemacht. Tut mir leid, dass ich mich nicht bewegen kann. Mir tut einfach alles weh. Ihr habt mir hier ein Zimmer besorgt wie für einen König. Was kostet das, kann ich das bezahlen? Was machen meine Frau und die Kinder? Wie geht jetzt alles weiter?“

Susi lachte: „Maxim, eines nach dem anderen. Das Krankenhaus zahlt deine Krankenversicherung. Du bist privat versichert, da hast du Anspruch auf ein Einzelzimmer und das hier ist eines. Deiner Frau und deinen Kindern geht es gut. Alena kümmert sich um deine Familie, damit sie sich hier zurechtfinden. Franz versucht, deine Kinder in der Schule anzumelden. Auch das wird klappen. Wahrscheinlich gibt es hier eine Klasse für Kinder, die noch nicht Deutsch sprechen. Das finden wir heraus. Moritz hat ein Haus gekauft. Es ist ein Dreifamilienhaus und du und deine Familie werden dort eine Wohnung haben. Die Wohnung ist sehr groß, 140 m². Sie wird in Kürze renoviert. Moritz ist deshalb mit einem Architekten und einer Baufirma dort. In der Firma läuft alles seinen gewohnten Gang. Nur wir verkaufen zu gut und brauchen dringend neue Bilder. Aber eines ist wichtig. Du musst erst wieder ganz gesund werden. Du wirst sehen, in einer Woche sieht die Welt schon wieder anders aus. So und jetzt werde ich dich auch allein lassen. Schlaf dich gesund.“

Maxim schlief schon wieder. So strich Susi noch mal über sein Haar und verließ leise das Zimmer.

Es war gut, dass Nina in der gleichen Klinik lag, so brauchte sie nicht noch in ein anderes Hospital zu fahren.

Sie klopfte an Ninas Zimmertür und fand eine lachende Nina, die sich sichtlich freute, Susi zu sehen.

Nina: „Susi, du kommst ja noch mal. Das ist schön. Komm nimm dir einen Stuhl.“ Susi setzte sich neben das Bett und fragte: „Nina, wie geht es dir? Noch Schmerzen?“

Nina lachte: „Alles in Ordnung. Es zieht noch etwas, aber die Ärzte sagen, es wird alles wieder normal. Du siehst, mein Gips ist auch ab, aber der Arm ist noch etwas steif. Das wird wieder. Am Sonntag nach deinem Besuch waren noch die Kollegen vom Atelier hier. Die waren zu dritt und haben mir die schönen Blumen mitgebracht. Stell dir vor, gestern Abend war der neue Mann – der Holzschnitzer – bei mir. Den kenn ich eigentlich gar nicht. Er sagte, er hätte gehört, was mir passiert sei und so wollte er mich besuchen und hat mir Pralinen mitgebracht. Die Kollegen hatten ihm gesagt, ich wolle malen lernen. Er sei Holzschnitzer und müsse seine Figuren oft bunt bemalen. Wenn ich wollte, so könne er mir das beibringen. Das wäre eine besondere Kunst. Nicht jeder wäre geeignet. Ich solle es probieren. Ach, Susi, die sind alle so nett zu mir, ich weiß gar nicht, was ich dazu sagen soll. Heute Abend wollen die von Antons Atelier kommen.“

Susi nahm Ninas Hand und sagte: „Nina, werde erst wieder ganz gesund. Auch wenn deine Wunden heilen, deine Seele braucht viel, viel länger. Das braucht seine Zeit. Außerdem glaube ich, bist du bei deiner Rückkunft ziemlich ausgelastet. Ab Ende Mai hast du dann zusätzlich noch meine Zwillinge, zumindest tagsüber. Du hast Zeit genug, dir zu überlegen, bei welcher Form der Malkunst du anfangen willst. Zweifelsohne ist das Bemalen von Figuren ein eigener Zweig und es bedarf eines ziemlichen Geschicks. Du kannst beides probieren. Sieh mal zu, was dir liegt. Es gibt bei uns so viel verschiedene Kunstarten und du kannst alles ausprobieren. Eines weiß ich, unsere Mitarbeiter mögen dich. Nicht jeder wird so ohne Weiteres in den Kreis der Kollegen und Kolleginnen aufgenommen. Das hast du geschafft. Gratuliere dir.“

Es klopfte und als sich die Tür öffnete, kam Dieter Zeiser mit einem Mann, der sich als Anwalt von Ninas Mann vorstellte.

Susi fragte, ob sie lieber gehen solle, da das doch mehr oder weniger eine rein persönliche Sache von Nina wäre, aber Nina bestand darauf, dass Susi dabeibleiben sollte.

Notar Dieter Zeiser begann: „Frau Öztal, der Anwalt Ihres Mannes und ich hatten heute ein langes Gespräch. Ich habe ihm die Unterlagen der polizeilichen Untersuchung gezeigt, außerdem das Gutachten Ihres Arztes und habe ihm erklärt, dass wir keinesfalls die Strafanzeige gegen Ihren Mann zurücknehmen werden. Auch die Klage auf Scheidung Ihrer Ehe würden wir nicht zurücknehmen. Da Ihr Mann schon einmal rechtskräftig wegen Körperverletzung verurteilt wurde, heißt das, dass Ihr Mann mit einer Gefängnisstrafe zu rechnen hat.

Ihr Mann hat gegenüber seinem Anwalt angegeben, dass Sie ihn am damaligen Tag so gereizt hätten, dass er die Kontrolle über sich verloren hätte und so sei es zu diesem Unglück gekommen. Er würde das sehr bedauern und verspricht, dass das nie mehr vorkommen würde. Bei jedem Scheidungsprozess ist es üblich, einen sogenannten Sühnetermin anzuberaumen. Diesen kann man umgehen, wenn sich beide Parteien einig sind, darauf zu verzichten. Dies ist auch der Grund, warum wir heute beide bei Ihnen sind, um Sie zu fragen, ob Sie eventuell bereit sind, die Ehe mit Ihrem Mann wieder aufzunehmen."

Nina lag in ihrem Bett, die Tränen liefen und unter Schluchzen sagte sie: „Das hat mir mein Mann schon hundertmal versprochen und immer und immer wieder hat er mich geschlagen. Fragen Sie doch die Nachbarn, die können Ihnen das bestätigen. Ich kann nicht mehr und ich will auch nicht mehr. Die letzten Jahre waren die Hölle. Sie wissen doch, was er bei mir im Unterleib angerichtet hat. Ich weiß nicht, ob ich noch mal Kinder kriegen kann. Ich will ihn auch nicht mehr sehen.“ Nina konnte nicht mehr weitersprechen.

Susi ging zu ihr, nahm ihre Hand und sprach beruhigend auf sie ein.

Notar Zeiser nahm wieder das Wort. „Mein Kollege und ich gehen nach draußen, um die Angelegenheit zu besprechen. Frau Öztal, Ihre Aussage war eindeutig und ich werde mich mit meinem Kollegen beraten. In zirka fünfzehn Minuten sind wir wieder hier.“ Und zu Susi gewandt: „Susi, sei so lieb und bleibe die paar Minuten noch bei Nina.“

Susi erklärte sich selbstverständlich dazu bereit und so warteten Susi und Nina auf die Anwälte.

Dann kam Dieter Zeiser allein zurück. „Ihr seht, ich komme allein, mein Kollege hat eine Anwaltspraxis und anscheinend warten dort Mandanten auf ihn. Wir haben soweit alles durchgesprochen. Jetzt muss er erst mit Ninas Mann sprechen, ob er mit unserer Vereinbarung einverstanden ist. Wir haben Folgendes vereinbart: Herr Öztal verlässt Wiesbaden innerhalb der nächsten drei Monate und zieht in die Türkei. Gemäß unseren Vereinbarungen darf er sich dir nicht mehr nähern. Gespräche dürfen nur über die Anwälte erfolgen. Er gibt sein Einverständnis zur sofortigen Scheidung. Einzelheiten sind noch zu vereinbaren. Da der Mietvertrag der Wohnung nur auf Ninas Namen abgeschlossen wurde, verändert sich nichts. Nina behält also die Wohnung. Das Mobiliar verbleibt bei Nina. Herr Öztal darf seine persönlichen Sachen aus der Wohnung nehmen. Da die beiden Eheleute getrennte Bankkonten haben, ändert sich nichts. Die jeweilige gegenseitige Bankvollmacht wird innerhalb von sieben Tagen zurückgegeben. Dies wird durch mich vollzogen. Wir ziehen die Strafanzeige gegen Herrn Öztal zurück, wenn Herr Öztal bereit ist, ein notarielles Schuldanerkenntnis mit sofortiger Vollstreckbarkeitsklausel zu unterschreiben. Den genauen Text dieser Urkunde werden wir noch gemeinsam erarbeiten.

Die Kosten der Scheidung trägt Herr Öztal, dafür erlassen wir ihm die Zahlung von Schmerzensgeld. Herr Öztal wird einige Zeit brauchen, bis er das alles verdaut hat, aber er hat nicht viele Chancen. Nina, wärst du mit so einer Vereinbarung einverstanden?"

Nina weinte schon wieder, sie hauchte ein „Ja".

Susi schaltete sich ein: „Dieter, es ist so alles in Ordnung. Nina kann nur nicht mehr. Sie hat volles Vertrauen zu dir und weiß, dass du das Richtige machst. Wenn sie aus dem Krankenhaus entlassen wird, soll sie erst mal zu mir in das Gästezimmer ziehen. Da ist sie unter Menschen. Ich danke dir, dass du dich so eingesetzt hast."

Susi sagte zu Nina: „Ich muss jetzt leider gehen. Im Büro wartet noch ziemlich viel auf mich." Und zu Dieter Zeiser gewandt: „Kommst du auch oder willst du noch bleiben?"

Auch Dieter musste gehen. Er sagte: „Anton hat mir einen Vertrag auf den Tisch gelegt, der ziemlich umfangreich ist. Wenn ich ihn gelesen habe, muss ich ihn mit dir und mit Anton durchsprechen. Es wäre gut, wenn auch Moritz mit dabei sein könnte."

Sie verabschiedeten sich von Nina und verließen das Zimmer. Im Korridor fragte Dieter nach Maxims Zimmernummer, er wollte ihn noch kurz besuchen.

***

Wiesbaden

Hektische Betriebsamkeit herrschte am Mittwochmorgen in den Büroräumen der Galerie Kaiser. Herbert Wagner hatte einen Beamten des Bundeskriminalamts mitgebracht. Sie überprüften die Abhöranlage mehrfach. In einem Nebenzimmer würden Herbert Wagner, der Beamte des BKA und Moritz sitzen und mithören. Ein zweiter Beamter des BKA sollte im Haus zur Verfügung sein, um die Überwachung zu übernehmen.

Zwanzig Minuten vor elf Uhr am Vormittag meldete sich in der Galerie im Erdgeschoss ein Herr namens Bussow. Franz begrüßte ihn freundlich und sagte: „Herr Bussow, ich freue mich, einen Kollegen aus Berlin kennenzulernen. Wollen Sie gleich zu Frau Kaiser oder möchten Sie einen Blick auf unsere Exponate werfen?“

Herr Bussow etwas überrascht über die Herzlichkeit: „Ein paar Minuten habe ich sicher noch, wenn ich mich kurz umschauen darf?“

Franz Westermann: „Aber ich bitte Sie, ich begleite Sie selbstverständlich. Wie mir Frau Kaiser erzählte, haben Sie eine Galerie in Berlin?“ Nun begann ein kurzes Gespräch und sie gingen dabei durch die Räume und auch in den ersten Stock der Ausstellung. Es war bereits zehn Minuten nach 11 Uhr als Franz meinte: „Ich glaube, ich bringe Sie jetzt besser zu Frau Kaiser, wenn Sie Lust haben, kommen Sie doch noch mal heute Nachmittag, dann kann ich Ihnen in aller Ruhe unsere Exponate zeigen.“

Franz nahm Herrn Bussow mit ins Treppenhaus und fuhr mit ihm im Lift in den 3. Stock zu Susis Büro.

Er trat ein, ging mit Herrn Bussow zu Erika und sagte: „Erika, ich bitte dich, Herrn Bussow bei Susi anzumelden!“

Erika sagte nur: „Herr Bussow, darf ich Ihnen den Mantel abnehmen, Frau Kaiser erwartet Sie schon.“

Nachdem das geschehen war, klopfte Erika an Susis Bürotür und meldete: „Susi, Herr Bussow!“

Susi stellte sich vor, bat Platz zu nehmen und sagte: „Herr Bussow, es ist schön, einen Kollegen zu treffen. Das passiert bei uns nicht sehr oft. Aber erzählen Sie, was führt Sie zu uns?“

Herr Bussow: „Mich hat unten in der Galerie Herr Westermann begrüßt, nach allem was ich hörte, muss er ein absoluter Fachmann sein.“

Susi lächelnd: „Da haben Sie sicherlich Recht. Herr Westermann ist ein langjähriger Mitarbeiter. Aber sagen Sie, was führt Sie zu mir?“

Herr Bussow sehr freundlich: „Erst mal wollte ich Sie als Kollegin kennenlernen. Vielleicht ergibt sich mal eine gemeinsame Ausstellung. Wir sind nach jeder Seite offen.“

Susi: „Auch wir sind nach allen Seiten offen. Gleich um welche Art der Zusammenarbeit es geht. Dazu kommt, dass unser Markt in Deutschland relativ klein ist. Weniger als 10 Prozent setzen wir in Deutschland um.“

Bussow: „Aber gnädige Frau, das lässt sich doch ändern. Wir haben großen Erfolg mit unseren Ausstellungen im deutschsprachigen Raum. Wir vertreiben fast ausschließlich russische Kunst. Aber das lässt sich sicherlich kombinieren. Beim Kommen habe ich einige Ihrer Exponate bewundern können. Hervorragend!“

Susi: „Wir vertreiben hier ausschließlich Kopien alter Meister. Das ist unser Metier. Das mit Originalen russischer Kunst zu mischen, scheint mir ein Stilbruch zu sein. Würden Sie Kopien russischer Kunst herstellen, dann wäre das etwas anderes.“

Bussow: „Gnädige Frau, wir sind Spezialisten auf dem Gebiet der russischen Kunst. Unser Vertreter in den USA hat berichtet, dass Sie sich neuerdings nicht nur mit Kopien befassen, sondern auch mit der Herstellung von Originalen. So hätten Sie einen Millionenauftrag für die Herstellung von Ikonostasen erhalten. Stimmt das?“

Susi: „Lieber Herr Bussow, ich weiß nicht, welche Quellen Sie in den USA haben, wenn dem so wäre, so wären wir Konkurrenten, wenn nicht, so würden Sie mir nicht glauben. Also, was soll ich Ihnen jetzt sagen?“

Bussow lachte: „Gnädige Frau, die Wahrheit!“

Susi lachte auch: „Sehen Sie, gleich, was ich Ihnen jetzt antworte, Sie werden meine Worte anzweifeln. Ich glaube, wir beenden das Gespräch über Ikonostasen.“

Bussow, jetzt ernst: „Frau Kaiser, wir haben gute Informationen und Sie sind eine Kollegin. Auf Umwegen habe ich in Erfahrung gebracht, dass letztens einem Ihrer Mitarbeiter etwas Unerfreuliches zugestoßen ist. Einem Landsmann von mir. Das bedaure ich sehr. Es ist anscheinend der Mann, der für Sie die Ikonostasen für die USA herstellt. Ich weiß, dass ein anderes Atelier an eben diesem Auftrag interessiert ist. Meinen Sie nicht, dass man diesen Auftrag gemeinsam durchführen könnte?"

Susi jetzt ziemlich bestimmt: „Herr Bussow, jetzt gehen Sie wohl zu weit, Sie können doch nicht im Ernst annehmen, dass ich auch nur einen Gedanken daran verschwende, mich auf ein solch windiges Geschäft einzulassen. Ich vertrete hier die Interessen von nahezu einhundert Mitarbeitern. Selbst wenn ich wollte, ich könnte solche Machenschaften nicht unterstützen, da bei uns über Geschäfte in dieser Größenordnung ein Gremium von sechs Personen abstimmt. Diese Genehmigung gäbe es nie und nimmer."

Herr Bussow: „Liebe, gnädige Frau Kaiser, keinesfalls wollte ich in irgendeiner Form Ihnen oder der Galerie Kaiser zu nahe treten. Aber meine Informationen aus Russland sind eindeutig. Man will alles daransetzen, um Ihre Produktion von Ikonostasen und Ikonen und überhaupt von russischer Kunst zu verhindern. Glauben Sie mir, ich will Sie nur warnen. Diese Leute schrecken vor nichts zurück."

Susi lächelnd: „Lieber Herr Bussow, besten Dank für Ihre vertrauliche Mitteilung. Ich werde sie unserem Gremium vortragen. Aber ich kenne meine Kollegen. Das Erste, was man mir sagen wird: ‚Verständige sofort das Bundeskriminalamt'. Was würde dann geschehen? Die würden Sie sofort entsprechend befragen? Also was meinen Sie, soll ich jetzt unternehmen?"

Herr Bussow: „Ich verstehe, aber ich kenne diese Mafia, was glauben Sie, was dann passiert? Molotow Cocktails, Anschläge auf Ihre Galerien, weitere Ausschaltung Ihrer

Mitarbeiter. Ich will Sie nur warnen. Besprechen Sie das in Ruhe mit Ihrem Gremium."

Es klopfte: Auf das Herein kam Moritz. Er entschuldigte sich für die Störung und stellte sich Herrn Bussow vor.

Dann sagte er: „Herr Bussow, Sie entschuldigen, darf ich Sie und meine Frau zum Mittagessen entführen?"

Als Bussow bejahte, fuhr Moritz fort: „Wir haben hier in der Nähe ein kleines italienisches Lokal. Nichts aufregendes, aber sehr gut. Wir gehen oft dahin. Ich sage Erika, sie soll uns dort einen Tisch reservieren."

Moritz veranlasste das bei Erika und diese brachte die Mäntel von Susi und Herrn Bussow. Die drei gingen zu Giovanni.

Giovanni begrüßte sie wie alte Freunde, er sagte: „Ich habe einen schönen Tisch im Hinterzimmer, ich lasse die Tür offen, damit Sie bei uns sitzen können. Habe leider keinen Tisch mehr am Fenster. Aber Sie werden zufrieden sein."

Es war anfangs eine recht belanglose Unterhaltung. Als Herr Bussow wieder von der Thematik der russischen Mafia anfangen wollte, blockte Susi ab.

„Herr Bussow. Ich bin dafür, hier im Lokal nicht über diese Dinge zu sprechen. Es könnte leicht jemand zuhören. Das ist mir zu riskant. Ich schlage vor, wir gehen nach dem Essen wieder zu mir ins Büro. Ich möchte gerne meinen Mann über unser Gespräch informieren, er ist Mitglied des Gremiums. Also seine Stimme zählt auch. Allerdings muss ich Ihnen sagen, das Gremium ist nur beschlussfähig, wenn dieser einstimmig erfolgt."

Nach dem Essen gingen sie zurück in Susis Büro. Dort angekommen begann Susi: „Lieber Herr Bussow, ich möchte meinen Mann nur kurz ins Bild setzen" – und zu Moritz gewandt – „Moritz, Herr Bussow ist hierher gekommen, um die Galerie Kaiser zu warnen. Eine Art russische Mafia denkt, wir würden Ikonostasen und Ikonen fertigen und diese nach USA verkaufen. Dies wollen diese Leute anscheinend unterbinden. Herr Bussow warnt uns davor und schlägt eine Zusammenarbeit mit ihm vor. Wie das gehen soll, das hat er mir noch nicht verraten. Falls wir nicht damit einverstanden wären, befürchtet er, dass die russische Mafia uns unter Druck setzen würde, bitte, Herr Bussow berichtigen Sie mich, wenn ich jetzt was Falsches sage, man würde unsere Galerie mit Molotow-Cocktails bewerfen. Wenn ich richtig verstanden habe, sowohl hier als auch bei Anton. Man würde unseren Mitarbeitern körperlichen Schaden zufügen."

Herr Bussow: „Nach meiner Kenntnis schrecken diese Leute auch nicht vor Kidnapping zurück. Sollten Sie sich entschließen, mit uns zusammenzuarbeiten, wir haben in Russland entsprechende Partner, durch die man solche Repressalien gegebenenfalls ausschließen könnte. Aber bitte, verstehen Sie das nur als Information."

Susi bedankte sich vielmals und fragte Moritz, ob er nicht eventuell Herr Bussow nach unten begleiten würde, damit Franz ihm die Galerie zeigen könne.

Beim Verabschieden fragte Herr Bussow, wann er mit einer Antwort rechnen dürfe.

Susi ganz smart: „Baldmöglichst. Wir hatten erst letzte Woche ein Meeting des Gremiums, es tritt wieder in vier Wochen zusammen. Ich lasse Sie wissen, was das Gremium dann beschlossen hat. Nochmals Danke für Ihren Besuch und ich wünsche Ihnen eine gute Heimreise."

Moritz brachte Herrn Bussow nach unten zu Franz und blieb auch während seines Aufenthaltes in der Galerie dabei. Als Bussow gegangen war, begab er sich sofort nach oben zu Herbert Wagner und den Beamten des BKA. Er traf alle im Gespräch in Susis Büro.

Herbert Wagner: „Na, Moritz, ist er weg?" Und als Moritz bejahte, meinte Herbert: „Das war deutlich. Hätte nicht gedacht, dass die sich soweit vorwagen. Wir werden jetzt alles, was wir auf Band haben, abschreiben, dann die wesentlichen Auszüge, sowohl an die örtliche Polizei, als auch an das Auswärtige Amt geben. Susi, da du die Adressen vom russischen Botschafter hast und auch von Michail Borodin in St. Petersburg, bitte ich dich, diesen Auszug direkt dorthin zu schicken. In jedem Fall werde ich sehen, ob ich für Maxim und seine Familie einen Personenschutz bekomme."

Susi ziemlich trocken: „Ich weiß zwar nicht, woher die wissen, dass die orthodoxen Kirchen in USA bei uns Ikonostasen im Wert von über fünf Millionen US $ bestellt haben, aber sie wissen es und sie wissen auch, dass es nur Maxim machen kann. Der ist gefährdet."

Moritz meinte: „Lass uns heute Abend allen sagen, was Bussow uns angedroht hat. Vorsicht ist geboten. Ich bin froh, dass wir vor unseren Fenstern und Türen Metallgitter haben. Aber es gibt Leute, die können auch bis in den ersten Stock werfen. Also noch mal Gitter auch für die 1. Etage. Ich werde noch mal alle Feuerlöscher nachsehen lassen und noch zusätzliche besorgen. Dies für alle Etagen."

Als man sich um 18 Uhr zum Aperitif traf, ergriff Moritz das Wort: „Wie sagt Susi immer so schön, wir erzählen uns alles, gleich, ob schön oder schlimm. Heute gibt es was Schlimmes zu berichten." Moritz begann zu erzählen und alle waren schockiert. Jeder wollte helfen.

Dann fuhr Moritz fort: „Es gibt aber nicht nur Schlimmes zu berichten. Gestern war ich mit unserem Architekten und einer polnischen Baufirma im neuen Haus. Das Ganze war sehr erfreulich. Die Baufirma kann sofort beginnen.

Wenn alles klappt, kann Maxim in wenigen Wochen dort einziehen. Vielleicht schon zum Ende des Monats. Sobald Maxim ausgezogen ist, beginnen die Bauarbeiten hier in der 4. und 5. Etage." Man sprach durcheinander. Susi sah Petra, sie sagte so en passant: „Sag mal, wie seid ihr denn mit eurem Umzug zurechtgekommen. Hat alles geklappt? Ich nehme an, im Moment ist Ilse bei den Kindern?"

Petra lachte: „Das mit Ilse hat sich wunderbar eingespielt. Wir verstehen uns nicht nur gut, sie versteht sich auch mit all meinen Kindern sehr gut. Dazu kommt, dass Jo fast jeden Abend bei den Kindern ist und seine unendliche Geschichte des kleinen Indianerjungen weiterspinnt."

„Na", fragte Susi: „Spinnt sich eventuell zwischen Jo und Ilse was an?"

Petra lachte: „Im Moment noch nicht. Die zwei verstehen sich zwar gut, auch ist Jo zu den Kindern sehr lieb, aber zwischen den beiden ist ein etwas größerer Altersunterschied. Da weiß man nie."

Susi: „Also beim Altersunterschied sehe ich das Problem nicht. Denke an Moritz und mich. Jo ist ein netter Kerl und Ilse auch. Also warten wir's ab."

Petra lachend: „Jetzt komme ich zu meinem wunden Punkt. Die Wohnung ist noch nicht so, wie ich sie gerne hätte. Dauert noch etwas. Manche Möbel, die ich gerne wollte, haben leider Lieferzeiten. Also müsst ihr mit der Housewarmingparty noch warten. Aber sie kommt und ich mache uns dann ein thailändisches Buffet vom Feinsten. Hoffentlich ist Maxim bis dahin wieder auf den Beinen, der verzieht immer so schön das Gesicht." Susi musste lachen.

***

Solingen

Donnerstag gegen 10 Uhr klingelte bei Hilde das Telefon:

(Hilde) Hilde Granika, guten Morgen.

(Wagner) Hallo, Hilde! Hier Herbert, wie geht's?

(Hilde) Früher ging's mir schlecht, wenn du angerufen hast, heute finde ich es schön, so können sich die Zeiten ändern, aber erzähle, was gibt's?

(Wagner) Gestern war ich den ganzen Tag in der Galerie Kaiser und so fand ich das Fax von Herrn Gerlach, der Kripo in Wuppertal erst heute Morgen. Ich erzähle dir die wesentlichsten Punkte. ...Dann erzählte Herbert Wagner Hilde ausführlich, was Herr Gerlach über Wolfgang Zeller herausgefunden hat... Mit dieser Vernehmung wurde auch Wolfgang Zeller überprüft. Es liegt nichts gegen ihn vor. Seine Papiere sind einwandfrei.

(Hilde) Wenn alles bei Herrn Zeller einwandfrei ist, warum hat er dann so ein Geheimnis aus seiner Adresse gemacht und seinen ehemaligen Kollegen ehrenwörtlich verpflichtet, sie nicht bekanntzugeben? Da ist doch was faul!

(Wagner) Genau das habe ich auch den Beamten gefragt. Die Erklärung ist recht simpel. Herr Zeller will praktisch die Galerie Kaiser nachahmen. Das heißt, er will alte Meister kopieren wie die Galerie Kaiser. Er wollte daher nicht, dass man frühzeitig von seinen Plänen erfährt, zumal er weiß, dass Herr Gerkan und die Galerie Kaiser geschäftliche Verbindungen haben und Herr Gerkan Susi und auch Anton kennt. Mir leuchtet das ein.

(Hilde) Aber das schließt doch nicht aus, dass sich Heinz doch dort aufhält.

(Wagner) Ich habe heute Morgen noch mal mit dem Beamten gesprochen. Er hat mir erzählt, dass er am Montagmorgen persönlich bei Herrn Zeller war. Herr Zeller hat ihm voller Stolz seine Galerie gezeigt. Diese ist zwar noch nicht fertig, aber eine polnische Firma ist mit den Renovierungsarbeiten betraut. Er hat mir berichtet, dass er durch alle Räume geführt worden sei. Er hätte auch eine Einladung zur Eröffnung der Galerie erhalten. Das alles klingt nicht so, als würde sich dort Heinz Engler versteckt halten. Hilde, ich glaube, du bist auf einer falschen Spur.

(Hilde) Das klingt mir alles viel zu glatt. Eigentlich kann ich mich meist auf mein Gefühl verlassen und ich glaube, mein Gefühl trügt mich in diesem Punkt nicht. Zeller hat

irgendetwas mit Heinz zu tun und auch mit unserem Diebstahl. Ich weiß, das klingt jetzt blöd, aber kannst du mir erklären, warum Heinz hier aufgetaucht ist und so ziemlich zur gleichen Zeit hat Herr Zeller ein Gebäude in Wuppertal gekauft? Selbst wenn er Streit mit Herrn Zeller hatte, warum ist er dann nicht mal bei seinem Studienkollegen Horst Gerkan vorbeigefahren? Du weißt selbst, es sind nur wenige Kilometer von hier nach Wuppertal. Soweit mir Horst Gerkan erzählt hat, hatte der keinen Streit mit Heinz. Kollegen, die Jahre zusammen studiert haben, die zusammen gewohnt haben, die sehen sich plötzlich nicht mehr? Das können die einem erzählen, der keine Krempen am Hut hat. Mir nicht! Bitte, Herbert, versteh mich nicht falsch, deine Ermittlungen sind sicher richtig. Aber irgendetwas kann da nicht stimmen. Aber sei sicher, ich finde das heraus.

(Wagner) Hilde, ich hoffe, du verrennst dich da nicht. Ich verspreche dir, ich werde die Sache im Auge behalten. Weißt du eigentlich, ob und wann Mike wieder nach Deutschland kommt und ob er sich an den Recherchen zur Wiederbeschaffung der gestohlenen Sachen beteiligen wird?

(Hilde) Mike wird sich erst mit der Angelegenheit befassen, wenn die Versicherung eine Belohnung für das Wiederauffinden der gestohlenen Militaria aussetzt. Er will hier wieder zum Ende des Monats auftauchen. Die Versicherung wird erst Mitte des Monats über eine Auslobung entscheiden. Bis dahin geschieht nichts. Aber was habt ihr ermitteln können? Sind schon irgendwo unserer Erzeugnisse aufgetaucht? Eventuell in Belgien oder in den Niederlanden?

(Wagner) Wir haben hier noch keine Meldungen erhalten. Aber das ist auch noch gar nicht möglich. Es sind erst drei Wochen seit dem Diebstahl vergangen. Vor vier bis fünf Wochen tut sich da sicherlich nichts.
Du bist zu ungeduldig. Unternimm in dieser Angelegenheit nichts. Es dauert bei uns vielleicht etwas länger, aber es wird zum Erfolg führen.

(Hilde) Es bleibt mir ja nicht viel mehr übrig, als zu warten. Du versprichst mir, mich sofort zu verständigen, wenn sich was tut?

(Wagner) Selbstverständlich. Versprochen! Ich habe dich von der Vernehmung auch sofort ins Bild gesetzt. So, bei mir brennt's wieder, tschüss, Hilde!

Hilde legte nachdenklich auf. Sie war sich ganz sicher, da stimmte was nicht. Sie musste weiter recherchieren.

Als sie zum Mittagessen mit Erich zusammentraf erzählte Hilde von ihrem Gespräch mit Herbert Wagner.

Erich teilte Hildes Verdacht nicht. Er gab Hilde ein Küsschen und sagte: „Schatz, du verrennst dich in eine Idee, dass Herr Zeller oder Herr Gerkan etwas mit dem Diebstahl zu tun hatten. Überlasse das doch der Polizei oder Herbert."

Hilde meinte nur: „Ob du mir glaubst oder nicht, ich darf doch dein Einverständnis voraussetzen, wenn ich noch mal mit Frau Henzo spreche Auch will ich noch mal mit Carlo in Rom sprechen, was sein Freund aus Ventimiglia in Bordighera erreicht hat."

Erich lachte: „Schatz, du bist zäh in deinen Recherchen. Solang du das mit dem Telefon erledigst, ist dagegen nichts einzuwenden. Ich finde es prima, wie du dich um die Sache kümmerst und hoffe, du verrennst dich nicht in eine fixe Idee. Aber komm, lass uns was essen, ich habe Hunger."

***

Berlin

Es war Freitagmorgen gegen 9:30 Uhr, als der russische Botschafter vor dem Schaufenster der Galerie für russische Kunst stand. Er betrachtete die für eine Galerie nicht allzu große Auslage und betrat dann den Laden.

Ein junger Mann verneigte sich und sagte: „Exzellenz, willkommen bei uns. Was kann ich für Sie tun?"

Dieser sagte nur: „Bitte melden Sie mich Herrn Iwan Bussow."

Wieder verneigte sich der junge Mann und sagte: „Bitte einen Moment." Es dauerte keine Minute, da erschien Herr Bussow und begrüßte den russischen Botschafter mit den Worten: „Exzellenz, welch eine Freude, Sie in unserer Galerie zu sehen. Darf ich Sie in mein Büro bitten?"

Seine Exzellenz meinte nur: „Gerne, nur ob mein Besuch eine Freude für Sie wird, das wage ich zu bezweifeln."

Als man sich in Bussows Büro gesetzt hatte, kam seine Exzellenz zur Sache: „Herr Bussow, wie ich vom Leiter der Eremitage in St. Petersburg erfuhr, wurden dort enorme Mengen an Exponaten aus den Lagern entwendet. Wir wissen, dass diese außer Landes gebracht wurden. Wir ermittelten, dass diese auf dem Seeweg nach Deutschland kamen und angeblich in Berlin gelandet sind. Ich will Sie erst gar nicht fragen, ob Sie etwas damit zu tun haben. Wenn sich die gestohlenen Gegenstände bei Ihnen befinden, so fordere ich Sie auf, diese sofort zurückzugeben. Sollten Sie wissen, wo sich diese Stücke befinden, so verlange ich, mir sofort die notwendigen Informationen zu überlassen, damit ich diese Stücke beschlagnahmen kann."

„Aber Exzellenz", Herr Bussow verneigte sich leicht, „was denken Sie von mir, ich habe nicht die geringste Ahnung von diesen Dingen, ich weiß vom Hörensagen, dass es bei der Eremitage in St. Petersburg Unregelmäßigkeiten gegeben haben soll. Nie würde ich kostbares, russisches Kulturgut in solcher Form ankaufen.

Hier unterbrach der russische Botschafter barsch: „Bussow! Erzählen Sie mir nicht so einen Blödsinn. Ich weiß, dass Sie solche Dinge anbieten und verkaufen. Ich kann Sie hier deswegen nicht belangen. Aber sollte es sich herausstellen, dass Sie etwas mit den Diebstählen in

St. Petersburg zu tun haben, dann werde ich auf Ihrer Ausweisung nach Russland bestehen und Sie dort vor Gericht bringen. Sie spielen mit Ihrem Leben. Ich erwarte innerhalb von sieben Tagen die Rückgabe dieser Bilder."

Bussow sehr kleinlaut: „Aber Exzellenz, bitte – ich führe Sie durch all unsere Räume, Sie werden feststellen, dass hier nichts derartiges lagert. Bitte, geben Sie mir Gelegenheit, Ihnen das zu beweisen."

Der Botschafter ließ sich nicht beirren: „Wir halten Sie nicht für so dumm, die gestohlenen Exponate hier zu lagern. Wie gesagt, ich erwarte innerhalb von sieben Tagen die Adressen des Lagerortes der gestohlenen Gegenstände. Ich hoffe, wir haben uns verstanden. Sie entschuldigen mich jetzt, do swidanija!" Herr Bussow versuchte noch ein Gespräch mit dem Botschafter, aber der verließ ohne weitere Äußerungen die Galerie.

‚Mist', dachte Bussow, ‚das hat mir gerade noch gefehlt'. Er nahm den Telefonhörer und wählte Wolfgang Zellers Telefonnummer in Wuppertal.

(Stimme) Galerie artis opus Wuppertal.

(Bussow) Mein Name ist Bussow von der Galerie für russische Kunst in Berlin, könnte ich Herrn Zeller sprechen?

(Stimme) Moment, ich muss mal sehen, ob Herr Zeller im Hause ist.

(Wolfgang) Hallo, Herr Bussow, was verschafft mir die Ehre Ihres Anrufs?

(Bussow) Sie haben so günstige Lagerkapazitäten und meine Frage ist, könnte ich bei Ihnen noch zwei Räume anmieten, die beheizt werden und mit einem Feuchtigkeitsregler versehen werden können?

(Wolfgang) Aber, Herr Bussow, was für eine Frage, ganz selbstverständlich, Sie kennen doch unsere Möglichkeiten und können darüber verfügen. Über den Preis werden wir uns einig. Ab wann wollen Sie mieten?

(Bussow) Nach Möglichkeit sofort. Ich habe außerhalb von Berlin eine große Anzahl von Bildern und Skulpturen eingelagert und musste gestern feststellen, dass diese Räume keinesfalls für unsere Exponate geeignet sind. Die Luftfeuchtigkeit ist zu hoch und die Beheizung mangelhaft. Es eilt also. Wir würden mit zwei kleinen LKW's oder einem großen LKW morgen im Laufe des Nachmittags kommen..

(Wolfgang) Aber Herr Bussow, natürlich ist das morgen machbar und selbstverständlich werden wir helfen. Wollen Sie die Räume in der Galerie oder im Seitenbau?

(Bussow) In diesem Fall wäre mir der Seitenbau angenehmer.

(Wolfgang) Wollen Sie mit ihrer Versicherung sprechen oder sollen wir das veranlassen?

(Bussow) Das können wir vereinbaren, wenn ich morgen bei Ihnen bin. Könnten Sie für mich und meinen Mitarbeiter zwei Einzelzimmer reservieren?

(Wolfgang) Aber selbstverständlich. Freue mich, Sie morgen bei mir zu sehen.

(Bussow) Herzlichen Dank für die schnelle und problemlose Kooperation.

(Wolfgang) Danke auch und auf Wiedersehen.

(Bussow) Auf Wiedersehen.

***

Wiesbaden

Eigentlich sollte Samstag ein Ruhetag sein, nicht so bei der Galerie Kaiser. Bei Anton hatten sich Kunden angesagt und auch in der Galerie in der Taunusstraße waren drei wichtige Besucher aus dem Ausland, um mit den Herren Dr. Hugo Wettengel, Franz Westermann und Prem Leekpai geschäftliche Dinge zu besprechen. Es war schon 11 Uhr am

Morgen, als Susi von Dr. Wettengel angerufen wurde und um ihr Kommen bat. So ging Susi, die in ihrem Büro war, die Treppen nach unten und traf dort Dr. Hugo Wettengel mit einem älteren Herrn, den er als Jacob Goldman vorstellte.

Nach ein paar einleitenden Worten begann Hugo Wettengel: „Susi, Herr Goldman bewirbt sich um die Vertretung unserer Produkte für Israel. Ich bin im Moment nicht genau im Bilde, wie die Verträge mit Israel laufen, soweit ich weiß, hatte früher Mike Israel mit in seinem Einzugsgebiet. Aber ist das heute noch so?“

Susi lachte und meinte: „Meine Herren, das ist kein Gespräch für die Galerie, ich schlage vor, wir gehen in mein Büro.“ Alle waren einverstanden.

Als man in Susis Büro Platz genommen hatte, fragte Susi: „Herr Goldman, bevor wir in ein weiteres Gespräch einsteigen, darf ich Sie erst einmal um eine Selbstauskunft bitten und um ihre fachliche Qualifikation.“

Jacob Goldman lächelte: „Eine verständliche Bitte, es ist schnell erklärt. Ich bin amerikanischer Staatsbürger und war als Soldat in Berlin stationiert. Dort habe ich mich verliebt und auch geheiratet. Dann habe ich die Kunsthochschule in Charlottenburg besucht. Da ich jüdischen Glaubens bin, gingen meine Frau und ich vor etwa zwanzig Jahren nach Israel. Wir leben in Jaffa. Vielleicht kennen Sie die Künstlerkolonie in Jaffa, dort finden Sie auch meine Galerie. Wenn Sie Referenzen brauchen, ich kenne Mike Curtis, den können Sie befragen. Haben Sie dazu noch Fragen?“

Susi lachte: „Sie haben uns die beste Referenz gegeben, die man haben kann. Aber erzählen Sie uns etwas über den Kunstmarkt in Israel.“

Jetzt lachte auch Herr Goldman: „Sie wissen sicher genau wie ich, der liegt so ziemlich am Boden. Dort Kopien alter Meister zu verkaufen, ist zumindest sehr schwierig. Wir haben unendlich viele Künstler, die sich auf diesem Markt versuchen, allerdings ziemlich erfolglos.“

Susi fragte wieder: „Herr Goldman, was führt Sie dann zu uns, denn das Kopieren alter Meister ist unser Metier."

Herr Goldman ernst: „Frau Kaiser, wie ich Ihrem sehr verehrten Dr. Wettengel bereits sagte, sind es drei sehr unterschiedliche Sachen. Dass ich vielleicht ab und zu eines Ihrer Bilder verkaufen kann, das ist möglich, davon können weder Sie noch ich leben. Aber ich habe Einiges in Erfahrung gebracht, das mich interessiert und das mich dazu veranlasst mit Ihnen zu sprechen.

Erstens: Ich habe gehört, Sie fertigen Ikonostasen für die orthodoxen Kirchengemeinden. Die Hälfte unserer Einwanderer aus der ehemaligen UdSSR sind orthodoxe Christen. Auch die brauchen Gotteshäuser. Hier sehe ich einen Markt. Der Sitz der Bahaii, einer Sekte, ist in Haifa/Israel, da könnte sich ein Markt entwickeln – dies weltweit. Es gibt auch andere christliche Kirchen, die in Jerusalem vertreten sind, auch da ist ein Markt. Von den Tempeln der Juden will ich erst gar nicht sprechen.

Zweitens: Nach meiner Meinung ist der derzeitige Kunstmarkt sehr diffizil. Entweder man kann zu hohen Preisen verkaufen oder äußerst preisgünstig. Sie kommen mit Öldrucken auf den Markt, die zweifelsohne bemerkenswert sind. Wahrscheinlich werden Sie demnächst noch hochwertige Kunstdrucke anbieten. Das ist ein Markt, der mich interessiert. Ich könnte mir vorstellen, dass man damit ein gutes Touristengeschäft in Israel aufbauen kann.

Drittens: Die Buschtrommeln haben mir berichtet, dass Sie mit den Vatikanischen Museen einen Vertrag geschlossen haben. Ich kenne den Inhalt nicht, aber ich kann mir vorstellen, dass der Sie in eine besondere Position bringt. Wenn ich an die katholischen Pilger denke, die jährlich nach Jerusalem kommen, so ergibt sich daraus sicherlich ein glänzendes Geschäft.

Ich kann mir zwei Wege der Zusammenarbeit vorstellen. Einmal als Vertreter auf reiner Provisionsbasis mit dem Ausschließlichkeitsrecht für Israel. Entsprechende Verträge haben Sie sicherlich mit vielen Ihrer Auslandsvertretungen. Oder zum anderen als ein Mitarbeiter Ihres Unternehmens mit eigenem Atelier. Dies kann auf Provisionsbasis oder gegen ein festes Salär erfolgen. Wahrscheinlich haben Sie solche Verträge auch mit anderen Unternehmen."

Susi und Hugo hatten aufmerksam zugehört und Susi sagte: „Lieber Herr Goldman, danke für die Schilderung Ihres Lebenslaufes und die Beschreibung Ihres Marktes. Wie unter Geschäftspartnern üblich so auch die Schilderung unserer Unternehmen.

Was viele nicht wissen, wir sind ein Verein, die sogenannte **Galerie Kaiser e.V.**, daneben besteht aus rein rechtlichen Gründen noch eine Firma mit dem Namen **Galerie Kaiser GmbH.** Es gibt dann noch ein paar Ableger, so die **Kaiser's Association of Art in Boston, USA** und die **Galerie Kaiser Roma S.A.** mit dem Atelier **Kaiser, Studio di belle arti, Roma**. Wahrscheinlich kommt demnächst noch eine Galerie mit einem Atelier in einem europäischen Land hinzu. Alle übrigen Länderrepräsentanzen sind reine Vertretungen. Der **Verein**, der Mittelpunkt aller Unternehmungen ist, gehört allen Vereinsmitgliedern, die nahezu alle Mitarbeiter unserer Unternehmungen sind. Der Verein wird nach außen von Herrn Anton Jonas und mir vertreten. Im Inneren wird er durch ein Gremium vertreten, das zurzeit aus sechs Personen besteht. Zwei kennen Sie bereits, Mike Curtis und mich. Anton Jonas betreut den künstlerischen Bereich und ich den kaufmännischen.

Unser Unternehmen begann im Jahre 1946. Der damalige Gründer war ein Otto Unger. Sein Stiefneffe, Herr Max Kaiser, kam später hinzu und die beiden gründeten die heutige Galerie Kaiser. Herr Otto Unger ist verstorben. Max Kaiser und ich heirateten. Leider verstarb Max Kaiser sehr früh. Durch Zufall lernte ich den lange gesuchten Zwillingsbruder von Max kennen. Wir sahen uns, verliebten uns und

Moritz ist heute mein Mann. Was er eigentlich nie wollte, er ist voll mit im Betrieb und so etwas wie die Graue Eminenz.

Der Umfang unserer Geschäfte ist gemessen an unserer Konkurrenz außerordentlich groß. Über 90 Prozent unserer Produkte werden exportiert.

Lieber Herr Goldman, nun zu Ihrer Anfrage. Israel ist zurzeit ein weißer Fleck auf unserer Vertreterkarte. Herr Curtis hat dieses Gebiet zurückgegeben, da er sich beim besten Willen nicht darum kümmern kann, dies geschah nur mündlich. Sie werden sicher Verständnis haben, dass wir mit ihm darüber sprechen müssen. Ich schlage vor, dass Sie uns vielleicht bei einem gemeinschaftlichen Mittagessen noch etwas über den Kunstmarkt in Israel erzählen. Ich darf doch meinen Mann mitnehmen?"

Herr Goldman lachte: „Was für eine Frage, selbstverständlich."

Wuppertal

Samstag, kurz vor 16 Uhr kam Bussow mit einem sehr großen LKW an. Einer der Arbeiter öffnete das große Haustor. Der LKW passte gerade hindurch. Wolfgang, Bart und Paul begrüßten Iwan Bussow und Bart sagte etwas schnodderig: „Mensch, Herr Bussow, das ist ja eine Schiffsladung mit Bildern. Mal sehen, wo wir die unterkriegen."

Die drei Herren gingen nach oben und fanden schnell entsprechende Räume im Seitentrakt. Wolfgang hatte dafür gesorgt, dass vier Männer zum Ausladen bereitstanden und diese schleppten nun die Bilder in den 2. Stock. Alle Bilder mussten jedoch luftig gelagert werden.

Wolfgang ging mit Bussow und Paul in den Besprechungsraum im 1. Stock der Galerie, während Bart das Ausladen beaufsichtigte. Die Gemälde waren mit Nummern gekennzeichnet, so dass man sie leicht zuordnen konnte.

Während des Gesprächs zwischen den drei Herren kam Bart und meldete: „Wir haben jetzt zwei Räume vollgestellt. Wie gewünscht, luftig gelagert. Soweit ich übersehen kann, ist das erst die Hälfte der Ladung. Wir müssen entweder die Bilder enger lagern, oder noch zwei Räume hinzunehmen.“ Herr Bussow entschied sich für zwei weitere Räume.

Während das Ausladen noch andauerte, sagte Wolfgang: „Herr Bussow, wir sind nicht naiv, ich liege doch richtig in der Annahme, dass es sich um russische Originale handelt, die aus Russland herausgeschmuggelt wurden. Ich frage nur wegen der Versicherung. Wie halten wir es da? Bei der Galerie ergäbe sich da keine Schwierigkeit, aber bei einem Lagerraum einen so hohen Wert anzugeben, das fällt auf. Was schlagen Sie vor?“

Herr Bussow: „Sie sind mir nicht böse, wenn ich die Frage nicht beantworte. Bitte lassen Sie eine Alarmanlage anbringen. Ich werde diese Bilder bei einer englischen Versicherung entsprechend versichern. Wir müssen allerdings einen Mietvertrag machen, in dem die Gemälde nach Nummern aufgeführt sind. Auch der Wert muss genannt sein. Werde Ihnen eine Liste zuschicken.“

Wolfgang fragte noch: „Sollen wir Stahltüren anbringen lassen und auch Stahlrolläden an den Fenstern?“

Bussow unsicher: „Ich werde die Versicherung fragen. Wenn es sein muss, dann bitte ich Sie, das zu veranlassen. Die Kosten übernehme ich.“

Hinsichtlich der Miete war man schnell einig. Auch der Mietvertrag war rasch unterzeichnet. Die Räume sollten abgeschlossen bleiben und Zutritt nur zur Reinigung gestattet sein. Dies alles wurde im Mietvertrag vermerkt.

Herr Bussow und der Fahrer gingen mit Wolfgang, Bart und Paul zu einem Hotel und danach zum Abendessen. Es war noch eine lustige Runde und sie trennten sich spät. Herr Bussow wollte den Wagen morgen Früh abholen und zurück nach Berlin fahren.

Als Wolfgang, Bart und Paul wieder zurück in der Galerie waren, bemerkte Paul: „Für wie dumm hält der uns eigentlich? Das ist wirklich eine Schiffsladung voller geklauter Bilder. Ich habe ja schon viel erlebt, aber so etwas noch nicht. Ich hätte zu gerne gesehen, um welche Bilder es sich handelt. Aber sie sind russisch beschriftet. Wenn Bussow morgen weg ist, werden wir uns die Sachen mal ansehen."

Wolfgang: „Dem Bussow muss der Arsch auf Grundeis gehen. Der musste die Bilder nolens volens verschwinden lassen. Bart, hast du mitzählen können?"

Bart: „ Das brauchte ich nicht, es waren genau 876 Stück. Wenn ich die Ikonen mitrechne, dann sind das über 1.000 Exponate. Wenn das alles alte Gemälde sind, dann lagern bei uns Bilder für mindestens dreißig bis vierzig Millionen Euro. Ob die ein ganzes Museum ausgeräumt haben?"

Wolfgang ganz versonnen: „Ich denke, es ist viel schlimmer, in der Eremitage in St. Petersburg lagern die ganzen Beutebilder Russlands, auch alle, die die UdSSR nach dem Krieg mitgehen ließ. Da gibt's keine öffentliche Fahndung. Das Ganze ist eine heiße Nummer. Langsam wird es interessant.

Paul, was macht eigentlich das Rubens Museum in Antwerpen. Haben die sich noch mal gerührt?"

Paul: „Möglicherweise müssen wir in der nächsten Woche in die Nähe von Antwerpen fahren. Die geben mir Bescheid. Übernahme nachts."

***

Solingen

Für Anfang März war es ein schöner Sonntagmorgen. Hilde war früh auf den Beinen und hatte das Frühstück schon fertig, als Erich kam.

Hilde begrüßte Erich mit einem Kuss und sagte: „Schatz, wahrscheinlich sind wir in drei Wochen nicht mehr allein. Dann ist unsere Susi auf der Welt. Du glaubst gar nicht, wie ich mich freue."

Sie sprachen noch kurz, bis Erich sagte: „Tut mir ja leid, wir sind mit den Militaria-Sachen so in Verzug, ich muss in den Betrieb. Wenn alles klappt, können wir in zwei Tagen wieder mal eine Sendung zusammenstellen." Er gab Hilde einen Kuss und ging in den Betrieb.

Hilde räumte das Geschirr ab und begab sich in ihr Büro. Dort wollte sie Carlo und auch Frau Henzo anrufen.

Hilde nahm den Hörer:

(Carlo) Si, Carlo Steiner.

(Hilde) Hi, Carlo, ich habe in den letzten zwei Tagen versucht, dich zu kriegen, leider hatte ich keinen Erfolg. Sag, konnte dein Freund etwas in Bordighera erreichen?

(Carlo) Hilde, das ist Gedankenübertragung. Gestern Abend kam mein Freund aus Ventimiglia und hat mir berichtet. Er sitzt neben mir und kann mithören. Er war sehr vorsichtig und gleichzeitig, aber auch erfolgreich bei seinen Recherchen. Bordighera hat eine ganze Menge an Antiquitätengeschäften, Souvenirläden mit kleinen Galerien und viele Künstler, die ihre Gemälde ausstellen. Er hat recherchiert, dass eigentlich nur ein Geschäft in Frage kommt, das auf deine Anfrage passt. Es ist die ***Galeria di pitture*** *in der Via Vittorio Emanuele, im Zentrum von Bordighera.*

Der Inhaber ist ein gewisser Antonello Filippi aus Bordighera. Mein Freund hat herausgefunden, dass er einen stillen Teilhaber hat, der erst im letzten Herbst längere Zeit in Bordighera war. Es soll ein Mann in mittleren Jahren sein. Man sagt, er sei Belgier oder Nordfranzose.

Die Galerie verfügt über eine große Ausstellungsfläche und hat ausgesucht schöne Bilder und andere Ausstellungsstücke, alles sehr teuer. Ist es das, wonach du suchst?

(Hilde) Carlo, sag deinem Freund, er ist ein Schatz. Genauso habe ich es mir vorgestellt. Er soll mir seine Rechnung für die Auslagen schicken, die er durch die Recherchen hatte. Eventuell kann ich sie von der Versicherung zurückbekommen. Und dir danke ich ganz besonders für deine Bemühungen. Von mir bekommst du rechts und links ein Bussi.

(Carlo) Danke, Hilde, aber sage, wie geht es dir und wann ist es so weit?

(Hilde) Noch genau drei Wochen, dann ist unsere kleine Susi auf der Welt.

(Carlo) Halte dir ganz fest die Daumen, dass alles gut geht. Viele liebe Grüße auch an Erich.

Als Hilde aufgelegt hatte, musste sie sich sammeln. Sie hatte jetzt die Adresse von Heinzens Galerie in Italien. Sie beschloss, das erst einmal für sich zu behalten. Lediglich Erich wollte sie davon erzählen.

Anschließend versuchte sie, Frau Henzo zu erreichen. Sie wählte und hatte Erfolg.

(Henzo) Henzo.

(Hilde) Morgen, Frau Henzo, hier Hilde Granika, ich hoffe, ich störe nicht zu früh.

(Henzo) Keineswegs. Was verschafft mir die Ehre Ihres Anrufs?

*(Hilde) Unser gemeinsamer Freund Heinz ...*sie erzählte Frau Henzo in allen Einzelheiten, was Herbert Wagner herausgefunden hatte und ergänzte dann... *Das ist alles schön und gut. Nur glaube ich nicht, dass weder Wolfgang Zeller, noch Horst Gerkan weiß, wo Heinz ist. Die können mir nicht erzählen, dass die beiden nicht wissen, wo er ist. Dass Heinz in Solingen war, das steht fest, denn Zeugen haben ihn auf Fotos erkannt. Selbst wenn er mit Wolfgang Zeller Krach hatte, so hat er auf jeden Fall keinen mit Horst Gerkan. Heinz hat sich nicht vier Wochen hier in der Nähe aufgehal-*

ten, ohne seine ehemaligen Kollegen zu besuchen. Von Solingen nach Wuppertal ist es mit dem Auto ein Katzensprung und dann erzählen die, er wäre nicht bei ihnen gewesen? Das glaube ich einfach nicht.

(Henzo) Nur zu Ihrer Information, ich auch nicht. Selbst wenn sie Krach hatten, das war immer nach ein paar Tagen erledigt. Sie haben Recht, wir werden belogen.

(Hilde) Im Moment bin ich dick wie ein Fass und kann mich kaum bewegen. Sonst würde ich Sie nicht bitten, aber Wolfgang Zeller hat eine Galerie unter folgender Adresse ... und Hilde gab die Wuppertaler Adresse weiter ... *so habe ich mir gedacht, vielleicht gehen Sie mal zu Wolfgang Zeller und fragen ihn direkt. Am Telefon wird er Ihnen ausweichen, aber bei einem direkten Gespräch kann er das nicht. Könnten Sie sich vorstellen, diesen Weg auf sich zu nehmen?*

(Henzo) Aber mit Freuden. Vor allen Dingen brauche ich Heinz wegen des gemeinsamen Kontos. Meinetwegen kann er ja die Hälfte des Geldes haben, aber ich hätte gerne meins. Ich habe zwar schon einen Anwalt mit der Klärung beauftragt, aber der meint, das dauert. So, wie ich Zeit habe, werde ich nach Wuppertal fahren. Ich erzähle Ihnen dann, was mir Wolfgang berichtet hat.

(Hilde) Vielen lieben Dank. Bitte rufen Sie mich an und grüßen Sie Ihre Eltern unbekannterweise.

Hilde war zufrieden mit ihrem Anruf und ging in die Küche, um das Mittagessen vorzubereiten.

Wiesbaden

Susi hatte Erika und Anton zum gemeinschaftlichen, sonntäglichen Mittagessen eingeladen. Anton erzählte von den Erfolgen in seiner Galerie und sagte zum Abschluss: „Also wenn wir vor einigen Jahren solche Verkäufe gehabt hätten, dann hätte ich einen Freudentanz aufgeführt. Heute ist es fast schon etwas Alltägliches geworden. Trotzdem, es kommen viele Ausländer zu uns. Gestern war's wieder extrem. Susi, wir müssen uns mal wegen der Öldrucke zusammensetzen, hier entwickelt sich ein Geschäft, das leicht ins Auge gehen kann. Die Qualität unserer Öldrucke ist so gut, dass man sie ohne weiteres mit unseren Kopien der Meister verwechseln kann. Aber heute Nachmittag geht's nicht, ich muss wieder in unsere Werkstätten. Wir arbeiten fast mit der gesamten Mannschaft."

Susi: „Bei mir geht's auch nicht, Moritz und ich wollen heute Nachmittag zu Maxim und Nina, dann noch mal zum Friedhof und danach will Moritz ins neue Haus gehen und sehen, ob dort gearbeitet wird. Anschließend müssen wir bei Petra und Prem vorbeischauen und dürfen auch Ilse nicht vergessen. Du siehst, ein volles Programm."

Jetzt meinte Erika: „Anton hat mich schon verplant, heute Nachmittag muss ich bei den Brennöfen im Keller aushelfen. Bin gespannt, wie das geht. Ich mache das zum ersten Mal. Ich würde gerne Maxim und Nina besuchen, aber es geht leider nicht."

Susi und Moritz besuchten Maxim und mussten erstaunt feststellen, dass vor seinem Zimmer ein Polizist saß, der nach ihren Ausweisen fragte und in einer Liste nachschaute, ob sie zum Krankenbesuch zugelassen waren.

Maxim selbst ging es schon besser. Er hatte zwar noch Schmerzen, aber er war schon wieder voller Tatendrang. Er freute sich auf den Besuch seiner Frau und auf die Kinder. Moritz und Susi verabschiedeten sich und gingen zu Nina.

Nina hatte Besuch von ihrem Vater, so lernten Susi und Moritz ihn kennen. Nina erzählte, dass sie damit rechne, in zwei Tagen entlassen zu werden. Sie versprach, Susi sofort anzurufen, denn Moritz hatte sich angeboten, sie abzuholen. Sie wollten nicht weiter beim Besuch des Vaters stören und verabschiedeten sich.

Dann kam das sonntägliche Ritual des Friedhofbesuches. Für beide eine Stunde der Besinnung und des in sich Hineinsehens. Als sie zum Grab von Otto Unger und Max Kaiser kamen, sahen sie, dass der Friedhofsgärtner mit der Frühjahrsbepflanzung begonnen hatte. Das Grab sah hübsch aus. Beide standen lange vor der Grabstätte.

Dann begann Susi – wie immer – mit ihren beiden toten Freunden zu sprechen:

„Lieber Otto, lieber Max, ich danke euch, was ihr alles für uns tut. Unsere Zwillinge wachsen prächtig und der Arzt sagt, es ist alles in Ordnung. Ich fühle mich prima. Danke! Max, dein Zwillingsbruder ist wie du. Ich liebe ihn wie dich!

Otto, ich danke dir, dass du uns hinsichtlich unserer Geschäfte den richtigen Weg zeigst. Bitte bleib noch etwas bei uns, damit wir keine Fehler machen. Meinst du, das mit den Öldrucken und den Kunstdrucken ist der richtige Weg? Ich weiß, du wirst uns leiten.

Was meinst du, sollen wir uns teilweise auf die Gestaltung echter Kunstwerke verlegen? Du weißt, welche Inspirationen dazu notwendig sind. Kannst du unseren Künstlern die schöpferischen Einfälle vermitteln? Bitte hilf ihnen.

Lieber Max, ich danke dir für deine Vermittlung in Rom. Das hast du fantastisch gemacht. Auch das mit St. Petersburg hast du sicher in die Wege geleitet. Gestern hat sich jemand aus Israel beworben, der mir kompetent erscheint. Glaubst du wir können auf dieses Experiment eingehen?

In jedem Fall danke ich dir für deine Hilfe.

Lieber Otto, lieber Max, ich weiß nicht, wo ihr seid, aber ich hoffe ihr seid froh und glücklich. Ich drücke euch im Geist ganz fest.“

Dann war Susi wieder ganz still. Nach einer Weile nahm sie Moritzens Arm und die beiden gingen, ohne ein Wort zu sprechen, langsam aus dem Friedhof.

***

Wuppertal

Schon früh am Montagmorgen begaben sich Wolfgang und Paul zu den eingelagerten Gemälden der Galerie für russische Kunst. Sehr vorsichtig öffneten sie verschiedene Kisten und kamen aus dem Staunen nicht heraus.

Paul meinte nur: „Gestern haben wir auf dreißig bis vierzig Millionen Euro geschätzt, jetzt weiß ich, dass der Wert mindestens doppelt so hoch ist."

Wolfgang: „Ich habe eben nachgesehen, dieses Bild hier stammt aus Spanien. Es ist dort seit dem Bürgerkrieg verschwunden. Die anderen scheinen aus polnischen Museen zu stammen. Mein Gott, was werden die Russen unternehmen, wenn man hinter den Diebstahl kommt. Das Zeug ist mehr als heiß. Lass uns die Kisten wieder schließen. Je weniger wir wissen, umso besser. Seht zu, dass ihr eure Fingerabdrücke abwischt. Man weiß nie."

Kurze Zeit später kam Bart, der nach Solingen gefahren war, um die Gespräche abzuhören.

Er berichtete, dass wahrscheinlich in der nächsten Woche Frau Henzo aufkreuzen würde, um mit Wolfgang Zeller zu sprechen und dass Hilde die Adresse der Galerie in Bordighera herausgefunden hat.

Wolfgang meinte nur: „Wir informieren unsere Empfangsdame, dass ich verreist bin. Bart oder Paul, unterhaltet euch mit ihr. Ich nehme an, ihr seid euch mal begegnet.

Das mit der Galerie in Bordighera ist nicht schlimm, erstens bin ich da nicht und zweitens, Antonello Filippi hält dicht. Der schwört Stein und Bein, mich nicht gesehen zu haben. Ich werde ihn noch mal zusätzlich telefonisch informieren. Dass die in der nächsten Woche eine Sendung Militaria nach den USA schicken, soll uns im Moment nicht interessieren. Wir warten, bis es wieder mal lohnender ist."

Sie waren noch mitten in der Unterhaltung, als Paul einen Anruf bekam. Paul sprach nicht viel. Er sagte danach nur: „Wir müssen heute Abend nach Belgien fahren. Wir treffen uns mit unseren Freunden in Gent. Sie verlangen je **Rubens** 20.000 Euro. Wolfgang sorge dafür, dass wir in etwa 160.000 Euro mitnehmen. Sie wissen noch nicht, wie viel Bilder sie abnehmen können. Treffen zwischen eins und vier in der Nacht. Einen genaueren Zeitpunkt konnten sie nicht nennen. Wenn wir um 20 Uhr abfahren, dann reicht das."

Wolfgang fragte kurz: „Was machen unsere Russen? Haben wir genügend Bilder für die Ausstellung in Berlin?"

Paul: „Leider müssen wir unsere ganze Ausstellung in der Galerie mitnehmen, sonst reicht es nicht. Aber es wird klappen. Ich würde gerne schon am Donnerstag nach Berlin fahren, dann haben wir etwas mehr Zeit zum Aufbau."

Wiesbaden

Wie immer am Montag herrschte bei Susi im Büro Großbetrieb. Gegen 11 Uhr erreichte sie ein Anruf von Nina, sie würde morgen entlassen. Susi versprach ihr, Moritz würde sie gegen 11 Uhr in der Klinik abholen.

Für den Nachmittag hatte sich Dieter Zeiser angesagt, er wollte mit Anton, Moritz und Susi den Vertrag St. Petersburg durchgehen. Unmittelbar nach dem Mittagessen kam Dieter Zeiser. Man setzte sich in Susis Büro und Dieter verteilte je eine Kopie des Vertrages mit den Worten: „Ich kann mir nicht helfen, aber die hatten eine Kopie unseres Vertrages mit den Vatikanischen Museen. Bis auf wenige Einzelheiten haben die ihn abgekupfert. Ich habe lediglich zwei kleine Änderungen, die ich vorschlagen würde. Ich nehme an, die werden ohne Schwierigkeiten akzeptiert."

Zusammen gingen sie Punkt für Punkt durch. Dieter hatte Recht, die hatten eine Kopie des Vatikan-Vertrages als Vorlage gehabt.

Susi bat Erika, diesen Vertrag mit den Änderungen an Michail zu schicken und auf die gemachten Änderungen hinzuweisen. Sie bat weiterhin zu schreiben, dass man, wie abgesprochen, Michail und Paula in zehn bis vierzehn Tagen erwarte, damit die Unterschrift unter den Vertrag vollzogen werden könne.

Danach sagte Susi: „Moritz und ich hatten am Samstag Besuch eines Herrn Goldman, der sich um die Vertretung für Israel bewirbt. Er kennt Mike und ich will den noch hinsichtlich einer Referenz befragen. Seine Ideen decken sich mit unseren Vorstellungen. Die Frage ist nur, geben wir ihm eine Vertretung oder eröffnen wir dort eine Filiale?

Für die Vertretung spricht unser geringes Risiko in dieser Angelegenheit. Für die Eröffnung einer Filiale spricht, dass gerade das Heilige Land eine Stätte ist, von der aus wir für verschiedene Religionen tätig werden könnten. Da sind erst mal der Islam und das Judentum, dann die christlichen Kirchen, dann die Sekten wie zum Beispiel die Bahaii. Was meint ihr dazu?"

Dieter nur kurz: „Fürs Fachliche bin ich der falsche Mann. Ich bin zwar im Gremium des Vereins, aber ihr wisst doch, ich verstehe wenig davon. Vertragstechnisch dürfte das kein Problem sein, gleich welche Form wir wählen. Wie groß ist der derzeitige Umsatz in Israel?"

Susi musste lachen: „Das ist schwierig zu beantworten. Entweder NULL oder überhaupt nichts. Israel ist ein weißer Fleck auf unserer Umsatzkarte.

Anton: „Für mich klingt das gut. Ich habe mich schon einmal mit Mike darüber unterhalten. Der war für einen Vertreter in Israel nicht zu begeistern. Ich könnte mir vorstellen, dass eine eigene Galerie mit einem angeschlossenen Atelier laufen würde."

Moritz: „Ich war teilweise bei den Gesprächen mit Herrn Goldman dabei. Er macht einen sehr guten und kompetenten Eindruck. Ich glaube, er wäre der richtige Mann, nur der Standort passt mir nicht.

Nach meiner Kenntnis ist das touristische Geschehen in Jerusalem und nicht in Jaffa. Darüber müsste man sich unterhalten. Ich werde eine unverbindliche Anfrage bei den hiesigen Vertretungen des Staates Israel machen."

Sie sprachen noch eine gute Stunde über dieses Thema, dann musste Anton wieder in seine Galerie. Er meinte: „Die Galerie läuft und die Ateliers brauchen meine Anwesenheit. Ich gehe jetzt erst mal ins Hinterhaus, die schreien schon seit Samstag nach mir, dann bin ich drüben bei mir in der Galerie. Um 18 Uhr bin ich wieder hier, wie immer."

Alle lachten und man trennte sich.

Susi nahm das Telefon, um Mike anzurufen.

(Stimme) Kaiser's Association of Art, Boston.

(Susi) May I talk to Mr. Curtis, please?

(Stimme) One moment please, hold the line.

(Mike) Hallo

(Susi) Hi Mike, wie geht's und was macht Vera?

(Mike) Schön dich zu hören, uns beiden geht's gut und dir und Moritz?

(Susi) Alles bestens. Warum ich dich anrufe, kennst du einen Herrn Goldman aus Israel? Er sagt, er hat in Berlin-Charlottenburg studiert, ist dann vor zwanzig Jahren nach Israel ausgewandert und hat eine Galerie in Jaffa.

(Mike) Aber sicher kenne ich den. Schon von der Army her. War ein netter Kerl. Habe ihn und seine Frau ein paar mal in Berlin besucht, dann habe ich ihn leider aus den Augen verloren. Aber wieso fragst du?

(Susi) Er hat sich bei uns um die Vertretung für Israel beworben, anscheinend würde er lieber dort eine Filiale leiten. Er gab dich als Referenz an.

(Mike) Ich habe ihn vor über zwanzig Jahren das letzte Mal gesehen. Er und seine Frau waren immer sehr nett und sehr zuverlässig. Dass er nach Israel ausgewandert ist, wusste ich nicht. Ich glaube, er ist ein guter Fachmann und ich würde ihn gerne wiedersehen.

(Susi) Du könntest ihn empfehlen?

(Mike) Susi, du weißt, wie das ist, ich habe ihn zum letzten Mal vor zwanzig Jahren gesehen, das ist eine lange Zeit. Hättest du mich damals gefragt, hätte ich sofort ‚Ja' gesagt. Aber immerhin, ich neige auch jetzt noch zu einem ‚Ja'. Hilft dir das?

(Susi) Ja, das hilft mir. Erzähle, wie geht's bei Euch? Alles in Ordnung?

(Mike) Bis auf die kleinen Schwierigkeiten klappt alles. Albert hilft mir sehr. Hätte ich mehr Militaria, so wäre unser Geschäft ganz großartig. Aber ich darf mich nicht beschweren, es ist immer noch prima. Wenn ich in zirka vierzehn Tagen komme, habe ich eine Riesenwunschliste für Anton. Aber erzähl mir, wie geht's Maxim?

(Susi) Maxim hat immer noch viel Schmerzen. Vor seiner Zimmertür im Krankenhaus sitzt jetzt ein Polizist. Herbert Wagner hat das veranlasst. Heute oder Morgen kriegen wir auch eine Bewachung hier für das Haus. Herbert traut der russischen Mafia nicht. Ist vielleicht auch besser so. Die Drohungen waren eindeutig. Die Verträge mit St. Petersburg sind jetzt unterschriftsreif. Wir wollen sie in zehn bis vierzehn Tagen unterzeichnen. Rom läuft nach wie vor gut. Werde nachher Gina anrufen, wie sie zurechtkommt. Wir freuen uns, wenn ihr wieder hier seid. Grüße auf jeden Fall Vera herzlich. Ich bin sicher, die Kinder werden ihren zaubernden Onkel Mike vermissen. Du musst dich da unbedingt sehen lassen.

(Mike) Du weißt, wir kommen, sobald es geht. Aber hier ist auch eine Menge zu tun. Erkundige dich, was so eine Maschine zur Herstellung der Öldrucke kostet. Die Sache geht

mir nicht aus dem Kopf. Ich glaube, wir könnten das Zeug hier auch loswerden. Noch eine Frage, habt ihr nicht einen Holzschnitzer eingestellt?

(Susi) Ja, und der Mann ist auch noch gut. Wieso, hast du Bedarf?

(Mike) Wahrscheinlich, ich habe hier einen Kunden für solche Holzfiguren. Es ist der Bischof der Altkatholischen Kirche in den USA, die ihre Kirchen neu gestalten wollen. Es beginnt mit den Heiligenfiguren in Originalgröße. Wenn wir diesen Auftrag an Land ziehen könnten, dann käme sogar die Gestaltung der Kirchenräume auf uns zu. Warne Anton schon mal vor. Es wäre ein Auftrag größer als der bei den Ikonostasen für die orthodoxen Kirchen.

(Susi) Ich glaube, das liegt auf unserer neuen Linie, das sollten wir besonders beachten. Werde das ausführlich mit Anton besprechen. Prem hat in diesem Zusammenhang auch immer hervorragende Ideen. Danke dir für die Information. Noch mal herzliche Grüße an Vera und vergiss nicht, Albert zu grüßen. See you!

(Mike) Susi, see you!

Susi dachte für sich: ‚Es ist immer wieder schön, mit Mike zu telefonieren. Ich hoffe, er ist bald wieder hier.'

***

Gent Belgien

Schon seit Mitternacht warteten Paul und Bart in ihrem Mercedes-Sprinter auf ihre Freunde aus Antwerpen, zwischen eins und vier wollten sie kommen. Es war jetzt vier und noch immer tauchten sie nicht auf.

Leise fragte Paul: „Was sollen wir machen, vielleicht hat's nicht geklappt. Meinst du, wir sollen noch warten?"

Bart ebenso leise „Vielleicht ist es schief gegangen? Dann wäre es gefährlich, zu warten. Zumindest anrufen könnten sie. Lass uns noch bis fünf warten, wenn sie dann nicht kommen, verduften wir.“

Es war gerade fünf, als ein alter Kastenwagen neben dem Mercedes hielt. Zwei Männer stiegen aus, klopften an die Scheibe. Paul öffnete. Die Männer kannten sich.

Paul fragte nur: „Wie viel sind es?“

Der Mann: „Die hatten die Bilder doppelt gesichert, wir konnten nur vier abnehmen und das war äußerst schwierig, deshalb sind wir auch so spät. Habt ihr das Geld?“

Paul: „Okay, wie vereinbart, 20.000 Euro je Bild, also 80.000 Euro.“ Er nahm vier Bündel aus seiner Tasche und übergab sie mit den Worten: „Du kannst sie zu Hause nachzählen, es stimmt. Kommt, macht schnell, wir laden um.“

Paul und Bart wickelten die Bilder in Decken und verstauten sie im Sprinter. Dann fuhren sie rasch über Brüssel, Aachen, Köln nach Wuppertal. Erst gegen elf kamen sie dort an. Rasch entluden sie die Bilder und stellten sie zu den Gemälden aus Dresden.

Wolfgang fragte nur: „War irgendetwas auffällig?“

Paul: „Alles lief problemlos. Nur die Bilder waren anders gesichert und in dieser kurzen Zeit konnten sie nur vier Bilder abnehmen. Mal sehen, wie groß das Geschrei morgen in den Zeitungen ist.“

Wiesbaden

Dienstagmorgen fuhr Moritz vor 10 Uhr ins Krankenhaus und besuchte Maxim. Maxim ging es besser. Er war immer noch leicht benommen, was auf die vielen Schmerzmittel zurückzuführen war. Kurz nach zehn kam die Visite. Moritz erkundigte sich nach seinem Gesundheitszustand und der Arzt gab ausführlich Auskunft.

Innere Organe waren nicht in Mitleidenschaft gezogen. Die Prellungen und Platzwunden mussten heilen, wie auch die Rippenbrüche. Man wollte noch einige Untersuchungen vornehmen und stellte in Aussicht, Maxim am Anfang kommender Woche zu entlassen.

Maxim erkundigte sich nach den Verträgen mit St. Petersburg und Moritz erzählte, dass die Verträge unterschriftsreif wären und Michail und Paula voraussichtlich in zehn bis vierzehn Tagen nach Wiesbaden kämen, um sie zu unterzeichnen.

Moritz erzählte Maxim weiterhin, dass die Bauarbeiten in seiner neuen Wohnung gute Fortschritte machen würden. Zum Abschluss sagte er:

„Maxim, ich glaube, ihr könnt früher umziehen, als wir alle glauben. Wir wollen die Mansarde zu einem großen Atelier ausbauen, damit du dort deine Ikonostasen fertigstellen kannst. Die Deckenhöhe ist über vier Meter und an einer Stelle sogar fünfeinhalb Meter. Wir lassen große, schräge Fenster einbauen, damit du genügend Licht hast. Wenn du hier entlassen wirst, musst du dir unbedingt das Haus ansehen und aussuchen, in welcher Etage du wohnen willst. Deine Frau meint im Hochparterre, ich dagegen bin der Meinung, dass der 3. Stock für dich richtiger wäre, da du dann in der Nähe deines Ateliers bist. Aber das hat alles noch Zeit. Erst musst du gesund werden."

Moritz verabschiedete sich, denn er musste Nina abholen. Als Moritz in Ninas Zimmer kam, wartete diese schon ungeduldig auf ihn: „Ach ist das schön, dass du kommst. Ich warte schon seit zwei Stunden. Die haben mir heute Morgen das Bett weggenommen."

So hielt sich Moritz nicht lange auf, nahm das wenige Gepäck, das Nina hatte und ging mit Nina zum Wagen. Moritz fuhr schnell nach Hause.

Moritz und Nina kamen nach Hause, Susi und Erika waren schon da. Erika hatte eine Flasche Sekt geöffnet und beide begrüßten Nina. Susi sagte: „Trotz meiner Schwangerschaft, einen Schluck Sekt werde ich auf deine Ankunft trinken.“ Susi hob ihr Glas und sagte: „Willkommen daheim, liebe Nina. Wir alle hoffen, du fühlst dich hier wohl.“ Wieder kamen Nina die Tränen und sie konnte nur ein ‚Danke’ stammeln.

Solingen

Es war Dienstagnachmittag, als bei Hilde das Telefon klingelte.

(Hilde) Hilde Granika.

(Mike) Hi, Hilde, wie geht's dir? Was macht unsere kleine Susi? Auf jeden Fall will ich bis zur Geburt wieder bei euch sein. Warum ich anrufe, dieser Meyer, von dem ihr die Militaria-Formen übernommen habt, der hat doch auch mittelalterliche Rüstungen hergestellt. Kannst du dich erinnern, ob die Patrizen und Matrizen für diese Rüstungen auch bei den übernommenen Formen waren?

(Hilde) Na klar, das waren zwei Kisten voll, die sind noch im Keller. Wieso interessierst du dich dafür?

(Mike) Als wir die Militaria-Sachen anboten, hat man uns immer und immer wieder nach alten Ritterrüstungen gefragt. Meinst du, ihr könntet die herstellen?

(Hilde) Mike, das ist eine Sache der Produktion, da musst du Erich fragen. Ich glaube schon. Die Firma Meyer hat diese Rüstungen auch hergestellt und wir haben die Schmiede übernommen. Ich werde dich gleich mit Erich verbinden. Aber vorher muss ich noch ein paar Worte mit dir reden ... und Hilde erzählte Mike, was sie zwischenzeitlich von Herbert Wagner erfahren hatte. Sie füge hinzu ... *Wenn du nichts unternimmst, dann wird aus der ganzen Rückführung der gestohlenen Sachen nichts. Ich rechne fest mit deinen Ermittlungen. Außerdem freue ich mich, dich bald wie-*

der und öfter zu sehen. Grüße Vera herzlich von mir und für dich ein Bussi. Tschüss, ich verbinde dich jetzt mit Erich.

(Mike) Tschüss, Hilde.

***

Wuppertal

Auch in Wuppertal war man am Zusammenstellen der Exponate für die Ausstellung in Berlin. Seit dem Morgen war man am Einpacken und so, wie es ausschaute, hatte man doch noch genügend Exponate für die Ausstellung.

Es war Nachmittag gegen 15 Uhr als Frau Henzo die Galerie **artis opus** betrat. Sie fragte die Dame am Empfang: „Kann ich Herrn Zeller in einer privaten Angelegenheit sprechen?“

Die Dame fragte: „Wären Sie so freundlich und würden mir Ihren Namen verraten?“

Anja Henzo sagte: „Mein Name ist Anja Henzo, ich kenne Herrn Zeller schon seit vielen Jahren, würden Sie mich bitte melden?“

Die Dame nahm das Telefon und sagte: „Hier ist eine Frau Henzo, die Herrn Zeller in einer privaten Angelegenheit sprechen will.“

Frau Henzo konnte nicht hören, was auf der anderen Seite gesprochen wurde.

Als die Dame aufgelegt hatte, sagte sie: „Bitte warten Sie einen Moment, Herr Paul Vermeylen wird Sie begrüßen. Herr Zeller ist leider schon nach Berlin unterwegs.“ Einen Moment später ging die Tür auf und Paul Vermeylen ging auf Frau Henzo zu und begrüßte sie: „Frau Henzo, ich weiß nicht, ob Sie sich an mich erinnern, ich, Herr Zeller und Herr van Engelen, wir haben zusammen in Gent studiert. Wir sind uns dort ein- oder zweimal begegnet.“

Frau Henzo: „Ja, ich erinnere mich, wir haben uns zweimal in Gent gesehen, aber wann kommt Wolfgang wieder?"

Paul Vermeylen: „Sie haben Pech, er ist vor Kurzem noch hier gewesen und wollte nach Berlin fahren. Wir haben dort am Samstag eine Ausstellung und dorthin fahren wir morgen alle. Er ist nur vorab gefahren, um zu sehen, ob alles in Ordnung ist. Kann ich Ihnen vielleicht helfen?"

Frau Henzo: „Ja, vielleicht? Ich suche Heinz Engler dringend. Können Sie mir sagen, wo ich ihn finden kann?"

Paul Vermeylen: „Ich habe ihn schon lange nicht mehr gesehen. Aber warten Sie, ich habe in meinem Notizbuch vielleicht eine Adresse von seinem Vater oder seinen Freunden. Wenn Sie sich einen Moment gedulden, ich bin gleich wieder da."

Während Paul Vermeylen sein Notizbuch holte, schaute Frau Henzo von der Galerie aus dem Fenster zur Straße. Ein weißer Mercedes fuhr aus der Hofeinfahrt und parkte direkt unter ihrem Fenster, es stieg ein Mann aus, der unzweifelhaft Heinz war. Anja Henzo war wie vom Donner gerührt. Sie war starr vor Schreck. Es war Heinz und trotzdem sah er sehr verändert aus. Machte das der Bart oder die Frisur? Anscheinend hatte Heinz nur das Hoftor zugemacht, stieg wieder in das Auto und fuhr weg. Frau Henzo konnte vor Schreck kaum atmen. Sie wusste selbst nicht warum. Aber sie beschloss für sich, Paul Vermeylen nicht damit zu konfrontieren. Zu suspekt war ihr das alles.

Als Herr Vermeylen wieder zurückkam, brachte er Frau Henzo ein kleines Notizbuch und entnahm diesem die Adressen von Heinzens Vater, seiner Mutter und die von einigen früheren Kollegen. Er bemerkte dazu: „Mehr Adressen habe ich leider nicht."

Frau Henzo bedankte sich und fragte: „Wann kommt Herr Zeller wieder?"

Paul Vermeylen sehr freundlich: „Nach unserer Ausstellung in Berlin wird Herr Zeller nach Minsk fliegen, da wir dort einige Künstler rekrutieren wollen, danach wird er kurz hier sein und dann haben wir mehrere Ausstellungen in Frankreich. Soll ich etwas ausrichten?“

Frau Henzo sagte: „Bitte sind Sie so freundlich und sagen Sie ihm, er möchte mich anrufen. Ich gebe Ihnen meine Privatnummer und meine Nummer im Geschäft.“

Dann bedankte sie sich herzlich bei Paul Vermeylen und verließ die Galerie. Sie war so geschockt, dass sie das nächste Café aufsuchte, um erst mal eine Tasse Kaffee zu trinken. Am liebsten wäre ihr ein Cognac gewesen, aber sie musste noch fahren. Als sie einigermaßen ihre Gedanken wieder unter Kontrolle hatte, beschloss sie, sofort nach Solingen zu fahren, um die Angelegenheit mit Hilde zu besprechen.

Solingen

Es war kurz vor fünf. Hildes Vorzimmerdamen machten sich fertig, um nach Hause zu gehen, als Frau Henzo in die Firma Granika kam. Sie wollte sofort mit Frau Granika sprechen. So wurde Hilde Frau Henzo gemeldet.

Sie begrüßten sich und Hilde sagte nur: „Frau Henzo, Sie sehen ja aus wie der Tod. Was ist denn los?“ Dann erzählte Frau Henzo, was sie soeben in Wuppertal erlebt hatte. Sie zitterte vor Aufregung und Hilde sagte: „Frau Henzo, kommen Sie, wir gehen rüber in die Wohnung, ich glaube dort spricht es sich ruhiger, außerdem glaube ich, Sie brauchen einen Cognac.“

Als man sich im Wohnzimmer gesetzt hatte und Frau Henzo ihren Cognac hatte, fragte Hilde:

„Wenn ich richtig verstanden habe, war Heinz in der Galerie **artis opus**, während Sie dort waren. Ein Irrtum ist nach Ihrer Meinung ausgeschlossen?“

Frau Henzo, immer noch blass: „Ich kenne Heinz seit Jahren, ich kenne jede seiner Bewegungen, auch wenn er sich im Gesicht verändert hat, er war es. Sicher sehen sich Wolfgang Zeller und Heinz Engler ähnlich. Sie sind gleich groß, der eine ist blond, der andere hat braune Haare. Aber die kann man färben. Ich kenne auch Wolfgang Zeller. Er geht anders und bewegt sich anders wie Heinz. Obwohl sein Gesicht verändert ist, die Haare möglicherweise gefärbt sind und er jetzt einen Bart trägt, der Mann, den ich vor knapp zwei Stunden gesehen habe, das war Heinz Engler. Er kam mit einem Mercedes aus der Hauseinfahrt, es war der gleiche Wagen, den er immer hatte.

Dann erzählte mir Vermeylen, dass er Heinz seit langer Zeit nicht mehr gesehen hätte. Sie haben es immer schon gesagt und auch gefühlt, Heinz ist hier in der Nähe und jetzt habe ich ihn auch gesehen. Was machen wir jetzt?“

Hilde ganz ruhig: „Erst denken wir gemeinsam darüber nach. Wenn wir die Polizei benachrichtigen, dann warnen wir sie nur. Sowohl Wolfgang Zeller, als auch Horst Gerkan müssen von Heinzens Anwesenheit in Wuppertal wissen. Allein etwas zu unternehmen, ist ebenfalls sinnlos. Ich kann nicht, da ich hochschwanger bin und Sie sind berufstätig.

In zirka vierzehn Tagen kommt Mike Curtis, den Sie so unangenehm kennengelernt haben. Mit dem sollten wir das besprechen. Er soll in dieser Angelegenheit tätig werden. Das ist die einzige Chance, Heinz Engler zu zwingen, Farbe zu bekennen. Wir kriegen dann vielleicht unsere Militaria wieder und Sie bekommen die notwendigen Unterschriften, um Ihr gemeinsames Konto aufzulösen.

Allerdings würde ich gerne mit meinem Mann darüber sprechen. Haben Sie was dagegen, wenn ich ihn zu unserem Gespräch bitte?“ Frau Henzo hatte nichts einzuwenden.

So rief Hilde Erich an und bat ihn kurz ins Wohnzimmer zu kommen. Als Erich das Zimmer betrat, begrüßte er freundlich Frau Henzo und setzte sich dazu.

Frau Henzo schilderte ausführlich ihr Erlebnis in Wuppertal in der Galerie **artis opus.**

Erich fragte nur kurz zurück: „Sind Sie wirklich einhundert Prozent sicher, dass Sie sich nicht täuschen?"

Frau Henzo: „Ich bin sicher, das war Heinz Engler, auch wenn sein Aussehen sich etwas verändert hat."

Hilde jetzt ganz ruhig: „Erich, bevor du kamst, habe ich mit Frau Henzo überlegt was wir jetzt mit unserem Wissen anfangen und wir kamen zu folgendem Ergebnis: Wenn wir der Polizei oder Herbert Wagner von unserer Feststellung berichten, dann wird er über die Polizei in Wuppertal in dieser Richtung recherchieren. Damit machen sie Heinz Engler darauf aufmerksam, dass wir auf seiner Spur sind. Dadurch kann man Heinz Engler fassen, aber unsere Militaria bekommen wir nicht zurück.

Wir haben gestern mit Mike gesprochen Er hat mir gesagt, dass er in zirka vierzehn Tagen hier sein wird. Nur er ist mit seinen Ermittlungsmethoden in der Lage das Ganze aufzuklären. Ich bin dafür, dass wir das Mike überlassen und im Moment keiner Menschenseele etwas von unserem Wissen erzählen. Auch Susi nicht. Sie wird mir allenfalls raten, mit Herbert Wagner zu kooperieren und gerade das erachte ich für falsch. Susi hat im Moment so viel mit ihrer russischen Mafia zu tun, die kann sich nicht auch noch darüber Gedanken machen. Was meinst du zu meinem Vorschlag?"

Es gab eine Diskussion in der man alle Punkte nach jeder Richtung beleuchtete. Am Ende stimmten Erich und Frau Henzo Hildes Vorschlag zu.

***

Wiesbaden

Die Wagen für die Ausstellung in Berlin waren geladen und Susi kam nach unten, um ihre Mitarbeiter zu verabschieden.

Sie sagte: „Ich wünsche euch viel Erfolg, bitte ruft mich an, wenn ihr in Berlin angekommen seid. Das Hotel in Berlin hat mir am Telefon versprochen einen sicheren Standplatz für den Sprinter und den anderen Wagen zu haben. Sie sagten, es sei nicht weit vom Hotel entfernt in einer Großgarage. Also gute Fahrt."

Susi ging langsam nach oben in ihr Büro, sie hatte ein seltsames Gefühl. Fünf wirklich sehr gute Mitarbeiter gingen nach Berlin, warum machte sie sich Gedanken?

Der Vormittag war schnell um. Als sie mit Erika zum Mittagessen ging, sagte diese, Anton kommt heute nicht. Die sind nur zu zweit in seiner Galerie, da kann er nicht fort.

Sie kamen nach oben, und Nina hatte das Mittagessen bereits auf dem Tisch. Susi: „Nina, es ist zwar wunderschön, dass du gekocht hast, aber du bist krank, das sollst du nicht."

Nina lachte: „Ja, richtig, aber nur auf dem Papier. Ich steh doch hier nicht den ganzen Tag dumm rum. Wäre ich allein zu Hause, müsste ich auch kochen. Also Susi, mach dir keine Gedanken. Sie waren noch nicht ganz mit dem Mittagessen fertig, als das Telefon klingelte. Moritz nahm ab. Er sprach nicht viel, hörte nur zu und sagte dann: „Anton, ich komme sofort!"

Als er aufgelegt hatte, sagte er: „Ihr bleibt alle erst mal hier. Auf Antons Galerie ist ein Brandanschlag verübt worden. Ein Wagen hielt vor der Galerie, ein Mann stieg aus, öffnete die Tür zur Galerie und warf einen Molotow-Cocktail in die Ausstellung. Weder Anton noch Alena sind verletzt. Anton und Alena konnten das Feuer mit dem Feuerlöscher selbst löschen. Die Feuerwehr und Polizei sind jetzt da. Sowie ich einen Überblick habe, sage ich euch Bescheid. Im Moment könnt ihr sowieso nichts tun. In spätestens dreißig Minuten habt ihr einen Bericht von mir, dann könnt ihr kommen."

Susi ziemlich ernst: „Jetzt haben die Sauhunde doch Ernst gemacht. Es wird wirklich zum Kampf kommen. Wir werden noch zwei weitere Polizisten zur Bewachung brauchen. Ich werde heute Nachmittag mit dem Sicherheitsdienst sprechen, wir müssen für Maxims Kinder eine Schulbegleitung besorgen. Das ist eine Schwachstelle. Bin ich froh, dass Moritz überall die Feuerlöscher nicht nur nachsehen ließ, sondern noch zusätzlich welche aufgestellt hat."

Nina fragte: „Kann ich irgendetwas helfen? Ich hatte vor, die Küche aufzuräumen und dann ins Hinterhaus zum Atelier zu gehen, ist euch das Recht?"

Susi: „Nina, das ist prima. Wenn du eventuell etwas früher den Aperitif richtest, denn es wird heute Abend viele Fragen geben. Sagen wir, so um halb sechs?"

Nina sagte zu und Susi ging mit Erika in ihr Büro, um auf Moritzens Anruf zu warten. Der kam früher als erwartet.

„Susi es ist am einfachsten, du kommst mit Erika sofort hierher. Wir müssen ein paar Entscheidungen treffen, die deine Anwesenheit erfordern und Erika will sicher sehen, wie es Anton geht. Du kannst sie beruhigen, außer, dass sein Anzug hinüber ist, geht's ihm gut. Also bis gleich."

Als Susi mit Erika zu Antons Galerie kam, war die Straße gesperrt. Feuerwehrautos und Polizeiwagen blockierten die Zufahrt. Susi und Erika wurden durchgelassen, und als sie die Galerie betraten, sahen sie den Schaden.

Der Molotow-Cocktail war anscheinend tief in die Galerie geschleudert worden und ist an der rückwärtigen Wand zerplatzt. Dort waren die Wand und der Boden zerstört, außerdem waren mehrere Bilder nebst den Staffeleien stark beschädigt. Der größte Schaden war wie immer durch die Feuerlöscher entstanden. Alles war noch mit Schaum bedeckt. Es sah schlimm aus, aber Susi erkannte mit einem Blick, dass diese Schäden relativ schnell zu beheben waren.

Herbert Wagner war im Gespräch mit mehreren Polizeibeamten, dazwischen die Feuerwehr. Erika stürmte sofort auf Anton zu, umarmte ihn und sagte nur: „Gott sei Dank, du bist unverletzt. Alles andere ist nicht schlimm."

Susi sah Alena, die zitterte immer noch. Sie schilderte Susi den Vorgang, wie sie ihn erlebt hatte: „Ich war mit Anton im Erdgeschoss, als ein Wagen vor dem Laden hielt. Wir dachten, es sei Kundschaft. Die Ladentür ging auf, der Mann hatte einen brennenden Gegenstand in der Hand und warf ihn ganz hinten in den Raum. Es brannte sofort alles lichterloh. Anton hatte zuerst einen Feuerlöscher in der Hand und begann zu löschen. Gott sei Dank, hat Moritz mir vor zwei Tagen die Dinger erklärt. Ich nahm den an der Treppe und fing auch zu löschen an. Wir hatten keine Zeit, um uns nach dem Auto umzusehen. Alles ging blitzschnell. Während Anton die Feuerwehr und die Polizei rief, habe ich noch glimmende Stellen gelöscht.

Es sieht schlimm aus. Keine drei oder vier Minuten später waren auch schon die Feuerwehr und die Polizei hier. Was bis jetzt noch nicht hin ist, trampeln die jetzt kaputt. Schau doch mal, unsere herrliche Galerie. Alles demoliert!"

Susi ging zu Anton und sagte nur: „Alena hat schon kurz geschildert, was los war. Wo kann ich jetzt helfen?"

Anton nur kurz: „Susi, halte mal die Stellung, ich muss schnell was anderes anziehen. Ich gehe mit Erika nach oben. Achte mal darauf, Jens muss gleich kommen. Er muss den Schaden aufnehmen. Sag ihm, wir wollen gleich morgen mit der Renovierung anfangen.

Wenn wir Glück haben, sind wir in ein paar Tagen damit fertig."

Susi begrüßte Herbert Wagner und sagte: „Herbert, du kommst doch um 18 Uhr zu unserem Aperitif?"

Der lachte und nickte mit dem Kopf, dann war er schon wieder bei den Polizisten.

Jetzt entdeckte Susi Jens: „Hallo Jens, hübsch haben wir es hier, findest du nicht? Du musst sowieso alles aufnehmen, mach mir ein paar gute Bilder für unsere Freunde in St. Petersburg und die russische Botschaft in Berlin. Die können am meisten in dieser Angelegenheit helfen."

Susi ging mit Jens um den Schaden anzusehen und Jens meinte: „Da habt ihr Schwein gehabt. Das hätte bös ins Auge gehen können. Ich glaube, meine Versicherung springt jetzt langsam im Dreieck, denn wir sind auch noch gegen Vandalismus versichert. Hoffentlich sind sie übermorgen so schlau und genehmigen endlich die Auslobung für Mike. Wird Zeit, dass endlich etwas geschieht. Wenn die ganze Horde von Polizei und Feuerwehr aus dem Tempel ist, will ich die Aufnahmen machen. So, Susi, jetzt gib mir mal die genauen Angaben zum Anschlag."

Susi ernst: „Jens, gedulde dich ein paar Minuten, ich war selbst nicht dabei. Anton kommt gleich wieder, der kann dir die Fragen besser beantworten wie ich."

So langsam leerte sich die Galerie.

Zwei Feuerwehrleute übernahmen die Brandwache. Auch die Polizisten gingen wieder. Es blieben einige Beamte, Herbert Wagner und ein Herr vom Bundeskriminalamt.

Als Anton wiederkam, sagte Susi: „Anton, ich gehe wieder nach drüben und kümmere mich um das Plakat für das Schaufenster, dass wegen Renovierung geschlossen ist. Mal sehen, dass wir das heute Nachmittag noch aufhängen können. Dann will ich in jedem Fall die russische Botschaft verständigen und Michail in St. Petersburg. Wir müssen das von oben her abstellen. Den Mann zu erwischen, der den Molotow-Cocktail geworfen hat, das ist nebensächlich. Wir brauchen die Drahtzieher und die erwischen wir nur über St. Petersburg. Ich will auch noch mit der Bewachungsfirma sprechen, die uns im letzten Jahr zur Verfügung stand."

Susi kam zurück in die Taunusstraße und veranlasste, dass sofort ein großes Schild für die Auslage der beschädigten Galerie angefertigt wird. Man versprach ihr, es hänge spätestens um 17 Uhr.

Dann ging sie in ihr Büro und rief die russische Botschaft in Berlin an. Dort sagte man ihr, der Botschafter sei außer

Haus. Sie ließ ausrichten, dass man auf ihre Galerie einen Brandanschlag verübt hätte. Weitere Einzelheiten könne Herr Borodin von der Eremitage in St. Petersburg mitteilen. Dann wählte sie Michails Direktnummer.

.

(Michail) Hallo, Susi, was gibt es Wichtiges?

(Susi) Heute gegen 13 Uhr wurde auf unsere Galerie in Wiesbaden ein Brandanschlag verübt. Ein Mann öffnete die Tür der Galerie und warf einen sogenannten Molotow-Cocktail. In der Galerie waren Anton und Alena. Beide waren geistesgegenwärtig genug, das Feuer zu löschen. Die Galerie ist zwar hin, aber weder Anton noch Alena ist etwas passiert. Ich habe die Botschaft in Berlin schon verständigt. Anschließend werde ich sofort einen Personenschutz für Maxims Kinder veranlassen sowie eine besondere Bewachung für unsere Räume. Bis ihr nächste Woche kommt, ist der Schaden hoffentlich wieder behoben.

(Michail) Das tut mir sehr leid. Ich hätte nicht gedacht, dass diese Verbrecher so weit gehen. Susi, glaube mir, der Kopf der Bande ist der dir bekannte Bussow. Aber wir kriegen ihn, da sei sicher. Olga hat dir möglicherweise schon erzählt, dass ich mein ganzes Vorzimmer auswechseln musste. Die hingen alle mit drin. Wir sind immer noch bei der Inventur, über 500 Exponate fehlen mit Sicherheit. Ich fürchte, es sind doppelt so viel. In ein paar Tagen weiß ich mehr. Mal sehen, wo wir diese wertvollen Stücke wiederfinden. Sage euch in der nächsten Woche wegen des Termins Bescheid. Noch habe ich kein Visum.

(Susi) Michail, soll ich mich darum kümmern?

(Michail) Nein, das brauchst du nicht, wenn ich keines bekomme, dann bekommt auch kein anderer ein Visum für Russland. Lass das seinen Gang gehen. Ich glaube, Montag oder Dienstag haben wir die Visen. Wiedersehen, Susi.

(Susi) Liebe Grüße an Paula und auch an Olga. Auf Wiedersehen und bis nächste Woche.

So, das wäre erledigt, jetzt musste sie noch alle übrigen ins Bild setzen.

Es war schon kurz vor 18 Uhr als sie endlich ihr Büro verlassen konnte und nach oben in ihre Wohnung ging.

In ihrer Wohnung erwartete sie ein volles Haus. Es waren viel mehr gekommen, als sie glaubte.

Kurz nach 18 Uhr klopfte Susi an ihr Glas, bat um Ruhe und sagte:

„Heute, um 13 Uhr hielt ein schwarzes Fahrzeug vor Antons Galerie, ein Mann stieg aus, öffnete die Ladentür und warf einen großen brennenden Gegenstand in die Galerie. Einen sogenannten Molotow-Cocktail. Das ist ein Glasgefäß, gefüllt mit Benzin und einer Lunte aus Stoff, Werg oder ähnlichem. Mit solchen Cocktails hat man während des Aufstandes in Ungarn im Jahr 1956 die russischen Panzer beworfen und damit außer Gefecht gesetzt. Ein teuflisches Zeug.

Wie groß der Schaden ist, das müssen wir noch feststellen. Antons Galerie bleibt geschlossen. Es wurde ein Schild angebracht, dass auf unsere Galerie in der Taunusstraße verweist. Wie immer hat Herbert Wagner, den ihr alle kennt, die Sache in der Hand."

***

Wiesbaden

Susi hatte einen hektischen Vormittag hinter sich gebracht. Sie wollte eben zum Mittagessen gehen, als sie Schreie im Hof hörte. Sie wartete nicht auf den Lift, sondern rannte die drei Treppen nach unten. Es brannte im Souterrain des Hinterhauses. So viel konnte sie mit wenigen Blicken erkennen. Sie sah auch, wie ihre Mitarbeiter mit

Feuerlöschern hantierten. Zwei Mann brachten einen verletzen Schreiner aus dem Keller nach oben. Susi rannte zum nächsten Telefon und verständigte Feuerwehr und Polizei. Bevor sie sich noch ein richtiges Bild der Lage machen konnte, waren schon Feuerwehr und Polizei da. Man sperrte den Eingang und begann mit den restlichen Löscharbeiten. Dank der vielen Feuerlöscher hatten ihre eigenen Mitarbeiter das Feuer schnell unter Kontrolle.

Susi rief sofort Moritz und Anton an. Dann verständigte sie Jens und auch Herbert Wagner mit der Bitte, sofort vorbeizukommen.

Der Rettungswagen nebst Notarzt kümmerte sich um den verletzten Schreiner. Man nahm ihn sofort mit in die Klinik.

Rasch verschaffte sich Susi einen Überblick. Man hatte einen uniformierten Mann im Hof gesehen und gedacht, es handle sich um einen Mann der Bewachungsmannschaft. Der stellte sich neben die Eingangstür im Souterrain, öffnete sie und warf einen brennenden Glasgegenstand in den Keller. Das Feuer hatte man relativ schnell gelöscht. Der uniformierte Mann, der den Molotow-Cocktail geworfen hatte, war nicht mehr auffindbar. Durch Zufall hatte Franz Westermann vom Fenster im 2. Stock den Vorfall beobachtet. Er rannte sofort nach unten, aber da war dieser Mann bereits weg. Er half dann sofort beim Löschen.

Fünfzehn Minuten später waren alle am Ort des Attentats versammelt. Susi machte es kurz und sagte: „Ich glaube, wir sollten die Arbeit der Feuerwehr und der Polizei nicht länger behindern. Wir gehen am Besten zu mir ins Büro, um die weiteren Schritte zu beraten.“

Herbert Wagner übernahm zusammen mit Polizei und Feuerwehr die Aufgabe der Unglücksaufnahme und Susi begab sich mit den Übrigen in ihr Büro. Die Stimmung war sehr bedrückt. Susi sagte nur: „Wir werden jetzt handeln.“

Als erstes rief sie ihren Anwalt Dieter Zeiser an. Sie erzählte ihm, was jetzt zum zweiten Mal geschehen war und dass ein Mitarbeiter verletzt ist. Sie bat um Hilfe und polizeiliche Bewachung. Dieter versprach das zu beantragen.

Dann telefonierte sie mit dem russischen Botschafter in Berlin. Der versicherte ihr seine Hilfe. Er würde anrufen und Susi mitteilen, was er erreichen konnte. Sie versuchte, Michail Borodin zu erreichen, der war leider außer Haus und so sprach sie nur mit Olga, die sie bat, das alles schnellstens Michail zu berichten.

Susi sprach mit dem Bewachungsdienst und verlangte zusätzliche Kontrollen des Eingangs und zu Erika gewandt: „Bitte erstelle sofort zwei Listen aller Mitarbeiter, damit wir die dem Bewachungsdienst übergeben können."

Jens hatte inzwischen die Versicherung benachrichtigt und sagte: „Die schicken zusätzlich noch einen Mann zur Schadensaufnahme. Ich gehe jetzt nach unten und sehe zu, dass die nicht mehr als notwendig kaputt machen."

Moritz sagte zu Susi: „Susi, ich gehe nach unten und veranlasse ein vorläufige Absperrung des Hauses, allerdings so, dass ein eventueller Kundenverkehr nicht gestört wird. Danach gehe ich zu Antons Galerie und will zusehen, dass wir dort etwas Ähnliches arrangieren."

Nina kam und brachte eine große Platte voll belegter Brote und Erika hatte zwei Kannen Kaffee gemacht.

Als erstes kam Michail Borodins Rückruf:

(Susi) Susanne Kaiser.

(Michail) Hallo, Susi, Olga hat mir eben berichtet, was euch passiert ist. Ich habe schon mit dem Ministerium gesprochen, unsere russische Botschaft in Berlin erhält weitere Vollmachten in dieser Angelegenheit. Nur zu deiner Information, es geht nicht nur um die Galerie Kaiser in Wiesbaden, es geht um viel mehr. Unsere Recherchen hinsichtlich der Diebstähle in St. Petersburg werden immer mysteriöser und undurchsichtiger. Wir sind jetzt bei nahezu 900 fehlenden Exponaten.

Irgendwie seid ihr darin verstrickt, ohne es zu wissen. Seid sehr wachsam. Dieser Diebstahl bei uns hat eine Größenordnung von sicherlich 100 Millionen Dollar und mehr. Es hat etwas mit euch zu tun. Bitte, Susi, passe auf dich auf. Auch auf Anton. Ihr beide seid gefährdete Personen.

(Susi) Michail, ich glaube, du siehst etwas zu schwarz. Ich weiß nicht, wo wir irgendetwas mit deinen Diebstählen zu tun haben könnten. Es gab doch mit der Ausnahme, dass wir Alena, Maxim und Boris eingestellt haben, überhaupt keine Berührungspunkte.

(Michail) Aber irgendwo gibt es da einen Zusammenhang. Glaube mir, seid bitte, bitte, sehr vorsichtig.

(Susi) Michail, ich verstehe zwar, dass diese Mafia unsere Künstler haben will. Ich verstehe sogar noch, dass man uns eventuell zwingen will, für sie zu arbeiten, aber was – um Gottes Willen – hat das mit euren Diebstählen in St. Petersburg zu tun?

(Michail) Susi, das wissen wir auch noch nicht, aber sei sicher, irgendwo gibt es da einen Zusammenhang. Wir werden über unsere Botschaft in Berlin dem Auswärtigen Amt in Berlin empfehlen, euch Personenschutz zu gewähren. Nur zu deiner Information, wir überlegen nächstes Wochenende zu kommen. Die Kinder werden wir nicht mitbringen. Auch kann ich wegen der Diebstähle in St. Petersburg nicht lange bleiben. Teile dir noch die Einzelheiten mit.

(Susi) Wir freuen uns, sag ganz liebe Grüße an Paula und auch an Olga. Warum bringst du Olga nicht mit?

(Michail) Und wer soll dann mein Büro hüten? Sie ist nur noch meine einzige Stütze hier. Das geht auf keinen Fall. Wenn es noch irgendetwas gibt, bitte informiere mich sofort. Liebe Grüße an Moritz, Erika und Anton. Auf Wiedersehen.

(Susi) Auf baldiges Wiedersehen. Wir freuen uns.

Gedankenverloren legte Susi auf. Wo um Himmelswillen sollte da ein Zusammenhang zu den gestohlenen Bildern in der Eremitage bestehen? Der Nachmittag wurde immer hektischer. Als Moritz zurückkam, sagte sie: „Moritz, ich muss mal hier raus. Was hältst du davon, mich kurz ins Krankenhaus zu unserem Schreiner zu fahren. Ich muss sehen, wie es dem armen Kerl geht. Es ist einer unserer ältesten und besten Leute und ich weiß, er ist ein Liebhaber von »Kümmel«. Lass uns unterwegs eine Flasche für ihn besorgen.

Berlin

Es war Nachmittag um 14 Uhr als der russische Botschafter in der Galerie für russische Kunst anrief. Der Mann am Apparat teilte ihm lediglich mit, dass Herr Bussow nicht im Hause sei.

Der Botschafter sehr kalt und arrogant: „Ich erwarte Herrn Bussow bis um 17 Uhr hier in der Botschaft. Sollte er bis zu diesem Zeitpunkt nicht hier sein, so werde ich seinen Reisepass für ungültig erklären lassen und ein Ausweisungsverfahren gegen ihn beantragen. Richten Sie ihm das aus."

Kurz vor 17 Uhr wurde dem russischen Botschafter Herr Bussow gemeldet.

Es gab eine kurze Begrüßung und Herr Bussow fragte: „Exzellenz, was habe ich getan, dass Sie mich so ultimativ und unter Drohungen auffordern zu kommen? Das werde ich mir nicht bieten lassen."

Der Botschafter: „Bussow, Sie werden sich noch viel mehr bieten lassen müssen. Meine Geduld ist zu Ende. Ihre Spielchen in Wiesbaden haben ab sofort zu unterbleiben, noch ein Anschlag und Sie brauchen keinen Ausweisungsbefehl mehr. Ich habe Ihnen ein Ultimatum gestellt. Das läuft noch, versäumen Sie den Termin nicht. Auch, wenn Sie aus Berlin verschwinden, ich finde Sie überall."

Herr Bussow ganz blass: „Exzellenz, ich weiß nicht, was Sie gegen mich haben, ich weiß nichts von einem Anschlag in Wiesbaden. Ich war lediglich einmal in einer Galerie Kaiser, um diese armen Leute zu warnen."

Hier unterbrach der Botschafter: „Bussow, sparen Sie sich Ihr Gefasel, diese Nötigung Ihrerseits war nicht misszuverstehen. Wie gesagt, noch so ein Anschlag und Sie verlassen Deutschland in einer Plastiktüte, ein Sarg wäre mir für Sie zu schade. Ich hoffe, wir haben uns verstanden."

Bussow wollte noch etwas sagen, aber der Botschafter sagte nur: „Sie dürfen sich zurückziehen."

Nachdenklich ging Iwan Bussow zurück zur Ausstellung, die seine Leute aufbauten. Dieser Ton seiner russischen Landsleute kam ihm schon sehr eigenartig vor. Irgendjemand musste in St. Petersburg gesungen haben. Vor allen Dingen: Woher wusste der Botschafter so schnell von dem Anschlag in Wiesbaden? Hier bestand anscheinend eine Verbindung, von der er nichts wusste. Vielleicht sollte er wirklich einige Wochen verschwinden?

Als er zurück in die Ausstellungsräume kam, waren seine Leute mit dem Aufbau fertig. Es waren großartige Werke zu sehen und der Aufbau verriet Professionalität. Er war stolz auf seine Mannschaft, bewunderte aber auch das Können von **artis opus**.

Zirka 200 m weiter in einem Hotel kümmerten sich Ilse, Jo, Prem und die beiden Damen der Galerie Kaiser um den Aufbau ihrer Ausstellung. Die Stimmung war gedrückt, denn man wusste schon vom Anschlag auf Antons Galerie und vor zehn Minuten hatte Anton angerufen und ihnen vom Anschlag auf die Schreinerei erzählt und dass ein Mann verletzt worden wäre.

Die Ausstellung sah nicht nur gut aus, sie hatten prächtige Bilder und die Lichtkulisse machte ein Übriges. Alle fünf waren stolz auf die Gestaltung. Man wollte gemeinsam zum Abendessen gehen, morgen Früh ausschlafen, um für die Ausstellung fit zu sein.

***

Wiesbaden

Sie saßen zu Dritt beim Frühstück. Nina hatte schon sehr früh Brötchen geholt und es hätte ein schöner Samstagmorgen sein können, wären die Anschläge der letzten beiden Tage nicht gewesen.

Trotzdem, Susi war voller Optimismus. Sie sagte:

„Unser Schreiner ist Gott sei Dank nicht so schwer verletzt. Sicherlich sind Brandwunden sehr schmerzhaft und dauern auch lange, um abzuheilen, aber er hatte Glück im Unglück. Sein Kollege hat als erstes den Feuerlöscher auf ihn gerichtet. Ansonsten ist der Schaden zwar nicht gerade gering, aber in einigen Tagen ist das wieder in Ordnung gebracht. Ich hoffe nur, Jens kommt mit seiner Versicherung klar."

Moritz knurrte: „Das hat uns gerade noch gefehlt, aber so schlimm wie in Antons Galerie ist der Schaden nicht."

Nina fragte: „Kann ich unten was helfen? Vielleicht kann ich saubermachen?"

Susi lachte: „Nina, das ist lieb. Aber erstens bist du noch krank, zweitens muss die Versicherung die Brandstelle erst freigeben. Trotzdem, lieben Dank."

Susi zu Moritz gewandt: „Hast du eigentlich schon Hilde und Erich benachrichtigt?" und Moritz: „Ich denke doch, dass das Erika und Anton gemacht haben."

So nahm Susi das Telefon und wählte Hilde an:

(Hilde) Hilde Granika.

(Susi) Hi, Hilde, haben dich Anton oder Erika schon angerufen, was hier los war?

(Hilde) Nein, was denn?

(Susi) Man hat Brandanschläge auf uns verübt .... und jetzt erzählte Susi, was sich in den letzten beiden Tagen hier ereignet hatte. … *Wir sind ziemlich am Boden zerstört. Mal sehen was als nächstes kommt.*

(Hilde) Ich sage doch, bei euch wird's nie langweilig. Mir tut nur der Schreiner leid, das ist ein so lieber Mensch. Warst du schon bei ihm?

(Susi) Na klar.

(Hilde) Wenn du noch mal zu ihm kommst, bring ihm eine Flasche Kümmel mit, die mag er so gern und grüße ihn von mir und Erich.

(Susi) Eine Flasche Kümmel hat er schon. Wenn er deine noch hat, so kommt er über seine Schmerzen viel besser weg. Wie geht's dir und was macht Erich?

(Hilde) Langsam bin ich so dick, dass ich mich kaum noch bewegen kann. Aber sonst geht's mir gut. Erich, dieses Scheusal, sagt ich wäre sein Fässchen.

(Susi) Grüße Erich herzlich von uns und dir weiterhin alles Gute.

Als Susi aufgelegt hatte, stellte sie fest, die liebsten Personen vergisst man in der Eile. Susi und Moritz hatten sich vorgenommen, am Vormittag nach dem neuen Haus zu sehen, zum Mittagessen war man bei Petra eingeladen, die auch Strohwitwe war und am Nachmittag wollten sie ins Krankenhaus zu Maxim und dem Schreiner.

Nina hatte vor, zu ihren Künstlern ins Hinterhaus zu gehen. Sie sagte: „Ich habe jetzt schon die ersten Blumen nach Vorlagen gemalt. Klappt ganz gut. Heute Nachmittag will ich zu dem Holzschnitzer gehen. Er hat angeboten, mir das Bemalen von Holzfiguren beizubringen. Es geht zwar mit meinem Arm noch nicht so besonders, aber probieren kann ich ja mal." Susi schmunzelte: „Nina, viel Spaß. Heute Abend sind wir so gegen 18 Uhr wieder hier, wenn du nichts Besseres vorhast, können wir zusammen zu Abend essen."

Dann gingen sie aus dem Haus, das inzwischen einer Festung glich, denn es wurde stark bewacht.

Berlin

Ilse, Jo und Prem sowie die beiden Damen aus Antons Galerie hatten ihre wirklich prächtige Ausstellung pünktlich um 15 Uhr eröffnet. Es kamen zwei Paare und ein einzelner Herr, dann kam niemand mehr. Eine halbe Stunde später kam noch mal ein Paar, dann zwei Damen und wieder keine weiteren Besucher.

Es war schon fast 17 Uhr, als Jo zu Ilse sagte: „Da stimmt was nicht. Hast du eine Einladung da?"

Ilse: „Jo, ich habe schon mindestens dreimal darauf geschaut. Es steht eindeutig 15 Uhr hier und das Datum stimmt auch. Aber weil heute so schönes Wetter ist und außerdem noch Samstag, vielleicht kommen die Leute erst nach Ladenschluss. Wir stehen uns jetzt seit zwei Stunden die Beine in den Bauch und noch nicht ein einziges Bild ist verkauft."

Eine der beiden Damen aus Antons Galerie kam und sagte: „Stimmt nicht ganz, ein Bild habe ich verkauft. Eine **Claude Monet, Impression, aufgehende Sonne**. Nichts Weltbewegendes, aber immerhin ein Bild."

Sie beschlossen, noch eine halbe Stunde zu warten, um zu sehen, ob sich noch etwas Entscheidendes tut. Dann zu überlegen, die Ausstellung eventuell vorzeitig zu schließen.

Der russische Botschafter freute sich auf den Besuch der Vernissage, den die Galerie Kaiser in Berlin veranstaltete. Er fuhr mit seinem Wagen in die Tiefgarage des Hotels, in dem die Ausstellung stattfinden sollte und war überrascht von einem seriös aussehenden Herrn angesprochen zu werden. Der teilte ihm mit, dass man die Ausstellung aus technischen Gründen hätte verlegen müssen. Die Ausstellung wäre jetzt

200 Meter von hier. Er drückte dem Botschafter einen Zettel mit der Skizze des Weges und der Adresse in die Hand.

Der Botschafter war zwar überrascht, aber das konnte schon mal vorkommen und er ging ohne Argwohn zu der Adresse. Die neue Ausstellung war einfach zu finden und gut ausgeschildert.

Der Botschafter war mehr als erstaunt, Iwan Bussow zu sehen. Im ersten Moment dachte er, dieser sei nur Gast, doch dann entdeckte er das Schild »Galerie für russische Kunst«, und da wurde ihm schlagartig vieles klar.

Er ging zu Bussow, der mit einigen Herren zusammenstand und ohne eine Begrüßung abzuwarten, sagte er in sehr scharfem Ton: „Bussow, das war genau das, was Ihnen jetzt den Hals bricht. Bitte geben Sie mir Ihren Reisepass:“

Bussow war ganz blass geworden, er stotterte nur: „Exzellenz, den habe ich leider nicht bei mir. Aber wieso das?“

Der Botschafter: „Ich fordere Sie auf, bis Montag 10:00 Uhr Ihren Reisepass bei mir auf der Botschaft abzugeben. Sollte er bis dahin nicht in meinen Händen sein, werde ich ihn für ungültig erklären lassen. Alles Weitere entnehmen Sie meinem Schreiben, das ich Ihnen am Montagmorgen aushändigen werde.“

Der Botschafter wartete keine Antwort ab, drehte sich um und ging.

Die bei Herrn Bussow stehenden Herren waren Peter Wahl und Wolfgang Zeller. Zeller schaltete sehr schnell. Er rief Bart und Paul und sagte: „Entfernt alle Schilder und Drucksachen, auf dem unsere Galerie **artis opus** angegeben ist.“

Zu Herrn Wahl gewandt: „Bitte halten Sie die Stellung, irgend etwas ist hier schief gegangen. Anscheinend hat man die Herren entdeckt, die uns die Gäste schickten. Sie wissen von nichts. Ich werde mich um Herrn Bussow kümmern.“

Und zu Bussow gewandt sagte er: „Kommen Sie, wir verschwinden von hier. Ihre Leute können den Abbau vornehmen. Ich hoffe, sie haben genügend Erfahrung, ansonsten helfen meine Herren Bart und Paul."

Im Hinausgehen sagte Wolfgang noch zu Iwan Bussow: „Haben Sie Ihren Wagen da?"

Als Bussow verneinte, sagte Wolfgang: „Dann fahren wir mit meinem Wagen. Wo wohnen Sie?"

Und als Bussow die Adresse sagte, meinte Wolfgang: „Sie packen Ihre Sachen und kommen erst mal mit nach Wuppertal. Was der Botschafter sagte, war ziemlich eindeutig. Sie werden gesucht, und Ihr Pass ist keinen Pfifferling mehr wert. Sie brauchen neue Papiere und müssen aus Deutschland verschwinden. Ohne Hilfe schaffen Sie das nicht. Sie können sich auf mich verlassen, ich helfe Ihnen."

Der Botschafter ging wieder zurück in die Garage, wo er seinen Wagen stehen hatte, sah den Herrn, der ihn auf die Verlegung der Ausstellung hingewiesen hatte. Er fragte ihn, ob es noch mehrere Leute gäbe, die auf die Verlegung aufmerksam machen würden. Dieser erklärte, vor dem Eingang stünde noch ein Mann und auf der Straße ebenso. Diese drei nahm der Botschafter mit und erreichte mit ihnen die Vernissage der Galerie Kaiser kurz nach 17 Uhr.

Schnell klärte sich auf, warum die Ausstellung so schwach besucht war und mit welch schmutzigem Trick man versucht hatte, die Kunden abzuwerben.

Die drei Personen, die die Abwerbung durch Handzettel vorgenommen hatten, wurden gebeten zu bleiben, bis man die Angelegenheit geklärt hätte. Prem kümmerte sich um den russischen Botschafter.

Jo und Ilse gingen sofort zur Ausstellung der Galerie für russische Kunst. Als man die Ausstellung betrat, sahen Ilse und Jo fast gleichzeitig Peter Wahl. Der konnte nicht schnell genug verschwinden.

Jo hatte ihn sofort an der Krawatte und ohne ein Wort versetzte er ihm einen Faustschlag ins Gesicht.

Jo: „Wahl, dir hab ich versprochen, wenn ich dich noch einmal sehe, dann gibt's Prügel. Das ist jetzt das dritte Mal, dass mir das bei dir passiert. Ich Rindvieh hätte schon heute am frühen Nachmittag darauf kommen müssen, dass du Halunke dahinter steckst."

Jo drehte Peter Wahls Arm nach hinten, sodass er in gebückter Haltung stehen musste und Jo rammte ihm sein Knie in den Bauch. Peter Wahl ging zu Boden. Hier mischte sich Ilse ein: „Jo, lass ihn gehen, der ist es nicht wert, dass du dich an ihm vergreifst. So was Gemeines zu machen, ist unerhört. Wir werden versuchen, das in der Fachpresse zu publizieren."

Jo: „Ilse, so lernt das Schwein das nie. Mit mir hat er es schon zweimal so gemacht und ich hab ihm geschworen, er kriegt das nächste Mal Prügel."

Jo erwischte die Stütze einer Staffelei, brach sie auseinander und prügelte Peter Wahl windelweich.

Dann sagte er: „So, jetzt kannst du Ganove mich anzeigen. Freue mich schon auf den Prozess. Den publizieren wir dann."

Aufgrund der Ereignisse waren die Gäste größtenteils gegangen. Ilse hatte laut verkündet, dass die eigentliche Vernissage der Galerie Kaiser wie vorgesehen stattfand und sie bittet die Gäste nach dort zu kommen.

Jo ließ Peter Wahl liegen. Dann ging er zu den übrigen Herren und fragte, wer der Aussteller sei. Man sagte ihm, die Galerie für russische Kunst in Berlin. Auch Bart und Paul behaupteten dies. Man versprach die Ausstellung sofort zu schließen.

Ilse steckte noch einige Prospekte ein und verlangte, dass sie von einem der Herren begleitet würde, um ein entsprechendes Protokoll zu machen.

Zurück in ihrer Ausstellung stellten sie fest, dass sich das Ganze sehr zum Vorteil verändert hatte. Viele Gäste waren allein schon aus Neugier von der anderen Ausstellung zur Vernissage der Galerie Kaiser gekommen. Nachdem die Gäste nicht mehr umgeleitet wurden, füllte sich die Ausstellung allmählich. Es war viel zu tun.

Man musste die drei Herren, die die Zettel verteilten, darauf vertrösten, bis zum Schluss zu warten.

Der Herr der Galerie für russische Kunst war kein anderer als Paul Vermeylen. Auch der musste warten.

Gegen 18 Uhr hatte sich der russische Botschafter verabschiedet. Die Ausstellung machte gute Umsätze. Erst gegen 22:30 Uhr konnte man die Ausstellung schließen.

Als Erstes besprach man die Situation mit den drei älteren Herren, die die Gäste umdirigiert hatten. Die gaben zu Protokoll, dass sie über eine Agentur angeworben worden seien. Man hatte ihnen mitgeteilt, dass die Ausstellung verlegt worden sei.

Danach unterhielt man sich mit Paul Vermeylen. Der gab an, er sei durch Iwan Bussow gebeten worden, beim Verkauf zu helfen. Neben dem Ersatz seiner Reisespesen sollte er mit 10 Prozent seines Umsatzes beteiligt sein. Einstellung wäre durch Iwan Bussow erfolgt. Mit Ausnahme eines weiteren Herrn wären ihm die anderen Verkäufer unbekannt gewesen. Nachdem der russische Botschafter ein ernstes Gespräch mit Iwan Bussow gehabt hatte, sei dieser gegangen. Nachdem Paul sich ausgewiesen hatte, ging er.

Eine der Damen aus Antons Galerie hatte zwischenzeitlich die Verkäufe und Bestellungen addiert und kam auf die enorme Summe von 49.760 Euro. Trotz des schlechten Starts war man zufrieden. Sie beschlossen, nicht mehr abzubauen. Die Aufregung steckte allen in den Knochen.

***

Wuppertal

In aller Eile hatten Iwan Bussow und Wolfgang Zeller in Berlin die Sachen von Bussow gepackt und in Wolfgangs Wagen verladen. Wolfgang riet Iwan Bussow, seinen Wagen in Berlin zu lassen. Der wäre auf der Flucht eher eine Belastung als von Nutzen. Sie waren die ganze Nacht gefahren und kamen in den frühen Morgenstunden des Sonntags in Wuppertal an.

„So“, meinte Wolfgang, „wir bringen jetzt Ihre Sachen in ein Zimmer, in dem Sie auch wohnen können und dann gehen wir in aller Ruhe frühstücken. Dabei können wir uns überlegen, wohin Sie im Moment am besten verschwinden.“

Als sie beim Frühstück saßen, sagte Wolfgang: „Iwan, Sie können entweder weiter schweigen, nur dann weiß ich nicht, wie ich Ihnen helfen soll.

Eines weiß ich aus dem Gespräch mit dem russischen Botschafter, ab Montag sind Sie vogelfrei. Ohne Hilfe haben Sie schlechte Karten. Aber dazu müsste ich wissen, wer noch hinter den Gemälden her ist, die bei uns lagern. Also wenn ich Ihnen helfen soll, dann müssen Sie reden!“

Iwan Bussow kaute an seinem Brötchen und sagte dann: „Wir kennen uns erst ein paar Tage, alles, was ich Ihnen jetzt sage, kann auch für Sie zum Verhängnis werden.“

Hier lachte Wolfgang: „So, das werden wir ändern. Ich heiße Wolfgang und du heißt Iwan. Ich weiß nicht, wer du wirklich bist und du weißt nicht, wer ich bin. Also lass uns ein Gentlemen’s Agreement machen. Ich helfe dir und du hilfst mir. Einverstanden?“

Iwan nickte: „Hab ich im Moment eine Wahl? Aber wie soll ich dir helfen?“

Wolfgang: „Na, da fällt mir etliches ein. So haben wir zum Beispiel einen gemeinsamen Feind, die Galerie Kaiser in Wiesbaden.“

Iwan: „Was hast du mit der Galerie Kaiser in Wiesbaden zu tun?“

Wolfgang: „Die gleiche Frage möchte ich dir gerne stellen. Was in drei Teufels Namen hast Du mit der Galerie Kaiser in Wiesbaden zu tun?‘

Iwan: „Die Galerie Kaiser hat zwei Künstler, die wir unbedingt für den russischen Kunstmarkt haben müssen. Nach unserer Auffassung sind nur die beiden in der Lage, Dinge zu fertigen, die wir für unsere Geschäfte benötigen. Zum anderen wäre die Galerie Kaiser eine seriöse Schiene, unsere Originale und auch Kopien in den Markt zu bringen, vor allen Dingen auf den Markt der USA. Ich will dir erklären, worum es geht: Russland hat Ende der dreißiger Jahre den Bürgerkrieg in Spanien mitfinanziert. Dafür erhielt die Regierung den spanischen Staatsschatz in Gold und auch noch eine große Anzahl an Kunstgegenständen, die in die damalige UdSSR gebracht wurden. Als in den letzen Kriegstagen die russischen Truppen die Ostgebiete Europas einnahmen, hat man einen Großteil der Kunstschätze aus Museen dieser Gebiete vor Plünderung geschützt und diese nach der UdSSR verbracht. Teile hat man zurückgegeben, andere Teile waren für immer verschwunden. Wir haben herausgefunden, wo diese lagerten und haben über 1000 dieser Exponate heimlich nach Deutschland gebracht. Sie lagern zum größten Teil bei dir. Russland kann sie offiziell nicht zurückfordern, da sie diese selbst gestohlen hat.

Wir wollten diese Exponate kopieren und die Kopien nach und nach als Originale zurückgeben und die Originale in USA verkaufen. Für dieses Kopieren und das Verkaufen brauchen wir ein seriöses Unternehmen. Das ist die Galerie Kaiser in Wiesbaden.“

Wolfgang musste lachen: „Entschuldige, dass ich so lachen muss. Wie ich sehe, decken sich unsere Interessen. Auch ich möchte die Galerie Kaiser übernehmen. Das habe ich schon einmal versucht, ist mir aber nicht gelungen. Vielleicht schaffen wir es zu zweit. Aber Achtung! Die sind mit allen Wassern gewaschen. Das ist kein leichtes Unterfangen.

Bei Gelegenheit erzähle ich es dir. So, aber nun zu uns beiden. Du musst hier verschwinden. Bart und Paul sind noch in Berlin und sicher hat man den einen oder anderen mit Namen erfasst. Ich gebe dir jetzt drei Alternativen.

Erstens: Du kannst zu meinem Vater gehen, der hat drei Galerien in Belgien, und kann dich dort unauffällig als Kunstsachverständiger beschäftigen.

Zweitens: Ich habe einen guten Freund in Paris, der hat eine Galerie und ein Atelier, dort könntest du auch unauffällig untertauchen.

Drittens: Ich bin an einer Galerie an der italienischen Riviera beteiligt. Dies in einem Ort namens Bordighera. Oberhalb von Bordighera in einem Nest namens Seborga gehört mir ein kleiner Besitz, der öfter von Künstlern benutzt wird. Es gibt dort auch zwei Ferienappartements. Dort wärst du gänzlich ungestört. Auch wäre es einfach, dir dort eine neue Identität zu beschaffen. Das Haus ist groß und liegt ziemlich einsam außerhalb des Örtchens Seborga."

Es dauerte nicht lange und die beiden waren sich einig, dass Iwan Bussow nach Bordighera, das heißt nach Seborga gehen würde. Wenn Bart und Paul von Berlin zurück wären, würde Bart mit Iwan über Paris nach Bordighera fahren. Paris war notwendig, um dort die entsprechenden Papiere zu besorgen.

Wiesbaden

Susi, Moritz und Nina saßen beim sonntäglichen Frühstück, als sie ein Telefonanruf aus Berlin erreichte. Ilse erzählte ausführlich von der gestrigen Erfahrung und war ganz stolz, dass sie trotz der Misere noch fast 50.000 Euro Umsatz gemacht hatten.

Ilse sagte: „Susi, wir packen jetzt ein und hoffen, zwischen 6 und 7 Uhr heute Abend in Wiesbaden zu sein. Bitte, sag Petra Bescheid, wann wir da sind." Susi gratulierte und wünschte allen noch eine gute Fahrt.

Dann erzählte sie Moritz und Nina von dem Vorfall und bemerkte zum Schluss: „Na hoffentlich bringen die Prügel des Herrn Wahl nicht noch ein Verfahren mit sich. Allerdings glaube ich, der wird sich das in Zukunft zweimal überlegen, noch mal so was zu machen."

Moritz trocken wie immer: „Das glaube ich nicht, die Blamage wäre dann noch größer. Aber ich bin erstaunt über den russischen Botschafter. Enorm, meine Hochachtung!"

Nina hatte vor, den Sonntag bei ihren neuen Freunden im Atelier zu verbringen. Die ganze Mannschaft arbeitete und man hatte Nina schon eingebunden.

***

Wiesbaden

Montagmorgen schaute Susi bekümmert auf ihren vollen Schreibtisch und versuchte verzweifelt, über den Wust von Papieren Herr zu werden. Die Tür ging auf und Erika meldete Jens, ihren Steuerberater.

„Hallo, Jens, was treibt dich zu mir, komm setz dich." Nachdem sie Kaffee angeboten hatte, begann er:

„Susi, am Samstag hatte ich eine harte Runde mit dem Aufsichtsrat meiner Versicherung. Am liebsten hätte ich denen alles vor die Füße geschmissen. Ich erzähle der Reihe nach:

Ich konnte für Mike Folgendes herausschlagen. Wie beim letzten Mal auch, eine Belohnung von 50.000 Euro und den gesamten Spesenersatz wie gehabt. Bei den Molotow-Cocktails wollten sie überhaupt nicht zahlen. Sie waren der Meinung, das wäre kein Vandalismus. Das wäre politisch und demnach müsste die Versicherung nicht für den

Schaden aufkommen. Den Zahn konnte ich ihnen ziehen. Sie werden bezahlen und zwar einhundert Prozent.

Ich habe mal die Schadenshöhe überschlagen. Bei Antons Galerie schätze ich zirka 45.000 Euro und hier in der Schreinerei zirka 25.000 Euro. Also zusammen etwa 70.000 Euro. Der meiste Schaden ist nicht durch das Feuer, sondern durch die Feuerlöscher, die Feuerwehrleute und die Polizei entstanden. Aber das ist leider immer so. Die Versicherung hat mich gebeten, ob es uns nicht möglich sei, unsere Leute zusammenzurufen und sie noch mal über die Sicherheitsvorkehrungen zu informieren. Ginge das eventuell morgen Früh?

Susi überlegte einen Moment und sagte dann: „Jens, das lässt sich machen. Morgen Früh um 10 Uhr in der Galerie im 1. Stock. Das wird rasch gehen. Ich meine, in dreißig Minuten ist alles gesagt.“

Susi rief Erika und diktierte kurz ein paar Sätze dazu und sagte dann: „Erika, vervielfältige das entsprechend oft und Nina soll es in alle Abteilungen bringen.“

Dann rief sie Franz Westermann an und bat ihn für morgen um zehn die Ausstellung im Hause im ersten Stock entsprechend zu bestuhlen.

Dann sagte sie zu Jens: „Jens, bleib noch einen Moment, ich will nur schnell versuchen, Mike anzurufen. Es ist zwar drüben erst sechs, aber vielleicht habe ich Glück und erwische ihn.“

Susi hatte kein Glück. Es nahm niemand ab. So musste sie das wohl später erledigen.

Als Jens sich verabschiedet hatte, sah Susi auf die Uhr, es war schon wieder Mittagessenszeit. So ging sie nach oben. Nina entwickelte sich zu einer guten Köchin und Moritz, Anton und Erika waren auch von ihrer Kochkunst angetan.

Erika übergab Nina einen Stoß Zettel mit der Bitte, diese in allen Abteilungen zu verteilen, damit morgen Früh um

10 Uhr alle zur Versammlung erscheinen. Am Nachmittag versuchte Susi noch mal, Mike anzurufen. Es gelang.

Susi erzählte Mike, dass die Versicherung nun endlich die Auslobung für das Auffinden der Militaria festgelegt hatte. Man bot als Prämie für das Auffinden der gestohlenen Gegenstände 50.000 Euro, zusätzlich aller anfallenden Spesen und Kosten, wie das letzte Mal.

Susi berichtete Mike von den Vorkommnissen in Berlin und Wiesbaden und fragte am Ende des Gespräches, wann Mike kommen würde. Mike konnte sich noch nicht festlegen, er versprach aber, spätestens in zehn Tagen in Wiesbaden zu sein.

Susi freute sich, bald wieder Mike zu sehen. Sowohl Mike als auch Vera waren ihr sehr ans Herz gewachsen.

***

Wiesbaden

Susi war bei den Vorbereitungen für das Treffen mit ihren Mitarbeitern am Dienstagmorgen. Es klopfte und Herbert Wagner trat ein, begrüßte Susi herzlich und sagte: „Nach deinem Anruf gestern habe ich mich sofort hingesetzt und für unsere Mitarbeiter Hinweise in gedruckter Form erstellt. Es ist so viel zu beachten, wenn man das nur sagt, dann wird die Hälfte vergessen."

Er reichte Susi ein Blatt mit den Worten: „Überfliege es nur kurz, ich glaube es wurde nichts vergessen."

Susi las das Blatt aufmerksam und sagte: „Herbert, wie immer, du hast wirklich an alles gedacht. Hoffentlich lesen das unsere Mitarbeiter. Du kennst ja inzwischen Künstler." Susi lachte. „Wir können jetzt nach unten gehen und sehen, wie weit Franz mit seiner Bestuhlung ist." Als sie in den 1. Stock der Ausstellung kamen, hatte Franz mit zwei Herren vom Versand die Stühle bereits gestellt, das Podium war aufgebaut. Susi begrüßte die Herren und sagte: „Toll, wie immer alles in Ordnung!“

Der Raum füllte sich langsam und pünktlich um zehn waren alle versammelt. Susi stieg auf das Podium, nahm das Mikro und berichtete Einzelheiten über die Brandanschläge. Sie gab die Höhe des entstandenen Schadens mit rund 70.000 Euro an und versicherte den Mitarbeitern, dass der finanzielle Schaden durch die Versicherung voll gedeckt ist.

Susi bedankte sich bei allen Mitarbeitern für ihre Hilfe und ihr Verständnis und informierte sie über die positive Auftragslage.

Zum Abschluss ihrer Rede sagte sie: „So, ihr Lieben, ich darf nun unseren Herbert bitten, euch weiter über Vorsichtsmaßnahmen zu unterrichten.“

Es gab Applaus für Susi und diese winkte Herbert Wagner zum Pult.

Er griff zum Mikro: „Wie Sie alle wissen, habe ich im Moment meinen Sitzplatz in einem Büro beim Bundeskriminalamt, für das ich ein Leben lang gearbeitet habe. Sie alle haben meine Adresse und vor allen Dingen meine Durchwahlnummer. Wann immer Sie etwas Auffälliges feststellen, bitte informieren Sie mich sofort. Außerdem bin ich zweibis dreimal in der Woche im Haus. Auch da bin ich jederzeit zu sprechen. Sagen Sie im Sekretariat Bescheid. Zu dem Diebstahl der Militaria in Solingen kann ich im Moment noch wenig sagen. Noch ist keines der gestohlenen Stücke aufgetaucht. Seit gestern Nachmittag vermuten wir, dass eventuell zwei dieser Stücke in Paris angeboten wurden. Das wäre dann eine erste Spur. Ab Ende der nächsten Woche wird sich voraussichtlich wieder Mike Curtis um die Angelegenheit kümmern.

Der versuchte Totschlag an Maxim in St. Petersburg und die Brandanschläge auf unsere Unternehmen stehen sicher in engem Zusammenhang. In welchem, das wissen wir noch nicht. Daher sind für die Zukunft folgende Vorsichtsmaßregeln, die ich auf einem Blatt zusammengefasst habe, genauestens zu beachten. Ich werde dieses Blatt verteilen und bitte Sie, es auch an die Kollegen weiterzugeben, die jetzt nicht bei uns sein können. Diese Hinweise sind für Ihre persönliche Sicherheit wichtig. Ich darf mich bei Ihnen allen für Ihre Aufmerksamkeit bedanken und stehe anschließend jedem zu einem Gespräch zur Verfügung."

Herbert Wagner verneigte sich. Es gab Applaus der Mitarbeiter.

Danach drängte sich alles um Herbert Wagner und Susi, die noch viele Fragen beantworten mussten. Nach über einer Stunde konnte man das Treffen als beendet ansehen und Susi ging mit Moritz in ihr Büro. Auf dem Weg dahin fragte Susi:

„Weißt du eigentlich, wer morgen Maxim aus dem Krankenhaus abholt?"

Moritz lachte: „Du und ich. Frau Pasternak findet sich allein noch nicht zurecht, Alena hat einen Kundentermin und Boris ist am Brennen von Ikonen. Also bleiben nur noch Anton, Erika und wir beide. Anton kann auch nicht, der hat Schwierigkeiten in den Werkstätten, so bleiben nur noch wir beide. Ich finde, das sollten wir auch tun."

Susi lachte: „Nur gut, dass ich das heute schon erfahre."

***

Wiesbaden

Mittwochmorgen, kurz nach 9 Uhr fuhren Susi und Moritz zum Krankenhaus, um Maxim abzuholen. Sie wollten vorher kurz bei ihrem verletzten Schreiner vorbeischauen, was sie auch taten.

Dort hörten sie, dass er morgen entlassen würde und als Susi fragte, wer ihn abholte, sagte er: „Susi, das macht meine

Tochter. Bei der bleibe ich auch die nächsten Tage. Du weißt ja, ich lebe seit dem Tod meiner Frau allein und da ist es besser, meine Tochter passt auf mich auf. Aber in der nächsten Woche will ich probieren, ob es schon wieder in der Schreinerei geht."

Susi lachte: „Du bist unverbesserlich, kuriere dich erst mal aus. Du darfst nur kommen, wenn der Arzt es dir erlaubt. Wenn du Langweile hast und spazieren gehen kannst, warum gehst du nicht mal ins neue Haus? In Maxims neuem Atelier wird's bald viel zu tun geben. Aber was ich dich fragen wollte, wie stellt sich der neue Holzschnitzer an?"

Der Schreiner lachte: „Er ist ein fantastischer Holzfachmann und ein noch besserer Holzschnitzer. Ich glaube, da haben wir einen guten Fang gemacht. Wenn du Zeit hast, geh doch mal in die Werkstatt und schaue dir seinen Petrus an. Toll, wie er den gemacht hat."

Moritz und Susi wünschten dem Schreiner noch alles Gute und gingen dann um Maxim abzuholen.

Maxim saß schon fertig angezogen in seinem Zimmer. Er konnte sich zwar noch nicht gut bewegen, aber immerhin hatte er sich heute zum ersten Mal wieder selbst anziehen können. Maxim lachte: „Über eine Stunde habe ich gebraucht, um mich anzuziehen. Ihr werdet sehen, in vierzehn Tagen sieht das wieder ganz anders aus. Aber erzählt, habt ihr Neuigkeiten wegen der Brandanschläge?"

Als Susi das verneinte, fragte Maxim weiter: „Wann kommt eigentlich Michail?"

Jetzt lachte Susi: „Du bist ein ganz Armer, keiner hat dir das erzählt. Michail und Paula kommen am Freitag. Wenn du willst, kannst du mit zum Flughafen kommen."

Susi hatte noch nicht ganz fertig geredet, als die Visite kam. Die Ärzte empfahlen, dass Maxim noch mal zu einem Check kommen sollte, wenn die Wunden verheilt seien. Ansonsten wünschten sie Maxim alles Gute. Als die Ärzte weg waren, meinte Moritz: „Komm, wir verschwinden aus dem

Krankenhaus. Sicher wartet deine Frau schon sehnsüchtig auf dich. Ich weiß, sie hat dein Lieblingsgericht gekocht und außerdem kommen Alena und Boris zum Mittagessen."

Es war ein freudiger Empfang durch Maxims Frau und die Kinder. Frau Pasternak konnte ihre Tränen nicht zurückhalten und die Kinder drängten sich eng an ihren Vater. Susi und Moritz waren der Auffassung, man müsse die Familie jetzt allein lassen.

Moritz sagte zum Abschied: „Maxim, wenn du Zeit und Lust hast, ich würde dir gerne heute Nachmittag deine zukünftige Wohnung und das Atelier zeigen. Kannst du deine Frau und die Kinder mitbringen? Ich hole dich so gegen 15 Uhr ab. Einverstanden?"

Und ob Maxim einverstanden war. Freudig bedankte er sich bei Moritz.

Wuppertal

Vor zwei Tagen war Bart mit Iwan Bussow über Paris nach Bordighera gefahren. Noch hatten sie keine Mitteilung, ob sie angekommen waren oder wo sie sich befanden.

Paul und Wolfgang hatten die Galerie wieder soweit eingerichtet, dass man sie vorzeigen konnte.

Wolfgang meinte: „Paul, die Ikonen oben im ersten Stock schmecken mir nicht. Die müssen da weg. Die räumen wir samt und sonders zu den anderen Gemälden, die Iwan bei uns eingelagert hat. Die Räume werden abgeschlossen und gelten für uns alle als vermietet. Basta! Das Ding ist mir zu heiß und vor allen Dingen zu politisch. Das mit dem russischen Botschafter hat mir einen gehörigen Schrecken versetzt. Ich bin sicher nicht zimperlich, aber da kocht was ganz Schlimmes. Möchte nur wissen, was die Galerie Kaiser in Wiesbaden damit zu tun hat. Durch das Abhören von Hildes Telefon wissen wir lediglich, dass es zwei Brandanschläge auf die Galerie gegeben hat. Aber warum, wieso? Mal sehen, was wir über das Telefon noch herauskriegen. Mit Sicherheit hat mir Iwan nicht alles erzählt. Unser Russe, der Bussow kennt, spricht auch nicht viel und wenn, dann warnt er nur vor ihm. Ich werde ihn in den nächsten Tagen nochmals einladen, vielleicht kriegt man mehr aus dem heraus."

Sie waren auf dem Weg in den 1. Stock, als Wolfgangs Handy klingelte. Bart war am Apparat.

Er erzählte, sie seien immer noch in Paris, die Passbilder müssten noch gemacht werden, außerdem schätzte er, dass für die neuen Unterlagen noch einige Tage gebraucht würden. Vor Sonntag käme man keinesfalls nach Bordighera.

Wolfgang sagte, in Wuppertal sei alles ruhig. Er solle sich wieder melden, wenn in Paris alles geklappt hätte und wenn er in Bordighera ist.

Dann begannen sie, die Galerie mit den Ikonen zu räumen und diese in die Räume zu den anderen Bildern Bussows zu stellen.

***

Wiesbaden

Donnerstagmorgen, Susi saß allein in ihrem Büro, als Anton kam.

Susi erstaunt: „Nanu, Anton, welch ein seltener Besuch am frühen Morgen!"

Anton lachte: „Es ist wirklich stressig im Moment. Ich komme von unserem neuen Holzschnitzer aus Dresden. Er hat mir erzählt, nächste Woche ist die Versteigerung der Holzverarbeitungsmaschinen in Dresden bei der Firma, bei der er bisher gearbeitet hat. Er meint, diese wertvollen Maschinen würden für einen Appel und ein Ei zu haben sein. Allerdings ohne den dazugehörigen EDV-Programmierer wären diese Werkzeuge wertlos. Was meinst du, sollen wir uns eventuell engagieren?“

Susi ernst: „Ilse hat mir schon über diese Maschinen berichtet, Mike hat Andeutungen gemacht, dass für Heiligenfiguren dieser Art ein großer Markt vorhanden sei und auch ich kann mir vorstellen, dass auf diesem Gebiet ein neues, profitables Geschäft aufgebaut werden kann. Was hältst du davon, wenn wir unseren Holzschnitzer, Ilse und eventuell Franz Westermann zu einem kurzen Gespräch bitten?“

Anton war damit einverstanden und so waren nach zehn Minuten alle in Susis Büro versammelt, Susi begann: „Vor wenigen Wochen hat mir Ilse von einer computergesteuerten Maschine erzählt, die nicht nur roh schnitzen kann, sondern mit deren Hilfe man auch positive und negative Formen erstellen kann. Auch unser neuer Mitarbeiter aus Dresden hat mir von einer solchen Maschine erzählt, mit der er in der vorhergehenden Firma gearbeitet hat und war voll des Lobes. Franz, du hast bereits mehrfach erwähnt, dass in unserem Programm die Kopien von Heiligenfiguren fehlen. Du hast oft gesagt, dass das ein Mangel ist. Wie ich heute von unserem Mitarbeiter erfahre, wird diese außergewöhnliche Maschine in Dresden Ende der nächsten Woche versteigert. Er erzählte außerdem, dass es sinnlos ist, nur die Maschine zu kaufen, ohne den dazugehörigen Spezialisten für das Computerprogramm zu übernehmen.

Warum Anton und ich euch hierher gebeten haben, ist die Diskussion, ob wir uns ernsthaft mit dem Gedanken befassen sollen, diese Maschine eventuell zu ersteigern und gegebenenfalls den dazugehörigen Fachmann zu übernehmen. Vielleicht ist es zweckmäßig, Moritz mit zur Besprechung zu bitten.“ Das wurde auch sofort getan.

Der Holzschnitzer aus Dresden erzählte ausführlich und voller Begeisterung, welche Wunder diese Maschine leisten konnte. Besonders der Aspekt, dass man nur geringfügig nachschnitzen müsse, überzeugte die Anwesenden.

Moritz fragte den Dresdner Holzschnitzer: „Wenn diese Maschine so außergewöhnlich gut war und so viel Zeit sparte, warum ist dann diese Firma pleite gegangen?"

„Nu", sagte der, „die konntn nischt verkoofn. Se warn zu billig und habn viel Schund gemacht. Ich hab deen hundertmal gesacht, se solln heilche Figurn machn oder Muttergottes fürn Hausaltar. Nee, se musstn Beesball-Spieler machn oder Hundchn, geschnitzte Sternzeechen und besoffne Mönche. Keen Mensch kooft so was. Das, was wir hier machn, das geht, egal ob Butten oder die Muttergottes fürn Hausaltar oder die andren Heilchenfiguren. Man hätt de Formen nur zu machn brauchn und de Figuren in Kunstharz gießn, aber och das ham se ni gemacht. Die hatn keene Ahnung vom Markt. Wenn se wolln, ich kenn den Programmierer gut, der is jetzt och arbeitslos. Den und die Maschine un wir wern alle reich."

Moritz musste schmunzeln. Er fragte: „Kann man sich eventuell vorher ein paar Muster ansehen und kann man in Dresden eine Vorbesichtigung vornehmen?"

„Nu klar", sagte der Schnitzer, „wenn wir uns entschließen könntn, dann kann ich ihn gleich die Adresse vom Konkursverwalter gäm, der wird sich freun."

Nach einer weiteren Diskussion wurde Moritz beauftragt, mit dem Konkursverwalter zu sprechen und erst danach wollte man weiter diese Angelegenheit verfolgen. Sie waren sich darüber im Klaren, dass sie zu einem solchen Kauf die Zustimmung des Gremiums brauchten.

Moritz hatte am Nachmittag ein langes Telefonat mit dem Konkursverwalter in Dresden, einem Herrn Dr. Mangel. Es stellte sich heraus, dass auf dieser computergesteuerten Holzfräse noch ein Eigentumsrecht der Lieferfirma in Höhe von 50.000 Euro bestünde. Dieser Vorgang sei noch rechtsanhängig. Man könne jedoch mit der Lieferfirma auf der Basis eines Vergleiches zu einer Einigung kommen.

Weiter erklärte der Konkursverwalter, dass sich bisher noch keine ernsthaften Interessenten für diese Maschine gemeldet hätten. Zum anderen wären abgelagerte Holzbestände vorhanden. Dies in einer Größenordnung von ebenfalls 50.000 Euro. Sie sprachen noch länger miteinander, bis der Konkursverwalter meinte:

„Herr Kaiser, Sie scheinen ernsthaftes Interesse zu haben. Warum kommen Sie nicht einfach nach Dresden? Vielleicht können wir einen Weg finden, dass Sie alles hier übernehmen. Wir haben zwar noch einen Arrest auf alle hier lagernden Maschinen und Güter, aber in drei Wochen dürfte sich das auch erledigt haben Sie sollten sich das ansehen und werden feststellen, dass Sie hier praktisch zum Nulltarif übernehmen können. Allein die Holzfräse kostet neuwertig eine halbe Million Euro. Die hier lagernden Werkzeuge, Maschinen, Sägen, Poliermaschinen, Lackiererei sind ein Vermögen wert. Nur kauft sie mir im Moment keiner. Kommen Sie nächste Woche, wenn sie pauschal übernehmen und das zu einem Preis von über 100.000 Euro, dann könnte ich mir vorstellen, kommen wir ins Geschäft. Ich werde noch mal mit dem Richter des Konkursgerichts sprechen, der wird sicher meine Meinung teilen."

Moritz bedankte sich und sagte: „Herr Dr. Mangel, Sie werden verstehen, ich kann nicht sofort ‚Ja' oder ‚Nein' sagen. Wir haben so eine Art Aufsichtsrat, der über Anschaffungen und Verpflichtungen in dieser Größenordnung entscheiden muss. Grundsätzlich sind wir interessiert. Ich werde daher mit zwei oder drei Fachkräften in der nächsten Woche nach Dresden kommen, um die Angelegenheit mit Ihnen zu besprechen und die Sache in Augenschein zu nehmen. Ich werde vorsichtshalber schon mit einigen Mitgliedern des Aufsichtsrates sprechen, dem ich allerdings auch angehöre."

Sie verabredeten Anfang der nächsten Woche zu telefonieren. Danach ging Moritz zu Susi, um ihr von dem Telefonat zu berichten und meinte: „Susi, das Ganze klingt recht gut. Wenn wir nach Dresden fahren, dann sollte in jedem Fall Anton mit dabei sein, unter Umständen auch Ilse und der Holzschnitzer aus Dresden. Es könnte auch nichts schaden, wenn unser Schreiner, der heute aus dem Krankenhaus entlassen wird, mit uns kommt. Der kennt die Holzarten besser und kann da entscheiden."

Susi wollte von sich aus mit Mike in USA darüber sprechen und auch noch mal Dr. Hugo Wettengel befragen.

Ein großes Manko blieb. Wohin mit den Maschinen? Man konnte sich die Größe noch nicht richtig vorstellen. So langsam kamen sie in räumliche Schwierigkeiten.

Es wurde 18 Uhr und Maxim hatte es sich nicht nehmen lassen, zum abendlichen Treffen in Susis Wohnung zu kommen. Er sagte: „Ich weiß jetzt, was ich seit vier Wochen vermisse, das ist mein Aperitif." Er lachte und hielt sein Glas Wodka in die Höhe.

Sie sprachen auch über die Anschaffung der Holzfräsmaschine und Prem erzählte, er habe so etwas Ähnliches schon mal in Italien gesehen. Allerdings dort zum Fertigen von Formen.

Wie immer, es war ein schöner Abend und auch Maxim genoss das Zusammensein, obwohl er sich schon nach einer Stunde verabschiedete. Er sagte: „Ich musste meiner Frau versprechen, in einer Stunde wieder bei der Familie zu sein. Außerdem glaube ich, ich sollte nicht übertreiben. Bis morgen!"

***

Wiesbaden

Freitagmorgen herrschte lebhafte Betriebsamkeit in den Werkstätten und den Galerien der Unternehmen Kaiser. Man hatte fast Tag und Nacht gearbeitet, um Antons Galerie wieder in Ordnung zu bringen und die Schäden zu beseitigen. Alles sah aus wie vorher und ein Schaden war nicht mehr zu sehen. Auch der Brandschaden in der Schreinerei war so gut wie beseitigt.

Alle Mitarbeiter versuchten, ihre Arbeitsräume weitgehendst in Ordnung zu bringen, was wegen der starken Auftragslage nicht ganz einfach war. Trotzdem sah alles sehr gut und ordentlich aus. Um 13 Uhr verließen zwei Wagen Wiesbaden, um Michail und Paula vom Frankfurter Flughafen abzuholen.

Susi und Moritz in einem Wagen und Anton, Erika, Maxim, Boris und Alena im anderen. Wie immer war man viel zu früh am Flughafen. Erst kurz nach 16 Uhr sahen sie Paula und Michail aus dem Zollgebiet kommen.

Es war eine herzliche und freudige Begrüßung, wie bei alten Freunden. Man fuhr zusammen ins Hotel ‚Nassauer Hof', wo Michail und Paula wohnen sollten. Alles klappte gut und Boris wollte noch bleiben, um die beiden dann zu Fuß zur Galerie Kaiser in die Taunusstraße zu bringen.

Sie hatten verabredet, dass Michail und Paula erst bei Maxim und seiner Familie einen kurzen Antrittsbesuch machen würden, danach den üblichen Aperitif in Susis Wohnung nehmen wollten.

Susi hatte in einem russischen Spezialitätenrestaurant einen Tisch für 16 Personen bestellt. Neben Michael, Paula, Susi und Moritz war Maxim mit Familie geladen, Franz und Alena, Boris und Hugo Wettengel, Anton mit Erika und Prem mit Petra. Eine große Runde.

Es war Punkt 18 Uhr, als Michail und Paula mit der Familie von Maxim und mit Boris die Wohnung von Susi betraten. Nina hatte die Getränke gerichtet und ihren russischen Gästen zur Ehre gab es den obligatorischen Wodka. Sie kamen schnell ins Gespräch. Man erzählte von den Vorgängen der letzten Tage, den Brandanschlägen und den Sicherheitsvorkehrungen.

Paula berichtete von dem schönen Flug und sagte: „Es ist schade, dass wir nur bis Montag bleiben können, aber so bleiben uns zwei volle Tage, um uns ein bisschen umzusehen. Als alle beisammen waren, stellte sich Susi auf ein kleines Schemelchen, klopfte an ihr Glas und sagte laut:

„Liebe Paula, lieber Michail, es ist wunderschön, euch hier in Wiesbaden zu haben. Eigentlich solltet ihr hier bei uns schlafen, aber unsere Gästewohnung hat Maxim und seine Familie in Beschlag. Das nächste Mal klappt das sicher.

Aber Moritz und ich hoffen, dass es euch auch im ‚Nassauer Hof' gefällt.

Da uns nur so wenig Zeit zur Verfügung steht, mussten wir uns ein sehr gestrafftes Programm einfallen lassen. Ich gebe euch allen ein solches Kurzprogramm in die Hand."

Susi lächelnd: „Ihr Lieben, ich weiß, es ist ein strammes Programm. Ihr seid zu allem eingeladen, ausgenommen zur Protokollierung des Vertrages und Moritz und ich, sowie Anton und Erika wollen uns bei einem Abendessen am Samstag bei Paula und Michail für ihre großzügige Gastfreundschaft in St. Petersburg bedanken. So, und jetzt weiterhin einen schönen Abend."

Man applaudierte. Wenig später war auch schon der Bus da, der die Gesellschaft in das russische Spezialitätenrestaurant brachte.

Das Restaurant hatte nicht versäumt, zum Empfang der Gäste Wodka und Blinis mit Kaviar bereitzustellen.

„Michail", rief Maxim, „ganz wie daheim!" Es war eine lustige Runde und es war fast Mitternacht, bis sie aufbrachen.

***

Wiesbaden

Die Vertragsunterzeichnung in Anwesenheit des Notars verlief problemlos. Es war eine fast feierliche Angelegenheit und Susi krönte den Abschluss mit einem Glas Champagner. Sie sagte: „Ich trinke auf das Gelingen unserer Vereinbarungen."

Michail: „Prost auf diesen Vertrag. Ich bin noch keine 24 Stunden hier und fühle mich schon zu Hause. Auf die zukünftige, gute Zusammenarbeit."

Danach begaben sie sich in die unteren Ausstellungsräume, um sich dort umzusehen. Kurz nach 12 Uhr ging man zu Fuß zum Nassauer Hof. Dort war ein großer, runder Tisch für sie vorbereitet. Er war festlich eingedeckt und eine lockere Unterhaltung begleitete das Essen.

Anschließend besuchten sie Antons Galerie. Paula und Michail waren sehr überrascht, dass man vom Brandanschlag nichts mehr sehen konnte. Anton erwähnte nur: „Michail, gestern Morgen sah das alles noch furchtbar aus. Die Handwerker haben fast Tag und Nacht hier gearbeitet, um das wieder in Ordnung zu bringen."

Dann zeigte Anton voller Stolz nicht nur seine Galerie, sondern auch die gesamten Werkräume. Zum Abschluss hatte Erika in ihrer Wohnung eine große Kaffeetafel gedeckt und bat Platz zu nehmen.

Es war schon fast 17 Uhr als sie zur Besichtigung der Werkräume in die Taunusstraße kamen. Sie begannen im Hinterhaus mit der Schreinerei. Auch da waren nahezu alle Spuren verschwunden. Es folgte die Besichtigung des Hinterhauses und zuletzt der restlichen Räume im Vorderhaus.

Moritz hatte die Damen der Werbeabteilung gebeten zu bleiben und so konnte Moritz Michail diese vorstellen. Sie hatten ein langes Gespräch über die Werbemöglichkeiten und über einen Katalog der Eremitage. Michail lud die beiden Damen ein, sich die Eremitage anzusehen, vielleicht gäbe es einen Weg der Zusammenarbeit.

Danach war Aperitif, wie immer in Susis Wohnung. Obwohl die übrigen noch in der Wohnung tagten und in eifrige Gespräche verwickelt waren, verließen Susi und Moritz mit Michail, Paula, Anton und Erika die Wohnung und gingen zu Fuß zum Kurhaus, um dort zu Abend zu essen.

Man hatte ihnen einen schönen Tisch reserviert und sie waren froh, endlich einmal unter sich zu sein.

Susi sagte: „Paula, jetzt seid ihr schon über einen Tag hier, und wir haben uns noch kaum privat unterhalten. Erzähle, ist mit den Kindern alles in Ordnung und wie geht's dir?"

Paula: „Susi, danke, dass du fragst, mir geht's gut, den Kindern auch, aber Michail macht mir Sorgen. Du kannst dir vorstellen, wie ihm die Diebstähle zusetzen. Er hat fast sein ganzes Büropersonal verloren. Alle waren irgendwie darin verwickelt. Aber das soll er dir selbst erzählen."

Und Michail ziemlich trocken: „Was gibt's da viel zu erzählen, die haben alle die Hände aufgehalten, sprich, sie sind alle bestochen worden. Fünf langjährige Mitarbeiterinnen musste ich von heute auf morgen entlassen. Susi, glaub mir, ich hab mir den Kopf darüber zerbrochen, wieso ihr davon betroffen seid. Das ist nicht nur wegen Maxim und Boris. Es muss sonst noch einen Grund geben. Es sieht so aus, als wollte Bussow die Firma Kaiser in seine Gewalt bringen. Den Bussow können wir nicht mehr vernehmen, der ist seit einer Woche verschwunden. Auch was da in Berlin mit den Ausstellungen passiert ist, hat sicher etwas damit zu tun. Eure Gebäude sind gut gesichert. Die Überwachung scheint auch zu klappen. Warum ausgerechnet ihr?"

Hier mischte sich Moritz ein: „Michail, du weißt, ich verstehe von Kunst nichts. Wir stellen nur Kopien von Meisterwerken her. Auch ich habe mich gefragt, warum ausgerechnet wir? Ich kann noch verstehen, dass man Maxim und Boris verfolgt. Maxim hat immerhin einen Auftrag von über fünf Millionen US Dollar an Land gezogen. Boris mit seinen

Ikonen ist unschlagbar. Aber selbst wenn man diesen Zweig ganz aus unseren Geschäften löschen würde, so bleibt nichts, womit man uns in Schwierigkeiten bringen kann.

Du musst mir jetzt auf meine Fragen keine Antwort geben, aber schon die ganze Zeit geht mir dieser Verdacht nicht aus dem Kopf. Ich habe gelesen, dass in den letzten Kriegstagen viele Exponate aus den Museen der durch die UdSSR besetzten Staaten nach Russland verbracht wurden. Nicht alle wurden zurückgegeben. Eine große Anzahl verblieb in der UdSSR, sprich dem heutigen Russland.

Könnte es sich bei den gestohlenen Exponaten in St. Petersburg möglicherweise um derartige Gemälde handeln? Michail, du musst nicht antworten! Wenn es sich um solche Exponate handeln würde, dann könnte ich auch verstehen, dass sich diese Mafia ein Unternehmen sucht, das einen eigenen Kunsthandel hat und auch mit solchen Originalen und Kopien handeln kann und sogar die Originale an die jeweiligen Museen zurückverkaufen kann. Ich weiß nicht, ob das überhaupt möglich ist, es ist nur so ein Gedanke."

Hier schaltete sich Susi ein: „Moritz, selbst wenn du Recht hättest, wie wollen diese Leute an unser Unternehmen kommen? Bei der GmbH mag das möglich sein, beim Verein erscheint mir das unmöglich. Außerdem sind wir wirtschaftlich alles andere, nur nicht in einer Notlage."

Michail: „Susi, täusche dich nicht. Diese Leute haben Mittel und Wege, denen bist du nicht gewachsen. Sie scheuen weder vor Mord noch vor Entführung zurück. Auch foltern und quälen ist eine beliebte Methode, um die Delinquenten gefügig zu machen. Speziell unser Freund Bussow ist ein Spezialist auf diesem Gebiet."

Michail nahm einen Schluck Wein: „Lieber Moritz, du liegst nicht falsch mit deinen Gedanken. Ich kann und darf dir nicht sagen, worum es geht. Aber es ist noch viel schlimmer, als du dir vorstellst. Unser Freund Bussow ist im Moment verschwunden. Das bleibt er sicher auch noch ein paar

Wochen. Aber dann beginnt der Kampf. Lass uns beten, dass wir ihn bis dahin finden. Bussow ist ein menschliches Scheusal. Wenn er es sich in den Kopf gesetzt hat, die Galerie Kaiser zu übernehmen, dann wird er das über kurz oder lang erreichen. Wir müssen ihn kriegen. Wir haben in Berlin seine ganze Galerie auf den Kopf gestellt. Nicht ein einziges unserer Gemälde haben wir gefunden. Wir haben auch ein Lager außerhalb Berlins entdeckt, aber dort ist auch nichts mehr. Wir versuchen jetzt herauszufinden, wie das Zeug von dort abtransportiert wurde. Ganz schwierig. Bussow ist uns in letzter Minute durch die Lappen gegangen. Keine Ahnung, wer ihm geholfen hat. Seine Freunde nicht, die haben wir alle."

Man unterhielt sich noch über viele Möglichkeiten, kam aber zu keinem Ergebnis.

Trotz des schwierigen Gesprächs entwickelte sich der Abend noch zu einer runden Sache. Sie freuten sich, einander zu sehen, zusammen zu sein und hofften, bald wieder mal eine längere Zeit miteinander verbringen zu können.

So lief die Unterhaltung weiter und es war wieder fast Mitternacht als sie sich trennten.

***

Wiesbaden

Sonntagmorgen, der Kleinbus war bis auf den letzten Platz gefüllt. Die Stadtrundfahrt war problemlos und endete an der orthodoxen Kirche. Viele Mitarbeiter waren gekommen, um dabei zu sein. Der Pope hatte das sehr feierlich gemacht und nach dem Gottesdienst versäumte Maxim nicht, ihn zum Mittagessen einzuladen. So fuhren sie alle zu Giovanni, der sein Restaurant an diesem Mittag ausschließlich für die Galerie Kaiser geöffnet hatte.

Giovanni zelebrierte das Mittagessen, als wären seine Nudeln aus Gold. Er hatte sich wieder einmal selbst übertroffen. Michail und auch Paula genossen es, in die Mannschaft der Galerie Kaiser eingebunden zu sein. Giovanni ließ es sich nicht nehmen, den Nachtisch ganz besonders zu servieren. Es war ein Feuerwerk mit einem besonderen italienischen Eis. Im Anschluss fuhr man zur zukünftigen Wohnung von Maxim. Moritz erklärte stolz, wie alles werden sollte.

Das Atelier war soweit fertig gestellt, dass man die zukünftigen Maße erkennen konnte. Maxim hatte sich die Wohnung im 3. Stock ausgesucht. Er meinte, das Licht sei besser. Er hoffte, in vierzehn Tagen umziehen zu können.

Dann fuhren sie zurück in Susis Büro, um Einzelheiten hinsichtlich des neuen Ateliers und der Ausstellung in St. Petersburg zu besprechen. Elf Personen nahmen am Gespräch über die neue Galerie in St. Petersburg teil.

So begann Susi: „Dank der außergewöhnlichen Unterstützung der Eremitage, konnten wir gestern den Vertrag über eine Zusammenarbeit in St. Petersburg unterzeichnen. Die Einzelheiten habe ich schon geschildert, sie dürften allen bekannt sein. Sowohl die Ausstellung, als auch die Ateliers sollten baldmöglichst ihre Arbeit aufnehmen. Nun kommt die Gretchenfrage, wer leitet die Ausstellung und wer leitet die Ateliers? Ich habe sowohl Alena, als auch Boris und Maxim gebeten, dazu Stellung zu nehmen. Also frage ich die Dame zuerst. Alena, wie stehst du zu dem Projekt St. Petersburg?“

Alena stand auf und sagte: „Hätte man mich vor einigen Monaten gefragt, ob ich nach St. Petersburg zurück will, um dort die Leitung einer Galerie und eines Ateliers zu übernehmen, so hätte ich keinen Moment gezweifelt, ja zu sagen. Es gibt aber jetzt zwei wichtige Gründe, warum ich euch eine Absage geben muss. Erstens, ich habe Franz Westermann kennengelernt und wir wollen baldmöglichst heiraten. Zweitens, wir wissen seit vier Wochen, dass wir Nachwuchs erwarten.“ Ein Hallo begann. Alle wollten Alena gleichzeitig gratulieren. Anton, wie immer, hatte Sekt zur Hand und holte Gläser. Sie stießen auf den zukünftigen Erdenbürger an.

Als sich der Sturm etwas gelegt hatte, sagte Susi: „Alena, es ist wunderschön, was du uns erzählt hast. Wir lassen deine Absage gelten. Nummer eins ist jetzt euer Nachwuchs.

Aber als Nächstes muss ich Maxim fragen, wie stehst du zur Übernahme der Leitung der Galerie und des Ateliers in St. Petersburg?“

Maxim stand auf und sagte ganz ruhig: „Ich bin eben erst dem Teufel von der Schippe gesprungen. Ich habe schon zweimal Glück gehabt. Ihr alle wisst, diese Mafia ist ziemlich mächtig. Ich will mein Glück nicht nochmals herausfordern. Ich habe lange mit meiner Frau gesprochen. Auch sie ist der Meinung, ich soll hier bleiben. Dazu kommt, dass ich in St. Petersburg die bereits angenommenen Aufträge aus den USA nicht herstellen oder nur unter Schwierigkeiten erstellen kann. Ich wüsste im Moment nicht, wo ich entsprechendes Material für die Ikonostasen herbekommen könnte. Wahrscheinlich würde es mir Michail beschaffen, aber auch nur unter Schwierigkeiten. Ich bin nicht feige, aber ich möchte meinen Kindern den Vater erhalten. Ich hoffe, ihr habt dafür Verständnis.“

Susi ernst: „Maxim, das haben wir alle erwartet. Niemand kann dir zumuten, unter diesen Voraussetzungen nach St. Petersburg zu gehen. Also nun meine Frage an Boris. Wie stehst du dazu?“

Jetzt stand Boris auf, etwas verlegen sagte er: „Ihr werdet vielleicht sehr enttäuscht sein, aber auch ich muss leider ablehnen. Ich habe mit meiner Frau telefoniert, auch die ist wie ich der Meinung, dass ich genauso gefährdet bin wie Maxim. Auch ich habe Kinder und möchte diesen den Vater nicht nehmen. Außerdem, ich weiß nicht, ob ich in der Lage wäre, die Galerie zu führen. Alena könnte das, ich bin dazu nicht besonders geeignet. Das Atelier würde mir keine

Schwierigkeiten machen. Seid mir nicht böse, wenn ich das leider ablehnen muss. Ich habe nur noch eine Bitte, seht zu, dass ich meine Familie nachholen kann. Für meine Kinder habe ich mich schon erkundigt, hier gibt es eine Aufbauklasse für Kinder, um Deutsch zu lernen. Je schneller sie hierher kommen, umso besser. Ich danke euch für euer Verständnis."

Susi todernst: „Jetzt haben wir ein Problem. Wir haben keine Leitung für unser Unternehmen in St. Petersburg."

Dr. Hugo Wettengel schmunzelnd: „Moment mal, wer sagt das? Mein Russisch ist zwar miserabel, aber ich kann es lesen und auch ein bisschen sprechen. Die Kunst ist überall gleich. Bis wir jemanden finden, der die Galerie und das Atelier übernehmen kann, könnte ich es versuchen."

Susi war baff: „Hugo, du erstaunst mich. An vieles hätte ich gedacht, nicht aber daran, dass du nach St. Petersburg gehen könntest. Was meinst du, Michail?"

Michail lachte: „Keine schlechte Idee. Dr. Wettengel ist zweifelsohne ein Kunstwissenschaftler, der so etwas leiten kann. Aber ich habe dazu eine gute Idee. Ihr kennt alle Olga, ich kann sie im Moment nicht entbehren, aber ich weiß, sie strebte schon immer eine Galerie an. Sie ist sicherlich bereit, Herrn Dr. Wettengel am Anfang zu helfen und eventuell später die Galerie zu übernehmen. Der Anfang wird zwar nicht einfach, aber ich bin zuversichtlich, dass dies eine Lösung des Problems wäre. Was meint ihr?"

Anton als Erster: „Dr. Wettengel hier zu verlieren, das ist schon bitter, andererseits weiß ich keine andere Lösung. Was meinst du, Susi?"

Susi ernst: „Eine schwere Entscheidung. Hugo wird uns an allen Ecken und Enden fehlen. Andererseits weiß auch ich im Moment keine andere Lösung."

Sie zerbrachen sich noch lange den Kopf, aber ein besserer Vorschlag wurde nicht gemacht und so einigten sie sich darauf, dass vorerst Dr. Hugo Wettengel die Galerie und das Atelier in St. Petersburg aufbaut. Ihm zur Seite sollte Olga in beratender Funktion helfen. Susi schaute auf die Uhr und sagte: „Herrschaften, es ist 18 Uhr und wie immer, Aperitifzeit. Ihr seid alle herzlich eingeladen, ich glaube, die Übrigen sind schon bei uns in der Wohnung und wenn wir uns nicht beeilen, kriegen wir nichts mehr."

Alles lachte und sie gingen nach oben. Es war auch so, Susis Wohnung war voll. Nina hatte sich wieder mal bewährt und Erika half. Ein Cateringservice hatte ein kaltes Buffet bereits aufgebaut und so entfernte man Punkt 19:30 Uhr die darüber liegenden Tücher und das Abendessen begann. Es war eine lustige Gesellschaft und Michail und Paula wurden so mit eingebunden, als würden sie zum Unternehmen gehören.

***

Wiesbaden

Susi und Moritz waren mit Paula und Michail zu einem gemeinsamen Frühstück im Nassauer Hof verabredet. Ihre russischen Gäste hatten schon gepackt, und nach einer freundlichen Unterhaltung fuhren Susi und Moritz mit ihren Gästen zum Flughafen nach Frankfurt.

Michail und Paula checkten zum Flug nach St. Petersburg ein. Sie hatten noch viel Zeit. So entschlossen sie sich noch eine Kleinigkeit zu essen. Während der Unterhaltung bei Tisch sagte Paula: „Selten sind die Stunden so schnell verflogen wie bei euch. Es war einfach wunderbar, bei euch allen zu sein. Alle eure Angestellten sind so, als würden sie zur Familie gehören."

Hier unterbrach Susi: "Paula, das sind keine Angestellten, das sind Mitarbeiter, wir sind ein Verein und alle fühlen und denken mit dem Verein. Es ist ganz einfach unsere Familie und so soll es auch bleiben."

Sie waren noch nicht ganz mit dem Essen fertig, als der erste Aufruf zum Abflug der Maschine kam. Sie verabschiedeten sich und hofften sich bald wiederzusehen.

Nachdenklich fuhren Susi und Moritz vom Flughafen zurück. Es war schön, diesen neuen und außergewöhnlichen Vertrag mit St. Petersburg zu haben, aber übernahmen sie sich auch nicht? Dass Dr. Wettengel in Zukunft ausfallen würde, war für ihre Geschäfte in Wiesbaden ein herber Verlust.

Unterwegs sagte Moritz: „Mir gehen die Warnungen von Michail nicht aus dem Kopf. Was kann eigentlich noch schlimmer sein als die zum Kriegsende beschlagnahmten oder auch geklauten Bilder in den Museen? Irgendetwas ist da noch, was uns Michail nicht sagen konnte."

Susi nachdenklich: „Schatz, wir haben schon so viele Schwierigkeiten überwunden, diese Hürde werden wir auch schaffen. – Wenn ich jetzt ins Büro komme, will ich gleich Mike anrufen, was der zu der Fertigung der geschnitzten Figuren meint. Der US-Markt ist da besonders wichtig."

Kaum war Susi in ihrem Büro, als sie Erika bat, sie mit Mike zu verbinden. Susi nahm den Hörer ab:

(Susi) Hi, Mike.

(Mike) Hi, Susi, na, ist euer russischer Besuch weg?

(Susi) Ja, hat alles prima geklappt. Der Vertrag ist unterzeichnet und ist genauso wie unser römischer Vertrag.
Eine bittere Pille mussten wir schlucken. Maxim, Boris und Alena wollten aus einleuchtenden Gründen nicht nach St. Petersburg. Bei Alena am Verständlichsten, denn sie und Franz erwarten Nachwuchs. Maxim und Boris haben Angst vor Repressalien. Zwar nachvollziehbar, aber bitter für uns, denn Hugo muss jetzt diesen Posten übernehmen und der wird uns hier fehlen. Aber das ist nicht der Grund meines Anrufes.

(Mike) Wie kann ich euch helfen?

(Susi) Wir haben schon mal über die Herstellung von Heiligenfiguren aus Holz für die christlichen Kirchen gesprochen. Du meintest, die würden in unserem Sortiment fehlen. Wir haben Gelegenheit, eine computergesteuerte Fräse zu kaufen oder eventuell sogar eine entsprechende Fabrik zu übernehmen, die in Konkurs gegangen ist. Der Kaufpreis dieser Maschine ist lächerlich gering. Mit dieser computergesteuerten Fräse lassen sich nicht nur Heiligenfiguren nachfräsen, sondern man kann auch Formen, das heißt Patrizen und Matrizen, zum Guss solcher Figuren aus Kunstharz oder Gips herstellen. Mit diesen Geräten könnte man auch den Computerfachmann übernehmen, der das Ding bedienen kann. Man spricht im Moment von einer Kaufsumme von über 100.000 Euro, aber ich bin mir ziemlich sicher, dass wir mit dem Doppelten rechnen müssen. Was meinst du dazu?

(Mike) Ich kenne diese Maschinen, die gibt's hier auch, aber ohne den entsprechenden Mann zur Bedienung kannst du diese Fräsen vergessen. Es sind großartige Automaten. Ich kenne hier einige, leider oder Gott sei Dank stellen die nur Schrott damit her. Für Heiligenfiguren aller Art, Reliefschnitzereien, geschnitzte Rahmen, Sockel, Putten gibt es hier einen riesigen Markt. Aber es müssen hervorragende Kopien solcher Kunstwerke sein. In den Vatikanischen Museen habe ich eine Unmenge davon gesehen, ich bin mir sicher, die dürfen wir kopieren. Ich kann mir vorstellen, dass auch die Eremitage eine Fundgrube für derartige Kunstwerke ist. Wichtig ist, sie müssen alt aussehen, das heißt, die Bemalung sollte mit feinen Rissen, sogenannten Krakelüren durchzogen sein. Es bedarf eigentlich nur weniger Künstler, die sich damit auseinandersetzen. In jedem Fall der Mann, der computermäßig die Maschine bedienen kann, ist wichtig. Dann ein wirklicher Könner im Umgang mit Holz und ein Künstler, der diese Figuren fachgerecht bemalt.

Es wird dann wie mit den Ikonen sein. So lange wir nur Schund angeboten haben, haben wir nichts verkauft. Jetzt, nachdem Boris und Maxim wirkliche Kunstwerke fabrizieren, verkaufen wir wie die Wilden. Zusätzlich noch die Ikonostasen. So wird's auch bei den Holzfiguren. Haben wir erst einmal gute Heiligenfiguren, so werden wir auch Anfragen für die Gestaltung von Altären erhalten. Seht zu, dass ihr das baldmöglichst über die Bühne bringt. Wer kümmert sich bei euch darum?

(Susi) Moritz hat mit dem Konkursverwalter Kontakt aufgenommen und will in dieser Woche noch nach Dresden fahren, wo die Fabrik war. Willst du mit ihm sprechen?

(Mike) Na klar, verbinde mich und Tschüss, Susi. In einer Woche bin ich bei euch.

(Susi) Tschüss, Mike, Moment ich verbinde.

Es war gut zu wissen, dass Mike mit einem eventuellen Kauf dieser Geräte einverstanden war.

Moritz hatte noch ein langes Gespräch mit Mike. Beide waren sich darüber im Klaren, dass der Kauf dieser Maschine oder gar des ganzen Unternehmens ein Risiko wäre, aber man könnte dann mit einem Minimum an Arbeitsleistung ein Maximum an äußerst geschmackvollen Meisterschnitzereien anbieten.

Moritz ging ins Hinterhaus zu dem Holzschnitzer aus Dresden und fragte: „Wissen Sie zufälligerweise die Adresse des Computerfachmannes, der die Holzfräse bedienen kann?“ Und als dieser bejahte und auch noch die Telefonnummer hatte, bat Moritz ihn, den Mann anzurufen, um einen Termin für Mittwochabend in Dresden zu vereinbaren. Moritz meinte auch, er solle mit nach Dresden fahren.

Für Donnerstag wollte er einen Termin mit dem Konkursverwalter machen und sich am Nachmittag die Reste der Fabrik ansehen. Am Freitag die geplante Versteigerung abwarten, um dann zu entscheiden.

Moritz rief den Schreiner an, der beim Brandunfall verletzt worden war. Er erkundigte sich bei ihm, wie es ihm gesundheitlich ginge.

Als die Antwort befriedigend ausfiel, fragte ihn Moritz, ob er am Mittwoch für drei Tage mit nach Dresden käme. Er hätte dort einen Termin mit dem Konkursverwalter einer Pleite gegangenen Holzverarbeitungsfirma. Dort würde abgelagertes Holz zu kaufen sein und er brauchte jemanden, der das fachlich beurteilen könne.

Freudig sagte der Schreiner zu. Er meinte: „Ich hänge nur noch bei meiner Tochter rum. Die Verbände kommen wahrscheinlich morgen ab, so kann ich am Mittwoch in jedem Fall. Ich freue mich!"

So musste Moritz nur noch das Gespräch mit dem Konkursverwalter morgen Vormittag abwarten, um seine Pläne in die Tat umzusetzen.

***

Wiesbaden

Schon kurz nach 9 Uhr am Dienstagmorgen hatte Moritz sowohl mit Jens als auch mit Dieter gesprochen und sie von den Plänen hinsichtlich des Kaufes der Maschinen und eventuellen Holzarten in Dresden informiert. Beide sagten übereinstimmend, bis 250.000 Euro hätte Moritz ihr Okay. Sollte der Betrag des Kaufes höher sein, dann müsse man noch mal überlegen.

Dann rief Moritz Dr. Mangel, den Konkursverwalter, an.

(Stimme) Praxis Dr. Mangel

(Moritz) Mein Name ist Moritz Kaiser. Ich hätte gerne Dr. Mangel gesprochen.

(Stimme) Moment, ich verbinde.

(Dr. Mangel) Ja, Herr Kaiser, ich habe gestern noch mal in den Akten geblättert und gesehen, dass die Galerie Kaiser in Wiesbaden auch zu den Gläubigern gehört.

(Moritz) Um welchen Betrag geht es denn?

(Dr. Mangel) Um eine Summe von 128,30 Euro. Es ging dabei um eine Lieferung für Farben. Wusste gar nicht, dass Sie so etwas verkaufen.

(Moritz) Ja, wir haben besondere Farben, die sich auch zur klassischen Bemalung von Holzfiguren eignen. Diese Abteilung ist nicht sehr groß und unsere Spezialfarben sind relativ teuer.

Aber jetzt zu unserem Interesse an der Holzfräse und anderen Teilen des Unternehmens. Ich habe mit allen Mitgliedern unseres Aufsichtsrates gesprochen. Grundsätzlich sind wir bereit, mit Ihnen zu verhandeln. Die Verhandlung hat man in meine Hände gelegt. Ich habe daher vor, morgen nach Dresden zu kommen und will morgen Abend mit dem Computerspezialisten sprechen, ob er interessiert ist, eine Stellung in unserem Unternehmen anzunehmen. Mich wird ein Herr begleiten, der bis zum Konkurs in diesem Unternehmen beschäftigt war und jetzt bei uns ist. Weiterhin wird mich ein Holzfachmann begleiten, der die lagernden Hölzer bei Ihnen begutachten soll. Für Donnerstagvormittag hatte ich einen Termin in Ihrem Büro vorgesehen und wollte am Donnerstagnachmittag die Maschine und die Hölzer ansehen. Der Freitag stünde dann für einen Kauf auf der Versteigerung zur Verfügung.

(Dr. Mangel) Das lässt sich machen, aber ich glaube, ich habe einen besseren Vorschlag. Ich hatte Gelegenheit, noch mal mit dem Konkursrichter zu sprechen. Mit ihm gemeinsam habe ich vor, Ihnen einen Vorschlag zu unterbreiten. Ich verrate Ihnen sicher kein Geheimnis, dass Sie der einzige Interessent sind.

Wir treffen uns am Donnerstagmorgen um 9 Uhr direkt auf dem Betriebsgelände der in Konkurs gegangenen Firma.

Dann können Sie die Maschinen, Werkzeuge, Werkbänke und Materialien besichtigen. Ich habe eine genaue Aufstellung darüber. Dann unterhalten wir uns über die Übernahme der gesamten Masse zu einem Pauschalpreis. Die Halle muss bis 30. April geräumt werden.
Die Sache hat noch einen Haken. Sie müssten den Computerspezialisten und einen weiteren Holzschnitzer übernehmen. Für beide müssten Sie sich verpflichten, sie mindestens weitere sechs Monate zu beschäftigen. Wie ich hörte, mit dem Computerspezialisten haben Sie bereits einen Termin und den Holzschnitzer werde ich bitten, ebenfalls am Donnerstagmorgen auf dem alten Betriebsgelände zu sein. Wäre das eine Basis?

(Moritz) Eine Katze im Sack kaufe ich nicht, aber wenn Ihr Angebot gut ist, kann man über alles reden. Aber sagen Sie mir, für die beiden zu übernehmenden Herren ist bei einem Konkurs doch das Arbeitsverhältnis praktisch beendet? Bei Frauen könnte man noch sagen Schwangerschaft, aber bei Männern?

(Dr. Mangel) Ich habe es anfangs auch nicht glauben wollen, aber die beiden Herrschaften sind vertragsmäßig an die Lieferfirma der computergesteuerten Fräsmaschine gebunden. Dies bis zum 31. Oktober diesen Jahres. So steht es im Kaufvertrag mit der Lieferfirma. Wir können auch den Kaufvertrag erfüllen, dann erhöht sich der Preis der Maschine eben um diese beiden Gehälter bis 31. Oktober.

(Moritz) Ich habe ja schon viel gehört, aber so eine idiotische Klausel noch nicht. Mal sehen, was die Leute für einen Eindruck machen. Können Sie mir vorab verraten, mit welchem Kaufpreis Sie gerechnet haben?

(Dr. Mangel) Ich habe Ihnen schon gesagt, er liegt über 100.000 Euro. Lassen Sie mir die Überraschung bis zu unserem Treffen. Sehen Sie sich erst mal das Lager und den Maschinenpark der Firma an und dann reden wir weiter. Einverstanden?

(Moritz) Einverstanden. Also bis Donnerstagmorgen um neun am ehemaligen Firmengelände. Freue mich, Sie zu treffen. Auf Wiedersehen.

(Dr. Mangel) Freue mich, Sie persönlich kennenzulernen, Auf Wiedersehen.

Na, dachte sich Moritz, wie viele Überraschungen wird das noch geben? Er war sicher, dass irgendwo noch ein Pferdefuß kommen würde.

***

Wuppertal

Es war ein ruhiger Mittwochmorgen, Wolfgang und Paul waren in der Galerie und machten mit großem Geschick diese zu einer wirklich guten Ausstellung. Man musste es den beiden lassen, sie hatten Geschmack und präsentierten ihre Bilder und Skulpturen wirklich hervorragend.

Zusammen mit ihrer Dame vom Empfang kamen drei dunkel gekleidete Herren. Die Dame vom Empfang konnte nur noch sagen, die Herren wollen mir nicht glauben, dass die Ausstellung noch nicht geöffnet ist. Wolfgang ging dezent auf die Herren zu, stellte sich vor:

„Mein Name ist Wolfgang Zeller, ich bin einer der Inhaber dieser Galerie, aber sie ist noch nicht geöffnet. Wie Sie sehen, sind wir noch bei der Gestaltung der Ausstellung. Dies ist Herr Paul Vermeylen. Was kann ich für Sie tun?“

Die Herren waren einen Moment unschlüssig, dann sagte einer: „Wir kommen im Auftrag der russischen Botschaft in Berlin und sollen im Auftrag von Herrn Bussow hier Gemälde in Augenschein nehmen. Würden Sie uns bitte zu den Gemälden führen?“

„Moment“, sagte Wolfgang, „irgendetwas kann hier nicht stimmen. Sicher hat Herr Bussow hier eine Ausstellung machen wollen. Die Bilder waren auch bereits teilweise in der Ausstellung, aber nach dem Vorfall in Berlin mit Ihrem Botschafter haben wir eine weitere Zusammenarbeit mit Herrn Bussow abgelehnt. Wir haben ihn gebeten, seine Bilder wieder abzuholen, was er letzte Woche am Montag auch getan hat. Er kam persönlich und hatte ein niederländisches Unternehmen mit dem Abtransport beauftragt. Herr Bussow hat unsere Unkosten erstattet, darüber haben wir auch die entsprechenden Unterlagen. Aber verraten Sie mir, was hat die russische Botschaft damit zu tun?"

Der Mann nun sehr strikt: „Diese Bilder sind Eigentum des russischen Staates, Herr Bussow durfte nicht über diese Kunstgegenstände verfügen."

Nun spielte Wolfgang den Ärgerlichen: „Meine Herren, wir kürzen das Verfahren ab. Ich rufe jetzt einen Herrn des Polizeipräsidiums in Wuppertal an, der hat diese Bilder gesehen und wird ihnen bestätigen, dass sie nicht mehr in unserer Galerie sind. Außerdem zeige ich Ihnen unsere Quittung, nach der wir Ersatz für unsere Unkosten erhalten haben."

Wolfgang nahm sein Handy, rief Herrn Gerlach von der Polizei an und bat ihn, kurz in die Galerie zu kommen. Dann ging er mit den Herren in sein provisorisches Büro und suchte aus einem Ordner eine Quittungskopie, aus der lediglich zu ersehen war, dass die Galerie **artis opus** eine einmalige Zahlung von 1.000 Euro erhalten hatte, als Kostenersatz für das Lagern von Kunstgegenständen.

Dann verlangte Wolfgang von den Herren die Telefonnummer der russischen Botschaft, und trotz des Protestes der drei Herren rief er den Botschafter Russlands an.

Nachdem er am Telefon sein Anliegen vorgebracht hatte, war er rasch mit dem Botschafter verbunden:

(Wolfgang) Exzellenz, mein Name ist Wolfgang Zeller, ich bin Miteigentümer der Galerie ***artis opus*** *in Wuppertal. Wir haben uns Samstag vor einer Woche in Berlin anlässlich*

einer Ausstellung für russische Kunst kurz gesehen. Wir hatten vor, zusammen mit Herrn Bussow in Wuppertal eine Ausstellung zu machen. Aus diesem Grund brachte er eine große Anzahl von Gemälden hierher. Aufgrund des Vorfalls in Berlin haben wir am gleichen Abend Herrn Bussow mitgeteilt, dass wir auf eine weitere Zusammenarbeit und vor allen Dingen auf eine Ausstellung seiner Bilder bei uns verzichten. Wir haben ihn gebeten, seine Exponate bei uns wieder abzuholen. Das hat Herr Bussow am Montag vor einer Woche auch getan. Ich verstehe nicht ganz das eigenartige Verhalten Ihrer Beauftragten und habe die hiesige Polizei gebeten, bei den weiteren Gesprächen mit diesen Herren dabei zu sein.

(Botschafter) Herr Zeller, so war doch Ihr Name, es tut mir aufrichtig leid, wenn Ihnen Unannehmlichkeiten entstanden sind. Soweit mir bekannt ist, handelt es sich bei den Ausstellungsstücken von Herrn Bussow um Gemälde, die dem russischen Staat gehören. Die Herren sollen diese Bilder lediglich identifizieren. Ich bitte nochmals um Entschuldigung. Dürfte ich einen meiner Herren sprechen?

(Wolfgang) Exzellenz, selbstverständlich, Moment, ich übergebe.

Wolfgang gab das Telefon weiter und wartete bis das Gespräch beendet war. Inzwischen war auch Herr Gerlach gekommen. Wolfgang stellte Herrn Gerlach den Herren vor und sagte dann zu ihm:

„Lieber Herr Gerlach, Sie entschuldigen, wenn ich Sie einfach so belästige. Als Sie das letzte Mal bei mir waren, habe ich Ihnen die Ausstellung der Ikonen der Galerie für russische Kunst in Berlin gezeigt. Vor drei Wochen wurden wir mit der Galerie einig, auch Gemälde der russischen Kunst zu zeigen. Sie sollten in allen Räumen unserer Galerie ausgestellt werden. Ein großer LKW brachte vor vierzehn Tagen diese Gemälde. Da bei solchen Ausstellungen die

Versicherungsfrage geklärt sein muss, fuhren wir vorletztes Wochenende nach Berlin, wo diese Galerie eine Ausstellung hatte. Wir wurden dort Zeuge einer Konfrontation des Besitzers der Galerie, eines Herrn Bussow, mit dem Botschafter Russlands. Es war dem Gespräch unschwer zu entnehmen, dass die russische Botschaft den Verdacht hat, das eben diese Bilder ohne Genehmigung außer Landes gebracht worden sind. Wir haben daraufhin mit Herrn Bussow gesprochen und ihm gesagt, dass wir unter diesen Umständen die Bilder nicht ausstellen können und ihn gebeten, die Bilder abzuholen. Das hat Herr Bussow am Montag vor einer Woche auch getan. Er hat uns unsere Unkosten erstattet und ein großer LKW hat die Bilder wieder mitgenommen."

Herr Gerlach bedankte sich für die Information: „Was soll ich nun hier? Es scheint sich nicht um gestohlene Bilder zu handeln, sondern nur um zu Unrecht ausgeführte Bilder. Es ist eine innerrussische Angelegenheit. Wir haben so was öfter mal. Die Russen haben ein Gesetz, nach dem Gegenstände, die vor den Fünfziger Jahren hergestellt wurden, nur mit Sondergenehmigung exportiert werden dürfen. Haben Sie noch solche Bilder?"

Wolfgang freundlich: „Selbstverständlich nicht. Lassen Sie uns nach oben gehen, dann können sich die Herren ein Bild machen, wo die Ikonen ausgestellt waren."

Sie gingen nach oben und Wolfgang zeigte den leeren Ausstellungsraum, in dem die Ikonen hingen.

Herr Gerlach bestätigte, dass in diesem Raum nach seiner Auffassung zirka zweihundert Ikonen zu sehen waren.

Wolfgang lud die Herren zu einem Rundgang im Haus ein. Er sagte: „Sie werden sehen, bei uns ist so gut wie nichts gelagert. Lediglich die Bilderrahmenfabrik nebenan hat vier Räume gemietet."

Dann führte er die Herren durch alle Räume und in den Keller. An vier Räumen sahen sie ein Schild: Lager »Bilderrahmenfabrik Gerkan«. Diese Räume blieben verschlossen.

Wolfgang lud die Herren noch zu einem Kaffee ein. Man fragte, ob sie sich erinnern könnten, wer die Waren abgeholt hätte; Paul Vermeylen meinte, eine niederländische Spedition, konnte sich aber nicht mehr an den Namen erinnern. Wolfgang war sicher, es war ein holländischer LKW.

Die Herren fragten, ob man Herrn Bussow noch mal gesehen oder gesprochen hätte, aber Wolfgang verneinte.

Dresden

Moritz, der Schreiner und der Holzschnitzer waren kurz nach 10 Uhr am Mittwochmorgen nach Dresden gefahren. Es war kein sehr starker Verkehr. Sie waren bereits am späten Nachmittag in dem kleinen Hotel, das unweit des Betriebsgeländes der in Konkurs gegangenen Firma lag. Um 18 Uhr hatten sie sich mit dem Computerfachmann in diesem Hotel verabredet.

Kurz vor 18 Uhr kamen zwei Herren. Der Holzschnitzer stand auf, begrüßte die beiden freudig und stellte sie dann vor. Der Computerfachmann war Anfang dreißig und der Sprache nach aus Bayern. Der andere Herr, ein Holzschnitzer, Anfang fünfzig und ziemlich wortkarg. Nachdem die beiden ihre Getränke hatten, begann Moritz:

„Meine Herren, ich darf mich und unser Unternehmen kurz vorstellen: Die Galerie Kaiser Wiesbaden ist ein Verein und alle Mitarbeiter sind sogenannte »freie Feste«, das heißt, sie befinden sich in keinem Angestelltenverhältnis, sondern sind freie Mitarbeiter. Dies ist seit Bestehen des Unternehmens so. Ich habe hier einen Katalog mitgebracht,“ – Moritz übergab dem Computerfachmann den Katalog der Galerie Kaiser – „aus dem Sie entnehmen können, womit wir uns beschäftigen. Wir sind zwar kein sehr großes Unternehmen, trotzdem glaube ich, dass wir das größte Unternehmen dieser Art der Welt sind.“

Der Computerfachmann fragte nach der Anzahl der Mitarbeiter, nach den Verdiensten und Moritz gab die entsprechenden Auskünfte.

Dann sagte Moritz: „Warum ich Sie zu einem Gespräch gebeten habe, ist die Tatsache, dass wir an einer Ersteigerung der computergesteuerten Holzfräse interessiert sind. Dies, weil wir die Sparte sakraler, holzgeschnitzter Gegenstände wie Altarbilder, Heiligenfiguren, Kreuzwegstationen, Bilderrahmen, Sockel, Putten bis hin zu geschnitztem Kirchengestühl in Erwägung ziehen. Dies sollte auch noch den Devotionalienmarkt mit einbeziehen.

Über unser Atelier in Rom haben wir Vereinbarungen mit den Vatikanischen Museen, wonach wir in der Lage sind, entsprechendes fertigen zu dürfen. Wir haben Verbindung mit der Eremitage in St. Petersburg, bei denen wir auch sakrale Gegenstände kopieren dürfen.“

Der Computerfachmann fragte dazwischen: „Das hört sich gut an, aber wir beide haben einen Arbeitsvertrag mit der Herstellerfirma der Fräse. Wir sind nach Dresden versetzt worden, ohne dass man uns fragte und Sie können verstehen, dass wir uns sicher nicht auf irgendein Experiment einlassen werden. Wenn Sie die Fräse ersteigern wollen, dann müssten Sie sich mit der Herstellerfirma unterhalten, nicht mit uns.“

Der Computerfachmann nahm aus seiner Mappe ein Bündel von Fotokopien und übergab sie Moritz. Der begann zu lesen, danach sagte er:

„Sie haben zweifelsohne Recht, Sie sind in einer bisher ungekündigten Stellung bis 31. Oktober diesen Jahres. Ebenso Ihr Kollege. Zurzeit sind Sie bei vollem Gehalt freigestellt. Es besteht kein Zweifel darüber, dass bei einer eventuellen Ersteigerung mein Gesprächspartner Ihre Firma ist. Dabei weiß ich noch nicht mal, ob wir die Maschine ersteigern werden. Ich verrate kein Geheimnis, dass außer uns sich kein weiterer Interessent gemeldet hat. Wir unsererseits sind nur an dieser Maschine interessiert, wenn wir das erforderliche Fachpersonal mit übernehmen können. Das wären in jedem Fall Sie und Ihr Kollege.

Ich mache Ihnen jetzt einen Vorschlag: Sie kommen morgen Früh mit auf das Gelände der in Konkurs gegangenen Firma. Wir werden uns das Ganze ansehen. Falls wir Teile der Firma oder ganz übernehmen, sprechen wir mit Ihrem Unternehmen, ob man Sie freistellt oder ob man Sie zu uns versetzt. Gleich, was wir morgen vereinbaren, es dauert sicher drei bis vier Wochen, bis eine Entscheidung getroffen ist. Wenn ich es richtig beurteile, haben Sie zurzeit keinerlei Beschäftigung. Ich lade Sie daher ein, vier Wochen bei uns zu volontieren. Das nur, wenn Ihre Firma damit einverstanden ist. Sie erhalten von dort Ihre Bezüge weiter und erhalten von uns für Ihren Aufenthalt in Wiesbaden Ihre Unkosten ersetzt und würden so eventuell Ihren künftigen Arbeitsplatz kennenlernen. Wir können Sie jedoch nur als sogenannte »freie Feste« übernehmen, aber ich versichere Ihnen, dass diese Verträge weit besser sind als irgendwelche Angestelltenverträge. Alle Mitarbeiter bei uns sind viele Jahre dabei und mit ihren Bezügen äußerst zufrieden."

Es gab noch ein langes Hin und Her. Ausschlaggebend war letztendlich der Holzschnitzer, der in seinem Sächsisch sagte: „Nu stellt eich ni so an. Ich hab deen ooch ni gedraut. Abr ihr kennt mir glooben, das sin ganz dolle Leite, probierts eenfach mal, ob ihr hier rumlungert oder nach Wiesbaden kommt."

Man lachte, Moritz lud zum Abendessen ein und sie verabredeten, sich am nächsten Morgen um neun in den Werkstätten der in Konkurs gegangenen Firma.

***

Dresden

Es war ziemlich frisch an diesem Märzmorgen. Moritz, seine beiden Mitarbeiter und der Computerfachmann mit dem Holzschnitzer warteten vor der Werkstatt.

Der Anwalt hatte sich verspätet. Er begrüßte die fünf Herren und sagte: „Tut mir leid, aber ich musste quer durch die Stadt und der Verkehr war stark. Entschuldigung."

Dann schloss er auf und alle gingen in die Fabrikationshalle. Moritz hatte ein Chaos erwartet, aber er stand in einer aufgeräumten und sauberen Fabrikhalle, in der auch gleichzeitig das Lager untergebracht war. Es war leicht zu sehen, dass enorme Holzbestände gelagert waren. Der Anwalt übergab Moritz eine Liste und der bat seinen Schreiner, die Bestände zu sichten und die Preise zu begutachten. Dann fragte er, ob der Computerfachmann die Fräse vorführen könne.

Der meinte nur: „Wenn niemand was daran verstellt hat, dann müsste die **Ferucci Madonna** programmiert sein. Dazu brauche ich einen zirka 35 cm Lindenholzblock, dann kann ich das vorführen."

So geschah es auch. Aus dem Holzlager nahm er einen Lindenholzblock, spannte ihn ein, dann begann die vollautomatische Fräse zu arbeiten. Nach fünfzehn Minuten hatten sie eine wunderbare Madonna mit Kind in Lindenholz vor sich und der Computerfachmann sagte:

„Die haben diese Figur als Rohling für 63 Euro verkauft und bemalt für 185 Euro. Viel zu billig!" Dann begann er zu erklären, was die Maschine alles kann. Besonders die Formen, Patrizen und Matrizen hob er hervor. Er schloss mit den Worten: „Diese Maschine ist ein kleines Wunderwerk, wenn man damit umgehen kann. Allerdings braucht man dazu auch die entsprechenden Künstler, die die Figuren oder Schnitzereien nacharbeiten. Das ist unbedingt erforderlich."

Zu Moritz gewandt meinte er: „Ich habe mir gestern Abend noch lange Ihren Katalog angeschaut. Sie haben ganz wundervolle Sachen. Allerdings sind Ihre Preise auch gepfeffert. Ich kann mir vorstellen, dass wir mit dieser computergesteuerten Fräse wahre Kunstwerke zustande bringen. Rentabel wird's erst, wenn wir mindestens dreißig Stück je Modell fertigen."

Moritz schmunzelte: „Wir brauchen allein zehn Stück je Modell für unsere Ausstellungen. Ich habe mit unserer Filiale in Boston USA gesprochen, die schätzen je Modell mit fünfzig bis hundert Stück. Also das sind unsere geringsten Sorgen. Außerdem gehören sicher etliche Figuren bereits zum standardisierten Computerprogramm."

Wieder der Computerfachmann: „Es sind in etwa einhundertsechzig verschiedene Figuren, Reliefs und Schnitzereien im Programm. Davon ist die Hälfte Schrott.

Stellen Sie sich darauf ein, dass hier nur etwa 15 – 20 künstlerisch wertvolle Figuren und Schnitzereien im Programm sind. Der Rest muss neu programmiert werden. Das ist zwar kein Problem, aber ich brauche für jede neue Programmierung mindestens eine Woche. Dazu kommen dann noch die Reisen nach Rom. Um eine Figur aus den Vatikanischen Museen zu kopieren, muss diese erst durch Laser abgetastet werden. Dies dauert zirka einen Tag, Das Übertragen auf den Rechner und das Einstellen der Maschine ist kompliziert und braucht Zeit. Wenn man will, könnte man die Programme auch verkaufen."

Hier lachte Moritz: „Das werden wir mit Sicherheit nicht. Einmal im Programm, wollen wir das auch selbst verkaufen. – So, jetzt glaube ich, unser Anwalt wird ungeduldig. Wären Sie so freundlich und würden mit Ihrem ehemaligen Kollegen nachsehen, ob die Gegenstände der Inventur auch noch vorhanden sind?"

Der Computerfachmann lachte und Moritz ging zu Dr. Mangel.

Der fragte: „Na, wie schaut das hier alles aus? Eigentlich eine Fabrik, mit der man sofort zu arbeiten anfangen kann."

Moritz lachte: „Mit Speck fängt man Mäuse, ich habe Ihnen einen Katalog mitgebracht, was wir so herstellen. Sie werden feststellen, Holzwaren sind so ziemlich das Letzte, was wir anbieten. Ich muss zugeben, das Inventar dieser Firma ist beeindruckend. Allein die Maschinen, von der Bandsäge über die Kreissäge bis zur Gehrungssäge ist alles da, von der Schleifmaschine oder der Hobelmaschine bis zur Drechselbank, nichts fehlt, selbst eine kleine Lackiererei ist vorhanden. Ich will gar nicht erst von den vielen Spannvorrichtungen, den Schnitzeisen und den einzelnen Fräsen sprechen. Das Kleinmaterial kostet auch viel Geld. Ich weiß, hier lagert ein kleines Vermögen, nur wir brauchen das größtenteils nicht. Aber Sie wollten mir ein Angebot machen."

Dr. Mangel: „Eigentlich wollte dies der Konkursrichter unterbreiten, aber ich bin natürlich auch berechtigt, Ihnen ein Angebot zu machen. Das Ganze hat einen Buchwert von über einer Million Euro. Was halten Sie davon, wenn ich Ihnen die gesamte Firma für 250.000 Euro anbiete?"

Moritz lachte: „Das ist doch nicht Ihr Ernst. Ich interessiere mich für die Fräsmaschine und eventuell noch für die Holzbestände. Den Rest haben wir alles selbst. Außerdem mit der computergesteuerten Fräsmaschine ist noch ein Vertrag mit zwei Leiharbeitern verknüpft. Das muss erst geklärt werden. Ich mache Ihnen ein Angebot: 100.000 Euro und ich übernehme die Verträge für die beiden Leiharbeiter. Außerdem lasse ich die Halle bis zum 30. April räumen."

Dr. Mangel entsetzt: „Das ist ja weniger als 10 Prozent des Buchwertes der Firma."

Moritz jetzt auch ernst: „Das ist korrekt, aber wir brauchen eben nur zwei Teile aus diesem Unternehmen und übernehmen den Rest nur, um an diese beiden Teile heranzukommen."

Dr. Mangel: „Das kann ich nicht allein entscheiden. Ich glaube nicht, dass der Konkursrichter sich darauf einlässt. Ist das Ihr letztes Wort?"

Moritz: „Sicher kann man immer noch mal reden, aber sehr viel mehr kann ich keinesfalls bieten. Was halten Sie davon, wenn ich jetzt mit meinen Leuten etwas essen gehe und wir treffen uns um 14 Uhr bei einer Besprechung mit dem Konkursrichter?“

Moritz ging nach draußen, er traf auf den Schreiner, der sagte: „Menschenskinder, die haben Holz, vom Feinsten. Das müssen die aus dem Ostblock haben. Die Inventurpreise stimmen alle nicht. Viel zu niedrig. Können wir eventuell auch die Maschinen kaufen? Die sind alle fast neu, dagegen sind unsere Maschinen Schrott. Allein, was die an Werkzeug herumliegen haben, ist ein Vermögen wert. Selbst wenn wir das Holz zum Inventurpreis kaufen müssen, hätten wir noch ein Geschäft gemacht. Ich habe auch noch mal mit den anderen gesprochen, ich glaube, die kommen auch. Das hat zwar gestern Abend anders ausgesehen, aber der Computerfritze hat durch den Katalog Blut gerochen. Der ist scharf drauf, Neues zu programmieren. Der zweite Mann von der Firma kann die Fräse auch bedienen. So zumindest haben sie gesagt. – Achtung, Ihr Anwalt winkt!“

Moritz ging zu Dr. Mangel, der sagte: „Ich lasse Ihnen jetzt die Schlüssel hier. Bitte, schließen Sie ordentlich ab und drücken die Sicherungen heraus. Ich gehe zum Gericht, um mich mit dem Konkursrichter zu besprechen. Könnten Sie um 14 Uhr bei Gericht sein, Zimmer 204, wir sehen uns dann.“

Moritz verabschiedete sich und ging zu seinen Leuten. „Ich glaube, wir haben jetzt so ziemlich alles gesehen. Ich habe mich um 14 Uhr beim Amtsgericht mit dem Konkursrichter verabredet. Ihr könnt mir sicher den Weg dorthin zeigen. Ansonsten würde ich vorschlagen, wir gehen jetzt gemeinschaftlich essen und ihr verratet mir, was ihr von einer Übernahme der gesamten Firma haltet.“ Man schloss die Firma und ging in das Hotel, in dem sie letzte Nacht geschlafen hatten. In der dortigen Gaststube wollten sie zu Mittag essen. Sie hatten kaum bestellt, als Moritz sagte: „Was meint ihr, soll man einem Kauf der Firma nähertreten oder nur Teile davon kaufen?“

Der Computerfachmann begann: „Das bisherige Unternehmen so fortzuführen, wie es war, würde wieder zur Pleite führen. Die machten die falschen Produkte. Wenn Sie Kopien alter Meister der Schnitzkunst kopieren wollen, so kann ich mir vorstellen, gibt es dafür einen Markt. Bei einer Firma, die das bisherige Geschäft nur weiterführt, würde ich nicht mehr mitarbeiten. Ich kann mir jedoch vorstellen, mitzuhelfen, Kunstwerke zu kopieren und neu zu gestalten. Meinem Kollegen geht es ebenso.“

Hier unterbrach Moritz: „An ein Weiterführen dieser Firma habe ich nicht eine Sekunde gedacht. Wir wollen Kunstwerke kopieren, das ist unser Geschäft. Sollte ich heute Nachmittag mit dem Konkursgericht eine Übereinkunft treffen können, so müsste die Firma bis zum 30. April aus den derzeitigen Räumen. Wir selbst haben in Wiesbaden im Moment Schwierigkeiten, diese Maschinen zu platzieren. Vielleicht im Souterrain meines neuen Hauses, das weiß ich noch nicht. Ich schlage vor, wir warten ab, wie ich mich mit dem Konkursverwalter und dem Konkursgericht einigen kann. Ich glaube, wir sollten uns dann gemeinschaftlich noch mal gegen 17 Uhr hier unterhalten.“

So wurde es beschlossen und um 13:30 Uhr fuhr Moritz mit dem Computerfachmann zum Gericht. Dort bat er ihn zu warten und ging zu Zimmer 204. Moritz klopfte an der Tür, auf das ‚Herein’ betrat er den Raum, in welchem er Dr. Mangel begrüßte und der ihn mit dem Konkursrichter bekannt machte.

Der sagte: „Herr Kaiser, Dr. Mangel hat mich unterrichtet, dass Sie bereit wären das gesamte Inventar der in Konkurs gegangenen Firma zu übernehmen, leider zu einem Preis, dem wir nicht zustimmen können. Andererseits, wenn wir Ihnen nur Teile verkaufen, so wird es schwer, den Rest an den Mann zu bringen. Sie haben selbst die Inventarliste gesehen und Sie haben weniger als 10 Prozent des Tageswertes geboten. Dr. Mangel und ich haben lange überlegt und machen Ihnen ein Angebot, das wir kaum verantworten können. Könnten Sie sich vorstellen, pauschal 150.000 Euro zu zahlen?"

Moritz lachte: „Vorstellen kann ich mir das schon, aber rechnet sich das auch? Es ist ja nicht so, dass wir die Maschinen kaufen, weil wir sie brauchen, sondern weil wir einen zusätzlichen Zweig innerhalb unserer Unternehmen aufbauen wollen. Hinzu kommt, dass wir auf diesem Gebiet noch keine Erfahrung haben. Also noch ein Risiko. Ich könnte jetzt noch viele Gründe anführen, warum ich nicht mehr zahlen kann. Andererseits kann ich Sie als Verwalter des Vermögens der Gläubiger der in Konkurs gegangenen Firma verstehen. Ich will auch über meinen eigenen Schatten springen und biete Ihnen 120.000 Euro."

Der Konkursrichter lachte: „Herr Kaiser, ich glaube, wir kriegen die Kuh vom Eis. Geben Sie Ihrem Herzen noch einen kleinen Ruck, sagen wir 125.000 Euro und Sie erhalten den Zuschlag für das gesamte Inventar der Firma nebst den Lagerbeständen, gemäß der Ihnen vorliegenden Liste."

Moritz stand auf, reichte dem Konkursrichter seine Hand und sagte: „Gut, machen wir's wie die alten Kaufleute und schlagen ein."

Der Konkursrichter ließ eine Sekretärin kommen und diktierte den Beschluss.

Es gab noch eine kurze aber sehr freundliche Unterhaltung, Moritz übergab dem Konkursrichter einen Katalog der Firma Kaiser und er versprach, die Galerie Kaiser zu besuchen, wenn er einmal nach Wiesbaden kommen würde.

Kurz vor 16 Uhr kam Moritz wieder zu seinem Auto, in dem der Computerfachmann gewartet hatte.

Als sie wieder in der Gaststätte waren, erzählte Moritz: „Wie vorgesehen, hat die Galerie Kaiser Wiesbaden e.V. das gesamte Inventar und die Lagerbestände der in Konkurs gegangenen Firma gekauft. Wir müssen die Halle zum 30. April räumen. Die Übergabe hat besenrein zu erfolgen.“ Zu dem Computerfachmann und seinem Mitarbeiter gewandt, sagte er: „Ich muss mit Ihrer Firma klären, in welcher Form Sie freigestellt werden. Dies kann frühestens zum 1. Mai erfolgen. Bis zu diesem Zeitpunkt will ich versuchen, dass Sie beide bei uns volontieren können. Es ist unbedingt notwendig, unser Unternehmen kennenzulernen. Wo der künftige Standort der Maschinen sein wird, das weiß ich noch nicht. Aber das wird sich in den paar Wochen klären lassen.“

Moritz winkte dem Kellner, bestellte eine Flasche Sekt und sagte: „Zumindest auf eine gute Zusammenarbeit und auf den heutigen Kauf müssen wir anstoßen.“

***

Wuppertal

Wolfgang und Paul waren an diesem Freitagmorgen wieder in der Galerie, um sie für die Eröffnung im kommenden Monat zu gestalten. Sie erwarteten Bart. Kurz vor dem Mittagessen kam ein übermüdeter Bart. Er war die ganze Nacht durchgefahren. Sie begrüßten sich herzlich und Bart sagte nur: „Kommt lasst euch erzählen, dann muss ich ins Bett. Ich bin also mit Iwan Bussow nach Paris gefahren. Unsere Verbindungsleute kannten ihn und warnten mich. Er hat sich selbst in Paris umgetan und hat jetzt einen weißrussischen Pass. Was er uns allen nicht erzählt hatte, er hat anscheinend noch die deutsche Staatsangehörigkeit. Das ist ein ganz linker Vogel. Alles dauerte länger, als ich wollte. Dann fuhr ich mit ihm nach Bordighera. Anfangs wollte er nicht nach Seborga und meinte, dort säße er wie in einer Mausefalle. Aber eine bessere Idee hatte er auch nicht. Er ist in Unterweltkreisen weit bekannter, als uns lieb sein kann. Wenn möglich, sollten wir die Finger von ihm lassen. Je schneller er aus Seborga verschwindet, umso besser.

Bevor ich's vergesse, ich war auch bei deinem Freund, der die Militaria gekauft hat. Er erzählte mir, die Interpol sei hinter dem Zeug her. Er will jetzt einen Preisnachlass."

Wolfgang: „Das kann er vergessen, das wusste er vorher. Aber bei uns war auch was los. Am Mittwoch kamen drei Russkies und wollten Bussows Bilder." – Dann erzählte Wolfgang, was sich ereignet hatte.

Bart fragte nur: „Wolfgang, meinst du nicht, wir sollten die Bilder verschwinden lassen? Wenn die einmal hier waren, dann kommen die auch noch ein zweites Mal."

Wolfgang: „Das glaube ich kaum, wir sind mit ihnen durch unsere ganzen Gebäude gegangen. Paul wird dir bestätigen, dass sie keinerlei Verdacht geschöpft haben. Außerdem war der Polizeibeamte, Herr Gerlach, dabei. Die vier vermieteten Zimmer an die Firma Gerkan sind nicht aufgefallen. Ein ganz normaler Vorgang. Sie haben mehr im Keller und im Erdgeschoss geschaut. Du solltest morgen oder übermorgen zu den Telefonen in Solingen gehen und sehen, was sich da getan hat. Aber leg dich erst mal hin. Du siehst aus, als könntest du eine Mütze Schlaf vertragen."

Wiesbaden

Am frühen Nachmittag war Moritz mit seinem Schreiner und dem Holzschnitzer wieder in Wiesbaden. Der Schreiner konnte sein Glück kaum fassen, er sagte immer wieder: „So ein tolles Holz, so gut abgelagert, ich möchte gerne wissen, wo die das herhaben." Er war nicht zu beruhigen.

Moritz ging zu Susi ins Büro, sie begrüßten sich herzlich und Moritz erzählte in allen Einzelheiten, was er gekauft und was er vereinbart hatte.

Zum Abschluss sagte er: „Ich mache noch einen schriftlichen Bericht und füge alle Übernahmelisten und Beschlüsse diesem Bericht bei. Das Original lege ich zu dir, eine Kopie behalte ich, eine bekommt Anton, dann noch je eine Kopie für Mike, Jens und Dieter. Mein Kummer ist nur, wo stellen wir die Maschinen auf? Aber das wird sich auch finden."

Pünktlich um 18 Uhr sahen sie sich beim Aperitif wieder. Nina war inzwischen schon so etwas wie eine Institution bei dieser lockeren Runde. Sie meisterte das sehr gut.

„Nina", sagte Erika, „man meint, du wärst schon immer im Hotelservice gewesen. Du machst das so gekonnt, als hättest du in einer Bar gelernt."

Maxim lachte: „Hat sie nicht, sonst würde sie mein Glas nicht immer so schön voll Wodka gießen, sie ist ein Schatz." Er gab ihr einen Kuss. Auch die anderen unterhielten sich prächtig, bis jemand fragte: „Sagt mal, müsste nicht Hilde an diesem Wochenende niederkommen?"

Susi meinte dazu: „So, wie ich Hilde kenne, kommt es auf den Tag und das ist Sonntag. Sie wollte immer schon, dass die kleine Susi ein Sonntagskind wird."

Alles lachte, es war ein vergnüglicher Abend. Ein Teil verließ die Runde kurz nach 19 Uhr, die anderen blieben einfach und Nina hatte inzwischen Übung darin, schnell etwas auf den Tisch zu bringen.

***

Wiesbaden

Es war Samstag, als Susis Direktapparat klingelte:

(Mike) Hi, Susi, wie geht's?

(Susi) Hi, Mike, schön, deine Stimme zu hören, wann kommst du näher?

(Mike) Vera und ich haben gerade beschlossen, wir kommen am Montag, allerdings ziemlich früh, auf der zweiten Maschine war kein Platz mehr. Also Ankunft um 5:35 Uhr morgens, Rhein-Main mit Lufthansa Flug Nr. 423. Kannst du veranlassen, dass uns jemand abholt?

(Susi) Nein, ihr müsst laufen. Was eine blöde Frage, logisch holen wir euch ab! Wir freuen uns, dass ihr endlich wieder da seid!

(Mike) Hast du was von Hilde gehört? Die kleine Susi müsste doch bald da sein?

(Susi) Opa – bist du nervös? Aber du erfährst es als Erster. Hilde hat sich ein Sonntagskind gewünscht und heute ist erst Samstag, du musst dich also noch etwas gedulden. – Susi lachte – *Aber es freut mich sehr, euch zu sehen.*

(Mike) Wir freuen uns auch. Eigentlich dürfte ich von hier gar nicht weg. Wir haben unheimlich viel zu tun. Ohne Albert ging's überhaupt nicht. Aber wir hoffen, euch alle gesund und munter zu sehen. Grüße alle von uns. Bye, Bye.

Es war schön, mit Mike zu sprechen, aber jeder fragte nach Hildes Entbindung, so griff sie zum Telefon:

(Hilde) Hilde Granika, Guten Tag!

(Susi) Ich kann mich immer noch nicht an Hilde Granika gewöhnen. Hi, Hilde, ich musste dich einfach anrufen. Jeder fragt, ob deine kleine Susi schon geboren wurde und ich musste sagen – ich weiß es nicht – Wie schaut's aus?

(Hilde) Susi, du weißt doch, ich will ein Sonntagskind. Heute ist Samstag. Aber im Ernst. Bei mir tut sich noch nichts. Ich fühl mich gut der Arzt sagt, es hätte sich schon gedreht und es müsste in Kürze so weit sein, aber ich merke noch nichts. Sowie ich in die Klinik komme, wird euch Erich anrufen. Versprochen! Aber wie geht's bei euch?

(Susi) Bei uns ist alles okay, Moritz war drei Tage in Dresden, hat dort Maschinen zur Herstellung von Heiligen-

figuren gekauft. Hugo ist nervös und rotiert durch die Gegend und sucht sich seine Materialien für St. Petersburg zusammen. Montag Früh kommen Mike und Vera. Das zu nachtschlafender Zeit. Obwohl ich auch schwanger bin, mir geht's wie dir, ich fühle mich gut. Ich gehe jetzt auch zur Schwangerschaftsgymnastik und wenn ich die anderen höre, dann kann ich nur zufrieden sein. Ich hab schon mit Erika darüber gesprochen, der geht's auch fantastisch und sie sagt, sie hat sich noch nie so wohl gefühlt. Was macht Erich?

(Hilde) Das arme Schwein muss malochen wie ein Brunnenputzer. Das mit den Orden klappt in der Fertigung nicht so, wie wir uns das vorgestellt haben. Aber es wird werden. Wenn Mike kommt, kann er den ersten Schwung selbst mitnehmen. Was macht Moritz?

(Susi) Wie immer, er ist ein Schatz und nimmt mir unheimlich viel ab. Ich weiß gar nicht, was ich noch ohne ihn machen würde. So, aber jetzt muss ich Schluss machen, Moritz wartet, wir wollen zu dem neuen Haus. Tschüss, Hilde.

(Hilde) Ciao, Susi, grüße alle von mir.

***

Solingen

Erich wachte auf, da war doch irgendetwas gewesen? Er schaute auf die Uhr, es war 1:30 Uhr. Er schaute auf Hilde, die lag irgendwie anders, schon fühlte er ihre Hand und sie sagte leise: „Erich, es ist soweit, die ersten Wehen sind da, komm, nimm die Tasche und fahr mich in die Klinik. Ruf vorher unseren Hausarzt an, der will unbedingt dabei sein."

So schnell war Erich noch nie aus dem Bett gewesen. Er stürzte ans Telefon, hatte auch gleich den Hausarzt am Apparat, berichtete was war. Dann sprach dieser kurz mit Hilde, diese gab den Hörer wieder an Erich und der Hausarzt meinte: „Erich, ich fahre jetzt direkt in die Klinik, bringe Hilde auf dem schnellsten Weg dorthin. Ich warte am Eingang."

Erich half Hilde beim Anziehen, sprang selbst in seine Kleider und packte Hilde vorsichtig ins Auto und fuhr schnell zur Klinik. Noch nie war er so rasch durch die Straßen der Stadt gefegt.

Der Hausarzt stand bereits mit zwei Krankenhelfern und einer Liege am Eingang und Hilde wurde umgehend in den Kreissaal gebracht.

Der Hausarzt schickte Erich zur vorläufigen Anmeldung und als Erich zurück kam, sagte er: „Es läuft alles normal. Ich denke in drei oder vier Stunden bist du Vater. Willst du bei der Geburt dabei sein?"

Als Erich bejahte, bekam er einen Kittel, eine Haube und durfte den Kreissaal betreten. Obwohl Hilde Schmerzen hatte, musste sie lachen. „Du siehst aus!" Sie musste vor Schmerz zwischendurch das Gesicht verziehen, dann sagte sie: „So was will der Vater meines Kindes sein, schäm dich."

Hilde nahm Erichs Hand, drückte sie fest und flüsterte: „Ich bin so froh, dass du da bist. Bitte, halt mich fest."

Arzt und Schwestern gaben Anweisungen und nach weniger als zwei Stunden meinte der Hausarzt, gleich ist's soweit und so war es auch, das Wunder des neuen Lebens kam zum Vorschein. Ein kleines rötliches Bündel, das seinen ersten Schrei machte. Ein zierliches Baby mit einem schwarzen Haarschopf.

Erich flüsterte Hilde wunderschöne Dinge ins Ohr und als ihr die kleine Susi in die Hände gelegt wurde, konnte Hilde die Tränen nicht mehr halten. Dann sagte sie: „Erich, geh und klingle die anderen aus dem Bett, sag ihnen, unsere Susi ist ein Sonntagskind und ist gesund und munter. Aber warte noch kurz, ich weiß gar nicht, wie schwer sie ist und wie groß." Und als die Schwester ihr sagte: 3020 Gramm und 49 Zentimeter, bat sie Erich, auch das weiterzugeben.

Wiesbaden / Solingen

Es war 4:30 Uhr am Sonntagmorgen. Susi dachte, welcher Halbverrückte ruft um diese Tageszeit an.

(Susi) – Ziemlich verschlafen – *Susanne Kaiser.*

(Erich) Hallo, Susi. Unsere kleine Susi wurde vor einer halben Stunde geboren. Sie ist gesund und munter, 3020 Gramm schwer und 49 Zentimeter groß. Es ist alles dran, was ein Mädchen braucht und hat einen schwarzen Schopf und blaue Augen. Hilde geht es den Umständen entsprechend gut. Von der Geburt dürfte sie sich schnell erholen, meint der Hausarzt.

(Susi) Wann seid ihr denn ins Krankenhaus gefahren?

(Erich) Kurz nach halb zwei heute Nacht. Kurz nach 4 Uhr heute Morgen war die kleine Susi auf der Welt. Könntest du Erika und Anton Bescheid sagen und auch Mike anrufen? Vom Krankenhaus aus geht das nicht so problemlos.

(Susi) Wird gemacht. Sag Hilde unsere besten Glückwünsche und dir natürlich auch. Wir werden heute bei euch aufkreuzen, dann können wir über alles reden. Wahrscheinlich kommen Anton und Erika auch mit. Jetzt geh wieder zu Hilde, sie wird dich brauchen. Tschüss, Erich.

(Erich) Tschüss.

Susi erzählte ihrem Moritz, mit wem sie gesprochen hatte und rief dann Anton an, danach Mike. An Schlaf war jetzt nicht mehr zu denken.

Moritz und Susi hielt es nicht mehr in Wiesbaden. Zusammen mit Erika und Anton fuhren sie schon kurz nach 10 Uhr in Richtung Solingen, um den neuen Erdenbürger zu bewundern. Um nicht zu früh im Krankenhaus zu sein, gingen sie erst zur Wohnung der beiden. Dort trafen sie Erich mitsamt der Ersatzoma, die hatte es sich nicht nehmen lassen, Hilde schon am Morgen zu besuchen. Sie war ganz aus dem Häuschen. Immer wieder behauptete sie, so ein schönes Kindchen noch nie gesehen zu haben. Moritz lud alle zu einem gemeinsamen Mittagessen ein. Danach fuhr man zum Krankenhaus.

Moritz hatte einen Riesenstrauß weißer und roter Rosen besorgt. Dann betraten sie das Zimmer von Hilde.

Sie war noch erschöpft, aber trotzdem munter wie immer. Sie sagte nur: „Habt ihr mein Würmchen schon gesehen? Das müsst ihr unbedingt. Ich weiß, es klingt blöd, alle Mütter behaupten, ihr Baby sei das Schönste, aber unseres ist wirklich ganz zuckersüß. Ihr werdet es sehen.“ Während Erich und die Ersatzoma bei Hilde blieben, gingen Susi und Moritz mit Erika und Anton zum Säuglingszimmer, um die neugeborene Susi anzuschauen. Durch ein Glasfenster wurde ihnen das wenige Stunden alte Baby gezeigt. Ein Winzling, noch immer rot von der Geburt. Sie schlief fest.

Moritz meinte: „Ich will Hilde nicht beleidigen, aber die kleine Susi sieht aus wie alle neugeborenen Säuglinge.“

Susi lachte: „Das darfst du aber Hilde nicht antun, für sie ist es das schönste Kind der Welt. Nimm dich zusammen und sag das Hilde.“ Während Anton die Meinung von Moritz teilte, lachte Erika und meinte: „Ich weiß gar nicht, was ihr habt, mir gefällt die kleine Susi sehr gut, wartet noch ein oder zwei Tage, dann werdet ihr euer Urteil revidieren. Ich finde sie auch süß.“ Um den Schlaf der kleinen Susi nicht zu stören, gingen sie langsam zurück in Hildes Zimmer. Vor dem Zimmer sagte Susi: „Ich glaube, wir sollten nicht allzu lange bei Hilde bleiben. Sie muss sich erholen. Es reicht, wenn Erich bei ihr bleibt.“ Zurück zu Hilde, fragte diese: „Na, wie gefällt euch unser kleiner Schatz?“

Während Susi und Erika schöne Worte für das Neugeborene fanden, waren Anton und Moritz zurückhaltend mit ihren Äußerungen.

So fragte Hilde: „Ihr beiden Scheusale, was habt ihr zu meckern? Mal sehen, was ihr zustande gebracht habt." Hilde musste zwischendurch lachen. „Wenn euer Nachwuchs demnächst auf der Welt ist, werde ich den einer genauen Prüfung unterziehen – da habt ihr dann ganz schlechte Karten."

Als die beiden sich entschuldigen wollten, warf Hilde mit einem Kissen nach ihnen und immer noch lachend sagte sie: „Schämt euch, ein Opa und ein Onkel müssen mein Würmchen einfach süß finden.

Aber wartet mal, die wird alle Schönheitswettbewerbe gewinnen. Aber Spaß beiseite, ich bin ja so froh, dass das Kindchen gesund ist. Wenn alles klappt, bin ich in drei bis vier Tagen wieder zu Hause."

Dann erzählte Hilde, wie sie das alles mit ihrer Ersatzoma organisiert hatte und sagte zum Abschluss: „Es ist so wunderschön, dass ihr so schnell gekommen seid, vielen, vielen Dank. Ich glaube, ich muss jetzt ein bisschen schlafen."

***

Wuppertal

Am Montagnachmittag kam Bart von Solingen zurück nach Wuppertal, er berichtete Wolfgang sofort, was die Telefonate an neuen Informationen ergeben haben. Er sagte:

„Wolfgang, deine ehemalige Freundin Hilde hat gestern Nacht entbunden. Es ist ein Mädchen. Außerdem habe ich vernommen, dass dein geliebter Mike Curtis heute Morgen angekommen ist. Er wird morgen Hilde im Krankenhaus besuchen.

Dann habe ich noch gehört, dass die Lieferung der Orden an diesen Mike Curtis fertig wird, das heißt, er wird die Sachen wahrscheinlich als Gepäck mit nach den USA nehmen. Ich habe noch gehört, dass irgendetwas von einer Auslobung gesprochen wurde, die angeblich genehmigt sei. Worum es geht, war nicht zu erkennen. Ein Jens kümmert sich darum."

Wolfgang: „Konntest du heraushören, ob es bei der Auslobung um die Belohnung für die Auffindung der Militaria geht?"

Bart: „Leider nein, es wurde nur so nebenbei erwähnt. Alle übrigen Gespräche waren ohnehin rein firmenintern. Ich habe fast fünf Stunden gebraucht, um das alles abzuhören. Allerdings dreht sich das Private meist um die Geburt des Kindes. Also nicht ungewöhnlich."

Wolfgang: „Bei Mike Curtis müssen wir aufpassen, er kann gefährlich werden, er war es, der uns im letzten Jahr in Straßburg auffliegen ließ. Aber das wisst ihr alles. Also ist Vorsicht geboten."

Wiesbaden

Susi freute sich auf ihr abendliches Treffen mit ihren Kollegen und Freunden und pünktlich wie immer um 18 Uhr erschienen die ersten in Susis Wohnung.

Zu Ehren von Vera und Mike, die heute Morgen aus USA gekommen waren, wollte die gesamte Mannschaft die beiden begrüßen.

Susi erwischte Mike und Vera und winkte sie beiseite: „Sagt mal, ich hab gehört, ihr seid schon seit dem frühen Nachmittag unterwegs, wollt ihr eure Gesundheit vollkommen ruinieren?"

Vera lachte: „Susi, wir konnten einfach nicht mehr schlafen. Wir waren überdreht. So gingen wir kurz zu Petra und den Kindern, dann haben wir Herbert Wagner beim Bundeskriminalamt aufgesucht und danach waren wir noch bei Jens. Er will noch kurz vorbeikommen."

Mike schaltete sich ins Gespräch: „Die französische Polizei hat tatsächlich zwei Stücke unserer Militaria sichergestellt. Sie hat auch den Verkäufer gefunden. Der behauptet Stein und Bein, das wären die einzigen zwei Stücke, die er hätte, man hat ihm zwar mehr angeboten, aber er hat sie nicht gekauft. Den Namen des Anbieters wusste er natürlich nicht. Wir werden nach Paris fahren, das kriegen wir raus."

Mike nippte an seinem Whisky, dann fuhr er fort: „Morgen, wenn wir ausgeschlafen haben, wollen wir zu Hilde nach Solingen. Ich will mit Erich noch die Orden und Ehrenzeichen ansehen. Am Mittwoch fahren wir nach Paris. Dort treffe ich meine alten Kollegen, mit denen ich beim letzten Diebstahl zusammengearbeitet habe. Die freuen sich schon auf den neuen Job. Ab Paris sehen wir dann weiter."

Susi ziemlich ernst: „Es ist eigenartig, Hilde hat mich die ganze Zeit wegen Heinz genervt. Sie hat behauptet, er wäre in der Nähe von Solingen. Auf einmal war's ruhig. Sie spricht überhaupt nicht mehr davon.

Mike, ich glaube sie recherchiert in der Angelegenheit, ohne uns was zu sagen. Ich kenne Hilde viel zu gut, um zu glauben, dass sie nichts mehr unternimmt. Bitte, Mike warne sie, Weiteres zu unternehmen. Vielleicht ist sie aber auch nur so still, weil die Geburt der kleinen Susi dazwischen kam. Ich hätte sie gerne in Solingen gefragt und sie hätte mir auch die Wahrheit gesagt, aber Moritz, Anton und Erika nebst Erich und Ersatzoma waren immer dabei. Da ging's nicht. Bitte, Mike vergiss nicht, mit ihr darüber zu sprechen und sie zu warnen. Ich mache mir einfach Sorgen, Hilde könnte etwas zustoßen. Sie ist in ihrem derzeitigen Zustand dem Heinz nicht gewachsen."

***

Solingen

Mike und Vera waren spät aus Wiesbaden weggekommen. Sie wollten um 9:30 Uhr fahren, aber sie mussten noch den Wagen von Moritz ausleihen. Bis sie endlich auf der Autobahn waren, war es 10:30 Uhr.

So kamen sie erst kurz vor 13 Uhr in Solingen an. Erich wartete schon. Eine nette Begrüßung, die Ersatzoma hatte das Mittagessen bereitet und so mussten sich Mike und Vera von dieser anhören, welch ein Wunderkind die kleine Susi ist. Die Ersatzoma hatte sich noch immer nicht gefangen, sie erzählte jede Kleinigkeit des Kindes, vergaß nicht, jeden einzelnen Finger zu erwähnen und sagte dann zum Abschluss: „Wenn ihr beide bei Hilde weg seid, geh ich noch mal ins Krankenhaus, ich muss einfach sehen, ob das Kindchen auch richtig trinkt. Es ist so süß.“

Unmittelbar nach dem Essen wollten Vera und Mike ins Krankenhaus zu Hilde und dann gegen 16 Uhr wieder in der Wohnung sein.

Mike verabredete sich mit Erich wegen der Zusammenstellung der Orden und Ehrenzeichen. Anschließend wollten sie noch mal zu Hilde und danach lud Erich zum Abendessen ein. Mike hatte vor, am nächsten Morgen beizeiten nach Paris zu fahren.

Vera und Mike hatten einen großen Blumenstrauß besorgt und klopften an Hildes Zimmertür. Sie traten ein und Hilde stillte gerade ihre kleine Susi. Sie sagte nur: „Entschuldigt, ich kann euch jetzt kein Bussi geben und euch auch nicht drücken. Wartet ein paar Momente, sie ist gleich fertig. Es dauert immer etwas, weil mein kleiner Schatz beim Trinken immer wieder einschläft.“

So hatten Vera und Mike genügend Zeit, die kleine Susi ausgiebig zu bewundern.

Es dauerte, bis die Schwestern die kleine Susi wieder holten und Hilde aufstehen konnte, um die beiden zu begrüßen. Sie sagte:

„Ich muss euch einfach umarmen. Es ist so schön, dass ihr da seid und mein Würmchen bewundern könnt. Unsere Ersatzoma ist ganz närrisch mit der kleinen Susi. Ich fühle mich heute schon wieder ziemlich gut und wenn alles so weiter geht, so kann ich morgen oder übermorgen nach Hause.“

Vera fragte: „Und die Geburt? Hast du alles gut überstanden?

Hilde lachte: „Unser Hausarzt ist ganz prima, er hatte mich und Erich gut vorbereitet. Sicherlich ist es schmerzhaft, aber so eine Geburt ist auch was Wunderbares. Man erlebt ein Wunder. Ich glaube, Erich empfindet das genauso.“

Hilde setzte sich an das kleine Tischchen, das im Zimmer stand und sagte: „Mike, ich habe zwar eine Ersatzoma, aber die ist nichts im Vergleich zu meinen Großeltern, das seid ihr. Ich habe euch einfach furchtbar gern.“

Hilde kamen ein paar Tränen, dann sagte sie: „So, Mike, seit vierzehn Tagen trage ich ein Geheimnis mit mir herum. Nur Erich weiß davon. Das muss ich jetzt mit euch besprechen.“

Mike lachte: „Susi hat mich schon vorgewarnt, sie meinte seit zwei Wochen sprichst du keinen Ton mehr über Heinz, also was ist los, erzähle.“

Hilde ernst: „Das ist gemein, da denkt man, etwas für sich behalten zu können und dann weiß Susi es trotzdem. Sie kennt mich zu gut. Lasst euch erzählen: Vor zirka zweieinhalb Wochen telefonierte ich mit Frau Henzo. Ich erzählte ihr, dass die Polizei Wolfgang Zeller gefunden hat und ihn auch vernommen hat. Ich erzählte weiterhin, dass er seine neue Galerie in unmittelbarer Nähe von Horst Gerkan hat. Beide bestreiten, Heinz Engler in der letzten Zeit gesehen zu haben.

Nachweislich war Heinz Engler vier Wochen hier in der Gegend. Unser Mann von der Schmiede hat ihn auf den Fotos wiedererkannt. Ich selber hab ihn auch gesehen.

So bat ich Frau Henzo, doch mal persönlich zu Wolfgang Zeller zu gehen und ihn zu fragen, ob er nicht doch Heinz gesehen hat. Da Frau Henzo noch ein gemeinschaftliches Bankkonto mit Herrn Engler hat und ohne ihn nicht an das Geld heran kann, war sie damit einverstanden. Am darauffolgenden Mittwoch ging sie in die Galerie, um mit Herrn Wolfgang Zeller zu sprechen. Angeblich war er nicht im Haus.

Während einer der Mitarbeiter Adressen holte, schaute sie aus dem Fenster, sah, wie aus der Ausfahrt ein weißer Mercedes fuhr, anhielt, Heinz stieg aus, schloss das Haustor, setzte sich wieder in den Wagen und fuhr ab. Frau Henzo sagte, er hat jetzt die Haare gefärbt, trägt einen Bart, aber es war zweifelsohne Heinz."

Mike fragte dazwischen: „Ist sich Frau Henzo ganz sicher, dass das Heinz war, den sie sah?"

Hilde: „Einhundert Prozent sicher. Sie kam von Wuppertal direkt nach hier und war noch ganz bleich als sie ankam. Außerdem, du hast ihre Adresse, frag sie doch selbst. Wir haben beschlossen, niemanden etwas von unserem Wissen zu sagen, bis du da bist. Hätte ich Susi oder Moritz was gesagt, dann hätten sie nur wiederholt, vertraue auf Herbert Wagner. Hätte ich ihn informiert, hätten sie wieder einen Beamten zu Wolfgang Zeller geschickt und damit die Gegenseite gewarnt.

Mike, ich fühle, Heinz ist hier in der Nähe und das ist für mich bedrohlich. Ich weiß nicht, was er vorhat, aber wenn, dann nichts Gutes. Bitte, hilf mir, ihn zu finden."

Mike ziemlich ernst: „Hilde, soweit ich es überblicken kann, ist im Moment keine Gefahr für dich oder die Firma Granika. Seit über einer Woche weiß ich, dass die Versicherung eine Belohnung in Höhe von 50.000 Euro für das Auffinden der gestohlenen Militaria ausgelobt hat. Außerdem ersetzt sie mir alle Spesen und auch die Kosten meiner eventuellen Mitarbeiter. Ich verspreche dir, ich werde heute

Abend noch mal Frau Henzo anrufen und sie fragen. Morgen Früh fahren wir von hier nach Paris, ich habe mich dort mit meinen ehemaligen Mitarbeitern verabredet, die mir schon bei der Angelegenheit der gestohlenen Gemälde in Brüssel und Straßburg geholfen haben. Die sind wild darauf, auch diesen Fall zu klären. Wir werden im Moment niemanden etwas von dem Verdacht sagen, dass Heinz Engler in Wuppertal oder Umgebung ist. Ich werde das Haus bewachen lassen. Die Fotos von Heinz habe ich noch. Außerdem kennen sie Heinz und die Männer, die seinerzeit bei ihm waren. So langsam teile ich auch deinen Verdacht, dass Heinz damit zu tun hat. Ich werde dir berichten."

Hilde immer noch ernst: „Mike, ich höre schon das Gras wachsen, da ist noch etwas, was mir Kummer macht. Wer hat Heinz die Informationen gegeben? In Wiesbaden war das klar. Aber bei uns in Solingen? Die wussten doch minutiös alles über den Ablauf der Abholung durch die Spedition. Du hast doch während der Verfolgung der damaligen Bilderdiebstähle auch mit sogenannten Wanzen gearbeitet. Kann nicht dasselbe Heinz bei uns gemacht haben? Der Montagekasten für die Telefonleitungen ist bei uns auf der Straße, mit einem Steckschlüssel kann man den sicherlich öffnen. Es ist nur so ein Gedanke. Ich kann mir nicht vorstellen, dass wir bei uns einen Informanten haben. Vor allen Dingen einen, der über den Transport Bescheid wusste."

Mike nachdenklich: „An die Möglichkeit hab ich auch schon gedacht, aber das ist keine ganz einfache Angelegenheit. Diese Sender müssen irgendwo abgehört werden. Es müsste also bei euch in der Straße oder in der Nebenstraße ein Auto stehen, in dem die Gespräche abgehört werden. Unwahrscheinlich! Aber einer meiner Leute ist Spezialist auf diesem Gebiet. Wenn bei euch so etwas installiert ist, dann findet er das. Auf jeden Fall werden wir das untersuchen."

Hier schritt Vera ein: „Jetzt muss ich aber schimpfen. Wir machen hier einen Besuch in der Wöchnerinnenstation und nicht bei der Kripo. Schluss jetzt damit. Hilde, ich kann verstehen, dass dich das quält, aber überlasse das jetzt ruhig Mike. Ich bin sicher, er wird das regeln."

Hilde in ihrer liebenswerten Art: „Ach, wisst ihr, danke euch für alles, aber ich habe vierzehn Tage auf Mike gewartet und das musste jetzt einfach sein. Ihr seid mir doch nicht böse?"

***

Paris

Am Mittwochmorgen hatten Mike und Vera Solingen verlassen. Die fünfstündige Fahrt nach Paris war problemlos verlaufen. Sie waren schon um 14 Uhr in Paris, aber bis sie einen entsprechenden Parkplatz in der Nähe des Treffpunktes mit ihren Freunden hatten, dauerte es doch etwas. Sie waren in einem kleinen Bistro in der Rue de l'Arcade verabredet, die eine Nebenstraße des Boulevards Haussmann ist.

Kurz vor 15 Uhr waren sie da, suchten sich einen ruhigen Tisch und wenig später kamen auch ihre Freunde.

Mike stellte Vera vor: „Vera, das sind drei ganz alte Freunde von mir aus meiner Zeit beim CIC. Patrick kenne ich schon aus meiner Zeit der Grundausbildung in den USA und Alex und Jim aus meiner Zeit in Wiesbaden. Die drei sind hier hängengeblieben und fühlen sich hier wohl. Unser Kontakt ist nie abgerissen und wir wissen, dass wir uns hundertprozentig aufeinander verlassen können."

Nach dem ersten Vorstellungsgespräch und einigen allgemeinen Worten kam man zum Thema.

Mike erklärte in aller Ausführlichkeit, worum es ging. Er erzählte vom Diebstahl der Militaria in Solingen und auch vom Verdacht. Anschließend sagte er: „Ihr wart in Brüssel, Straßburg und Düsseldorf dabei. Ich muss euch nicht alles noch mal wiederholen. Ich stelle mir die Recherchen so vor: Patrick, du übernimmst die Überwachung in Paris. Wir haben die Adresse des Mannes, der die ersten beiden Stücke hier angeboten hat. Den gilt es zu überwachen, irgendwo hat der das Zeug gelagert. Ich denke, dass sich Patrick noch zwei oder drei Mann von unserer früheren Truppe besorgt. Die können so was. Die sollen den Mann überwachen. In Paris gibt es mindestens fünfzig Geschäfte die Militaria anbieten. Die sollte Patrick besuchen und nach einschlägiger Militaria fragen, besonders nach Ehrendolchen und Ehrendegen der deutschen Wehrmacht. Patrick, gib dich als amerikanischer Tourist aus, der im Moment bei einem Freund oder Verwandten wohnt, der aber wieder nach den USA muss. Mal sehen, ob wir den Mann aus der Reserve locken können. Ich gebe dir gleich noch eine ganze Reihe von Aufnahmen dieser Stücke. Alle haben auf der Verpackung oder auch auf dem Stück selbst ein Brandzeichen oder einen Stempel mit **Galerie Kaiser Wiesbaden**."

Mike übergab Patrick eine ganze Mappe mit Unterlagen. Patrick hatte einige Fragen, die schnell beantwortet waren.

Dann fuhr Mike fort:

„Jim, du solltest die Überwachung der Galerie in Wuppertal übernehmen. Du kennst Heinz Engler und eventuell noch andere Personen, die wir damals überwacht haben. Ich gebe dir nachher noch eine Mappe mit dem uns vorliegenden Fotomaterial. Wir sollten die Überwachung auffällig vornehmen, damit wir die Herrschaften verunsichern. Ich werde zusehen, ob wir noch einen Mann zusätzlich zur Überwachung bekommen. Vielleicht von der Firma Granika. Außerdem kann ich und auch Alex mithelfen. Es geht bei der Überwachung nur um Verunsicherung und darum, ob wir Heinz Engler sehen. Du kommst mit Alex und mir mit nach Solingen, wo wir für dich einen Wagen organisieren."

Mike übergab Jim eine Mappe mit einigen Fotos und der bemerkte nur kurz:

„Heinz Engler, der Mann ist mir ein Begriff. Egal, wie er sich verkleidet, ich erkenne ihn."

Mike wandte sich an Alex: „Du, Alex kommst auch mit mir. Wir haben ein Problem mit dem Informanten in Solingen. Der scheint eine Wanze in der Firma platziert zu haben. Die musst du finden. Glaubst du, du schaffst das?"

Alex lachend: „Vielleicht nicht in einer halben Stunde. Aber in einer Stunde sicher. Wenn es dort eine Wanze gibt, dann finde ich die. Da sei ganz sicher. Soll ich von mir aus auch wieder Wanzen oder Peilsender für die Autos mitbringen, wie das letzte Mal?"

Mike meinte ‚Ja' und sie waren schnell beim Geld. Mike gab Patrick einen größeren Vorschuss, da dieser noch Leute rekrutieren musste, aber auch die beiden anderen erhielten einen entsprechenden Vorschuss. Es wurde vereinbart, dass die Kommunikation untereinander per Handy erfolgen sollte.

Mike und Vera wollten eine Nacht in Paris bleiben. Vera plante am nächsten Morgen, ab Gare de l'Est mit der Bahn nach Wiesbaden zu fahren, Mike mit Jim und Alex per Auto nach Solingen.

***

Solingen

Am Donnerstagmorgen war es turbulent im Hause Granika. Hilde wurde mit ihrer kleinen Susi aus dem Krankenhaus entlassen und Erich hatte sie schon um 10 Uhr abgeholt. Jeder in der Firma musste die kleine Susi sehen. Es war eine ziemliche Aufregung. Erich hatte dafür gesorgt, dass die Rückkehr von Hilde mit einem kleinen Umtrunk verbunden wurde. Es war eine sehr fröhliche Runde, bis gegen 12 Uhr die Ersatzoma alle rigoros aus der Wohnung schmiss. Sie sagte: „Seid so gut und geht wieder an eure Arbeit, die brauchen etwas Ruhe und das Kind allemal.“

Als alle aus der Wohnung waren, meinte die Ersatzoma: „Wenn ich die nicht rausgeschmissen hätte, die hätten sich festgesoffen. Aber wartet, ich habe zur Feier des Tages was ganz Tolles gekocht.“

Sie hatte den Tisch schon gedeckt, die kleine Susi lag in ihrem Körbchen und alle nahmen Platz. Hilde konnte die Tränen nicht zurückhalten:

„Wie eine richtige Familie“ und gab ihrem Erich einen Kuss. Ihrer Ersatzoma sagte sie ein großes Dankeschön für ihre Mühen. Es war schon fast 15 Uhr, als es klingelte und Mike mit seinen beiden früheren Kollegen eintraf.

Mike stellte Jim und Alex Hilde vor und sagte: „Hilde, wir fangen gleich mit der Überwachung in Wuppertal an. Dürfte ich mir deinen Wagen ausleihen?“

Hilde war sofort damit einverstanden, holte die Autoschlüssel und Papiere und die drei verabschiedeten sich wieder.

Für Jim und Alex wollte Mike ein Hotel in Wuppertal besorgen und er selbst am Abend wieder zurückkommen. Alex sagte: „Mike, ich habe meine Sachen für die Feststellung von Wanzen im Auto, die können wir hierlassen.“

Das machten sie und sie wurden in Hildes Büro gestellt. Eigentlich hatte Alex nicht vor, bereits heute anzufangen, aber er spielte mit seinen Geräten. Es dauerte keine Viertelstunde und er sagte, zumindest hier im Telefon ist eine Wanze. Wenn der Apparat verwanzt ist, dann sind es die anderen auch. Wenn ihr noch eine Viertelstunde Zeit habt, dann stelle ich fest, welche Reichweite die Dinger haben.“

Gesagt, getan. Alex schraubte das Telefon auf und in null Komma nichts hatte er den Gegenstand gefunden. Er entfernte ihn nicht, und sagte: „Daran mache ich mich morgen. Die Dinger haben eine geringe Reichweite. Die Aufnahmegeräte müssen in einer Entfernung von 500 bis 700 Meter stehen. Mit Verstärker bis 1000 Meter, aber das wäre schon unwahrscheinlich."

Mike lachte: „Alex, du bist ein Genie, da wollen wir doch gleich die Polizei einschalten. Ich rufe Herbert Wagner an, der soll sich darum kümmern. Mir fällt ein Stein vom Herzen, dass der Informant kein Mitarbeiter ist. Anrufen tue ich lieber mit dem Handy und ich geh auch besser nach draußen, eventuell sind noch andere Wanzen vorhanden."

Mike rief Herbert Wagner in Wiesbaden an.

(Mike) Hi, Herbert, ich bin gerade bei Hilde in Solingen. Habe jetzt wieder meine alte Mannschaft. Mal sehen, was wir in der Angelegenheit Militaria-Diebstahl erreichen können.

(Herbert) Wie geht es Hilde? Kannst du sie mir geben?

(Mike) Leider nein, ich spreche von meinem Handy außerhalb des Hauses. Das ist auch der Grund meines Anrufes. Ich habe einen Abhörspezialisten mit. Der hat kurz ein Telefon überprüft und eine Wanze festgestellt. Wahrscheinlich ist das Haus verwanzt. Jetzt sind deine Leute gefragt. Mein Spezialist meint, allerhöchste Reichweite sind 1000 Meter. Wahrscheinlich weniger. Wie wäre es, wenn du morgen deine Mannen aktivieren könntest und kommst nach Solingen? Rufe mich aber nur auf dem Handy zurück.

(Herbert) Danke für die Information. In der Nachbarschaft wohnt nach unseren Recherchen ein Mann holländischer oder belgischer Nationalität. Der ist nur sporadisch dort und wir können ihn nirgendwo zuordnen. Das wollte ich untersuchen. Möglicherweise gibt es da einen Zusammenhang. Ich sag dir Bescheid, entweder morgen oder am Montag. Samstag ist hier schlecht.

(Mike) Morgen wäre mir lieber, dann könnte man vielleicht eine Spur finden. Außerdem ist dann mein Spezialist Alex noch hier. Also bis später, bye, bye.

(Herbert) Auf Wiedersehen, Mike.

Das wäre auch erledigt, dachte Mike, jetzt sollten wir nach Wuppertal fahren. Schnell verabschiedeten sie sich.

Wuppertal

Mike, Jim und Alex fuhren schnell nach Wuppertal. Sie fanden ein kleines Hotel unweit der Galerie **artis opus** und besorgten sich bei einer Autovermietung einen weiteren Wagen. Sie verabredeten, dass Jim die Überwachung bereits am nächsten Morgen beginnen sollte. Alex musste sich darum kümmern, das Abhören der Telefone zu verhindern.

Kurzfristig überlegte sich Mike, noch mal bei Horst Gerkan vorbeizufahren und setzte den Gedanken auch gleich in die Tat um. Mike erreichte Gerkan kurz vor dem Schließen der kleinen Fabrik, wurde sofort angemeldet und Horst kam in den Empfang um Mike persönlich zu begrüßen: „Hallo Herr Curtis, schön, Sie zu sehen, was kann ich für Sie tun? Bitte, kommen Sie doch in mein Büro, darf ich Ihnen etwas anbieten?“ Die üblichen Höflichkeitsfloskeln wurden ausgetauscht, dann kam Mike zur Sache: „Herr Gerkan, ich will ganz offen zu Ihnen sein und ich erwarte heute keine Antwort von Ihnen. Sie haben mir erklärt, dass Sie die Adresse von Wolfgang Zeller nicht weitergeben können, da Sie ehrenwörtlich versprochen haben, das nicht zu tun. Das klingt für meine Ohren recht unglaubwürdig, da Wolfgang Zeller vor nicht sehr langer Zeit ein großes Anwesen unmittelbar hinter Ihrem Betrieb gekauft hat und dort auch eine Galerie eröffnete. Sie konnten sich doch vorstellen, dass wir das in kurzer Zeit herausfinden. Sie haben mir erzählt, dass Sie nicht wissen, wo Heinz Engler ist und dass Sie ihn schon sehr lange Zeit nicht gesehen haben. Auch das glaube ich Ihnen nicht. Herr Engler wurde hier in unmittelbarer Nähe gesehen. Sie können mir nicht erzählen, dass Ihr ehemaliger Studienkollege nicht ‚Hallo’ sagt. Ich weiß noch nicht, warum Sie sich in solche Machenschaften einlassen, aber Sie werden Ihre Gründe haben.

Wir sind sicher, dass Heinz Engler mit dem Diebstahl der Militaria bei der Firma Granika zu tun hat. Wir werden das über kurz oder lang auch nachweisen können. Nach unserer Meinung ist Heinz Engler auch noch in andere dubiose Geschäfte verwickelt. Auch das wird wahrscheinlich ans Tageslicht kommen. Sind Sie sicher, dass Sie da nicht mit hineingezogen werden wollen?

Ich mache Ihnen einen Vorschlag und erwarte im Moment keine Antwort von Ihnen.

Bevor ich zur Firma Kaiser kam, war ich leitender Beamter beim CIC, dem militärischen Abschirmdienst der US Army. Ich kann und werde in dieser Angelegenheit ermitteln, aber ich unterliege nicht dem deutschen Recht. Ich bin nicht gezwungen, Kenntnisse weiterzugeben, die an mich herangetragen werden.

Sie haben etwas mit der Angelegenheit zu tun. Ich will zwar nicht, dass Sie einen ehemaligen Kollegen verraten, aber ich will, dass wir Unrecht wiedergutmachen. Helfen Sie mir, so helfe ich Ihnen.

Schlafen Sie ein oder zwei Nächte darüber, aber warten Sie nicht zu lange. Ich habe auch Verständnis für geschäftliche Transaktionen, sollten solche notwendig werden."

Die beiden Herren sahen sich ernst an. Es fielen nur noch wenige Worte, dann gaben sie sich die Hand und verabschiedeten sich.

***

Solingen

Am Freitagmorgen war die Ersatzoma beizeiten in der Küche, um Frühstück zu machen. Als Erster kam Mike und wünschte einen guten Morgen. Nicht viel später erschien Erich mit Hilde und dem Körbchen mit der kleinen Susi. Eine herzliche Begrüßung folgte. Hilde war ganz Mami und freute sich über ihren Nachwuchs, der sie anscheinend in der Nacht nur zweimal geweckt hatte. Es war schön für Mike zu sehen, wie glücklich Hilde und Erich waren.

Mike erzählte, dass im Laufe des Vormittags Herbert mit zwei Mann kommen würde, um die Wanzen zu entfernen und die Abhöranlage aufzuspüren. Wahrscheinlich mussten Herbert und die beiden Beamten des Bundeskriminalamtes die örtliche Polizei bemühen.

Kurz vor 10 Uhr erschien Alex, um die Anzahl der Wanzen festzustellen.

Um 11 Uhr kam Herbert Wagner mit zwei Beamten des Bundeskriminalamtes, die sich zusammen mit Alex an das Entfernen der Wanzen machten.

Hilde und ihre Ersatzoma bereiteten für alle eine einfache, aber schmackhafte Mahlzeit. So saßen sie um 13 Uhr zusammen am Tisch und fachsimpelten. Einer der Beamten sagte: „Heute Nachmittag wollen wir das Empfangsgerät anpeilen. Wird sicher nicht schwer, da die Frequenz keine weite Entfernung zulässt."

Herbert Wagner meinte: „Ich glaube, wir brauchen nicht sehr weit zu suchen. Wenn mich meine Ahnung nicht trügt, so liegt der Empfänger nur ein paar Häuser weiter. Adresse habe ich, auch die des Hausbesitzers. Vielleicht sollten wir nach dem Essen einen Wagen der hiesigen Polizei bestellen, da wir wahrscheinlich die Tür aufbrechen müssen."

Herbert Wagners Ahnung hinsichtlich des Hauses sollte sich als richtig herausstellen. Die Wohnungstür brauchte man nicht aufzubrechen, da der Hausbesitzer noch einen Zweitschlüssel hatte.

Man fand in dieser Wohnung die Aufnahmegeräte, sonst aber nichts. Wie sie schnell feststellten, schien es ein Profi gewesen zu sein, denn Fingerabdrücke gab es nicht.

Das Rätsel des Informanten war also gelöst. Herbert Wagner stellte fest, dass nur der Techniker der Post die Wanze montiert haben konnte. Immerhin ein Erfolg.

***

Wuppertal

Es war Samstagnachmittag, als ein sichtlich nervöser Bart in die Galerie **artis opus** kam. Er ging gleich zu Wolfgang und berichtete:

„Scheiße, wir sind in Solingen aufgeflogen. Wie immer parkte ich den Wagen um die Ecke, ging in das Haus und hinauf in die Wohnung, da sah ich schon das polizeiliche Siegel, ich drehte gleich um und war schon fast aus der Haustür, als mich ein Polizist fragte, was ich da wolle. Ich konnte mich gerade noch entschuldigen, ich hätte mich im Haus vertan. Ich behauptete, ich wolle zur Frau Granika, um zur Geburt zu gratulieren. Der Polizist sagte mir, Frau Granika sei gerade mit dem Kinderwagen vorbeigegangen, wenn ich mich beeilen würde, könnte ich sie noch einholen. Das habe ich auch schleunigst getan. Deine Hilde habe ich dann auch gesehen und auch einen Blick in den Kinderwagen geworfen. Eigentlich ist deine Verflossene ganz nett. Also, das Abhören können wir jetzt vergessen."

Wolfgang meinte nur: „Auch nicht schlimm. Was mir im Moment mehr Gedanken macht, vor unserem Haus, manchmal auch gegenüber, parkt ein Wagen. Es sitzt nur ein Mann darin und beobachtet unser Haus. Schaue doch mal unauffällig aus dem Fenster, ob das Russen sind?"

Bart: „Ob ich mal fragen soll, ob wir ihm helfen können?"

Wolfgang: „Die Idee ist nicht schlecht." So ging Bart nach draußen, klopfte an das Fenster des Wagens und fragte:

„Suchen Sie jemanden? Kann ich Ihnen helfen?“

Der Mann wortkarg: „Nein, danke.“

Bart: „Ich frage nur, weil Sie auch gestern den ganzen Tag hier standen.“

Der Mann: „Verpiss dich.“

Bart schüttelte den Kopf und ging wieder ins Haus. Zu Wolfgang sagte er: „Das ist ein Ausländer. Ganz geheuer ist mir das nicht. Ich werde mal einen von unseren Russen runterschicken. Der soll ihn auf Russisch ansprechen.“

Auch das brachte kein Ergebnis. Der Mann reagierte auf nichts. So beschlossen sie, abzuwarten.

***

Solingen

Zum Sonntag hatten Hilde und Erich zur Taufe der kleinen Susi eingeladen. Man wollte das im kleinsten Kreis feiern, aber es ließ sich nicht vermeiden, dass letztendlich über dreißig Personen daran teilnehmen wollten. Man hatte ein gemeinschaftliches Mittagessen vorgesehen, danach die Taufe und anschließend ein Zusammensein bei Kaffee und Kuchen.

Ursprünglich planten sie, es zu Hause zu machen, aber bei dreißig Personen ging das nicht. So hatten sie in der Nähe der Kirche eine Gaststätte gefunden, die einen großen Saal hatte, in dem man die Taufe feiern konnte.

Mit einem kleinen Bus kamen die Gäste aus Wiesbaden und fuhren direkt zur Gaststätte. Erich hatte den Veranstaltungssaal festlich dekorieren lassen und alle Solinger Gäste waren bereits dort, als der Bus aus Wiesbaden ankam.

Eine herzliche Begrüßung!

Hilde fragte Petra: „Sag mal, warum sind deine Kinder nicht mitgekommen? Wo sind Ilse und Ben?“

Petra musste lachen: „Hilde, du bist unverbesserlich, das wäre doch nur langweilig für die Kinder geworden. Ilse und Nina haben mit den Kindern einen Ausflug geplant. Sie wollten mit der Bahn bis Rüdesheim fahren, dann mit der Seilbahn zum Niederwalddenkmal, Besichtigung einer Vogelfarm, mit der Seilbahn nach Assmannshausen, dann mit dem Schiff nach Wiesbaden. Du musst doch zugeben, das ist interessanter als bei alten Leuten in einer Kirche."

Hilde lachte auch: „Du hast Recht, ich bin sicher, die haben viel Spaß dabei."

Alle kannten sich und die Unterhaltung beim Mittagessen war lebhaft. Um 20 Minuten vor 14 Uhr drängelte Erich zum Aufbruch in die nahe Kirche.

Der Pfarrer bat die Kindseltern und die beiden Paten Susi und Mike zu sich in die Sakristei und besprach kurz die Einzelheiten der Taufe, und dann begann die feierliche Zeremonie. Viel hatte sich der Pfarrer einfallen lassen, er bezog alle in der Kirche anwesenden Personen in diese Feier ein. Bis man zur eigentlichen Taufe kam und die kleine Susi über das Taufbecken gehalten wurde, schlief diese tief und fest. Im Anschluss nahm Hilde ihr kleines Mädchen wieder in den Arm, der Pfarrer gab seinen Segen. Dann lud Erich nochmals alle Anwesenden zu Kaffee und Kuchen ein. Dies war erforderlich, da viele von Erichs Firmenangehörigen zur Taufe gekommen waren.

Unverhofft war man nun ein großer Kreis von über fünfzig Personen. Hilde zog sich kurz zurück, da ihre kleine Susi anscheinend Hunger bekam und sie musste stillen. Als alle wieder bei Tisch saßen, stand Moritz auf:

„Liebe Gäste, liebe Freunde, liebe Familie, als Opa unseres Täuflings darf ich sicher die ersten Worte sprechen. Danke für euer Kommen und eure Anteilnahme. An die Eltern unserer kleinen Susi ein paar Worte: Ich weiß, ihr werdet alles tun, um euer Kind zu beschützen und es mit viel Liebe und Geduld zu einem wertvollen Menschen erziehen. Nur noch einen guten Rat, lasst euer Kind rechtzeitig los. Zuviel Liebe kann erdrücken. Eure Susi ist auch jetzt schon ein Mensch, der mit einem eigenen Charakter ausgestattet ist. Euch dreien viel Glück und Segen. Das Taufgeschenk für eure Susi findet ihr in dem kleinen blauen Päckchen auf dem Geschenktisch. Euch allen weiterhin eine schöne Feier."

Moritz setzte sich und Susi stand auf:

„Liebe Hilde, du bist meine beste Freundin und jetzt auch noch meine Schwiegertochter. Dir meine allerbesten Wünsche. Ich bin sehr froh, dass die Geburt so problemlos war und du und mein kleines Patenkind Susi gesund und munter seid."

Susi ging zu Hilde, umarmte sie, dann blieb sie neben Erich stehen:

„Du, lieber Erich, dich mochte ich vom ersten Moment an. Ich könnte mir keinen besseren Mann für meine Hilde vorstellen."

Sie umarmte Erich, übergab ihm einen Umschlag und fuhr fort:

„Lieber Erich, in diesem Umschlag ist ein Ausbildungszuschuss für mein Patenkind Susi. Euch dreien wünsche ich alles erdenklich Gute."

Susi ging an ihren Platz zurück und Mike stand auf:

„Liebe Hilde, lieber Erich, ihr beide wisst, dass ich beinahe Hildes Papa geworden wäre. Es hat nicht sein sollen. Aber dessen ungeachtet bin ich es trotzdem und noch mehr als das, ich bin ihr bester Freund. Dass ihr mir die Ehre erwiesen habt, als Pate eure Susi über das Taufbecken zu halten, ehrt und freut mich sehr. Ich habe mich mit der anderen Taufpatin abgesprochen und werde für einen Teil der Aussteuer sorgen, auch wenn das vielleicht nicht mehr zeitgemäß ist."

Mike übergab Hilde einen Umschlag, umarmte und küsste sie, umarmte Erich und setzte sich wieder. Es war ein Moment still, dann begann man zu applaudieren.

***

Wuppertal

Wolfgang, Paul und Bart waren noch immer am Gestalten der geplanten Galerie **artis opus**. Die Ausstellungsräume im Erdgeschoss waren jetzt soweit fertig und sie waren dabei, den 1. Stock einzurichten. Geschmack hatten die drei. Bart schaute aus dem Fenster und sagte zu den anderen: „Langsam gehen mir die Autos da draußen auf die Nerven. Es sind jetzt zwei Wagen dauernd vor dem Haus. Wir haben schon vier verschiedene Wagen identifizieren können. Wolfgang, konntest du schon etwas herausfinden?“

Wolfgang: „Ich habe vorhin erst mit unserem neuen Anwalt telefoniert. Eines ist klar. Ein Wagen gehört meiner Ex, der Hilde, ein Wagen ist von einer Verleihfirma in Wuppertal. Der Wagen mit der Berliner Nummer ist auch von einer Verleihfirma. Der letzte Wagen mit der litauischen Nummer, den können wir nicht feststellen. Außerdem habe ich letzten Donnerstag bei Horst Gerkan auf dem Parkplatz einen Wagen mit Wiesbadener Nummer gesehen. Ich habe um die Ecke gewartet, bis er wegfuhr. Es war Mike Curtis. Das heißt, die Wagen mit den hiesigen Autonummern, die uns überwachen, sind von der Galerie Kaiser in Wiesbaden. Die stören mich nicht besonders. Was mich mehr aufregt, ist der Berliner und der litauische Wagen. Die machen mir mehr Kopfschmerzen. Sag mal, Bart, hast du zwischenzeitlich Bussow erreichen können?“

Bart nachdenklich: „Bussow ist mir nicht nur unsympathisch, er ist mir ein Gräuel. Ich habe mindestens zwanzigmal versucht, ihn anzurufen. Das Handy ist immer ausgeschaltet. Dann habe ich in deiner Galerie in Bordighera angerufen. Die sind nach Seborga gefahren. Er ist nicht dort.

Vielleicht war er nur unterwegs, aber ich glaube, der hat sich dort abgeseilt. Wolfgang, ich kann dich nur warnen, Bussow ist ein ganz linker Vogel. Ich kann nur hoffen, dass ihn die Russen kriegen und er nicht mehr auftaucht."

Wolfgang: „Vergiss die Bilder nicht, die bei uns lagern. 100 Millionen Euro, das ist kein Pappenstiel, da passiert noch viel. Mal sehen, was wir daran verdienen. So lange wir nichts von Bussow hören, ist auch keine Gefahr."

Wiesbaden

Montagvormittag, Susi saß an ihrem Schreibtisch und überlegte noch mal die schöne Tauffeier in Solingen. Die kleine Susi war wirklich ein kleines Würmchen – wie Hilde so schön sagte – sie schlief viel und wenn sie die Augen mal öffnete, so waren die strahlend und himmelblau. Susi freute sich auch auf ihren Nachwuchs. In zwei Monaten war sie auch so weit und sie merkte jetzt deutlich ihre eigene Unbeholfenheit.

Ihr Telefon klingelte.

(Erika) Der russische Botschafter möchte dich sprechen.

(Susi) Stell durch. Susanne Kaiser, Exzellenz, was kann ich für Sie tun?

(Botschafter) Liebe Frau Kaiser, ich muss Sie in einer delikaten Angelegenheit um eine Auskunft bitten. Wie Sie wissen, suchen wir die in der Eremitage gestohlenen Kunstwerke in Deutschland. In diesem Zusammenhang geriet eine Galerie mit dem Namen ***artis opus*** *in unsere Ermittlungen. Diese Galerie liegt in Wuppertal und der Inhaber ist ein gewisser Wolfgang Zeller. Eigenartigerweise wird diese Galerie nicht nur von uns überwacht, sondern ein Auto einer gewissen Hilde Granika steht damit in Zusammenhang, auch*

das Auto ihres Mannes wurde dort in der Nähe gesehen. Können Sie mir das erklären?

(Susi) Sowohl Wolfgang Zeller, als auch die Galerie ***artis opus*** *ist mir ein Begriff. Es ist richtig, sie wird durch uns überwacht. Wir suchen in dieser Galerie einen ehemaligen Angestellten, der möglicherweise eine Lieferung von Ehrenzeichen aus der Nazizeit bei der Firma Granika in Solingen gestohlen hat. Er ist bei dieser Galerie gesehen worden. Mit den Ermittlungen ist Mike Curtis beauftragt. Sie kennen ihn, auf unserer Hochzeit war er der Märchenerzähler, der durch die Aufführung des Nussknackers führte.*
Da er früher Mitarbeiter beim CIC war, hat er die meiste Erfahrung auf dem Gebiet solcher Ermittlungen.

(Botschafter) Hervorragend, also ein Kollege aus USA, können Sie mir seine Telefonnummer geben, ich muss mich dringend mit ihm unterhalten.

(Susi) Selbstverständlich – und Susi gab dem Botschafter sowohl die Adresse von Solingen und die dortige Telefonnummer als auch Mikes Handynummer. – Sie fügte hinzu: *Exzellenz, Sie kennen Hilde Granika von unserer Hochzeit her, außerdem ist sie meine Schwiegertochter und Erich Granika der Sohn meines Mannes. Die beiden haben vor acht Tagen Nachwuchs bekommen und Mike Curtis und ich sind die Paten des Kindes. Das nur zu Information. Bei dem Diebstahl, der im Zusammenhang mit der Galerie Kaiser steht, handelt es sich um zirka 22.000 Stück Ehrenzeichen mit einem Wert von zirka 1.100.000 Euro.*

(Botschafter) Frau Kaiser, haben Sie besten Dank. Ich werde mich sofort mit Herrn Curtis in Verbindung setzen. Wären Sie so freundlich und würden ihn vorab informieren, dass ich ihn zu sprechen wünsche?

(Susi) Exzellenz, selbstverständlich, ich werde versuchen, ihn sofort anzurufen. Außerdem sollten Sie noch weitere Einzelheiten wissen, die im Zusammenhang mit Diebstählen im letzten Jahr zu sehen sind. Aber das wird Ihnen Mike Curtis

erzählen. Zur weiteren Information, Mike Curtis ist auch Mitglied unseres Gremiums, so eine Art Aufsichtsrat, das für die Beschlüsse unseres Vereins verantwortlich ist.

(Botschafter) Herzlichen Dank, Frau Kaiser. Das hilft mir sehr. Ich könnte mir vorstellen, dass ich eventuell bereits heute Abend Herrn Curtis in Düsseldorf oder Köln treffe. Ich bedanke mich vielmals für Ihre Auskünfte.

(Susi) Aber das ist doch selbstverständlich. Wünsche Ihnen viel Erfolg. Wenn wir in irgendeiner Form helfen können, dann benachrichtigen Sie mich.

(Botschafter) Nochmals vielen Dank. Auf Wiedersehen.

(Susi) Auf Wiedersehen!

Nachdenklich legte Susi den Hörer auf. Irgendwie scheint das alles größere Dimensionen anzunehmen.

Dann nahm sie den Hörer und wählte Mikes Telefonnummer.

Sie hatte Mike sofort am Apparat und erzählte ihm von dem Gespräch mit dem russischen Botschafter und dass er gleich anrufen würde. Mike verspracht ihr, sie über Einzelheiten zu informieren.

Eine nachdenkliche Susi blieb zurück. Sollte der Diebstahl in Solingen im Zusammenhang mit den gestohlenen Gemälden in St. Petersburg stehen? Wie passte da Heinz Engler ins Spiel? Was hatte das mit Maxim zu tun?

***

Düsseldorf

Am Dienstagmorgen war Mike schon früh am Flughafen in Düsseldorf. Er hatte sich mit dem russischen Botschafter verabredet, der um 9:15 Uhr mit der Lufthansa von Berlin kommen wollte. Es war kurz nach 9:30 Uhr, als der russische Botschafter auf Mike zukam. Sie stellten fest, dass sie sich von den Hochzeitsfeierlichkeiten in Wiesbaden kannten. Da der Botschafter am gleichen Tag wieder zurückfliegen wollte, hatte man in der VIP-Lounge des Flughafens eine Ecke für sich reservieren lassen und so begann das Gespräch.

Mike: „Exzellenz, kann es sein, dass wir uns schon einmal vor Susis Hochzeit über den Weg gelaufen sind? Vielleicht in Wiesbaden, oder in Bonn oder eventuell in Berlin?“

Botschafter: „Mein Gedächtnis ist nicht so gut, aber ich habe gestern nachsehen lassen, wir haben uns in Berlin anlässlich eines Viermächtetreffens gesehen. Sie waren damals beim CIC und ich war beim diplomatischen Corps, aber zuständig für das Viermächteabkommen Berlins. Das sind vergangene Zeiten. Mit Sicherheit kennen Sie Michail Borodin, den heutigen Leiter der Eremitage in St. Petersburg. Der war damals bei der Militärmission in Bonn, ging später nach Potsdam. Ich habe gestern mit ihm telefoniert. Er kennt Sie auch. Er ist derjenige, der den Vertrag mit der Galerie Kaiser in Wiesbaden forciert hat. Aber lassen Sie uns zu unserem Problem kommen. Ich erzähle Ihnen mein Anliegen, und Sie mir das Ihre, dann wollen wir sehen, ob wir uns gegenseitig helfen können.

Alles, was ich Ihnen jetzt erzähle, unterliegt der hundertprozentigen Vertraulichkeit. Kein Wort an dritte Personen, es sei denn, die Ermittlungen erfordern es. Die UdSSR hat im spanischen Bürgerkrieg die Kommunisten finanziell unterstützt. Dafür erhielt sie den spanischen Goldschatz und eine große Anzahl an Kunstgegenständen. In den letzten Kriegstagen 1945 besetzten die russischen Truppen die baltischen Länder, Polen, Slowakei, Tschechei und einen Teil Österreichs und der Balkanstaaten. Um in diesen turbulenten Zeiten die Kunstwerke in den Museen vor Plünderungen zu schützen, hat man eine große Anzahl von Kunstwerken in die UdSSR gebracht. Viele dieser Kunstwerke hat man nach und nach zurückgegeben. Manche Kunstwerke waren auch unauffindbar. Allerdings die spanischen Kunstwerke und auch Exponate aus dem Baltikum und Polen, Tschechien und Ungarn verblieben als Reparationskosten oder zur Verrechnung in Russland. Nach und nach wurden sie zentral an einem Ort gelagert, und das war St. Petersburg.

Niemand kann sich hundertprozentig vor Diebstahl schützen. Wir auch nicht. So wurden im Laufe der Zeit weit über 1000 Exponate in St. Petersburg entwendet. Wie wir festgestellt haben, wurden sie auf dem Seeweg nach Deutschland gebracht. In der Nähe von Berlin wurden sie gelagert. Drahtzieher der ganzen Angelegenheit ist eine Art Mafia, die in St. Petersburg, Moskau, Minsk und Berlin arbeitet. Der Kopf dieser Mafia ist wahrscheinlich ein gewisser Iwan Bussow. Dieser betreibt eine Galerie für russische Kunst in Berlin. Als Bussow merkte, dass wir ihm auf der Spur sind, hat er diese Exponate von Berlin nach Wuppertal gebracht. Dort in die Galerie **artis opus**. Der Betreiber der Galerie, ein Wolfgang Zeller, behauptet, einige Tage nachdem die Bilder gebracht worden sind, habe sie Herr Bussow auf seinen Wunsch hin wieder abgeholt. Meine Leute, die das überprüfen sollten, sind auch mit ihm durch das ganze Haus gegangen und konnten keine Spuren der Bilder entdecken. Eigenartig ist, dass sich die Galerie **artis opus** mit dem gleichen Metier beschäftigt, wie die Galerie Kaiser, nämlich mit dem Kopieren alter Meister. Dazu hat man auch russische Künstler engagiert. Hier besteht irgendwo ein Zusammenhang zwischen der Galerie Kaiser und der Galerie **artis opus**. Wir haben den Verdacht, dass uns Herr Zeller nicht die Wahrheit sagte und die Gemälde möglicherweise irgendwo in den weitläufigen Räumen eingemauert sind. Sie können sich vorstellen, wie überrascht wir waren, als wir merkten, dass Sie die Galerie überwachen.“

Mike: „Exzellenz, herzlichen Dank für Ihre Schilderung. Dass dieses Gespräch hundertprozentig vertraulich ist, das versteht sich von selbst. Ich muss jetzt etwas ausholen, damit Sie die Zusammenhänge verstehen. Wir hatten im letzten Jahr einen Mitarbeiter namens Heinz Engler. Er war Kunstwissenschaftler und außerdem ein guter Verkäufer. Er war mit der Sekretärin und Freundin von Susi Kaiser, der Ihnen bekannten Hilde Granika, verlobt. Damals hieß sie noch Hilde Reiz.

Im letzten Jahr wurde innerhalb von weniger als vier Wochen zweimal unsere Galerie in Wiesbaden gänzlich ausgeräumt. Es wurden Gemälde im Wert von über 2,5 Millionen Euro gestohlen. Als endlich der Verdacht auf den Freund von Hilde Reiz fiel, verschwand dieser, vergaß nicht, deren gesamte Wohnung auszuräumen und auch noch ihr Bankkonto zu plündern.

Nachdem die Versicherung eine hohe Belohnung für die Wiederbeschaffung der Bilder ausgesetzt hatte, habe ich mich mit drei ehemaligen Kollegen vom CIC auf die Suche gemacht. Ich habe sie in Frankreich, Luxemburg und Belgien gefunden. Auch Heinz Engler konnte ich fassen, obwohl er einen anderen Namen angenommen hatte, er hieß jetzt Heinz van Engelen und war plötzlich belgischer Staatsangehöriger. Ich konnte veranlassen, dass Heinz Engler einen Teil des Schadens wiedergutmachte. Leider ist er mir dann entwischt.

Jetzt zu unserem heutigen Thema: Wir verkaufen in den USA Ehrendolche und Ehrenzeichen aus der Nazizeit. Diese werden bei der Firma Granika in Solingen gefertigt, die die entsprechenden Formen besitzt. Ich versichere, ein sehr gutes Geschäft. So sollte Ende Januar eine große Sendung an mich in die USA versandt werden. Sehr geschickt hat man diese Sendung abgefangen und die 22.000 Stück mit einem Wert von 1,1 Millionen Euro gestohlen.

Hilde hatte sofort den Verdacht, es könne nur Heinz Engler gewesen sein – wir glaubten das leider nicht. Erst nachdem unsere Recherchen erbrachten, dass vier Wochen vor dem Diebstahl Heinz Engler in Solingen war und Arbeiter der Firma Granika befragte hatte, erst als wir merkten, dass alle Telefone der Firma Granika verwanzt waren, teilten wir Hildes Meinung.

Heinz Engler studierte mit zwei Kollegen, mit denen er auch zeitweise zusammenwohnte. Einem Horst Gerkan und einem Wolfgang Zeller. Horst Gerkan betreibt eine Bilderrahmenfabrik in Wuppertal, die auf der Rückseite der Galerie **artis opus** liegt. Wolfgang Zeller hat im Januar diesen Jahres die Gebäude gekauft, in der die Galerie **artis opus** heute ist. Nun muss das immer noch nichts bedeuten.

Beide Herren behaupten, sie hätten Heinz Engler seit vielen Monaten nicht mehr gesehen. Und eben das ist eine Lüge. Seine frühere Lebensgefährtin hat vor wenigen Wochen Heinz Engler mit einem Wagen aus der Galerie **artis opus** kommen sehen. Ein Irrtum ist ausgeschlossen. Wir vermuten daher, dass die bei uns gestohlenen Waren zumindest anfangs in der Galerie gelagert wurden, oder sich sogar noch teilweise dort befinden.

Es ist nicht zu übersehen, dass Heinz Engler ein außergewöhnlich guter Kunstwissenschaftler ist, der mit Sicherheit alles daransetzen wird, um die Galerie Kaiser zu kopieren. Dass er sich dabei unlauterer Mittel bedient, steht für mich außer Frage. Was er aber eventuell mit den in St. Petersburg gestohlenen Werken zu tun haben könnte, das frage ich mich. Er muss doch wissen, dass diese nahezu unverkäuflich sind."

Botschafter: „Haben Sie herzlichen Dank für Ihre so ausführliche Schilderung. Auch uns ist noch nicht klar, was die Galerie Kaiser in Wiesbaden damit zu tun hat. Glauben Sie mir, bevor wir den Vertrag mit der Galerie Kaiser machten, haben wir das Unternehmen auf Herz und Nieren geprüft. Wir konnten nur Positives feststellen. Auch jetzt, unser Gespräch verläuft so, wie ich es erhofft habe. Auch Sie geben mir auf all meine Fragen eine gute Erklärung. Aber wie kommen wir an unsere Bilder heran? Einen internationalen Skandal können wir uns nicht leisten. Wir müssen ohne Polizei an diese Bilder kommen. Es geht nach meinen Informationen bei diesen Kunstschätzen um einen geschätzten Wert von über einhundert Millionen Euro. Die Gegenseite wird nichts unversucht lassen, diese Kunstschätze zu behalten. Ich bin der Überzeugung, die Bilder befinden sich nach wie vor innerhalb der großen Räumlichkeiten der Galerie **artis opus**. Wir müssen uns Zugang zu diesen Räumen verschaffen. Meiner Meinung nach geschieht dies, indem wir die Gegenseite unter Druck setzen. Ich werde meinen Freund und gleichzeitig den Direktor der Eremitage in St. Petersburg bitten, hierher zu kommen um mit Ihnen gemeinsam das Rätsel zu lösen."

Mike und der Botschafter unterhielten sich noch einige Stunden. Sie erwogen das Für und Wider, spielten alle Möglichkeiten durch, kamen aber zu keinem Ergebnis. Zwischendurch rief der Botschafter seinen Freund Michail in St. Petersburg an, informierte ihn über die Situation und Michail versprach, morgen nach Wuppertal zu kommen. Gegen 14:30 Uhr verabschiedeten sich die beiden. Der Botschafter wollte den Flug LH 258 von Düsseldorf nach Berlin nehmen. Er wünschte viel Erfolg und versprach, zu helfen, wann immer seine Hilfe benötigt würde.

Mike hatte ein gutes Gefühl und fuhr zurück nach Wuppertal, wo er sich mit Jim verabredet hatte. Sie trafen sich in einem kleinen Café und Jim berichtete:

„Ich bin mehrfach von einem Mann angesprochen worden, den ich auch schon in Brüssel, Grevenmacher (Luxemburg) und Straßburg gesehen habe. Ich bin mir dessen sehr sicher. Nur den Namen weiß ich nicht. Außerdem fuhr aus dem Haus ein weißer Mercedes – gleiches Modell wie der

Wagen von Heinz Engler – in dem ein Mann saß, der aussah wie Heinz Engler. Nur der hatte einen Bart und die Haare gefärbt. Auch da bin ich mir sehr sicher, das war Heinz Engler. Ein anderer Mann, der das Tor schloss, den habe ich auch schon in Brüssel, Grevenmacher und Straßburg gesehen. Außerdem wird das Haus noch von weiteren Leuten beobachtet. Einmal von einem Wagen mit Berliner Kennzeichen und einmal von einem Wagen mit litauischer Nummer. Soll ich die mal ansprechen?"

Mike: „Jim, wartet bis morgen. Ich habe bis jetzt mit dem russischen Botschafter gesprochen." Dann erzählte er Jim die Geschichte, die ihm der Botschafter erzählt hatte. „Bitte Jim, die Geschichte ist streng vertraulich. Mit Ausnahme von Alex, zu keinem ein Wort. Aber ihr müsst wissen, worum es geht. Wahrscheinlich werden wir in den nächsten Tagen gemeinsam mit den Russen das Haus in Augenschein nehmen. Genaueres erfährst du morgen."

Sie sprachen noch über den Einsatz. Dann verabschiedete sich Mike und fuhr zurück nach Solingen.

Solingen

Als er nach Solingen kam, berichtete ihm Hilde, er möge gleich Susi anrufen. So wählte er Susis Telefonnummer und hatte sie gleich am Direktapparat.

(Susi) Susanne Kaiser!

(Mike) Hi, Susi, was gibt's?

(Susi) Du wolltest mich doch anrufen was bei eurem Gespräch herausgekommen ist.

(Mike) Ich bin im Moment erst gekommen. Gibt es bei dir was Neues?

(Susi) Ja, morgen Nachmittag kommt Michail mit zwei Beamten von St. Petersburg nach Frankfurt. Maxim wird ihn

abholen und mit ihm direkt nach Solingen fahren. Bitte, besorge drei Einzelzimmer in einem nahen Hotel. Kannst du mir erklären, was das soll?

(Mike) Susi, die Russen vermuten, ihre gestohlenen Gemälde aus der Eremitage, lagern in der Galerie ***artis opus*** *in Wuppertal bei Herrn Wolfgang Zeller. Wir bewachen jetzt das Haus und die Russen auch. Außerdem hat Jim bei der Bewachung der Galerie* ***artis opus*** *festgestellt, dass zwei der dort gesichteten Leute Männer sind, die im Zusammenhang mit den Diebstählen im letzten Jahr in Wiesbaden aufgefallen sind.*

Zumindest waren sie in Brüssel, Grevenmacher und Straßburg dabei. Außerdem hat er gesehen, wie Heinz Engler aus dem Haus der Galerie ***artis opus*** *kam. Hilde hat also doch Recht mit ihrer Meinung, Heinz hält sich hier in der Nähe auf.*

(Susi) Kannst du mir verraten, in welchem Zusammenhang wir mit den gestohlenen Gemälden aus der Eremitage stehen?

(Mike) Mir und auch dem Botschafter ist das unklar. Aber wir werden das Rätsel noch lösen. Aber sag mal, mit welchem Wagen kommt morgen Maxim?

(Susi) Moritzens Wagen hast du, so bleibt nur meiner. Warum fragst du?

(Mike) Ich würde dringend noch einen Mann für die Bewachung hier brauchen meinst du, dass du Jo entbehren kannst? Kann der morgen kommen? Ruf doch an, wenn das klappt. Auf jeden Fall brauche ich ihn dringend. Wenn Maxim will, so kann er hier auch helfen.

(Susi) Okay, werde mit Jo sprechen. Ich glaube, es ist besser, er kommt morgen mit seinem PKW direkt zu euch. Ansonsten ist hier alles in Ordnung. Das Geschäft läuft gut. Rom macht Spaß. Auch Gina hat sich gut eingelebt. Der neue Computerspezialist aus Dresden scheint auch ein guter Fachmann zu sein. Eine Woche ist er hier und beherrscht

unser Computerprogramm. Alle Achtung. Den Holzschnitzer kann ich noch nicht beurteilen. Beide scheinen sich mit den Übrigen gut zu verstehen. Außerdem solltest du Albert in Boston anrufen. Ich glaube, der hat eine Superbestellung für Ikonen. So, das wär's in Kurzform.

(Mike) Danke dir. Werde weiter berichten. Bye – Susi.

Als Mike aufgelegt hatte, stand Hilde neben ihm. Sie sagte: „Mike, habe ich das jetzt richtig mitbekommen, deine Leute haben Heinz gesehen?"

Mike lachte: „Du hattest immer schon gute Ohren. Richtig! Heinz ist in dieser obskuren Galerie. Was viel schlimmer ist, er scheint auch etwas mit den gestohlenen Bildern aus St. Petersburg zu tun zu haben. Auf jeden Fall bekommst du morgen Abend ein volles Haus. Jo kommt morgen aus Wiesbaden, dann Michail der Direktor der Eremitage und zwei Beamte aus St. Petersburg. Maxim bringt sie mit Susis Wagen." Hilde war unkompliziert: „Michail kann hier schlafen, eventuell auch noch Maxim, aber dann wird's eng. Die beiden Beamten und Jo müssen wir wahrscheinlich in einem Hotel unterbringen. Aber das ist kein Problem."

***

Wuppertal

Wie jetzt täglich, arbeiteten an diesem Mittwochmorgen Wolfgang, Paul und Bart in der Galerie im ersten Stock.

Gegen 10 Uhr meldete die Dame am Empfang zwei Herren, die angeblich angemeldet wären. So sagte Wolfgang: „Bart, schau doch mal, wer das ist."

Bart kam wachsbleich zurück: „Wolfgang, unten sind Bussow und Wahl, ich glaube, die haben Scheiße im Hirn. Soll ich sie heraufbitten?"

Wolfgang: „So was Beschossenes, sieh zu, dass sie schnellstmöglich raufkommen."

Bart eilte nach unten, um die beiden heraufzuholen und als er mit ihnen kam, sagte Wolfgang:

„Ihr beide habt einen absoluten Hau! Warum um Gottes Willen habt ihr nicht vorher angerufen? Vor dem Haus stehen zwei Wagen des russischen Geheimdienstes, dazu noch zwei Wagen der Galerie Kaiser mit einem Ami vom CIC. Iwan, warum bist du nicht in Bordighera geblieben? Hier ist der Teufel los. Wir versuchen dich seit Tagen anzurufen, aber dein Handy ist ausgeschaltet. Was machen wir jetzt?"

Iwan Bussow leicht verschnupft: „Woher sollen wir das wissen? Außerdem hat uns keiner gesehen, den Wagen haben wir bei der Bilderrahmenfabrik geparkt."

Wolfgang sauer: „Iwan, wir hatten verabredet, dass du für mindestens vier Wochen verschwindest. Du hast gegen unsere Vereinbarung verstoßen. Sei ganz sicher, dass die jetzt wissen, dass ihr da seid. Bisher konnten sie uns nichts nachweisen, aber nachdem ihr da seid, sieht das ganz anders aus. Was wollt ihr überhaupt hier?"

Auch Iwan wurde ärgerlich: „Ich habe Informationen aus Russland, dass man die Bilder hier sucht. Die müssen weg. Ich hab mit Peter Wahl gesprochen, der weiß einen sicheren Lagerort in der Nähe von München."

Wolfgang: „Hättet ihr angerufen, dann wüsstet ihr, dass die längst das Haus durchsucht haben und die Bilder nicht gefunden wurden."

Dann erzählte Wolfgang die Begebenheit mit den beiden Herren vom russischen Konsulat und dass er Herrn Gerlach vom hiesigen Polizeipräsidium hinzugezogen hatte und dass man gemeinsam das gesamte Haus besichtigt hat.

Wolfgang fuhr fort: „Wärt ihr nicht aufgetaucht, wäre das Ganze im Sand verlaufen, jetzt haben wir sie darauf aufmerksam gemacht, dass die Bilder doch noch hier sein könnten. Ihr werdet sehen, ab morgen ist hier der Teufel los."

Iwan: „Lass uns ganz ruhig überlegen, was zu tun ist."

Wolfgang: „Ich verstehe überhaupt nicht, was die Galerie Kaiser mit der russischen Botschaft zu tun hat."

Iwan: „Das kann ich dir schnell erklären, die Galerie Kaiser hat einen Vertrag mit der Eremitage in St. Petersburg. Die sind praktisch Partner."

Wolfgang: „Noch schlimmer, bisher dachte ich, die wären nur hinter der Militaria her, die sind auch noch hinter deinen Bildern her. Unterschätze den Mann vom CIC nicht. Dazu kommt noch euer Geheimdienst in Russland. Gegen die willst du angehen? Du wirst sehen, morgen wimmelt es hier nur so von Leuten, die uns beobachten."

Iwan: „Wolfgang, ganz ruhig. Ich habe mindestens drei Pläne, wie wir das über die Bühne bringen.

Mein erster Plan: Du hast mir erzählt, das Nachbargebäude steht leer und ist zu verkaufen. Peter Wahl könnte sich für einen Kauf interessieren und sich eine Kaufoption von vier bis sechs Wochen einräumen lassen. Dann bekommen wir die Schlüssel. Wir durchbrechen die Kellermauer, lagern die Bilder in diesem Gebäude, mauern wieder zu. Nach spätesten drei bis vier Wochen ist der Wirbel vorbei und wir können die Bilder problemlos fortschaffen. Peter Wahl kann für die Kaufoption einen Betrag von 10.000 Euro anbieten.

Mein zweiter Plan: Dein Grundstück stößt an das Grundstück der Bilderrahmenfabrik. Im Keller hast du mir gezeigt, da gibt es aus dem letzten Krieg noch eine Durchgangstür zum Luftschutzraum des Nachbargrundstücks. Du hast mir erzählt, du kennst nicht nur den Besitzer, ihr habt auch zusammen studiert. Du sprichst mit ihm, wir schaffen die Bilder in seinen Keller und mauern die Tür zu. Dann können die hier suchen, solange sie wollen. Wenn dein Studienfreund nicht will, können wir notfalls mit Gewalt sein Einverständnis erzwingen.

Mein dritter Plan: Wir kidnappen zwei Personen, eine führende Person der Galerie Kaiser und eine führende Person der russischen Überwachung. Wahrscheinlich ist der Botschafter in der Nähe. Freier Abzug der Waren gegen diese Personen. Klappt fast immer, denn an die Polizei wird man sich nicht wenden. Was meint ihr?"

Wolfgang nachdenklich:

„Den ersten Plan finde ich am Besten. Ich kann mich aber nicht an die Verkäufer wenden, denn wir gingen im Streit auseinander. Aber Peter Wahl kann direkt Kontakt aufnehmen. Er soll nur nicht sagen, dass er mich kennt. Allerdings muss das relativ schnell gehen. Wir rufen nachher gleich an. Der zweite Plan ist nicht so gut. So wie ich Horst Gerkan kenne, wird er da nicht mitmachen. Selbst wenn wir ihn erpressen. Er ist ein gebranntes Kind. Zum dritten Vorschlag kann ich nur sagen, ob der russische Botschafter hier ist, weiß ich nicht. Aber sicher ist irgendeine führende Person der Botschaft hier. Bei der Galerie Kaiser wäre am besten Mike Curtis. Aber der dürfte sich kaum kidnappen lassen. Hilde Granika wäre möglich."

Hier mischte sich Bart ein: „Also, ich weiß, dass Hilde jeden Nachmittag so gegen 14 Uhr mit dem Baby eine Stunden mit dem Kinderwagen spazieren fährt. Die beste Gelegenheit, sie abzufangen."

Iwan begeistert: „Mit Baby, noch viel besser – jetzt lasst uns schnell nach unten gehen, ob der Kellerdurchgang zur Bilderrahmenfabrik noch benutzbar ist."

Ohne viel zu reden, machte man sich an die Vorbereitungen der geplanten Möglichkeiten.

Solingen

Der Mittwoch war hektisch bei Hilde und Erich. Hilde bereitete mit ihrer Ersatzoma die Fremdenzimmer vor. Außerdem hatte sich Jo angesagt und der wollte gegen 12 Uhr in Solingen sein.

Kurz vor 12 Uhr kam Mike aus Wuppertal zurück. Unmittelbar danach kam Jo von Wiesbaden.

Hilde in ihrer lockeren Art begrüßte Jo und fragte nur: „Willst du hier schlafen oder lieber im Hotel in Wuppertal?“ Jo entschloss sich, bei den Überwachern in Wuppertal zu bleiben. Nach dem Mittagessen wollten Mike und Jo nach Wuppertal fahren.

Als man beim Mittagessen saß, berichtete Mike: „Heute Vormittag habe ich mit den Bewachern der russischen Botschaft Kontakt aufgenommen. Die waren schon vorgewarnt, dass ich kommen würde. Sie erzählten mir, dass heute Morgen Herr Bussow mit einem weiteren Herrn in die Galerie **artis opus** gegangen ist. Man konnte nicht feststellen, wo er herkam.“

Jo lachte: „Da werden sich unsere russischen Freunde freuen, wenn ihr gesuchter Gauner schon anwesend ist. Ich sehe schon, es wird spannend. Es fehlt nur noch mein Freund Peter Wahl. Der kann aber wahrscheinlich noch nicht, der wird noch voller blauer Flecken sein.“

Auch Hilde musste lachen: „Wie immer bei der Galerie Kaiser, es ist immer was los. Aber ihr entschuldigt mich jetzt, meine kleine Susi wird gleich anfangen zu krähen und hat sicher Hunger. Danach gehen wir Gassi. So um 15 Uhr bin ich wieder da. Tschüss, ihr Lieben.“

Auch Mike und Jo verabschiedeten sich schnell. Mike sagte nur: „Bis die anderen mit Maxim vom Flughafen in Frankfurt kommen, bin ich wieder da. Bye, bye!“

Es war schon fast 19 Uhr, bis Maxim mit Michail Borodin und den beiden Beamten in Solingen eintrafen.

Es war eine freundliche Begrüßung, aber man musste sich erst bekanntmachen. Erich brachte die beiden Beamten aus St. Petersburg in das nahe Hotel, damit sie sich frisch machen konnten und wartete, da er sie wieder mit zurück zum Abendessen holen wollte.

Michail und Maxim bezogen ihre Zimmer im Haus und kamen nach unten, um sich Hildes Baby anzusehen. Beide hatten ein Geschenk für die kleine Susi mitgebracht und der Kontakt war schnell hergestellt. Kurze Zeit später kam Erich mit den beiden Beamten aus St. Petersburg, man trank noch etwas und ging dann zu Tisch.

Nach dem Abendessen zogen sich Michail, Maxim, die beiden Beamten und Mike zurück, um die Angelegenheit Wuppertal zu beraten.

Mike schilderte die Situation hinsichtlich der Galerie **artis opus** in Wuppertal und sagte abschließend: „Möglicherweise befinden sich keine der bei uns gestohlenen Waren mehr in den Räumen der Galerie. Ich glaube aber, dass man eine solche Menge von Einzelstücken nicht sofort verkaufen kann. Also habe ich die Hoffnung, dass sich dort etwas findet. Hinsichtlich der in St. Petersburg gestohlenen Kunstschätze ist das etwas anderes. Rein vom Volumen her, ist das eine riesige Menge. Im Keller werden die sicher nicht gelagert. Das sind alles Kunstwissenschaftler, das trauen die sich nicht wegen der eventuellen Wertminderung durch Lagerschaden. Wenn Sie Recht haben, hat man sie vielleicht eingemauert. Möglicherweise am Speicher, das muss man sehen. Aber mit welchem Recht betreten wir die Galerie **artis opus**?“

Michail lachte: „Herr Curtis, das wissen Sie wie ich, mit dem Recht des Stärkeren. Die wagen nicht, die Polizei zu rufen. Außerdem habe ich einen russischen Haftbefehl für Herrn Bussow bei mir. Der ist zwar hier nichts wert, aber vielleicht nützt er, wie viel Leute haben wir?“

Mike: „Ich fange bei der Galerie Kaiser an: Da wäre ich, dann meine Leute Alex, Jim und Jo und dann noch Maxim, wenn er mitkommen will. Also fünf Mann. Bei Ihnen ist es ähnlich, das sind Sie, Ihre beiden Beamten aus St. Petersburg und die beiden Herren von der russischen Botschaft. Also auch fünf Mann. Mit zehn Personen schaffen wir das spielend. Ich schlage vor, wir sehen uns morgen das Gebäude von außen genauestens an, dann machen wir einen Plan und übermorgen, am Freitag, besetzen wir das Haus. So gegen 11 Uhr erscheint mir zweckmäßig. Was meinen Sie?"

Michail war damit einverstanden. Man sprach noch einige Einzelheiten durch, nahm noch einen Drink und dann verabschiedeten sich die beiden Beamten aus St. Petersburg. Erich begleitete sie ins Hotel.

Als Erich zurückkam, war man noch immer am Reden. Hilde war jetzt auch dabei und Michail sagte zu Erich: „Bitte setzen Sie sich einen Moment zu uns."

Er wartete, bis Erich einen Drink hatte und sagte dann: „Ich bin sicherlich nicht der Älteste, das ist Mike Curtis, aber ich bin mit Moritz und Susi per Du, auch mit Erika und Anton, wir sind schon so etwas wie gute Freunde, ich darf euch um das Du bitten. Ich bin Michail." Er hob sein Glas und man trank auf das Du.

***

Wuppertal

Wolfgang Zeller hatte am Donnerstagmorgen einen Termin bei Horst Gerkan in der Bilderrahmenfabrik. Kurz nach 9 Uhr war er bei Horst. Der bot ihm einen Kaffee an und fragte: „Wolfgang, was führt dich zu mir?"

Wolfgang druckste und begann: „ Ich habe einen Vertrag mit einer Galerie in Berlin die russische Kunst verkauft. Wie ich erst später erfuhr, handelt es sich um illegal ausgeführte Bilder und Ikonen. Laut russischem Recht sind alle derartigen Gemälde, die vor 1956 erstellt wurden, bei Ausfuhr genehmigungspflichtig. Du kennst den Handel mit Ikonen, da muss ich nicht viel mehr darüber erzählen. Wir wollten eine Ausstellung damit machen. Wie auch immer, es handelt sich dabei möglicherweise um Beutestücke aus dem letzten Krieg.

Ich habe daher eine Ausstellung dieser Exponate abgelehnt. Der Besitzer dieser Galerie, ein Herr Bussow wollte diese Gemälde wieder abholen. Leider geht das nicht, denn seit zwei Tagen stehen zwei Wagen der russischen Botschaft bei mir vor dem Haus. Die Polizei kann ich nicht einschalten, denn wahrscheinlich stammen auch einige Exponate aus Deutschland. Ich will sie aber weghaben. Daher meine Frage. Können wir diese Gemälde über dein Grundstück wegbringen?“

Horst Gerkan: „Wie willst du das machen, willst du die Brandmauer durchbrechen?“

Wolfgang: „Viel einfacher, im letzten Krieg hat man die Luftschutzkeller untereinander verbunden. So ist auch heute noch eine Stahltür vorhanden, die seitlich an deiner Werkhalle herauskommt und zu deinem Kellereingang führt. Die brauchte man nur zu öffnen und wir könnten das Zeug dann hier im Hof in einen LKW laden, ziemlich unproblematisch.“

Horst Gerkan: „Wolfgang, das ist doch schon wieder eine linke Tour. Du hast doch nichts gemacht. Du wolltest eine Ausstellung machen, die Ausstellungsstücke sind jedoch nicht vorzeigbar – aus welchen Gründen auch immer, gib sie einfach zurück. Du hast nichts damit zu tun. Lass die Russen sich darum streiten. Es geht dich nichts an.“

Wolfgang: „Horst, dieser Bussow ist bereit, mir 10.000 Euro zu geben, wenn wir die Gemälde über diesen Weg ungesehen herausnehmen. Die könnten wir uns teilen. Auch 5.000 Euro ist eine Summe, die wir beide sicherlich brauchen können. Das ganze ist in zwei Stunden über die Bühne. Schneller kann man kein Geld verdienen.“ Horst Gerkan: „Wenn’s das wäre, okay, aber ich hab da so meine Bedenken. Vor einer Woche war ein Mike Curtis bei mir. Die Galerie Kaiser hat dich immer noch in Verdacht die Militaria in Solingen gestohlen zu haben. Der hat mir bös ins Gewissen geredet. Ich sage wirklich nur dir zuliebe letztmalig ‚Okay'. Mach mir keinen Blödsinn. Der Wagen kann erst dann in den Hof fahren, wenn meine Leute weg sind. Morgen ist Freitag, da gehen meine Leute schon um 16 Uhr. Also der Wagen kann um 17 Uhr auf den Hof fahren und muss spätestens um 19 Uhr weg sein. Außerdem, die fünf Riesen möchte ich Cash."

Wolfgang war sichtlich erleichtert: „Danke dir. Ich bringe dir das Geld nachher. Wir probieren dann die Tür, ob sie sich noch öffnen lässt. Danke dir nochmals!"

Horst Gerkan: „Wolfgang, denk daran, das ist wirklich das letzte Mal, dass ich dir in einer halbseidenen Angelegenheit helfe. Vergiss es nicht!"

Peter Wahl hatte bereits gestern den Makler und den Rechtsanwalt angerufen, der das große Gebäude, das neben der Galerie **artis opus** und der Bilderrahmenfabrik von Horst Gerkan lag, verwaltete. Man hatte sich für heute Morgen um 9 Uhr in der Anwaltskanzlei verabredet.

Peter Wahl war pünktlich und wurde relativ rasch in das Büro des Anwaltes geführt, in dem noch ein weiterer Herr saß. Die Herren stellten sich vor und der Anwalt fragte: „Herr Wahl, Sie haben gestern schon erwähnt, dass Sie Lagerräume benötigen und an einer Anmietung oder Kauf dieser großen Räume interessiert sind. Darf ich fragen wofür Sie diese so großen Räume benötigen?"

Peter Wahl: „Ich bin Berater nahezu aller Kunstmessen in Deutschland und benötige Lagerräume für Standelemente solcher Messen sowie des entsprechenden Mobiliars."

Der Anwalt wurde frostig: „Kommen Sie auf Empfehlung von Herrn Zeller?" Peter Wahl zeigte sich erstaunt: „Mache ich den Eindruck? Bedaure, aber meine Geschäftsbeziehungen mit der Galerie **artis opus** insbesondere mit Wolfgang Zeller sind nicht besonders gut. Ich habe Ihre Adresse über die Messegesellschaft in Köln."

Sowohl der Anwalt als auch der Herr neben ihm schienen erleichtert. „Wir hatten leider eine Auseinandersetzung mit Herrn Zeller. Er ist ein Geschäftsmann und dessen Methoden entsprechen nicht unseren Gepflogenheiten."

Peter Wahl: „Das kann ich nachvollziehen. Aber um auf das Geschäft zurückzukommen: Ich hätte mir die Räume gerne oberflächlich angesehen. Wenn Sie Pläne von dem Grundstück und den Gebäuden haben, so wäre ich Ihnen dankbar, wenn Sie mir davon Kopien geben würden. Ich kann in dieser Angelegenheit nicht allein entscheiden. Außerdem müssen Architekten die Statik prüfen, da teilweise auch Stahlregale in großem Umfang eingelagert werden sollen. Wir dachten gegebenenfalls an einen Kauf. Da wir diese Halle verschiedenen Herren aus der ganzen Republik zeigen müssen, dachte ich an eine Kaufoption von vier Wochen, in der wir die Halle besichtigen können, das heißt in dieser Zeit auch ein Vorkaufsrecht haben, falls wir uns preislich einigen können. Für diese Kaufoption vergüten wir einmalig 10.000 Euro, wenn der Kauf nicht zustande kommt."

Sowohl der Anwalt, als auch der andere Herr, der sich jetzt als Makler zu erkennen gab, akzeptierten das. Dann wollten sie gemeinsam das Objekt ansehen. So fuhren sie mit dem Wagen des Maklers zu dem Gebäude und es folgte eine kurze Besichtigung.

Als sie aus dem Haus traten, begegneten sie Jo, der direkt auf Peter Wahl zuging. Jo begrüßte Herrn Wahl sehr freundlich, so als wäre nie etwas gewesen. „Freut mich, Sie in Wuppertal zu treffen. Wollen Sie sich hier niederlassen?" Noch bevor sich Wahl vom Schrecken erholt hatte, meinte der Makler: „Ja wir hatten eben eine kleine Besichtigung."

Jo: „Herr Wahl, da wünsche ich Ihnen alles Gute und viel Erfolg bei Ihren Geschäften in Wuppertal!"

Peter Wahl hätte alle vergiften können. Er machte trotzdem gute Miene zum bösen Spiel, er versprach, entweder heute, spätestens jedoch am Montag anzurufen und verabschiedete sich.

Zum Mittagessen hatten sich Wolfgang Zeller, Iwan Bussow, Peter Wahl mit Bart und Paul verabredet.

Wolfgang Zeller berichtete von seinem Gespräch mit Horst Gerkan und meinte: „Das erscheint mir der machbarste aller Wege. Unkompliziert, von nirgendwo einsehbar und wirklich sauber." Alle Übrigen waren auch dieser Ansicht. Lediglich Bart bemerkte: „Wir müssen mindestens sechs bis acht Mann zum Schleppen der Bilder haben. Zwei Mann haben wir selbst und dann noch unsere sechs Polen. Das müsste reichen. Wir fangen am einfachsten schon heute damit an. Denkt daran, wir haben keine Lifte."

Peter Wahl berichtete von seinem Gespräch mit dem Anwalt und dem Makler, dann das Missgeschick, dass ihm ausgerechnet sein Feind Jo von der Galerie Kaiser über den Weg laufen musste, als sie aus dem Haus kamen. „Nach meiner Auffassung können wir das vergessen. Der hat mich aus dem Haus kommen sehen und der blöde Hund von Makler hat auch noch gesagt, dass ich es besichtigt habe."

Dann berichtete Bart: „Wolfgang, deine Ehemalige geht mit ihrem Kind zwischen 14 und 15 Uhr spazieren. Sie hat einen hellblauen Kinderwagen mit Verdeck und eine rote Überdecke. Auf dem Stadtplan habe ich den Weg eingezeichnet, den sie gestern gegangen ist. Wahrscheinlich geht sie immer die gleiche Strecke. Dann war ich noch in dem kleinen Hotel das in der Nähe der Firma Granika liegt. Dort wurden auf den Namen Borodin drei Einzelzimmer ab gestern Abend auf unbestimmte Zeit bestellt."

Iwan Bussow pfiff durch die Zähne: „Donnerwetter, was die alles aufbieten. Das ist der Direktor der Eremitage und wie jeder weiß, der kommt vom Geheimdienst. Ihr könnt wetten, die beiden anderen sind ebenfalls vom Geheimdienst. Also die Sache hier eilt. Lass uns damit anfangen, die Sachen in den Keller zu bringen."

Solingen

Die gesamte Mannschaft, sowohl die Männer der russischen Botschaft und der Eremitage als auch der Galerie Kaiser, hatten in Wuppertal recherchiert. Es war Abend und man hatte nur zwei Wagen zur Überwachung dort gelassen. Die restliche Mannschaft fuhr nach Solingen. Hilde freute sich, alle zu sehen, bot wie üblich einen Aperitif an und sagte dann: „Ich habe für euch alle Schnittchen gerichtet. Die könnt ihr zwischendurch essen. So wie ich es sehe, werdet ihr noch lange quatschen."

Man hatte sich darauf geeinigt, dass morgen alle Mann nach Wuppertal fahren würden. Je ein Mann sollte außen an den Eingängen stehen bleiben, der Rest sofort in die Galerie gehen. Alex und Jim hatten entsprechendes Klebeband besorgt um die Herrschaften an der Flucht zu hindern.

Beginn der Aktion genau um 11 Uhr am Morgen. Kommando lag bei Michail und Mike. Bis auf jede Kleinigkeit hatte man den Plan ausgefeilt und am Ende bat man Erich, ob er nicht mitkommen könne, man würde noch zwei Mann brauchen.

Erich schmunzelte: „Hab ich mir schon gedacht. Vorsichtshalber hab ich meinem Lagerarbeiter, den man damals entführt hat, Bescheid gesagt. Der steht auch zur Verfügung. Nur Hilde muss dann morgen auf ihren Spaziergang mit unserer Susi verzichten. Sie hat Telefondienst."

Hilde meinte nur: „Ist gebongt. Unsere Ersatzoma weiß Bescheid. Sie kann ihr Glück gar nicht fassen, dass sie morgen mit der Susi spazieren gehen darf. Ihr werdet sehen, das hören wir in einem viertel Jahr noch."

***

Wuppertal

Wolfgang und seine Freunde machten gerade eine kurze Pause, als Bart kam und sagte: „Ich kann von unserer Bewachung nichts entdecken. Vielleicht haben die neue Autos, aber auch in den Autos vor unserem Haus sitzt niemand. Wolfgang schaute aus dem Fenster: „Du hast zwar Recht, aber da kennst du die Galerie Kaiser schlecht, sei ganz sicher, die sind in der Nähe und beobachten uns. Aber das soll uns jetzt egal sein.

Ich nehme mir noch einen Kaffee und dann geht's weiter."

Michails und Mikes Leute hatten sich um die Ecke versammelt. Es war drei Minuten vor 11 Uhr. Rasch gingen sie zum Eingang der Galerie **artis opus**, zwei Mann sicherten den Eingang und das Eingangstor, der Rest betrat den Empfang, man wartete die Fragen der Damen nicht ab. Einer hielt sie fest, die anderen klebten sie mit Verpackungsband am Sessel fest und klebten auch einen Streifen über ihren Mund. Ein Mann blieb bei ihr, der Rest eilte nach oben in den ersten Stock.

Man überraschte Bart, Paul, Wolfgang, Wahl und Iwan Bussow.

Bussow ziemlich unerschrocken: „Michail Borodin, welch eine Ehre Sie zu sehen. Seit ich weiß, dass Sie kommen, erwarte ich Sie stündlich. Lassen Sie das dumme Zeug mit dem Klebeband. Wir sind zwei erwachsene Menschen und können miteinander reden. Sie können mich durchsuchen, ich habe keine Waffen."

Mike untersuchte ihn, fand aber nichts.

Michail: „Bussow, das Spiel ist aus. Sie haben uns alle lange genug genarrt. Wo sind die gestohlenen Bilder.“

Bussow lächelnd: „Einen Teil werden Sie hier vergeblich suchen. Ich weiß, ich habe im Moment ziemlich schlechte Karten. Ich mache Ihnen einen Vorschlag: Wir gehen jetzt irgendwohin in diesem Haus, da zeige ich Ihnen das Versteck der Hälfte der versteckten Bilder. Wenn Sie diese gesichtet haben, dann verhandeln wir über die andere Hälfte, die sich nicht in diesem Haus befindet. Mit mir kommt Wolfgang Zeller und Sie können auch einen Mann mitnehmen. Ist das fair? Durchsuchen Sie uns beide, wir sind gänzlich ohne Waffen. Sie können ihre Waffen mitnehmen.“

Borodin beriet sich kurz mit Mike, dann verließen die vier Personen den Raum. Wolfgang ging voraus in das Nebengebäude und dort in den Keller. Borodin ging voraus, sah die Kisten mit den Bildern und sagte voller Freude: „Da sind sie ja“. Blitzschnell hatten Wolfgang und Iwan sich je einer vorher bei den Kisten zurecht gelegten Keule bedient und sowohl Borodin, als auch Mike niedergeschlagen.

Iwan sagte nur noch: „Wolfgang schnell, umwickle den Curtis mit Klebeband, der bleibt nicht lange ohnmächtig und klebe seinen Mund zu. Nimm auch seine Pistole mit. Beide schaffen wir nicht. Wir nehmen nur Borodin mit. Bei ihm musst du mit anfassen, der ist schwer.“

Als das geschehen war, nahmen die beiden Borodin, schleiften ihn zum Luftschutznotausgang, öffneten diesen und trugen ihn hinaus. Mike ließen sie liegen. Dann verklemmten sie mit einer Bohle die Tür und schleiften Borodin nach oben in Gerkans Hof, wo Iwan seinen Wagen geparkt hatte. Borodin wurde in den Kofferraum gelegt. Das Ganze geschah, ohne dass das irgendjemand bemerkte. Dann fuhren die beiden aus Gerkans Hof.

Als die beiden nach zehn Minuten immer noch nicht zurückgekommen waren, fingen Borodins und Mikes Leute an, die beiden zu suchen. Nach über einer halben Stunde fand man im letzten Winkel des Seitengebäudes im Keller Mike, der zwischenzeitlich wieder zu sich gekommen war. Mit viel kaltem Wasser versuchte er, seine Benommenheit zu überwinden, was auch gelang.

Schnell war Mike klar, was passiert war. Sie entdeckten auch die Luftschutztür, durch welche die drei entkommen waren.

Dann begann Mike mit der Vernehmung der restlichen Herren der Galerie **artis opus**: „Bussow und Zeller, oder wie ich vermute Herr Heinz Engler haben den Direktor der Eremitage in St. Petersburg entführt. Kidnapping nennt man so etwas. Ich erwarte jetzt, dass Sie mir rückhaltlos die Wahrheit sagen. Sollte ich Sie bei einer Lüge ertappen, dann werde ich die Verhörmethoden anwenden, die mein lieber Alex in Vietnam so hervorragend gelernt hat. Ich glaube, Sie alle wissen, was ich meine."

Inzwischen hatte Erichs Lagerarbeiter geflüstert, das der eine Mann – nämlich Paul – einer der Fahrer des LKW gewesen war, der die Militaria abgeholt hatte.

So fragte Mike Paul Vermeylen: „Wir kennen uns schon, zumindest habe ich Sie in Brüssel, Grevenmacher und Straßburg gesehen. Bitte antworten Sie möglichst kurz. Wo sind die gestohlenen Militaria aus Solingen." Paul tat keinen Mucks.

Mike sage nur: „Alex, geh doch mal mit Vermeylen nach draußen."

Paul Vermeylens Hände waren gefesselt und jetzt klebte ihm Alex noch einen Streifen über den Mund. Dann nahm er ihn nach draußen. Mike meinte nur: „Damit ihr das Geschrei nicht so hört."

Nach fünf Minuten kam ein tränenüberströmter Paul zurück. Alex meinte:

„Er hat mir gesagt, er will mit dir sprechen."

Mike: „Also, Herr Vermeylen, ich höre."

Paul gab alles zu, dass er den Wagen zum Abtransport gefahren hatte, dass Bart die Abhöranlage installiert und auch die Abhörungen vorgenommen hatte und dass Bart die Hälfte der Militaria nach Paris gebracht hätte. Auch die Adresse gab er an. Er sagte weiterhin, dass die andere Hälfte noch im Erdgeschoss des Seitentraktes in den Originalkisten liegen würde.

Mike: „Okay, das war für den Anfang ganz schön. Jetzt geht es weiter. Wo überall liegen die Bilder aus der Eremitage in St. Petersburg?“ Jetzt erzählte Paul alles, was er über die Bilder wusste und dass alle Bilder entweder im Keller seien oder noch in den vorherigen Aufbewahrungsräumen.

Mike: „Okay, auch das haben wir zur Kenntnis genommen. Weiter geht's. Ich will wissen, ist Wolfgang Zeller der gesuchte Heinz Engler?“

Paul blieb stumm.

Mike ungerührt: „Alex, würdest du noch mal mit Paul Vermeylen nach draußen gehen?“

Ein Schrei von Paul: „Nein, nein, nein, ich sag ja alles. Es ist Heinz Engler und nicht Wolfgang Zeller.“

Mike: „Wo ist Wolfgang Zeller?“

Paul: „Das hat uns Heinz nie erzählt. Ich nehme an, er ist gestorben und Heinz hat sich seine Papiere genommen. Aber er hat gesagt, darüber spricht er nicht, die beiden waren befreundet.“

Mike fragte weiter: „Wie viel Personen sind außer euch noch im Haus?“

Paul: „Eine Dame am Empfang, ein Architekt mit sechs Arbeitern. Es sind Polen und sie haben eine Arbeitsgenehmigung. Drei Künstler, die Bilder kopieren, es sind Weißrussen und zwei Hilfsarbeiter für die Reinigung.

Mike: „Wer beaufsichtigt diese Personen und bezahlt sie?“

Paul: „Wir haben hier eine Kasse und ich rechne wöchentlich ab. Im Moment sind noch 60.000 Euro darin.“

Mike: „Meine Herren, an Sie habe ich noch viele Fragen. Aber vorerst muss ich die russische Botschaft verständigen. Ich nehme Ihnen die Fesseln ab, wenn Sie versprechen, hier zu bleiben."

Nachdem die Herren das versprochen hatten, wurden die Klebebänder abgenommen und Mike begab sich an den Empfang zu der gefesselten Dame. Er nahm ihr das Klebeband ab und sagte: „Sie entschuldigen, dass ich unhöflich zu Ihnen war. Ich werde Ihnen erklären, worum es hier eigentlich geht. Man kann es auch mit einem Wort sagen, um Diebesgut. Hier lagern wertvolle Gemälde, die in Russland aus einem Museum gestohlen wurden mit einem Wert von zirka einhundert Millionen Euro. Deshalb dieser herbe Zugriff. Wolfgang Zeller ist geflüchtet, mit ihm dieser Iwan Bussow, der steckbrieflich gesucht wird. Ich werde Ihnen einen Herrn schicken, der Sie beim Empfang unterstützt. Ich bin gleich wieder da."

Mike ging nach oben, winkte Erich heran und bat ihn, am Empfang aufzupassen und die Gespräche entgegenzunehmen. Dann holte er einen der Beamten, den Michail aus St. Petersburg mitgebracht hatte und wählte die Nummer des russischen Botschafters in Berlin.

Er hatte ihn schnell am Apparat. Es war nicht einfach, ihm das Vorgefallene zu berichten. Der Botschafter sagte nur kurz, geben Sie mir einen meiner Leute. Dann telefonierte er lange mit diesem. Der gab den Hörer wieder an Mike.

(Mike) Exzellenz?

(Botschafter) Ich kann Ihnen den Vorwurf nicht ersparen, ihr habt euch reinlegen lassen wie Schuljungen. Aber hinterher ist man immer schlauer. Sind Sie sicher, dass man Borodin gekidnappt hat?

(Mike) Ziemlich sicher. Ich werde das gleich weiter untersuchen. Im Moment geht alles drunter und drüber. In einer Stunde weiß ich mehr. Ich werde nicht versäumen, Sie

über jede Einzelheit zu informieren. Sollen wir Frau Borodin informieren?

(Botschafter) Keinesfalls. Erst müssen wir Klarheit haben.

(Mike) Danke, ich melde mich schnellstens wieder.

Mikes Kopf schmerzte noch sehr, er fragte nach einer Kopfschmerztablette, die er auch bekam. Dann beriet er sich mit seinen Mannen und teilte ein.

Einer der Mitarbeiter der russischen Botschaft sollte die drei Künstler in einen Raum bringen. Dort sollten sie von den Geschehnissen unterrichtet werden. Die anderen Herren der russischen Botschaft wurden gebeten, den polnischen Architekten mit seinen sechs Mitarbeitern zu rufen. Auch die wollte Mike gleichzeitig mit den drei Künstlern unterrichten. Ebenso die beiden anderen Arbeiter und die Dame vom Empfang.

Die übrigen Mitarbeiter sollten feststellen, was in den einzelnen Räumen lagert und diese untersuchen.

Zwischendurch wählte Mike Hildes Nummer.

(Hilde) Hilde Granike.

(Mike) Hi, Hilde. Nur kurz zu deiner Information. Wir sind in der Galerie. Haben alles unter Kontrolle. Wolfgang Zeller ist Heinz Engler. Irgendwie hat sich Heinz Engler dessen Papiere beschafft. Genaueres wissen wir noch nicht.

(Hilde) Siehste, ich hab's doch gespürt. Er war die ganze Zeit in der Nähe. Habt ihr ihn und habt ihr auch die Militaria gefunden?

(Mike) Langsam, ich bin noch nicht fertig. Heinz oder Wolfgang Zeller, wie immer du willst, wollte uns mit Bussow das Versteck der Bilder zeigen. So gingen Michail und ich mit den beiden in den Keller. Dabei waren die beiden eine Idee schneller als Michail und ich. Mit anderen Worten, sie haben uns niedergeschlagen. Mich haben sie gefesselt liegen

lassen. Michail haben sie entführt. Sollten die bei dir anrufen, notiere dir genau, was sie sagen. Du hast doch ein Band, das du mitlaufen lassen kannst? Nimm das Gespräch auf. Es ist wichtig.

(Hilde) Du meinst die haben Michail gekidnappt? Sind die wahnsinnig?

(Mike) Richtig! Zu keinem Menschen irgendein Wort darüber, auch nicht zu Herbert Wagner. Das Leben von Michail kann davon abhängen. Es sind im Moment nur unsere Leute und der russische Botschafter informiert und ich werde jetzt Susi noch informieren. Also kein Wort zu niemandem!

(Hilde) Na klar. Kann ich euch irgendwie helfen?

(Mike) Nein, ich erkläre dir später mehr.

Mike hatte wenig Zeit, er wählte Susis Direktnummer und informierte sie über die Ereignisse in Wuppertal. Er verpflichtete Susi, Stillschweigen gegenüber jedermann zu bewahren.

Als Mike wieder zu den anderen kam, hatten die wunschgemäß die Angestellten der Galerie **artis opus** zusammengeführt. Mike stellte sich vor. Er erklärte kurz ihr außergewöhnliches Vorgehen und den Grund ihres Eindringens. Dann sagte er:

„Wie wir jetzt wissen, ist der Ihnen bekannte Herr Iwan Bussow Besitzer einer Galerie für russische Kunst in Berlin. Er wird in Russland mit Haftbefehl wegen Kunstdiebstahls gesucht.

Der Inhaber der Galerie **artis opus**, Herr Wolfgang Zeller, ist möglicherweise hier unter falschem Namen tätig. Er wird von Interpol unter anderem wegen Kunsthehlerei steckbrieflich gesucht.

Wie wir zwischenzeitlich wissen, lagert ein Teil der bei uns gestohlenen Militaria hier in diesen Räumen. Wie wir feststellten, lagert hier ein Großteil der in St. Petersburg gestohlenen Bilder. Als wir heute Morgen hier eindrangen, erboten sich Wolfgang Zeller und Iwan Bussow, uns zu den Bildern zu führen. Es gelang den beiden, mich und meinen Begleiter zu überwältigen und uns außer Gefecht zu setzen. Sie entführten meinen Begleiter und sind zusammen mit ihm flüchtig. Bei meinem Begleiter handelt es sich um Herrn Michail Borodin, den Direktor der Eremitage St. Petersburg. Wir alle wollen das Leben von Herrn Michail Borodin nicht gefährden, deshalb bitte ich Sie alle, vollkommenes Stillschweigen über diese Vorgänge zu bewahren. Die Polizei hinzuziehen, könnte möglicherweise das Falscheste sein. Ich bitte nochmals um absolute Verschwiegenheit.

Sie werden sich jetzt fragen, was passiert mit uns, mit der Galerie **artis opus**, wie wird das hier weitergehen. Ich muss Ihnen leider sagen, ich weiß es nicht. Aber ich kann Ihnen allen eines versprechen, ich werde alles in meinen Kräften stehende tun, um Ihnen zu helfen. Das ist versprochen!

Soweit ich weiß, haben wir hier drei Kopisten aus Weißrussland, bitte stehen Sie auf und kommen Sie zu mir."

Drei Herren standen auf und traten nach vorn.

Mike winkte Maxim zu sich und sagte: „Die Herren haben sich schon kurz gesehen. Wie Sie wissen, ist Herr Maxim Pasternak nicht nur Kunstwissenschaftler, er ist auch ein begnadeter Künstler. Maxim wird sich ab sofort um Sie kümmern. Bitte erklären Sie ihm, was Sie bisher gemacht haben und arbeiten Sie dann weiter wie bisher. Sollte die Galerie **artis opus** in der bisherigen Form nicht weitergeführt werden können, so biete ich Ihnen an, Ihre Tätigkeit bei der Galerie Kaiser in Wiesbaden fortzuführen. Dabei bin ich überzeugt, dass Sie dort besser verdienen werden. Maxim wird Ihnen das erklären."

Die Herren bedankten sich und Maxim verließ mit ihnen den Raum.

Mike wandte sich an den Architekten und die polnischen Arbeiter. „Meine Herren, wie mir kurz erklärt wurde, machen Sie die Renovierungsarbeiten hier im Hause und werden auch für andere Transportarbeiten eingesetzt. Wie ich schon sagte, ich weiß nicht, wie das in den Räumen weitergeht. Im Moment entscheide ich, dass Sie so weitermachen wie bisher. Ich muss noch die Finanzen prüfen, wie und in welcher Form wir Sie bezahlen können. Mit Ihnen geht jetzt mein Mitarbeiter Jim. Bitte erklären Sie ihm alles, was Sie bisher gemacht haben und was noch zu machen ist. Wir werden in den nächsten Tagen eine Entscheidung treffen. Also noch mal, Sie machen weiter wie bisher.“ Die Herren bedankten sich und Jim ging mit ihnen aus dem Raum.

Mike winkte der Dame vom Empfang und den beiden Hilfsarbeitern. „Ich habe schon gesagt, ich kann noch keine Entscheidung treffen, wie das alles weitergehen wird.“

„Sie“, und er sprach die Damen vom Empfang an: „Für Sie ist es relativ einfach. Sie bleiben am Empfang. Wir geben Ihnen noch genaue Richtlinien, wie Sie sich zu verhalten haben und im Übrigen lassen wir das Schild an der Tür: »Galerie geschlossen«.“

Die Dame wollte noch etwas fragen, aber Mike vertröstete sie auf später. Dann sagte Mike: „Sie gehen am besten nach unten.“

Dann sagte er zu den Hilfsarbeitern: „Sie, meine Herren, machen weiter wie bisher. Sie sind verantwortlich für die Reinigung und für die anfallenden Hilfsarbeiten. Ansonsten bleibt im Moment alles, wie es war. Die nächsten Tage werden zeigen, wie es in der Galerie **artis opus** weitergeht.“

Es waren jetzt nur noch Alex, die beiden Mitarbeiter der Botschaft anwesend sowie Paul Vermeylen, Bart van de Velde und Peter Wahl.

An die drei gewandt, meinte Mike: „So meine Herren, Sie haben gehört, im Moment keine Polizei. Das ist Ihr großes Glück. Sie haben im Moment nur eine Chance, fangen Sie an zu reden. Wir kommen jetzt ohnehin hinter alles. Vielleicht können wir Lösungen finden, die wirtschaftlich vertretbar sind. Ich frage Sie, Peter Wahl, warum um Gottes Willen arbeiten Sie mit Bussow zusammen?“

Peter Wahl: „Mit Bussow habe ich eine rein geschäftliche Verbindung, er hat mich wegen seiner Bilder um Hilfe gebeten. Ich sollte sie nur einlagern. Dass sie gestohlen waren, das habe ich erst hier erfahren.“

Mike: „Herr Wahl, Sie haben Ihre Chance vertan. Ich lasse mich nicht anlügen.“ Dann fragte Mike Paul Vermeylen: „Wie war das mit Herrn Wahl, wusste er von den gestohlenen Gemälden und vor allen Dingen, warum war man so an der Galerie Kaiser interessiert?“

Paul mit einem scheuen Blick auf Peter Wahl: „Soweit ich weiß, wollten Wolfgang oder Heinz, wie Sie wollen, Bussow und Wahl zusammen versuchen, die Galerie Kaiser mit allen Mitteln in ihre Gewalt zu bringen. Ich glaube, man wäre auch vor Morddrohungen nicht zurückgeschreckt. Über die Galerie Kaiser als seriöses Unternehmen wollte man die Bilder aus der Eremitage an die früheren Eigentümer zurückverkaufen. Vorab sollten Kopien hergestellt werden. Ich glaube, in Wolfgangs Tasche ist eine Liste, um welche Gemälde es sich handelt und aus welchen Museen sie ursprünglich stammten. Es ging um riesige Geldbeträge. Aber nach meiner Meinung gab es noch einen anderen Grund, warum man unbedingt die Galerie Kaiser haben wollte.“

Mike: „Wusste Herr Wahl davon?“

Paul: „Logisch, der hatte das ursprünglich mit Herrn Bussow ausgeklügelt. Soweit ich weiß, stammt der ganze Plan von ihm.“ Mike: „Paul, ich danke Ihnen.“

Und zu Peter Wahl gewandt: „Herr Wahl, Sie werden mir immer unsympathischer. Ihnen baue ich keine Brücken mehr. Sie haben jetzt schon verloren. Ich werde dafür sorgen, dass Sie dahin kommen, wo Sie hingehören.“

Zu Bart gewandt: „Herr Bart von de Velde, haben Sie mir noch etwas zu sagen?“

Bart begann zögernd: „Das würde ich Ihnen gerne sagen, wenn Herr Wahl nicht dabei ist." So bat Mike Herrn Wahl, sich in den Empfang zu begeben.

Als man allein war, sagte Bart: „Das Thema ist heiß. Wir haben hier vier große **Peter Paul Rubens** liegen, die im Rubensmuseum in Antwerpen gestohlen wurden.

Mit der Versicherung wird wegen des Rückkaufs verhandelt."

„Ach du lieber Gott", entfuhr es Mike. „Die Bilder liegen hier in der Galerie?"

Paul: „Im Nebenhaus. Sie sind verpackt und nicht gleich zu finden. Aber das ist noch nicht alles. Aus einem Diebstahl in der Staatlichen Gemäldegalerie in Dresden haben wir **Raffaels – Sixtinische Madonna** und noch über zehn andere wertvolle Gemälde, die ebenfalls für den Rückkauf durch die Versicherungen hier lagern."

Mike entsetzt: „Doch nicht das weltbekannte Gemälde von **Raffael – die Sixtinische Madonna**, dieses riesige Bild?"

Bart ganz kleinlaut: „Genau das. Es ist auch verpackt und nicht gleich zu erkennen."

Mike konnte es gar nicht fassen. Er fragte noch zweimal zurück.

Dann sagte er: „Das werden wir morgen sichten. Sie und Paul wohnen hier. Sie bleiben vorerst auch hier. Bitte verlassen Sie das Gebäude nicht. Wenn Sie einkaufen müssen, schicken Sie einen der Arbeiter. Gehen Sie jetzt mit Alex und übergeben die Kasse und die dazugehörigen Unterlagen. Erklären Sie ihm, was zu machen ist."

Dann setzte sich Mike mit den verbliebenen Mitarbeitern der Botschaft und aus Michails Begleitung zusammen. Sie berieten die nächsten Schritte.

Solingen

Schon seit einer halben Stunde warteten Iwan und Wolfgang in Solingen auf das Auftauchen von Hilde mit ihrem Kind. Endlich sahen sie einen Kinderwagen, mit einer etwas älteren Frau. Der Kinderwagen entsprach der Beschreibung. Wolfgang ging auf die Frau zu und fragte: „Entschuldigung, sind Sie die Kinderfrau von Frau Hilde Granika?"

Stolz sagte die Ersatzoma: „Ja, und das ist die kleine Susi, wollen Sie mal schauen?"

Wolfgang: „Herzlichen Dank, ich war gerade bei der Firma Granika. Hilde hatte einen Unfall und bittet Sie, sofort mit uns ins Krankenhaus zu kommen. Bitte, steigen Sie ein. Den Kinderwagen klappen wir zusammen und legen ihn in den Kofferraum."

Die Ersatzoma: „Ist es was Schlimmes? Was ist denn passiert?"

Wolfgang: „Gleich, steigen Sie erst mal ein:"

Als Wolfgangs Wagen losfuhr, sagte die Ersatzoma: „Entschuldigen Sie, Sie fahren ja in die falsche Richtung."

Bussow, der jetzt eine Pistole in der Hand hatte: „Sie bleiben jetzt ganz ruhig, sonst war das Ihre letzte Minute. Dies ist eine Entführung."

Sie fuhren auf einen Parkplatz, auf dem Bussows Wagen geparkt war, ließen den Kinderwagen in Wolfgangs Auto, schlossen ab und veranlassten, dass die Ersatzoma mit dem Säugling in den anderen Wagen umstieg. Die Ersatzoma zeterte und sagte dann: „Wie stellt ihr euch denn das vor, das Kindchen wird noch gestillt. Wenn es keine Muttermilch hat, wird es sterben."

Wolfgang: „Mach dir keine Gedanken, wir kaufen jetzt alles, was man an Kindernahrung für einen Kleinstsäugling braucht. Außerdem noch Windeln. Du musst dir keine Gedanken machen. Aber ein Schrei und du bist tot."

So langsam begriff die Ersatzoma, in welchem Schlamassel sie steckte. Sie verlegte sich aufs Bitten. Aber nichts half. Sie hielten unweit einer Apotheke, Wolfgang kaufte ein, dann noch an einem Supermarkt, um sich mit Getränken und Lebensmitteln einzudecken und fuhren ab.

Wuppertal

Der Anruf erreichte Mike gegen 16 Uhr.

(Hilde) Mike, ich bin in furchtbarer Aufregung. Meine Ersatzoma ist mit meiner kleinen Susi kurz nach 14 Uhr aus dem Haus. Sie hätte um 15 Uhr wieder hier sein müssen. Vor einer halben Stunde habe ich jemanden nachgeschickt, denn ich dachte, sie hätte sich verbummelt, aber die hat niemanden gefunden. Was soll ich denn tun? Mir kommt der furchtbare Verdacht, Heinz steckt dahinter. Bitte, Mike, hilf mir. Ich weiß nicht mehr, was ich machen soll.

(Mike) Erst mal Ruhe bewahren. Bleibe am Telefon. Noch ist alles möglich. Auch ich habe auf einmal einen furchtbaren Verdacht, aber solange der sich nicht bestätigt, können wir nichts tun. Im Moment keine Polizei, das ist in unserer Situation das Schlimmste, was passieren kann.

(Hilde) Sicher hast du Recht, aber du glaubst gar nicht, was ich mir für Sorgen mache. Bitte gib mir noch mal Erich.

(Mike) Okay, ich versuche, dich zu verbinden.

Mike hoffte, dass das, was er vermutete, nicht wahr sein würde. Es verging noch eine dreiviertel Stunde, dann kam ein Telefonanruf:

(Mike) Mike Curtis – mit wem spreche ich?

(Bussow) Bussow! Mike, wir haben Michail Borodin und wir haben die kleine Susi Granika nebst Kinderfrau. Hören Sie gut zu. Ich sage das alles nur einmal. Sie haben von jetzt an sieben Tage Zeit, um Folgendes zu tun. Sie stellen meine

Bilder und Ikonen zusammen. Ebenso alle Bilder der Galerie ***artis opus****. Das schließt auch die Bilder aus den Diebstählen in Antwerpen und Dresden ein. Diese Bilder werden wir in sieben Tagen abholen lassen. Den Transport soll Peter Wahl begleiten. Sollten Sie den Transport verfolgen oder irgendwelche Ortungsgeräte anbringen lassen, werden wir der kleinen Susi einen Arm abhacken. Bei Wiederholung auch einen zweiten Arm Wir können auch bei den Füßen weitermachen. Sollte der Säugling sterben, machen wir das Gleiche bei Michail Borodin. Seien Sie sicher, Sie finden uns nicht. Sagen Sie meinem Freund, dem russischen Botschafter, er kann mich mal. Jetzt sind wir an der Reihe. Keine Polizei!*

(Mike) Wie stellen Sie sich das ......

Die Gegenseite hatte aufgelegt.

Selten fühlte sich Mike so hilflos wie im Moment. Er musste mit Erich sprechen, aber erst wollte er den Text für sich aufschreiben. Er wusste, das war ganz wichtig. So rekapitulierte er und schrieb die soeben gehörten Drohungen und Forderungen handschriftlich auf ein Blatt Papier.

Mike ging nach unten zum Empfang. Dort saß die Empfangsdame zusammen mit Erich.

Mike nahm Erich zur Seite und sagte: „Erich, es ist was Furchtbares passiert. Lies!“ und er gab ihm seinen handgeschriebenen Zettel. Danach gab er ihn der Dame und bat sie, sie möge den Text zweizeilig abschreiben.

Dann rief er den russischen Botschafter an. Er erfragte seine Fax-Nummer und bat ihn, neben dem Faxgerät zu bleiben, um dieses Fax persönlich in Empfang zu nehmen.

Er rief Susi in Wiesbaden an, informierte sie kurz und bat sie ebenfalls neben dem Faxgerät zu bleiben, um das kommende Fax persönlich in Empfang zu nehmen.

Mike nahm das Blatt mit dem Text der Erpressung und gab es per Fax an die russische Botschaft und an Susi durch.

Er schärfte der Dame am Empfang noch mal ein, zu keiner Menschenseele ein Wort darüber verlauten zu lassen.

Erich war leichenblass: „Mike“, fragte er, „was sollen wir machen und vor allen Dingen was soll ich Hilde sagen? Den Text kann ich ihr doch nicht zeigen. Ich könnte wahnsinnig werden, wenn ich daran denke, in welchen Händen sich unsere kleine Susi jetzt befindet. Die muss doch gestillt werden, sie ist doch erst wenige Tage alt. Was denken sich diese Verbrecher? Wir müssen sofort nach Solingen.“

Mike fast unheimlich ruhig: „Erich, bevor wir handeln, lass uns nachdenken. Eigentlich bin ich deiner Meinung, wir müssen sofort zu Hilde. Aber wir müssen auch alles tun, um nicht das Leben dieser drei Geiseln zu gefährden. Wenn wir uns jetzt an die Polizei wenden, so werden diese Verbrecher es erfahren. Dann kommt die Quittung in Form eines Körperteiles. Also keine Polizei. Die russische Staatsmacht ist involviert. Ich bin sicher, die werden uns helfen. Wir müssen dafür sorgen, dass die Leute der Galerie **artis opus** nichts über das Geschehen hier verlauten lassen. Ein falsches Wort nach draußen und wir haben die Polizei im Haus. Das ist unser Schwachpunkt. Es muss hier alles seinen Gang gehen wie bisher. Lediglich die Bilder werden wir vorläufig zusammenstellen, dass sie eventuell abgeholt werden können. Ich werde mit Peter Wahl darüber reden.

Ich werde jetzt Susi in Wiesbaden anrufen und sie bitten, sofort nach Solingen zu kommen. Vielleicht sind wir gemeinsam in der Lage eine Entscheidung zu treffen, wie wir diesen teuflischen Plan vereiteln können.

Ich habe jetzt noch ein paar wichtige Gespräche zu führen, aber ich glaube in einer Stunde spätestens fahren wir nach Solingen.“

Erich wäre am liebsten sofort gefahren, aber er sah Mikes Argumente ein. Er selbst ging noch mal zu allen Mitarbeitern der Galerie **artis opus** und bat um absolutes Stillschweigen.

Mike telefonierte lange mit dem russischen Botschafter, dann hatte er ein langes Gespräch mit Susi, die versprach, sofort mit Moritz nach Solingen zu kommen.

Mike veranlasste noch die nächtliche Bewachung der Galerie **artis opus** und versprach am nächsten Morgen wiederzukommen. Dann verließ er mit Erich die Galerie.

Solingen

Mike und Erich waren eben bei der Firma Granika vorgefahren, als Hilde aus dem Haus stürzte, ihren Erich umarmte und fragte:

„Weißt du schon was, ich vergehe fast vor Sorge. Wir haben noch mal alle Straßen abgesucht. Du hast mir ja verboten nach der Polizei zu rufen. Was ist los?"

Mike ganz ruhig: „Hilde, komm lass uns ins Haus gehen, das Thema können wir nicht auf der Straße besprechen. Komm, wir gehen rein."

Sie gingen ins Wohnzimmer, Mike bat Hilde, sich zu setzen und sagte dann: „Hilde, ich hatte einen Anruf, das Gesagte habe ich aufgeschrieben." Mike reichte Hilde das Blatt mit dem Text des Telefonates mit Bussow.

Hilde las den Text, blieb sitzen, las ihn noch mal. Dann stand sie auf, sie war plötzlich aschfahl und sage tonlos: „Die haben mir mein Baby genommen." Sie blieb ganz ruhig stehen. „Ich wusste, wenn der Kerl hier auftaucht, wird was Furchtbares geschehen. Die wollen unser Kind umbringen."

Dann fiel Hilde zu Boden und schluchzte hemmungslos.

Susi
+
artis opus

Solingen

Susi und Moritz waren in einer Rekordzeit von Wiesbaden nach Solingen gefahren. Erich begrüßte sie leichenblass und führte sie ins Wohnzimmer. Am Boden lag eine schluchzende Hilde Mike bemühte sich um sie, aber Hilde lehnte jegliche Hilfe ab.

Susi setze sich zu ihr auf den Boden, sprach ganz leise mit ihr, dann half sie ihr auf und ging mit ihr nach draußen.

Erich schilderte Moritz in kurzen Worten, dass man erst vor wenigen Minuten Hilde von der Kindesentführung unterrichtet hatte und erklärte ihre Reaktion.

Mike nahm das Wort: „So furchtbar das ist. Wir sollten jetzt einen kühlen Kopf bewahren. Wir müssen überlegen, wie wir vorgehen. Gott sei Dank haben uns die Verbrecher sieben Tage Karenzzeit gelassen. Ich werde euch meine Meinung sagen, aber ich will das nicht allein verantworten.

Wenn wir die Polizei einschalten, so wissen die auch nicht mehr als wir und wir gefährden den Austausch der Bilder aus der Galerie **artis opus** mit den Geiseln, sprich mit der kleinen Susi, der Kinderfrau und Michail. Die Polizei wird keinesfalls die Bilder ohne Ortungsgerät herausgeben. Ich rate davon ab, die Polizei zu informieren. Ich bin der Meinung, dass wir innerhalb von sieben Tagen die Möglichkeit haben werden, auf die Spur dieser Gangster zu kommen. Wie, weiß ich zwar auch noch nicht, aber wir haben die russische Staatsmacht hinter uns, da sehe ich Möglichkeiten. Was meinst du, Moritz?“

Moritz sehr ernst: „Als einfacher Staatsbürger denke ich sofort an die Polizei. Aber du hast natürlich Recht, damit erreichen wir wenig. Diese Verbrecher sind längst über die Grenze und da sind die Fahndungsmöglichkeiten beschränkt. Ich denke nur an das letzte Jahr, hätten wir nicht dich mit deinen Leuten gehabt, ich glaube, bis heute wären die gestohlenen Bilder noch nicht wieder zurückgeführt. Mike, ich muss mich leider deiner Meinung anschließen, wir sollten versuchen, einen Austausch der Geiseln gegen die Bilder vorzunehmen. Erich, was meinst du?“

„Ach, Moritz“, Erich war sichtlich durcheinander, „ich mache mir solche Vorwürfe, dass ich nicht hier in Solingen geblieben bin, dann wäre das wahrscheinlich nicht passiert.“

Mike: „Erich, dann wär's noch schlimmer, dann hätten die anstelle eurer Ersatzoma deine Hilde. Da sei sicher. Außerdem ist es sinnlos, sich über Vergangenes Sorgen zu machen. Jetzt heißt es, mit Köpfchen handeln.“

Die Tür ging auf. Weiß wie der Tod stand Hilde zwischen ihnen. Sie war ganz ruhig. „Susi hat Recht, mit Flennen komme ich nicht weiter. Die haben sich geschnitten, wenn die glauben, ich würde wie ein Kaninchen auf die Schlange starren ... ich werde meine kleine Susi finden.“

Dann ging sie an den Wohnzimmerschrank, nahm sich ein Glas, goss sich einen Cognac ein und sagte: „Diese Medizin brauche ich jetzt und dann lasst mich überlegen.

Die ganze Zeit wusste ich, dass Heinz hier in der Nähe war. Ich wusste auch, dass er mit dem Diebstahl zusammenhing. Niemand hat mir geglaubt. Jetzt weiß ich, der Sauhund ist mit unserem Baby nach Italien unterwegs. Der will sich in Bordighera verkriechen. Ich spüre das förmlich. Und wenn ihr zehnmal sagt, ich spinne, ich fühle, dass das so ist. Ich werde jetzt was unternehmen.“

Sie holte ihr Notizbuch, schlug es auf und wählte. Damit die anderen mithören konnten, schaltete sie den Lautsprecher ein.

(Stimme) Si.

(Hilde) Hallo, Carlo, ich muss dir was Furchtbares erzählen. Man hat meine kleine Susi, mein Baby, heute Nachmittag entführt. Es war mein ehemaliger Freund und ich

nehme an, er ist mit ihr nach Bordighera. Dein Freund hat für mich dort recherchiert. Ist er noch in Ventimiglia und spricht er Deutsch? Kann man ihn telefonisch erreichen und meinst du, er würde mir noch mal helfen?

(Carlo) Die Entführung ist entsetzlich. Selbstverständlich helfe ich, wenn immer ich kann. Nun zu meinem Freund. Er ist aus Meran. Demzufolge spricht er Deutsch wie du und ich. Er ist immer noch in Ventimiglia und wohnt und arbeitet im Botanischen Garten in Ventimiglia. Er heißt Fredi Kiesswetter. Moment, ich gebe dir die Adresse und Telefonnummer. Ich werde ihn jetzt sofort anrufen und ihn vorwarnen. Wenn du fünf Minuten wartest, dann kannst du ihn anrufen. Hilde, wenn immer du meine Hilfe brauchst, rufe an, ich komme.

(Hilde) Carlo, ganz lieben Dank, du weißt gar nicht, wie sehr du mir geholfen hast. Ciao, Carlo.

(Carlo) Ciao, Hilde und Kopf hoch, das kriegen wir schon wieder in Ordnung

Als Hilde aufgelegt hatte, sagte sie zu den anderen: „Ihr seid mir doch nicht böse, dass ich selbst versuche, meinen kleinen Wurm zu retten?"

Susi nahm sie in den Arm: „Ich bin ganz sicher, dass du das einzig Richtige machst, was in deiner Situation möglich ist. Hilde, Erich, kämpft um euer Kind. Jede Möglichkeit muss jetzt genutzt werden".

Mike ganz ruhig zu Hilde: „Hilde, das hast du gut gemacht. Aber abgesehen davon, dass das mit Bordighera nur ein Verdacht ist, es ist die einzige, wenn auch winzige Spur, die wir haben. Ich bin dafür, dass wir die verfolgen. Du hattest schon einmal in dieser Angelegenheit die Intuition, dass sich Heinz hier in der Nähe aufhält. Das hat sich als richtig herausgestellt. Warum solltest du nicht jetzt eine Eingebung haben, dass Heinz nach Bordighera geflüchtet ist? Warten wir doch mal ab, was dieser Fredi Kiesswetter sagt.

Vielleicht kann der schon vorab recherchieren. Ich glaube, du kannst ihn jetzt anrufen.“

Hilde bedankte sich bei Mike für die Worte, nahm den Telefonhörer und wählte die Nummer in Ventimiglia.

(Stimme) Pronto.

(Hilde) Ich hätte gerne Fredi Kiesswetter gesprochen.

(Fredi) Ja, Frau Granika, ich habe schon auf Ihren Anruf gewartet. Carlo hat mich eben angerufen und mir von der furchtbaren Entführung Ihres Kindes erzählt. Wo und wie kann ich Ihnen helfen?

(Hilde) Wissen Sie zufälligerweise, wo und bei wem dieser Mitbesitzer der Galleria di pitture in der Via Vittorio Emanuele wohnt, wenn er in Bordighera ist? Oder wohnt er bei dem Besitzer Antonello Filippi?

(Fredi) Sie haben sehr gut zugehört. Also dieser Mitinhaber ist Nordfranzose oder Belgier. Er wohnt nicht bei Herrn Filippi und auch in keinem Hotel. Wie ich durch Zufall herausfinden konnte, besitzt er ein Haus in der Nähe von Bordighera. Es ist ein großes Anwesen mit zwei seitlich angebauten Ferienwohnungen. Es liegt elf Kilometer nördlich von Bordighera in den Seealpen. Der Ort heißt Seborga. Ein wunderschönes, altes und malerisches Dorf.
Das Anwesen liegt etwas außerhalb des Ortes Seborga mit einem herrlichen Panorama. Ich war dort und habe mir das angesehen.

(Hilde) Haben Sie vielleicht die Adresse?

(Fredi) Bedaure, ich glaube der Weg zu diesem Anwesen hat keinen Namen. Wenn Sie hierherkommen, so führe ich Sie gerne dorthin. Es ist eine sehr kurvenreiche Straße nach Seborga und liegt 500 Meter über dem Meer.

(Hilde) Möglich, dass ich schon morgen komme. Sind Sie dann auch in Ventimiglia zu erreichen?

(Fredi) Rufen Sie mich nur an. Ich bin immer irgendwo hier im Botanischen Garten.

(Hilde) Herr Kiesswetter, haben Sie vielen, vielen Dank. Ich werde Sie mit Sicherheit anrufen. Nochmals herzlichen Dank und ciao.

(Fredi) Rufen Sie an, wann immer Sie wollen und Sie sind mir in Ventimiglia herzlich willkommen. Ciao.

Mike sagte nur: „Nachdem das unsere einzige Spur ist, werde ich diese an die russische Botschaft weitergeben. Vielleicht schließen die sich unserer Meinung an und recherchieren mit uns in Bordighera."

Mike nahm das Telefon und sprach lange mit dem russischen Botschafter. Als er aufgelegt hatte, meinte Mike:

„Der Botschafter war nicht so angetan von dieser Spur. Er will sich die Sache durch den Kopf gehen lassen, sie mit seinen Leuten besprechen und in einer Stunde wieder anrufen. So lange sollten wir auch mit unseren Planungen warten. Was wir jetzt brauchen, ist Geduld und gute Nerven."

Hilde, sehr ruhig und gefasst: „Ganz gleich, was der russische Botschafter entscheidet. Ich fahre nach Bordighera, wenn Heinz dort ist, dann werde ich ihn finden. Hier herumsitzen und zu warten, dass irgendetwas passiert, das mache ich auf keinen Fall."

Erich umarmte seine Hilde: „Ich komme mit, ganz gleich was sich hier ereignet, auch wenn das nur ein winziger Verdacht ist, wir müssen dieser Spur nachgehen."

Danach gab es eine lange und ausführliche Diskussion, wie man die Reise nach Bordighera gestalten kann und vor allen Dingen, wer in der Abwesenheit von Erich und Hilde die Firma Granika leiten soll. Letzteres war rasch geklärt. Moritz wollte während dieser kritischen Tage wieder die Leitung der Firma Granika übernehmen, sodass Hilde und Erich sich ausschließlich um die Belange der Kindesentführung kümmern konnten.

Nach nicht ganz einer Stunde klingelte das Telefon.

Erich nahm ab:

(Erich) Erich Granika

(Stimme) Botschaft der russischen Föderation. Könnten Sie mich mit Herrn Mike Curtis verbinden?

(Erich) Selbstverständlich, Moment.

(Botschafter) Hallo, Herr Curtis, ich habe versprochen, schnellstens zurückzurufen. Ich hatte ein intensives Gespräch mit meinen Mitarbeitern. Ich habe auch mit der entsprechenden Behörde in Moskau gesprochen. Da wir im Moment keine andere Spur haben, werden wir diese verfolgen. Diese Verbrecher sind heute Nachmittag aus Deutschland geflohen. Mit dem Säugling können sie nicht nach Bordighera durchfahren, ohne das Leben der Geiseln zu gefährden. Sie müssen mindestens eine Übernachtung einlegen und wegen des Säuglings alle drei bis vier Stunden eine Pause machen. Sie können auch nicht den kürzesten Weg über die Schweiz nehmen, ohne Gefahr zu laufen, bei einer Grenzkontrolle entdeckt zu werden. Ein anderes Verkehrsmittel als das Auto können sie nicht benutzen. Nach unserer Berechnung werden sie nicht vor morgen am späten Nachmittag in Bordighera sein. Nach unserer Auffassung braucht Bussow noch Helfer für die Bewachung der Geiseln. Auch die müssen sie organisieren. Das alles dauert. Bussow hat nach unseren Recherchen Kumpane in Paris, die wird er wahrscheinlich aktivieren.

Wir nehmen an, er hat Solingen gegen 15 Uhr verlassen. Wir rechnen mit zwei Pausen von je einer Stunde und einer Fahrzeit von Solingen nach Paris von fünf Stunden. Das ergibt eine Ankunft in Paris gegen 22 Uhr. Um die Bewachung der Geiseln sicherzustellen, brauchen sie etwa zwei Stunden, dazu kommen acht Stunden Schlaf. Nach unserer Meinung kann Bussow Paris nicht vor neun oder zehn Uhr am Morgen verlassen. Dann haben sie eine Strecke von rund 1.100 Kilometer vor sich. Also eine Fahrzeit von mindestens zehn bis zwölf Stunden. Nach unserer Berechnung müssten sie morgen kurz vor Mitternacht in Bordighera ankommen. Selbst wenn sie alle Pausen ignorieren, mit erlaubter Höchstgeschwindigkeit fahren, können sie nicht vor morgen Abend in Bordighera sein. Das gibt uns Luft für unsere Vorbereitungen.

Wir haben einen Sanitätsjet, der morgen sehr früh in St. Petersburg abfliegt. Er landet um 8:10 Uhr in Düsseldorf. Dort können Sie und Ihre Leute zusteigen. Der Jet hat zwölf Sitze und zwei Liegen plus zwei Notsitze. Geplanter Abflug in Düsseldorf 8:55 Uhr, Ankunft in Nizza 10:35 Uhr. Die Flugzeiten bedürfen noch der Bestätigung.

(Mike) Exzellenz, soweit habe ich alles verstanden. Wie viel Plätze haben wir im Flugzeug zur Verfügung?

(Botschafter) Mit dem Flugzeug kommen ein Arzt und ein Sanitäter. Weiterhin zwei Mann unserer Ermittlungskommission aus St. Petersburg. Sie können also über acht Plätze verfügen. Wenn ich richtig verstanden habe, ist Maxim Pasternak in Wuppertal. Den sollten Sie in jedem Fall mitnehmen. Dann einen Beamten, der mit Michail gekommen ist und einen Mann von meiner Botschaft. Über die restlichen Sitze können Sie verfügen.

(Mike) Was schlagen Sie vor, soll ich auch mitkommen oder die Angelegenheit von hier aus koordinieren?

(Botschafter) Es wäre mir lieber, Sie würden im Moment in Wuppertal bleiben. Für die Aktion Bordighera habe ich noch zusätzlich vier Spitzenleute zur Verfügung. Zwei aus Marseille und zwei aus Monte Carlo. Glauben Sie mir, wenn Bussow dort auftaucht, dann bekommen die ihn. Wenn Bussow in diesem Seborga ankommt, hat er verloren, es ist dann nur noch eine Frage des günstigsten Zeitpunktes. Haben Sie im Moment noch Fragen?

(Mike) Exzellenz, soweit alles klar. Ich werde jetzt alles Notwendige veranlassen und rufe Sie in zirka einer Stunde zurück, um Ihnen die Namen der restlichen Passagiere anzugeben. Haben Sie vielen, vielen Dank für Ihre

Bemühungen. Sie können sich denken, in welcher Sorge die Eltern des Säuglings sind.

(Botschafter) Sagen Sie den Eltern, dass wir alles tun werden, um das Kind aus den Fängen dieser Verbrecher zu retten. Ich bin jetzt vierzig Jahre im Dienst, aber so ein Abscheulichkeit, einen Säugling zu kidnappen, das habe ich noch nicht erlebt.
Auf Wiedersehen, bis nachher.

Mike ganz ruhig: „Hilde, du solltest vielleicht diesen Fredi Kiesswetter in Ventimiglia informieren, dass du und Erich morgen um 10:35 Uhr in Nizza ankommt. Vielleicht auch Carlo in Rom, damit er sich nicht unnötig Sorgen macht."

Hilde, immer noch weiß wie eine Wand, sagte nur: „Komm Erich, wir gehen in mein Büro, Mike braucht hier das Telefon." Sie ging mit Erich in ihr Büro um zu telefonieren.

Mike telefonierte mit Maxim und erzählte ihm die neuesten Entwicklungen.

(Mike) Der Botschafter meint, du solltest mit nach Bordighera kommen, um dolmetschen zu können.

(Maxim) Da brauchen wir überhaupt nicht darüber zu sprechen. Susi soll nur meine Frau beruhigen. Die sieht mich schon wieder im Krankenhaus. Wir können ja mit einem Wagen von hier zum Flughafen fahren. Du sagst, ein Mann von der Botschaft und ein Beamter der mit Michail kam sollen mitfliegen?

(Mike) Ja, seid bitte morgen Früh gegen 7:30 Uhr am Flughafen in Düsseldorf. Ich weiß noch nicht, wo ihr eincheckt. Pässe nicht vergessen. Rufe mich bitte an, wenn du mit den beiden gesprochen hast. Ich nehme an, der Botschafter hat ihnen das schon mitgeteilt. Also bis nachher.

Mike zu Susi gewandt: „Susi, du hast mitgehört; beruhige Frau Pasternak. Ich glaube, die russische Botschaft tut viel in dieser Angelegenheit. Wie ist es mit dir? Bleibst du über Nacht?"

Susi ernst: „Ich kann im Moment noch nicht zurückfahren. Ich will morgen Früh mit der Bahn fahren. In meinem Zustand die lange Strecke mit dem Auto, das glaube ich, ist nicht das Richtige. Außerdem hätte ich mir gerne diese Galerie **artis opus** angesehen. Nimmst du mich morgen Früh mit?"

Mike: „Ich bringe euch zum Flughafen und wir fahren dann zusammen nach Wuppertal. Moritz, willst du mit?"

Moritz: „Das würde mich auch interessieren."

Hilde kam mit Erich zurück von ihren Telefonaten und berichtete: „Carlo und dieser Fredi Kiesswetter sind zwei ganz liebe Jungs. Stellt euch vor, Fredi Kiesswetter hat es sich nicht nehmen lassen und wird uns in Nizza am Flughafen abholen. Carlo hat gemeint, er würde sofort seine Sachen packen und hofft, noch den Nachtzug von Rom nach Genova zu erwischen. Er wäre dann am Vormittag schon in Ventimiglia. Er würde dort mit Fredi Kiesswetter einen Treffpunkt ausmachen. Solche Freunde zu haben, ist schon toll. Auch der Botschafter und das alles ist beruhigend. Ich kann nur hoffen, dass ich mit meiner Ahnung richtig liege."

Mike: „Hilde, mach dir keine Gedanken. Selbst wenn du nicht Recht haben solltest. Ich bleibe hier, falls es zu einer anderen Entwicklung kommt, so bleiben wir auf jeden Fall am Ball. Du hast mitgehört, der Botschafter ist der gleichen Meinung. Dir und Erich gebe ich jetzt einen guten Rat. Bitte, nehmt ein Beruhigungsmittel oder noch besser, ein Schlafmittel, und legt euch ins Bett."

Zwischenzeitlich rief Maxim zurück. Er hatte mit den beiden Herren gesprochen. Diese waren vom Botschafter schon informiert worden. Maxim bat Mike, er möge ihm Geld mitbringen, denn jetzt würde die Reise doch länger dauern und er hätte seine Geldkarte zu Hause gelassen. Mike versprach es.

Dann wählte Mike die Direktnummer des Botschafters an:

(Stimme) Hallo!

(Mike) Exzellenz?

(Botschafter) Ja, habe schon auf Ihren Anruf gewartet.

(Mike) Unser Informant in Ventimiglia, Fredi Kiesswetter, kommt zum Flughafen in Nizza, um uns zu treffen. Außerdem unser Vertreter in Rom, Herr Carlo Steiner, reist von Rom aus an, um uns zu helfen. Er wird in den Vormittagsstunden in Ventimiglia eintreffen.
Da wir in Bordighera nur eine Spur verfolgen, möchte ich mich personell nicht ganz entblößen. Ich weiß nicht, was mich in Wuppertal noch alles erwartet. Es werden in Düsseldorf zusteigen: Die Kindseltern Hilde und Erich Granika, Ihr Herr aus St. Petersburg, der Michail begleitete und Ihr Herr von der Botschaft in Berlin, unser Maxim Pasternak und mein Mitarbeiter Jim.

(Botschafter) Ich kann zwar gut verstehen, dass die Eltern dabei sein wollen, aber Sie wissen genauso wie ich, dass das nicht zweckmäßig ist. Ich werde mit meinen Mitarbeitern noch mal sprechen, vielleicht kann man sie bei der Festnahmeaktion anderweitig binden. Das sind Laien, etwas unbedachtes, und das Unternehmen kann scheitern.

(Mike) Sie haben Recht, aber wie kann man das den Eltern verwehren?

(Botschafter) Mal sehen, was meine Leute dazu sagen. Sie wissen wie ich, dass wir gegebenenfalls Schusswaffen einsetzen müssen.

(Mike) All das ist mir klar. Ich will Maxim entsprechend informieren. Vielleicht kann der geschickt die Eltern aus der Gefahrenzone bringen. Sobald morgen Früh das Flugzeug abgeflogen ist, werde ich Sie wieder informieren.

Gedankenverloren legte Mike auf. Er musste jetzt unbedingt noch mal Maxim und Jim erreichen, denn Jim musste mit nach Bordighera.

Die Telefonate mit Maxim und Jim waren schnell erledigt. Dann aß man noch eine Kleinigkeit und wollte zu Bett gehen, als das Telefon klingelte.

(Mike) Bei Granika.

(Botschafter) Mike, sind Sie am Apparat?

(Mike) Exzellenz, ja? Was gibt es?

(Botschafter) Ich hatte die unangenehme Aufgabe, Frau Borodin von der Entführung ihres Mannes zu unterrichten. Paula bestand darauf, morgen Früh mit dem Flugzeug nach Nizza zu fliegen. Ich habe alles versucht, um das zu vermeiden, aber Paula hat sich nicht abwimmeln lassen. Wir haben also morgen noch eine weitere Person, die wir eigentlich nicht brauchen können, aber das ist leider nicht zu ändern. Ihr Visum für Deutschland gilt für die EU, also auch für Frankreich und Italien. Können Sie morgen Früh eventuell noch mal mit diesem Fredi Kiesswetter sprechen, vielleicht kann der die Eltern und auch Paula davon überzeugen, nicht bei der Aktion dabei zu sein. Damit wäre uns sehr geholfen.

(Mike) Exzellenz, ich will mein Äußerstes versuchen. Vielleicht ist unser Vertreter in Italien, Carlo Steiner die richtige Person, das zu tun. Ich will Maxim und Jim auch entsprechend informieren. Liegt sonst noch etwas an?

(Botschafter) Nein, danke für Ihre Hilfe. Gute Nacht.

(Mike) Danke für die Info und Gute Nacht.

Es wurde Zeit, ins Bett zu gehen. Mike war nicht nur hundemüde, er war erschöpft bis zum Gehtnichtmehr.

Paris

Iwan Bussow und Wolfgang alias Heinz waren jetzt fast sieben Stunden unterwegs. Die Ersatzoma hatte ihnen die Hölle heiß gemacht, damit der Säugling ein warmes Fläschchen bekam. So mussten sie eine längere Pause einlegen. Auch Michail wurde unruhig. Um sein Leben nicht zu gefährden, mussten sie ihn aus dem Kofferraum nehmen und gefesselt nach vorn setzen. All das hielt sie auf.

Sie hatten Paris bereits umfahren und waren auf der Autobahn in Richtung Auxerre, als Wolfgang fragte: „Sind wir nicht bald da?"

Bussow leise: „Wir fahren jetzt noch Autobahn bis Fleury-en-Biére, dann ist es nicht mehr weit bis zum Forét Fontainebleau, dort haben meine Bekannten einen Hof, der einsam liegt und in dem wir bleiben können."

Wolfgang leise zurück: „Na, hoffentlich. Es wird Zeit."

Sie fuhren von der Autobahn ab, dann durch eine Reihe kleiner Orte auf eine ganz kleine Straße und standen plötzlich vor einem Gehöft, das im Nirgendwo zu liegen schien. Das Tor wurde geöffnet und der Wagen fuhr in den Hof.

Wieder machte die Ersatzoma ein riesiges Gezeter. Das Kind müsse jetzt endlich das Fläschchen haben und es kam eine ältere Frau hinzu, die sie mit in die Küche nahm. Wolfgang und Bussow und zwei andere Männer brachten Michail in einen Raum. Anscheinend musste Michail versorgt werden. Es dauerte eine ganze Weile, bis man sich wieder um die Ersatzoma und den Säugling kümmern konnte. Das Baby hatte inzwischen ein Fläschchen und schlief schon wieder. So sperrte man die beiden in ein Zimmer, das vergitterte Fenster hatte.

***

Nachts um vier Uhr gab es wieder Lärm. Die Ersatzoma hämmerte an die Tür und verlangte ein Fläschchen für das Baby. Die Frau ging mit ihr in die Küche und danach mit ihr zum Füttern des Säuglings. Auf die Idee, dass die Ersatzoma Französisch sprechen könnte, waren sie nicht gekommen. Am nächsten Morgen um acht Uhr wiederholte sich das Ganze. Wieder Fläschchen machen. Um neun Uhr kam Iwan Bussow zu Wolfgang: „Du, ich habe hier Schwierigkeiten, die halten sich nicht an unsere Vereinbarung. Mal sehen, wie ich das ändern kann."

Noch bevor er weitersprechen konnte, kam die ältere Frau – anscheinend die Frau des Hauses: „Ihr Verbrecher, ihr habt ein Neugeborenes entführt. Ich habe schon viel in meinem Leben gehört, aber so etwas Ungeheuerliches noch nicht. Ihr seid Scheusale in Menschengestalt. Ihr verlasst mein Haus innerhalb von zwei Stunden. Was meint Ihr, wenn die Presse davon Wind bekommt. Die suchen euch europaweit. Ich kann euch nur einen guten Rat geben, gebt das Baby umgehend zurück. Wenn Ihr nicht könnt, so mache ich das und bringe die Kinderfrau und das Baby zur deutschen Botschaft nach Paris. Wenn mein Mann noch weiter mit euch arbeitet, dann kann er gehen, ich will nichts mehr mit ihm zu tun haben. Ich hoffe, ihr habt mich verstanden. Ihr habt zwei Stunden."

Wolfgang: „Scheiße, wie hat die rausgekriegt, dass wir die gekidnappt haben. Entweder die Frau kann Deutsch oder die Kinderfrau Französisch. Jetzt wird's gefährlich."

Wolfgang ganz leise zu Bussow: „Nachdem dein Unterschlupf schiefgegangen ist, schlage ich Bordighera vor. Du kennst mein Haus in Seborga. Niemand sonst weiß, dass es mir gehört. Niemanden habe ich je von diesem Haus erzählt. Lediglich Bart und Paul wissen, dass ich da unten eine Galerie betreibe. Auch die wissen vom Haus nur wenig. Bart war einmal mit dir dort. Allerdings können wir nicht allein dort runter. Wir müssen auch schlafen und brauchen zusätzliche

Bewachung für Borodin und die Kinderfrau. Kannst du deine beiden Freunde aus Paris bitten, mitzukommen?“

Iwan Bussow: „Lass mich mal mit ihnen sprechen. Ich glaube, das wird sich machen lassen.“

Wieder kam die Frau des Hauses: Sie hatte in der Hand einen kleinen Korb voller Babywäsche und verlangte die Kinderfrau zu sprechen. Sie sagte laut und vernehmlich: „Ihr Verbrecher, ein Neugeborenes ohne Wäsche und ohne alles, das Baby stirbt euch unter den Händen. Ich habe von meiner Tochter noch die Babysachen aufgehoben, die nehmt mit. Zeigt wenigstens ein bisschen Barmherzigkeit.“

Mit diesen Worten übergab sie die Babysachen und Wolfgang versprach, sie sofort in den Wagen zu legen.

Dann kam Iwan Bussow: „Meine zwei Mann aus Paris kommen mit uns. Sie nehmen Michail mit in ihrem Wagen und fahren hinter uns her. Wir haben dann nur die Kinderfrau und das Baby. Ich habe kurz auf der Karte nachgeschaut. Bis Bordighera sind es zirka 1.100 Kilometer. Das müssten wir mit Pausen in elf bis zwölf Stunden schaffen.“

Kurz vor 10 Uhr fuhren die beiden Wagen aus dem Hof in Richtung Autobahn.

Solingen / Düsseldorf

Schon kurz nach sechs Uhr morgens waren sie auf den Beinen. Trotz des furchtbaren Erlebnisses hatten sie einigermaßen geschlafen. Um viertel vor sieben Uhr verließen Hilde, Erich, Susi, Moritz und Mike die Wohnung in Solingen und fuhren zum Flughafen. Sie trafen dort Maxim, Jim und die beiden russischen Herren und fanden schnell den Abfertigungsschalter für den Sonderflug nach Nizza. Die Namensliste der zusteigenden Passagiere lag vor und die Abfertigung dauerte nicht lange. Trotzdem war es fast halb neun, bis die Vier boarden konnten.

Mike, Susi und Moritz warteten noch, bis die Maschine gestartet war, dann rief Mike die russische Botschaft an. Er teilte mit, dass alles geklappt hat. Dann fuhren sie nach Wuppertal.

Wuppertal

Es war fast zehn, bis Mike mit Susi und Moritz in der Galerie **artis opus** war.

Während Mike die vielen Fragen beantwortete und zusah, dass alles seine Richtigkeit hatte, besichtigten Susi und Moritz die weitläufigen Gebäude der Galerie **artis opus**.

Susi blieb lange bei den drei russischen Kopisten stehen. Sie konnte es nicht fassen, was da geschah: „Moritz, die übermalen unsere Öldrucke. Alle Vorlagen die ich gesehen habe, sind unsere Öldrucke und im Nachbarraum lagern davon noch mal mindestens 300 Stück. Wenn die auf den Markt gekommen wären, hätten die uns das ganze Geschäft ruiniert. Das ist eine Ungeheuerlichkeit, die ich nie für möglich gehalten hätte. Das muss ich nachher unbedingt mit Mike und mit Anton besprechen." Als sie alle Räume besichtigt hatten, meinte Moritz: „Das ist schon enorm, was dieser Heinz hier in den wenigen Wochen geschaffen hat. Das sind riesige Räume und Fertigungssäle. Auch die geplante Galerie ist wirklich geschmackvoll aufgebaut. So ein Gebäude sollten wir noch zusätzlich in Wiesbaden haben, dann hätten wir viele Sorgen weniger."

Als Mike wieder ansprechbar war, kam Susi auf die Kopiertechnik der drei Russen zu sprechen. Sie sagte:

„Jetzt weiß ich auch, warum sich unsere Öldrucke so gut verkauft haben. Heinz hat sie aufkaufen lassen und die werden hier durch die drei Kopisten auf einfachste Art und Weise übermalt. Das Schlimme ist, man kann kaum sehen, dass die Übermalung auf Öldrucke erfolgt. Wären die damit auf den Markt gekommen, die hätten uns das gesamte Geschäft ruinieren können."

Mike lächelte: „Ich hab mir schon gedacht, dass du schockiert sein wirst, wenn du das siehst. Aber so dumm ist die Idee von Heinz gar nicht. Es sind und bleiben Kopien, ob man es auf die aufwendige Art der handgemalten Kopie macht wie wir, oder auf die einfache Art wie Heinz. Wir sollten mit Anton darüber sprechen. Du solltest dir mal die fertigen Bilder ansehen, die sehen aus wie unsere Bilder. Lediglich der Keilrahmen und die Leinwand sind anders. Aber wer merkt das schon? Wenn Heinz damit auf dem Markt erschienen wäre, dann hätten wir reagieren müssen und das wäre nicht einfach gewesen. Du siehst Anton, warne ihn. Wir müssen da was unternehmen."

Moritz meinte: „Was dieser Heinz in den wenigen Wochen hier zustande gebracht hat, das ist schon erstaunlich. Möchte wissen, woher dieser Kerl das Geld hatte. Das kostete doch alles ein Vermögen."

Mike bitter: „Dieser Verbrecher hat Gemälde bei Museen stehlen lassen, diese gekauft und dann über die Versicherungen zurückverkauft. Anscheinend ein lohnendes Geschäft. Mir ist nur ein Rätsel, wie er an diesen Bussow herangekommen ist."

Moritz: „Ich hab schon zu Susi gesagt, solche Räume müssten wir noch zusätzlich in Wiesbaden haben, dann hätten wir produktionsmäßig alles im Griff. Der Kerl hat wirklich geplant, uns Konkurrenz zu machen und wie ich das jetzt sehe, wahrscheinlich sogar mit Erfolg."

Susi voller Elan: „Wisst ihr, was ich gerne machen würde, unseren Kunden Horst Gerkan besuchen. Er soll doch nur um die Ecke sein Geschäft haben. Was meint ihr?"

Moritz meinte, das müsse nicht unbedingt sein, aber Mike war der gleichen Auffassung und so gingen sie zur Bilderrahmenfabrik Horst Gerkan. Er kam, um sie persönlich zu begrüßen.

Horst Gerkan: „Es freut mich, Sie zu sehen. Seien Sie mir willkommen. Bitte kommen Sie in mein Büro, was darf ich Ihnen anbieten?“

Mike: „Die Freude ist nicht unbedingt auf unserer Seite. Ich glaube, wir wollen von Ihrer Gastfreundschaft Abstand nehmen. Ich habe Sie mehrfach gewarnt und gebeten, mir die Wahrheit zu sagen. Das ist trotz Warnung nicht geschehen. Wir wissen jetzt, dass Wolfgang Zeller der von uns gesuchte Heinz Engler ist und Sie wussten das auch. Wir wissen heute, dass Heinz Engler die Militaria bei der Firma Granika gestohlen hat und diese lagern teilweise noch in seinen Räumen. Heinz Engler hat zusammen mit einem Komplizen den Direktor der Eremitage in St. Petersburg entführt und als Geisel genommen. Er besaß außerdem noch die unmenschliche Gemeinheit, das neu geborene Kind von Hilde Granika zu entführen. Er hat angedroht, dem Säugling Arme und Beine abzuhacken, wenn wir nicht seine Forderungen erfüllen. All das hätte man vermeiden könne, wenn Sie geredet hätten.“

Horst Gerkan war bleich geworden. Er stammelte: „Das hätte ich nie geglaubt. Wie konnte Heinz so was machen? Er hat mir ehrenwörtlich versprochen, dass er nichts mit dem Diebstahl in Solingen zu tun hat. Er hat mir auch erklärt, warum er die Identität von Wolfgang Zeller annehmen musste. Er hatte mich zum Schweigen verpflichtet.“

Mike ganz trocken: „Herr Gerkan, das interessiert jetzt nicht mehr. Das Kidnapping des Direktors der Eremitage in St. Petersburg war nur Dank Ihrer Mithilfe möglich. Durch den Luftschutzausgang aus dem letzten Krieg konnte Heinz die Geisel nehmen und über Ihren Hof entfliehen. Ohne Ihre Hilfe wäre das kaum möglich gewesen.“

Horst Gerkan wurde immer unsicherer: „Aber Herr Curtis, das war wohl etwas anderes. Heinz kam zu mir und sagte, vor seiner Galerie stünden zwei russische Wagen. Ein Galerist aus Berlin hätte eine Ausstellung über russische

Kunst bei ihm machen wollen, das hätte er abgelehnt, weil die russische Botschaft Eigentumsrechte an diesen Bildern angemeldet hätte. Sie wären ohne Genehmigung ausgeführt worden.

Dies ist nach deutschem Recht kein Tatbestand der strafbar ist. So habe ich ihm erlaubt, über diese Tür die Gemälde in einem Laster fortzubringen. Das sollte gestern Nachmittag geschehen. Nachdem kein Wagen kam, ging ich selbst zur Galerie **artis opus,** um zu sehen, wo der Wagen bleibt. Man hat mich aber nicht zu Herrn Zeller gelassen. Man sagte mir, er sei verreist."

Susi: „Herr Gerkan, wir haben Sie für einen ordentlichen und aufrichtigen Geschäftsmann gehalten. Leider müssen wir feststellen, dass Sie alles sind, nur nicht aufrichtig. Können Sie mir verraten, was wir getan haben, dass Sie uns in dieser Form enttäuschen? Sie hätten nur den Telefonhörer zu nehmen brauchen, um mich anzurufen. Alles wäre vermieden worden. Sie wissen, Heinz Engler wird steckbrieflich gesucht. Sie haben ihn gekannt und trotzdem nichts unternommen. Wie soll ich das verstehen?"

Moritz sehr ernst: „Herr Gerkan, damit Sie mich nicht missverstehen, das ist Strafvereitelung und eine Straftat. Ich weiß nicht, wie Sie sich da rauswinden wollen."

Horst Gerkan: „Bitte verstehen Sie mich doch, Heinz war mein Studienkollege und Freund. Ich konnte doch nicht wissen, dass er so etwas Furchtbares gemacht hat."

Mike völlig ungerührt: „Es gibt da noch mehr Straftaten. In den Räumen der Galerie **artis opus** lagern mindestens zehn Gemälde aus verschiedenen Gemäldegalerien. Wir wollen auch nicht übersehen, dass über eintausend Gemälde dort lagern, die alle in der Eremitage in St. Petersburg gestohlen wurden. Es wird Ihnen kaum einer glauben, dass Sie davon nichts gewusst haben."

Horst Gerkan: „Ich versichere, dass ich davon keine Ahnung hatte."

Mike: „Das können Sie jemanden anderem erzählen, uns nicht. Uns haben Sie zu oft belogen.“

Mike stand auf, auch Susi und Moritz standen auf und Mike sagte: „Herr Gerkan, ich bin in den nächsten Tagen in der Galerie **artis opus**, wenn Sie mir noch etwas zu sagen haben, dann kommen Sie. Wir, von der Galerie Kaiser, sind keine Unmenschen.“

Damit verabschiedeten sie sich. Sie waren am Hinausgehen, als Mikes Handy klingelte.

Mike schaute kurz auf sein Handy und sagte dann: „Hi, Hilde, seid ihr gut gelandet?“ Dann kam eine lange Pause, anscheinend erzählte Hilde. Dann sagte Mike: „Hilde, ich rufe dich in einer Viertelstunde zurück. Bye, bye.“

Dann gingen sie endgültig aus Horst Gerkans Bilderrahmenfabrik.

Als Mike mit Susi und Moritz in die Galerie **artis opus** zurückkam, berichtete Mike vom Inhalt des Gesprächs mit Hilde. Sie hatte ihm vom Flug von Düsseldorf nach Nizza erzählt. Anscheinend hatte sich während des Fluges viel mit Paula unterhalten, von der sie sagte, sie sei eine wundervolle Person. Wahrscheinlich hat der Schmerz die beiden vereint. Als man in Nizza durch die Kontrolle war, hat Hilde gleich Fredi Kiesswetter gefunden. Gleichzeitig traf man auch auf vier weitere Männer, die der Botschafter schon avisiert hatte. Mit fünf Autos wurden sie abgeholt und hatten vor, Carlo im Botanischen Garten in Ventimiglia zu treffen. Sie wird mir von dort berichten, was man weiter zu unternehmen plant.

Susi fragte: „Hat Hilde noch gesagt, wie es ihr geht?“

Mike meinte nur: „Anscheinend hat sie sich wieder einigermaßen gefangen. Um ehrlich zu sein, sie tut mir sehr leid. Ich kann nur hoffen, dass sie nicht enttäuscht wird. Bordighera ist wirklich nur ein vager Verdacht.“

Susi hatte sich noch immer nicht über ihre Entdeckung in der Galerie **artis opus** beruhigt, dass Heinz ihre Öldrucke einfach nur übermalt hatte und sie als echte Kopien verkaufen wollte. Sie ging noch mal in den Seitenbau, um sich das Atelier anzusehen. Die drei Herren waren sehr freundlich und erklärten ihr die Technik, die sie dabei anwendeten. Als Susi zurück war, sagte sie zu Mike und Moritz: „Ich bin immer noch ganz schockiert, wie einfach und unkompliziert Heinz uns kopieren wollte. Die Herren haben mir erklärt, sie würden pro Tag ein Bild fertigstellen. Ich habe mir auch die fertigen Bilder angesehen, die unterscheiden sich von unseren erstklassigen Kopien nur geringfügig. Ich muss Anton bitten, sich das schnellstens anzuschauen."

Susi und Moritz verabschiedeten sich schnell. Moritz wollte Susi zum Kölner Hauptbahnhof bringen und dann zurück nach Solingen fahren und Susi den nächsten Zug nach Wiesbaden nehmen.

Ventimiglia, Bordighera, Seborga

Unweit des Botanischen Gartens in Ventimiglia hatte Fredi Kiesswetter im Hinterzimmer eines Restaurants, in dem sie ungestört die Aktion besprechen konnten, einen Tisch reserviert. Als sie sich gesetzt hatten, stand einer der Herren auf, der bereits Michail von St. Petersburg begleitet hatte und sagte in gutem Deutsch:

„Meine Damen und Herren, wie Sie bereits teilweise wissen, mein Name ist Grigori Orlow. Die Sonderkommission St. Petersburg zur Aufklärung der Diebstähle in der Eremitage hat mich beauftragt, diese Mission in Bordighera zu leiten. Ab sofort keinerlei Einzelaktionen, die nicht mit mir abgesprochen sind. Der von uns gesuchte Geiselnehmer, Iwan Bussow, ist uns bestens bekannt und in Fachkreisen nennt man ihn den Schlächter. Sollte er hier auftauchen, so haben wir keine einfache Aufgabe vor uns.

Wenn ich richtig informiert bin, so ist den beiden Zielpersonen, nämlich Bussow und Zeller alias Engler, der folgende Personenkreis persönlich bekannt: Frau Paula Borodin, das Ehepaar Granika, Maxim und Jim und mein Kollege von der Botschaft in Berlin. Mich kennt er dazu noch sehr gut. Keine dieser Personen dürfen die beiden vorher, gleich wo und wie, sehen. Ich kenne Bussow, er würde verschwinden wie ein Schatten und ein Blutbad hinterlassen. Das meine ich bitter ernst. Wir nehmen an, dass er zwischen 20 und 22 Uhr hier eintreffen wird. Somit müssen wir mit einer Karenz von etwa vier Stunden rechnen. Also zwischen 18 und 24 Uhr könnten die Zielpersonen hier ankommen, wenn unsere Vermutungen stimmen. Wir wissen mit Sicherheit, dass Iwan Bussow, Wolfgang Zeller alias Heinz Engler, mit Kinderfrau nebst dem Säugling und Michail Borodin gestern Nachmittag ab Solingen gefahren sind. Ob Bussow noch weitere Personen zur Bewachung seiner Geiseln angeworben hat, ist uns unbekannt. Wir nehmen an, dass er das in Paris getan hat.

Falls Bussow und Zeller mit den Geiseln direkt hierher gefahren sind, müssten sie jetzt bereits in dem vermuteten Versteck sein. Es ist daher bei den ersten Recherchen äußerste Vorsicht geboten. Wir werden jetzt meine beiden Kollegen mit Herrn Fredi Kiesswetter zu dem vermuteten Versteck schicken, um zu eruieren, ob die Zielpersonen bereits dort sind. Sie sollen möglichst rasch wiederkommen. Eventuell kann einer meiner Kollegen aus Monte Carlo dort bleiben um dieses Anwesen zu beobachten."

Grigori bat die drei zu sich, gab noch einige Vorsichtsmassregeln mit auf den Weg und verabschiedete sie.

Zurückgekehrt sagte er: „Meine beiden Kollegen aus Monte Carlo sind sehr erfahren. Sie haben mir geraten, dass wir alle nach Möglichkeit nicht nach Bordighera fahren sollten. Zu groß ist die Gefahr, dort gesehen zu werden. Wir wissen nicht, ob Herr Zeller alias Engler Bekannte oder Freunde in Bordighera hat, die ihm eventuell einen Hinweis geben. Hier in der Nähe des Hanbury Gartens oder des

Botanischen Gartens schlagen sie eine kleine Pension vor. Sie liegt etwas von der Straße ab. Von hier bis Bordighera sind es etwa elf Kilometer und von Bordighera nach Seborga nochmals elf Kilometer. Also keine große Entfernung. Wir gehen jetzt am besten in unser Quartier und warten auf die Ermittlungen unserer drei Freunde."

Unweit fanden sie die kleine Pension, die abseits der Straße lag und einen wunderschönen Blick zum Meer hatte. Als sie die Zimmer bezogen hatten, begaben sie sich in den kleinen Speisesaal. Außer einem englischen Ehepaar waren keine weiteren Gäste in der Pension. Nach dem Mittagessen setzten sie sich auf der Terrasse zusammen und nicht viel später kam Fredi Kiesswetter mit einem St. Petersburger Beamten zurück. Der zweite Beamte war in Seborga geblieben, um gegebenenfalls mitzuteilen, falls zwischenzeitlich die Zielpersonen eintreffen sollten.

Sie berichteten. Das gesuchte Anwesen liegt außerhalb von Seborga. Es war nur über einen unbefestigten Feldweg zu erreichen. Es gibt nur diese eine Zufahrt. In dem Ort Seborga kann man nicht mit dem Auto fahren, sondern muss vor dem Ortseingang auf einem großen Parkplatz den Wagen abstellen. Das Anwesen läge fünfhundert Meter außerhalb des Ortes, bergabwärts. Sie waren direkt am Haus. Dieses war fest verschlossen. Es befänden sich keine Personen im Haus. Auch nicht in den beiden Ferienwohnungen.

Zu diesem malerischen Seealpenort Seborga gibt es nur zwei kleine Zufahrtsstraßen. Einmal die offizielle Straße über Sasso di Bordighera. Dies ist der Hauptzufahrtsweg. Ein weiterer Zufahrtsweg, der teilweise geschottert ist, über Vallebona – Negi, der aber kaum benutzt wird.

Orlow schlug vor, unauffällig in das Haus einzubrechen und eine genaue Skizze der Räumlichkeiten im Haus zu machen. Während dieser Zeit müssten die beiden Zufahrtsstraßen nach Seborga überwacht werden und gegebenenfalls über Handy die durchsuchenden Herren gewarnt werden.

Grigori teilte ein: Die beiden Beamten aus Marseille sollten das Haus durchsuchen und einen Lageplan der Gebäude erstellen.

Die Beamten hatten entsprechende Ferngläser mitgebracht und Grigori teilte Jim und Maxim sowie noch zwei seiner Kollegen zur Überwachung der Zufahrtsstraßen ein.

Dann sagte er: „Ich kann gut verstehen, dass Paula und auch die Eltern des Babys gerne den Ort des Geschehens sehen würden. Ich glaube, das können wir im Moment noch verantworten. Fredi Kiesswetter soll mit den dreien bis kurz hinter Vallebona fahren, man kann von dort mit einem Fernglas das Anwesen sehen. Aber bitte, nicht zu lange wegbleiben. Das Schlimmste wäre, wenn sie jetzt unsere Zielpersonen sehen würden. Bitte, schnell wieder zurückkommen."

Als wären alle ein eingespieltes Team, verließen die Wagen unabhängig voneinander die Pension.

Zusammen mit Fredi Kiesswetter, fuhren Paula, Hilde, Erich und Carlo um das Gebäude anzusehen. Carlo hatte es sich nicht nehmen lassen mitzufahren, denn auch er wollte den Ort des Geschehens in Augenschein nehmen.

Fredi Kiesswetter, der die Strecke gut kannte, erklärte unterwegs den malerischen Ort Seborga und endete mit den Worten: „Dieses Seborga ist eines der herrlichsten, alten, malerischen Orte in den Seealpen. Vielleicht haben wir noch die Zeit und ich kann euch diesen einmaligen Ort zeigen."

Entlang einer der kleinen Zufahrtssträßchen nach Seborga hielt Fredi unmittelbar nach einer der vielen Kurven in einer Ausbuchtung. Sie stiegen aus und Fredi sagte: „So, jetzt müssen wir weg von der Straße und sind gezwungen, zu klettern." Es war nicht weit, aber es ging steil nach oben und plötzlich standen sie, abgewandt von der Straße auf einer natürlichen, kleinen Plattform mit einem herrlichen Blick auf das Meer und Bordighera und auch auf den Ort Seborga.

Fredi nahm das Fernglas, aber auch mit bloßem Auge konnte man das Anwesen von Heinz erkennen. Ein altes aus

Steinen gebautes Haus mit einer großen Terrasse zur Talseite. Seitlich waren zwei moderne Ferienwohnungen angebaut und auf der Rückseite wahrscheinlich zwei Garagen. Sie hatten nur ein Fernglas, so ging es reihum.

Auf einmal sagte Fredi: „Schaut doch mal, da sind unsere beiden Leute. Gerade vorsichtig schaut das nicht aus." Die beiden Herren standen seitlich der Terrasse und gingen dann wieder ins Haus. Mehr konnte man im Moment nicht sehen. So entschlossen sie sich, wieder zurück zur Pension zu fahren. Nach einer weiteren Wartezeit von fast drei Stunden kamen die beiden Beamten zurück.

Sie erzählten, das Öffnen des Hauses wäre überhaupt kein Problem gewesen. Sie hatten eine Skizze vom Grundriss des Hauses angefertigt. Weiterhin in einer Skizze die Umgebung des Hauses in einer Karte festgelegt. Sie waren der Meinung, die Verhaftung der beiden gesuchten Verbrecher wäre kein Problem. Eine halbe Stunde später kam die Nachricht. Ein Wagen mit italienischem Kennzeichen sei vor das Haus gefahren. Ein Mann sei ausgestiegen, habe das Haus mit einem Schlüssel geöffnet und sei in das Haus gegangen. Nach fünfundzwanzig Minuten hat dieser Mann das Haus wieder verlassen, die Tür verschlossen und ist wieder weggefahren. Jim und Maxim wären benachrichtigt. Einer von beiden soll den Wagen verfolgen. Nach einer weiteren halben Stunde kam die Nachricht von Jim. Der Wagen wurde in einer Garage in Bordighera abgestellt. Der Fahrer ging zu Fuß in die Via Vittorio Emanuele in ein Ladengeschäft mit dem Namen Galleria di pitture. So nahm man an, dass es sich bei dem Besucher um Antonello Filippi, den Inhaber der Galerie, handelt.

Die Wachen auf den beiden Zufahrtsstraßen und dem Haus wurden abgelöst. Ansonsten hieß es einfach warten.

Nach dem Abendessen sprach noch mal Grigori Orlow: „Sollten unsere Zielpersonen heute noch eintreffen, so habe ich folgenden Plan: Je eine Wache bleibt auf der Zufahrt-

und Abfahrtstraße. Wir werden mit acht Mann das Haus besetzen. Dies sind alles Beamte aus St. Petersburg. Wie schon angedeutet, rechnen wir nicht mit einer unblutigen Aktion. Bussow wird sich zur Wehr setzen. Dies ist auch der Grund, warum ein Arzt und ein Sanitäter bei uns sind. Während der Aktion verbleiben sowohl der Arzt und Sanitäter, als auch die Übrigen am großen Parkplatz vor dem Ort. Unsere Mannschaft ist für derartige Aktionen ausgebildet und versteht es, mit Waffen umzugehen. Wir machen sparsamsten Gebrauch davon. Wenn die Zielpersonen um Mitternacht oder später ankommen, so planen wir die Aktion in den frühen Morgenstunden – zwischen 4 und 6 Uhr. Falls es Verletzte geben sollte, haben wir in Monte Carlo ein Unternehmen, das mit Krankenwagen diese Verletzten zu unserem Flugzeug nach Nizza bringt.

Wir beabsichtigen Bussow und den von Ihnen gesuchten Wolfgang Zeller, alias Heinz Engler, mit nach St. Petersburg zu nehmen, um sie dort vor Gericht zu stellen.

Es ist selbstverständlich, dass unsere Gäste aus Düsseldorf wieder mit zurückgenommen werden. Ebenso die Kinderfrau mit dem Baby."

Grigori Orlow entschuldigend: „Bitte, seien Sie mir nicht böse, wenn ich in dieser strikten Form diese Anordnungen treffe, aber ich weiß aus Erfahrung, wie schwierig Geiselbefreiungen sind. Bitte, versprechen Sie mir, dass Sie sich strikt an meine Anweisungen halten. Eine unbedachte Aktion, und die Angelegenheit kann schief gehen."

Sie versprachen Grigori Orlow, sich an die vorgegebenen Anweisungen zu halten.

Dann sagte Grigori Orlow noch: „Ich würde Ihnen empfehlen, etwas zu ruhen. Wir alle brauchen unsere Kräfte. Ich werde Sie von jeder Veränderung der Situation oder vom Eintreffen der Zielpersonen unterrichten."

Hilde, Erich, Paula und Carlo saßen zusammen. Hilde meinte: „Das alles ist mir zu professionell, so unpersönlich, wenn ich daran denke, dass unsere kleine Susi eventuell mitten in der Schießerei ist, habe ich nur noch Angst."

Paula: „Hilde, ich kenne Grigori schon lange. Er hat selbst drei Kinder und wird sicher alles daransetzen, um deine kleine Susi zu schonen. Grigori ist ein Mensch mit viel Herz. Hilde, ich glaube – du kannst darauf vertrauen, das er alles tun wird, um die Leben der Geiseln zu retten. Du weißt, ich zittere genauso um das Leben meines Mannes, trotzdem habe ich Vertrauen zu Grigoris Entscheidungen."

Hier mischte sich Carlo ein: „Hilde, wir alle können dich sehr gut verstehen. Aber auch ich bin der Meinung, dass wir diese Aktion den Leuten überlassen sollten, die dieses Geschäft verstehen. Ich kann mir nicht vorstellen, dass die Behörden in St. Petersburg jemanden schicken, der stümperhaft diese Aktion durchführt. Ihr wisst genau wie ich, dass wir diese Aktion nur auf einen sehr vagen Verdacht hin planen. Es ist überhaupt nicht gesagt, dass sie nach Bordighera kommen. Wir müssen Geduld haben und Nerven behalten. Ich schlage vor, wir gehen einfach zu Bett. Sollte sich etwas ereignen, so wird Grigori uns wecken."

Man unterhielt sich noch etwas und dann verabschiedeten sie sich, um zu Bett zu gehen.

Hilde konnte nicht schlafen, Kurz vor Mitternacht ging sie nach unten und traf Grigori auf der Terrasse sitzend an. Sie fragte: „Die sind immer noch nicht da?"

Grigori: „Bis jetzt ist es noch ganz ruhig. Ich empfehle Ihnen, gehen Sie ruhig ins Bett. Ich verspreche Ihnen, sollten sie kommen, so wecke ich Sie hundertprozentig. Ich weiß, wie Ihnen zu Mute sein muss, aber ich verspreche Ihnen, alles zu tun, um Ihr Kind zu retten."

***

Es war 2 Uhr nachts. Grigori saß auf der Terrasse und rauchte, als sich sein Telefon meldete. Maxim war am Apparat: „Soeben sind zwei Wagen in Richtung Seborga gefahren. Beide Wagen sind mit je drei Personen besetzt. Der erste Wagen hat eine deutsche Nummer, der zweite eine französische. Nach der Autonummer zu urteilen ist der deutsche Wagen aus München und der Französische aus Paris. Habe unsere Kontrollperson am Haus bereits gewarnt.“

Kurze Zeit später kam ein weiterer Anruf. Diesmal von dem Beamten, der in der Nähe des Hauses postiert war. „Hallo Grigori, jetzt wird's interessant. Zwei Wagen sind vor das Zielhaus gefahren. Soweit ich sehen konnte, sind beide Wagen mit je drei Personen besetzt. Im Moment öffnen sie die Garagentore und fahren hinein. Die Garagentore werden geschlossen. Mehr kann ich im Moment nicht sehen. Wenn es irgendeine Auffälligkeit gibt, sage ich Bescheid.“

Grigori: „Danke, wir werden jetzt die Aktion wie geplant durchführen. Ich bin mit meinen Leuten pünktlich um 4 Uhr am Zielhaus.“

Grigori stand auf, um alle zu wecken. Das musste leise vor sich gehen. Dann sagte er fast flüsternd:

„Ich werde mit meinen Kollegen die Pension in einer Stunde verlassen. Also kurz nach 3 Uhr. Wir werden dann mit sieben Personen die Befreiung der Geiseln zwischen 4 und 5 Uhr vornehmen. Es kann zu einer Zeitdifferenz kommen. Jim und Maxim werden die beiden Ausfallstraßen bewachen. Der Rest fährt um 4 Uhr hier ab und wartet auf dem großen Parkplatz vor dem Ort Seborga. Dort bleiben Sie unbedingt in Ihrem Wagen sitzen, bis wir Bescheid geben. Dann kommen Sie mit dem Wagen zu dem Zielgebäude. Wer immer Sie benachrichtigt, wird Ihnen den Weg zeigen. Bitte, fahren Sie keinesfalls vor vier Uhr am Morgen hier ab. Bleiben Sie in jedem Fall so lange auf dem Parkplatz, bis wir Sie benachrichtigen. Ein Fehlverhalten könnte die ganze Aktion gefährden.“

Dann machte sich Grigori mit seinen Kollegen fertig. Es war nicht zu übersehen, dass in die Wagen ein ganzes Waffenarsenal umgeladen wurde.

Erich sagte leise zu Hilde: „Wenn ich das hier sehe, kann einem ganz unheimlich zu Mute werden. Ich bin kein gläubiger Mensch, aber jetzt würde ich am liebsten beten.“

Ganz leise fragte Hilde zurück: „Erich, meinst du nicht, ich sollte vielleicht Mike informieren, dass die hier in Bordighera eingetroffen sind?“

Erich: „Komm, wir gehen noch mal kurz aufs Zimmer, das sollten wir tun.“

In ihrem Zimmer angekommen, wählte Hilde Mikes Handynummer: Sie hatte sofort einen verschlafenen Mike am Apparat, den sie informierte, dass vor wenigen Minuten die Zielpersonen angekommen sind und dass man die Geiselbefreiung zwischen vier und fünf planen würde. Hilde versprach, Mike sofort anzurufen, wenn das vorbei sei. Mike versuchte Hilde zu beruhigen und fand die richtigen, tröstenden Worte für Hilde.

Trotz Mikes tröstender Worte war das Warten für Hilde grausam. Hilde war sehr froh, dass sie ihre Sorgen mit Erich teilen konnte.

Es war zwanzig Minuten vor 4 Uhr. Grigori saß mit sechs seiner Kollegen in der Nähe des Zielhauses und sie besprachen den Einsatz in allen Einzelheiten. Sie hatten an alles gedacht. Die Männer waren bis an die Zähne bewaffnet. Sie hatten schusssichere Westen an und trugen Helme.

Zwei Mann waren für die Bewachung der Südseite des Hauses vorgesehen und für die eventuelle Festnahme von Bewohnern der Ferienwohnungen. Drei Mann sollten über den Hauseingang eindringen und zwei Mann von der Terrassenseite. Alles war auf die Sekunde geplant. Man stellte noch mal die Uhren.

Plötzlich ging im Haus das Licht an. Dann in mehreren Räumen. Es wurde auch zur Straßenseite hin hell. Licht in der Küche. Als sie vorsichtig und kurz durch das Fenster schauten, mussten sie feststellen, dass die Kinderfrau das Fläschchen für das Baby warm machte. Es hieß also warten, bis das Haus wieder dunkel war und sie wieder schliefen.

Ganz leise rief Grigori den Arzt und Sanitäter an und teilte ihnen die Verzögerung mit. Die übrigen sollen keinesfalls vor 5 Uhr am Morgen zum Parkplatz in Seborga fahren. Er versprach, das zu organisieren.

Die Nerven waren zum Zerreisen gespannt. Endlich, um 4:30 Uhr verlöschten die Lichter und sie gingen anscheinend zu Bett. Die Zeit schlich dahin. Kurz vor 5 Uhr am Morgen bezogen die sieben ihre Position. Punkt 5 Uhr auf die Sekunde genau, sollte der Zugriff erfolgen.

5 Uhr, die Balkontüre zerbarst, die Eingangstür wurde aufgebrochen und die Männer stürmten in das Haus.

Gemäß Plan stürmte man in die Zimmer, in denen man die Zielpersonen vermutete. Niemand war in den Räumen. Dann eine Stimme aus einem Raum neben der Küche: „Sie verschwinden sofort, oder das Baby und Borodin sind tot."

Grigori, zu allem entschlossen, flüsterte seinem Kollegen zu: „Du wirfst dich mit aller Gewalt gegen die Tür und ich werfe eine Blendgranate. Das dürfte klappen."

So geschah es. Die Zimmertür zersplitterte und im Bruchteil einer Sekunde hatte Grigori eine Blendgranate geworfen. Trotzdem blitzten Schüsse auf. Grigori sah als erstes Bussows Beine und schoss.

Es gab laute Schreie und sie mussten erst mal die Lage sondieren. Als sie wieder einigermaßen sehen konnten, sahen sie zwei Verletzte.

Bussow lag gekrümmt. Ihn hatten zwei Schüsse getroffen. Einmal im Knie und einmal an der Schulter.

Quer über das Lager des Babys lag Wolfgang alias Heinz. Anscheinend schwer in den Leib getroffen.

Dazwischen schrie die Ersatzoma wie am Spieß, bis ihr Grigori eine Ohrfeige versetzte. Sie war schlagartig still.

Sie hatten alle drei Geiseln in einem Raum untergebracht. Ein winziges Zimmerchen. Als sie den Klebestreifen von Michails Mund genommen hatten, berichtete er:

„Irgendetwas hat die beiden gewarnt. Sie kamen plötzlich in das Zimmer, verklebten mir den Mund und sagten der Kinderfrau, sie würden sie erschießen, wenn sie auch nur einen Laut von sich gibt. Dann warteten sie gespannt ab.

Als ihr dann in das Haus eingedrungen wart, gab es einen kleinen Wortwechsel zwischen den beiden. Ich konnte nichts verstehen.

Dann kam das Ultimatum von Bussow. Als ihr die Tür aufgebrochen habt und die Blendgranate geschmissen wurde, hat Bussow auf das Kind schießen wollen, Wolfgang, oder wie immer der heißt, hat sich dazwischengeworfen. So bekam er die Schüsse ab. – So, und jetzt nehmt mir bitte die Fesseln ab. Im Ferienhaus nebenan sind noch zwei Franzosen, die die Wache um 6 Uhr ablösen sollten.“

Inzwischen hatten die Kollegen, die die Terrasse bewachten, die beiden Franzosen festgenommen. Sie hatten sich ohne große Schwierigkeiten ergeben.

Grigori schickte einen Mann auf den Parkplatz vor Seborga, um die Eltern des Kindes, Paula, Carlo, den Arzt und den Sanitäter zu holen.

Gespannt hatten Hilde, Erich, Paula und Carlo in einem Auto auf dem Parkplatz dieses mittelalterlichen Ortes Seborga gewartet. Neben ihnen stand der Wagen mit Fredi Kiesswetter, dem Arzt und dem Sanitäter. Sie hatten die Scheibe des Wagens leicht geöffnet und horchten, ob sie irgendetwas hören würden. Es war nichts zu hören. Entweder die Aktion war schon gelaufen, oder man hatte noch nicht eingreifen können.

Wie aus dem Nichts tauchte plötzlich einer von Grigoris Mitarbeitern auf und sagte, man möge zum Haus kommen, der Zugriff sei gelungen. Das Baby, die Kinderfrau und Michail seien unverletzt. Sofort fuhren sie auf dem schmalen Zufahrtsweg zum Haus.

Zwischenzeitlich hatte sich die Situation im Haus normalisiert.

Die beiden Franzosen wurden gefesselt in ihre Ferienwohnung zurückgebracht. Wolfgang alias Heinz und Iwan Bussow hatte man in eines der Schlafzimmer gebracht. Dort untersuchte sie der Arzt mit Hilfe des Sanitäters.

Michail Borodin begrüßte seine Frau im Wohnzimmer mit den Worten: „Was tust du denn hier?“ Dann kamen ihm die Tränen und die beiden lagen sich in den Armen. Die Ersatzoma und der Säugling waren in dem kleinen Zimmerchen geblieben. Es war rührend zu sehen, wie Hilde ihre kleine Susi in den Arm nahm, dann gab sie ihr Baby Erich, ging zur Ersatzoma, umarmte sie und bei beiden rannen die Tränen.

Die Ersatzoma erzählte ausführlich die Entführung bis hin zur Befreiung und sagte: „Hilde, dieser Wolfgang oder wie immer der heißen mag, der hat sich in letzter Sekunde vor das Kindchen geworfen, sonst hätte dieses Scheusal von Bussow unsere kleine Susi erschossen.“

Auf einmal wurde der Ersatzoma bewusst, dass Hilde da war und sie fragte: „Sag mal, Hilde, wie kommt ihr eigentlich hierher? Woher wusstet ihr, dass wir hier sind? Ich weiß noch nicht mal genau, wo wir sind. Ich weiß nur durch die Straßenschilder dass wir an Nizza, Monaco, Menton vorbeigefahren sind. Aber wo sind wir genau?“

Hilde begann zu erzählen, dass sie vermutet hätte, ihr ehemaliger Freund – Heinz, oder wie er sich jetzt nennt,

Wolfgang – nach hier flüchten würde. So hätte sie Himmel und Hölle in Bewegung gesetzt, um hierher zu fahren. Sie sagte: „Weißt du, wird sind in einem winzigen Bergnest mit dem Namen Seborga in der Nähe von Bordighera an der italienischen Riviera. Wenn alles klappt, sind wir heute Abend schon wieder in Düsseldorf. Ich muss jetzt ganz einfach meine kleine Susi haben. Erzähl mal, was hast du denn gefüttert? Gott sei Dank, habe ich nicht abgestillt."

Dann kam ein langes Gespräch um die Fütterung der Kleinen und die Ersatzoma erzählte, dass die kleine Susi die meiste Zeit geschlafen hätte. Sie glaube nicht, dass die Kleine irgendetwas mitbekommen hätte. Außerdem im Wagen wäre es immer warm gewesen. Sie erzählte auch noch von der netten Frau in Paris, die ihr Babywäsche gegeben hat. Weitere lebhafte Gespräche folgten, bis Grigori alle zusammen in den großen Wohnraum bat. Grigori: „Ich bedanke mich bei allen für ihren Einsatz und ich bin sehr froh, dass von den Geiseln und von meinen Leuten niemand verletzt ist. Die Verletzungen von Iwan Bussow sind nicht ernst aber die Wunden von Wolfgang oder Heinz bedürfen unbedingt der Behandlung in einem Krankenhaus. Ich habe daher Folgendes veranlasst:

Um 10 Uhr werden zwei Krankenwagen aus Monaco hier sein, die einer meiner Leute vom Parkplatz hierher leiten muss. Diese Krankenwagen befördern die beiden Verletzten und bringen sie zum Flughafen in Nizza. Wir haben unseren Sonderflug von Nizza über Düsseldorf nach St. Petersburg für 12 Uhr Ortszeit beantragt. Wie Sie wissen, ist die Maschine mit Sitzen für zwölf Passagiere, zwei Liegen für Verletzte und je einem Notsitz für Arzt und Sanitäter ausgestattet. Wir haben also genügend Beförderungskapazität. Soweit ich es überblicken kann, werden die folgenden Personen bis nach Düsseldorf mitfliegen:

Michail Borodin mit seiner Frau Paula, Erich und Hilde Granika mit Säugling und Kinderfrau, Maxim und Jim. Ein

Beamter der Botschaft in Berlin und ein Beamter des Ermittlungsteams St. Petersburg. Das sind neun Personen und ein Kleinstkind. Nach St. Petersburg werden mitreisen: Ein Ermittlungsbeamter, ich und einer meiner Kollegen aus Marseille. Also drei Personen. Zusätzlich auf den Liegen die beiden Kidnapper, der Arzt und Sanitäter auf Notsitzen."

Grigori musste lachen: „Ihr seht, wir sind ausgebucht. Abfahrt hier kurz vor 10 Uhr, wir holen nur unsere Sachen in der Pension in Ventimiglia und dann geht's weiter zum Flughafen. Der Beamte aus Marseille nimmt seinen Wagen zurück nach Marseille. Die Beamten aus Monte Carlo erledigen die Gespräche mit Herrn Antonello Filippi in Bordighera und ersetzen die Kosten für die Beschädigungen.

Besonders möchte ich mich bei Herrn Fredi Kiesswetter bedanken. Er war uns eine große Hilfe. Zusammen mit seinem Freund Carlo will er uns zum Flughafen Nizza bringen. Ich hoffe, ich habe nichts vergessen. Danke Ihnen allen."

Hilde stand auf, gab Grigori links und rechts ein Bussi und sagte: „Grigori, das. was du hier getan hast, das werde ich dir nie vergessen, wann immer du nach Solingen kommst, sei bei uns immer herzlichst willkommen. Dieser Dank gilt auch all deinen Leuten." Da erst merkte Hilde, dass sie Grigori geduzt hatte, entschuldigte sich, aber Grigori sagte: „Hilde, dabei bleibt es. Wann immer du oder dein Mann nach St. Petersburg kommt, besucht mich. Es würde mich freuen."

Die weiteren Gespräche überschlugen sich, bis Hilde zu Michail ging und meinte, es ist jetzt an der Zeit, Mike anzurufen. Der wartet sicher schon ungeduldig.

Hilde rief Mike an, sie berichtete ausführlich von der gelungenen Geiselbefreiung und gab dann den Telefonhörer an Michail weiter, der noch einige Fragen an Mike hatte. Man verabredete, sich bei Ankunft in Düsseldorf am Flughafen zu treffen.

Hilde war übermüdet, trotzdem froh. Sie sah Erich im Gespräch mit Fredi Kiesswetter und ging zu ihnen.

Hilde begann: „Also, ich hab dich einfach mit Du angesprochen, du bist mir so vertraut, als wären wir schon unendliche Zeiten bekannt. So will ich wenigstens offiziell fragen, ob wir uns duzen dürfen."

Fredi Kiesswetter musste lachen: „Mir kommt's genauso vor. Mit deinem Mann habe ich mich schon geeinigt, wir sind schon per Du." Dann gab er Hilde rechts und links einen Kuss und sagte: „Ich bin der Fredi!"

Hilde fragte: „Sag mal, was machst du hier in dieser Gegend in einem botanischen Garten?"

Jetzt lachte Fredi: „Ich bin Biologe und der von dir erwähnte botanische Garten ist der weltberühmte Hanbury Garten, einer der größten Blumengärten der Welt. Er ist fünf Kilometer lang. Er liegt entlang der abfallenden Mittelmeerküste und ist mit zahlreichen, sehr seltenen Pflanzen angelegt. Der Hanbury Garten gilt als einer der sehenswertesten Gärten der Welt. Ihr macht doch sicherlich einmal Urlaub. Dann kommt hierher. Ihr werdet nicht nur viel sehen, sondern ihr werdet euch prächtig erholen. Ich habe zwar nur eine kleine Junggesellenwohnung, aber ich weiß eine Menge wunderschöner Ferienwohnungen. Wenn ihr es mich rechtzeitig wissen lasst, so haben wir in unmittelbarer Nähe unserer Gärten zwei herrliche Wohnungen direkt am Meer, die man mieten kann. Ruft mich an, ich zeige Euch dann die Gegend. Allein in unseren Gärten könnt ihr Tage verbringen."

Es war erst kurz nach 8 Uhr am Morgen, als Grigori meinte: „Wenn ihr was frühstücken wollt, fahrt doch zurück in eure Pension. Ich glaube Paula und Michail wollen diesen Ort auch gerne verlassen. Ich treffe hier alle weiteren Maßnahmen. Achtung! Wir holen euch kurz nach 10 Uhr ab."

Sie verabschiedeten sich und machten sich auf den Weg nach Seborga. Ihre Ersatzoma konnte es nicht fassen, in welch schöner Gegend sie gelandet waren. Sie gingen zu den zwei Wagen und Hilde, Erich, Paula, Michail, die Ersatzoma mit Baby, Fredi und Carlo fuhren in die Pension, um zu frühstücken und zu packen. Die Frühstückstische waren auf der Sonnenterrasse gedeckt. Als die Pensionsinhaber nach den anderen fragten, wussten sie nicht, ob und wann die kommen würden und so sagten sie, falls die Herrschaften nicht mehr kämen, so übernähmen sie die Rechnung.

Es war sonnig und warm und sie beschlossen, die kleine Susi im Schatten auf der Terrasse zu lassen. Trotz der Müdigkeit, des Schocks der Geiselbefreiung unterhielt man sich gut. Hilde fragte Carlo: „Sag mal, was macht eigentlich eure Ausstellung in der Klosterkirche in Rom? Ich hab gar nichts mehr gehört?"

Carlo lachte nur: „Die ist ein Kassenmagnet. Wir haben jeden Tag zwischen dreißig und fünfzig Besucher. Davon ist sicher die Hälfte an einem Kauf interessiert. Auch Gina macht sich prächtig. Mit Professor Prantner zusammen sind sie ein gutes Team. Du musst unbedingt nach Rom kommen und dir das anschauen.

Allerdings mein Freund, der eure Vertretung für die Firma Granika hat, der macht mir noch Kopfzerbrechen. Der ist ein richtiger Lahmarsch. Bevor der was in die Gänge bringt, das dauert und dann fragt er noch hundertmal, ob's richtig ist. Erich, Hilde, ich weiß, ich hab ihn empfohlen, aber da wusste ich noch nicht, wie er arbeitet. Wir müssen noch ein paar Monate abwarten, wenn sich bis dahin nichts ändert, dann muss man ihm die Vertretung einfach wegnehmen. Aber das ist eigentlich kein Thema für den heutigen Tag. Ich bin so froh, dass alles so glimpflich abgelaufen ist. Wie kamt ihr eigentlich an diesen Typen von Bussow?"

Hilde: „Erich und ich hatten überhaupt nichts mit ihm zu tun. Wir kannten ihn noch nicht mal dem Namen nach. Bei der Galerie Kaiser ist das ähnlich. Lediglich Susi hatte einmal ein Gespräch mit ihm, bei dem Bussow Susi unter

Druck setzen wollte. Aber das ist auch schon alles. Warum diese Leute an der Galerie Kaiser interessiert waren, das wird sich bei der Vernehmung von Bussow herausstellen."

Wie im Flug verging die Zeit. Kurz nach 10 Uhr waren Grigori und ein weiterer Beamter in der Pension eingetroffen, packten ihre Sachen und drängten dann zum Aufbruch.

Hilde ließ es sich nicht nehmen, während der Autofahrt ihre kleine Susi auf dem Schoß zu halten. Als sie zum Flughafen kamen, waren die beiden Krankenwagen bereits am Flugzeug und die beiden Tragen wurden eben eingeladen.

Auch für sie selbst sollte der Check-in schnell vonstatten gehen. Sie hatten sich noch herzlich von Carlo und Fredi verabschiedet, winkten noch mal und dann waren sie auch schon an der Maschine. Für die Ersatzoma war es der erste Flug überhaupt und Erich und Hilde mussten ihr Mut zusprechen.

Kurz vor 12 Uhr saßen sie im Flugzeug, die Tür schloss sich und sie starteten in Richtung Düsseldorf.

Düsseldorf – Solingen

Schon früh war Susi mit der Bahn nach Düsseldorf gekommen. Moritz hatte sie abgeholt. Sie fuhren gleich zum Flughafen. Im Restaurant fanden sie einen schönen Tisch und nicht viel später kam Mike. Sie hatten gerade gegessen, als sie auf der Anzeigetafel die Ankunft des Sonderfluges aus Nizza sahen. Sie begaben sich zur Ankunftshalle und nach weniger als fünfzehn Minuten konnten sie ihre Lieben in die Arme nehmen.

Moritz lachend: „Nun kommt erst mal nach Hause. Das Rumstehen hier bringt nichts. Dort gibt's Kaffee und für Kuchen hab ich heute Morgen schon gesorgt."

Außer den beiden eigenen Wagen brauchten sie noch ein Taxi. Eine halbe Stunde später war man in Solingen bei

Granika's angekommen. Als sie ins Haus gingen, meldet sich die Ersatzoma: „Ihr seid mir nicht böse, irgendjemand muss mich nach Hause fahren. Seit Tagen bin ich nicht aus meinen Kleidern gekommen. Ich kann mich selbst schon nicht mehr riechen. Ich springe schnell unter die Dusche."

Hilde lachte: „Meine Arme, ganz logisch, dass dich sofort jemand fährt. Ich werde Maxim bitten, dich zu fahren und auf dich zu warten, um dich wieder zurückzubringen. Du musst uns allen deine Erlebnisse erzählen."

Maxim lachte auch und meinte: „Immer ich!", nahm die Ersatzoma am Arm und ließ sich von Moritz den Autoschlüssel geben. Dann verschwand er.

Moritz hatte schon am Morgen den Speisezimmertisch ausgezogen, so dass sie alle an einer schön gedeckten Tafel Platz nehmen konnten. Der Kaffee war bereitet und der Kuchen eingestellt. Als sich alle gesetzt hatten, sagte Moritz:

„Ich habe euch zwar schon am Flughafen willkommen geheißen, aber jetzt muss ich euch einfach sagen, dass ich unendlich stolz auf euch bin. Ihr habt innerhalb von weniger als achtundvierzig Stunden eine Geiselbefreiung erreicht, die ihresgleichen sucht. Hilde, du mit deiner Intuition – Heinz ist in der Nähe – hast ein Standvermögen bewiesen, deinen Gefühlen zu folgen, das ist schon erstaunlich. Ich muss ehrlich zugeben, ich glaubte nicht daran. Als das Furchtbare geschah und man unsere kleine Susi entführte, hast du dich großartig verhalten. Statt zu jammern, hast du gehandelt. Ich muss dir meine Hochachtung aussprechen."

Moritz stand auf, ging zu Hilde, umarmte sie und drückte sie ganz fest. Dann sprach er weiter:

„Liebe Paula, lieber Michail, dass wir uns auf diese Art wiedersehen, ist Kismet. Es wird unsere Freundschaft zusammenschweißen. Paula, du hast dich hervorragend verhalten und Michail, ich bin so froh, dass dieses Abenteuer keine Wunden hinterlässt. Ich hoffe, wir werden das Ende dieser verworrenen Geschichte gemeinsam lösen."

Inzwischen war Maxim mit der Ersatzoma zurückgekommen. Moritz fuhr fort: „Ich kenne unsere Ersatzoma schon mindestens zwei Jahrzehnte. Nie hätte ich gedacht, dass sie eine so tapfere und unerschrockene Frau ist. Ihr ist es zu verdanken, dass die Gangster nicht in Paris blieben, sondern nach Bordighera ausgewichen sind. Ihrem unerschrockenen Einsatz verdankt unsere kleine Susi das Leben. Unser aller Dank. Hilde und Erich werden sich noch erkenntlich zeigen.“ Die Ersatzoma wollte dazu noch etwas sagen, aber Hilde umarmte sie und sagte: „Das müssen wir zwei Frauen untereinander regeln. Vorerst nur vielen, lieben Dank für alles, was du getan hast.“

Moritz fuhr fort: „Hier sitzt ein Beamter der russischen Botschaft in Berlin und ein Beamter des russischen Ermittlungsteams aus St. Petersburg und ein weiterer Beamter aus Marseille. Unseren herzlichsten Dank für Ihren Einsatz. Ich werde mir erlauben, dies auch schriftlich zum Ausdruck zu bringen. Noch erwähnen muss ich, Ihr Botschafter in Berlin ist ein außergewöhnlicher Mensch.“

Moritz nahm einen Schluck Wasser und sagte dann: „Mit Jim hatte ich bisher wenig zu tun. Aber ich habe mir sagen lassen, dass auch er in den letzten Tagen Enormes geleistet hat. Ich werde einen Weg finden um unsere Dankbarkeit zu zeigen. Unserem Maxim rechne ich es sehr hoch an, dass er trotz seines unerfreulichen Erlebnisses in St. Petersburg sofort zu Hilfe kam. Maxim, meine Hochachtung. Wir sprechen noch mal darüber. Ja, und jetzt zu meinem Freund Mike.

Hilde sagte mir vor ein paar Wochen, wenn einer uns helfen kann, dann ist es Mike. Sie hatte Recht. Ich kenne ihn zwar erst ein dreiviertel Jahr, trotzdem ist es mir, als wären wir uralte Freunde. Ich kann dir jetzt nur einen Dank sagen. Alles weitere sagen sich Freunde in einer stillen Stunde – so jetzt bin ich schon am Ende meiner Dankesrede.“

Moritz erhielt einen Applaus.

Mike stand auf und sagte: „Wir alle haben für morgen schwierige Entscheidungen zu treffen. Ich schlage vor, wer an dieser Diskussion teilnehmen will, bleibt hier. Aber ich glaube, Hilde will noch etwas sagen."

Hilde, locker wie immer: „Hört mal, ihr Lieben, wie ihr wisst, haben wir nur drei Fremdenzimmer. Also nicht für alle habe ich ein Bett. Ich habe wie folgt gedacht: Michail und Paula bleiben hier, Susi und Moritz sowieso, Maxims Bett ist auch hier. Die Beamten der russischen Botschaft, St. Petersburg und Marseille fahren mit Jim zu seinem Hotel in Wuppertal. Dort treffen wir die vier morgen Früh gegen zehn Uhr. Seid ihr alle damit einverstanden?"

Als alle bejahten, brach Jim mit seinen drei Mitfahrern nach Wuppertal auf. Alle begaben sich auf ihre Zimmer, machten sich kurz frisch und gingen dann nach unten in das Wohnzimmer. Es war nur noch ein kleiner Kreis. Hilde, Paula und die Ersatzoma schauten erst ins Kinderzimmer und dann zogen sie sich in die Küche zurück.

Für Mike, Michail, Moritz, Maxim, Erich und Susi begann nun das schwierige Problem über die Auflösung der Galerie **artis opus** zu sprechen.

Mike: „Wir haben folgende Situation: In der Galerie **artis opus** lagern genau 1.036 Gemälde und Ikonen, die samt und sonders in St. Petersburg gestohlen wurden. Ein Großteil der Bilder stammt aus Beständen der Eremitage, die teilweise Beutegut oder Verrechnungsgut für Kriegsschulden sind. Wenn diese Bilder offiziell zurückgegeben werden, dann wird die Presse dafür sorgen, dass es einen Mordsaufstand gibt. Ich kann mir vorstellen, dass die Museen, aus denen diese Exponate stammen, über sogenannte einstweilige Verfügungen durch Gerichte feststellen lassen wollen, wer der tatsächliche Eigentümer ist. Das dauert endlos. Ich möchte nicht wissen, was dann passiert. In jedem Fall wird auch der Name Galerie Kaiser fallen. Obwohl wir nichts damit zu tun haben, wird das ein schlechtes Licht auf uns werfen. Darauf wartet unsere Konkurrenz schon lange. Für mich in den USA ist das ganz schlimm. Bisher ist es so, dass ich Gemälde aus Wiesbaden, sprich Deutschland, importiere. Kein Problem. Was passiert, wenn man mich auf einmal mit Gemälden in Verbindung bringt, die in Russland gestohlen wurden, ich sie aufgefunden habe und an Russland zurück gab? Ich darf gar nicht darüber nachdenken, welche Fragen man mir stellen wird.

Ich bin dafür, dass Michail dafür sorgt, dass diese 1.036 Exponate möglichst rasch in einer Nacht-und-Nebel-Aktion von Wuppertal nach St. Petersburg verbracht werden. Ein sehr großer LKW genügt, um diese Bilder zu transportieren. Je unkomplizierter das geschieht, umso unauffälliger wird das über die Bühne gehen. Ich schlage vor, das sollte am Dienstag, also in zwei Tagen, geschehen."

Moritz: „Mike, sicher hast du Recht, aber wenn wir das in dieser Form machen, begehen wir eine Straftat. Nämlich Strafvereitelung. Trotzdem, wenn wir erreichen könnten, dass Bussow der angebliche Eigentümer oder Wolfgang Zeller alias Heinz, der Besitzer der Galerie **artis opus**, uns ein Fax schickt, mit dem er anordnet, dass die Bilder nach Russland verbracht werden sollen, dann hätten wir wenigsten eine gute Ausrede."

Michail: „Ich schließe mich eurem Plan an. Dienstag verschwinden diese Bilder aus der Galerie **artis opus** und ich werde dafür sorgen, dass ein entsprechendes Fax morgen von St. Petersburg nach Wuppertal geschickt wird. Je unauffälliger, umso besser."

Mike: „Mir liegt noch dieser Peter Wahl im Magen. Wenn wir das so handhaben, dann geht dieser Gauner straffrei aus. Wahrscheinlich nicht zu ändern, aber passen tut mir das nicht. Vielleicht kann ich ihn ja irgendeine Erklärung unterschreiben lassen, bevor du – Michail – morgen in der Galerie **artis opus** auftauchst. Wenn er dich sieht, dann weiß er, dass der Plan der Kidnapper misslungen ist."

Mike lachte und meinte, jetzt müsse er einen Whisky haben, denn jetzt würde es interessant und das könne er ohne Whisky nicht überstehen. Susi lachte, besorgte Gläser, fragte alle nach den Getränkewünschen und als sie die Drinks hatten, begann Mike:

„Mein zweites, großes Problem sind die dort lagernden Gemälde aus Diebstählen aus der staatlichen Gemäldegalerie in Dresden, darunter das weltbekannte Bild von **Raffael** – die **Sixtinische Madonna**. Weiterhin vier große Gemälde von **Rubens**, die aus einem Diebstahl in Antwerpen stammen. Eigentlich braucht man diese Museen nur anzurufen, man holt die ab und basta! Wenn das so einfach wäre. Mit Sicherheit kommt mit der Abholung die Presse und dann passiert es. Man wird herausfinden, dass weitere Gemälde dort gelagert waren und irgendeiner redet. Schon kommt die Geschichte mit den Gemälden aus St. Petersburg ans Tageslicht. Außerdem, wie kommt ausgerechnet die Galerie Kaiser in Wiesbaden in Verbindung mit den gestohlenen Bildern? Schon wieder ist unser Name in der Presse. Wir müssen die Bilder auf eine Art zurückgeben, die den derzeitigen Aufenthaltsort noch nicht mal erwähnt. Das lässt sich allerdings machen. Ich kann behaupten, auf der Suche nach gestohlenen Bildern unserer Galerie sei ich durch Zufall auf diese Bilder gestoßen. Wenn ich weiter ermitteln soll, möchte ich eine Prämie im Falle der Auffindung. Die kann niedrig sein. Dann haben meine Leute auch was davon. Allerdings auch hier wieder, die Täter kommen straffrei davon. Wenn ich das richtig sehe, sind das Wolfgang Zeller alias Heinz, Bart van der Velde und Paul Vermeylen. Das müssten wir in Kauf nehmen."

Es gab eine kurze Diskussion über diesen Punkt und sie entschieden, dass Mike entsprechend den Umständen verfahren soll.

Mike: „So, jetzt kommt mein schwierigster Punkt. Die Zurückführung der Militaria. Ich habe mit Bart van de Velde gesprochen. Der hat die Militaria seinerzeit von Wuppertal nach Paris gebracht. Er kennt den Namen des Hehlers und er weiß auch, wo sie gelagert sind. Mit ihm will ich am Mittwoch oder Donnerstag nach Paris fahren. Dort soll er mir das genau zeigen, dann soll Herbert Wagner mit der französischen Polizei die Ware beschlagnahmen und die Rückführung veranlassen. Aber das ist nur die Hälfte, nämlich 10.000 Stück. Der Rest der Militaria lagert in den Räumen der Galerie **artis opus** in Wuppertal, 12.000 Stück. Wie bringen wir die zurück nach Solingen? Ich muss Herbert Wagner eine plausible Erklärung geben, wo ich und wie ich diese gefunden habe. Das Bundeskriminalamt ist eingeschaltet. Da kann ich keine Wald-und-Wiesen-Erklärung vorbringen. Das ist ein ganz schwieriges Problem. In der Galerie **artis opus** kann ich sie nicht gefunden haben. Dann haben die den Rest schnell raus. So leid es mir tut, aber ich muss Herbert einfach anlügen und ich weiß noch nicht wie."

Moritz ernst: „Das ist ein Problem, Herbert Wagner ist ein hundertprozentiger Beamter. Er hat zwar Verständnis für viele Dinge, aber Strafvereitelung? Ich könnte mir vorstellen, dass er da kein Pardon kennt. Wie lange kennst du ihn, Mike?"

Mike: „Seit dreißig Jahren. Ich sehe das ähnlich wie du. Aber da kommt mir eine Idee. Unser Notar, Dieter Zeiser, und Herbert Wagner sind seit ihrer Jugend befreundet. Wenn die Sache mit Paris gelaufen ist, werde ich mal mit Dieter sprechen. Vielleicht hat er eine Idee, wie wir uns in dieser Angelegenheit richtig verhalten."

Michail: „Bei Bussow dürfte alles klar sein. Der wird verurteilt und seine gesamten Freunde mit ihm. Jetzt kommt nur noch Kidnapping hinzu. Der wird gesiebte Luft bis an sein Lebensende atmen. Gegen Wolfgang Zeller alias Heinz Engler haben wir eigentlich außer dem Kidnapping nichts in der Hand. Das gibt nach unserer Rechtssprechung zwischen zehn und fünfzehn Jahren. Da er durch Interpol gesucht wird, kommt er wahrscheinlich nach Verbüßung der Hälfte in Abschiebehaft und wird den jeweiligen Behörden übergeben. In seinem Fall wahrscheinlich in Deutschland, Frankreich oder Belgien. Ich würde raten, erst mal abzuwarten, was die nächsten Tage bringen. Wann immer ihr meine Hilfe braucht, ich versichere euch, wenn irgend möglich, helfe ich. Wichtig erscheint mir, dass wir die Angelegenheit möglichst diskret erledigen. Wir können aus rein politischen Gründen eine große Publizität der Diebstähle nicht brauchen und ihr solltet möglichst darauf achten, dass der Name der Galerie Kaiser keinen Schaden erleidet. Eine einzige Pressemitteilung kann da ungeheure Nachteile bringen. Aber ich bin mir sicher, dass ihr einen Weg finden werdet."

Mike nachdenklich: „Michail, du sprichst mir aus dem Herzen, aber mal sehen, was die nächsten Tage bringen. Aber wir haben da noch ein Problem. Das ist die Galerie **artis opus**. Ich habe mir die Unterlagen angesehen. Es ist eine GmbH und zwar eine Einmann-GmbH. Der alleinige Besitzer ist Wolfgang Zeller. Wie wir wissen, den gibt es eigentlich nicht mehr. Ich werde noch herausfinden, ob er noch lebt, oder ob man ihn ermordet hat.

Das Problem sind die Leute, die dort beschäftigt sind. Bei den drei Künstlern ist das kein Problem, die können wir nach Wiesbaden verpflanzen. Die sind auch damit einverstanden, ich habe schon deswegen mit ihnen gesprochen. Die Dame am Empfang scheint gut zu sein. Sie hat zumindest einen Kopf zum Denken. Sie ist computerfest und hat eine angenehme Art, mit Kunden umzugehen. Sie wäre eventuell bereit in Solingen zu arbeiten. Erich, wenn du noch eine Bürokraft brauchst, solltest du mit ihr sprechen. Die beiden Hilfsarbeiter sind fleißig, sie haben wöchentliche Kündigung.

Schwierig wird es mit der Truppe der polnischen Arbeiter nebst ihrem Architekten. Beim Architekten selbst kein Problem, der hat ein Pauschalhonorar, das er bereits im Voraus bekommen hat. Nur die sechs Arbeiter können einem leid tun. Ich muss den Leuten in absehbarer Zeit sagen, wie es weitergeht. Als wir die Galerie **artis opus** besetzten, habe ich erklärt, ihnen das in den nächsten Tagen zu sagen. Ich habe praktisch die Leitung der Firma übernommen. Dies ohne jegliche Vollmacht. Es ist wichtig, das in geregelte Bahnen zu lenken.

Michail, meinst du, du könntest mit Wolfgang Zeller beziehungsweise Heinz sprechen, wie er sich das vorstellt? Vielleicht kann er mir oder Moritz eine Vollmacht geben, damit wir die Liquidation der Firma betreiben können? Möglicherweise reicht es, wenn man die Räume anderweitig vermietet. Auf jeden Fall muss da etwas geschehen."

Michail ernst: „Mike, ich will es versuchen. Wahrscheinlich kann ich mit ihm sprechen. Das kann aber frühestens in sechs Tagen sein. Bis dahin musst du dich gedulden."

Hilde steckte den Kopf durch die Tür: „Hallo, wie lange wollt ihr noch debattieren? Das Abendessen ist fertig! Wir haben im Speisezimmer gedeckt. Allerdings musste ich unsere Kühltruhe plündern, ich hoffe, es wird euch schmecken. Erich, kümmerst du dich um die Getränke?"

Alle lachten, standen auf und begaben sich ins Speisezimmer. Erich kümmerte sich um die Getränke.

Als man beim Kaffee war, stand Hilde auf, ging nach draußen und kam nach kurzer Zeit mit einer großen Kassette wieder. Zu Paula und Michail gewandt sagte sie:

„Paula hat unser Besteck so gut gefallen. Erich und ich dürfen uns daher erlauben, euch als Erinnerung an diese schwierigen Tage diese Kassette zu überreichen. Es ist unser Dankeschön an euch."

Paula öffnete die Kassette und fand darin eine komplette Besteckgarnitur in Silber für zwölf Personen, bestehend aus 128 Einzelteilen. Die Kassette war aus Leder und mit grünem Filz ausgeschlagen. Es war ein sehr schön präsentiertes Geschenk.

Paula: „Hilde, Erich, ihr seid verrückt. Das können wir nicht annehmen. Ich habe doch nur erwähnt, dass mir das Design dieses Besteckes so gut gefällt."

Hilde: „Also, wenn ihr das nicht nehmt, bin ich euch wirklich böse. Wenn Ihr noch weitere Teile braucht, nur sagen, ich gebe sie euch mit oder Paula, du schreibst mir und ich schicke sie euch. Es freut uns, wenn es euch gefällt."

Michail und Paula standen auf und bedankten sich bei Hilde und Erich mit Handschlag und Umarmung. Auch Michail war sichtlich gerührt von dieser wundervollen Aufmerksamkeit. Nach dem Abendessen gingen sie zusammen wieder in das Wohnzimmer und nach einer allgemeinen Unterhaltung meldete sich Susi:

„Ihr Lieben, ihr habt gemerkt, ich war beim Abendessen ziemlich ruhig. Ich musste über unsere Probleme nachdenken. Es widerstrebt mir sehr, Dinge zu tun, die nicht ganz astrein sind. Hier ist das nicht nur eine Sache, es ist eine ganze Serie von ungesetzlichen Dingen, die praktisch ungesühnt bleiben. Mike, eigentlich müsste ich zu all deinen Vorschlägen ‚Nein' sagen. Andererseits haben wir die Verantwortung für jetzt nahezu einhundert Mitarbeiter und deren Familien. Wir dürfen also keinesfalls etwas tun, was unsere Unternehmen gefährdet.

Wir wurden hier mit etwas konfrontiert, wofür wir nichts können. Die russische Kunstmafia hat uns in ihren Dunstkreis gezogen. Man hat unseren Mitarbeiter Maxim nahezu totgeprügelt, man hat zwei Brandanschläge verübt und uns bedroht. Man hat einen Säugling gekidnappt. Somit müssten wir auch das Recht haben, uns zu wehren. Iwan Bussow hat uns bedroht und uns alle in Angst und Schrecken versetzt. Wie uns Michail sagte, ist Bussow der Kopf dieser Bande. Er ist jetzt in St. Petersburg und wird seine Strafe erhalten.

Die Bilder und Ikonen, um die es geht, wurden aus der Eremitage gestohlen. Wer die Vorbesitzer waren, hat uns nicht zu interessieren. Demzufolge müssen sie zurück nach

St. Petersburg und dies möglichst schnell. Je weniger Aufhebens wir darum machen, umso besser. Wenn wir vom Besitzer der Galerie für russische Kunst in Berlin oder vom Eigentümer der Galerie **artis opus** in Wuppertal ein Fax oder ein anderes Dokument in den Händen hätten, das dazu auffordert, diese Bilder und Ikonen zurück nach St. Petersburg zu schicken, könnte es uns kein Mensch verübeln, diesen Wunsch nachzukommen.

Die durch uns inszenierte Inbesitznahme der Galerie **artis opus** ist nicht legal, egal wie wir das betrachten. Wir können hundert Ausreden dafür finden. Wir haben Hausfriedensbruch begangen. Wir maßten uns an, diese Galerie zu leiten. Die Anmaßung zieht automatisch Pflichten nach sich.

Sollte Michail mit Wolfgang Zeller sprechen und ihn außerdem noch dazu überreden können, dass er kurzfristig die Leitung der Galerie provisorisch Mike Curtis oder Moritz Kaiser übergibt, zum Beispiel aus gesundheitlichen Gründen, so wäre das ein Weg, dem ich zustimmen könnte.

Aber Achtung, das muss Wolfgang Zeller und nicht Heinz Engler unterschreiben. Sollte ein entsprechender Notar in St. Petersburg sein, so würde ich vorschlagen, dass Mike oder Moritz Prokura erteilt wird. Damit könnten sie rechtskräftig tätig werden. Damit kann man auch alle Unklarheiten hinsichtlich der Galerie **artis opus** GmbH beseitigen. Dies bis zu einer Liquidation oder einer Insolvenz. Damit wäre ich einverstanden.

Rückführung der Militaria an die Firma Granika. Sicherlich kein großes Problem mehr. Paris scheint geklärt. Blieben nur noch die 12.000 Stücke die in Wuppertal lagern.

Mike, könnte es nicht sein, dass deine Leute in Paris diese in einem anderen Lager entdeckt haben und sie aus Sicherheitsgründen sofort nach Solingen gebracht haben? Wenn dir Paris zu heiß ist, dann Brüssel oder Amsterdam? Sicher ist das eine Story, Herbert wird sie dir kaum glauben. Aber er wird auch nichts anderes beweisen können. Könnte es nicht sein, dass Jim und Alex die Sachen irgendwo gefunden haben und sofort nach Solingen brachten? Möglichst, wenn du und Herbert Wagner in Paris seid und von dort nicht weg könnt? Ich weiß, das ist link und sicherlich nicht die feine Art, aber haben wir eine Wahl? Ich werde da noch mal mit unserem Notar Dieter sprechen, vielleicht hat er eine andere Meinung oder einen anderen Vorschlag. Also auch da hast du mein Einverständnis, vorbehaltlich Dieters Zustimmung.

Jetzt kommt ein ganz heißes Eisen. Die in der Galerie **artis opus** lagernden Exponate aus den Museen in Dresden und Antwerpen. Wenn du irgend kannst, lass die Finger davon. Ich möchte damit nichts, aber auch gar nichts zu tun haben. Bitte, Mike, überlege mal, ob dir da nichts Besseres einfällt. Allein wenn dein Name genannt wird, kann das für uns alle tödlich sein.

Jetzt kommt unser größtes Problem. Unser Heinzi! Wir müssen unter allen Umständen herausfinden, was aus Wolfgang Zeller wirklich geworden ist und ob er vielleicht noch lebt. Mir sagt mein Instinkt, das weiß Horst Gerkan. Wir fahren morgen sowieso nach Wuppertal, dann lasst uns noch mal mit ihm reden. Eventuell hilft uns das weiter. Es ist ziemlich sicher, dass Heinz Engler einige Jahre Gefängnis bekommen wird, die er in Russland absitzen muss. Wir können also nur über seine Anwälte oder über Michail an ihn herankommen. Da sollten wir das erste Gespräch zwischen Michail und Wolfgang Zeller alias Heinz Engler abwarten. Michail, bitte gib uns sofort Bescheid, damit wir hier tätig werden können. Irgendwo haben wir auch eine Verpflichtung gegenüber den Angestellten der Galerie **artis opus**. Dies sollten wir schnellstmöglich klären.

Ich hoffe, mein langer Vortrag hat euch nicht zu sehr genervt. Aber ihr alle wisst, wie unheimlich diffizil diese Angelegenheit ist. Es braucht nur eine Kleinigkeit schief zu gehen und es kann uns sehr schaden.“

***

Wuppertal

Kurz vor 10 Uhr waren sie in der Galerie **artis opus**. Sie fuhren in den Hof und entgegen der gestrigen Vereinbarung sagte Mike: „Michail, du kommst am besten auch gleich mit. Ich glaube, dass ich Peter Wahl einen Vorschlag machen werde. Da ist es sogar besser, wenn er dich gleich sieht."

Peter Wahl, Bart van de Velde und Paul Vermeylen saßen im ersten Obergeschoss zusammen. Sie waren sehr erstaunt, Michail Borodin zu sehen.

Mike stellte noch mal vor und begann dann:

„Meine Herren, ich werde Sie jetzt von den Vorkommnissen der letzten achtundvierzig Stunden unterrichten. Wie Sie wissen, haben die Herren Bussow und Zeller am Freitagnachmittag Herrn Borodin und das Baby von Frau Granika nebst Kinderfrau gekidnappt.

Wir konnten die Verbrecher in der Nacht von Samstag auf Sonntag in der Nähe des Ortes Bordighera an der italienischen Riviera stellen und nach einem Schusswechsel festnehmen. Sowohl Iwan Bussow als auch Wolfgang Zeller wurden dabei verletzt. Sie wurden mit einem Sanitätsflugzeug von Nizza nach St. Petersburg geflogen und werden dort ärztlich behandelt. Selbstverständlich wurden beide den entsprechenden Behörden übergeben.

Wir haben im Moment noch einiges zu tun. Wir unterhalten uns so gegen zwölf Uhr. Ich bitte Sie, bis zu diesem Zeitpunkt die Räume nicht zu verlassen."

Die drei Herren, Wahl, Vermeylen und van de Velde, hatten plötzlich viele Fragen, aber Mike vertröstete sie. Dann verließ er mit den übrigen den Raum und bat Alex um entsprechende Bewachung.

Michail und Paula wollten unbedingt ein Telefon, da sie Kontakt mit der Botschaft in Berlin und mit den Behörden in St. Petersburg aufnehmen mussten. Die Empfangsdame war rasch behilflich.

Moritz wollte sich die Akten der Galerie **artis opus** ansehen und ging in das notdürftig eingerichtete Büro von Wolfgang Zeller. Susi und Mike planten, Horst Gerkan den vorgesehenen Besuch abzustatten. Bei der Bilderrahmenfabrik angekommen, ließen sie sich bei Herrn Gerkan melden.

Nach einer sehr formellen Begrüßung sagte Mike: „Herr Gerkan, wir haben Sie vom Kidnapping Ihres Studienkollegen in Kenntnis gesetzt. Wir hatten Glück, die Kidnapper an der italienischen Riviera zu stellen."

Dann erzählte er den Ablauf der Befreiungsaktion der Geiseln und dass die Entführer den russischen Behörden übergeben wurden.

Stumm hatte Gerkan zugehört. Dann sagte er langsam:

„Ob Sie mir das glauben oder nicht, ich mache mir die allergrößten Vorwürfe. Nie hätte ich gedacht, dass Heinz Engler zu so etwas fähig ist."

Mike: „Viel Kummer, viel Leid und vor allen Dingen viele Verbrechen wären verhindert worden, hätten Sie geredet. Es ist an der Zeit, dass Sie es jetzt endlich tun. Wir wissen, Wolfgang Zeller ist Heinz Engler oder Heinz van Engelen. Unsere klare Frage: Wo ist Wolfgang Zeller, lebt er noch und wo befindet er sich, oder ist er verstorben? Im letzteren Fall, wo wurde er begraben?"

Horst Gerkan, ziemlich blass: „Selbstverständlich erfahren Sie alles, was ich weiß, aber ob das stimmt, was mir Heinz erzählte, das kann ich Ihnen nicht sagen. Damals habe ich ihm das geglaubt. Es war am 2. Januar dieses Jahres. Wir waren mitten in der Inventur als Heinz bei mir auftauchte und sich bei meiner Sekretärin mit Wolfgang Zeller vorstellte. Ich dachte erst, er macht Spaß, bis er mir folgende Geschichte erzählte:

Unser gemeinsamer Freund Wolfgang Zeller hatte Kontakt zur Unterwelt in London und die boten ihm einen **Tizian, Bildnis eines Mannes** an. Dieses Bild sollte zur Restaurierung von der National Gallery in London zu einem Restaurator gebracht werden. Kurzum, diese Leute stahlen dieses Bild und boten es Wolfgang für 100.000 £-Sterling zum Kauf an.

Wie Sie wissen, ist es nicht einfach, solche Kunstgegenstände aus England auszuführen. So setzte er sich mit Heinz in Verbindung und dieser organisierte zusammen mit seinem Vater den Transport mittels eines Motorbootes von Southend on Sea in England nach Oostende in Belgien. Das Motorboot war nicht sehr groß, und als sie das Bild übernehmen wollten, waren es statt der gedachten zwei bis vier Bilder ein ganzer Lieferwagen voller wertvoller Gemälde. Das kleine Motorboot war also überladen. Sie hatten aber keine Wahl und mussten die britische Küste verlassen. Es war Nacht und schwere See. Beide verstanden von der Seefahrt nicht allzu viel. Nach einer Fahrzeit von zirka vier Stunden traf sie breitseitig eine Welle und Wolfgang ging über Bord. Er hatte keine Schwimmweste an und wurde nie mehr gefunden. Heinz und sein Vater entluden das Motorboot in einem Bootsschuppen in Oostende und warteten erst mal ab. Melden konnten sie das Unglück nicht, dann wäre wahrscheinlich der Transport des gestohlenen Gutes herausgekommen. So schwiegen sie.

Es ist eine Tatsache, dass sich Wolfgang und Heinz ähnlich sahen. Es bedurfte daher nicht vieler Veränderungen und Heinz konnte sich in Wolfgang Zeller verwandeln. Wolfgang hatte so gut wie keine Angehörigen, lediglich eine alte Tante. Heinz übernahm ohne Schwierigkeiten die Identität von Wolfgang. Als erstes ließ er seinen Pass beim deutschen Konsulat in Paris erneuern. Wolfgangs Pass war so durchnässt, dass man kaum etwas erkennen konnte. Größe, Alter, Wohnsitz stimmten. Dann hat er sukzessive alle anderen Papiere umschreiben lassen. Wie er sagte, war das kein Problem. Selbst als die Polizei in Wuppertal Wolfgang Zeller durchleuchtet hat, schöpfte sie keinen Verdacht. Auch nicht der Notar, als er den Kaufvertrag der Gebäude der Galerie testierte. Da Heinz durch Interpol gesucht wurde, kam ihm der Identitätswechsel sehr zupass. Sie werden mich fragen, warum habe ich bei diesem Spiel mitgemacht? Das ist einfach erklärt. Heinz hat mir erzählt, dass die Diebstähle in der Galerie Kaiser, Wiesbaden, mit Ihnen gemeinsam vorbereitet wurden, um die Versicherungssumme zu erschwindeln. Aus welchen Gründen auch immer, Sie hätten sich nicht an die Vereinbarungen gehalten. Nun sei er der Betrogene und müsse womöglich hinter Gitter. Er war mein Freund und Studienkollege und ich half ihm. Sicher hätten Sie das auch getan."

Susi sehr ernst: „Herr Gerkan, das mit der Versicherung ist nichts anderes als eine Schutzbehauptung. Sie können sich vorstellen, dass das bei einem Unternehmen unserer Größenordnung einfach nicht möglich ist. Unser Aufsichtsrat würde das nie und nimmer billigen. Ich versichere, das ist unwahr. Wir kannten uns doch. Warum haben Sie nicht einfach den Telefonhörer genommen und mich angerufen?"

Horst Gerkan: „Das habe ich mir in den letzten drei Tagen auch hundertmal gesagt. Aber das Kind war in den Brunnen gefallen. Ich kann Ihnen nur versichern, wie unendlich leid mir das alles tut."

Mike: „Ich habe da noch ein paar Bedenken. Wolfgang Zeller hat es über Bord gespült. Keiner war dabei. Nur Heinz und Wolfgang. Das kann ich nicht so ganz glauben. Heinz brauchte unbedingt eine neue Identität. Bot es sich da nicht an, Wolfgang über Bord gehen zu lassen? Es wäre nicht der erste Mord dieser Art."

Horst Gerkan entsetzt: „Also, ich glaube viel, das aber nicht. Wer immer Heinz und Wolfgang zusammen gesehen hat und sie auch erlebt hat, der weiß, dass die beiden eine

Einheit waren. Die beiden haben sich ergänzt. Ich traue inzwischen Heinz viel zu, nicht jedoch, dass er seinen Freund Wolfgang ermordet hat."

Mike: „Ihr Wort in Gottes Ohr. Wir wissen jetzt, Wolfgang Zeller lebt nicht mehr. Anderseits läuft die Galerie **artis opus** auf den Namen Wolfgang Zeller. Die muss jetzt aufgelöst werden. Um Bussow brauchen wir uns nicht zu sorgen, der kriegt lebenslänglich und das war's. Bei Wolfgang ist das anders. Er wird mit ziemlicher Sicherheit wegen Kidnapping verurteilt. Wir haben uns sagen lassen, er wird zwischen zehn und fünfzehn Jahren Gefängnis bekommen. Das ist in Russland nicht gerade angenehm. Das Anwesen der Galerie **artis opus** stellt ein ziemliches Vermögen dar. Es sind noch 60.000 Euro Bargeld vorhanden. Ob es noch weitere Konten oder Vermögen gibt, müssen wir noch feststellen. Wir wissen außerdem noch nicht, ob es noch andere Verpflichtungen gibt.

Wir haben mit dem Direktor der Eremitage, Michail Borodin darüber beraten und ihn gebeten mit Herrn Zeller zu sprechen, ob er eventuell mir oder Moritz Kaiser Vollmacht zur Auflösung dieses Vermögens gibt. Dies gegebenenfalls in Form einer Prokura. Es ist möglich, dass Herr Zeller dies ablehnt. Nun meine klare Frage: Wären Sie bereit, das Vermögen von Wolfgang Zeller zu liquidieren?"

Horst Gerkan war sichtlich erschrocken. „Ich hätte vieles erwartet, aber nicht das. Sie können verstehen, dass ich nach Kenntnis aller kriminellen Machenschaften dies eigentlich ablehnen müsste. Allerdings schulde ich Ihnen viel. Wenn es Ihnen hilft, können wir möglicherweise gemeinsam die Auflösung betreiben. Allein möchte ich das ungern. Vielleicht sollte Herr Borodin zunächst mal mit Wolfgang Zeller sprechen. Eventuell hat er ganz andere Vorstellungen. Wann immer Sie meine Hilfe brauchen, stehe ich Ihnen zur Verfügung. Auch wenn der Anfang einer Zusammenarbeit unter einem so ungünstigen Stern stand, so bin ich gerne bereit,

Ihnen zu helfen. Überlegen Sie, wie Sie gehandelt hätten, hätte Sie ein Freund um Hilfe gebeten."

Mike und Susi standen auf und Mike sagte: „Herr Gerkan, wir bedanken uns. Wir werden Sie auf dem Laufenden halten. Die nächsten Tage werden sicherlich turbulent. Frau Kaiser muss zurück nach Wiesbaden und ich muss unbedingt nach Paris, um einen Teil der gestohlenen Militaria dort sicherzustellen. Sie können uns entweder über die Galerie **artis opus** oder über unser Unternehmen in Wiesbaden erreichen."

Als Susi und Mike in die Galerie **artis opus** zurückkamen, führte Borodin immer noch lange Telefonate mit St. Petersburg und Berlin.

Moritz begrüßte Susi und Mike und sagte: „Bis Michail fertig telefoniert hat, kann ich euch wenigstens einige positive Dinge berichten. Ich hatte ein interessantes Telefonat mit dem Notar der Galerie **artis opus**. Anfänglich war er zwar sehr zugeknöpft, aber als ich ihm sagte, dass Herr Zeller schwerverletzt in einem Krankenhaus in St. Petersburg liegt, taute er auf. Er erzählte mir, dass die Galerie **artis opus** eine GmbH ist und als Einmann-GmbH gegründet wurde, aber noch nicht beim Registergericht eingetragen ist. Demzufolge befindet sich bei ihm auf einem Anderkonto der Betrag des Firmenkapitals in Höhe von 50.000 Euro. Er rechne in den nächsten Tagen mit der Eintragung, dann könne er das Geld freigeben. Er hat mir auch verraten, dass Wolfgang Zeller ein Bankkonto bei der hiesigen Filiale der Deutschen Bank unterhält. Zwischenzeitlich habe ich auch die Kontoauszüge gefunden. Er verfügt dort über ein Vermögen von über 360.000 Euro. Dann fand ich noch Kontoauszüge von der Sparkasse mit einem Guthaben von 40.000 Euro. Also wenn ich das alles zusammenrechne, komme ich locker auf eine halbe Million. Arm war der Kerl nicht. Nur durch krumme Machenschaften oder Erbfall kann man in seinem Alter zu einem solchen Vermögen kommen. Wir brauchen uns also um die finanzielle Seite keine großen Gedanken zu machen. Aber erzählt, wie ist es euch bei Horst Gerkan ergangen?“

Susi und Mike berichteten. Moritz fand die Idee, dass eventuell Gerkan den Liquidator machen sollte, gar nicht so schlecht. Michail führte immer noch Telefonate mit seinen Dienststellen in St. Petersburg. So gingen sie zu Peter Wahl, Bart van de Velde und Paul Vermeylen. Sie wurden von Peter Wahl mit einem Wortschwall empfangen. Es war von Freiheitsberaubung und Ähnlichem die Rede, bis Mike der Kragen platzte und er laut sagte: „Noch mehr solcher Vorwürfe und ich werde veranlassen, dass Sie den russischen Behörden übergeben werden. Wenn es Ihnen lieber ist, dann können es auch die deutschen Behörden sein. Gleich welche Behörden es sind, es ist ein Weg für Sie ins Gefängnis. Entweder wir können uns wie vernünftige Menschen unterhalten oder ich nehme jetzt das Telefon und rufe das Bundeskriminalamt an. Sie haben die Wahl.“

Die drei erklärten nun ziemlich kleinlaut, es ginge doch nicht an, dass man sie drei Tage lang festhalten würde, dies ohne jeden Grund.

Darauf Mike sehr freundlich: “Lieber Paul Vermeylen, lieber Bart van de Velde. Ich will ganz außer Acht lassen, dass Sie bei dem Diebstahl der Kunstgegenstände in Antwerpen und Dresden mitgewirkt haben. Dies nachzuweisen dürfte eine Kleinigkeit sein. Zumal ich ziemlich sicher bin, dass Herr Zeller das ohnehin in St. Peterburg aussagen wird. Aber da gibt es noch einen kleinen Raub von Militaria in Solingen. Paul, der Lagerarbeiter der Firma Granika hat Sie erkannt. Für Sie, lieber Bart wird es zum Verhängnis, dass gemäß den Aussageprotokollen der Angestellten der Firma Granika, Sie als Mitarbeiter der Telecom in Frage kommen. Eine Gegenüberstellung reicht aus. Ich an Ihrer Stelle wäre sehr ruhig und würde eine Zusammenarbeit anstreben, vielleicht kann ich dann etwas für Sie tun. Die Situation ist verfahren und ich versuche eine für alle Teile befriedigende Lösung zu finden. Sie geben mir jetzt Ihr Ehrenwort, dass Sie die Räume der Galerie **artis opus** in den nächsten Stunden nicht verlassen beziehungsweise bis zu dem Zeitpunkt, an dem ich mit Ihnen unter sechs Augen gesprochen habe."

Sowohl Bart als auch Paul gaben Mike ihr Ehrenwort und durften gehen.

Mike wandte sich mit einem süffisanten Lächeln an Herrn Wahl: „Für Sie, lieber Herr Wahl gilt das nicht. Sie werden noch etwas Geduld haben müssen. Ich weiß noch nicht, wie tief Sie in der Angelegenheit der gestohlenen Kunstgegenstände aus der Eremitage stecken. Hier will ich Herrn Borodin nicht vorgreifen. Ich bin der Auffassung, Sie sind der Gefährlichste von allen. Einerseits ehrt Sie das, andererseits möchte ich nicht in Ihrer Haut stecken, denn russische Gefängnisse sollen nicht besonders komfortabel sein."

Peter Wahl immer noch aufgebracht: „Das werden Sie bereuen, ich werde dafür sorgen, dass Sie dahin kommen, wohin Sie gehören."

Mike lachte nur: „Na mal sehen!" und ging.

Mike und Susi trafen eine Etage tiefer Michail mit Paula, der sie schon suchte und sagte: „Kommt, lasst uns irgendwo was essen." Sie gingen ein Stück zu Fuß und fanden ein kleines Restaurant. Viel Hunger hatten sie nicht, aber Michail wollte in Ruhe berichten:

„Ich habe sowohl mit der Botschaft in Berlin gesprochen, als auch mit St. Petersburg. Wir haben einen großen LKW, der zurzeit leer auf der Fahrt von Portugal nach hier ist. Er wird im Laufe des morgigen Tages hier eintreffen. Ich glaube wir haben genügend Personal zum Beladen. Die beiden Hilfsarbeiter, die sechs polnischen Arbeiter und vielleicht können auch die drei Künstler aus Weißrussland mithelfen, dann ginge es relativ schnell. Paula und ich werden mit dem Wagen von hier bis nach Berlin mitfahren. Ab Berlin kommt eine andere Bewachungsmannschaft. Spätestens in der Nacht von Dienstag auf Mittwoch sind die Sachen hier weg.

Gestern hat man den ganzen Tag Bussow vernommen. Anscheinend hatte Bussow geplant, die Exponate samt und sonders nach den USA zu bringen. Da das nicht einfach ist, wollte er sich der Galerie Kaiser in Wiesbaden bedienen, die entsprechende Einfuhrlizenzen besitze. Er wollte die Galerie Kaiser praktisch mit den Lizenzen übernehmen. Gut ausgedacht. Weitere Einzelheiten erfahren wir noch. Heute und morgen kann Bussow anscheinend nicht vernommen werden, da die beiden Schusswunden operiert werden müssen. Jetzt wissen wir auch, wie die Galerie Kaiser ins Fadenkreuz dieser Mafia kam.

Jetzt kommt ein sehr ernstes Problem. Wolfgang Zeller! Wolfgang Zeller wurde gestern operiert. Ein Schuss hat die linke Niere getroffen. Sie musste entfernt werden. Man kann auch mit einer Niere leben. Leider hat Herr Zeller Pech. Am Ausgang seiner rechten Niere befindet sich ein Karzinom, dieses streut, das heißt, es wurden bereits mehrere Metastasen festgestellt. Die Ärzte schätzen die Überlebensdauer von Herrn Zeller auf vier bis maximal sechs Wochen. Ihm selbst wurde es noch nicht gesagt. Sobald ich nach St. Petersburg komme, werde ich ihn besuchen. Wir müssen ihm aber unbedingt eine Lösung für die Galerie **artis opus** vorschlagen. Wenn ich unsere Gesetzgebung richtig kenne, wird man Wolfgang Zeller nicht mehr anklagen. Nach entsprechender Aussage wird man ihn freistellen und ausweisen. Ich werde euch genauestens darüber berichten. Tut mir leid, dass ich nichts Besseres mitteilen kann.“

Alle waren tief betroffen.

Mit vielem hatten sie gerechnet, damit nicht. Als erstes fand Susi Worte: „Sicher war Heinz oder Wolfgang oder wie immer er auch geheißen hat, nicht unser Freund. Gewiss, er hat uns in jeder nur möglichen Art und Weise geschadet. Trotzdem ist er ein Mensch. Michail, wenn du nach

St. Petersburg kommst, sage ihm, wir vergeben ihm und wenn wir etwas tun können, um seine schwierige Lage zu erleichtern, dann werden wir das versuchen. Er hat einige Mitarbeiter um sich versammelt, die er nicht im Stich lassen sollte. Er muss dafür sorgen, dass hier alles ordnungsgemäß abgewickelt wird."

Mike informierte Michail, was er mit Horst Gerkan besprochen hatte und was er beabsichtigte mit Bart und Paul zu besprechen. Er war sich nur noch nicht darüber im Klaren, wie er Peter Wahl behandeln sollte. Dieses Gespräch hing über ihm wie ein Damoklesschwert. Einerseits war er ein guter Fachmann und intelligent dazu, andererseits nach Mikes Auffassung ein ganz fieser und übler Typ, dem man nicht über den Weg trauen durfte.

Als man in die Galerie zurückkam, verabschiedeten sich Susi und Moritz. Moritz wollte Susi zum Bahnhof nach Köln bringen, denn Susi musste zurück nach Wiesbaden.

Beim Abschied sagte Susi zu Paula und Michail: „Es war zwar schön, euch so schnell wieder zu sehen, aber es hätte ein erfreulicherer Anlass sein dürfen. Ich lade euch jetzt schon zur Taufe unserer Zwillinge ein. Also bis im Juni."

Susi umarmte beide und Michail und Paula versicherten, in jedem Fall zu kommen. Nachdem die beiden abgefahren waren, wollte Michail noch mal die Zusammenstellung der Gemälde und Ikonen überprüfen, die nach St. Petersburg verbracht werden sollten.

Mike musste als Erstes mit Bart und Paul reden. Er suchte sie und begab sich mit ihnen in einen ruhigen Raum. Nachdem sie sich gesetzt hatten, begann Mike: „Ich muss Ihnen jetzt leider etwas berichten, dass Sie sicher sehr betroffen machen wird. Wolfgang ist gestern in St. Petersburg operiert worden. Die linke Niere war nicht zu retten und musste entfernt werden. Man kann auch mit einer Niere weiterleben. Leider stellte sich heraus, dass Herr Zeller an der rechten Niere ein Karzinom hat und dieses hat bereits Metastasen gebildet. Wolfgang Zeller hat nur noch eine Überlebenschance von vier bis sechs Wochen.

Wir haben Herrn Borodin gebeten, alles zu tun, um ihm die letzten Wochen zu erleichtern und Sie können versichert sein, dass dieser das auch tun wird..“

Sowohl Bart, als auch Paul waren schockiert. Paul fragte nur: „Meinen Sie, wir können Wolfgang noch mal sehen? Wir fliegen gerne nach St. Petersburg, wenn es die Möglichkeit gibt, ihn im Gefängnis zu besuchen.“

Mike: „Wir sollten erst mal abwarten, bis Herr Borodin selbst in St. Petersburg ist und uns einen Bericht von dort geben kann. Er meint, nach der russischen Gesetzgebung wird wegen des Gesundheitszustandes von Wolfgang Zeller wahrscheinlich keine Anklage erhoben werden. Was dann passiert, wissen wir noch nicht. Seien Sie aber sicher, wir werden dafür sorgen, dass er die letzen Wochen nicht im Gefängnis verbringen muss. Sie können selbst noch mal mit Herrn Borodin ausführlich sprechen. Nun würde ich aber gerne über die Angelegenheit hier sprechen und ich erwarte äußerste Ehrlichkeit. Sie wissen, wir haben hier eine sehr verfahrene Situation. Dazu muss ich einige Informationen haben und ich muss mich darauf verlassen können, dass Sie entsprechend meinen Anweisungen handeln. Können Sie mir das versprechen?“ Bart und Paul versicherten Mike, dass sie alles tun würden, um diese nahezu unlösbare Situation gemeinsam zu regeln. Dann fuhr Mike fort: „Sind Sie an der Galerie **artis opus** GmbH beteiligt oder in welchem Verhältnis arbeiten Sie für diese Gesellschaft?“

Paul sprach für beide: „Wenn immer wir zusammengearbeitet haben, so haben wir genau geteilt. Das heißt, jeder bekam ein Drittel. Hier bei der Galerie **artis opus** war das ganz anders. Die Gebäude hat nach meinem Wissen Herr Gerkan bezahlt. Anscheinend schuldete er Wolfgang diese Summe. Wir wollten später über eine Beteiligung sprechen, aber dazu kommt es wohl nicht mehr.“

Mike: „Sie haben die Militaria bei der Firma Granika gestohlen. Dabei muss noch ein dritter Mann gewesen sein. Wer ist das?"

Paul: „Es ist ein Bekannter aus Belgien, hier gänzlich unbekannt und sollte es auch bleiben. Er wurde gut bezahlt."

Mike: „Gut, Sie verbrachten die gesamten gestohlenen Kisten hierher. Was passierte dann?"

Paul: „Vier Kisten mit 10.000 Stück der gestohlenen Militaria fuhr Bart nach Paris, der Rest verblieb hier."

Mike: „Bart – Sie haben also die vier Kisten nach Paris gebracht und sie wo abgeliefert?" Bart: „Ich fuhr diese Kisten zu der mir genannten Adresse. Da es sich um eine Wohnung handelte, habe ich sie in einen Lagerhof gebracht und dort alle vier Kisten in einer Garage abgeladen. Soweit ich weiß, lagern sie heute noch dort."

Mike: „Jetzt kommen wir zum schwierigsten Teil dieser Transaktion. Ich bin im Auftrag der Versicherung dieser Militaria tätig und meine Aufgabe ist es, diese Gegenstände zu finden. Wir haben das Bundeskriminalamt eingeschaltet. Wenn ich diese informiere, passiert Folgendes:

Man wird nach Wuppertal kommen und die Angelegenheit untersuchen. Zwangsläufig werden sie davon Kenntnis erhalten, dass gestohlene Gemälde im Wert von 100 Millionen US $ eingelagert waren. Höchstwahrscheinlich erfährt man, dass Gemälde aus Diebstählen der Staatlichen Galerie in Dresden hier lagern und aus einem Museum in Antwerpen. Es wird für die Polizei nicht schwer festzustellen sein, dass Sie damit in Verbindung stehen. Bei den Gemälden aus der Eremitage wird es zu politischen Schwierigkeiten kommen. Dinge, die wir vermeiden können, wenn wir alle an einem Strang ziehen. Ich mache Ihnen jetzt einen Vorschlag, den können Sie annehmen oder Sie können ihn ablehnen.

Sie, Bart, fahren am Mittwoch mit mir nach Paris. Dort zeigen Sie mir, wohin Sie die vier Kisten Militaria gebracht haben. Ich werde gleichzeitig das Bundeskriminalamt einschalten und wir werden in Verbindung mit der französischen Polizei diese vier Kisten dort sicherstellen. Sie selbst tauchen bei dieser Aktion besser nicht auf und fahren mit der Bahn zurück nach hier. Irgendwie müssen wir es schaffen, die restlichen vier Kisten aus Wuppertal wegzubringen. Haben Sie keine Idee?"

Bart: „Da fällt mir sehr viel ein, ich könnte die restlichen vier Kisten nach Belgien gebracht haben. Wolfgang hat doch immer noch den Lagerraum am Flughafen in Oostende gemietet. Der ist gottverlassen. Außerdem brauchen Sie doch Ihren Informanten nicht preiszugeben. Ich schlage vor, wir bringen die vier Kisten dorthin und nach einem Tag oder einigen Tagen holen wir sie wieder ab. Dann ist Wuppertal als Lagerort außen vor. Paul weiß auch, wo dieser Raum ist."

Mike: „Gut. Bart und ich fahren Mittwochmorgen nach Paris. Ich will zusehen, dass wir am Donnerstag die Militaria in Paris beschlagnahmen können. Bart, Sie fahren Mittwochabend wieder zurück nach Wuppertal. Paul, Sie beladen den Sprinter mit den restlichen Militaria und bringen die Sachen in den Lagerschuppen nach Oostende. Machen Sie eine genaue Skizze, wo der Schuppen ist. Ich nehme an, der Schlüssel wird sich hier irgendwo finden. Dann können wir in den nächsten Tagen die Waren in Oostende finden. Bart, Paul, nach eurer Rückkehr macht ihr Euch wieder hier an die Gestaltung der Galerie. So, als würde das Leben normal weitergehen." Paul fragte: „Was soll mit den gestohlenen Bildern aus Dresden und Antwerpen werden?"

Mike: „Ich habe noch nicht die geringste Ahnung. Sie einfach nur zurückzugeben, gibt einen irren Wirbel. Ich habe schon mal daran gedacht, Peter Wahl mit einzubinden, aber darüber bin ich mir noch nicht im Klaren."

Paul: „Wenn Sie Peter Wahl einbinden, dann stehen wir nicht zur Verfügung. Der Mann liegt uns nicht und wir glauben, er spielt falsch. Wir sind sicher keine Waisenknaben, aber der ist gefährlich. Aber wenn Sie eine Lösung suchen, vielleicht können wir mal mit unserem Mittelsmann sprechen, der mit der Versicherung der beiden Museen verhandelt, vielleicht ist da ein Weg, der gangbar ist? Die Bilder einfach nur zurückzugeben würde einen Pressewirbel geben, der sicher nicht wünschenswert ist. Ich werde heute Abend mit ihm Kontakt aufnehmen. Sie können sich dann weiter mit ihm unterhalten. Möglich, dass er einen Weg sieht, die Angelegenheit für alle zufriedenstellend zu lösen."

Mike begab sich zu Michail, der ihm berichtete, man hätte noch mal die Protokolle der Vernehmung von Bussow durchgesehen. Peter Wahl war schon seit langem in die Angelegenheit eingebunden. So wollte Borodin jetzt noch ein ernstes Wort mit Peter Wahl sprechen. Als sie zu Peter Wahl kamen, beschimpfte er sowohl Borodin als auch Mike ziemlich unflätig. Die beiden hörten sich das an und Borodin sagte dann ganz ruhig:

„Herr Wahl, wir haben jetzt einen ersten Überblick über die Aussagen von Iwan Bussow. Sie sind von Anfang an Mitinitiator der Gemäldediebstähle in der Eremitage in St. Petersburg gewesen. Wir haben außer Bussows Aussage noch die Vernehmungsprotokolle zweier anderer Herren. Sie haben jeden Grund, ganz ruhig zu sein. Bis zu diesem Moment haben wir Sie ordentlich behandelt. Das kann ab sofort anders werden. Es gibt für Sie im Augenblick zwei Möglichkeiten.

Erstens, Sie vergessen, was Sie in dieser Angelegenheit bisher gehört und gesehen haben. Wir vergessen dann, was in unseren Vernehmungsprotokollen steht und werden kein Auslieferungsverfahren betreiben.

Oder zweitens, Sie tun das nicht, dann werden wir Anklage gegen Sie erheben und ein Auslieferungsverfahren gegen Sie einleiten. Aber seien Sie sicher, wir kriegen Sie nach Russland und dort vor ein Gericht. Wir haben auch Bussow gekriegt. Sie bleiben vorläufig noch drei Tage hier und ich werde dafür sorgen, dass Sie keine Gelegenheit haben werden, das Haus zu verlassen. Meine Leute sind zuverlässig. Ansonsten hoffe ich, wir sehen uns nie wieder."

Peter Wahl versprach, den ersten Vorschlag anzunehmen. Er bat um sofortige Freilassung, da man ihn in München aus geschäftlichen Gründen dringend brauche, aber Borodin blieb hart. Er müsse drei Tage Geduld haben. Mehr könne er für ihn nicht tun. Dann verließen sie ihn.

Michail Borodin und Mike suchten Paula und fuhren zurück nach Solingen.

Wuppertal

Es war ein hektischer Morgen in der Galerie **artis opus** in Wuppertal. Michail war bemüht, die Listen der gestohlenen Kunstwerke zu vervollständigen. Alle halfen mit, die gut verpacken Kisten mit den Gemälden ladebereit vorzubereiten. Der LKW, den die Botschaft avisiert hatte, meldete sich gegen 11 Uhr. Der Fahrer meinte, man werde zwischen 13 und 14 Uhr in Wuppertal eintreffen. Sie waren gespannt, ob das Fahrzeug durch die Einfahrt kommen würde.

Paul und Bart kamen auf Mike zu und nachdem sie gebeten hatten in einen separaten Raum zu gehen, begann Bart:

„Wir haben mit unserem Mittelsmann gesprochen und ihm die Situation erklärt. Er ist Anwalt und ziemlich verunsichert. Er hatte bereits Kontakt, sowohl mit Dresden als auch mit Antwerpen. Ich würde vorschlagen, Sie unterhalten sich mit ihm direkt."

Bart nahm sein Handy, und übergab es an Mike.

(Claesen) Mein Name ist Jacques Claesen, ich bin Anwalt in Brüssel und mit wem habe ich die Ehre?

(Mike) Mein Name ist Mike Curtis, ich bin Präsident der Kaisers Association of Art in Boston USA, außerdem bin ich

noch Aufsichtsrat der Galerie Kaiser Wiesbaden. Die dürfte Ihnen eher bekannt sein. Sie haben schon gehört, ich bin in einer ziemlich unangenehmen Situation. Ich habe hier in einem Lager Gemälde gefunden, die aus Diebstählen in Antwerpen und Dresden stammen. Einzelheiten dürften Ihnen bekannt sein.

Eine direkte Rückgabe an die jeweiligen Museen ist aus zwei Gründen nicht möglich. Bart van de Velde soll Ihnen die Einzelheiten erzählen. Kurzum, ich will diese Gemälde an die jeweiligen Galerien zurückgeben. Keinesfalls durch Rückkauf der Gemälde an die Versicherungen. Falls jedoch für die Wiederbeschaffung dieser Gemälde eine Prämie ausgelobt sein sollte, so würde ich gerne in den Genuss dieser Prämie kommen. Dies aus folgenden Gründen: Ich musste für die Wiederbeschaffung von gestohlenem Gut mehrere Mitarbeiter einsetzen, die ich bar bezahlen muss und deren Spesen ich auch übernehmen muss. Auch Bart van de Velde und Paul Vermeylen müsste ich mit einbeziehen. Vielleicht hören Sie mal, in welcher Höhe eine Prämie für die Wiederbeschaffung ausgelobt wurde. Ich bin morgen und übermorgen in Paris und würde am Freitag oder Samstag wieder zur Verfügung stehen. Sie können mich dann hier in Wuppertal besuchen oder ich komme zu Ihnen nach Brüssel.

(Claesen) Das war sehr klar Ihrerseits. Danke, wir telefonieren zusammen. Bitte, geben Sie mir noch mal Herrn van de Velde oder Herrn Vermeylen.

Paul telefonierte noch einen Moment mit Herrn Claesen und sagte dann zu Mike:

„Wenn ich die Militaria nach Oostende bringe, werde ich bei dem Anwalt einen kurzen Zwischenstopp machen. Ihnen danke ich für das freundliche Angebot, uns an der Prämie zu beteiligen."

Mike schmunzelte und sagte: „Jetzt habe ich noch eine Bitte an Sie beide: Herr Borodin wird Peter Wahl hier drei

Tage unter Hausarrest halten. Zwei seiner Leute bewachen ihn. Ich weiß nicht, was Wahl unternehmen wird, wenn er hier herauskommt. Ich traue ihm nicht. Die Bilder der Museen in Dresden und Antwerpen müssen schnellstens hier weg. Wir sollten sie bei einer Spedition einlagern. Je schneller das geschieht, umso besser für uns alle."

Nach diesem Gespräch begab sich Mike zu Michail, informierte ihn kurz über das Geschehen, dann ging er zu Moritz, der im Büro saß und viele Akten wälzte.

Mike staunte: „Sag mal, woher hast du auf einmal die Unmengen an Ordnern?"

Moritz lachend: „Du hast gestern mit Bart und Paul gesprochen, die waren heute sehr hilfreich und haben mir verraten, wo das ganze Zeug lag. Je mehr ich mich einlese, umso mehr verstehe ich die kriminelle Energie von Wolfgang Zeller oder Heinz Engler. Andererseits muss ich ihm meine Hochachtung zollen, die ganze Galerie **artis opus** wäre für uns in Wiesbaden zu einer außergewöhnlich harten Konkurrenz geworden. Ich gebe dir einen kurzen Überblick.

Neben dem Vermögen, dass ich dir gestern erläutert habe, von zirka einer halben Million habe ich bisher festgestellt, dass der Kerl noch folgende Vermögenswerte besitzt. Schau dir meine Notizen an."

Er übergab Mike einen Zettel mit der Aufstellung:

In Italien eine Beteiligung an einer Galerie	*80.000 Euro*
Hausbesitz in Seborga bei Bordighera	*250.000 Euro*
Bankkonto in Bordighera, zirka	*40.000 Euro*
Zusammen rund	***370.000 Euro***
Darlehen an seinen Vater	*100.000 Euro*
Bankkonto mit seinem Vater, zirka	*40.000 Euro*
Bankkonto mit Frau Henzo, zirka	*80.000 Euro*
bei der UBS-Bank in Zürich	*300.000 Euro*

„Also zusammen mit seinem Vermögen hier in Wuppertal besitzt er über eine Million Euro. Selbst wenn die Gelder der gemeinsamen Konten mit seinem Vater und ihm oder Frau Henzo und ihm gänzlich diesen gehören sollten.

Aber jetzt wird's schwierig. Die Gelder in Wuppertal sind alle auf Wolfgang Zeller eingetragen. Alle übrigen Gelder und Vermögenswerte auf Heinz Engler oder Heinz van Engelen. Ich bin neugierig, wie sich damit unser Notar Dieter Zeiser auseinandersetzt, sollte er gefragt sein. Dabei bin ich erst am Anfang. Nirgendwo kann ich auch nur im Entferntesten erkennen, woher diese Gelder kommen. Gemäß seinen Unterlagen sind sie einfach da. Du und ich wissen, dass die nur aus Diebstählen stammen können. Das Labyrinth aus Zahlen, Investitionen und Guthaben steht in keinem Zusammenhang mit irgendwelchen Einnahmen. So, als hätte er das Geld im Lotto gewonnen oder in der Spielbank. Aber das soll nicht unsere Sorge sein. Wie bist du vorangekommen?"

Nun erzählte Mike, wie er mit Bart und Paul verblieben ist, dass er jetzt Herbert Wagner anrufen müsse und dass er noch Michail informieren muss. Mike ging zu einem Telefon und rief Herbert Wagner an.

(Wagner) Hallo, Mike, wie geht's, was gibt es Neues?

(Mike) Ne ganze Menge. Der Reihe nach. Meine Leute in Paris haben zwar eine Spur, aber noch nichts Konkretes. Allerdings habe ich einen Informanten aufgetrieben, der angeblich nähere Einzelheiten weiß, mit ihm will ich morgen Nachmittag nach Paris fahren. Er will mir zeigen, wo diese Militaria liegen. Ich hoffe, das klappt. Können wir uns vielleicht am Donnerstagmorgen oder am Mittwochabend in Paris treffen?

(Wagner) Ist dein Informant zuverlässig oder wird das ein Windei?

(Mike) Nach meiner Einschätzung sehr zuverlässig. Bitte, frag mich nicht nach seinem Namen. Soweit ich weiß, wird er gesucht. Also musst du mir einfach vertrauen. Hauptsache, wir bekommen die Militaria wieder. Der Informant behauptet, auch das Lager der Restware zu kennen. Mal sehen, ob das stimmt. Diese sollen sich in Belgien befinden.

(Wagner) Mike, du wirst mir schon etwas mehr erzählen müssen. Ich weiß, das geht in manchen Fällen nicht, aber du kennst den Paragrafen der Strafvereitelung.

(Mike) Es gibt zwei Wege, entweder wir bekommen die Militaria zurück oder ich halte mich an Recht und Gesetz und die Versicherungen müssen blechen. Du kannst es dir aussuchen.

Meine Aufgabe ist es, die gestohlenen Gegenstände zu beschaffen, da muss ich frei bei meinen Ermittlungen sein und auch manchmal Dinge tun, die nicht hundertprozentig nach dem Gesetz sind. Oder wie siehst du das?

(Wagner) Du greifst mich jetzt an meiner Berufsehre. Sicher hast du Recht, aber einfach die Verbrecher so ohne Strafe davonkommen zu lassen, widerstrebt mir sehr.

(Mike) Mir auch, aber habe ich eine Wahl? Durch den Diebstahl hat man mir ein Geschäft in den USA versaut. Bis zum Herbst kann ich die Ware jetzt auf Halde legen. Im Sommer kann ich das Zeug nicht verkaufen.

Wer ersetzt mir den Schaden? Kein Mensch und auch keine Versicherung. Ob diese Ware im Herbst noch zu verkaufen ist, das kann heute kein Mensch sagen. Ich hoffe, aber man weiß nie. Also was ist, bist du unter diesen Bedingungen mit dabei?

(Wagner) Mike, du bist ein hundsgemeiner Knochen. Aber ich mache mit. Allerdings mit viel Bauchweh. Du sagst mir noch, wo wir uns in Paris treffen. Ich werde mal sehen, wen ich in Paris in der Angelegenheit sprechen kann. Ich hab da so einige Freunde.

Also bis später. Tschüss.

Mike musste tief Luft holen. Das Gespräch mit Herbert Wagner war ihm unter die Haut gegangen. Er belog Freunde so ungern.

Mike begab sich in den Hof, um zu sehen, dass Paul und Bart mit den beiden Hilfsarbeitern dabei waren, die letzten Bilder aus den Diebstählen in Dresden und in Antwerpen in den Sprinter zu laden. Er nahm Bart beiseite und fragte: „Wisst Ihr schon, wohin Ihr die bringen könnt?"

Bart schmunzelte: „Ausgerechnet in dem aufgelassenen Industriegelände in Remscheid haben wir eine kleine Halle gefunden, die wir für drei Monate mieten konnten. Eine Spedition hat uns die vermietet und wir können dort auch gleich den Schlüssel abholen. Wir hoffen, das Gebäude ist einbruchsicher. Die Miete müssen wir für drei Monate im Voraus zahlen. Ich habe mir von Jim das Geld geben lassen. In zehn Minuten spätestens sind wir hier weg. Die Kopie des Mietvertrages gebe ich Moritz Kaiser. Ist das so okay?"

Auch Mike musste lächeln: „Ja, ist okay. Wenn Ihr zurück seid, ladet gleich die Militaria, damit die nach Oostende gebracht werden können. Das Bundeskriminalamt weiß jetzt, dass sich diese Ware in Belgien befindet."

Kaum war der Sprinter mit Paul und Bart aus dem Haus, als ein riesiger LKW ankam. Der Fahrer stieg aus, verlangte Herrn Borodin zu sprechen und dann begann das Abmessen, ob der LKW durch die Hauseinfahrt passt oder nicht. Der Fahrer schien ein Artist zu sein. Was alle Anwesenden nicht für möglich gehalten hatten, der LKW passte durch die Hauseinfahrt. Allerdings blieb der Motorwagen im Hauseingang stehen. Trotzdem konnte man das Tor schließen.

Einer der beiden weißrussischen Künstler erbot sich, mit den beiden Fahrern des LKW in ein nahes Restaurant zu gehen, was diese freudig annahmen. Der Rest der Mannschaft begann nun mit dem Einladen der 1.036 einzeln verpackten Gemälde. Michail überwachte das Ganze und so kam man zügig voran.

Es war kurz vor 17 Uhr, bis der LKW abfahrbereit war. Paula und Michail verabschiedeten sich und alle versicherten, sie hofften sich bald wieder zu sehen. Dann fuhr der LKW mit Paula und Michail aus dem Hof.

Bart und Paul hatten schon auf der Straße gewartet. Sie fuhren mit dem Sprinter auf den Hof, gaben Moritz den Mietvertrag und den Schlüssel des gemieteten Abstellraumes und begannen mit dem Einladen der vier Kisten Militaria.

Moritz zu Mike: „Meinst du wirklich, es ist erforderlich, dass wir das Zeug nach Oostende bringen? Ich hätte das direkt zurück nach Solingen gefahren."

Mike lachte: „Herbert wird alles unternehmen um hinter den Namen meines sogenannten Informanten zu kommen. Ich werde alles tun, um das zu verhindern. Der soll ruhig dabei sein, wenn wir das Zeug in Oostende finden. Dann kann er suchen. Solange er nicht in Wuppertal auftaucht, soll mir das recht sein."

Mike verabredete sich mit Bart, wann er ihn am nächsten Morgen abholen würde, wünschte Paul eine gute Fahrt nach Oostende und verabschiedete sich von allen anderen.

***

Paris

Schon ziemlich früh hatte Mike Bart abgeholt. Sie waren bereits kurz nach 14 Uhr in Paris und Bart zeigte Mike problemlos den Industriehof, in dem die Militaria in der zweiten Garage links vom Eingang gelagert waren.

Dann brachte Mike Bart zum Gare du Nord, der von dort aus zurückfahren wollte. Bart vereinbarte, dass er über Brüssel fahren würde, um mit dem Anwalt Jacques Claesen zu sprechen. Dann fuhr Mike zum Treffpunkt mit Patrick und seinen Leuten in der Rue de l'Arcade. Als er ankam, warteten sie schon. Nach einer freundlichen Begrüßung berichteten sie und man stellte fest, dass die überwachte Person dreimal in eben diesem Industriehof gewesen war. Sie konnten nur nicht feststellen, was er dort gemacht hat. Somit schien festzustehen, das Zielobjekt gefunden zu haben.

Sie verabschiedeten sich für den nächsten Morgen, um bei der Aktion der französischen Polizei, wenn diese die gestohlenen Gegenstände beschlagnahmte, dabei zu sein.

Danach begab sich Mike zu seinem Hotel, um dort mit Herbert Wagner vom Bundeskriminalamt zusammenzutreffen. Wie überrascht war Mike, als ihm bei seiner Ankunft im Hotel mitgeteilt wurde, dass zwei Herren ihn in der Bar erwarten würden. Als er in die Bar kam, entdeckte er sofort Herbert Wagner. Der Begleiter wurde ihm als Beamter der Sûreté National vorgestellt. Es stellte sich rasch heraus, dass sich dieser Beamte und Herbert Wagner schon lange kannten. Was den Beamten von der Sûreté brennend interessierte, war der Name des Informanten. Nach einem längeren Wortgeplänkel sagte Mike:

„Meine Herren, ich kann sehr gut verstehen, dass Sie den Namen des Informanten erfahren wollen. Das leider muss ich Ihnen verwehren, wenn ich nicht die gesamte Rückführung der gestohlenen Waren gefährden will. Meine Aufgabe ist es, im Auftrag der Versicherung die Waren aufzufinden. Da muss man leider manchmal Wege gehen, die nicht ganz gesetzeskonform sind. So ist das auch mit dem Informanten. Ich habe nunmehr die Hälfte der gestohlenen Gegenstände hier in Paris entdeckt. Wenn diese Aktion abgeschlossen ist, dann erst bekomme ich den Lagerort der restlichen Waren. Soweit man mir sagte, sind die in Belgien. Nebenbei, der Informant ist kein französischer und auch kein deutscher Staatsbürger. Es tut mir sehr leid, aber Sie werden von mir keine weiteren Informationen bekommen.

Selbstverständlich werde ich Herrn Wagner sofort informieren, sobald ich die Adresse der Lagerstätte in Belgien in

Erfahrung gebracht habe. – Aber bitte, verraten Sie mir jetzt, wann wir mit der Beschlagnahmung der Waren rechnen können. Meine Leute in Paris, immerhin vier Mann, würden gerne dabei sein. Zu Ihrer Information, meine Leute waren auch schon fast am Ziel."

Im Laufe der anschließenden Unterhaltung kam schnell heraus, dass man morgen Früh schon um 7 Uhr mit einem richterlichen Befehl die genannte Adresse aufsuchen würde.

***

Es war noch dunkel, als die französische Polizei Mike und Herbert Wagner im Hotel abholten. Sie fuhren direkt zur Lagerstätte der Militaria. Der Industriehof war noch geschlossen, doch durch energisches Auftreten der französischen Polizei hatte man sich schnell Zutritt verschafft. Man öffnete gewaltsam die Garage und fand dort die vier Kisten mit den Militaria, wobei eine der Kisten bereits geöffnet war und es war zu sehen, dass einige Gegenstände entnommen worden waren.

Mikes Leute, Patrick mit seinen drei Männern waren ebenfalls anwesend und Mike verabredete sich mit ihnen im Anschluss. Danach fragte Mike Herbert Wagner:

„Wie geht's jetzt weiter? Kümmerst du dich um den ganzen Papierkram? Wo kann ich dich erreichen, falls wir die Adresse des Lagerortes in Belgien erfahren?"

Herbert meinte nur, dass das wohl jetzt eine längere Prozedur würde und er wisse noch nicht, wann er aus Paris zurückfahren könne. So tauschte man die Handynummern aus.

Mike begab sich unmittelbar danach zu seinen Leuten. Er bedankte sich bei allen herzlich. Die drei Mitarbeiter waren durch Patrick ausbezahlt worden und Mike verabredete, dass die Gesamtabrechnung folgt. Er fügte noch hinzu: „Patrick, ich könnte mir vorstellen, dass wir diesmal auch wieder eine Prämie, wie das letzte Mal, ausschütten können."

Es folgte eine rasche Verabschiedung, denn Mike wollte so schnell wie möglich nach Brüssel, um dort mit dem Anwalt Jacques Claesen zu sprechen.

Brüssel

Mike hatte auf dem Weg von Paris nach Brüssel Anwalt Claesen angerufen und seinen Besuch avisiert. Als er gegen 17 Uhr dort eintraf, wurde er bereits erwartet.

Nach den ersten einleitenden Worten fragte Anwalt Claesen: „Herr Curtis, erzählen Sie, was Sie mit der ganzen Sache zu tun haben. Sie wissen vielleicht, die Herren van de Velde und Vermeylen waren schon bei mir und haben berichtet, aber so ganz schlau bin ich daraus nicht geworden."

Mike lächelte: „Kann ich mir vorstellen. Wie ich Ihnen schon sagte, ich bin Präsident der Kaisers Association of Art in Boston USA und außerdem Mitglied des Gremiums bei der Galerie Kaiser in Wiesbaden, eine Art Aufsichtsrat."

Der Anwalt erstaunt: „Was hat die als seriös bekannte Firma Kaiser mit gestohlenen Kunstgegenständen zu tun?"

Mike jetzt ernst: „Da muss ich etwas weiter ausholen. Wir hatten im letzten Jahr einen Mitarbeiter namens Heinz Engler, der Gemälde im Wert von über 2,5 Millionen Euro stahl. Die Versicherung lobte eine Prämie von 50.000 Euro aus, die ich mir verdienen wollte und habe die Gemälde in Luxemburg und Straßburg sicherstellen können."

Anwalt Claesen: „Ah – Sie waren der, der diese ganze Bande auffliegen ließ. War ein riesiger Rummel. Ich war auch mit einbezogen, denn ich bin so ziemlich der einzige Anwalt, der sich mit den Rückkäufen von gestohlenen Kunstgegenständen befasst. Aber erzählen Sie weiter."

Mike: „Als bei einer unserer Fertigungsstätten für Militaria aus dem letzten Krieg Waren im Wert von über einer Million Euro verschwanden, hatten wir wieder Heinz Engler im Verdacht. So begann ich mit meinen Ermittlungen. Leider führten diese Ermittlungen zu Kunstdiebstählen in einer Größenordnung von etwa 100 Millionen Euro. Unter anderem befanden sich bei diesen Gemälden auch die wenigen Stücke aus dem Museum in Antwerpen und der Gemäldegalerie in Dresden."

Hier unterbrach Anwalt Claesen: „War das ein Lager ähnlich dem seinerzeitigen in Straßburg? War der Initiator wieder Heinz Engler oder Heinz van Engelen?"

Mike sehr ernst: „Diese Sache war zwei Nummern zu groß für Heinz Engler. Er hatte sich dummerweise mit der russischen Mafia eingelassen. Das ist ihm nicht gut bekommen." Hier hinterfragte der Anwalt: „Wo ist Heinz van Engelen jetzt? Kann man ihn irgendwo erreichen?"

Mike noch ernster: „Herr Claesen, das alles kann ich und will ich Ihnen nicht sagen. Sehen Sie zu, dass Sie nicht in diese Machenschaften geraten. Ich versichere Ihnen, ich weiß wo die gesuchten Gemälde sind und ich habe darüber die Verfügungsgewalt. Sollte es Herrn Heinz van Engelen je möglich sein, noch mal nach Deutschland oder Belgien oder auch nur in eines der westeuropäischen Länder zu kommen, so werde ich dafür sorgen, dass er Sie anruft. Aber nun sagen Sie mir, was konnten Sie mit den beiden Museen in Antwerpen und Dresden erreichen?"

Anwalt Claesen: „Vorab nur eine Frage. Befindet sich Herr Engelen in Russland und dort in Gewahrsam oder wird er privat festgehalten?"

Mike: „Heinz Engler oder Heinz van Engelen befindet sich zurzeit in einem russischen Gefängniskrankenhaus. Er ist sehr krank."

Anwalt Claesen: „Das tut mir sehr leid, er war ein sehr guter Fachmann, der leider mit falschen Methoden den

Kunsthandel betrieb. Er hätte nicht so viel auf seinen Vater hören sollen. Nun aber zu meinen Gesprächen mit den Museen: Antwerpen war einfach. Es ging nur um vier Gemälde. Man hat eine Prämie von 30.000 Euro für das Wiederbeschaffen der Gemälde ausgesetzt. Sie bringen mir die vier Gemälde und nachdem die Direktion des Museums die Bilder als ihr Eigentum identifiziert hat, erhalte ich eine Prämie in Höhe von 30.000 Euro zuzüglich meiner Anwaltsgebühren. Die Prämie wird in bar gezahlt. Das Ganze kann innerhalb von einer Woche über die Bühne gehen.

Bei Dresden wird das etwas schwieriger. Die Auslobung beträgt 100.000 Euro. Allerdings wollen die meine Anwaltsgebühren nicht übernehmen. Das Geld wird als Bank bestätigter Scheck an mich gezahlt. Wenn Sie also bereit wären, meine Gebühren zu übernehmen, so könnte man da auch schnell zu einer Einigung kommen. Zu Ihrer Information, meine Gebühren betragen 18.970 Euro."

Mike: „Wo müssen die Gemälde hinterlegt werden?"

Anwalt Claesen: „Auch bei mir, das heißt, die Gemälde sind ziemlich groß, ich würde sie in meiner Garage lagern."

Mike: „Dann wären wir schnell einig. Sie erhalten 20.000 Euro und ich bekomme den Rest von 80.000 Euro in bar. Also zusammen mit der Prämie aus Antwerpen insgesamt 110.000 Euro. Wie Sie vielleicht wissen, habe ich in dieser Angelegenheit sechs Mitarbeiter mit den Arbeiten beauftragen müssen, dazu kommen noch Bart und Paul, mit denen ich diese Summe teilen muss."

Claesen: „So etwas Ähnliches hat mir Paul Vermeylen schon gesagt. Aber sagen Sie, wie kommen Sie an die Mitarbeit dieser Herren?"

Mike jetzt schmunzelnd: „Auf diese Frage habe ich gewartet. Ich muss Sie in diesem Zusammenhang auch etwas fragen. Ich lernte die beiden Herren kennen, als ich nach unserer gestohlenen Militaria fahndete. Dabei begegnete ich etlichen zwielichtigen Personen. Da ich auf Mitarbeiter aus diesem Milieu angewiesen war, erschienen mir die beiden am zuverlässigsten. Das sind doch zwei gute Kunstwissenschaftler, wie um Gottes Willen kommen die in einen solchen Dunstkreis von Verbrechen und Kunstdiebstahl?“

Anwalt Claesen: „Bart und Paul kenne ich schon lange. Sie haben in Gent studiert und während der Studienzeit kamen sie mit Kollegen zusammen, die teils aus Sport, teils aus krimineller Energie sich mit Kunstdiebstählen befassten. Wie alle jungen Leute ließen sie sich gerne von den Scheinerfolgen bei den Kunstdiebstählen einlullen. Mehrfach waren sie bei mir und haben um Rat gefragt. Mehrmals habe ich ihnen geraten, aus der Nähe des Heinz van Engelen zu verschwinden. Leider habe sie das in der letzten Zeit nicht gemacht. Es ist schade um die beiden. Wenn Sie was für sie tun könnten, so würden Sie zwei sehr guten Kunstwissenschaftlern wieder zu einem Start verhelfen. Ich versichere, sie sind nicht schlecht, sondern hatten nur die falschen Freunde. Hilft Ihnen das?“

Mike sehr nachdenklich: „Wir brauchen gute Kunstwissenschaftler, aber mit dem Hintergrund? Das kann ich nicht allein entscheiden. Mal sehen, was ich für die beiden tun kann. Einfach ist das nicht, denn all unsere Mitarbeiter sind in einer sogenannten Personalversicherung, die ein polizeiliches Führungszeugnis verlangt.“

Anwalt Claesen lachte: „Das ist bei den beiden kein Problem, die sind zwar auffällig geworden, aber noch nicht vorbestraft. Also das Führungszeugnis ist sicherlich einwandfrei. Sehen Sie zu, was Sie für die beiden tun können. Es würde mich sehr freuen. Wann könnten Sie die Gemälde hier anliefern?“

Mike: „Wann immer Sie wollen. Ich schlage den kommenden Sonntag vor, dann könnten die Museumsleute die Bilder am Montag besichtigen und Mitte nächster Woche wäre alles geklärt. Wären Sie damit einverstanden?“

Der Anwalt war einverstanden.

***

Solingen

Spät am Abend war Mike in Solingen angekommen. Er war todmüde, aß nur eine Kleinigkeit und ging zu Bett.

Am Freitagmorgen sah die Welt schon wieder ganz anders aus. Er berichtete Hilde, Erich und Moritz von den Ereignissen in Paris. Er schärfte allen ein, nicht zu sagen, dass man die Militaria in Wuppertal gefunden habe, sondern dass man sie in Belgien vermutete.

„Diese Lügerei stinkt mir auch gewaltig.", sagte Mike. „Aber wir sind hier in einen solchen Sumpf gekommen, dass wir einfach keine andere Möglichkeit haben. Ich habe vor, wir holen die restlichen vier Kisten am nächsten Mittwoch in Oostende. Ich bin sicher, Herbert Wagner will auch dabei sein. Ich hoffe nur, er lässt die belgische Polizei außen vor. Du, Erich, solltest auf jeden Fall mitkommen. Gehen die vier Kisten in euren Lieferwagen?"

Als Erich das bejahte, wurde dieser Termin vereinbart.

Hilde musste allen noch mal ihren kleinen Schatz Susi zeigen. „Mike, du Scheusal, nur Business, da schau dir wenigstens dein Paten-Enkelkind an. Wie immer schläft sie zwar, aber ich hoffe, du kannst noch einmal ihre wunderschönen blauen Augen bewundern."

Mike schmunzelte: „Hilde, das tut mir leid, aber die letzten Tage waren wirklich stressig. Du weißt, wie gern ich dich habe und logischerweise auch eure kleine Susi, aber die momentanen Ereignisse sind auch mir etwas zu anstrengend. Bitte, entschuldige!"

Hilde gab ihm ein Bussi und sagte nur: „Mike, wenn du nicht gewesen wärst, ich weiß nicht, was dann mit unserer Susi passiert wäre. Ich danke dir für alles." Und umarmte ihren Mike ganz fest. „Ihr wollt uns also jetzt schon wieder verlassen? Was mache ich nur so ganz ohne Trubel?“ und lachte. Dann gab sie Mike und Moritz ein Küsschen und sagte: „In spätestens vierzehn Tagen fahre ich nach Wiesbaden. Die ehemaligen Kollegen wollen doch unsere kleine Susi sehen. Wenn sie die Reise an die Riviera überstanden hat, übersteht sie auch die Reise nach Wiesbaden.“

Nicht viel später verließen Mike und Moritz die Wohnung von Erich und Hilde und fuhren nach Wuppertal.

Wuppertal

Sie waren kaum in Wuppertal angekommen, als Mike mit seinen Leuten Jim und Alex die Situation besprach. Sie wandten sich noch mal an die beiden verbliebenen Mitarbeiter von Michail, die immer noch Peter Wahl bewachten. Diese hatten den Auftrag, ihn um 12 Uhr gehen zu lassen. Mike meinte nur, lasst mich noch mal mit ihm sprechen.

Wieder erwartete ihn ein Schwall von Beschimpfungen. Mike kürzte das ab: „Herr Wahl, eigentlich sollte ich Ihnen das jetzt nach Ihren Beschimpfungen gar nichts mehr sagen. Aber ich will Gnade vor Recht ergehen lassen. Herr Borodin hat mir vor seiner Abreise versichert, falls Sie über das hier Geschehene in irgendeiner Form berichten, werden Sie durch den russischen Geheimdienst nach Russland verbracht und man stellt Sie dort vor Gericht. Den Rest können Sie sich selbst ausrechnen. Ich empfehle Ihnen Stillschweigen über die hiesigen Vorgänge. Alle hier Anwesenden haben diese Vorgänge bereits vergessen und können sich an nichts mehr erinnern. Sie können um Punkt 12 Uhr diese Räume verlassen.“ Ohne weitere Worte drehte sich Mike um und verließ den Raum. Er war stinksauer.

Dann sprach er in Gegenwart von Moritz mit Bart und Paul über das Militaria-Lager Oostende. Nachdem Paul erklärt hatte, wo die vier Kisten mit den Militaria in Oostende am Flughafen gelagert sind, brachte er auch noch eine Skizze mit der genauen Lage und übergab Mike den Schlüssel zur Lagerstätte.

Mike sagte: „Wir werden diese vier Kisten am Mittwoch der kommenden Woche holen. Allerdings dürft ihr beide nicht dabei sein.“

Mike erkundigte sich noch bei Paul, ob ihn jemand beim Betreten des Geländes in Oostende gesehen habe, der bejahte dies, aber das würde nichts bedeuten, da liefen viele Leute herum. Er hatte sich aus Gent drei ehemalige Kollegen mitgenommen, damit man die schweren Kisten ausladen konnte und das empfahl er auch Mike. Mike sagte zu Bart und Paul: „Ich habe mit dem Anwalt Jacques Claesen gesprochen. Er hat sich sehr für euch beide eingesetzt. Ich schlage vor, für den Moment handhaben wir das wie folgt:

Ihr beide vervollständigt die Einrichtung der Galerie, sowohl den 1. Stock als auch das Erdgeschoss. Die drei russischen Künstler sollen weiterhin die Kopien anfertigen wie bisher. Die polnischen Arbeiter sind auch beschäftigt und die beiden Hilfsarbeiter haben genügend zu tun.

Obwohl wir alle nicht wissen, wie es hier weitergehen soll, glaube ich, dass wir bis Ende der nächsten Woche eine Möglichkeit sehen. Mit dem polnischen Architekten werde ich noch sprechen, auch mit der Dame vom Empfang. Die Gelder, die im Moment in den Händen von meinem Mitarbeiter Jim sind, werden vorläufig weiter von ihm verwaltet. Ich kann euch beiden zwar nichts versprechen, aber ich werde mich für euch verwenden. So, jetzt noch etwas ganz Wichtiges: Ich übergebe euch beiden wieder die Schlüssel für den Lagerort der gestohlenen Gemälde in Antwerpen und Dresden. Bitte, nehmt am Sonntag den Sprinter und bringt alle Gemälde nach Brüssel zu Jacques Claesen. Ihr könnt vorher einen Termin zur Übergabe vereinbaren, er sagte mir, er will die in irgendeiner Garage lagern. Seht zu, dass keine

Fingerabdrücke auf den Verpackungen zu finden sind. Also Arbeitshandschuhe tragen. Ruft mich auf dem Handy an, wenn ihr die Sachen abgeliefert habt. Dass ihr die Gemälde nie gesehen habt, das brauche ich wohl nicht extra zu betonen."

Bart und Paul hatten noch einige Fragen und dann verabschiedete sich Mike mit den Worten: „Wenn irgendetwas Ungewöhnliches ist, bitte informiert mich sofort."

Mike hatte danach ein längeres Gespräch mit der Empfangsdame. Auch sie versicherte ihm, dass sie bei unüblichen Geschehnissen Mike sofort informieren würde. Ansonsten wäre sie zwar anwesend, aber das Schild „Galerie nicht geöffnet" bliebe vorerst an der Tür.

Sie war im Moment damit beschäftigt, die Beschreibungen der einzelnen Gemälde in den Computer einzugeben und auszudrucken. Anscheinend machte ihr das viel Spaß.

Mike kam mit dem polnischen Architekten gut zurecht. Der hatte einen festen Ausbauplan und seine Leute waren fleißig. Mike nahm die Auszahlung der angefallenen Löhne vor und ersetzte die Ausgaben. Mike erklärte auch dem Architekten, dass er vor Ende der nächsten Woche keinerlei Angaben über das Weiterbestehen der Galerie **artis opus** machen könne. Er hoffe aber, dass die Geschäfte fortgesetzt würden.

Die drei russischen Künstler waren frohen Mutes. Der eine sagte, er sei sehr froh, das Gesicht von Iwan Bussow nicht mehr zu sehen. Mike gab den Künstlern eine größere Abschlagszahlung und sagte, er hoffe, bis Ende der nächsten Woche Bescheid geben zu können, ob sie hier blieben oder nach Wiesbaden umziehen müssten.

Moritz hatte sich wieder in die Akten vergraben und als Mike kam, stöhnte er: „Es ist unglaublich, mit welchem Können Heinz auf der einen Seite seine Geschäfte eingefädelt hat, andererseits mit welcher kriminellen Energie das alles zustande kam. Hätte Heinz Engler seine Pläne durchführen können, so wäre uns eine sehr große Konkurrenz entstanden und dazu noch eine sehr gefährliche. Ich packe jetzt die Sachen zusammen. Ich glaube, wir sollten uns so langsam auf den Weg nach Wiesbaden machen."

Moritz lachte: „Außerdem fehlt uns beiden der Aperitif."

***

Samstagmorgen. Nina hatte Frühstück gemacht und sie saßen zu dritt in der Küche und genossen wieder einmal das gemeinsame Zusammensein. Nina erzählte fröhlich von ihren Fortschritten bei der Malerei und war ganz begeistert. Trotz des fröhlichen Geplauders mussten sich Susi und Moritz verabschieden, denn Susi musste ihr Büro noch für die bevorstehende Konferenz mit dem Gremium vorbereiten. Die beiden gingen kurz nach 9 Uhr in Susis Büro.

Kaum waren sie angekommen, trudelten auch Erika und Anton ein. Während Erika die Vorbereitungen übernahm, erzählte Moritz Anton von der Aktenaufarbeitung in Wuppertal und vergaß auch nicht zu erwähnen, dass beinahe eine riesengroße Konkurrenz entstanden wäre.

Dann kamen nacheinander, Mike, Dieter und Jens. Als alle anwesend waren, stand Mike auf und sagte ernst:

„Ich muss jetzt alle, die in diesem Raum anwesend sind zu strengstem Stillschweigen verpflichten. Ein Protokoll über diese Sitzung darf es nicht geben."

Dann begann er die Geschichte des unbefugten Betretens der Galerie **artis opus** in Wuppertal zu erzählen, die Entführung von Michail Borodin, die Entführung des Babys Susi nebst Kinderfrau, die Verfolgung nach Seborga bei Bordighera, die Befreiung der Geiseln und das Ausfliegen der verwundeten Bussow und Heinz Engler nach

St. Petersburg. Weiterhin die Rückführung der gestohlenen Gemälde nach St. Petersburg. Die Arretierung von Peter Wahl durch Michail Borodin bis gestern Mittag.

Er informierte, dass der Besitzer der Galerie **artis opus** Wolfgang Zeller und Heinz Engler ein und dieselbe Person ist. Er berichtete, dass sowohl Iwan Bussow, als auch Heinz Engler im Gewahrsam der russischen Behörden sind, und dass Heinz Engler einmal durch die Schussverletzung eine Niere verloren hat und andererseits ein Karzinom an der anderen Niere festgestellt wurde und er nach Meinung der Ärzte nur noch eine Überlebenschance von wenigen Wochen hat. Zum Abschluss des ziemlich genauen Berichtes sagte er: „Da es sich bei den gestohlenen Gemälden aus der Eremitage um Exponate handelt, die der russische Staat im Rahmen von Reparationsleistungen oder Finanzierung von Kriegsgütern bekommen oder beschlagnahmt hat, befürchtete man, dass die entsprechenden Museen oder Länder Anspruch auf eben diese Gemälde erheben würden. Ich überlasse es eurer Fantasie, was dann geschehen wäre. Jetzt glaube ich, soll euch Moritz noch so ein paar Kleinigkeiten erzählen."

Moritz stand auf: „Liebe Freunde, eigentlich liegen mir solche Dinge wie Aktionen um die Galerie **artis opus** nicht. Wir haben dort praktisch ein Unternehmen besetzt und uns angemaßt in deren Geschäftsabläufe einzugreifen. Deshalb habe ich ein schlechtes Gewissen.

Andererseits haben wir mit ziemlicher Sicherheit dadurch viele weitere Verbrechen und Gaunereien verhindern können. Deshalb kann ich unser Eindringen dort vor mir verantworten. Mit Sicherheit hat Heinz Engler unter falschem Namen in Wuppertal ein Unternehmen aufgebaut, welches mit Geldern finanziert wurde, die mit großer Wahrscheinlichkeit aus dunklen Geschäften stammen.

Die Galerie **artis opus** und Herr Zeller verfügen über ein Vermögen von nahezu einer Million Euro. Der uns bekannte

Heinz Engler, der identisch mit Wolfgang Zeller ist, hat wahrscheinlich noch ein Vermögen in bar und Grundbesitz in nochmaliger Höhe von zirka einer Million Euro. Es ist müßig zu fragen, wie ein junger Mann in seinem Alter ein solches Vermögen erwerben kann.

Wir alle wissen, dass Heinz Engler ein sehr guter Kunstwissenschaftler ist. Was wir sicherlich alle nicht wussten, mit welcher kriminellen Akribie er die Geschäftsmethoden der Galerie Kaiser in Wiesbaden kopiert hat. Ich gehe sogar so weit zu sagen, dass er sie noch verbessert hat. Wäre Heinz Engler in den Markt gekommen, so wäre uns eine riesige Konkurrenz erwachsen.

Was mir nicht ganz geheuer ist, das ist die Tatsache, dass wir im Moment praktisch die Galerie **artis opus** besetzt halten. Da der Geschäftsführer der GmbH, Wolfgang Zeller alias Heinz Engler in St. Petersburg in Haft ist, er gleichzeitig alleiniger Gesellschafter ist, wird eine Lösung nicht einfach. Wir müssen für die Firma entweder einen Prokuristen finden oder einen Liquidator. Das geht nur im Einverständnis mit Wolfgang Zeller, alias Heinz Engler. Ein ganz schwieriges Problem. Mein Vorschlag ist, am Montag mit Michail Borodin zu sprechen ob es ihm möglich ist, einen Termin im Gefängnis bei Herrn Engler zu bekommen, damit wir die Angelegenheit klären können.“

Nun folgte eine lange Diskussion mit vielen Wenn und Aber. Dieter schloss sich der Meinung Mikes an, dass man vorerst Herbert Wagner nichts von der ganzen Affäre erzählen sollte. Er sagte: „Eigentlich kann ich jetzt nur noch beten, dass Einzelheiten dieses Geschehens nicht an die Öffentlichkeit kommen. Eines ist klar, wenn es um eine eventuelle Auflösung der ganzen Sache geht, müsst ihr mich in dieser Angelegenheit vergessen. Für Wolfgang Zeller habt ihr einen Notar in Wuppertal, für Heinz Engler müsst ihr einen in Düsseldorf bestellen. Ich hoffe, Heinz hat noch seine Papiere als Heinz Engler. Das ist ein Tanz auf Messers Schneide.

Ganz kompliziert. Ich rate euch, klärt erst mal was Heinz selbst will, dann kann man entscheiden. Keinesfalls darf irgendetwas von dieser Affäre nach draußen dringen. Schweigen ist für alle angesagt. Das kann ich nur wärmstens empfehlen."

Jetzt nahm Susi das Wort: „Mike, zunächst meine Hochachtung für das, was du in den letzten Tagen geleistet hast. Wir alle wissen, das war eine vollkommen verfahrene Situation und du oder auch wir konnten nicht anders handeln. Ich kann mich nur Dieters Worten anschließen und beten, dass nichts an die Öffentlichkeit kommt. Aber niemand kann es uns zum Vorwurf machen, dass wir die bei uns gestohlenen Waren gesucht und gefunden haben und vor allen Dingen, dass wir mitgeholfen haben, die Geiselnahme zu beenden. An die Auflage der Geiselnehmer, die Polizei nicht einzuschalten, daran haben wir uns gehalten, auch da kann man uns keinen Vorwurf machen. Trotzdem habe ich ein ungutes Gefühl, obwohl ich nicht weiß, wie man das Problem hätte anders lösen können. Ich werde am Montag mit Michail sprechen und versuchen herauszufinden, wie wir eventuell einen Kontakt zu Heinz Engler herstellen können, damit wir eine Lösung für die Galerie **artis opus** finden. Seid ihr damit einverstanden?"

Alle erklärten ihr Einverständnis. Man sprach noch lange über die eventuell entstandene Konkurrenz und Anton meinte zum Abschluss: „Eines muss ich Heinz Engler lassen, er hat es in den sechs Monaten seiner Zugehörigkeit zu unserem Unternehmen verstanden, alles an Wissen und Unterlagen hier zu stehlen und es für sich zu verwenden. Man kann sich zwar gegen kriminelle Energie nicht schützen, aber ich hätte besser auf Heinz Engler während seiner Tätigkeit bei uns achten müssen. Den Vorwurf kann ich mir nicht ersparen.

Eines aber weiß ich, nach allem, was mir erzählt wurde, können wir trotz allem von seinen Ideen lernen und ich hoffe, auch einiges zum Nutzen unserer Werkstätten verwenden."

Danach stand Susi auf und sagte: „Wir haben harte Tage hinter uns, aber auch noch schwere Tage vor uns. Was haltet ihr davon, wenn wir zu Giovanni gehen und dort eine Kleinigkeit essen?" Alle waren damit einverstanden.

***

Sonntagmorgen. Nina hatte um 9 Uhr das Frühstück gemacht und so saßen sie gemütlich beisammen. Nina erzählte wieder von den Fortschritten ihrer Malkunst und fragte: „Soll ich uns was zu Mittag machen, wenn nicht, gehe ich rüber ins Atelier, die bringen mir was zu Essen mit."

Susi lachte: „Nina, mach dich selbstständig. Wir essen heute Mittag nur eine Kleinigkeit und wollen ansonsten den Tag so richtig verchillen. Vielleicht gehen wir auch noch spazieren. Mal sehen."

Nina verabschiedete sich rasch und danach begann bei Susi und Moritz der gemütliche Teil, auf den sie sich so freuten.

Es war schon am späten Nachmittag, als Susis Direktleitung klingelte. Susi nahm ab.

(Susi) Susanne Kaiser, guten Tag.

(Michail) Hallo, Susi, wie geht es euch, ich hoffe ich störe nicht am Sonntag.

(Susi) Hallo, Michail, schön deine Stimme zu hören.

(Michail) So ganz langsam kommt Licht in das Dunkel der ganzen Gaunereien. Das ist auch der Grund meines Anrufes. Ich komme eben aus dem Gefängnishospital und habe dort lange mit Zeller oder Engler gesprochen. Meinst du, du

könntest in deinem Zustand noch mal nach St. Petersburg kommen? Mit Moritz?

(Susi) Ich habe zwar nur noch sechs Wochen bis zur Entbindung, aber nach meinem Gefühl kann ich das sicherlich noch. Allerdings will ich doch vorsichtshalber mit meinem Gynäkologen sprechen, was der dazu meint. Aber warum? Will mich Heinz Engler sehen?

(Michail) Heinz Engler ist weit kränker, als wir anfangs angenommen haben. Er weiß inzwischen auch, wie es um ihn steht. Er möchte euch um ein Gespräch bitten und sich wahrscheinlich bei euch entschuldigen.

Ich habe mit der Staatsanwaltschaft gesprochen, da erwiesenermaßen Heinz Engler oder Zeller nichts mit den Diebstählen in St. Petersburg zu tun hat, man ihm nur die Geiselnahme zur Last legen kann, und dies ein Verbrechen ist, das nicht in Russland begangen wurde, ist man bei seinem derzeitigen Gesundheitszustand geneigt, ihn freizulassen. Ich habe dir ja gesagt, wir rechneten mit einer Überlebenschance von vier bis sechs Wochen. Dies ist wahrscheinlich nicht der Fall. Ich habe noch mal mit den Ärzten gesprochen, die rechnen mit maximal drei bis vier Wochen. Die Staatsanwaltschaft entlässt ihn aber nur, wenn ihn hier jemand abholt und für seine Ausreise sorgt. Für meine Begriffe könnt nur ihr das sein. Je schneller das erfolgt, umso besser für alle Beteiligten.

(Susi) Michail, selbstverständlich helfen wir, wenn irgend möglich. Ich werde sofort mit meinem Gynäkologen sprechen und dir umgehend mitteilen, ob ich kommen kann. Moritz kommt dann sowieso mit. Also, bis später, sag mir nur, bist du im Büro oder zu Hause?

(Michail) Ich bin im Moment zu Hause und warte hier auf deinen Anruf. Grüße von Paula und auf Wiedersehen.

Susi musste erst mal tief Luft holen, dann erzählte sie Moritz vom Gespräch und sagte abschließend: „Ich will vorsichtshalber schnell meinen Gynäkologen anrufen. Mal sehen, was der dazu meint."

Dann rief sie ihren Arzt an und hatte Glück, er war zu Hause. Sie erzählte ihm von der Wichtigkeit dieser Reise und fragte klar, ob Risiken damit verbunden sind.

Der Arzt war von dieser Reise nicht gerade angetan, aber er meinte, bei ihrem Zustand sei die Gefahr nicht besonders groß. Besser wäre, sie würde diese Flugreise nicht unternehmen, andererseits, wenn es geschäftlich so wichtig sei, dann könne man das verantworten.

Auch Moritz und Susi waren sich darüber im Klaren, dass es eine Risikoreise ist. Trotzdem entschlossen sie sich zu fliegen, und zwar umgehend.

Susi versuchte ihren Reiseberater zu erreichen. Selbst das gelang am Sonntag. Sie beauftragte ihn, zwei Flüge für morgen nach St. Petersburg zu buchen. Abflug mit der ersten Maschine morgens um 8:40 Uhr ab Frankfurt.

Dann wählte sie St. Petersburg.

(Michail) Borodin!

(Susi) Hallo, Michail, ich habe mit meinem Arzt gesprochen, er meinte, die Reise könne er noch verantworten. Moritz und ich kommen morgen mit der ersten Lufthansa um 13:20 Uhr in St. Petersburg an. Sollen wir irgendwelche Unterlagen mitbringen?

(Michail) Das ist ganz fantastisch. Oleg wird euch am Flughafen abholen und direkt in das Gefängnishospital bringen. Ich werde euch dort treffen. Ich werde versuchen, euch im Kempinski ein Zimmer zu buchen. Wenn das nicht klappt, könnt ihr bei uns schlafen.

(Susi) Okay, Visen haben wir, ist sonst noch etwas zu beachten?

(Michail) Nein, alles Weitere ergibt sich hier. Ich werde morgen mit der Staatsanwaltschaft sprechen, vielleicht könnt ihr Engler sofort mitnehmen. Ich werde auch einen Termin

mit dem Arzt machen, ich weiß nicht, in welcher Form er transportfähig ist.

(Susi) Tschüss, bis morgen in St. Petersburg.

Als Susi aufgelegt hatte, sagte sie zu Moritz: „Schatz, die Welt ist schon verrückt. Ausgerechnet unseren Widersacher müssen wir jetzt aus dem Gefängnis holen. Aber im Hinblick auf die Galerie **artis opus** ist das wahrscheinlich die beste Lösung."

Susi telefonierte erst mit Anton und Erika, um die beiden über die neue Entwicklung zu informieren und bat Anton, sie beide morgen Früh kurz vor 6 Uhr abzuholen und zum Flughafen zu bringen.

Dann informierte sie Mike. Er fand das prima und sagte: „Susi, es ist zwar Bullshit, dass ausgerechnet du in deinem Zustand jetzt nach St. Petersburg fliegen musst, andererseits weiß ich im Moment niemanden, der dir diesen Weg abnehmen könnte. Ich halte dir die Daumen, dass alles gut geht. Bitte, rufe mich an, wenn irgendetwas zu unternehmen oder zu organisieren ist. Ich bin voraussichtlich ab Dienstag wieder in Wuppertal. Ich halte dir alle Daumen. Guten Flug. Sag Moritz, er soll auf dich aufpassen."

Sie informierte noch Maxim, der kurze Zeit später auch selbst kam.

Er sagte zu Susi: „Du darfst nichts trinken, aber ich. Gebt mir ein kleines Gläschen mit meinem Wässerchen, dann kann ich das besser verdauen. Ihr fliegt also nach St. Petersburg, um diesen Gauner Heinz, der Borodin und Hildes Baby gekidnappt hat aus dem Gefängnis zu holen? Das verstehe, wer will." Maxim trank seinen Wodka und hielt Moritz noch mal sein Glas hin: „Erzählt mir um Gottes Willen, warum das? Dem gehört die Haut in Streifen langsam abgezogen aber nicht aus dem Gefängnis entlassen."

Nun mussten Susi und Moritz ihn über die Situation der Galerie **artis opus** aufklären und auch über die Tatsache, dass Heinz Engler, oder wie er sich auch nannte, Wolfgang Zeller, so schwer krank ist, dass man mit seinem Ableben in drei bis vier Wochen rechnen musste.

Maxim nahm noch einen großen Schluck seines Wässerchens und sagte zum Abschluss: „Es gibt eben doch eine Gerechtigkeit. Der Lump hat genug verbrochen, der hat es nicht anders verdient. Investiert nicht zu viel Gefühl, denkt daran, der hätte beinahe Michail und die kleine Susi umgebracht. Ich kann den nur verachten."

Maxim hatte sich so in Rage geredet, dass er noch einen weiteren Wodka haben musste. Dann ging er und wünschte beiden eine gute Reise und viele Grüße an die ehemaligen Kollegen und Kolleginnen in St. Petersburg.

***

St. Petersburg

Susi und Moritz hatten einen schönen und problemlosen Flug von Frankfurt nach St. Petersburg. Sie warteten nun an der Gepäckausgabe auf ihre kleinen Koffer.

Nicht viel später sahen sie Oleg winkend in der wartenden Menge stehen. Sie begrüßten sich herzlich und Oleg sagte in etwas gebrochenem Deutsch: „Wir gehen jetzt Gefängnis, Michail warten dort mit Polizei."

Susi musste lachen, sie meinte zu Moritz: „Du wirst jetzt verhaftet, du bist denen suspekt. Wenn du brav bist, besuche ich dich auch mal."

Mit viel guter Laune gingen sie zu Olegs Wagen und fuhren quer durch St. Petersburg, bis sie vor eine finster anmutende Einfahrt kamen. Oleg stieg aus, besprach mit dem anscheinend Wachhabenden etwas, das Tor wurde geöffnet und sie fuhren in einen Gefängnishof. Michail wartete an einer kleinen Pforte. Man begrüßte sich herzlich und Michail nahm die beiden mit ins Innere dieses Gefängnistraktes. Immer wieder Kontrollen, bis man in einen Sanitätsflügel kam. Dort erwartete sie schon ein etwas älterer Arzt. Michail machte sie bekannt und der Arzt kam gleich zur Sache:

„Ich will versuchen, Ihnen die Verletzungen von Herrn Zeller zu erklären. Ein Schuss hat die linke Niere von Herrn Zeller so stark verletzt, dass wir dieses Organ herausnehmen mussten. Das wäre nicht weiter schlimm, aber wir stellten fest, dass Herr Zeller ein Karzinom an der rechten Niere hat, das bereits streut. Da ihm bereits eine Niere fehlt, kann man nicht mehr operieren. Nach meiner Einschätzung liegen die Überlebenschancen von Herrn Zeller zwischen drei und vier Wochen."

Susi fragte dazwischen: „Gibt es überhaupt keine Möglichkeit mehr, an diesem Ergebnis etwas zu verändern, sei es durch Chemotherapie oder durch Bestrahlungen?"

Der Arzt sehr ernst: „Vielleicht kann man den Tod durch Chemo oder Bestrahlung um ein bis zwei Wochen hinauszögern. Länger nicht. Es ist einer der Fälle, in der es keine Überlebenschance mehr gibt. Ich bin Onkologe und weiß, wovon ich spreche. Ich glaube nicht, dass Sie in Deutschland einen gewissenhaften Arzt finden, der eine andere Diagnose stellt. Ich bedauere das sehr. Dies ist auch der Grund, warum ich der Staatsanwaltschaft empfohlen habe, den Patienten aus der Haft zu entlassen, damit er zu Hause in Ruhe und Würde sterben kann."

Moritz und Susi hatten noch ein paar Fragen, die sich hauptsächlich auf den Rücktransport des Patienten bezogen. Dann meinte der Arzt zum Abschluss:

„Sollte die Staatsanwaltschaft damit einverstanden sein, so werden wir den Patienten morgen entlassen. Wir bringen ihn mit einem Krankenwagen zum Flughafen. Er muss unter Bewachung bleiben, bis er Russland verlässt. Nach meiner Auffassung muss er nicht unbedingt liegend transportiert werden. Vielleicht gibt es eine Möglichkeit, ihn in einer Reihe zu platzieren, in der es etwas mehr Beinfreiheit gibt, oder in der sogenannten Business Klasse. Das müssen Sie mit der Luftfahrtgesellschaft klären. Ich wünsche Ihnen alles Gute.“ Sie gaben sich die Hände und der Arzt ging.

Dann wandte sich Michail an einen der Beamten und Susi und Moritz wurden in ein Zimmer geführt, das winzig war, in dem ein sehr blasser Heinz Engler lag. Michail verabschiedete sich und sagte: „Wenn ihr fertig seid, klopft dreimal an die Tür, dann wird aufgemacht und ich komme zu euch.“

Susi und Moritz waren mit Heinz allein.

Heinz sagte leise: „Ich danke euch, dass ihr es möglich gemacht habt, hierher nach St. Petersburg zu kommen. Ich möchte mich erst mal in aller Form bei euch und allen Mitarbeitern der Galerie Kaiser entschuldigen. Besonders aber bei Hilde, der ich sicherlich sehr weh getan habe. Bevor ihr irgendetwas sagt, lasst mich erklären was mich dazu bewog.

Von Kindesbeinen an hat mir mein Vater den Hass auf die Galerie Kaiser eingeimpft. Mein ganzes Sinnen und Trachten war darauf gerichtet, die Galerie Kaiser zu ruinieren und sie zu übernehmen. Das war auch der Grund, warum ich mich mit dem Rückkauf von gestohlenen Kunstgegenständen befasste und so ein Vermögen ansammelte.

Erst als Bussow Hildes kleines Baby erschießen wollte, kam mir schlagartig die Erkenntnis, welch ein verpfuschtes Leben ich habe.

Auch wenn es nicht so aussieht, ich habe Hilde sehr geliebt und habe gedacht, sie würde zu mir stehen, ganz gleich, was ich machen würde. Heute kann ich verstehen, dass sie das nie gemacht hätte. Das war der Grund, warum ich ihre Wohnung ausgeräumt habe und auch ihr Konto plünderte. Hätte ich Hilde nicht noch geliebt, wäre ich nie nach Solingen gekommen und hätte nichts von den Militaria erfahren.

In den letzten Tagen habe ich mein Leben Revue passieren lassen und ich möchte wiedergutmachen, was ich verbrochen habe. Ich weiß, dass ich nur noch wenige Wochen zu leben habe und bitte euch beide, mir zu helfen, Frieden zu finden. Ich weiß, ich habe ein Chaos hinterlassen und hoffe es ist möglich, alles wieder in geregelte Bahnen zu bringen.

Liebe Susi, lieber Moritz, bitte helft mir, ich habe sonst niemanden, dem ich in dieser Angelegenheit vertrauen kann. Ausgerechnet euch, die ich vernichten wollte, muss ich um Hilfe bitten."

Susi nahm Heinzens Hand und sprach ganz ruhig: „Es sind schlimme Dinge in den letzten zwölf Monaten geschehen. Darüber sprechen wir noch mal ausführlich. Was vordringlich ist, du musst hier raus. Das möglichst schnell. Wir werden dafür sorgen, dass du morgen von hier zum Flughafen gebracht wirst und du fliegst dann mit uns nach Frankfurt. Ich würde dich gerne in die Onkologie der Klinik in Wiesbaden einweisen lassen, ob man nicht noch einen Weg finden kann, dir zu helfen. Falls du aber lieber in die Klinik nach Wuppertal oder Düsseldorf willst, lässt sich das auch machen."

Moritz begann: „Heinz, du weißt, welche verfahrene Situation du in Wuppertal hinterlassen hast. Ich gebe dir kurz einen Überblick."

Dann erzählte Moritz, was sich alles in Wuppertal ereignet hat, dass die Militaria gefunden und nach Solingen gebracht wurden, dass die russischen Gemälde aus der Eremitage nach St. Petersburg zurückgebracht wurden, ebenso die gestohlenen Gemälde aus Antwerpen und Dresden. Dann fuhr Moritz fort:

„Heinz, ich habe deine Unterlagen gesichtet. Du bist ein stinkreicher Mann. Du kannst ganz offen mit mir über alles sprechen. Da du eine Einmann-GmbH hast, musst du die Weichen für die Zukunft stellen. Wenn du willst, können wir das zusammen machen. Hast du dir darüber schon Gedanken gemacht?"

Heinz ganz leise: „Danke euch. Alles, was ich machen kann, ist praktisch nur noch ein Testament und das Verschenken meines Besitzes. Ich hätte das alles aufgeschrieben oder ein Testament gemacht, aber man hat mir leider weder Papier noch Schreibzeug gegeben. Moritz, hast du einen Bleistift und ein Blatt Papier, dann schreib doch bitte mit.

Meinem Vater habe ich ein Darlehen gegeben. Dies in Höhe von 100.000 Euro. Dazu habe ich noch ein Bankkonto auf seinen Namen in Höhe von 40.000 Euro. Das schenke ich ihm. Er ist zwar mit an der Misere schuld, aber man soll nicht nachtragend sein.

Meine Mutter habe ich so gut wie nicht gekannt. Ich glaube, sie hat sehr unter meinem Vater gelitten. Sie war lange im Kunsthandel.

Daher vermache ich ihr meine fünfzigprozentige Beteiligung an der Galleria di Pitture in Bordighera. Dies entspricht in etwa einem Betrag von zirka 80.000 Euro, dazu mein Haus und Grundbesitz in Seborga und das dort stehende Auto, mein Guthaben bei der Bank in Bordighera mit 40.000 Euro. Allein mein Grundbesitz in Seborga hat einen Wert von mindestens 250.000 Euro. Ich könnte mir vorstellen, dass sie damit wenigstens etwas für ihren Kummer entschädigt wird.

Meine frühere Braut, Anja Henzo und ich, unterhalten ein gemeinsames Bankkonto mit einem Guthaben von etwa 80.000 Euro. Das gehört zur Hälfte ihr und zur anderen Hälfte mir. Meine Hälfte schenke ich ihr. Außerdem bekommt sie meinen Mercedes, der immer noch auf einem Parkplatz in Solingen steht und in dem immer noch Hildes Kinderwagen ist.

Meine beiden Mitarbeiter Paul Vermeylen und Bart van de Velde bekommen von mir die Galerie **artis opus** GmbH, das Gründungskapital befindet sich noch beim Notar. Es sind 50.000 Euro. Außerdem erhalten sie die Einrichtung der Galerie nebst den Bildern und das noch vorhandene

Bar-Kapital. Dazu als Starthilfe das Guthaben bei der Sparkasse in Höhe von 40.000 Euro.

Das Gebäude, in dem die Galerie **artis opus** ist, schenke ich der kleinen Susi Granika als Wiedergutmachung für die Entführung. Die Verwaltung soll Hilde machen. Um das Haus entsprechend renovieren zu können, erhält Hilde mein Guthaben bei der Deutschen Bank in Wuppertal in Höhe von 360.000 Euro.

Ich verfüge noch über ein Bankguthaben bei der UBS in Zürich in Höhe von 300.000 Euro. Ich hätte gerne, dass der Verein dieses Geld verwaltet. 100.000 Euro sollen zweckgebunden sein und als Starthilfe meinen ehemaligen Kollegen zur Verfügung stehen, die zurzeit in Paris im Gefängnis sitzen. Die restlichen 200.000 Euro sollen der Förderung europäischer Künstler dienen. Vielleicht habe ich jetzt ein paar Beträge durcheinandergebracht, möglicherweise habe ich auch einige vergessen, aber die große Linie stimmt.

Moritz, meinst du wir kriegen das in den wenigen Tagen, die mir verbleiben, noch geregelt? Ich könnte sehr ruhig schlafen, wenn das gelingen würde. Ich bitte euch nochmals um Entschuldigung. Bitte verzeiht mir.“ Heinz nahm unter Tränen die Hände von Susi und Moritz.

Moritz ganz ruhig: „Heinz, ich habe deine Unterlagen in Wuppertal gesichtet, denn wir wussten nicht, ob du je nach Wuppertal zurückkehren würdest. Du hast ein gutes Gedächtnis, die Zahlen stimmen so einigermaßen. Über die Zweckmäßigkeit der Verteilung müssen wir reden, aber das ist nicht vordringlich. Viel schwieriger wird es sein, dass du unter zwei Namen operieren musst, nämlich einmal als Wolfgang Zeller und einmal als Heinz Engler. Aber auch das wird zu lösen sein.“

Hier schaltete sich Susi ein: „Bevor ihr das alles macht, muss Heinz erst zurück nach Deutschland. Das ist die erste Hürde. Wenn er den Flug einigermaßen übersteht, muss er bei Ankunft in eine Klinik gebracht werden, die ihn untersucht. Danach erst kann man entscheiden, wie es weitergehen soll. Ich schlage vor, wir werden versuchen, Heinz morgen mit nach Frankfurt zu nehmen. Die Maschine der Lufthansa fliegt gegen 14:30 Uhr nach Frankfurt. Da bleibt genügend Zeit, ihn vom Gefängnis zum Flughafen zu bringen. Heinz, ist die Tasche mit deinen Papieren mit nach St. Petersburg gekommen?“

Heinz bejahte dies und meinte, die sei bei der Gefängnisverwaltung zusammen mit seinen anderen Sachen.

Susi sprach weiter: „Wenn wir mit dir in Frankfurt ankommen, werde ich dafür sorgen, dass ein Krankenwagen bereitsteht, der dich in eine Wiesbadener Klinik bringt. Ich werde veranlassen, dass du dort untersucht wirst. Erst danach entscheiden wir, was weiter gemacht werden muss. Entweder du bleibst in der Klinik und man versucht eine Heilung oder wir finden gemeinsam einen anderen Weg. Wir werden alles tun, um dir zu helfen.

Eines will ich dir noch sagen. Hilde hat dir verziehen und da ist sie meiner Meinung nach über sich selbst hinausgewachsen.

Wir müssen uns jetzt verabschieden, denn wir haben noch viel zu tun und vor allen Dingen, Michail Borodin wird noch mit den Behörden reden müssen. Du hast Borodin viel zu verdanken, ohne ihn würdest du hier in dem Gefängnis jämmerlich zugrunde gehen. Also Kopf hoch. Wir sehen uns morgen.“

Auch Moritz verabschiedete sich noch mit einigen netten Worten, dann klopften sie dreimal an die Tür. Michail wartete schon auf sie und sagte: „Lasst uns erst mal nach draußen gehen und nach Hause fahren. Paula meint, ihr bleibt bei uns. Unser Fremdenzimmer ist zwar nicht groß, aber für eine Nacht geht’s.“

Sie gingen noch mal durch die vielen Kontrollen, bis sie zu Igor und dem Wagen kamen. Dann noch mal Kontrollen, und endlich war man diesem düsteren Gebäude entronnen.

Paula begrüßte Susi und Moritz herzlichst. Sie sagte zu Susi: „Du tust mir leid, dass Michail dich in diesem Zustand nach St. Petersburg gelockt hat. Als ich das erfahren habe, bekam er von mir den Kopf gewaschen. Sechs Wochen vor der Entbindung eine solche Reise und eine solche Aufregung, man meint Michail hat kein Gefühl!"

Michail verteidigte sich: „Was hätte ich denn machen sollen? Hatte ich eine Wahl? Die Staatsanwaltschaft bestand darauf, nachdem Zeller oder Engler unbedingt Herrn und Frau Kaiser zu sehen wünschte."

Susi lachte jetzt: „Paula, schimpf deinen Mann nicht aus. Er hat wirklich ganz vorsichtig gefragt. Ich habe meinen Gynäkologen angerufen. Der war zwar nicht begeistert von der Reise, aber er hat es erlaubt."

Paula hatte einen Tee gemacht und Michail sagte nur: „Während ihr bei Zeller oder Engler wart, habe ich noch mal mit der Staatsanwaltschaft gesprochen. Die entlassen morgen den Delinquenten. Er erhält einen Ausweisungsbescheid und wird im Krankenwagen direkt vom Gefängnis zum Flughafen an die Lufthansamaschine gebracht. Wie ich herausgebracht habe, seid ihr Business Class geflogen. So habe ich für euch und Zeller auch Business Class für die Rückreise gebucht. Ihr fliegt um 14:30 Uhr mit der Lufthansa, Flug 3217. Für euch ist die letzte Reihe der Business Class gebucht. Zwei Sitze nebeneinander und einer separat. Die Kosten für die Flugkarte von Zeller habe ich vorgelegt. Ist das so in Ordnung?"

Moritz und Susi bedankten sich vielmals. Als Moritz die Flugkarte bezahlen wollte, sagte Michail: „Moritz, das lass mal. Das ist mein Guthaben bei dir. Wenn ich das nächste Mal nach Wiesbaden komme, brauche ich kein Geld zu wechseln. Nun aber erzählt, wie seid ihr mit Zeller oder Engler auseinandergekommen?"

Moritz begann, von Heinzens Wünschen zu erzählen, wie er sein Vermögen vererben, richtiger gesagt, verschenken will. Er endete mit dem Satz: „Ich weiß nicht, ob wir das annehmen sollten. Es handelt sich um Geld aus finsteren Kanälen."

Michail trocken: „Ich hoffe, ihr seid nicht zu stolz, das Geld anzunehmen. Kein Mensch kann mehr zurückverfolgen, woher diese Gelder stammen. Wenn ihr jetzt einen Wirbel veranstaltet, dann erreicht ihr nur, dass sich andere damit bereichern. So fließt es zumindest zu Teilen einem guten Zweck zu. Ihr habt doch einen guten Finanzmann, sprich mal mit dem, der wird dir schon sagen, was ihr damit anfangen sollt und wie das zu verbuchen ist. Ich hätte keinerlei Skrupel."

Dann bat Susi, in Wiesbaden anrufen zu dürfen. Kurze Zeit später hatte sie Anton am Apparat und bat um Abholung mittels eines Krankenwagens für Heinz und einen Wagen für sie selbst. Außerdem bat sie Anton, mit dem Professor der Onkologie zu sprechen und entsprechende Untersuchungstermine für den darauffolgenden Tag zu vereinbaren und Mike davon in Kenntnis zu setzen.

***

Am Dienstagmorgen verabschiedeten sich Susi und Moritz von Paula und fuhren mit Michail in sein Büro.

Dort angekommen verkündete Michail: „Ich habe zu unserem Gespräch Grigori Orlow gebeten. Er ist der Ermittler in dieser Diebstahlaffäre und soll euch erzählen, was er herausgefunden hat."

Nicht viel später kam Grigori Orlow. Er begrüßte Susi und Moritz und sagte:

„Sie haben geholfen, über 1.000 gestohlene Gemälde an unsere Museen zurückzuführen und haben dazu beigetragen, dass wir einen Teil der Verbrecher fassen konnten. Nur zu

Ihrer Information: Insgesamt wurden über 2.000 Exponate aus unserem Fundus gestohlen. Dass wir das nicht früher gemerkt haben lag daran, dass diese Verbrecher einen Teil unserer Angestellten bestochen hatten. Den Rest der gestohlenen Bilder konnten wir in St. Petersburg sicherstellen.

Wir haben lange gebraucht, um herauszufinden, was diese Verbrecher mit den wertvollen Bildern vorhatten. Sie sollten kopiert werden und die Kopien wollte man wieder in die Eremitage bringen. Da wäre wahrscheinlich der Diebstahl sehr lange nicht aufgefallen. Die Originale sollten nach USA verkauft werden. In USA gibt es private Sammler und auch Museen, die bereit waren, für riesige Summen die Gemälde zu erstehen. Das Problem war nur, wie die Gemälde nach USA bringen? Hier kamen Sie ins Visier dieser Verbrecherbande. Durch Ihre großen Exporte nach USA wäre es unauffällig gewesen, diese Bilder als Kopien in die USA zu schleusen. Auf Sie aufmerksam wurden sie über die orthodoxen Gemeinden in USA. Mit gewaltigen Geldmitteln und auch mit Erpressung wären Sie gezwungen worden, diesem illegalen Handel zuzustimmen. Bitte vergessen Sie nicht, es ging um weit über einhundert Millionen US $. Wir sind Ihnen sehr dankbar für Ihr loyales Verhalten und Ihre Hilfe. Nun aber verraten Sie mir, wie geht es Hilde und Erich? Ich habe die beiden bewundert, mit welcher Selbstdisziplin sich die beiden bei der Geiselbefreiung verhalten haben. Wie geht es dem Baby?“

Nun erzählte Susi, dass ihr Enkelkind die Entführung ohne Schaden überstanden hat. Auch die Eltern wären über den Schrecken gut hinweggekommen.

Inzwischen hatte auch Olga Michails Büro betreten, um Susi und Moritz zu begrüßen.

Michail lachte: „Jetzt schmeiße ich euch alle aus meinem Büro, denn ich bringe jetzt die beiden zum Flughafen und möchte mit ihnen wenigstens noch etwas essen.“ Sie verabschiedeten sich herzlich. Susi und Moritz bedankten sich bei

Grigori Orlow für seinen Bericht und seine Hilfe und luden Olga auch zur Taufe der Zwillinge ein. Dann fuhren sie mit Oleg zum Flughafen. Michail hatte im Restaurant einen Tisch bestellt und Susi bedauerte, dass Paula nicht dabei sein konnte.

Nach dem Mittagessen gingen sie zum Check-in und Michail sagte nur, wartet doch einen Moment, ich will nur sehen, ob der Krankenwagen vom Gefängnis schon da ist. Nach fast zwanzig Minuten kam er und verkündete, der Wagen würde sich verspäten, er hätte dafür gesorgt, dass die Maschine nicht ohne Heinz abfliegt.

Sie gingen an Bord, alles lief normal, die Türen wurden geschlossen, aber kein Heinz an Bord. Susi fragte die Stewardess: „Entschuldigung, aber hier fehlt noch ein Passagier, der mit einem Krankenwagen direkt zum Flugzeug gebracht werden sollte. Können Sie mal nachfragen?“

Als die Hostess zurückkam, sagte sie nur: „Der Flug ist abgeschlossen und wir warten nur auf die Starterlaubnis.“

Es verging eine halbe Stunde, Susi schaute aus dem kleinen Fenster und entdeckte plötzlich einen Krankenwagen. Die Treppe wurde wieder an das Flugzeug gefahren. Aus dem Krankenwagen kam Heinz mit zwei Beamten, die ihn ins Flugzeug brachten. Susi und Moritz waren aufgestanden und brachten Heinz auf seinen Sitz. Dann ging alles schnell. Die Treppe wurde entfernt, die Tür geschlossen und das Flugzeug nahm Fahrt zur Runway auf.

Wiesbaden

Trotz der Verspätung in St. Petersburg verlief der Flug nach Frankfurt ruhig, die Landung war problemlos. Die Abholung mit dem Sanitätswagen klappte auch und so waren sie kurz vor 18 Uhr in der Klinik in Wiesbaden. Auf Veranlassung von Anton warteten die Ärzte in der Klinik auf

Heinz und diese nahmen eine erste Untersuchung vor. Am nächsten Morgen sollten weitere Untersuchungen folgen. Susi und Moritz verabschiedeten sich von Heinz und versprachen am späten Vormittag wieder in der Klinik zu sein, um ihren Termin mit dem Professor wahrzunehmen.

Mike, Vera und Maxim warteten schon in Susis Wohnung, um die Ereignisse in St. Petersburg zu erfahren und so schilderten Susi und Moritz die Geschehnisse.

Danach sagte Mike: „Herbert Wagner und ich fahren morgen Früh nach Oostende, um die Militaria aufzufinden, die in Solingen gestohlen wurden. Herbert war davon nicht abzubringen. Wir haben uns um 13 Uhr in der Halle des Flughafens Oostende verabredet. Dort treffen wir Erich mit drei Mann zum Aufladen der Kisten. Wir fahren gegen 8 Uhr morgens, dann müssten wir das schaffen. Schätze, dass wir morgen Abend gegen 21 Uhr wieder zurück sind. Haltet uns die Daumen, dass alles klappt.“

***

Oostende

Pünktlich um 8 Uhr hatte Mike mit Herbert Wagner Wiesbaden verlassen. Auf der Autobahn war normaler Verkehr. Sie kamen rasch voran. Trotzdem war es fast 13 Uhr, als sie auf dem Parkplatz des Flughafens Oostende in Belgien einbogen. Sie sahen dort schon einen LKW mit Solinger Nummer stehen. Also war Erich mit seinen Leuten schon da.

Sie trafen sich in der leeren Empfangshalle des Flughafens und wollten sofort zu dem Lagerplatz der Kisten.

Mike nahm die Skizze, die beiden Wagen rollten vom Parkplatz und fuhren in Richtung Middelkerk, nach 500 Metern, fanden sie das bezeichnete Restaurant Ikarus, danach die flachen Hallen. Sie zählten ab und fanden die einer Garage ähnliche kleine Halle. Der Schlüssel passte. In der Halle lagerten die vier Kisten. Vorsichtshalber öffneten sie eine der Kisten. Es waren die gesuchten Dolche. Dann begann das schwere Aufladen. Mit vereinten Kräften schafften sie es. Sie verschlossen den Raum und fuhren in den Ort Oostende, suchten sich ein Restaurant, um etwas zu essen.

Bei der Unterhaltung während des Essens sagte Herbert Wagner. Diese Form von Inbesitznahme des gestohlenen Gutes passt mir gar nicht. Es ist doch zu sehen, dass die Waren nur zum Zweck der Auffindung hierhergebracht wurden. Normalerweise muss man in solchen Fällen die örtliche Polizei einschalten. Was wir hier tun, ist nicht rechtens."

Mike: „Herbert, du hast einhundert Prozent Recht. Nehmen wir an, wir hätten die belgische Polizei informiert und um Hilfe gebeten. Schon allein das Hilfeersuchen dauert Tage. Gemeinsam wären dann die vier Kisten sichergestellt worden. Dann kommt der Eigentumsnachweis. Wie du weißt, ist es nicht einfach, diesen Nachweis zu führen, zumindest ist er zeitaufwendig. Danach wären nochmals Wochen vergangen, bis wir die Waren endlich in Solingen gehabt hätten. Ich bin froh, dass wir das Zeug haben. Du wirst sehen, wie lange es dauert, bis die Waren, die wir in Frankreich gefunden haben, bei uns in Solingen sind. Wenn wir Pech haben, dann dauert das Monate."

Herbert: „Mike, leider hast du Recht, aber schmecken tut mir das nicht. Wie viel hast du eigentlich für die Informationen bezahlt?"

Mike: „Im Verhältnis wenig, dass ich was zahlen musste, das ist doch klar. Hauptsache, wir haben unser Zeug wieder."

Es gab noch ein kurzes Hin und Her, dann verabschiedeten sie sich und Erich fuhr mit seinen drei Männern zurück nach Solingen und Mike mit Herbert nach Wiesbaden. Auf der Rückfahrt sagte Mike: „Ich weiß nicht, ob dich Susi informiert hat, aber ich glaube, Susi und Moritz wollten uns in der Angelegenheit Mafia über irgendetwas informieren. Wir sollten uns vielleicht morgen oder übermorgen sehen."

Wiesbaden

Pünktlich um 11 Uhr waren Susi und Moritz in der Klinik, um sich über den Gesundheitszustand von Heinz zu erkundigen.

Der Professor ließ nicht lange auf sich warten. Er kannte Susi, war sehr erstaunt über Moritz und stellte fest: „Fast hätte ich an Geister geglaubt. Sie sehen Ihrem Bruder zum Verwechseln ähnlich. Aber lassen Sie mich berichten. Wir haben gestern Abend Herrn Wolfgang Zeller untersucht. Es wurde ihm die linke Niere entfernt. Die Operation wurde sehr professionell vorgenommen. Oberhalb des Ausgangs der rechten Niere fanden wir ein Karzinom. Weiterhin zwei Metastasen in der Blase. Wir haben den Verdacht, dass sich weitere Metastasen im Bauchraum befinden. Dies bedarf weiterer Untersuchungen. Herr Zeller hat uns gesagt, was die Ärzte in St. Petersburg diagnostiziert haben. Wir schließen uns dieser Meinung an. Die Überlebenschance beträgt zwischen drei und sechs Wochen. Wir können durch eine Chemotherapie sein Leben um einige Wochen verlängern, aber der Patient lehnt das im Moment ab. Eine Heilung ist ausgeschlossen. Es tut mir sehr leid, dass ich Ihnen nichts anderes sagen kann. Der Patient wünscht, dass wir ihn in ein Krankenhaus nach Wuppertal überweisen. Die heutigen Untersuchungen haben ihn sehr geschwächt. Ich bin dafür, dass er morgen noch hier bleibt und wir ihn übermorgen nach Wuppertal bringen. Sind Sie damit einverstanden?"

Susi und Moritz sagten ‚Ja', aber sie wollten noch mal mit dem Patienten sprechen. Dann verabschiedeten sich die beiden und gingen zu Heinz ins Zimmer.

Sie fanden einen ziemlich erschöpften Heinz vor. Er freute sich, Susi und Moritz zu sehen.

Er sagte: „Schön, euch zu sehen, habt ihr schon mit dem Professor gesprochen?"

Als Susi bejahte, fuhr er fort: „Er bestätigt eigentlich nur das, was mir der Arzt in St. Petersburg auch gesagt hat. Obwohl es ein Gefängnisarzt war, war er fachlich sehr gut. Wisst ihr, ich habe mir gedacht, eine Chemotherapie zögert das Ende vielleicht hinaus, aber das ist sicherlich eine Quälerei. Das muss ich nicht haben. Ich will nach Wuppertal und dort meine Sachen in Ordnung bringen. Wenn Moritz mir dabei helfen würde, wäre ich ihm sehr dankbar. Vielleicht kann Jens mir auch helfen, der versteht zumindest steuermäßig viel davon. Könnt ihr mal mit Jens sprechen?"

Susi und Moritz waren von der Klarheit seiner Aussage sehr betroffen. Susi sagte „Heinz, wir werden mit Jens sprechen. Vielleicht kann er sogar am Wochenende zu dir nach Wuppertal kommen, um zusammen mit Moritz die Angelegenheiten zu klären. Aber meinst du nicht, dass du bei einem anderen Arzt noch mal fragen solltest, ob es nicht eine Möglichkeit gibt, dir zu helfen?"

Heinz ganz ruhig: „Susi, der Gefängnisarzt in St. Petersburg war sehr gut. Er hat mir genau erklärt, warum eine Hilfe nicht mehr möglich ist. Er hat mir auch erklärt, wie mein Ende sein wird. Ich werde einschlafen. Ob ich das in einem Monat tue oder nach einer anstrengenden Chemotherapie nach zwei oder drei Monaten, das ist doch gleich. Ich ziehe da den einen Monat vor. Könnt ihr dafür sorgen, dass ich am Freitag nach Wuppertal gebracht werde? Vielleicht können sich Bart und Paul etwas um mich kümmern?"

Moritz ganz gefasst: „Heinz, selbstverständlich komme ich mit nach Wuppertal. Ich weiß allerdings nicht, ob Paul und Bart die richtigen Pfleger für dich sind. Es sind genügend Geldmittel vorhanden, dass du dir eine Krankenschwester leisten kannst. Es reicht aus, wenn sie tagsüber bei dir ist. Sicher werden sich Paul und Bart um dich kümmern, aber sie sind keine geschulten Krankenpfleger. Überlasse es mir, ich werde das regeln. Wenn ich jetzt nach Hause komme, werde ich sofort Paul und Bart informieren, dass du hier bist und dass du am Freitag nach Wuppertal kommst."

Heinz bedankte sich vielmals und Susi meinte zum Abschied: „Heinz, du solltest jetzt etwas schlafen, damit du wieder zu Kräften kommst."

Am Nachmittag telefonierte Moritz mit Bart und Paul, die einerseits erfreut waren, dass Heinz in Wiesbaden ist, andererseits die schlechten Nachrichten wegen seines Gesundheitszustandes sehr bedrückt aufnahmen. Beide boten sich an, sofort nach Wiesbaden zu kommen um ihn zu besuchen, aber Moritz meinte:

„Heinz ist im Moment durch die anstrengenden Untersuchungen in keinem guten Zustand. Wir sollten ihn am Besten in Ruhe lassen. In jedem Fall kommen wir am Freitag nach Wuppertal. Ich muss nur noch einen Krankenwagen auftreiben, der einigermaßen preisgünstig ist. Wir sehen uns am Freitag. Macht seine Wohnung so zurecht, dass er sich wohlfühlt. Erkundigt euch mal, ob es in Wuppertal Krankenschwestern gibt, die ihn eventuell pflegen können. Ihr wisst, es sind genügend Geldmittel vorhanden."

Danach rief Moritz Jens an. Er bat ihn, auf eine Stunde bei ihm vorbeizukommen, er müsse mit ihm etwas Dringendes besprechen.

Kurz nach 16 Uhr kam Jens und fragte: „Moritz, was brennt denn?"

Moritz erzählte die Geschichte der Vererbung von Heinzens Vermögen in allen Einzelheiten. Auch die Möglichkeit, diese Geschenke eventuell nicht anzunehmen, da sie aus unsauberem Geld bestünden.

Jens: „Moritz, jetzt spinne nicht. Der Junge hat uns unendlich geschadet. Jetzt will er das wiedergutmachen. Also nehmt die Geschenke an. Allerdings glaube ich, eine bessere Idee zu haben. Wozu haben wir einen gemeinnützigen Verein? Ich schreibe mir jetzt die Summen auf. Was hältst du davon, wenn wir uns am Sonntag in Wuppertal treffen und das Ganze verhackstücken und in eine Form bringen, die für uns alle akzeptabel ist?

Ich höre schon Dieter meutern, lass ihn, das ist sein gutes Recht, er hat sich aber noch nie um Gelder kümmern müssen. Hier kommt der Verein endlich mal an Gelder, um wirklich helfen zu können. Du weißt selbst, wie oft wir eine Hilfe ausschlagen müssen, weil es einfach unsere Mittel übersteigt. Wir werden das Ganze so angehen, dass auch die kleine Susi und Hilde dabei bedacht werden, ohne dass sie ein schlechtes Gewissen zu haben brauchen. Also, bis Sonntag in Wuppertal."

***

Schon um neun am Donnerstagmorgen erschien Mike in Susis Büro, um mit ihr und Moritz zu besprechen, in welcher Form man Herbert Wagner beibringen konnte, dass man seine Hilfe nicht länger in Anspruch nehmen wollte.

Susi meinte nur: „Lass uns doch mal abwarten. Michail hat mir erzählt, dass die russische Botschaft die deutschen Behörden davon in Kenntnis setzen würde, dass man die gesamte Bande in Russland hinter Schloss und Riegel hätte. Vielleicht ist das schon erfolgt, dann brauchen wir nicht mehr viel zu erzählen und wir können mit Herbert abrechnen und uns für seine Mitarbeit bedanken."

Sie entschlossen sich zu warten, bis Herbert käme.

Als Herbert Wagner pünktlich um 10 Uhr eintraf, hatte Erika bereits Kaffee bereit und nach einer freundlichen Begrüßung begann Herbert:

„Es gibt auch gute Nachrichten. Gestern ging bei uns ein Fax ein, das ich für euch kopiert habe."

Er überreichte jedem ein zweiseitiges Fax, und nachdem es alle gelesen hatten, begann Susi: „Herbert, ich hab es zwar noch nicht schriftlich, aber auch wir wurden unterrichtet, dass die russischen Behörden dieses Verbrechersyndikat hinter schwedische Gardinen gebracht hat. Ich habe schon mit Michail gesprochen und er hat mir das auch bestätigt. Also können wir Entwarnung geben. Oder glaubst du, dass jetzt noch etwas passieren kann?"

Herbert: „Also wenn ich diesem Fax glauben darf, ist es zweifelsohne aufgrund von fundierten Kenntnissen erstellt. Wir können wirklich davon ausgehen und Entwarnung geben. Ich hätte nicht gedacht, dass das so schnell gehen würde. Mir passt das sehr gut. Meine Frau wird sich freuen, denn wir haben schon befürchtet, wir müssten die gebuchte Reise Anfang Mai nach Sizilien absagen. Ich werde noch zwei oder drei Tage zu tun haben, um meine Akten zu ordnen und zu übergeben. Einen kleinen Teil kann ich sicher bei euch einlagern. Dann können wir abrechnen. Ich bin froh, dass sich alles so erledigt hat. Nicht froh bin ich über die Lösung des Diebstahls der Militaria. Die Tatsache, dass die Verbrecher straffrei ausgehen, behagt mir nicht."

Mike: „Herbert, kannst du mir sagen, was du an meiner Stelle gemacht hättest?"

Herbert schmunzelte: „Mike, das weiß ich auch nicht, aber sicherlich hätte ich einen Weg gefunden, diese Gauner ins Gefängnis zu bringen. Es widerstrebt mir einfach, solche Leute mit einem blauen Auge davonkommen zu lassen. Du hast jetzt diese Lösung gewählt, die sicher wirtschaftlich die bessere ist und damit muss ich mich einfach zufriedengeben. Wahrscheinlich bin ich etwas zu altbacken für das Geschäft. Mein jüngerer Kollege meinte auch, wir sollten doch zufrieden sein, die Waren wiederzuhaben. Zu eurer Information, der Personenschutz wird ab morgen Früh wieder abgezogen.

Er erscheint jetzt nicht mehr erforderlich. Wenn ihr mich wieder braucht, ihr wisst ja, wo ihr mich erreichen könnt."

Susi: „Lieber Herbert, dass wir dir ganz herzlich für deine Bemühungen und deine hervorragende Leistung danken, das weißt du sicherlich. Bevor du mit deiner Frau in den wohlverdienten Urlaub nach Sizilien fliegst, hätte ich euch beide gerne wieder mal hier gesehen. Ich kann mich erinnern, deiner Frau hat so ein kleines Exponat gut gefallen. Vielleicht gefällt es ihr heute auch noch? Das könnten wir dann mit einem gemeinsamen Abendessen verbinden. Wie wär's, so kurz vor eurem Flug nach Sizilien?"

Herbert lachte: „Susi, jetzt willst du mir den Abschied von euch versüßen. Gerne nehme ich an. Ich will nur mit meiner Frau über den Termin sprechen. Ich rufe dich an."

Als Herbert weg war, sagte Mike: „Eigentlich hatte ich Bauchweh vor diesem Gespräch. Ich dachte schon, er käme mit der Galerie **artis opus** oder mit Wolfgang Zeller. Aber nichts dergleichen. Lass uns hoffen, dass dieser Kelch an uns vorübergeht. Hoffentlich bleibt es so."

Danach wollten sie gemeinsam zum Mittagessen gehen. Susi informierte nur Anton, Maxim und Franz Westermann, dass ab morgen die Bewachung der Häuser und der Personenschutz wegfallen würde.

***

Wuppertal

Seit den frühen Morgenstunden des Freitags waren Bart und Paul am Vorbereiten in Heinzens Wohnung im 2. Stock der Galerie **artis opus**. Sie hatten den ganzen gestrigen Tag darauf verwandt, die frisch hergerichtete Dreizimmerwohnung einzurichten. Bart hatte noch Möbel beschafft. Paul hatte sich umgehört und eine Krankenschwester gefunden, die gegen 10 Uhr kommen wollte. Man hatte Heinzens Wohnung mit Blumen dekoriert und alles sah sehr geschmackvoll aus.

Kurz vor 10 Uhr rief die Empfangsdame an und meldete eine Schwester Helga. Bart bat sie nach oben. Schwester Helga war eine Frau Ende fünfzig, etwas korpulent und anscheinend sehr resolut. Nach den ersten einleitenden Worten legte sie ihre Zeugnisse vor. Dann fragte sie nach der Erkrankung des Patienten.

Bart erwiderte: „Schwester Helga, unser Freund und Besitzer dieser Galerie wurde in St. Petersburg operiert. Ihm wurde die linke Niere entfernt. Dabei stellte man fest, dass die rechte Niere von einem Karzinom befallen ist, das bereits streut. Er liegt im Moment in einem Krankenhaus in Wiesbaden und wird im Laufe des heutigen Vormittags mit einem Krankenwagen nach hier gebracht. Die Ärzte geben ihm eine Überlebenschance von vier bis sechs Wochen. Es geht also um die Pflege für diese Zeit. Es ist der ausdrückliche Wunsch des Patienten, zu Hause zu sterben und er lehnt lebensverlängernde Maßnahmen ab."

Schwester Helga: „Wie alt ist der Patient und wie ist sein derzeitiger Gesundheitszustand?"

Bart erschrocken: „Über seinen Zustand weiß ich wenig. Aber Herr Zeller ist 34 Jahre alt. Allerdings hat er einen Flug von St. Petersburg nach Frankfurt hinter sich und außerdem strapazierten ihn die letzten Untersuchungen."

Schwester Helga: „Vierunddreißig Jahre, also ein junger Kerl. Das lässt sich machen. Ich betreue viele solcher Fälle, allerdings sind meine Patienten meistens jenseits der Siebzig. In absehbarer Zeit brauche ich hier in der Wohnung ein Bett für mich, denn es wird gegen Ende der Betreuung ein Vierundzwanzig-Stunden-Dienst."

Das anschließende Gespräch drehte sich um die Entlohnung und die Maßnahmen, die ergriffen werden mussten. Schwester Helga hatte sehr klare Vorstellungen, was sie für die Pflege des Kranken benötigt und wollte sich um ein Krankenbett, Gehhilfen und Ähnliches kümmern.

Als Bart nach den Mahlzeiten für den Kranken fragte, war Schwester Helga unkompliziert. Sie sagte:

„Junger Mann, überlassen Sie das einfach mir. Ich bin erfahren im Umgang mit dieser Art von Patienten und Sie können sich darauf verlassen, dass ich ihm die Diät zukommen lassen werde, die er entsprechend seines Zustandes am besten verträgt. Im Moment ist ohnehin eine Diät nicht angebracht. Das dürfte erst in den letzten Tagen erforderlich werden. Den Einkauf für die Lebensmittel übernehme ich, Sie stellen mir lediglich die finanziellen Mittel zur Verfügung. Das Verabreichen der Medikamente bespreche ich mit dem Arzt. Haben Sie schon einen in Wuppertal?"

Als Bart diese Frage verneinte, meinte Schwester Helga nur kurz: „Gut, ich werde mich also um einen Onkologen kümmern. In welcher Kasse ist der junge Mann?"

Bart: „Soweit ich weiß, ist Herr Zeller in einer Privatversicherung. Aber in welcher, das weiß ich nicht."

Schwester Helga: „Gut, das werden wir schon herausbekommen. Damit hier keine Missverständnisse aufkommen, ich kümmere mich um den Patienten und bitte Sie, meine Anweisungen zu beachten. Das mag etwas barsch klingen, aber Sie wollen doch sicher, dass der Patient eine fachlich gute Pflege erhält und dass er den vorgezeichneten Weg zum Tod möglichst ohne Schmerzen gehen kann. Ist der Patient ein gläubiger Mensch? Gehört er einer Religionsgemeinschaft an? Was ist in dieser Richtung zu beachten?"

Bart: „Schwester Helga, da bin ich überfragt. Wir kennen uns zwar schon lange, aber darüber haben wir nie gesprochen. Ich weiß es nicht."

Schwester Helga: „Ich werde mich mit dem Patienten unterhalten. Wissen Sie, wann der Krankenwagen in Wiesbaden weggefahren ist?" Als Bart verneinte, meinte die Schwester, sie gehe jetzt erst mal etwas Einkaufen, um wenigstens die wichtigsten Lebensmittel und Getränke im Haus zu haben. In spätestens zwei Stunden sei sie wieder da, und sie verabschiedete sich.

Paul war zum Ende des Gespräches hinzugekommen und als die Schwester weg war, meinte er: „Mein lieber Mann, da haben wir vielleicht einen Dragoner erwischt, aber ich glaube, sie ist eine gute Krankenschwester. Aber ich habe noch immer keine Meldung, wann der Krankenwagen in Wiesbaden weggefahren ist."

Nicht viel später meldete sich Moritz, dass man jetzt in Wiesbaden abfahren würde. Mike wäre schon mit seinem Wagen unterwegs.

Erst kam Mike, begrüßte Bart und Paul und sagte auch bei allen übrigen ‚Hallo'. Dann kam Schwester Helga zurück mit einer riesigen Einkaufstasche. Sie stellte sich Mike vor und fragte nur, in welcher Funktion er hier wäre, ob er ein Verwandter sei und wandte sich wieder ihrer Arbeit zu.

Als letztes kam der Krankenwagen mit Wolfgang Zeller und Moritz. Obwohl Wolfgang meuterte, trug die Besatzung des Krankenwagens Heinz auf einer Bahre in den 2. Stock und brachte ihn zu Bett.

Die Krankenschwester stellte sich vor und sagte: „Na, Herr Zeller, Sie sehen ja recht gut aus. Ich glaube, Sie können aufstehen und am Tisch einen Teller Suppe essen. Ich habe auch noch einen leichten Nachtisch für Sie. Dann brauchen wir für uns eine halbe Stunde. Da schicken wir die übrigen Herren weg. Ich muss Krankenkasse und Hausarzt klären.

Wolfgang Zeller: „Es wäre mir lieb, wenn Herr Kaiser bei uns bliebe, denn ihn möchte ich gerne mit der finanziellen Abwicklung all meiner Geschäfte betrauen. Das betrifft logischerweise auch Krankenkasse. Ist Ihnen das Recht?"

Schwester Helga sehr resolut: „Aber sicher, und jetzt zu Tisch!"

In den darauffolgenden zwei Stunden wurden diese Dinge geklärt. Schwester Helga war sehr erfahren und bestellte einen ihr bekannten Onkologen, der versprach, noch im Laufe des Nachmittags zu kommen. Die Krankenpapiere hatte Moritz von der Klinik mitbekommen.

Gegen 16 Uhr kam der Onkologe, ein sehr jovialer Arzt, der sich die Papiere der Klinik in Wiesbaden genau ansah, dann den Patienten untersuchte und sagte:

„Die Klinik in Wiesbaden hat Ihnen bereits alles mitgeteilt, was es in diesem Fall zu sagen gibt. Ich wiederhole noch mal, was Ihnen auch bereits die Kollegen in Wiesbaden gesagt haben, wir können die Dauer Ihres Überlebens verlängern. Entsprechende Mittel in Form einer Chemotherapie gibt es und ich kann sie sogar ambulant anwenden. Aber wie ich sehe, haben Sie das bereits abgelehnt. Allerdings kann ich Ihnen eines versprechen, einen schmerzhaften Tod werden Sie nicht haben. Dafür haben wir heute Möglichkeiten, das zu verhindern."

Dann sprach er mit der Schwester die Pflege durch, verschrieb einige Medikamente und versprach, beim derzeitigen Zustand zweimal in der Woche zu kommen. Dann verabschiedete sich der Arzt.

Moritz, Mike, Paul und Bart sprachen mit Wolfgang noch mal über die Sitzung am Sonntag. Man war sich einig, dass morgen, am Samstag, Wolfgang Zeller erst mal einen Ruhetag haben sollte. Am Sonntag um 10 Uhr wollten sie dann alle gemeinschaftlich in Wuppertal sein, um die notwendigen Weichen für die Zukunft zu stellen. Moritz bat Bart und Paul das Konferenzzimmer herzurichten, so dass sie dort die gemeinsame Besprechung durchführen können.

***

Wiesbaden

Samstagmorgen, Nina hatte für Susi, Moritz und sich Frühstück gemacht. Es war immer eine schöne und ruhige Zeit und Susi meinte: „Jetzt müsste man Samstag frei haben. Ausgerechnet heute kommt dieser Jacob Goldman. Aber was soll's. Am Nachmittag will sich Mike um Jacob Goldman kümmern. Moritz, danach haben wir dann frei."

Susi lachte und fragte Nina: „Was hast du heute vor, sag nicht, du gehst schon wieder ins Atelier? Du siehst ganz blass aus. Du solltest mal an die frische Luft."

Nina meinte nur: „Heute muss ich ins Atelier, ich bin fest eingeplant. Aber heute Abend wollen wir alle zusammen in einen Winzerkeller nach Kiedrich im Rheingau. Wir wollen uns morgen schon um 8 Uhr treffen und einen Ausflug an die Nahe machen."

Susi lachte: „Nina, das trifft sich gut. Auch wir wollen spätesten um 8 Uhr nach Wuppertal fahren."

Nina begann zu erzählen, was sie morgen alles unternehmen wollten und die so schüchterne und bedrückte Nina war auf einmal ein ganz anderer Mensch. So sagte Susi:

„Nina, so gefällst du mir schon viel besser. Die neuen Kollegen scheinen dir gut zu bekommen. Euch auf jeden Fall viel Spaß!"

Dann gingen Moritz und Susi zum Treffen mit Jacob Goldman. Sie waren in der Galerie im Erdgeschoss verabredet, Mike war schon mit Goldman im Gespräch. Susi schlug vor, in ihr Büro zu gehen.

Moritz sagte: „Ich hatte versprochen, mit dem israelitischen Fremdenverkehrsamt zu sprechen und man hat mich auch sehr gut beraten. Man ist mit mir der Meinung, dass eine Galerie für Touristen in Jerusalem zweckmäßig ist. In der Nähe des Jaffatores und gegenüber der Zitadelle ist schon so etwas Ähnliches wie eine Künstlergalerie angesiedelt. Wegen der politischen Lage ist das nicht unbedingt eine hervorragende Lage, aber man hat mir versichert, diese Lage wäre besser als eine Galerie im Künstlerviertel von Jaffa."

Goldman hatte ruhig zugehört und meinte: „Ich wundere mich schon sehr, man hat mir mehrfach versichert, in eben den von Ihnen beschriebenen Gebäuden wäre nicht ein Quadratzentimeter frei. Ich weiß, dass sicherlich die Hälfte leer steht, aber an einen Israeli werden die anscheinend nicht vermietet. Aber das ist bei uns überall so. Wahrscheinlich bekommen wir über Ihre Schiene schneller etwas als ich in Israel. Aber so weit ist es noch nicht. Konnten Sie sich inzwischen für einen meiner Vorschläge erwärmen?"

Susi freundlich, „Ich will mal sehen, ob ich meinen Partner Anton zu unserem Gespräch bitten kann."

Sie sprachen noch allgemein über den Kunstmarkt bis Anton kam. Nach der Vorstellung begann Susi:

„Anton, wir haben schon über eine Vertretung oder eine eigene Niederlassung in Israel gesprochen. Herr Goldman hat sich um beide Versionen beworben und hat als Referenz Mike angegeben. Wie ich dir erzählt habe, hat Herr Goldmann eine eigene Galerie in der Künstlerkolonie in Jaffa. Ich will das nicht verkomplizieren, darum sage ich klar meine Meinung. Ich tendiere zu einer Zweigniederlassung mit angeschlossenem Atelier in Israel. Nach meiner Meinung ist das am erfolgversprechendsten. Nach meiner Auffassung können wir damit frühestens im Herbst dieses Jahres beginnen.

Ein Minuspunkt ist, dass Herr Goldman unsere Arbeitsmethoden nicht kennt und erst hier eingearbeitet werden müsste. Er braucht dafür eine Vorlaufzeit von etwa vier bis sechs Monaten. In dieser Zeit müsste er seine Galerie in Jaffa allein lassen und hierher kommen. Außerdem müssen wir prüfen, ob unser Computersystem ohne weiteres in Israel angeschlossen werden kann. Ich glaube zwar ja, aber das ist zu ermitteln. Nach meiner Meinung sollte unsere Galerie in Jerusalem sein und daneben unser Atelier. Die Finanzierung müsste durch Jens geklärt werden. Wir müssen genaue Kenntnisse über die Einfuhrbestimmungen in Israel bekommen, wir hatten da mal Schwierigkeiten."

Herr Goldman ernst: „Frau Kaiser, das waren sehr klare Worte und ich werde sie ebenso klar und deutlich beantworten: Die Leitung einer Zweigniederlassung der Galerie Kaiser in Israel zu übernehmen kommt meinen Wünschen entgegen. Dass der Galerie ein Atelier angegliedert sein muss, versteht sich von selbst, denn sonst können wir keine Geschäfte machen. Dass ich vor Übernahme einer Vertretung erst einige Monate bei Ihnen hospitieren muss, ist selbstverständlich. Im Falle einer Übernahme der Vertretung für Sie, wird meine Frau die Galerie in Jaffa selbständig übernehmen. Ob Ihr Computersystem nach Israel übernommen werden kann, steht für mich außer Frage. Alle ausländischen Firmen benutzen ihre eigenen Systeme.

Hinsichtlich der Einfuhrbestimmungen bestehen Schwierigkeiten. Ich kenne die Gesetze sehr genau und rate, weitgehendst in Israel zu fertigen. Auch mit dem Standort der Galerie Kaiser in Jerusalem wäre ich einverstanden. Ich glaube, auch hinsichtlich des Salärs werden wir uns sicher einig, soweit ich weiß, haben Sie Verträge für freie Mitarbeiter, die erfolgsabhängig sind. Das kommt meinen Wünschen entgegen. Über Einzelheiten kann man sich unterhalten. Haben Sie noch Fragen?"

Mike lachte und sagte: „Jacob, so kenne ich dich gar nicht, wir sind ja schon fast in der Endverhandlung. Dabei ist die größte Hürde unser Gremium, das dabei zustimmen muss. Anton, was meinst du dazu?"

Anton ganz ruhig: „Ich muss mich erst mit dem Gedanken anfreunden, in Israel eine Zweigniederlassung zu eröffnen. Wir haben zwar schon darüber gesprochen, aber damit befasst habe ich mich noch nicht. Israel war immer ein weißer Fleck auf der Landkarte der von uns belieferten Länder. Eigentlich schade, denn gerade das Heilige Land erscheint mir interessant zu sein. Allerdings werden wir dort wahrscheinlich andere Produkte verkaufen wie bei uns. Um kein Risiko einzugehen, würde ich vorschlagen, dass uns Herr Goldman eine kurze Studie über den Markt in Israel vorlegt. Die kann handgeschrieben sein. Aber ich könnte mir vorstellen, dass sowohl Jens, als auch Dieter so ein Papier vorher sehen wollen."

Hier mischte sich Moritz ins Gespräch: „Herr Goldman, ich glaube wir beide werden uns zusammensetzen müssen, um so etwas Ähnliches wie eine Durchführbarkeitsstudie zu erstellen. Natürlich werden wir von unendlich vielen Unbekannten ausgehen müssen, aber ich glaube, es müsste möglich sein, so etwas zusammen zu erarbeiten."

Herr Goldman lächelte, nahm aus seiner Mappe eine geheftete Akte und übergab sie Moritz mit den Worten: „Ich habe mir gedacht, dass diese Frage kommt und habe eine sogenannte feasibility study angefertigt. Allerdings bezogen auf den Standort Jaffa. Diese Studie befasst sich mit einem fünfjährigen Zeitraum und sieht positiv aus. Ich darf sie Ihnen zu treuen Händen übergeben."

Moritz: „Ich sehe, Sie sind auf alles gut vorbereitet, nur habe ich die nächsten paar Tage leider keine Zeit, mich damit zu befassen. Ich darf sie vorerst an Anton Jonas weitergeben und werde sie mir ab Mitte nächster Woche ansehen."

Susi fragte Herrn Goldman: „Sagen Sie, wie lange sind Sie noch in Wiesbaden oder in unserer Nähe?"

Herr Goldman: „Ich bin noch bis Mitte Mai in Wiesbaden. Wenn ich bis dahin eine Entscheidung hätte, würde mir das helfen. Ich muss dann noch mal zurück nach Israel und könnte ab Juni für die Einarbeitung zur Verfügung stehen."

Hier mischte sich wieder Mike ins Gespräch: „Ich glaube, unser Gremium muss ohnehin in naher Zukunft hinsichtlich der Angelegenheit Wuppertal zusammentreten. Bei der Gelegenheit könnte man die Sache Israel besprechen. In jedem Fall werden wir mit einem klaren ‚Ja' oder ‚Nein' bis spätestens Mitte Mai entscheiden. Jacob, ich glaube, das hilft dir. Ihr seid mir nicht böse, wenn ich euch jetzt Jacob Goldman entführe, aber Vera und Petra haben ihn zum Mittagessen eingeladen und die will ich nicht warten lassen."

***

Wuppertal

Bart und Paul hatten den Konferenzraum gut vorbereitet. Bereits um 9:30 Uhr kamen Susi, Moritz und Jens. Sie berichteten, die Autobahn war ziemlich leer. Mike würde auch gleich kommen, er hätte nur Vera nach Solingen zu Hilde und Erich gebracht. Sie sagten bei Wolfgang Hallo und verabredeten sich um 10 Uhr im Konferenzzimmer. Inzwischen war auch Mike eingetroffen und so trafen sie sich pünktlich.

Wolfgang Zeller, alias Heinz Engler, Moritz und Susi Kaiser, Mike Curtis, Jens Gerner, Paul Vermeylen und Bart van de Velde.

Als man die noch nicht bekannten Herren vorgestellt hatte, begann Moritz: „Liebe Susi, meine Herren, uns allen ist die Vorgeschichte unseres heutigen Treffens bekannt. Wie Sie weiterhin wissen, war es uns möglich, Wolfgang Zeller aus St. Petersburg hierher zu bringen. Wolfgang Zeller ist sehr schwer krank. Aus diesem Grund hat mich Wolfgang gebeten, seine Angelegenheiten zu regeln. Gemäß der deutschen Gesetzgebung gibt es einen Paragrafen der Begünstigung. Ich bin kein Anwalt, aber soviel weiß ich, wer nach Begehung eines Verbrechens oder Vergehens dem Täter wissentlich Beistand leistet, um denselben der Bestrafung zu entziehen oder um ihm Vorteile des Verbrechens zu sichern, wird laut unseren Gesetzen bestraft.

Wir alle wissen, dass wir in dieser Angelegenheit nicht anders handeln konnten. Wir wissen, dass Wolfgang seine

Taten bereut und eine Wiedergutmachung anstrebt. Wir alle wissen aber auch, dass wir uns auf einem ganz schmalen Grad zwischen gesetzlicher und ungesetzlicher Handlung befinden. Ich habe die letzten zwei Nächte kaum geschlafen und mir alle Möglichkeiten überlegt und bin zu folgendem Ergebnis gekommen:

Über alles, was wir hier beraten und beschließen, muss absolutes Stillschweigen bewahrt werden. Keinem von uns darf ein Vorteil aus Wolfgangs Hilfe entstehen.

Es wird noch schwieriger, da Wolfgang Zeller gleichzeitig Heinz Engler oder Heinz van Engelen ist.

Jetzt wird das Ganze schizophren. Einerseits haben wir es mit Wolfgang Zeller zu tun, er ist hier polizeilich gemeldet und verfügt über die notwendigen Papiere. Wolfgang Zeller hat Haus- und Grundbesitz und auch entsprechendes Vermögen, das er vererben oder verschenken will. Soweit ich erkennen kann, wird Wolfgang Zeller auch als solcher hier sterben und begraben werden.

Andererseits gibt es noch Herrn Engler. Heinz Engler verfügt auch über Haus- und Grundbesitz in Italien und hat dort eine Beteiligung an einem Geschäft, außerdem Bankkonten in der Schweiz, Belgien und Deutschland. Auch das will er vererben oder verschenken. Dies geht jedoch nur unter dem Namen Heinz Engler. Entsprechende Papiere bzw. Ausweise hat Herr Engler noch."

Es war ganz still im Raum und man merkte die Spannung jedes Einzelnen. Moritz fuhr fort: „Ich schlage daher vor, wir fahren zweigleisig. Ich übernehme die Betreuung von Wolfgang Zeller. Dies umfasst sowohl die persönliche Betreuung, als auch die Abwicklung seiner privaten und geschäftlichen Angelegenheiten. Wohlgemerkt nur für Wolfgang Zeller. Nicht jedoch für Heinz Engler. Ich kann mich keinesfalls um die Belange von Heinz Engler kümmern. Würde ich das tun, so machte ich mich automatisch strafbar. Daher hatte ich den Gedanken, mit dieser Aufgabe

Horst Gerkan zu beauftragen. Zusammen mit Mike Curtis habe ich mit Gerkan gesprochen und ich glaube, er würde dieses Amt übernehmen.

Nun meine Frage an dich, Wolfgang, würdest du dir von Horst Gerkan helfen lassen?“

Wolfgang ganz leise: „Entschuldigt, wenn ich euch in eine so komplizierte Lage bringe. Ja, selbstverständlich, wenn Horst damit einverstanden ist.“

Moritz: „Gut, dann werde ich jetzt Horst Gerkan anrufen und ihn bitten, zu unserem Gespräch zu kommen.“

Moritz ging nach draußen um mit Horst Gerkan zu telefonieren. Als er zurück kam, sagte er: „Horst Gerkan ist in fünfzehn Minuten hier. Solange sollten wir uns gedulden.“

In der Zwischenzeit sprachen sie mit Wolfgang Zeller über seine Krankheit. Wolfgang war sehr von der Pflege der Krankenschwester angetan und hob auch hervor, dass der Arzt gestern dagewesen wäre und noch mal untersucht hätte.

Er sagte: „Der Arzt hat mir ein Mistelpräparat gespritzt und will diese Kur fortführen. Er kommt jetzt täglich. So gegen 17 Uhr kommt er heute, also selbst am Sonntag. Ich glaube, er ist ein sehr guter Arzt.“

Kurze Zeit später kam Horst Gerkan, er begrüßte Wolfgang freudig und wurde dann den übrigen Herrschaften vorgestellt. In kurzen Worten erläuterte Moritz noch mal die ganze Thematik.

Horst Gerkan sehr ernst: „Ich habe schon der Galerie Kaiser meine Hilfe in dieser Angelegenheit zugesagt. Selbstverständlich helfe ich auch meinem Freund und Studienkollegen. Ich habe nur noch nicht ganz verstanden, worum es eigentlich geht.“

Moritz: „Herr Gerkan, wir fangen mit den einfachsten Dingen an. Heinz Engler will seinem Vater in Belgien Folgendes vererben:

Er hat seinem Vater ein Darlehen in Höhe von 100.000 Euro gewährt. Außerdem hat sein Vater ein Bankkonto über

40.000 Euro nebst Zinsen, das er für seinen Sohn Heinz hält. Es reicht ein handschriftliches Schreiben von Heinz Engler, dass er seinem Vater sowohl die Darlehenssumme als auch den Betrag des Bankkontos nebst Zinsen schenkt. Dieses Schreiben würde ich per Einschreiben an den Vater schicken.

Die zweite Angelegenheit ist nicht ganz so einfach. Dazu ist eine notarielle Beurkundung notwendig. Sie müssen einen Notar wählen, der in Düsseldorf seine Praxis hat. Für die notarielle Protokollierung benötigt Heinz seine Papiere als Heinz Engler. Ich glaube, er hat noch einen gültigen Personalausweis und auch noch seinen Reisepass.

Heinz Engler will seiner Mutter, die in Düsseldorf wohnt, eine Schenkung machen, bitte nicht vererben, sonst würden wir eine Sterbeurkunde des Herrn Engler benötigen. Es geht um folgende Vermögenswerte: Eine geschäftliche Beteiligung von fünfzig Prozent an der Galleria di pitture, in der Via Vittorio Emanuele in Bordighera Italien. Mitbesitzer ist Herr Antonello Filippi. Ein Vertrag findet sich in den Papieren. Weiterhin Grundbesitz mit Haus und zwei Ferienwohnungen in Seborga bei Bordighera Italien nebst Einrichtungen und einem Wagen. Papiere liegen ebenfalls bei den Akten. Und ein Bankkonto in Bordighera.“ Moritz überreichte einen Zettel mit den Worten: „Hier habe ich die Vermögenswerte notiert.“

Gesamter Wert:	
Beteiligung an der Galerie	80.000 Euro
Haus und Grundbesitz Seborga	250.000 Euro
Bankkonto Bordighera	40.000 Euro
Total	370.000 Euro

„Da die Mutter von der Schenkung noch nicht informiert wurde, haben Sie, Herr Gerkan, die Aufgabe, diese zu unterrichten.

Heinz Engler und Frau Anja Henzo, seine frühere Verlobte, unterhalten ein gemeinsames Bankkonto. Darauf befindet sich ein Guthaben in Höhe von 80.000 Euro nebst Zinsen. Diese Summe gehört beiden hälftig. Herr Engler verzichtet auf seinen Anteil und schenkt ihn Frau Henzo. Dazu ist lediglich notwendig, dass Sie mit Herrn Engler bei der Bank vorstellig werden und das entsprechend klären. Außerdem schenkt ihr Herr Zeller seinen Wagen, der auf einem Parkplatz in Solingen steht. Die Papiere sind ebenfalls bei den Akten. Achtung, in diesem Auto befindet sich noch der Kinderwagen der entführten Susi. Dieser müsste zurückgegeben werden.

Jetzt wird es etwas komplizierter. Herr Engler besitzt ein Bankkonto bei der UBS in Zürich. Das Guthaben beträgt 300.000 Euro nebst Zinsen. Soweit ich gesehen habe, ist es als Tagesgeld angelegt. Das heißt, jederzeit abrufbar. Bitte klären Sie mit der Bank, ob Sie eventuell dieses Geld abheben können. Es ist ein Codewort vereinbart. Ich würde raten, Sie, Herr Gerkan, fliegen nach Zürich und heben die Summe ab und bringen das Geld hierher und übergeben es Heinz.

So Herr Gerkan, dass wären in dieser Angelegenheit Ihre Aufgaben. Eventuelle Ausgaben, wie zum Beispiel Flugkosten werden selbstverständlich erstattet. Wir können dann morgen Früh die entsprechenden Akten übergeben. Sind alle hier am Tisch mit diesen Vorschlägen einverstanden?“

Alle bejahten das und Moritz sprach weiter:

„Ich habe Schwester Helga versprechen müssen, Wolfgang nach zwei Stunden wiederzubringen. Er muss jetzt ruhen. Ich bin dafür wir machen jetzt eine Pause bis gegen 14 Uhr und besprechen dann den zweiten Teil.“

Wolfgang wurde zur Schwester zurückgebracht und die Übrigen gingen zu Tisch in eine nahe Gaststätte.

Schon kurz vor 14 Uhr saßen alle wieder am Tisch. Horst Gerkan hatte sich entschuldigt, er hätte einen Termin am Nachmittag. Außerdem meinte er, sein Part wäre ohnehin abgehandelt. Moritz begann wieder: „Jetzt, meine Herrschaften, wird es kompliziert. Wolfgang will sein Vermögen als eine Art Wiedergutmachung an folgende Personen verschenken:

Paul Vermeylen und Bart van de Velde sollen die Galerie **artis opus** GmbH erhalten. Das Firmenkapital in Höhe von 50.000 Euro ist noch vollständig vorhanden und befindet sich bei seinem Notar. Außerdem erhalten sie die gesamte Einrichtung der Galerie nebst Bildern und das noch vorhandene Bargeld von zurzeit etwa 50.000 Euro. Dazu sollen sie noch das Konto bei der Sparkasse mit einem Guthaben 40.000 Euro als Starthilfe erhalten."

Bart und Paul waren blass geworden und Paul sagte: „Wolfgang, wir müssen uns erst mal herzlich bedanken. Das ist ein unerhört großzügiges Geschenk. Aber kommen wir da nicht mit dem Gesetz in Konflikt? Herr Kaiser hat uns da einen Paragrafen der Begünstigung zitiert. Gibt es da vielleicht einen anderen Weg?"

Jetzt unterbrach Jens: „Hören wir erst mal, was sich Wolfgang Zeller vorstellt. Dann können wir beraten, welchen Weg wir in dieser Angelegenheit beschreiten."

Moritz fuhr fort: „Das Gebäude der Galerie **artis opus** will Wolfgang der kleinen Susi als Wiedergutmachung für die Entführung schenken. Bis zur Volljährigkeit des Kindes soll Hilde Granika das Gebäude verwalten. Um das Haus entsprechend renovieren zu können, soll Hilde das Guthaben seines Bankkontos bei der Deutschen Bank in Wuppertal in Höhe von 360.000 Euro erhalten.

Das Geld des Bankkontos bei der UBS in Zürich in Höhe von 300.000 Euro soll der Verein der Galerie Kaiser Wiesbaden bekommen. Dieses Geld ist zweckgebunden zu verwenden. 100.000 Euro als Starthilfe für seine ehemaligen Kollegen, die zurzeit in Frankreich in Haft sitzen und 200.000 Euro sollen für die Förderung europäischer Künstler verwendet werden. So, jetzt bin ich mit meinem Vortrag am

Ende. Wolfgang, ist das, was ich vorgetragen habe, dein Wunsch?“

Wolfgang leise: „Danke dir Moritz, so habe ich es mir vorgestellt. Aber du hast heute Morgen davon gesprochen, dass irgendjemand wegen Begünstigung belangt werden könnte, das will ich nicht. Habt ihr einen Vorschlag?“

Jens Gerner: „Wolfgang, du weißt, ich bin für die Finanzen der Galerie Kaiser verantwortlich und es ist nicht immer einfach, die richtigen Entscheidungen zu treffen. Entweder man verstößt gegen irgendwelche Steuerrichtlinien, oder Zollgesetze oder gar gegen das Strafgesetzbuch. Das wollen wir alle vermeiden. Ich will mal versuchen, einen Weg zu finden, wie wir Wolfgangs Wunsch erfüllen, ohne dass wir in den Verdacht geraten, uns Vorteile verschafft zu haben. Wie wir alle wissen, ist unser Verein, die Galerie Kaiser Wiesbaden, ein gemeinnütziger Verein mit vielfältigen, sozialen Aufgaben. Unerhört viel Positives hat dieser Verein bisher geleistet. Nahezu die Hälfte unserer Mitarbeiter hat von den Vorteilen bei der Berufsförderung oder sozialen Leistungen profitiert. Daher mein Vorschlag:

Die 300.000 Euro von der UBS Bank in Zürich zu verwalten und zweckgebunden zu verwenden, das ist kein Problem. Die 100.000 Euro für die beiden Herren legen wir auf ein Festgeldkonto, so profitieren diese auch von den Zinsen und das Geld steht ihnen bei der Entlassung aus dem Gefängnis zu, oder wir verwenden es teilweise für ihre Anwälte. Ich setze nur einen kurzen Vertrag auf, den Wolfgang Zeller unterschreibt. 200.000 Euro fließen in das Spendenkonto des Vereins und sind ohnehin steuerfrei.

Der Wunsch von Wolfgang Zeller, das Anwesen der Galerie **artis opus** als eine Art Wiedergutmachung dem Baby Susi Granika zu schenken, ist großzügig. Diese Schenkung muss notariell erfolgen. Da das Kind noch minderjährig ist, muss die Schenkung durch die Eltern des Kindes angenommen werden. Ich schlage vor, dass man diese Gebäude zweckgebunden verschenkt, das heißt für die Verwendung als Galerie und als Fertigungsstätte für Kunstgegenstände und als Wohnung für die Angestellten.

Des Weiteren bestimmt Wolfgang, dass Hilde Granika für den Ausbau und die Renovierung 360.000 Euro erhalten soll. Davon rate ich ab.

Ich schlage vor, dass diese 360.000 Euro dem Verein Galerie Kaiser Wiesbaden als Spende zufließen. Dies zweckgebunden für den Ausbau der Gebäude und zur Pflege und Instandhaltung des Anwesens. In diesem Schenkungsvertrag muss hervorgehoben werden, dass es sich um eine Schenkung zur Förderung der Kunst handelt. Wolfgang, bist du mit einer solchen Lösung einverstanden?"

Wolfgang leise: „Danke, Jens, der Vorschlag erscheint mir gut, dann braucht sich Hilde nicht dem Verdacht auszusetzen, sich einen Vorteil erschlichen zu haben. Habt Ihr sie überhaupt schon davon in Kenntnis gesetzt?"

Susi: „Wolfgang, das wollten wir erst tun, wenn unsere Besprechung hier abgeschlossen ist."

Es klopfte und Schwester Helga kam und sagte: „Ich muss Ihnen jetzt Herrn Zeller entführen. Der Arzt ist da. Ich bringe ihn wieder, sobald das erledigt ist, aber bitte, machen Sie nicht mehr zu lange." Sie nahm Wolfgang mit sich.

Als die beiden den Raum verlassen hatten, wandte sich Susi an Paul und Bart: „Wir haben uns erst zweimal kurz gesehen und ich kann mir so gar kein Urteil erlauben. Da Sie wahrscheinlich die Galerie **artis opus** GmbH geerbt haben und das automatisch eine Zusammenarbeit nach sich zieht, habe ich ein paar Fragen.

Soweit ich weiß, sind Sie beide belgische Staatsangehörige und es ist doch richtig, dass Sie beide Kunstgeschichte in Gent studiert haben. Es ist doch sicher auch richtig, dass Sie beide ungebunden sind. Ich habe in der Galerie gesehen, mit welchem Geschick und mit welchem Können Sie die Ausstellung arrangierten. Eine Gabe, die nicht jeder hat. Ich hoffe, es ist nicht zu unverschämt, wenn ich frage, ob Sie ein gleichgeschlechtliche Bindung haben?“

Paul lächelte: „Das haben Sie sehr richtig erkannt. Bart und ich sind schon viele Jahre zusammen. Wir hoffen, das stört Sie nicht. Wir haben zusammen in Gent studiert und danach waren wir für einige Museen tätig. Entsprechende Zeugnisse können wir vorlegen.“

Susi fragte weiter: „Meine Herren, die Galerie **artis opus** ist lagemäßig nicht optimal. Ich weiß nicht, wie Sie in Wuppertal bei dieser Lage eine Galerie erfolgversprechend führen können. Bei einem Konzept, wie es Herr Zeller hatte, wäre das machbar gewesen, aber bei einer reinen Galerie bezweifle ich, dass Sie davon leben können. Haben Sie sich schon mal Gedanken darüber gemacht?“

Paul Vermeylen: „Wir haben heute Morgen zum ersten Mal von Wolfgangs Plänen gehört. Wir hatten noch nicht die Zeit, uns darüber zu unterhalten. Ohne darüber nachgedacht zu haben, leuchten mir die Worte Ihres Mannes ein, dass man uns eventuell Vorteilnahme vorwerfen könnte. Vielleicht gibt es einen anderen Weg, das Problem zu lösen. Eine Galerie hier in dieser Lage zu betreiben, ist sicherlich schwierig. Auch hier müssen wir erst mal überlegen und ein Konzept erarbeiten.“

Susi: „Wir haben nicht viel Zeit zum Überlegen. Auch für uns ist das Ganze ebenso neu wie für Sie. Ich mache jetzt einen Vorschlag, der noch nicht durchdacht ist. Dazu muss ich etwas ausholen:

Wir haben vor einiger Zeit eine Firma in Dresden gekauft, die sich mit der Herstellung von geschnitzten Holzfiguren befasst. Durch eine computergesteuerte Maschine ist man in der Lage, nicht nur Heiligenfiguren aus Holz zu fertigen, sondern auch entsprechende Formen zur Herstellung solcher Figuren aus Gips oder Kunstharz. Aufgrund unserer Verträge mit dem Vatikan und der Eremitage in St. Petersburg können wir Figuren, Putten, Reliefs, Sockel und so weiter dieser Museen kopieren. Diese Figuren werden mittels Laser abgetastet und dann auf den Fräscomputer übertragen. Wir haben zwar die Fabrik gekauft, aber haben immer noch nicht die Räumlichkeiten, diese Maschinen und das Holzlager unterzubringen. Hier ergibt sich eine Möglichkeit sowohl für uns als auch für Sie. Wir verlagern die Produktion dieser Exponate hierher, einschließlich der künstlerischen Gestaltung wie Bemalung und so weiter. Die Galerie **artis opus** oder deren Nachfolger übernimmt den Verkauf.

Keinesfalls soll Ihnen in irgendeiner Form das Geschenk von Herrn Zeller vorenthalten werden. Wenn ich richtig mitgerechnet habe, hat Ihnen Herr Zeller das Bargeld, das Konto der Sparkasse und das Kapital der GmbH geschenkt. Dazu kommen die Bilder und die Ausstattung dieser Räume. Ohne es genau addiert zu haben, ist das ein Betrag in Höhe von rund 200.000 Euro. Die Galerie Kaiser GmbH in Wiesbaden – also nicht der Verein – kauft die Galerie **artis opus** in Wuppertal zu einem Preis von 200.000 Euro. Aufgrund eines notariellen Vertrages zahlt Ihnen Herr Zeller für Ihre bisherige Tätigkeit und als Abfindung einen Betrag von je 100.000 Euro. Dieses Geld ist sofort fällig und auf Ihr Konto in Belgien zu überweisen.

Wir von uns aus machen dann einen Vertrag mit Ihnen wie mit allen unseren Mitarbeitern, die bekanntlich sehr zufrieden mit ihrem Einkommen sind. Wie gesagt, das ist nur ins Unreine gesprochen und muss noch ausgefeilt werden. Was meinst du, Jens?“

Jens: „Susi, da ist nur eine kleine Hürde, das ist das Gremium des Vereins. Das muss zustimmen. Vier Personen dieses Gremiums sind hier anwesend, Dieter und Anton fehlen. Bei Ihnen müssten wir die Zustimmung einholen.“

Susi: „Könnten Sie mit unserem Vorschlag leben? Selbstverständlich muss auch Herr Zeller sein Einverständnis dazu geben.“

Es klopfte und Schwester Helga brachte Wolfgang Zeller zurück. Sie sagte:

„Ich weiß, Sie haben dringende Sachen zu besprechen, aber bitte, machen Sie es kurz. Herr Zeller sollte eigentlich jetzt liegen. Eine Stunde gestehe ich Ihnen maximal zu."

Als sich Wolfgang Zeller gesetzt hatte, sagte Susi: „Wolfgang, wir haben jetzt länger mit Paul und Bart gesprochen, wir haben möglicherweise eine Regelung für die beiden Herren." Dann erzählte sie ausführlich von ihrem Vorschlag, aber auch von den Bedenken, die die beiden Herren hinsichtlich der Übernahme der Galerie geäußert hatten.

Wolfgang Zeller leise: „Bart, Paul! Die Bedingungen als freie Mitarbeiter für die Galerie Kaiser zu arbeiten, sind gut, wie ich aus eigener Anschauung weiß. Ich würde euch raten, den Vorschlag anzunehmen."

Paul und Bart erklärten erleichtert ihr Einverständnis.

Moritz meinte: „So, meine Herrschaften, wir machen jetzt eine Pause. Jens soll versuchen, Anton und Dieter zu bekommen, um ihr Einverständnis zum Kauf der Galerie **artis opus** einzuholen.

Susi sollte versuchen, mit Hilde zu sprechen, ob sie das Geschenk für die kleine Susi annimmt.

Jens ging an die Telefonzentrale, um Dieter und Anton anzurufen und Susi begab sich in einen Nebenraum, um mit Hilde zu sprechen: Sie wählte Hildes Nummer:

(Hilde) Hilde Granika

(Susi) Hi, Hilde, du siehst, wir sind wieder mal am Tagen. Diesmal in Wuppertal. Du weißt, dass Heinz, das heißt Wolfgang Moritz gebeten hat sein Vermächtnis zu regeln. Auf diese Art komme ich nun zu einem reichen Patenkind oder Enkelkind, wie immer du willst.

(Hilde) Wieso, hat der Lump dem Kind was vererbt?

(Susi) Wolfgang oder Heinz hat sein ganzes Vermögen aufgeteilt. Er war sehr wohlhabend. Runde zwei Millionen

Euro. Deine Tochter Susi erhält das Anwesen in Wuppertal mit einem Wert von mindestens 300.000 Euro, das du bis zu ihrem achtzehnten Lebensjahr verwalten musst. Um die Renovierungsarbeiten und Reparaturen für die Gebäude bezahlen zu können, erhält der Verein Galerie Kaiser Wiesbaden eine zweckgebundene Spende in Höhe von 360.000 Euro.

(Hilde) Dieses Schweigegeld will ich von dem Gauner nicht. Du weißt selber, was er mir angetan hat. Okay, ich habe ihm verziehen, aber vergessen kann ich das nicht.

(Susi) Selbstverständlich ist das deine Entscheidung. Aber ich will dir etwas erzählen, was uns Heinz in St. Petersburg gesagt hat. Als er sich vor dein Baby warf, wäre ihm schlagartig sein verpfuschtes Leben klar geworden. Er hat Moritz und mir erklärt, warum er dich seinerzeit in die schwierige Lage gebracht hat, nämlich, weil er hoffte, du würdest mit ihm gehen. Er ist auch nur nach Solingen gekommen in der Hoffnung, mit dir noch mal sprechen zu können.

All das klang sehr glaubwürdig. Angesichts des bevorstehenden Todes lügt man wahrscheinlich nicht mehr. Was hältst du davon, wenn du das mit Erich kurz besprichst? Es geht um viel Geld. Der Besitz in Wuppertal ist zwar nur mit 300.000 Euro angesetzt, aber nach meiner Meinung ist er das Doppelte wert. Dazu kommen noch mal 360.000 Euro an Barmitteln für Renovierung und Reparaturen. Also fast eine Million Euro. Allerdings ist das Gebäude zweckgebunden für eine Galerie und für Ateliers sowie für Wohnungen der Künstler.

Also dient das Ganze einem ideellen Ziel. Wir müssen heute die Weichen für das alles stellen. In zehn Minuten rufe ich dich noch mal an, wenn du mit Erich gesprochen hast. Tschüss, Hilde.

(Hilde) Okay, mache ich. Besser, du rufst erst in einer Viertelstunde an. Bis nachher.

Als Susi aufgelegt hatte, ging sie zu Jens, der gerade mit Dieter telefonierte. Anscheinend ein schwieriges Gespräch. Als Jens das Gespräch beendet hatte, sagte er: „Dieter ist von all dem nicht angetan. Er gibt zwar sein Okay zum Kauf der Galerie **artis opus** GmbH, aber mit den Schenkungen will er nichts zu tun haben. So einfach möchte ich es auch mal haben. Ich werde ihm noch mal meine Meinung sagen. Uns lässt er die Suppe auslöffeln, die andere eingebrockt haben. Aber erzähle, was hat Hilde gemeint?"

Jetzt musste Susi lachen: „Jens, mir ging's wie dir, Hilde hat erst mal ‚Nein' gesagt, sie wolle von dem Lumpen nichts. Jetzt spricht sie mit Erich. Ich hoffe, der ist vernünftiger. Ich rufe noch mal in fünfzehn Minuten an. Hast du schon mit Anton gesprochen?"

Jens rief Anton an. Er hatte Glück und erreichte ihn gleich. Wieder wurde es ein langes Gespräch, das positiv verlief. Anton war mit den Vorschlägen einverstanden.

Susi wählte noch mal Hildes Nummer:

(Erich) Erich Granika.

(Susi) Hallo, Erich, schön, dich zu hören, hast du schon mit Hilde gesprochen?

(Erich) Ja, ich bin zwar anderer Meinung als Hilde, aber sie will das Geschenk nicht annehmen. Einerseits kann ich Hilde verstehen, andererseits nehmen wir dem Kind ein Vermögen. Ich glaube nicht, dass ich sie umstimmen kann.

(Susi) Erich, gib mir noch mal Hilde.

(Hilde) Ja, Susi, ich habe es mir noch mal überlegt, von dem Kerl will ich kein Geld.

(Susi) Hilde, ich will dich nicht überreden, aber ich gebe dir mal Jens, der will auch mit dir sprechen.

(Jens) Hallo, Hilde, ich kann gut verstehen, dass du ‚Nein' sagst, aber dein ‚Nein' könnte weitreichende Folgen haben. Heinz oder Wolfgang, wie immer du willst, gibt dem Verein nochmals zu den 360.000 Euro eine Spende in Höhe

von 300.000 Euro, die zur Förderung von Künstlern dienen sollen. Außerdem verkauft er uns die Galerie **artis opus** *für 200.000 Euro, wobei das Barvermögen dieser Firma zirka 150.000 Euro beträgt. Lehnst du also die Schenkung des Firmengebäudes hier ab, so dürfte das alles in sich zusammenfallen. Die Galerie Kaiser verliert ein Vermögen und deine Tochter auch. Es ist klar zu erkennen, dass dein ehemaliger Freund dieses Geschenk aus Reue für sein Verhalten macht. Ich glaube, er hat durch sein Verhalten bei den Schüssen auf dein Kind gezeigt, dass er wiedergutmachen will. Ich glaube, du kannst dich seinem Wunsch nach Wiedergutmachung nicht ganz verschließen. Ich rate dir, nimm das Geschenk für dein Kind an.*

(Hilde) Jens, du und Susi, ihr bringt mich ganz durcheinander. Also, wenn es euch hilft, gut, dann akzeptiere ich das Geschenk für unsere kleine Susi. Muss ich dazu irgendetwas machen?

(Jens) Ich glaube, du wirst das Geschenk beim Notar hier annehmen müssen. Aber das wird dir Moritz noch in allen Einzelheiten sagen. Moment, ich gebe dir noch mal Susi.

(Susi) Hilde, es freut mich, dass du das Geschenk annimmst. Ich muss dir noch so viel erzählen, aber das müssen wir auf später verschieben. Tschüss, Hilde!

(Hilde) Grüße Moritz, Tschüss, Susi!

Als Susi aufgelegt hatte, sagte sie zu Jens: „So, diese Hürde hätten wir auch. Ich bin froh, dass sich Hilde so entschieden hat.“

Als Jens und Susi zurück in den Besprechungsraum kamen, war man im Gespräch über die nächsten Schritte.

Jens unterbrach und sagte: „Zur Information, Dieter und Anton haben ihr Einverständnis zum Kauf der Galerie **artis opus** gegeben. Hilde gab auch ihr Einverständnis zur Schenkung an ihr Kind Susi. Somit hätten wir alle Hürden geklärt. Wir sollten jetzt einen Fahrplan machen, wie wir das technisch umsetzen. Ich glaube, davon können wir Wolfgang befreien. Der sollte ins Bett."

Bart und Paul brachten Wolfgang in seine Wohnung und versprachen gleich wiederzukommen, um bei der Terminierung dabei zu sein.

Anschließend legten sie die Termine fest und Moritz sagte, er habe mit Wolfgang Zeller gesprochen. Man könne bereits vor der Unterzeichnung der Verträge die Maschinen und das Lager aus Dresden einlagern und installieren. Abschließend bat er Susi:

„Ich bleibe hier, um das alles umzusetzen und werde mich bei Hilde und Erich einquartieren. Mike will mich mit nach Solingen nehmen. Bitte Susi, veranlasse morgen, dass die bisherigen Mitarbeiter der Fabrik in Dresden und noch zwei Mann von uns nach Dresden fahren und in Verbindung mit dem von mir benannten Transportunternehmen den Umzug möglichst rasch vollziehen. Die Leute sollen dann nicht zurück nach Wiesbaden fahren, sondern direkt hierher nach Wuppertal. Dann können die auch gleich beim Aufbau mitarbeiten. Soweit ich weiß, ist in Dresden in der Fabrikationshalle bereits alles verpackt. Meinst du, das wird klappen?"

Susi lachte: „Immer ich!"

Solingen

Als Mike mit Moritz nach Solingen kam, begrüßte sie Hilde bereits an der Tür: „Schön, euch zu sehen. Ich warte schon die ganze Zeit auf euch. Bis jetzt haben Vera, Erich und ich über die Schenkung gesprochen. Was meint ihr beiden denn dazu. Moritz lachte und knurrte: „Ich hab noch nie gehört, dass jemand fast eine Million geschenkt bekommt und sie nicht haben will."

Mike: „Hilde, mach dir keine Gedanken. Wir alle sind in eine Situation gekommen, die ich niemandem wünsche. Wir haben sie weder verschuldet, noch haben wir irgendetwas dagegen tun können. Wir haben all unsere Probleme gelöst und wie hast du so schön gesagt? Würden wir uns auf die Polizei verlassen, so wäre noch lange keine Klärung in Sicht. Ich gebe zu, diese Lösung ist nicht ganz astrein, aber ich wüsste auch nicht, wie wir die Situationen hätten anders lösen können. So – und jetzt brauche ich einen Schnaps."

Hilde: „Den kriegst du, und zwar einen Doppelten."

Vera in ihrer ruhigen Art: „Hilde, ich kann deine Einstellung gut verstehen. Wahrscheinlich hätte ich auch so gehandelt. Aber wenn ich meine Schwester Petra fragen würde, so bekäme ich zur Antwort – Wenn der Dieb seine Tat bereut, so muss er diese auch wiedergutmachen – das setzt voraus, dass der Bestohlene die Wiedergutmachung annimmt. Ich hoffe nur, dass damit die ganze Affäre ausgestanden ist. Aber jetzt brauche ich auch was Alkoholisches."

***

Wuppertal

Moritz hatte sich Hildes Wagen geliehen und war am Montag frühzeitig nach Wuppertal gefahren. Er musste die Vorbereitungen für das Besprochene in die Wege leiten.

Als erstes rief er das Notariat an, bei dem Wolfgang seinerzeit den Kaufvertrag des Hauses gemacht hatte. Der war sehr erschrocken darüber, dass Wolfgang Zeller so krank ist und nur noch so eine kurze Lebenserwartung hat. Er versprach, die Verträge sofort in Angriff zu nehmen und brauchte noch einige Angaben. Moritz wollte sie persönlich um 14 Uhr vorbeibringen. Kurz vor 10 Uhr kam Horst Gerkan. Moritz übergab ihm alle entsprechenden Papiere und drängte ihn, Zürich anzurufen, um zu klären, ob er aufgrund des Nummerncodes das Geld ausgehändigt bekommen würde.

Kurze Zeit später kam Horst Gerkan mit der Nachricht, das wäre unkomplizierter gewesen als gedacht. Er brauchte nur eine handgeschriebene Vollmacht von Heinz Engler, seinen Personalausweis und das Code-Wort. Er hatte bereits einen Termin für den Mittwoch.

Horst Gerkan hatte auch einen Notar in Düsseldorf besorgt, der die notarielle Protokollierung vornehmen wollte. Die Papiere dafür wollte Horst Gerkan noch heute Nachmittag nach Düsseldorf bringen.

Moritz war erstaunt, wie schnell und problemlos alles zu klappen schien. Er selbst hatte einen Termin beim Notar um 14 Uhr. Auch dort hoffte er, alles regeln zu können.

Pünktlich am Nachmittag traf sich Moritz mit dem Notar um die Einzelheiten des Verkaufes der Galerie **artis opus** und der Schenkung der Gebäude an Hildes Baby zu besprechen. Moritz und der Notar hatten sofort einen guten Kontakt. Die Einzelheiten des Kaufvertrages waren schnell besprochen. Noch während des Gespräches konnte Moritz per Telefon veranlassen, dass die Kaufsumme in Höhe von 200.000 Euro auf ein Anderkonto des Notars überwiesen wurde. Dann vereinbarte man, dass am Mittwoch, also in zwei Tagen, auch die beiden Herren Paul Vermeylen und Bart van de Velde mit zur Protokollierung kommen müssten.

Etwas schwieriger war es, das Problem der kleinen Susi zu klären. Zu dieser Protokollierung mussten die Eltern des Babys erscheinen. Durch die zweckbestimmte Nutzung der Räume wurde es erforderlich, dass auch die Geschäftsführer Anton Jonas und Susi Kaiser der Galerie Kaiser in Wiesbaden, sowohl GmbH, als auch Verein zur Protokollierung erscheinen müssen. Zum Abschluss dieser Besprechung über den Schenkungsvertrag sagte der Notar:

„Herr Granika, wir wollen das nicht zu kompliziert machen, aber wir wollen auch Schenkungssteuer sparen. Das Anwesen des Herrn Zeller hat einen derzeitigen Wert von 300.000 Euro. Das habe ich selbst protokolliert und ist sicher unbestritten. Aufgrund der Raumnutzung durch die Galerie **artis opus** und die Galerie Kaiser Wiesbaden und dieses für 25 Jahre, ergibt sich eine außerordentliche Wertminderung. Ich werde morgen Vormittag beim hiesigen Finanzamt vorstellig werden und mich erkundigen, welchen Schenkungswert ich ansetzen muss. Wahrscheinlich wird das Baby etwas zahlen müssen, viel wird es allerdings nicht werden. Genaues erfahren Sie von mir morgen Früh."

Der Notar nahm seine Notizen hinsichtlich der Zahlung an die Herren Bart van de Velde und Paul Vermeylen und sagte: „Wie Sie mir sagten, stellen die Zahlungen an die beiden Herren keine Geschenke dar, sondern sind eine Abgeltung von Leistungen, die die beiden im Ausland für Herrn Zeller erbracht haben. Da die Gelder nach Belgien überwiesen werden und dort auch die Leistungen erbracht wurden, ist gemäß Doppelbesteuerungsabkommen mit Belgien, dieser Betrag hier steuerfrei. Allerdings müssen die Herren den Betrag in Belgien versteuern. Dies werde ich den beiden sagen und in meinen Urkunden schriftlich festhalten."

Moritz bedankte sich bei dem Notar und verabschiedete sich.

Zurück in der Galerie **artis opus** bestätigte er alle vereinbarten Termine.

Kurz bevor er zurück nach Solingen fahren wollte, kam Horst Gerkan. Er berichtete:

„Bei der Bank konnte ich die Angelegenheit des gemeinsamen Kontos mit Anja Henzo problemlos klären. Wolfgang muss nur noch persönlich bei der Bank erscheinen.

Etwas schwieriger war die Angelegenheit der Schenkung an seine Mutter. Aber auch das wurde geklärt.

Ich habe einen Termin für Donnerstagnachmittag um 14 Uhr bei dem Düsseldorfer Notar vereinbart. Er hat sich zwar etwas angestellt, aber er ist bereit, die Schenkung zu protokollieren." Dann zeigte Horst Gerkan noch das Schreiben an Wolfgangs Vater, mit welchem Wolfgang ihm das

Darlehen und das gemeinsame Konto schenkte. Moritz empfahl Horst Gerkan noch, dies mit Wolfgang genau zu besprechen und verabschiedete sich, um nach Solingen zu fahren.

***

Wuppertal

Es war Dienstagmorgen. Sehr früh hatte man Moritz informiert, dass man gestern begonnen hatte, die Lagerhalle in Dresden auszuräumen. Sie hofften, dass die LKWs der Spedition gegen 7 Uhr in Dresden abfahren.

Zwischen 16 und 17 Uhr wollten sie in Wuppertal ankommen. Der Computerfachmann und ein Holzschnitzer überwachten das. Sie hatten auch eine Reinigungsfirma beauftragt, die Lagerhalle zu reinigen und besenrein an die Vermieter zu übergeben.

Einer der Holzschnitzer und ein Schreiner aus Wiesbaden wollten im Laufe des Vormittags kommen, um beim Ausladen und beim Aufbau der Maschinen zu helfen.

Schon um 11 Uhr wurden Moritz die beiden Herren gemeldet. Die Begrüßung verlief sehr herzlich.

Als erstes zeigte Moritz den beiden die Räumlichkeiten. Der Schreiner staunte: „Mensch, diese Räume müssten wir in Wiesbaden haben, Lagerfläche ohne Ende. Die Dresdner Fabrik kriegen wir hier ohne Schwierigkeiten unter."

Nach der Besichtigung gingen sie zum Mittagessen. Danach wollten die beiden einen vorläufigen Plan zur Aufstellung der Maschinen machen.

Schon um 15 Uhr kam der Computerfachmann mit dem Holzschnitzer von Dresden, sie waren im PKW schneller gewesen und meinten nur, so in einer Stunde müssten die beiden LKWs auch da sein. Nach einer knappen Stunde kamen die beiden Lastautos und sie begannen mit dem Ausladen, wobei die beiden Hilfsarbeiter und auch die sechs polnischen Bauarbeiter halfen.

Um 18 Uhr war die Aktion abgeschlossen. Die LKW-Fahrer wollten sofort zurück nach Dresden.

Moritz ging mit dem Computerfachmann, den beiden Holzschnitzern und dem Schreiner in das nahe Hotel. Hier lud er zu einem Umtrunk und zum Abendessen ein. Nachdem sie auf den abgeschlossenen Umzug angestoßen hatten, meinte der Computerfachmann:

„Solche Räume habe ich mir immer für eine Fertigungsstätte gewünscht. Nicht eine Halle, in der alle dem gesamten Lärm ausgesetzt sind. Hier hat jeder sein eigenes Umfeld in einem eigenen Raum. Auch zum Schnitzen braucht man Ruhe, Abgeschiedenheit und eine schöne Umgebung, um etwas Außergewöhnliches schaffen zu können. Die Räume sind zum größten Teil gut renoviert und ich finde es toll, dass auch an die Wohnungen der Mitarbeiter gedacht wurde. Durch die Ausstellungsräume bekommen wir hier ein Ambiente, um Einmaliges entstehen zu lassen."

Er war dann nicht mehr zu bremsen und schilderte seine Pläne, was er zu machen gedachte. Er hatte sich von Wiesbaden einen Katalog der Vatikanischen Museen mitgebracht und erklärte anhand von Beispielen, welche Figuren sich besonders für sie eignen würden. Es war schon kurz vor 22 Uhr, als Moritz meinte, die Herren könnten sich noch weiter unterhalten, er müsse aber jetzt gehen, sonst würde Hilde ihn suchen. Moritz verabschiedete sich rasch.

***

Schon um 9 Uhr am Morgen war Moritz wieder in Wuppertal. Der Computerfachmann, die beiden Holzschnitzer und der Schreiner waren am Planen und am Einräumen ihrer

Maschinen und Materialien, die aus Dresden gebracht worden waren.

Gegen 11 Uhr kamen Susi und Anton aus Wiesbaden. Eine herzliche Begrüßung! Susi sagte sofort Wolfgang Hallo, begrüßte Schwester Helga, ging dann zu dem neuen Team der Fertigung für Holzfiguren, begrüßte dieses und ließ sich die Pläne schildern.

Anschließend gingen, Susi, Anton und Moritz zu einem kleinen Mittagessen. Als sie bestellt hatten, sagte Susi: „Moritz, wenn das hier abgeschlossen ist, brauche ich dich in Wiesbaden. Wegen meines Leibumfanges werde ich immer unbeweglicher. Mir geht es zwar gut, aber ich glaube, ich sollte jemanden in meiner Nähe haben. Noch vier Wochen bis zu unserem großen Ereignis. Danach werde ich einige Zeit ausfallen. Irgendjemand muss meinen Schreibtisch übernehmen, das kannst nur du sein, lieber Moritz."

Moritz lachte: „Schatz, du hast Recht. Aber das alles war nicht vorhersehbar. Aber sag, sieht es in unserer Wohnung schlimm aus?"

Susi: „Schlimm wäre geprahlt. Wenn Nina nicht wäre, ginge es überhaupt nicht. Du weißt ja, Maxim ist ausgezogen, die Handwerker sind bei uns und im 4. Stock. In unserer Wohnung schaut es wirklich wüst aus. Zwar bemühen sich der Architekt und die Mitarbeiter, wenig Dreck zu machen, aber wenn man eine Wand aufklopft, gibt es Dreck, wenn man eine Wand versetzt, gibt es auch Dreck. Nina ist ein richtiger Schatz. Sie kümmert sich um alles und ist sich für keine Arbeit zu schade. Im Moment können wir noch nicht mal mehr in unserer Küche oder in der Küche im 4. Stock essen. Alles ist aufgerissen und verstaubt. Aber eines muss man dem Architekten lassen, er bemüht sich, alles schnell über die Bühne zu bringen."

Moritz ziemlich ernst: „Susi, soll ich nicht doch jeden Abend wieder zurückkommen? So weit ist Wiesbaden auch wieder nicht."

Susi: „Schatz, lass mich doch mal jammern. Du machst das in Wuppertal fertig und ich werde sehen, wie ich das in unserer Wohnung in Wiesbaden in Ordnung bringe. In drei bis vier Wochen muss alles fertig sein."

Hier schaltete sich Anton ein: „Moritz, Erika und ich haben Susi angeboten, sie kann in dieser Zeit zu uns ziehen, aber das will sie nicht. Ich verstehe sie zwar, aber ob es vernünftig ist, das mag dahingestellt sein."

Moritz: „Habt ihr eigentlich schon Maxims Wohnung gesehen?"

Susi lachte: „Die Einweihungsparty kommt zwar noch, aber sicher waren schon alle bei Maxim in der Wohnung. Er hat sie ganz eigenwillig eingerichtet. Ich kann es nicht beschreiben, wie siehst du es – Anton?"

Anton grinste: „Eigenwillig ist gut. Maxim ist ein Künstler. Er hat auch seine Wohnung so gestaltet. Ich weiß, seine Frau ist nicht ganz damit einverstanden. Erika findet es auch nicht besonders gut. Aber die Wohnung ist auch noch nicht fertig."

In diesem lockeren Ton verflog die Mittagszeit und Moritz drängte zum Aufbruch. Sie mussten die anderen noch in der Galerie **artis opus** abholen und Moritz hoffte, dass auch Hilde und Erich rechtzeitig kommen.

Sie trafen sich in der Galerie und alle waren pünktlich um 14 Uhr beim Notar versammelt. Schwester Helga hatte es sich nicht nehmen lassen, Wolfgang zu begleiten.

Der Notar begrüßte die Anwesenden und begann mit dem Verlesen der Dokumente. Er erklärte dabei die eventuellen Folgen und Verpflichtungen. Es folgte die Unterzeichnung vor dem Notar.

Im Anschluss an die Protokollierung sagte Moritz: „In Anbetracht des Gesundheitszustandes von Wolfgang gehen wir jetzt besser zurück in die Galerie **artis opus** und stoßen dort auf die hier vollzogene Schenkung an." Er lud auch den Notar ein, der leider wegen eines weiteren Termins absagte.

Zurück in der Galerie hatte Moritz veranlasst, dass im sogenannten Konferenzzimmer eine kleine Tafel aufgebaut war, wo man mit Wolfgang anstieß. Paul Vermeylen und Bart van de Velde bedankten sich herzlich bei Wolfgang.

Hilde sprang über ihren eigenen Schatten. Sie gab Wolfgang die Hand und sagte: „Verzeihen tue ich dir, vergessen kann ich nicht. Für die kleine Susi bedanke ich mich für das Geschenk, das ich nicht annehmen wollte. Aber Susi und Jens haben mir erklärt, dass du diese Geschenke als Wiedergutmachung für die Welt der Kunst machst. Aus uns ist, aus den dir bekannten Gründen, kein Paar geworden, aber ich wünsche dir einen leichten Abschied von dieser Welt und einen positiven Anfang im Jenseits." Hilde drückte Wolfgang die Hand und gab ihm einen Kuss auf die Wange. Dann drehte sie sich um und ging zu ihrem Erich.

Es folgten nette Worte, Wolfgang entzog sich, indem er sagte: „Ich habe das Gefühl, ich lege mich besser wieder."

Danach gingen die Übrigen, um zu sehen, wieweit ihre Holzfachleute mit dem Aufbau und der Gestaltung des zukünftigen Ateliers für Holzschnitzerei gekommen waren.

Es war schön zu sehen, wie und mit welcher Begeisterung die vier Männer sich ins Zeug gelegt hatten. Die Computerfräse war aufgebaut, daneben ein entsprechender zusätzlicher Arbeitsraum. Jeder der Holzschnitzer hatte seinen eigenen Raum. Das Holzlager hatte man im Keller unterhalb des Nebengebäudes eingerichtet.

Voller Stolz sagte der Computerfachmann: „Wir brauchen noch diese Woche für die Vorbereitungsarbeiten. Ab nächster Woche sind wir einsatzbereit. Wie ihr alle wisst, haben wir einige Figuren im Programm, nicht sehr viele, aber zumindest können wir damit einen Anfang machen.

Davon möchte ich aber nur je ein Exemplar machen, weil ihr euch das erst ansehen sollt. Ich werde so viele Rohlinge fertigen, damit die Holzschnitzer ausgelastet sind. Ab Ende der nächsten Woche würde ich gerne mit unserem

Laser nach Rom fahren, um dortige Heiligenfiguren in unser Programm zu übernehmen. Vor zehn Tagen habe ich schon mal mit Professor Prantner in Rom gesprochen. Er wurde bei den Vatikanischen Museen vorstellig und stellt dort ein entsprechendes Programm zusammen. Ich freue mich schon darauf..."

Sie sprachen noch länger über diese Thematik, aber Susi drängte zum Aufbruch, sie wollte noch mal mit Hilde, Erich, Anton und Moritz nach Solingen fahren, um die kleine Susi zu sehen, die dort bei ihrer Ersatzoma geblieben war.

***

Wuppertal

Donnerstagmorgen. Moritz hatte in Solingen gebummelt, zwei Ritterrüstungen in das Auto geladen, die Erich und seine Schmiede hergestellt hatten. Eine Rüstung war für die Ausstellung in Wuppertal und eine Rüstung sollte er am Wochenende nach Wiesbaden mitnehmen, die musste Mike als Muster mit nach Boston / USA nehmen.

Er bat Bart, die Rüstungen auszuladen und eine in einem Raum der Galerie aufstellen. Die andere Rüstung sollte der Schreiner für Mike transportfähig verpacken.

Als Moritz in sein provisorisches Büro kam, wartete Horst Gerkan bereits auf ihn.

Nach der Begrüßung berichtete er: „Bei der UBS-Bank in Zürich hat alles geklappt. Allerdings haben sie sehr genau meine Unterlagen geprüft und auch von meinem Pass und Personalausweis Fotokopien gemacht. Es waren im Endeffekt nicht 300.000 Euro, sondern mit Zinsen und Zinseszinsen insgesamt 411.347,22 Euro. Ich habe das heute Morgen bereits Wolfgang gesagt. Er konnte sich erinnern, später noch mal einen Betrag auf das Konto eingezahlt zu haben.

Er sagte, ich soll Ihnen das Geld geben, allerdings will er Sie in der Angelegenheit noch mal sprechen, denn er meint, für seine Beerdigung, die Krankenschwester und den Arzt müsse man noch etwas Geld beiseite legen."

Horst Gerkan übergab die große Summe, die fast nur aus 500er Noten bestand.

Dann sprach er weiter: „Ich habe vor, gegen Mittag mit Wolfgang nach Düsseldorf zu fahren. Um 13 Uhr habe ich den Termin bei der Bank zum Umschreiben des Kontos und um 14 Uhr den Termin beim Notariat. Ich hoffe, dass wir um 17 Uhr zurück sind. Schwester Helga kommt mit, allerdings darf sie aus den uns bekannten Gründen bei der Bank und der Protokollierung nicht anwesend sein."

Danach begaben sich beide zu Wolfgang Zeller. Er begrüßte beide mit einem Lachen und sagte: „Moritz, tut mir leid, dass ich mich geirrt habe, aber ich habe später noch mal eine Summe bei der UBS Bank eingezahlt, daran hatte ich mich nicht mehr erinnert. Bitte nimm die gesamte Summe an dich. Wie vereinbart, die 300.000 Euro gehen an den Verein der Galerie Kaiser in Wiesbaden. Am einfachsten ist es, du nimmst sie bar mit zu Jens.

Der Rest von 111.347,22 Euro sollten wir vielleicht vorerst hier behalten. Ich dachte, davon kannst du die Beerdigung bezahlen und den Grabstein. Die Grabpflege für zirka fünfzehn Jahre kann man einer Gärtnerei übergeben. Schwester Helga muss bezahlt werden. Neben dem vereinbarten Pflegesatz sollte sie 10.000 Euro nach meinem Ableben erhalten. Der Arzt, dessen Honorar durch die Krankenkasse bezahlt wird, sollte die gleiche Summe, nach meinem Ableben erhalten. Vom restlichen Geld sollen die hier für meine Pflege entstandenen Unkosten bezahlt werden. Es bleibt sicher noch eine ziemliche Summe übrig und da verfüge ich jetzt, dass ihr die euch hälftig teilt. Das heißt, du und Horst. Das für eure Bemühungen und eure Unkosten. Seid ihr damit einverstanden?"

Weder Moritz noch Horst wollten das annehmen, aber Wolfgang bestand darauf.

Kurz vor 12 Uhr verließen Wolfgang, Horst Gerkan und die Krankenschwester die Galerie **artis opus** und Horst bat Moritz zu warten, bis er zurück sei.

Es folgte ein arbeitsreicher Nachmittag für Moritz. Sein größter Kummer war, wem übergibt er die provisorische Leitung der Galerie **artis opus** und wem übergibt er die Verwaltung des übrigen Anwesens mit den Ateliers, den Wohnungen, den Arbeitsräumen der Künstler und der Holzverarbeitung für die Exponate. Er musste einen Weg finden. Er bat am Nachmittag die Herren Paul und Bart zu sich.

Moritz: „Meine Herren, Sie beide sind Kunstwissenschaftler und haben in Gent studiert. Entsprechende Zeugnisse haben Sie mir vorgelegt. Der Anwalt Herr Claesen in Brüssel hat Sie empfohlen. Insoweit wäre alles in Ordnung.

Aber da gibt es einen sehr dunklen Punkt. Sie haben sich mit Kunsthehlerei befasst und mit Diebstahl. Das disqualifiziert Sie und macht eigentlich eine Anstellung bei uns unmöglich. Andererseits hat Sie Wolfgang Zeller empfohlen und uns wissen lassen, dass er eine Weiterbeschäftigung Ihrer Personen wünscht und sein Erbe von der Erfüllung dieses Wunsches abhängig macht.

Der Weiterbeschäftigung steht somit nichts im Wege, aber aufgrund Ihrer Ausbildung und auch Ihres Könnens müssen Sie in eine Führungsposition. Dies kann ich nicht allein entscheiden. Wir haben in unserem Unternehmen ein sogenanntes Gremium, das für solche Dinge zuständig ist. Dieses muss darüber endgültig entscheiden.

Ich würde Sie jetzt gerne provisorisch für diese Positionen einsetzen. Sie Paul Vermeylen für den Verkauf, das heißt, für alle Belange der Galerie **artis opus** und eventuell für den Verkauf von Produkten der Galerie Kaiser in Wuppertal und Sie Bart van de Velde für alle Belange der künstlerischen Aufgaben der hier angesiedelten Ateliers und deren Verwaltung. Dies setzt voraus, dass Sie mir beide ehrenwörtlich versichern, dass Sie sich in keine dunkle Machenschaften verwickeln lassen. Dann will ich dem Gremium den Vorschlag machen, Sie hier entsprechend einzusetzen. Nach meiner Auffassung müssen Sie mindestens eine dreimonatige Ausbildung in Wiesbaden machen. Sie müssen in dieser Zeit unser System in allen Einzelheiten kennenlernen. Sie erhalten dann einen Vertrag wie alle Mitarbeiter in dieser Position. Unsere Bedingungen sind gut, allerdings erfolgsabhängig. Könnten Sie damit leben?"

Paul Vermeylen sagte: „Lieber Herr Kaiser. Ich darf für mich und meinen Freund Bart van de Velde sprechen. Wir haben nicht zu hoffen gewagt, ohne Strafe davonzukommen. Wir geben Ihnen unser Ehrenwort, dass wir alles tun werden, um das Vertrauen der Galerie Kaiser in Wiesbaden nicht zu missbrauchen. Es ist selbstverständlich, dass wir zur Einarbeitung das System der Firma Kaiser kennenlernen müssen. Wir haben uns gestern Abend noch lange mit Wolfgang Zeller unterhalten und er riet uns, einen Neuanfang bei der Galerie Kaiser in Wiesbaden zu machen."

Moritz hatte noch einige Fragen, auch Bart und Paul erkundigten sich noch nach einigen Dingen, bevor sie beide ihr feierliches Ehrenwort gaben.

Kurz nach diesem Gespräch kam Horst Gerkan, mit Wolfgang und der Krankenschwester zurück.

Horst Gerkan erzählte: „Bei der Bank haben wir die Kontoübertragung in weniger als einer halben Stunde erledigen können. Morgen will ich einen Brief an Frau Anja Henzo schreiben und ihr dies mitteilen und sie um einen Termin bitten, wann sie das Kraftfahrzeug von Wolfgang übernehmen kann. Die Mitteilung an Wolfgangs Mutter kann ich nicht so förmlich machen. Ich will dieses Schreiben aufsetzen und es Ihnen vorher zeigen. Der Notar hat mir versprochen, die Schenkungsurkunde erst Mitte der nächsten Woche an Frau Engler zu schicken. Auch das hat sich regeln lassen." Moritz und Horst Gerkan besuchten noch kurz Wolfgang, der sich zwischenzeitlich wieder hingelegt hatte. Schwester Helga nahm Moritz zur Seite und sagte leise: „Herr Kaiser, Herr Zeller gefällt mir nicht. Ich weiß ja, wie krank er ist, ich habe schon viele solcher Fälle gepflegt, aber Sie sollten vielleicht noch mal mit dem Arzt sprechen. Er müsste bald zur Spritze kommen. Ich schicke ihn dann in Ihr Büro. Ich hoffe, es ist Ihnen Recht."

Selbstverständlich erklärte sich Moritz damit einverstanden. Als Moritz wieder in seinem Büro war, klopfte es und der Arzt kam mit Schwester Helga.

Nach einer kurzen Begrüßung meinte der Arzt: „Herr Kaiser, Sie wissen, dass unser Patient sehr schwer krank ist. Bedauerlicherweise muss ich jetzt die Behandlung mit starken Schmerzmitteln fortsetzen. Da Herr Zeller keine Chemotherapie wünscht, bleibt kein anderer Weg. Außerdem schreitet die Krankheit schneller fort, als wir alle glaubten. Ich will keine falsche Prognose stellen, aber der Krankheitsverlauf hat sich beschleunigt. Ich glaube nicht, dass Herr Zeller noch länger als zwei Wochen unter uns weilt."

Moritz bedankte sich für die offenen Worte und sagte: „Soweit ich es überblicken kann, sind weitere Termine außer Haus nicht mehr erforderlich. Da ich Sie beide hier habe, nur zur Ihrer Information, Herr Zeller hat Sie beide mit einer kleinen Schenkung bedacht, die ich Ihnen nach seinem Ableben aushändigen soll Bitte, behandeln Sie das vertraulich."

Der Arzt hatte noch Termine und musste gehen. Er versprach, jetzt zweimal täglich zu kommen, um nach dem Patienten zu sehen.

Auch für Moritz war es ein anstrengender Tag gewesen und er war froh, als er gegen 18 Uhr die Galerie **artis opus** verlassen konnte.

Solingen

Es war immer wieder schön, zu Erich und zu Hilde zu kommen. Moritz genoss die Abende bei den Kindern.

Erich hatte Moritz zwei große Kartons mit militärischen Orden zusammengestellt, die er mit nach Wiesbaden nehmen musste, um sie an Mike weiterzugeben. Nach dem Abendessen telefonierte Moritz mit Susi.

(Susi) Susanne Kaiser.

(Moritz) Hallo, Susi, wie geht es dir? Alles in Ordnung?

(Susi) Wenn ich dich höre, geht's mir immer gut. Hier versuchen Nina und ich, einigermaßen über den Dreck Herr zu werden. Du wirst staunen, was wir in den wenigen Tagen geschafft haben. Wann kommst du?

(Moritz) Ich habe vor, morgen, spätestens um 13 Uhr bei dir zu sein, habe aber auch noch eine Bitte für Samstagvormittag. Ein paar Dinge hier in Wuppertal müsste das Gremium noch absegnen. Meinst du, wir könnten uns Samstag um 10 Uhr treffen? Wäre auch wichtig, da Mike am Sonntag zurück in die USA will.

(Susi) Habe ich mir schon gedacht. Sind alle vorgewarnt. Also Samstag um 10 Uhr. Hoffe, es dauert nicht allzu lange. Ich will meinen Mann auch mal für mich.

(Moritz) Prima. Alles weitere mündlich morgen Nachmittag. Ich bringe die Ritterrüstung für Mike mit, außerdem zwei große Kartons mit Orden. Mal sehen, wie die Mike als Reisegepäck mitbekommt. Außerdem bringe ich 300.000 Euro für Jens mit. Ich freue mich auf morgen. Aber erzähle, wie geht's dir gesundheitlich?

(Susi) Wie bisher, alles in Ordnung, nur ich werde mit jedem Tag dicker und unbeweglicher. Jetzt wird's langsam lästig. Es wird Zeit, dass unsere Zwillinge endlich auf die Welt kommen.

(Moritz) Schatz, ich liebe dich, schlaf schön.

(Susi) Du auch, ich freue mich auf morgen. Tschüss.

Moritz freute sich sehr auf sein zu Hause. So schön es auch bei seinen Kindern war, er war jetzt in Wiesbaden glücklich und zufrieden.

***

Wiesbaden

Samstag, 10 Uhr, das Gremium der Galerie Kaiser Wiesbaden e.V. traf sich wie vorgesehen. Wie immer, sollte Erika Protokoll führen. Es kamen Dieter Zeiser, der Notar, Jens Gerner, der Steuerberater, Anton und Susi sowie Mike und Moritz. Nach einer kurzen Begrüßung konnte man merken, dass eine gespannte Atmosphäre herrschte.

Susi eröffnete wie immer: „Ihr Lieben, wir haben in den letzten Tagen und auch Wochen Entscheidungen treffen müssen, die uns allen nicht behagten. Moritz hat in der vergangenen Woche das durchgeführt, was wir beschlossen hatten und vielleicht kann er uns berichten."

Moritz stand auf: „Auch mir behagte das alles nicht, trotzdem habe ich es übernommen die mündlichen und fernmündlichen Beschlüsse durchzuführen." Dann erzählte er in allen Einzelheiten was er die vergangene Woche durchgeführt hat.

Moritz händigte Jens 300.000 Euro der UBS-Bank in Zürich aus und legte die Schenkungsurkunde dazu.

Dann übergab er die notarielle Kaufurkunde der Galerie artis opus sowie alle weiteren Schenkungsurkunden und Kopien der Vereinbarungen.

Dieter Zeiser meldete sich zu Wort: „Ich habe bei diesen Transaktionen eigentlich nur noch Bauchschmerzen. Ich komme mir vor wie ein Verbrecher. Seid mir nicht böse, aber so etwas haben wir noch nie gemacht. Allein die Tatsache, dass wir von einem Verbrechen wissen und es nicht anzeigen ist ein Vergehen. Ich als Anwalt bin davon nicht betroffen, aber ihr. Habt ihr darüber mal nachgedacht?“

Mike erbost: „Dieter, ich weiß normalerweise deine Vorschläge und Ratschläge zu schätzen, aber glaubst du nicht, dass du uns jetzt ein schlechtes Gewissen einredest? Was haben wir in den letzten Wochen und Tagen getan? Wir haben ein Verbrechen aufgeklärt. Wir haben eine Kindesentführung mit Bravour gelöst. Wir haben internationale Verwicklungen vermieden und wir haben zu guter Letzt noch für unseren Verein erreichen können, dass wir arme Künstler unterstützen können. Wir haben es fertiggebracht, den Mitarbeitern der Galerie **artis opus** den Arbeitsplatz zu erhalten. Jetzt sagst du uns, das war alles falsch?“

Mike war jetzt richtig böse: „Bitte verrate mir, was hättest du an unserer Stelle getan? Dich auf die Polizei verlassen? Dich in den Strudel irgendwelcher irren Presseberichte hineinziehen lassen? Was meinst du, wie und in welcher Form uns die Presse auseinandergenommen hätte?“

Moritz versuchte die aufgeheizte Stimmung zu entschärfen: „Dieter, was Mike sagen will, hätten wir uns auf die Polizei verlassen, so würden wir heute noch die Bilder suchen, die uns letztes Jahr gestohlen wurden. Trotz Versicherung hätten wir das nicht problemlos überstanden. In diesem Jahr war es schlimmer, nicht der Diebstahl als solcher, der wäre durch die Versicherung abgedeckt worden, aber hätten wir die Polizei eingeschaltet, dann wäre das einem Selbstmord unserer Unternehmen gleichgekommen.

Ich kann mir ausmalen, was die Presse geschrieben hätte: **Galerie Kaiser in Verbindung mit der russischen Kunstmafia?** oder **Dubiose Rolle der Galerie Kaiser bei russischer Beutekunst?** Oder wäre dir die Überschrift lieber **Zwielichtige Geschäfte der Galerie Kaiser?** Ohne groß nachzudenken, kann ich dir noch hundert weitere Beispiele nennen. Beim Einschalten der Polizeiorgane wäre das ein europäisches Thema geworden. Durch die Pressedienste ist die Verbreitung kein Problem und Funk und Fernsehen hätten darüber berichtet. Das war so richtig das Thema, das die Medien lieben. Skandale! Nicht nur Mike hat das erkannt, auch Borodin und die russischen Behörden wollten das unter allen Umständen vermeiden. Ich finde, Mike hat unseren besonderen Dank für sein Verhalten und seine Entscheidungen verdient und keinesfalls einen Vorwurf."

Dieter Zeiser ziemlich kleinlaut: „So habe ich das doch nicht gemeint, ich wollte damit nur zum Ausdruck bringen, dass mir die rechtliche Seite Kopfschmerzen bereitet."

Hier hakte Jens ein: „Dieter, du hast uns noch immer nicht erklärt, was du an unserer Stelle getan und entschieden hättest. Also noch mal die Frage, was hättest du anders gemacht:"

Dieter jetzt ganz leise: „Jens, das weiß ich auch nicht. Möglicherweise etwas anderes, vielleicht auch das Gleiche."

Nun schaltete sich Susi ein: „Ihr Lieben, wir wollen uns hier nicht zerfleischen. Eines steht fest. Uns allen geht es so wie Dieter, wir haben wegen unserer Entscheidungen Bauchweh, etwas nicht ganz Richtiges gemacht zu haben. Lasst auch Dieter das Recht darüber nachzudenken und es nicht als richtig zu empfinden. Ihr wisst wie ich, dass Dieter uns gegebenenfalls bei Gericht herauspauken muss. Ich weiß, wir konnten nicht anders handeln. Ich weiß auch, wir konnten die Polizei nicht verständigen ohne unser Unternehmen zu gefährden. Ich finde, wir sollten Mike, aber auch allen anderen die mitgeholfen haben diese Situation zu meistern, ein ganz großes Dankeschön sagen." Anton begann zu klatschen und die übrigen folgten dem Beispiel.

Susi fuhr fort: „Wir haben noch zwei Themen auf der Tagesordnung, die wir besprechen müssen. Ich beginne mit dem Einfachsten. Seit Jahren bemühen wir uns um das Israel-Geschäft. Es ist uns bisher noch nicht gelungen, dort irgendwelche nennenswerte Verkäufe zu tätigen. Das liegt hauptsächlich an den schwierigen Einfuhrbestimmungen dieses Landes.

Vor nicht allzu langer Zeit hat sich ein ehemaliger Bekannter von Mike bei uns um die Alleinvertretung für Israel beworben. Er interessiert sich für die Leitung einer Filiale in Israel. Es ist der Kunstwissenschaftler Jacob Goldman, der in Berlin-Charlottenburg studiert hat und heute israelitischer Staatsangehöriger ist." … Dann schildert Susi ausführlich die Gespräche mit Herrn Goldman und erläuterte auch ihre Meinung zu diesem Projekt.

Es gab eine lange Diskussion, bei der alle letztendlich Susis Meinung zustimmten in Jerusalem eine Galerie und ein Atelier zu eröffnen und dies der Leitung von Herrn Goldman anzuvertrauen.

Nachdem dieser Punkt abgeschlossen war, sagte Susi: „Jetzt haben wir noch ein sehr schwieriges Problem zu lösen. Einzelheiten hierzu soll euch Moritz erzählen."

Moritz stand auf: „Liebe Freunde. Ich habe ein Problem und mit mir ihr alle. Wir haben in Wuppertal die Galerie **artis opus** gekauft, wir haben große Räumlichkeiten für Ateliers erworben und dazu noch Wohnungen für unsere dortigen Mitarbeiter. Alles in einem einigermaßen guten Zustand. Wir haben für unsere Holzschnitzerei hervorragende Räumlichkeiten. Dazu haben wir eine Galerie erworben mit sehr großen Ausstellungsflächen. Was wir nicht haben, ist eine Leitung dieser Betriebsstätten.

Wie wir alle wissen, sind wir hier in Wiesbaden außerordentlich knapp an Führungskräften. Dr. Wettengel verlässt uns und geht nach St. Petersburg. Franz Westermann wird hier dringend gebraucht. Auch Ilse und Alena sind zurzeit unabkömmlich und Prem wollen wir sicherlich hier nicht verlieren. Maxim und Boris sind durch ihre Arbeiten gebunden. Ich mache euch jetzt einen Vorschlag, den ich nicht allein verantworten möchte.

Wolfgang Zeller hatte zwei Mitarbeiter, die in seine dunklen Geschäfte verwickelt waren. Beide sind Kunstwissenschaftler und haben in Gent studiert. Beide haben aber auch zusammen mit Heinz Engler Kunsthehlerei betrieben, das heißt, unter seiner Anleitung dies durchgeführt. Beide sind bisher polizeilich nicht aufgefallen, das heißt, sie sind nicht vorbestraft. Beide sind Meister ihres Fachs. Im Rahmen der Gesamtvereinbarung mit Wolfgang Zeller habe ich den beiden eine Mitarbeit als sogenannte Freie Feste zugesagt. Nicht jedoch eine leitende Position.

Wir müssen aber verantwortliche Leute in Wuppertal einsetzen. So habe ich provisorisch Paul Vermeylen die Leitung der Galerie übertragen und Bart van de Velde die provisorische Leitung der Ateliers. Ich hatte keine andere Wahl, denn meine Frau steht kurz vor der Geburt unserer Zwillinge. Ich muss ihren Schreibtisch für einige Zeit übernehmen. Selbst wenn ich sporadisch nach Wuppertal fahre, so ist eine Leitung dort unbedingt erforderlich. Ich frage euch nun, was meint ihr, wenn wir den beiden probehalber die Leitung übertragen. Allerdings brauchen wir dort eine Vertrauensperson, damit wir nicht den Bock zum Gärtner machen.“

Es setzte eine lange Diskussion ein. Mike beendete sie, indem er von seinem Gespräch mit dem Anwalt Claesen in Brüssel berichtete. Er sagte zum Schluss: „Ich schließe mich der Meinung des Anwaltes Claesen an, wir sollten den beiden eine Chance geben. Allerdings müssen wir zusätzlich dort eine Vertrauensperson haben, die das alles überwacht. Ich könnte mir vorstellen, dass wir das unauffällig über die Buchhaltung kontrollieren können.“

Jens griff Mikes Idee auf und sagte: „Ihr kennt doch alle meinen Buchhalter Thomas Hall, der sowohl für den Verein als auch für die GmbH die Buchhaltung gemacht hat. Wie ihr wisst, verlässt er mich zum 30. Juni, da er dann fünfundsechzig Jahre ist und zieht zurück zu seinen Kindern nach Schwelm. Schwelm liegt in der Nähe von Wuppertal. Er hat mich schon mehrmals gefragt, ob ich nicht eine Halbtagsbeschäftigung dort in der Nähe wüsste. Thomas ist ein Buchhaltungsass. Er kennt die Galerie Kaiser besser als wir alle und vor allen Dingen das gesamte System. Er macht einen Luftsprung, wenn ich ihm sage, dass ich eine Beschäftigung für ihn in Wuppertal habe. Wir könnten ihm dort die Geschäftsführung oder Leitung übergeben und die künstlerische Leitung den beiden Herren überlassen. Da sein Nachfolger schon seit einem halben Jahr eingearbeitet ist, könnte ich ihn sofort freistellen. Ich glaube, das wäre die Lösung."

Alle waren einverstanden. Jens rief seinen Mitarbeiter an und versicherte sich seines Einverständnisses und Moritz vereinbarte gleich, dass er mit ihm am Montag zur Vorstellung nach Wuppertal fahren sollte.

Als auch dieses Thema abgeschlossen war, lud Susi zum Mittagessen ein, das sowohl Anton, als auch Jens und Dieter ablehnten.

Mike sagte: „Susi, Moritz, wir haben nur noch wenig Zeit, da wir morgen nach Boston fliegen, was haltet ihr davon, wenn ihr mit zu Petra und Vera kommt? Die warten mit dem Mittagessen. Wie ich Petra kenne, hat sie ohnehin Töpfe voller Essen auf dem Herd."

Lachend erklärten Susi und Moritz ihr Einverständnis und Moritz sagte nur: „Dann nimmst du auch gleich die Ritterrüstung und die Orden mit, die ich im Auto habe."

Lachend gingen sie zu Petra, Vera und den Kindern. Prem war wie immer am Samstag in den Verkauf eingebunden.

Es wurde noch ein schöner Nachmittag. Da sie in unmittelbarer Nähe von Maxims Wohnung waren, sagten sie auch dort Hallo. Maxim war in seinem neuen Atelier und Moritz staunte, wie fleißig Maxim in der Zwischenzeit gewesen war. Er zeigte noch seine Wohnung und flüsterte Moritz zu: „Im Moment sind alle noch von meiner Wohnung entsetzt, aber warte mal, wenn die fertig ist. Die wird einmalig."

Susi und Moritz verabschiedeten sich. Sie wollten den Rest des Tages für sich haben.

***

Susi und Moritz hatten einen ruhigen Sonntag. Das war auch notwendig, denn beide waren ziemlich ausgepumpt durch die Strapazen der letzten Wochen. Zum Abendessen hatten Erika und Anton eingeladen. Sie trafen sich um 18 Uhr zum Aperitif in Anton und Erikas Wohnung.

Sie hatten sich kaum gesetzt, als Hugo Wettengel kam. Nach der herzlichen Begrüßung sagte er: „Moritz, ich musste noch mal kommen. Übermorgen fahre ich nach St. Petersburg und ich weiß nicht, wann wir uns wieder mal sehen.“

Es folgte eine schöne Unterhaltung und Erika ließ es sich nicht nehmen, auch Hugo Wettengel zum Abendessen einzuladen. Er musste bleiben obwohl er versicherte, dass er das keinesfalls vorgehabt hatte. Dr. Hugo Wettengel erzählte, dass er die letzen Tage fast täglich mit Olga Waganowa gesprochen hat. Er freue sich auf die Zusammenarbeit mit ihr und würde berichten, wie es ihm ergeht.

Susi und Moritz hatten geplant bis kurz vor 22 Uhr zu bleiben, aber es wurde wieder mal Mitternacht.

***

Wuppertal

Montagmorgen, bereits um 8 Uhr fuhr Moritz mit Herrn Thomas Hall nach Wuppertal. Kurz nach 10 Uhr kamen sie an. Thomas Hall war ein sehr rüstiger 65-Jähriger. Ein etwas korpulenter Mann, sehr höflich und sehr umgänglich mit einem schelmischen Lächeln. Er wirkte absolut sympathisch und legte Wert auf sein Äußeres.

Nach Ankunft stellte Moritz diesen imposanten und attraktiven Mann allen in der Galerie **artis opus** vor.

Nach der Vorstellung bei Wolfgang Zeller sagte Herr Hall zu Wolfgang: „Wir kennen uns noch von Wiesbaden. Kopf hoch, jetzt halten wir erst mal die Daumen. Mit Jens habe ich vereinbart, dass ich hier die kaufmännische Leitung übernehmen soll, da ist auch eingeschlossen, dass ich nach unserem Patienten sehe. Ich habe gehört, der Arzt war heute Morgen schon hier, so werde ich mich heute Nachmittag vorstellen. Jetzt weiterhin alles Gute, wenn irgendetwas ist, ich bin da."

Wolfgang bedankte sich.

Nachdem Moritz mit Thomas Hall aus dem Zimmer gegangen war, sagte Herr Hall: „Heinz Engler oder heute Wolfgang Zeller ist vom Tod gezeichnet. Ich habe einen untrüglichen Blick dafür. Schauen Sie sich mal seine Ohren an. Ganz weiß. Ich glaube, wir haben in dieser Woche noch einen Trauerfall."

Danach rief Moritz alle Anwesenden der Galerie **artis opus** zusammen. Sie trafen sich im Konferenzzimmer, und als alle beisammen waren begann Moritz:

„Liebe Mitarbeiter der Galerie **artis opus** und auch der Galerie Kaiser, wir hatten am Wochenende eine Art Aufsichtsratsitzung der Galerie Kaiser und ich möchte Sie gerne mit den Beschlüssen dieses Gremiums bekanntmachen.

Dieses Gremium hat beschlossen mit dem Verkauf und mit der künstlerischen Leitung der Galerie **artis opus** und gegebenenfalls auch mit den Ausstellungen der Galerie Kaiser den hier anwesenden Paul Vermeylen zu beauftragen. Ich muss natürlich fragen, ob Sie – Herr Vermeylen – das Angebot annehmen." Vermeylen versicherte, dass er stolz sei, dieses Angebot anzunehmen und er sich für die Belange dieser Galerie einsetzen würde.

Dann berichtete Moritz weiter: „Dieses Gremium hat beschlossen, mit der künstlerischen Leitung der hier in diesen Gebäuden angesiedelten Ateliers Bart van de Velde zu beauftragen. Wiederum muss ich fragen, Herr van de Velde, nehmen Sie das Angebot an?“

Bart erstaunt und erfreut nahm an.

Moritz fuhr fort: „Unter uns ist der Computerspezialist für die neue Holzfräse. Herr Hans Ruppert. Wir hätten Sie gerne für die technische Leitung unseres holzverarbeitenden Ateliers. Sind Sie damit einverstanden, dort die Leitung zu übernehmen?“

Ruppert sehr erstaunt: „Ja, natürlich.“

Moritz weiter: „Ich habe den neben mir stehenden Herrn Thomas Hall schon einzeln vorgestellt. Jedes Unternehmen braucht neben der künstlerischen und technischen Leitung auch eine kaufmännische Leitung. Thomas Hall kennt den kaufmännischen Teil der Unternehmen Kaiser aus dem Effeff. Viele Jahre hat er ausschließlich die Buchhaltung für unser bestimmt nicht einfaches Metier erstellt und hervorragend geführt. Herr Hall soll hier die kaufmännische Leitung übernehmen. Die nächsten zwei Monate ganztags, danach halbtags oder bei Bedarf. Bitte unterstützen Sie Herrn Hall.“

Erst klatschte die Empfangsdame, dann alle.

Danach sagte Moritz: „Ich freue mich, dass unsere Vorschläge Ihren Beifall finden. Wie Sie wissen, sind fast nahezu all unsere Mitarbeiter nicht in einem festen Angestelltenverhältnis, sondern sogenannte freie Feste. Die Ausnahmen sind hier nur die beiden Reinigungskräfte und die Dame am Empfang. Aber auch das lässt sich ändern, denn die Verträge als freie Feste sind wesentlich attraktiver als unsere Angestelltenverträge. Darüber wird Herr Hall noch mit Ihnen sprechen. Bis sich alles eingespielt hat, wird es noch etwas unruhig sein.

Danach wird es auch hier ein Arbeitsklima geben, bei dem die Arbeit Freude macht.“

Moritz wünschte allen einen guten Start und begab sich dann mit Thomas Hall in das Büro. Er übergab all seine Akten und Unterlagen mit den entsprechenden Erklärungen und sagte dann: „So – jetzt haben wir noch ein ernstes Problem. Sie haben gesehen, dass im Nebentrakt die drei Künstler aus Russland Kopien herstellen wie die Galerie Kaiser in Wiesbaden. Zumindest sehen sie so aus. Die drei Herren übermalen zurzeit unsere Öldrucke und die sind qualitativ unterschiedlich. Sie sind in der Fertigung wesentlich preisgünstiger, daher müssen wir wahrscheinlich unsere Fertigung in Wiesbaden in absehbarer Zeit umstellen.

Im Moment belassen wir das noch so, aber wir müssen diese Bilder anders erfassen als unsere Bilder in Wiesbaden. Ich bin dafür, dass wir sie preisgünstiger anbieten und unter dem Namen **artis opus** verkaufen. Buchhaltungstechnisch wird das keine große Schwierigkeit sein. Ansonsten wollen wir das System in Wuppertal allen anderen Betriebsstätten gleichsetzen. Sie brauchen als erstes einen Computeranschluss, der Sie mit dem Wiesbadener Netz verbindet."

Noch lange sprachen sie über Einzelheiten, bis gegen 16 Uhr Schwester Helga kam und meldete, dass der Arzt gekommen ist.

Moritz und Herr Hall begaben sich zum Arzt, um sich vorzustellen. Danach nahm sie der Arzt zur Seite und sagte leise: „Meine Herren, der Krankheitsverlauf verändert sich. Die Krankheit greift rasant um sich. Ich befürchte, dass wir in wenigen Tagen mit dem Ableben von Wolfgang Zeller rechnen müssen. Ich habe selbst noch mal mit ihm gesprochen und ihm lebensverlängernde Maßnahmen angeboten, aber die lehnt er strikt ab. Ich werde sie sofort davon in Kenntnis setzen, wenn der Exitus absehbar ist. In jedem Fall werde ich die letzten Stunden bei ihm sein. Sie können sich darauf verlassen, dass ich alles tun werde, um ihm einen schmerzlosen Tod zu ermöglichen. Das habe ich Herrn Zeller versprochen."

Moritz und Hall hatten noch einige Fragen, bevor sie sich sichtlich betroffen verabschiedeten.

Moritz und Herr Hall trennten sich nicht viel später. Moritz wollte nach Solingen zu Hilde und Herr Hall zu seiner Tochter nach Schwelm fahren.

***

Moritz war schon früh am Dienstagmorgen in Wuppertal. Er suchte gleich Horst Gerkan auf, um ihn über die neue Leitung der Galerie **artis opus** zu informieren und ihn über den sich stündlich verschlechternden Gesundheitszustand von Wolfgang Zeller zu berichten.

Horst Gerkan zeigte den Entwurf des Schreibens, den er der Mutter von Heinz Engler schicken wollte.

Danach berichtete Horst Gerkan, dass er vorgestern in Düsseldorf gewesen sei und Anja Henzo den Wagen übergeben hätte und dass diese versprochen hatte, den Kinderwagen Hilde Granika zurückzugeben.

Moritz sagte nur: „Hilde hat mir berichtet, dass Frau Henzo angerufen hat und morgen Nachmittag den Kinderwagen zurückgeben will. Anscheinend wollen Hilde und Frau Henzo noch mal miteinander sprechen."

Beide unterhielten sich noch eine geraume Zeit, bis Moritz meinte:

„Herr Gerkan, was halten Sie davon, wenn ich Sie Herrn Thomas Hall vorstelle? Er wird die kaufmännische Leitung übernehmen und ich kann mir vorstellen, dass das bei einer eventuellen Zusammenarbeit Vorteile haben könnte."

So begaben sich die beiden zur Galerie **artis opus** und Herr Hall und Herr Gerkan begrüßten sich und stellten schnell fest, dass sie zumindest schon mal miteinander telefoniert hatten. Dann fragte Horst Gerkan, ob er die Holzfräse sehen könne. Sie gingen zu Herrn Ruppert in das Holzverarbeitungsatelier. Nach der Vorstellung waren sie schnell im Gespräch und es wurde interessant, als Herr Ruppert sagte, dass diese Maschine nicht nur fräsen konnte, sondern auch Formen, Matrizen und Patrizen herstellen kann, die sich für die Rahmenherstellung eignen würden. Sehr schnell waren sie in einem geschäftlichen Gespräch, in das sich auch Herr Hall einschaltete. Sie verabredeten, eine Kalkulation zu erstellen, damit beide Seiten gewinnbringend arbeiten können. Moritz ließ die Herren allein.

Er musste in jedem Fall noch zur Sparkasse, um entsprechend der notariellen Urkunden das Bankkonto auf die neuen Besitzer umschreiben zu lassen. Bei der Deutschen Bank hatte er einen Termin, um das Bankkonto aufzulösen, da der Betrag von 360.000 Euro bereits nach Wiesbaden überwiesen war. Der Tag verflog nur so. Es waren noch viele Kleinigkeiten zu erledigen und Moritz wollte morgen Abend zurück nach Wiesbaden. Später als üblich fuhr er zur Übernachtung nach Solingen.

***

Auch am Mittwochmorgen war Moritz beizeiten in Wuppertal.

Wolfgang Zellers Zustand verschlechterte sich zusehends. Schwester Helga hatte von der Roten Kreuz Station ein Krankenbett für die Pflege besorgt. Wolfgang konnte kaum noch aufstehen.

Moritz setzte sich zu Wolfgang, nahm seine Hand und sagte: „Wolfgang. Ich muss leider heute noch für ein paar Tage nach Wiesbaden. Du weißt, Susi ist hochschwanger und ich muss unbedingt ihren Schreibtisch übernehmen. Wenn irgendetwas ist oder dein Zustand sich verschlechtert, lasse mich rufen. Ich komme sofort." Wolfgang ziemlich matt: „Danke dir, Moritz. Ich werde Schwester Helga bitten, dich anzurufen. Dir eine gute Fahrt und grüße Susi."

Moritz: „Danke dir und alles Gute. Tschüss."

Gedankenverloren ging Moritz aus dem Krankenzimmer. Danach besuchte er alle übrigen Mitarbeiter, um sich zu verabschieden. Alle in der Galerie **artis opus** bedauerten, dass sie Moritz nicht mehr so oft sehen würden. Sie sagten auch klar, dass er der Mann ihres Vertrauens sei. Herr Hall hatte sich schon etwas eingelebt. Er war den ganzen Vormittag mit dem polnischen Architekten zusammen. Sie besprachen die noch durchzuführenden Bauarbeiten.

Moritz kam erst um 15:30 Uhr weg und musste noch nach Solingen, um dort seine Sachen zu holen.

Solingen

Um 14 Uhr nachmittags kam Anja Henzo zu Hilde Granika, um ihr den Kinderwagen zu bringen, der noch im Auto von Wolfgang Zeller war.

Hilde sorgte für Kaffee. Die beiden unterhielten sich gut.

Alle Geschehnisse der letzten Wochen wurden noch mal besprochen. Anja Henzo hörte zum ersten Mal von der Kindesentführung, von der Befreiung der Geiseln und den ganzen, furchtbaren Geschehnissen. Auch davon, wie krank Wolfgang Zeller ist.

Es war schon nach 16 Uhr, als Moritz kam, um seinen Koffer zu holen. Hilde stellte Frau Henzo vor und Moritz fühlte sich verpflichtet von der gesundheitlichen Situation Wolfgang Zellers zu sprechen:

„Wolfgang geht es nicht besonders gut. Ich hatte ein ernstes Gespräch mit dem Arzt und er meinte, Herr Zeller wird nur noch wenige Tage leben. Ich habe mit Wolfgang auch alle Einzelheiten seiner Bestattung besprochen. Er wünscht eine einfache Feuerbestattung im kleinsten Kreis. Bei der Gelegenheit gleich meine Frage, Frau Henzo, wollen sie zur Trauerfeier kommen? Und wie ist es bei dir, Hilde?“

Hilde sagte: „Ich werde noch mal mit Erich darüber sprechen, aber ich bin der Meinung, dass Wolfgang mit seinen Wiedergutmachungsversuchen einen Teil seiner Schuld getilgt hat und ich sollte zur Trauerfeier gehen.“

Frau Henzo schloss sich Hildes Meinung an und die beiden jungen Frauen verabredeten, gemeinsam zur Bestattung zu fahren.

Nicht viel später verabschiedete sich Moritz, er wollte zurück nach Wiesbaden.

***

Wiesbaden

Es waren turbulente Tage in Wiesbaden. Der Rest der Woche verging wie im Flug.

Am Samstagmorgen hatte Nina Frühstück gemacht und Moritz, Susi und Nina saßen zusammen als das Telefon klingelte.

Moritz nahm ab, meldete sich, sagte ein paar Mal „Ja“ und dann: „Ich mache mich fertig und komme sofort.“

Als er aufgelegt hatte sagte er: „Ich sprach mit dem Arzt, der Wolfgang behandelt. Wolfgang ist jetzt an der Schwelle des Todes und wünscht, mich noch mal zu sehen. Ich werde nach dem Frühstück nach Wuppertal fahren. Susi, willst du in deinem Zustand die Fahrt noch auf dich nehmen?“

Susi sagte: „Mit Ausnahme, dass ich mir wie ein Fass vorkomme, geht es mir gut. Wenn ich die Wahl habe, hier in der halbfertigen Wohnung zu sein oder mit dir nach Wuppertal zu fahren, so ist mir das Zusammensein mit dir wichtiger. Ich fahre mit. Außerdem möchte ich mich mit Paul und Bart unterhalten und mit dem Computerfachmann. Vielleicht ist sogar Herr Hall da, dann könnte ich noch einige Dinge klären. Nina, bitte sei mir nicht böse, dass ich dich in dem Dreck hier allein lasse, aber helfen kann ich nicht viel."

Nina: „Susi, mach dir keine Gedanken, um 10 Uhr heute Früh kommt das Putzgeschwader. Wir sind zu viert. Du sollst mal sehen, wie das hier heute Abend wieder ausschaut. Wir fangen hier in der Wohnung an und gehen dann in den 4. Stock. Wenn wir heute nicht fertig werden, dann machen wir morgen weiter. Wenn der Staub und Dreck weg ist, sieht das alles schon viel besser aus."

Susi sagte rasch Anton Bescheid. Moritz telefonierte mit Wuppertal, um sicherzustellen, dass sowohl Bart und Paul als auch die Herren Hall und Ruppert zur Verfügung standen. Dann fuhr Moritz mit Susi nach Wuppertal.

Wuppertal

Kurz nach 12 Uhr waren Susi und Moritz in der Galerie **artis opus** und begaben sich sofort zu Wolfgang.

Wolfgang – sehr schwach – begrüßte sie mit leiser Stimme: „Schön, dass ihr beide gekommen seid. Besonders dir Susi, danke ich, dass du trotz deines Zustandes die Fahrt auf dich genommen hast. Ich wollte mich bei euch beiden nur noch mal entschuldigen. Bitte sagt Hilde, wie unendlich leid es mir tut, was ich ihr angetan habe. Sag auch allen übrigen, dass ich mich geändert habe und alles sehr bedauere.

Euch beiden haben es Bart und Paul sicherlich zu verdanken, dass sie eine leitende Position bekommen haben. Ich habe gestern noch mal lange mit ihnen darüber gesprochen. Ich glaube, Ihr könnt euch auf sie verlassen. Jetzt habe ich noch eine Bitte. Ich wünsche eine Feuerbestattung. Euch beide bitte ich dafür zu sorgen, dass außer einer kleinen Trauerfeier kein großes Aufhebens gemacht wird. Moritz, lade die wenigen, die zur Trauerfeier kommen, anschließend zu einem Tröster ein. Bitte, keinen Pfarrer. Moritz, wenn du ein paar Worte sprechen könntest, würde mich das freuen."

Moritz versprach das. Noch während Moritz und Susi mit ihm sprachen, schlief Wolfgang ein.

Susi und Moritz gingen leise nach draußen, wo sie Schwester Helga trafen. Diese sagte leise: „Der Arzt kommt nachher. Er wird Herrn Zeller eine Spritze geben und ich glaube, er wird einschlafen. Es wäre schön, wenn eventuell später Paul und Bart bei ihm sein könnten, damit – sollte er noch mal aufwachen – er bekannte Gesichter sieht. Ich schätze, dass in den Abend- oder Nachtstunden mit seinem Ableben zu rechnen ist. Der Arzt wird hier sein."

Susi und Moritz bedanken sich bei der Schwester und gingen dann nach unten, um sich mit Paul, Bart, Herrn Hall und Herrn Ruppert zu treffen.

Als man zusammen saß, begann Susi: „Ich hatte vor, verschiedene geschäftliche Dinge mit Ihnen allen zu besprechen, durch den nahen Tod von Wolfgang Zeller ist es erforderlich, dass die Herren van de Velde und Vermeylen sich zu Wolfgang Zeller begeben, um ihn in seinen letzten Stunden zu begleiten."

An Herrn Hall und Herrn Ruppert gewandt sagte Susi: „Wir müssen ohnehin die kalkulatorische Seite des Holzverarbeitungsateliers besprechen. Ich hoffe, dass wir mit diesem Thema in zirka zwei bis drei Stunden durch sind."

Paul und Bart verabschiedeten sich, um zu Wolfgang zu gehen und Susi, Moritz, Herr Ruppert und Herr Hall besprachen ausführlich die Kalkulation des neuen Geschäftszweiges. Es wurde ein arbeitsreicher Nachmittag.

Um 17 Uhr sahen Susi und Moritz noch mal nach Wolfgang. Sowohl Bart als auch Paul saßen neben dem Krankenbett. Wolfgang lag bereits in einer Art Koma. Sie verabredeten, dass sie informiert würden, wenn der Exitus eintrat.

Moritz besprach mit Herrn Hall, dass dieser nach dem Ableben von Wolfgang Zeller ein Beerdigungsinstitut beauftragen sollte. Er würde die Trauerfeier für den kommenden Mittwoch planen.

Moritz rief auch Horst Gerkan an und informierte ihn vom Zustand von Wolfgang Zeller und fragte, ob sich eventuell schon die Mutter oder der Vater gemeldet hätten. Horst Gerkan verneinte dies. Dann unterrichtete er ihn, dass man die Trauerfeier für den kommenden Mittwoch ins Auge fasse.

Susi und Moritz hatten vor, noch mal bei Hilde und Erich vorbeizufahren.

Solingen

Hilde und Erich freuten sich riesig, als Susi und Moritz auftauchten.

Hilde: „Menschenskinder, ist das eine schöne Überraschung. Ihr bleibt doch bis morgen?“

Weder Susi noch Moritz hatte das vor, aber Hilde bestand darauf. So aßen sie gemeinsam und saßen gemütlich beisammen, als kurz nach 22 Uhr das Telefon klingelte.

(Erich) Erich Granika.

(Bart) Hier van de Velde, ist Herr Kaiser bei Ihnen?

(Erich) Ja, Moment ich übergebe.

(Moritz) Ja, hier Kaiser, Bart, was gibt es?

(Bart) Herr Kaiser, ich muss Ihnen leider berichten, dass heute Abend gegen 21:45 Uhr Wolfgang Zeller verstorben ist. Er ist nicht mehr aufgewacht und sanft entschlafen.

(Moritz) Danke für die Nachricht. Meine Frau und ich werden morgen zwischen 10 und 11 Uhr in die Galerie ***artis opus*** *kommen und dann können wir über alles Weitere sprechen. Haben Sie Herrn Hall schon benachrichtigt?*

(Bart) Noch nicht, das hatte ich im Anschluss vor. Danach wollte ich noch Herrn Gerkan unterrichten.

(Moritz) Danke, könnten Sie Herrn Hall fragen, ob es ihm möglich ist, morgen Vormittag auch in die Galerie zu kommen?

(Bart) Das werde ich ausrichten. Ihnen eine angenehme Nachtruhe.

(Moritz) Gute Nacht Bart und Danke für den Anruf.

***

Wuppertal

Gegen 10:30 Uhr kamen Susi und Moritz in die Galerie **artis opus**. Bart oder Paul hatten am Firmenschild des Eingangs eine schwarze Schleife angebracht. Als man Bart und Paul begrüßte, trugen beide schwarze Anzüge und schwarze Krawatten. Herr Hall war auch schon anwesend und hatte über ein Beerdigungsinstitut bereits veranlasst, dass in den nächsten Stunden der Tote in die Totenhalle überführt würde.

Schwester Helga räumte die Wohnung von Wolfgang auf und informierte Moritz, dass der Arzt um 11:30 Uhr vorbeikommen würde, um den Totenschein zu übergeben. Obwohl jeder den Tod erwartet hatte, waren alle betroffen.

Herr Hall besprach mit Moritz alle Einzelheiten der Trauerfeierlichkeiten. Auch wenn es Wolfgangs Wunsch gewesen war, im kleinsten Kreis diese Feier durchzuführen, mussten doch einige Leute geladen werden. Es war ziemlich turbulent, bis endlich gegen 14 Uhr der Leichnam durch das Beerdigungsinstitut abgeholt wurde. Mit Schwester Helga besprachen sie noch die Rückgabe der geliehenen Gegenstände an das Rote Kreuz und vereinbarten, dass sie noch bis zur Beerdigung bleiben sollte. Als das alles erledigt war, fuhren Susi und Moritz zurück nach Wiesbaden.

***

Wiesbaden

Montagmorgen saßen Nina, Moritz und Susi beim Frühstück. Susi war voll des Lobes über Ninas Arbeit am Wochenende. Sie sagte:

„Nina, an diesem Wochenende hast du übertrieben. Hier bei uns in der Wohnung ist es so sauber, als wäre nie ein Handwerker dagewesen. Im 4. Stock habe ich gestern Abend noch geschaut. Auch da sieht es einfach sauber aus. Ihr habt das wunderschön gemacht. Ganz, ganz lieben Dank. Aber sagt mal, wie lange habt ihr denn geschuftet?“

Nina freudig: „Wir waren am Samstag gut drauf. Um 19 Uhr haben wir Schluss gemacht und am Sonntagmorgen haben wir um neun Uhr angefangen und waren schon nachmittags um fünf Uhr fertig. Wir haben uns auch sehr beeilt.“

Susi: „Also Nina, noch mal meinen herzlichsten Dank, Ihr wart prima. Ich hoffe nur, die Handwerker machen jetzt keinen großen Dreck mehr.“

Sie unterhielten sich noch, als das Telefon klingelte. Moritz nahm ab, war kurz und knapp, holte sich einen Zettel, schrieb etwas auf und verabschiedete sich am Telefon.

Dann sagte er: „Herr Hall ist wirklich prima, er hat schon den Beerdigungstermin. Übermorgen, das heißt am Mittwochnachmittag um zwei Uhr am Friedhof in Wuppertal-Barmen. Er hat auch dafür gesorgt, dass im Anschluss eine kleine Trauerfeier in einer nahen Gaststätte durchgeführt werden kann. Er will sich das aber noch vorher ansehen.“

Für Susi und Moritz gab es zwei arbeitsreiche Tage. Susi musste noch viele Vorgänge an Moritz übergeben. Die Aktenberge wollten nicht abnehmen.

***

Wuppertal

Mittwochmorgen waren Susi, Moritz, Erika und Anton mit einem Wagen nach Wuppertal gekommen. In einem zweiten Wagen waren Jens Gerner, Dieter Zeiser, Franz Westermann und eine Dame aus Antons Galerie nach Wuppertal gefahren.

Für Moritz gab es noch einiges zu tun. Um halb zwei fuhren sie zum Friedhof in Wuppertal-Barmen. Moritz wollte sehen, ob alles in Ordnung ist.

Die Halle, in der Wolfgang Zeller aufgebahrt war, hatte einen dezenten Blumenschmuck und auf jeder Seite waren sieben große brennende Kerzen. Kurz vor Beginn der Trauerfeierlichkeiten wurde Orgelmusik eingespielt. Der Trauersaal füllte sich rasch und Moritz war erstaunt, wie viel Trauergäste gekommen waren. Als die Musik endete, stand Moritz auf, trat ans Pult:

„Liebe Trauergäste, auf Wunsch des Verstorbenen sollte die Trauerfeier nur im kleinsten Kreis stattfinden. Wie ich sehe, ist dieser Kreis viel größer, als wir annahmen. Der Verstorbene bat mich, die Trauerfeier ohne geistlichen Beistand durchzuführen und so erlaube ich mir, die Abschiedsworte zu sprechen.

Wenig wissen wir über die Kindheit und die Jugend des Verstorbenen. Nach allem, was uns bekannt ist, waren diese Jahre von Hass überschattet.

Sein Studium verlief normal und der Verstorbene wurde ein außergewöhnlicher Kunstwissenschaftler, der in Düsseldorf und in Gent studierte. Auch hier überschattete Hass sein Studium und verleitete ihn zu Dingen, die wir besser vergessen.

Er geriet in den Strudel von unguten Ereignissen. In letzter Minute erkannte er diese und versuchte es wiedergutzumachen. Nach meiner Meinung ist ihm dies gelungen.

Im Angesicht des Todes bat mich der Verstorbene all jene, die er verletzt, gekränkt, geschädigt oder gar schlimmeres angetan hat, um Verzeihung zu bitten. Auf seiner Reise ins Jenseits wünschen wir dem Verstorbenen Glück und Zufriedenheit, das er im Diesseits sicherlich oft vermisst hat.

Wir wollen nun aufstehen und seiner still gedenken."

Moritz machte ein Handzeichen, alles erhob sich und verharrte still.

Ganz leise begann ein getragenes Orgelspiel und der Sarg wurde langsam aus der Halle gefahren. Als das Orgelspiel endete, sagte Moritz: Liebe Trauergäste, der Verstorbene hat verfügt, dass die Anwesenden im nahen Saal – er gab die Adresse an – zu einem Tröster geladen sind. Es wäre schön, wenn Sie diesem Wunsch nachkämen."

Susi

+

ihre Freunde

Es war am ersten Mittwochmorgen im Juli in Wiesbaden. Susi, Moritz und Nina hatten zusammen gefrühstückt und Moritz war danach in sein Büro gegangen. Nina räumte den Frühstückstisch ab.

Nina fragte: „Susi, wann wollte Hilde denn hier sein?“

Susi lachte und sagte: „Sie wollte zum Mittagessen da sein, aber wie ich Hilde kenne, ist sie spätestens um 10 Uhr hier. Das Gästezimmer im 4. Stock ist doch fertig?“

Nina bejahte und fragte dann: „Ich weiß zwar, dass Hilde krank war, aber was hatte sie eigentlich?“

Susi: „Eine Woche, bevor unsere Zwillinge Max und Moritz geboren wurden, bekam Hilde in Solingen beim Stillen starke Schmerzen in der Brust. Auf Anraten ihres Arztes musste sie abstillen. Die Schmerzen nahmen zu. Die Ärzte diagnostizierten eine Mastitis, eine Brustdrüsenschwellung. Sie bekam Fieber und musste ins Krankenhaus.“

Nina unterbrach: „Susi, das hatten wir im Krankenhaus auch öfters. Das muss ziemlich schmerzhaft sein.“

Susi: „Es war schmerzhaft, aber Hilde wurde nach einigen Tagen wieder aus dem Krankenhaus entlassen. Das war einige Tage, nachdem unsere Zwillinge geboren waren. Die Schmerzen bei Hilde hielten an, wieder Fieber. Wieder wurde Hilde ins Krankenhaus eingeliefert. Es dauerte fast zwei Wochen, bis ein Abszess in der Brust festgestellt wurde, der dann operiert wurde. Hilde kam erst vor sechs Tagen aus der Klinik.

Das war auch der Grund, warum Hilde und Erich nicht zur Taufe hier waren, und Mike, Vera, Paula und Michail sowie unsere Italiener, Carlo und Fredi nach Solingen fuhren, um Hilde dort zu besuchen.“

Nina: „Danke dir, aber du weißt ja selbst, was hier los war, ich konnte mir darum keine Gedanken machen.

Die Gästezimmer im 4. Stock sind gerichtet, aber ich nehme an, Hilde wird viel hier oben sein. Genügend Milch und Babynahrung ist hier. – Willst du nicht heute das Stillen etwas vorziehen? Eigentlich sind die beiden erst um 10 Uhr dran, aber du kennst sie ja, die lassen sich Zeit. Was hältst du davon, wenn wir heute eine halbe Stunde früher anfangen?" Susi war einverstanden.

Die Zwillinge – Max und Moritz – waren jetzt fünf Wochen alt. Es waren zwar immer noch Winzlinge, aber sie gediehen prächtig. Nur beim Stillen ließen sich die beiden Zeit.

Susi hatte gerade fertig gestillt und Nina war beim Wickeln, als Hilde und Erich mit ihrer kleinen Susi kamen.

Hilde stürzte gleich zu den Zwillingen und erging sich in Lobhudeleien über die beiden Winzlinge:

„Menschenskinder, das hätte ich dir nicht zugetraut, zwei so liebe Babys." Und zu ihrem Mann: „Erich, schau dir Susis Zwillinge an, so was brauchen wir auch noch." Und Hilde musste über sich selbst lachen.

Als nächstes bestaunte Hilde die umgebaute Wohnung: „Mensch, Susi, ist das hier toll geworden. Du hast mir zwar am Telefon schon alles mehrfach geschildert, aber so schön habe ich es mir nicht vorgestellt."

Susi musste ihr alle Neuerungen zeigen und Hilde sagte: „Susi, ich werde ganz neidisch. So schön und so praktisch. Ich muss da mal ein ernstes Wort mit Erich reden, bei uns ist auch ein Umbau erforderlich. – Erich? – Er wollte zwar nur die Koffer nach unten ins Gästezimmer bringen, aber sicher ist er bei Moritz hängen geblieben."

Hilde lachte: „Mein Würmchen schläft wie immer. Die Kleine wächst und gedeiht und hat immer nasse Windeln. Du hast sicher Milch im Haus, es wird langsam Zeit für ihr Fläschchen." Nina hatte in der Küche schon alles parat gestellt, so war das Fläschchenmachen kein Problem. Susi und Nina betrachteten die kleine Susi. Das Baby war schnell gewachsen.

Hilde sagte: „Mein Süßes ist jetzt dreizehneinhalb Wochen alt. Wenn sie mal nicht schläft, und dich mit den großen, blauen Augen anschaut, dann ist sie einfach zum Fressen. Susi, schon als Jugendliche habe ich mir immer vorgestellt, wie es einmal sein wird, wenn wir beide mit Kinderwagen in den Kurpark marschieren und uns bestaunen lassen. Heute ist so schönes Wetter, bist du dabei?"

Susi lachte: „Hilde, logisch, auch ich freue mich darauf und ich bin sicher, wir werden uns prima unterhalten."

Nina ließ die beiden mit den Babys allein und sagte: „Tut mir leid, aber jetzt muss ich mich ums Mittagessen kümmern. Wir haben heute wieder mal eine größere Runde." Sie verschwand in der Küche.

Die beiden Freundinnen hatten sich sehr viel zu erzählen. Die Zeit verflog nur so und pünktlich um 13 Uhr erschien Moritz mit Erich zum Mittagessen.

Es war eine gemütliche Runde. Erich wollte am Nachmittag wieder zu Moritz ins Büro gehen. Hilde und Susi verabschiedeten sich von den beiden bis zum Abend mit der Bemerkung, sie gingen jetzt in den Kurpark bummeln. Susi musste leider noch mal stillen, so kamen sie erst gegen halb drei aus dem Haus.

Von der Taunusstraße zum Kurpark war es nicht sehr weit. Die beiden Mütter gingen langsam und zufrieden mit ihren Kindern spazieren. In der Nähe des Kurhauses fanden sie einen ruhigen Tisch, bestellten Kaffee und Hilde sagte:

„Susi, wir haben viel telefoniert, aber erzähl mal, wie ist die Geburt deiner Zwillinge wirklich verlaufen? Aus Moritz habe ich nichts rausgekriegt."

Susi versonnen: „Die Geburt war für den 28. Mai geplant. Also brachte mich Moritz am 28. Mai vormittags ins Krankenhaus. Am Nachmittag und am Abend tat sich noch nichts, so ging Moritz nach Hause. Er bat um Anruf, wenn die Geburt abzusehen sei, denn er wollte dabei sein. Nachts um 1 Uhr wachte ich auf. Die ersten Wehen kamen. Also brachte man mich in den Kreissaal. Ich bat darum, Moritz anzurufen, aber die Hebamme sagte, das habe noch Zeit. Vor 8 oder 9 Uhr am Morgen sei keinesfalls mit der Entbindung zu rechnen. Es war dann so ähnlich wie bei dir. Auf einmal ging alles sehr schnell. Die Presswehen setzten ein und innerhalb von zwei Stunden waren die Zwillinge auf der Welt. Natürlich hatte niemand Zeit Moritz anzurufen. Erst als die Zwillinge da waren, hat man ihn benachrichtigt. Er war stinksauer auf das Krankenhaus. Es lief ansonsten ziemlich unkompliziert ab. Eigentlich hatte ich mir die Entbindung schlimmer vorgestellt. Moritz hat sich rührend um mich gekümmert. Er ist riesig stolz auf seine beiden Söhne. Ich musste etwas länger im Krankenhaus bleiben, da meine Babys anfangs im Brutkasten lagen. Das war eine Vorsichtsmaßnahme, aber deshalb war ich so lange im Krankenhaus. Als ich nach Hause kam, hat sich Nina sofort um die beiden Winzlinge gekümmert. Sie ist eine perfekte Krankenschwester. Wir haben da wirklich einen Glücksgriff getan. Sie ist ein richtiger Goldschatz."

„Wie hast du das gesundheitlich verkraftet, alles wieder in Ordnung?"

Susi: „Hilde, ich fühle mich pudelwohl, mir geht es gut und hoffe nur, ich bekomme nicht so was Dummes wie du, nämlich eine Brustdrüsenentzündung mit allen Nebenfolgen. Du hast mir sehr leid getan, aber ich habe mir sagen lassen, das kommt vor. Wie hast du deine Mastitis überstanden?"

Hilde: „Ich habe das anfangs nicht ernst genommen. Auch mein Hausarzt meinte, das gäbe sich wieder. Als sich dann Fieber einstellte, hat er mich sofort ins Krankenhaus überwiesen. Die waren etwas überfordert. Man hat mich wieder entlassen und übersehen, dass sich ein Abszess gebildet hatte. Der musste operiert werden. Deshalb lag ich dann so lange im Krankenhaus. Nichts Ernstes, aber leider sehr schmerzhaft. Jetzt geht es mir wieder gut."

Susi fragte weiter: „Wie hat Erich das alles verkraftet, er hatte ja nachts eure kleine Susi?"

Hilde lachte: „Erich ist ein Mustergatte. Er hat mich täglich im Krankenhaus besucht. Er hat jede Nacht die kleine Susi gehabt, Fläschchen gegeben, gewindelt und sie getragen, wenn sie krähte. Manchmal wird's mir ganz schwummrig, weil ich glaube, so viel Glück kann es eigentlich gar nicht geben. Dazu haben wir auch noch mit unserer Ersatzoma Glück. Wie bei dir die Nina, so ist bei uns die Ersatzoma praktisch ein Mitglied der Familie. Sie ist in unsere kleine Susi ganz vernarrt."

Susi ernst: „Hilde, die Frage musst du jetzt nicht beantworten. Aber wie hast du die Affäre Bordighera und Heinz verkraftet?"

Hilde: „Ich habe viel darüber nachgedacht. Heinz hat mich anscheinend geliebt und gehasst zugleich. Eine andere Erklärung habe ich nicht. Obwohl ich nichts dafür kann, wird das immer ein dunkler Punkt in meinem Leben bleiben. Ich wollte, ich hätte Heinzens Geschenk für Susi nie angenommen. Aber ihr alle habt mir zugeraten. Jetzt ist es zu spät, noch etwas daran zu ändern. Die einzige Beruhigung, die ich habe, dass das Haus einem guten Zweck und der Kunst dienen soll. Das beruhigt mich etwas. Heinzens Mutter hat mich angerufen, sie will mit mir sprechen. Aber zurzeit ist sie in Bordighera. Frau Henzo, die ehemalige Freundin von Heinz, hat mich einmal im Krankenhaus besucht und will Kontakt mit mir halten. Ansonsten hoffe ich, dass ich in dieser Angelegenheit nichts mehr höre."

Es war ungewohnt für Hilde, Aperitifzeit nicht mehr in Susis Wohnung, sondern eine Etage tiefer im 4. Stock zu haben. Auch hier hatte man total umgebaut, alles renoviert. Die frühere Wohnung war nicht mehr als solche wiederzuerkennen. Hilde ging kurz in ihr Gästezimmer, dann begrüßte sie einige der bereits anwesenden früheren Kollegen. Sie konnte gar nicht so schnell gucken, wie sie ein Glas Wodka in der Hand hatte. Maxim brachte es ihr mit den Worten:

„Hilde, ohne das Wässerchen kann ich dich nicht begrüßen. Sei mir willkommen.“ Und gab Hilde rechts und links ein Küsschen. Dann sprach Maxim weiter:

„Bevor du andere Termine machst, an einem Abend bist du bei uns eingeladen. Du weißt vielleicht, ich wohne jetzt im neuen Haus und habe unter dem Dach mein Atelier. Vorgestern sind Franz und Alena eingezogen. Die kommen auch. Also nicht vergessen, du kommst!“

Hilde versprach es, als Erika und Anton kamen: „Hilde, vergib deine Termine nicht so voreilig.“

Ehe sie sich versah, kam Prem: „Hilde, mit Erich habe ich schon gesprochen, an einem Tag seid ihr bei uns, auch Susi hat schon zugesagt.“

Hilde lachte und schrie: „Maxim, schnell, ich brauche jetzt noch ein Wässerchen.“ Schon war Maxim mit der Wodkaflasche bei Hilde. Lachte und goss noch mal nach.

Susi stellte Hilde einem Herrn vor: „Hilde, das ist Jacob Goldman, unser zukünftiger Repräsentant in Israel. Er wird voraussichtlich im Herbst unsere Galerie und Atelier in Jerusalem eröffnen.

Jacob, du weißt vielleicht, dass Mike und seine Frau einmal ein Waisenkind adoptieren wollten, das ist leider an der Krankheit von Mikes Frau gescheitert. Das ist das Waisenkind und auch heute noch ist Mike ihr Papa. Hilde ist zugleich meine Stieftochter, nämlich die Ehefrau des Sohnes meines Mannes. Warte, es kommt noch dicker, Mike und ich sind die Paten ihres Kindes Susi und außerdem ist Hilde meine beste Freundin.“ Als Hilde erwähnte, dass sie eine Besteckfabrik in Solingen hätten, wollte Herr Goldman mehr darüber erfahren. So verabredeten sie sich zu einem Gespräch in den nächsten Tagen.

Wieder nahm Susi Hildes Arm und zog sie zu einem gut aussehenden Herrn: „Hilde, ich darf dir Paul Vermeylen vorstellen. Herr Vermeylen ist ein Studienkollege von Heinz und heute Leiter der Galerie artis opus in Wuppertal. Herr Vermeylen, das ist Frau Hilde Granika die frühere Freundin von Heinz Engler und die Mutter des entführten Babys in Solingen."

Beide Vorgestellten wurden steif. Hilde murmelte: „Ja, wir kennen uns schon von Wuppertal her." Und Paul Vermeylen: „Wir haben uns damals kurz gesehen." Beide wollten sich umdrehen und gehen.

Susi blieb hart: „Stopp, ihr beiden, ich weiß, das geht euch gehörig an die Nieren. Das ist sehr schwierig für euch, kommt, trinkt wenigstens einen Schluck zusammen."

Als hätte es Moritz geahnt, kam er mit zwei Gläsern: „Ich glaube, ihr beide braucht jetzt einen Drink, das hilft bestimmt, Paul, mach nicht so ein Gesicht und stoße mit unserer Hilde an." Nachdem das passiert war, sagte Moritz: „Ich weiß, wie schwer euch beiden das gefallen ist. Aber wir sind in einem Unternehmen, in einem Verein, da können wir Animositäten nicht gebrauchen. Die Zeit heilt Wunden."

Ganz schüchtern reichte Paul Hilde die Hand und sagte: „Frau Granika, ich kann mich nur tausendmal entschuldigen. Sie glauben nicht, wie peinlich mir das alles ist."

Hilde immer noch steif: „Herr Vermeylen, was mir Heinz angetan hat, das können Sie nicht ermessen. Von der Entführung meines Babys ganz zu schweigen. Ich weiß nicht, wie weit Sie darin verwickelt waren und will es auch gar nicht wissen. Seien Sie mir nicht böse, aber es wird einige Zeit dauern, bis wir unbeschwerter miteinander reden können. Da kann ich Sie nur um Geduld bitten." Paul Vermeylen sehr devot: „Frau Granika, ich kann nur hoffen, dass die Zeit Wunden heilt und wir eines Tages wieder locker miteinander umgehen können."

Susi kam hinzu, nahm Hilde am Arm und sagte zu Paul: „Entschuldige, aber ich muss Hilde entführen." Sie ging mit Hilde in eine Ecke, in der zwei Herren standen.

Susi sagte: „Hilde, hier darf ich dir zwei Herren vorstellen, Thomas Hall kennst du ja, ich glaube, ihr duzt euch. Herr Hall hat jetzt die kaufmännische Leitung des Projektes in Wuppertal sowohl der Galerie **artis opus**, als auch der Ateliers. Und das ist Herr Ruppert, Herr Ruppert ist Computerspezialist und der Fachmann für unsere neue, vollautomatische Holzfräse in Wuppertal.

So, meine Herren und das ist meine beste Freundin, Hilde Granika, Thomas kennt sie noch unter ihrem Mädchennamen Reiz. Hilde ist außerdem meine Schwiegertochter und die Mutter meines Patenkindes. Wie ihr beide wisst, ist sie die Verwalterin der Gebäude in Wuppertal."

Thomas gab Hilde ein Bussi und sagte: „Schön, dich zu sehen. Lass dich mal bei uns in Wuppertal sehen."

Herr Ruppert nahm ihre Hand und sagte: „Es freut mich sehr, Sie kennen zu lernen. Darf man auch Ihre kleine Susi mal sehen?" Auch Thomas Hall schloss sich dem Wunsch an.

So bat Hilde die beiden mit nach oben in Susis Wohnung, wo ihre kleine Susi bei Nina geblieben war.

So gegen 19:30 Uhr verkündete Susi: „Ihr Lieben, wir waren schon lange nicht mehr bei Giovanni. Er hat sein Hinterzimmer frei und wer Lust hat, ist zum Abendessen eingeladen. Kurz vor 20 Uhr ist Abmarsch. Kurz nach 20 Uhr saß die gesamte Runde bei Giovanni, der sich riesig freute, seine Stammkunden zu sehen.

***

Donnerstagmorgen nach dem Frühstück unterhielten sich Susi und Hilde: „Susi, ich glaube ich brauche einen Terminkalender für die nächsten Tage. Alle sind so lieb und herzlich zu mir, ich glaube, ich habe gestern Abend zehn Einladungen bekommen, die ich leider nicht alle absagen kann. Maxim habe ich versprochen zu kommen. Bei der Gelegenheit sehe ich auch Franz und Alena. Petra, Prem und die Kinder muss ich auf jeden Fall sehen. Erika und Anton haben eingeladen und mit euch will ich auf jeden Fall mindestens einen Abend verbringen. Sowohl die Ateliers wollen mich und meine kleine Susi sehen, als auch die Mannschaft im Büro und in der Werbung. Hilfst du mir bei der Planung?"

Susi lachte: „Hilde, du bist überfordert. Was ein Glück, dass dein Mann nicht auch noch Termine hat." Sie brauchten zwei Stunden für diesen Zeitplan und mussten einige Male telefonieren, um die Termine abzustimmen.

Als sie noch mal über den Zettel schauten, mussten beide lachen. Hilde sagte: „Ich habe mir das so ruhig und locker vorgestellt, jetzt wird es Stress pur."

Susi bemerkte: „Du warst jetzt lange nicht da. Alle lieben dich, alle wollen deinen kleinen Schatz sehen. Ich meine, eine größere Anerkennung deiner Person kannst du nicht bekommen. Du gehörst einfach dazu. Besser als umgekehrt."

Die Zeit verging wie im Fluge, Kinder füttern, schwätzen und schon war es 13 Uhr und Erich und Moritz erschienen zum Mittagessen. Nach dem Essen erzählte Hilde die Planung ihrer vielen Einladungen.

Hilde ging mit Moritz und Erich in die Büros, um ihre kleine Susi vorzustellen. Dort wurden sie und ihr Baby fröhlich begrüßt. Weiter ging es eine Etage nach unten. Hilde wurde in der Werbeabteilung mit großem Hallo empfangen und die kleine Susi begutachtet.

Plötzlich stand Jacob Goldman in der Tür. Er sagte: „Da muss ich doch auch mal schauen." So beiläufig fragte er dann Hilde nach der Besteckfabrik ihres Mannes. Hilde erzählte, was sie machen würden und als Hilde von der Fabrikation der Militaria und den Orden sprach, wurde Herr Goldman sehr hellhörig.

Hilde: „Herr Goldman, ich stelle Sie meinem Mann vor, er ist eine Etage höher zu finden. Der kann ihnen alles Weitere erklären. Außerdem gibt es eine Etage tiefer einen Raum, in dem Sie diese Dinge besichtigen können."

Hilde verabschiedete sich von den Damen und ging mit Jacob Goldman nach oben zu Moritz und ihrem Mann.

Nachdem Hilde Jacob Goldman ihrem Mann vorgestellt hatte, sagte sie: „Ihr seid mir nicht böse, aber meine Susi muss jetzt ihr Fläschchen haben. Ich lasse euch allein."

Sie traf Susi beim Stillen und sagte: „Ich mache schnell das Fläschchen für meine Kleine und setze mich zu dir."

Es dauerte nicht lange, die beiden Mütter hatten brav schlafende Babys und Hilde meinte: „Schön, dass ich so schnell wieder hier war. Alle waren zwar riesig nett zu mir, aber bei euch scheint viel zu laufen."

Susi: „Da hast du Recht, bei uns läuft immer noch alles auf Hochtouren. Aber ich bin froh, dass es so ist. Ich hatte mir fest vorgenommen, sechs Wochen nach der Geburt nicht ins Büro zu gehen. Das habe ich bis jetzt auch eingehalten. Aber ich fürchte, in einer Woche sind diese sechs Wochen um und dann muss ich wieder. Wie wird es denn bei dir?"

Hilde: „Bei mir war vieles durcheinander. Erst die Entführung meiner Susi, dann meine Krankheit. Ab kommenden Montag werde ich wieder meinen Platz im Büro einnehmen.

Aber was ich dir unbedingt erzählen wollte, Fredi Kiesswetter und Carlo haben mich im Krankenhaus besucht, bevor sie bei eurer Taufzeremonie waren. Fredi hat Erich überredet, im August Urlaub an der Riviera zu machen und hat eine Ferienwohnung in der Nähe der Hanbury Gardens in Ventimiglia für uns gemietet. Wir nehmen auch unsere Ersatzoma mit und fahren mit dem Auto runter."

Susi: „Hilde, das freut mich für euch. Vor allen Dingen darüber, das ihr es trotz des Desasters in Bordighera fertigbringt, in diese Gegend zu fahren."

Hilde: „Wir hatten anfangs auch Bedenken, aber die Einladung war so nett, dass wir nicht Nein sagen konnten. Was ich dich schon immer fragen wollte, wieso habt ihr eigentlich die Taufe eurer Zwillinge im Mainzer Dom gemacht. Gab es dafür einen Grund?"

Susi: „Und ob. Wir wollten die Taufe im kleinen Kreis machen und zwar hier in Wiesbaden. Aber Professor Prantner bekam Wind davon, sprach mit seiner Eminenz Vincenzo Ghirlandi in Rom. Der hatte nichts Eiligeres zu tun, als mit seinem Amtsbruder; dem Kardinal in Mainz zu sprechen, der persönlich die Taufe vornehmen wollte. Wir konnten dazu nicht Nein sagen. So kam es zu einer großen Taufe am Samstagnachmittag im Mainzer Dom. Es war eine großartige, feierliche Taufe. Im Anschluss war die Tauffeier im Hilton-Hotel in Mainz. Wir hatten über einhundertfünfzig Gäste. So gegen 18 Uhr war die Feier zu Ende. Unsere ausländischen Gäste und Ehrengäste haben wir noch zum Abendessen eingeladen. Auch das waren noch mal über fünfzig Personen. Allerdings habe ich daran nicht teilgenommen. Ich habe mich um meine Babys kümmern müssen. Aber haben dir das deine Besucher im Krankenhaus nicht erzählt?"

Hilde lächelnd: „Einmal wollte ich das von dir hören und zum anderen, Carlo und Fredi waren schon am Freitag vor der Taufe bei uns. Michail, Paula, Mike und Vera haben mich am Montag nach der Taufe besucht. Sie haben zwar erzählt wie toll es war, wussten aber auch nicht, warum ihr die Taufe in Mainz durchgeführt habt.

Sowohl Paula als auch Vera waren unheimlich nett zu mir. Paula und Michail haben Erich und mich noch mal nach St. Petersburg eingeladen und ich glaube Vera und Mike sind auch eingeladen."

Susi lachte: „Hilde, wir verschwätzen uns. Es ist schon wieder nach 18 Uhr, Erich und du müsst jetzt langsam zu Leekpais fahren. Die warten auf euch. Und ich werde dir jetzt schnell die Geschenke für die Kinder holen, die Nina besorgt hat. Das Geschenk für die Leekpais ist schon bei euch im Auto und ich glaube, auch das für Ilse."

Als sie zu ihrem Haus kamen, waren Hilde und Erich erstaunt. Was hatten Leekpais aus dem Garten gemacht? Es war ein Park geworden. Kaum aus dem Auto gestiegen, wurden sie von den Kindern begrüßt

Hilde lachte und begrüßte die Kinder: „Wir kennen uns von Bangkok." Nachdem sie die Geschenke übergeben hatte, sagte Hilde: „Die Päckchen werden aber erst in euren Zimmern aufgemacht." Die Kinder bedankten sich und führten die Gäste in die Wohnung.

Es war eine sehr herzliche Begrüßung. Man hatte einen Drink vorbereitet und zeigte zunächst das Haus. Prem und Petra freuten sich sehr über den Besuch der beiden. Sie sagten: „Bevor wir zum Abendessen gehen, müsst ihr noch bei Ilse reinschauen, die wartet auf euch und will auch ihr Heim zeigen."

So geschah es. Bei Ilse trafen sie Jo, die beide auch zum Abendessen geladen waren.

Als Hilde Jo begrüßt hatte, sagte sie zu Ilse und Jo: „Na, ihr beiden, was ist mit euch los, ich bin das Enfant terrible der Firma Kaiser und darf das fragen. Ihr mögt euch, wann kann man euch zur Verlobung gratulieren?"

Ilse etwas verlegen: „Hilde, es ist für mich schwierig, darüber zu sprechen. Du hast Recht, Jo und ich wir mögen uns. Selbst mein Ben sagt Papa zu ihm, aber ich bin immer noch nicht über meine Affäre mit Peter Wahl hinweg. Wenn es nach Jo ginge, so wären wir längst verlobt."

Hilde ganz herzlich: „Ilse, verschenke nicht deine Zeit und euer Glück. Man sieht und spürt es, dass Jo dich gern hat. Warum bekennst du dich nicht dazu?" Sie gab Ilse links und rechts ein Bussi, nahm ihre Hand und sagte: „Ich wünsche euch von ganzem Herzen alles Gute." Dann ging sie zu

Jo. Auch er bekam seine Küsschen und sagte zu ihm: „Jo, wir kennen uns unendlich lange, nimm Ilse ganz fest in deine Arme, sie mag dich auch gern, nur traut sie sich nicht."

Jo und Ilse stotterten ein Dankeschön und dann begaben sich alle zu Leekpais.

Petra hatte wie immer etwas Thailändisches gekocht und mit viel Appetit und guter Unterhaltung begann ein schönes Abendessen. Hilde erkundigte sich nach Prems Eltern und erfuhr, dass diese möglicherweise im Herbst ein Besuchsvisum erhielten. Ob sie ausreisen dürfen, das wussten sie nicht.

***

Freitagmorgen, kurz vor 11:30 Uhr kamen Hilde und Nina von einem Besuch der Ateliers zurück. Nina konnte nicht schnell genug berichten: „Also, Hilde kennt wirklich alles und jeden. Sie hat mir so viele Einzelheiten erzählt, unglaublich. Meine neuen Freunde kannte sie auch alle."

Hilde lachte und sagte zu Susi: „Eine Einzelheit hat dir Nina noch nicht erzählt, da gibt es einen jungen Mann, Ingo Merz, der kein Wort herausgebracht hat, aber er hat Nina angeschaut wie ein waidwundes Reh."

Nina hatte plötzlich einen roten Kopf: „Das ist gemein, keiner weiß das und du erzählst das einfach. Wir haben das ganz geheim gehalten."

Hilde: „Da kennst du unsere Künstler nicht. Die riechen so was, bevor es die Betreffenden selbst merken. Sei ganz sicher, dass das alle wissen. Warum bekennt ihr euch nicht einfach dazu?"

Nina: „Aber ich bin doch noch gar nicht geschieden."

Hilde: „Das spielt doch keine Rolle, du wirst über kurz oder lang ohnehin geschieden. Außerdem, Ingo ist ein ganz Lieber. Er hat nach dem Abi die Kunstschule besucht und ist ein ausgezeichneter Künstler. Soweit ich weiß, ist er ehrlich, zuverlässig und ein ganz lieber Kollege. Alle mögen ihn. Wie ich heute gesehen habe, dich mögen auch alle. Also worauf wartet ihr? Bekennt euch zueinander."

Susi lachte: „Hilde, jetzt hast du aber unsere Nina durcheinander gebracht. Aber nur zur Information liebe Nina, Ingo Merz ist ein geradliniger und feiner Kerl. Er ist ein feinfühliger und zurückhaltender Mann. Auch ich könnte mir vorstellen, dass ihr zueinander passt. Aber das musst du entscheiden. Du solltest nur wissen, wir hätten nichts gegen eine Verbindung mit Ingo."

Nina: „Hilde, Susi, vielen Dank, auch ich finde, er ist ein ganz Lieber. Aber ich glaube, ich brauche noch etwas Zeit. Könnt ihr das verstehen?"

Susi freundlich: „Sicher können wir das verstehen. Es ist auch allein deine Sache. So, und jetzt glaube ich, müssen wir uns ums Mittagessen kümmern."

Die drei bereiteten das Mittagessen und pünktlich um eins stand es auf dem Tisch. Auch Moritz kam mit Erich. Es war wie immer schön, im großen Kreis zu essen. Die Unterhaltung lief lebhaft.

Hilde wollte nach dem Mittagessen gleich in Antons Galerie gehen und auch die dortigen Ateliers besuchen. So verschwand sie mit ihrer kleinen Susi unmittelbar nach dem Mittagessen.

Als Hilde zurück war, erzählte sie: „Es war schön in der Galerie und den Ateliers bei Anton. Anton habe ich nur kurz gesehen und Erika war bei den Vorbereitungen für heute Abend. Auch alle übrigen freuten sich, mich zu sehen, aber alle hatten wenig Zeit. Boris war am Brennofen und hat nur gesagt, wir würden uns morgen Abend sehen.

Ihr scheint unheimlich viel zu tun zu haben. Ihr arbeitet immer noch jeden Samstag und alle hoffen, dass es Ende des Monats abflauen würde, damit man in Urlaub gehen kann."

Susi: „Um ehrlich zu sein, das hoffen wir alle. Wir haben angenommen, durch die Ateliers in Rom und in St. Petersburg würden wir Luft bekommen, aber das Gegenteil ist der Fall. Aber das soll dir heute Abend Anton erzählen. Er ist im Moment besser im Bilde als ich. Was meinen die alten Kollegen sonst noch?“

Hilde: „Du kannst dir vorstellen, Nummer 1 war mein Baby. Meine Susi hat sich sogar herabgelassen, mit ihren großen blauen Augen und einem Lächeln meine früheren Kollegen zu beglücken. Soweit ich es beurteilen kann, sind sie alle sehr zufrieden. Vielleicht einen Vorschlag. Unterschwellig konnte ich feststellen, dass niemand so richtig weiß, was in Wuppertal gemacht wird. Vielleicht solltet ihr mal an einem Samstag einen Busausflug machen und die Galerie dort zeigen. Bei der Gelegenheit lade ich euch alle zu einer Betriebsbesichtigung nach Solingen ein.“

Susi: „Hilde, du bist Gold wert. Das machen wir auch. Erinnere mich heute Abend daran, das sollten wir mit Anton und Moritz besprechen.“

Die Unterhaltung floss weiter. Die Babys forderten wieder ihren Tribut und Punkt 18 Uhr kamen Moritz und Erich. Sie machten sich fertig zum Besuch bei Erika und Anton und kurz nach sechs fuhren sie zu Antons Galerie.

Alle gingen in Anton und Erikas Wohnung. Sie wurden schon erwartet. Nach der sehr freundlichen Begrüßung musste sich Hilde erstmal die Umbauten in Antons Wohnung ansehen. Anton und Erika hatten gute Lösungen gefunden. Das Kinderzimmer war in das Schlafzimmer integriert. Den Wäsche- und Kleiderschrank hatten sie rausgeworfen und dafür ein so genanntes Walk-in-Closet, einen begehbaren Schrank eingebaut. Hilde und Erich waren voll des Lobes und Hilde sagte:

„Mensch, Erika, das habt ihr gut gelöst. Wisst ihr schon den Termin, wann euer Baby auf die Welt kommen soll?“

Erika lachend: „Ich bin jetzt Ende siebter, Anfang achter Monat. Voraussichtlicher Termin ist der 5. September." Mir geht's jetzt wie euch beiden, so langsam komme ich mir vor wie ein Fass. Bisher ist alles in Ordnung. Wir wissen jetzt, es wird ein Junge. Nur einen Namen haben wir noch nicht. Als Taufpaten dachten wir erst an Erich – entschuldige Erich – aber da gefällt uns der Name nicht. Dann dachten wir an Moritz, aber wir haben schon einen kleinen Moritz, so werden wir wahrscheinlich Mike bitten, unseren Jungen aus der Taufe zu heben. Da wären wir auch mit dem Namen einverstanden. Was meint ihr?"

Moritz lachte und meinte: „Na, wenn Mike damit einverstanden ist, dann ist es mir recht." Auch Erich lachte: „Papa, sei mir nicht böse, ich kann's Erika nicht verübeln, wenn sie ihren Sohn nicht Erich nennt, ich konnte meinen Namen nie leiden."

Zwischenzeitlich hatte Anton jedem ein Glas Champagner in die Hand gedrückt und sie stießen auf das Wohl des zukünftigen Kindes Mike an.

Susi schaute zu Anton und sagte: „Anton, ich bin durch die Zeit nach der Schwangerschaft nicht genau über unsere Lieferfähigkeiten im Bilde. Hilde meinte nur, unsere Leute sind durch die vielen Überstunden und die Wochenendarbeit im Stress. Kann St. Petersburg oder Rom nicht aushelfen?"

Anton seufzte: „Susi, ich bin froh, wenn du in einer Woche wieder da bist. Ich muss mit dir dringend einige Liefersachen durchgehen. Nur zur Information, Rom läuft so gut, dass das dortige Atelier die Nachfragen nicht decken kann. Dort haben wir jetzt fünf Kopisten und zwei Schreiner für die vorbereitenden Arbeiten. Trotzdem fuhr schon zweimal ein Transporter mit Bildern nach Rom. St. Petersburg läuft auch gut an. Unsere Galerie verkauft sehr gut. Aber die Produktion ist langsam. Das liegt nicht an der Organisation, sondern daran, dass die Künstler besonders penibel bei der Erstellung der Kopien sind. Hier müssen wir was ändern, aber das bedingt eine grundsätzliche Umstellung unserer Arbeitsweise. Also vertagen wir das Thema, bis du wieder da bist. Wir haben nach St. Petersburg bereits einen großen LKW voller Bilder gebracht. Die meisten stammen aus der Galerie **artis opus** in Wuppertal. Auch dort sind unsere Bestände ziemlich geschwunden.

Dazu kommt, dass unser Auslandsgeschäft hervorragend läuft. Unsere Lager sind leer. Wir brauchen ein neues Fertigungskonzept und du kannst dir denken, woran ich im Moment arbeite. Es ist eine Verbesserung der Arbeitsweise der Galerie **artis opus**. In Wuppertal hatten wir doch drei Weißrussen, die sich mit dem Übermalen unserer Öldrucke befasst haben. Wie aus dem Nichts tauchten zwei Tage nach der Beerdigung von Wolfgang Zeller zwei weitere Weißrussen auf, die behaupteten, Heinz hätte sie eingestellt. Paul und Bart bestätigten das. So habe ich aus der Not eine Tugend gemacht und die beiden in Wuppertal eingestellt. Trotz all dieser Hilfen reichen unsere Arbeitskräfte nicht aus, um die Aufträge zu bewältigen.‘

Susi lachte: „Anton, bange machen gilt nicht. Eine Woche musst du noch ohne mich auskommen. Dann sprechen wir über das Konzept ‚Rationalisierung beim Erstellen von Kopien alter Meister’. Ich habe mir auch schon Gedanken darüber gemacht, vielleicht finden wir eine gute Lösung. Moritz, was meinst du dazu?“

Moritz schmunzelte: „Zerbrecht euch nur die Köpfe, das ist euer Problem. Ich habe die meinen. Ich habe mich die letzten Wochen gekümmert, dass der Verkauf läuft. Ich habe mich in die Werbung eingeklinkt. Das läuft! Ich muss auch noch Wuppertal beaufsichtigen, damit da nichts schief geht, das braucht Zeit. In die technische Seite kann und will ich mich nicht einmischen, sonst verzettele ich mich. Und denkt daran, wir dürfen uns nicht vergrößern, wir müssen uns verkleinern, auch wenn der Umsatz steigen muss. Mein Konzept werde ich euch im Herbst vorstellen.“

Weiter kam Moritz nicht. Erika erschien mit einem Kochlöffel in der Hand und sagte: „Wenn ihr jetzt nicht zum Essen kommt, bestelle ich euch in einer Stunde Kebab beim Türken um die Ecke."

Alles lachte und sie gingen in das Speisezimmer, in dem Erika eine wundervolle Tafel aufgebaut hatte. Alle staunten. Erika hatte drei fünfarmige Leuchter auf dem Tisch stehen und so begann ein schönes Candlelightdinner. Erika hatte sich sehr viel Mühe gegeben. Über eine Vorspeise und ein Zwischengericht kamen sie zu einem Kalbsrollbraten mit einer Kokosfüllung und mit diversen Beilagen. Als Nachtisch servierte Erika Orangenmousse, ganz frisch, mit Grand Marnier und danach Kaffee.

Sie hatte zu jeder Speisefolge den entsprechenden Wein ausgesucht. Als man beim Kaffee war und Erika noch Cognac oder Likör anbot, stand Moritz auf, gab Erika ein Küsschen und sagte: „Wenn man mir vor einigen Monaten gesagt hätte, dass meine Tochter so etwas auf den Tisch zaubern kann, dann hätte ich ihn für verrückt erklärt. Erika, du hast dich selbst übertroffen. Dieses Abendessen war einmalig, vielen herzlichen Dank."

Erika war sichtlich stolz. Als sie mit Hilde das Geschirr nach draußen brachte, sagte sie kurz zu ihr: „Bin ich froh, dass das gelungen ist. Ich hatte so einen Bammel davor."

Und Hilde: „Erika, es war prima, aber wenn es schief gegangen wäre, hätten wir es doch alle mit Humor genommen. Aber ich weiß, wie einem zu Mute sein kann."

Als man danach noch bei einem Glas Wein zusammen saß, sagte Susi zu Anton: „Anton, bevor ich es vergesse, Hilde hat heute Nachmittag hier die Galerie und die Ateliers besucht. Sie hatte den Eindruck, dass unsere Leute einmal die Galerie und die Ateliers in Wuppertal sehen wollen. Bei der Gelegenheit hat sie auch nach Solingen eingeladen. Ich glaube, das wäre keine schlechte Idee. Was meist du dazu?"

Anton zeigte sich nicht abgeneigt.

***

Den ganzen Samstagvormittag hatten Hilde und Susi verschwätzt. Nina hatte Blumen für Maxims Frau und Alena besorgt, eine Flasche Wodka für Maxim und eine Flasche Cognac für Franz.

Eigentlich wollten sie erst um fünf zu Maxim gehen, aber er hatte angerufen und gemeint, sie sollten schon um drei zum Kaffee kommen.

Maxims Kinder begrüßten sie, als sie aus dem Auto stiegen. Auf der Treppe kamen ihnen Franz und Alena entgegen und sagten: „Kommt, wir gehen gleich hoch zu Maxim, sie haben sich schon mit dem Kaffee gerichtet. Unsere Wohnung könnt ihr später anschauen."

Dann kam der Willkomm bei Maxim. Ohne Wässerchen ging es nicht ab und sie wurden gleich zur Kaffeetafel gebeten. Der Tisch bog sich, so viel Kuchen wurde angeboten.

Hilde lachte und meinte: „Maxim, wie viel Gäste kommen noch?"

Es fing eine lustige Unterhaltung an. Hilde merkte rasch, auch Maxims Frau hatte in den vier Monaten, die sie jetzt in Wiesbaden war, relativ gut Deutsch gelernt. Auch die Kinder beherrschten die Sprache schon einigermaßen. Maxims Frau sagte: „Lern ich Deitsch mit Kindern, ist nicht so schwerrr. Kinder sind besser und schneller im Lernen aber noch vier Monate, dann ich perfekt. Unser Kleiner bleibt noch Kindergarten, der Große kommt schon in Schule. Er hat den Aufnahmetest bestanden. Wir ganz stolz."

Es war eine lockere Unterhaltung, dann zeigte Maxim seine Wohnung. Die Einrichtung entsprach der eines Künstlers. Hilde gefiel sie gut, die übrigen waren nicht so davon angetan. So sagte Maxim: „Hilde, ich wusste immer schon, du hast einen guten Geschmack, was verstehen die anderen davon – nix!“ Maxim lachte und sie gingen nach unten zu Franz Westermann und Alena.

Die beiden waren erst vor vier Tagen eingezogen und vieles fehlte noch. Trotzdem konnte man sehen, dass die Wohnung sehr geschmackvoll eingerichtet war. Während sie durch die Wohnung gingen, fragte Hilde Alena: „Alena, wie geht es dir? Alles in Ordnung? Wann bist du so weit?“

Alena: „Die Entbindung wird voraussichtlich Mitte bis Ende November sein. Bei mir ist alles in Ordnung. Ich bin bei dem gleichen Gynäkologen wie Susi und der berät wirklich gut. Ich mache meine Schwangerschaftsgymnastik und ab August kommt dann der Kursus für die Eltern. Franz geht selbstverständlich auch mit. Meine Mutter will Anfang November kommen und die ersten drei Monate hier bleiben, um mir zu helfen. Ich freue mich schon darauf. Wenn es klappt, wollen meine beiden Brüder um Weihnachten herum kommen, um das Baby anzuschauen.“

Kurz danach war Maxim wieder da und bat sie, hinauf in sein Atelier zu kommen.

Als sie dort ankamen, war auch Boris gekommen und hatte seinen Kollegen aus Weißrussland mitgebracht. Nach der Vorstellung erklärte Maxim sein Atelier. Es war erstaunlich, was er in den wenigen Wochen bereits fertig gestellt hatte. Zwei halbfertige orthodoxe Kircheneinrichtungen standen aufgebaut und an einer Dritten wurde gearbeitet. Da viel mit Gold gearbeitet wurde, glänzte und blinkte es überall.

Maxim erklärte ausführlich und sagte: „Im Herbst und im Winter will ich je eine Kirchenausstattung ausliefern. Da habe ich noch ziemlich zu tun. Michail hat mich anlässlich der Taufe hier besucht. Wahrscheinlich bekommen wir noch einige Aufträge für orthodoxe Kirchen in Russland. Ich bin mit ihm so verblieben, dass er mir die Pläne und Zeichnungen der Kirchen schickt und ich mache dann die entsprechenden Kostenvoranschläge. Ich denke, das könnte klappen. Wenn das noch hinzukäme, müsste ich mindestens noch zwei Mann haben, die mir helfen."

Nicht viel später kam Maxims Frau und lud zum Abendessen ein. Es war eine große Tafel. Maxim, seine Frau und die beiden Kinder. Hilde und Erich, Franz und Alena, Boris und sein Kollege. Zehn Personen. Es gab ein typisch russisches Abendessen mit allem Drum und Dran. Natürlich fehlte der Wodka nicht. Es war ein schöner Abend für alle.

***

Sonntagmorgen. Susi, Moritz, Hilde, Erich und Nina hatten gefrühstückt. Es war ein sonniger Tag und Hilde bedauerte, am Nachmittag zurück nach Solingen fahren zu müssen. Moritz und Erich mussten noch mal ins Büro.

Susi und Hilde hatten sich vorgenommen, mit ihren Babys einen Friedhofsbesuch bei Max und Otto zu machen.

Früher hatten Susi und Hilde sehr oft gemeinsam die Grabstätten von Max und Otto besucht. Bevor die beiden losgingen, sagte Hilde: „Susi, ich war immer gerne mit dir am Friedhof. Ich habe dich immer bewundert, mit welcher inneren Ruhe du mit deinem ersten Mann Max und mit Otto sprechen konntest. Manchmal hatte ich den Eindruck, die beiden sind anwesend, aber ich habe nie so richtig daran geglaubt. Aber als man mein kleines Würmchen entführte, habe ich sowohl Otto als auch Max in einem Gebet angefleht, mir zu helfen mein Kind unversehrt wieder zu bekommen. Vielleicht hat es geholfen, ich weiß es nicht."

Susi versonnen: „Hilde, ich glaube fest daran, dass uns Otto und Max sehen. Wenn immer ich kann, spreche ich mit ihnen und weiß, sie helfen uns. Andererseits, der Glaube versetzt Berge, vielleicht ist es auch nur mein Glaube, der uns die richtigen Entscheidungen fällen lässt. Hilde, lass mir meinen Glauben, er hilft mir sehr, denn auch für mich ist es manchmal zu viel. Aber komm, lass uns gehen."

Sie fuhren mit den Babys zum Waldfriedhof, zu der Grabstätte von Otto und Max. Trotz des sonnigen Morgens war es durch den hohen Baumbestand relativ kühl. Sie fuhren mit ihren Kinderwagen zur Grabstätte.

Hilde stellte die mitgebrachten Blumen aufs Grab, Susi klaubte ein paar Blätter ab. Dann standen beide mit ihren Kinderwagen lange und ruhig am Grab.

Ganz leise begann Hilde: „Lieber Opa Otto, lieber Onkel Max, ich bin nicht so gläubig wie Susi und weiß nicht, ob ich euch auf diesem Weg erreiche. Ich hoffe, ihr seht mich und ihr begleitet mich auch.

Lieber Otto, ich weiß, du hast dir immer ein kleines Baby wie meine kleine Susi als Enkelin gewünscht. Hier liegt sie im Wagen. Ich kann direkt sehen, wie deine Augen glänzen und wie du sie auf deinen Arm nimmst.

Lieber Onkel Max, du kannst es wahrscheinlich nicht so zeigen, aber ich weiß, du hast mein Würmchen sehr gern.

Wenn ich meine Freundin Susi höre und ihren Glauben an euch beide, so muss ich mich einfach bei euch beiden bedanken, dass ihr meine kleine Susi beschützt habt und dass sie nach der Entführung heil zurückkam. Einen ganz lieben Dank und für jeden von euch ein ganz großes Bussi.

Lieber Otto, lieber Max, beschützt weiterhin mein Kind. Bitte haltet eure Hand auch über Erich und mich, damit uns nichts zustößt und unsere Liebe und Zuneigung bleibt. Bitte beschützt uns und bewahrt uns vor Fehlern. Ich hatte euch beide immer sehr, sehr gern und das ist auch heute noch so. Aber das wisst ihr ja. Ich drücke euch beide ganz fest."

Es war ganz ruhig, kein Lüftchen ging und Susi begann ebenfalls ganz leise:

„Lieber Otto, lieber Max, anders als Hilde weiß ich, dass ihr hier bei uns seid. Ich will euch meine Zwillinge Max und Moritz vorstellen. Wenn ich an euch beide eine große Bitte haben darf, so beschützt unsere Zwillinge. Danke auch dafür, dass die Geburt der beiden Kleinen so problemlos war.

Lieber Otto, lieber Max, ihr haltet eure Hände über unseren Unternehmungen und gebt ihnen den Segen. Manchmal wird mir angst und bange, wenn ich eure Güte und Zuneigung spüre. Vielen, vielen Dank für eure Weitsicht und euer Vertrauen zu uns.

Lieber Otto, lieber Max, ihr habt schon immer unsere Mitarbeiter beschützt und ihnen geholfen. Eine Meisterleistung war die Lösung der menschlichen Probleme aller Mitarbeiter bei der Galerie **artis opus**. Wahrscheinlich war es gut so, dass ihr Heinz zu euch gerufen habt. Für die übrigen werden wir schon sorgen. Dafür ein ganz besonderes Dankeschön.“

Lieber Otto, lieber Max, bitte beschützt uns weiterhin. Bitte, gebt uns ein Zeichen, wenn wir was falsch machen. Ihr wisst, wir stehen vor einer schwierigen Entscheidung. Ähnlich wie Otto 1948, Otto und Max in den 80er Jahren, müssen wir uns auch den neuen Gegebenheiten anpassen. Helft uns die richtigen Entscheidungen zu treffen. Vielen Dank auch dafür.

Noch lange standen Susi und Hilde wortlos am Grab. Dann nahmen die beiden Mütter ihre Kinderwagen und verließen langsam den Friedhof.

Nachwort

Ich danke allen, die mir bei der Arbeit an diesem Buch geholfen haben. Vor allem meiner Frau, die mit unendlicher Geduld meine Arbeiten an diesem Buch begleitete, Frau Uda Schmidt, die bei der Gestaltung und Zusammenstellung geholfen hat, bei der Lektorin, Frau Christiane Geldmacher, für die Überarbeitung der Manuskripte und bei Frau Diana Knoth, der Korrektorin. Meine besondere Anerkennung für Frau Daniela Behr, die sich bei der neuen Titelgestaltung viel Mühe gab.

Oft hatte ich Bedenken, ob ich weiterschreiben sollte. Viele haben mir Mut gemacht. Besonders aber möchte ich mich bei Frau Lieselotte Adam, Berlin, für ihren Zuspruch und ihre Hilfe bedanken.

Berndroth, den 1. März 2011

Alfred Kühnl

Quellennachweis:

Das in diesem Buch beschriebene Kinderballett „Der Nussknacker“

- ist dem Märchen „Nussknacker und Mausekönig“ von E.T.A. Hoffmann (1776-1822)
- dem Märchenballett „Der Nussknacker“ von Peter Iljitsch Tschaikowski (1840-1893)
- und dem Kinderbuch „Der Nussknacker“ von Susa Hämmerle nachempfunden

Anmerkung des Verfassers:

Viele haben inzwischen das Buch

„Die Kopisten“

~ Der Kunstraub ~

gelesen. Sie alle haben mit dazu beigetragen, dass nunmehr der 2. Teil dieser Trilogie erscheinen konnte:

„Die Plagiatoren“

~ In den Klauen der Kunstmafia ~

Ich hoffe, auch dieser Band fand Ihren Beifall.

Der 3. Teil

„Die Ästheten“

~ Blutige Schönheit der Kunst ~

ist geschrieben. Dieses Buch muss noch lektoriert, korrigiert und gedruckt werden. All dies dauert seine Zeit.
Dieses Buch ist sehr spannend. Ohne viel zu verraten: Susi Kaiser kämpft nicht nur gegen die Mafia, sie wird auch im eigenen Haus verleumdet und verunglimpft. Sie gerät in Jerusalem in große Gefahr, als sie in die Machenschaften der dortigen, politischen Auseinandersetzungen einbezogen wird.
Susi Kaiser ist ein Mensch, der das Schöne im Leben und in der Kunst schätzt. Sie beschließt, die Fähigkeiten und Leistungskräfte ihrer Person und ihrer Unternehmen nur noch der Ästhetik zu widmen.

Berndroth, den 1. März 2011

Alfred Kühnl

Kurzbeschreibung des Buches „Die Kopisten“

Die elegante Susi Kaiser betreibt mit ihrem Partner zwei große Kunstateliers in Wiesbaden, die sich auf die Reproduktion von außergewöhnlichen Kunstwerken spezialisiert haben. Kurz vor ihrem Urlaub sieht sie in einer Wiesbadener Hotelbar das Abbild ihres verstorbenen Ehemannes. Sie erstarrt! Saß dort der verschollene Zwillingsbruder ihres Mannes?

Susi spricht den Fremden an und ihr Verdacht bestätigt sich. Es ist Moritz, der in den Wirren der Nachkriegszeit von seinem Bruder getrennt wurde. Susi und Moritz finden schnell den Weg zueinander. So erfährt Moritz die faszinierende Geschichte seines Bruders und den Aufstieg der weltbekannten Galerie Kaiser, zu der als Kunden renommierte Museen und Kunstsammler gehören.

Moritz ist in Wiesbaden um sich gesundheitlich durchchecken zu lassen. Es wird ein Herzleiden festgestellt und er erleidet einen Herzinfarkt. Die Krankheit bringt Schwägerin und Schwager zusammen.

Während einer kurzen Abwesenheit werden in der Galerie Gemälde im Wert von über einer Million gestohlen. Kurze Zeit später erfolgt ein weiterer Diebstahl von Kunstgegenständen, der sie nahezu ruiniert.

Diese Diebstähle beschäftigen Polizei und Interpol. Letztlich gelingt ihrem Geschäftspartner Mike, in einer aufregenden Verfolgungsjagd, die Wiederbeschaffung.

Dieser spannende Streifzug durch die Kunstgeschichte, umrahmt von leidenschaftlichen und schicksalhaften Begegnungen, in deren Mittelpunkt Susi Kaiser steht, bilden den glanzvollen Rahmen dieses außergewöhnlichen und fesselnden Romans.

Mit dem einnehmenden Erzählstil und den vielen historischen und zeitnahen Details, wird der Zeitgeist einer ganzen Epoche – von der Nachkriegszeit bis heute – porträtiert.

Kurzbeschreibung des Buches „Die Ästheten"

Die Mitarbeiter der Galerie Kaiser, in deren Mittelpunkt Susi Kaiser steht, haben diese Unternehmen zur Weltspitze geführt. Sie betreiben nicht nur zwei Galerien und mehrere Kunstateliers in Wiesbaden, sondern auch Galerien und Ateliers in St. Petersburg, Rom, Boston/USA und Wuppertal. Man befasst sich mit der Eröffnung weiterer Filialen in Jerusalem, Mexico-City und Luxor/Ägypten.

Kriminelle Elemente verdächtigen Susi Kaiser des Mordes, des Versicherungsbetruges und der Untreue. Es kommt zum Eklat. Die Kollegen helfen Susi, sich aus dem Strudel der Verdächtigungen zu befreien.

Die russische Kunstmafia bleibt nicht untätig. Sie entführt den russischen Botschafter in Berlin, um eine Führungsperson freizupressen, und um Gemälde mit einem Wert von über einhundert Millionen Dollar zu erpressen. Dank Susis Kaisers Hilfe kann dies gelöst werden.

Wie der Mossad, der israelische Geheimdienst, in Erfahrung bringt, sollen die erpressten Gemälde im Wert von 100 Millionen Dollar an die Emirate verkauft werden, um mit Teilen des Erlöses den Freiheitskampf der Palästinenser zu finanzieren. Gemeinsam mit den russischen Behörden wird versucht, das zu verhindern.

Bei der Eröffnungsfeier der Galerie Kaiser in Jerusalem kommt es zu einem Bombenanschlag, bei dem mehrere Menschenleben zu beklagen sind.

In atemberaubender Weise sind unendlich viele Einzelheiten von kriminellen Aktivitäten im Kunstsektor lebensnah geschildert.

Viele menschliche Schicksale sind ausführlich beschrieben und beeindrucken. Mit dem einnehmenden Erzählstil wird nicht nur die negative Seite des Kunstmarktes porträtiert, sondern auch das Hinwenden zum Schönen, zur Ästhetik.

Der Autor

Alfred Kühnl entstammt einer Lehrerfamilie und wurde 1931 in Falkenau/Egerland geboren. Nach Grundschule und Oberschule 1945 Flucht aus der Heimat.

Nach Kriegsende Lehre in einer Kunsthandlung und einem Kunstatelier bis 1948. Dann Handelsschule, Wirtschaftsoberschule und Akademie für Welthandel. Während des Studiums Dolmetscher bei der US Army.

Danach Ausbildung zum Reisebürokaufmann bei Wagons-Lits // Thos. Cook & Son. Während dieser Zeit erste Publikation einer Broschüre in englischer Sprache

How to see Germany.

Dann Vortragsreisen in Deutschland und Reiseleitungen in Spanien und Italien.

Ab 1958 in führenden Positionen im Reise- und Verkehrsgewerbe.
1976 – 1982 Berater eines Fachverlages. In dieser Zeit Publikation mehrerer Fachbücher und Broschüren.
Ab 1983 wiederum in führender Position im Reise- und Verkehrsgewerbe sowie in der Veranstaltungsbranche.
Ab 1990 bis zum Ruhestand geschäftsführender Verwaltungsrat einer Luxemburger Finanzholding AG mit Sitz in Luxemburg.

Während seiner beruflichen Tätigkeit Veröffentlichung von Fachbüchern, Broschüren, Reisebeschreibungen usw.

Heute lebt der Autor mit seiner Frau im Hintertaunus.